MARSHA CANHAM

# DER SOHN DES WOLFES

*Roman*

Deutsche Erstausgabe

WILHELM HEYNE VERLAG
MÜNCHEN

HEYNE ROMANE FÜR »SIE«
Nr. 04/199

Titel der Originalausgabe
IN THE SHADOW OF MIDNIGHT
Aus dem Amerikanischen
von Alexandra von Reinhardt


Printed in France 1997
Umschlagillustration: Pino Daeni / Agentur Schlück
Umschlaggestaltung: Atelier Ingrid Schütz, München
Satz: Fotosatz Prechtl, Passau
Druck und Bindung: Brodard & Taupin

ISBN 3-453-12414-6

# Prolog

*Le Citadel, Rouen, April 1203*

Er hatte sich absichtlich die Daumenkuppe an einer scharfen Steinkante aufgeschnitten und winzige Kieselsplitter in die blutende Wunde geschoben, so daß bei jeder Berührung ein jäher Schmerz in den ganzen Arm ausstrahlen und ihn zu voller Aufmerksamkeit zwingen würde. Er war unsagbar müde, krank und erschöpft, aber er konnte es sich nicht leisten, unkonzentriert zu sein. Er durfte in Gegenwart seines Onkels nicht schwach und eingeschüchtert erscheinen. Er durfte nicht zulassen, daß Schmutz und Gestank ihn mürbe machten. Trotz all der Verzweiflung, die ihn während seiner neunmonatigen Gefangenschaft häufig überfallen hatte, durfte er sich des edlen angevinischen Blutes, das durch seine Adern floß, niemals unwürdig erweisen.

Er war Arthur, Herzog von der Bretagne, Gottfrieds Sohn und Erbe, und gemäß dem Erbfolgerecht hätte er nach dem Tod von Richard Löwenherz englischer König werden müssen.

Die Legende besagte, daß das Haus Anjou von der Zauberin Melusine abstammte, die den heißen Wassern des Flusses Styx entkommen und — halb Frau, halb Schlange — auf die Erde zurückgekehrt war.

*Vom Teufel waren sie gekommen, und zum Teufel würden sie zurückkehren.*

Trotzdem waren sie gutaussehende Männer gewesen — Heinrich von Anjou ebenso wie seine Söhne Richard und Gottfried. Sie sahen so aus, wie man sich Könige gern vorstellte: groß, von kräftiger Statur, mit goldblonden Haaren und strahlendblauen Augen. Nur Johann, der Jüngste dieser Teufelsbrut, war aus der Art geschlagen. Von gedrungener Gestalt, dunkler als Satan, mit einem verschlagenen füchsischen Gesicht, machte er durch maßlosen Ehrgeiz und durch Raffgier wett, was ihm an imposantem Auftreten fehlte.

Nachdem er jahrelang im Schatten seines kriegerischen Bruders, des großen Richard Löwenherz, leben mußte, hatte Johann sich nach dessen Tod in Westminster die Krone von England aufs Haupt gesetzt. Er hatte ohnehin schon fast ein Jahrzehnt als Regent die Macht im Lande ausgeübt, während sein Bruder Kriege führte und Kreuzzüge organisierte, und all jene, die Johanns korrupte Herrschaft unterstützten, verschlossen die Augen vor der Tatsache, daß es einen anderen Thronanwärter gab, einen Plantagenet-Prinzen, der genauso blond, blauäugig und stattlich war wie jener legendäre britannische König, dessen Namen er trug.

Bedauerlicherweise war Arthur erst vierzehn Jahre alt gewesen, als Richard Löwenherz in Chalus von einem Pfeil getroffen wurde und an Blutvergiftung starb. Der Halbwüchsige konnte es weder in militärischer Stärke noch in Schläue mit seinem Onkel aufnehmen. Außerdem hatte er sein ganzes Leben in der Bretagne verbracht und nie auch nur einen Fuß auf englischen Boden gesetzt. Die englischen Barone — sogar jene, die Johanns Exzesse haßten — mißtrauten dem immensen Einfluß, den der französische König Philipp II. auf den jungen und begeisterungsfähigen Arthur ausgeübt hatte. Sogar Wilhelm von Pembroke, der Marschall, der Johann ebenso leidenschaftlich verabscheute, wie er Heinrich und Richard geliebt hatte, vertrat die Ansicht, daß ein Teufel, den man genau kannte, einem Jungen vorzuziehen sei, der auf seinen Waffenröcken stolz das Lilienwappen Frankreichs zur Schau stellte.

Wie erwartet, hatten die Domänen Bretagne, Anjou, Maine und Touraine einen Aufstand gewagt, um Arthurs

Ansprüche zu verteidigen, während die Barone des Herzogtums Normandie, das die engsten Beziehungen zu England bewahrt hatte, sich hinter den weisen Wilhelm von Pembroke stellten. Aquitanien, jene reiche Provinz, die durch die Heirat von Heinrich und Eleonore unter englische Herrschaft gekommen war, bewahrte der Königinwitwe die Treue, und Eleonore wußte, daß sie nicht ihren geliebten Enkel Arthur, sondern ihren Sohn Johann unterstützen mußte, wenn ein blutiger Bürgerkrieg vermieden werden sollte.

Um seine Rechte betrogen, war Arthur nach Paris geflüchtet und hatte dort unter Philipps Schutz gelebt. Mit fünfzehn wurde er von dem französischen Monarchen zum Ritter geschlagen und mit der Kronprinzessin Marie vermählt. Unterstützt von der Armee seines Schwiegervaters, marschierte Arthur in der Normandie ein und tat seine Absicht kund, Anspruch auf den englischen Thron zu erheben. Törichte Ratgeber veranlaßten ihn, als erstes ausgerechnet das Schloß der Königinwitwe in Mirebeau anzugreifen. Eleonore von Aquitanien war eine zerbrechliche Greisin, die sich nur noch mit Hilfe eines Gehstocks fortbewegte, aber sie sammelte ihre Anhänger um sich und hielt der Belagerung stand, bis Johann ihr zu Hilfe kam. Arthur, der Mirebeau mit weniger als einem Drittel seiner Streitkräfte einzunehmen versucht hatte, wurde von der schnellen Reaktion seines Onkels völlig überrascht. Von einer starken Übermacht umzingelt, blieb ihm keine andere Wahl als sich zu ergeben. Er wurde gefangengenommen und zunächst in Falaise, später in der Zitadelle von Rouen eingesperrt. Noch stand Johanns endgültige Entscheidung aus, was mit dem kühnen und attraktiven jungen Prinzen geschehen sollte, der ihn schmerzhaft an seine beiden großen Vorgänger Heinrich und Richard erinnerte.

»Vor einigen Jahren«, sagte Ohneland tonlos, »als du begriffen hattest, daß die englischen Barone und die Barone der Normandie deinen schwachen Anspruch niemals unterstützen würden, hast du vor mir das Knie gebeugt und mir gehuldigt, wenn ich mich recht erinnere ... Du hast gewinselt und mir Ergebenheit und Treue geschworen, wenn ich dich nur nicht deiner Rechte als Herzog von der Bretagne berauben würde.«

Arthur preßte Daumen und Zeigefinger zusammen. In der Totenstille seiner Zelle konnte er sogar hören, wie das Blut aus seinem Daumen auf den Steinboden tropfte, aber sein Gesicht blieb ausdruckslos.

»Dafür bin ich dir wirklich sehr dankbar, Onkel«, erwiderte er ruhig, »denn ohne diese Rechte wäre meine Armee viel kleiner gewesen.«

»Armee? Du nennst diese Handvoll Pöbel, die du um dich geschart hattest, eine Armee? Der Hauptmann deiner Leibgarde, dieser *Monsieur des Roches«* — er spie den Namen mit gebührender Verachtung aus — »ist doch desertiert, sobald er Männer in Rüstungen entlang der Seine gesichtet hatte!«

Weitere Blutstropfen vergrößerten den roten Fleck neben Arthurs Füßen, und sein bleiches Gesicht verfärbte sich vor Zorn. Die Luft war kalt und feucht, und der Schimmelgeruch der Wände vermischte sich mit dem Gestank des randvollen Notdurftkübels in der Ecke. Die Zelle war klein und wurde von einer einzigen Kerze erhellt. Die Einrichtung bestand nur aus einem rissigen Tisch, einem Scherenstuhl, auf dem jetzt sein Onkel saß, und einem Haufen Stroh, der Arthur als Bett diente. Seit mehr als drei Monaten hatte er weder einen Sonnenstrahl gesehen noch frische Luft geatmet.

»Ich könnte dich hinrichten lassen«, erklärte Johann nüchtern, an einem Pickel auf seinem Kinn kratzend. »Als Vasall, der sich gegen seinen König empört hat, hast du dein Leben verspielt — das würde jeder Gerichtshof in jedem Land der Erde bestätigen. Ich könnte dich hinrichten lassen, und im ganzen Königreich würde niemand auch nur mißbilligend die Stirn runzeln. Außerdem hast du auch noch deine eigene Großmutter angegriffen — meine Mutter, die geliebte Königinwitwe. Du hast eine alte, schutzlose Frau belagert und dir dadurch den Zorn und die Verachtung der ganzen Christenheit zugezogen.«

Kichernd prustete er den Schorf weg, den er mit dem Fingernagel abgekratzt hatte. »Ich könnte dich hinrichten lassen, ohne mich für diesen Befehl rechtfertigen zu müssen.«

»Dann gib diesen Befehl, Onkel, denn ich bin all der Spiele mehr als überdrüssig.«

»Spiele?« Johann stemmte sich vom Stuhl hoch, obwohl es ihn ärgerte, daß sein Neffe ihn um einen Kopf überragte. »Du nennst die Entscheidung über dein Schicksal ein Spiel?«

»Onkel ...« — Arthur gebrauchte die Anrede geringschätzig, und seine blauen Augen funkelten stahlhart — »du hattest über mein Schicksal doch schon entschieden, als Richard seinen letzten Atemzug tat. Du hattest darüber entschieden, noch bevor deine Barone pro forma abstimmten, wer König werden sollte. Du hattest darüber entschieden, lange bevor meine Mutter einige Stunden in deinem Bett schwitzte, um mir das sogenannte Privileg zu verschaffen, dir huldigen zu dürfen.«

»Ich habe Gnade vor Recht ergehen lassen!« schnaubte Johann.

»Tatsächlich? Zeit meines Lebens habe ich bei dir nur Arroganz, Habgier und blinde Machtsucht gesehen. Ich habe immer nur einen durch und durch korrupten, von Neid zerfressenen Mann gesehen, der die Münzen in der königlichen Schatzkammer zählte, ohne auch nur abzuwarten, bis das Blut seines Bruders erkaltet war. Ich habe einen Mann gesehen, der vor einem französischen König katzbuckelt, anstatt ihn zum Feind zu erklären und mit Gewalt zu vertreiben, wie dein Vater und Großvater es getan hätten. Nennen deine treuen Untertanen dich jetzt nicht Johann *Weichschwert*?«

»Und würden deine Untertanen dich nicht *Verräter* nennen, weil sogar dein Ehebett unter Philipps Dach steht?«

»Es ist ein großer Unterschied, Onkel, ob man einen echten Verbündeten gewinnt oder einen Feind durch Speichelleckerei dazu einlädt, einen zu vernichten.«

Der König zitterte vor Wut und holte mit geballter Faust zum Schlag aus. Einer seiner goldenen Ringe riß Arthurs Wange tief auf. Der Herzog taumelte rückwärts, nahm aber sofort wieder Haltung an. Seine Augen loderten, und er biß die Zähne so fest zusammen, daß das Blut aus der frischen Wunde im Zickzack über seinen Hals rann.

»Als ich vor sechs Monaten drohte, dich blenden zu lassen, hätte ich meinen Entschluß nicht aus Mitleid rückgängig machen dürfen. Ich hätte die Eisen erhitzen lassen sollen, dann hätten deine Unverschämtheiten ein für allemal ein Ende gehabt. Damals hast du gebettelt, Junge! Du hast mich angefleht, dir nicht das Augenlicht zu nehmen!«

»Dieser Genuß wird dir nicht noch einmal zuteil werden, Onkel«, brachte Arthur zähneknirschend hervor. »Nimm meine Augen, nimm meine Hände und Füße. Nimm alles, was du willst, eines nach dem anderen — und du wirst feststellen, daß die Flutwelle der Verurteilung und Verachtung dann nicht mehr über mich hinwegrollt, sondern über *dich*! Wenn du mich hinrichten läßt, beseitigst du einen Staatsfeind. Aber wenn du mich foltern, blenden oder sonstwie verkrüppeln läßt, wird jeder Ritter im ganzen Königreich begreifen, was für ein niederträchtiger Schurke und Feigling du bist!«

»Du lieferst mir ausgezeichnete Argumente für deinen Tod, mein Junge.«

»Wenn du mich tötest, tust du der ganzen Welt kund, daß du Angst vor einem Grünschnabel hattest. Dich als Feigling entlarven zu können, würde mir den Tod erheblich versüßen.«

Johann Ohneland lief in der kleinen Zelle auf und ab. Seine Hände zitterten vor Wut, seine Schläfenadern traten bläulich hervor, und seine Sicht war durch unerträgliche Kopfschmerzen getrübt.

Er hatte gehofft, seinem Neffen durch die Entbehrungen der letzten Monate das Rückgrat brechen zu können, doch das Gegenteil war eingetreten: der Bursche hatte erheblich an Charakterstärke gewonnen. Hinzu kam noch, daß die Bretagne, die Touraine, das Poitou und sogar die Normandie mit großem Nachdruck Gnade für den irregeführten, aber tapferen Prinzen verlangten. Und Philipp benutzte Arthurs Gefangenschaft als Vorwand, um mit seiner Armee immer tiefer auf englisches Territorium vorzudringen. Die Barone waren wütend über die Unfähigkeit ihres Königs, die Franzosen aus dem Land zu treiben, aber wiederum nicht wütend genug, um Geld für den Kampf gegen Philipp locker zu machen. Johanns Vorfahren waren Normannen gewesen und hatten die englischen Inseln erobert, und nun war er selbst nahe daran, alle normannischen Domänen an einen hergelaufenen französischen König zu verlieren, der noch vor einem Jahrzehnt selbst nur ein Vasall gewesen war.

Arthur! Arthur war die Wurzel allen Übels! Arthur hatte die Loyalität der englischen Barone auf eine harte Bewährungsprobe gestellt und einen Bürgerkrieg anzetteln wollen — nicht nur einmal, sondern sogar *zweimal!* Wenn man ihm die Freiheit schenkte, würde dieser arrogante Emporkömmling sich wieder mit Philipp zusammentun, die Armeen Frankreichs mit denen der Bretagne vereinigen und die Normandie in die Zange nehmen. Und sogar wenn der Bursche den Rest seines Lebens im Kerker verbrachte, bestünde stets die Gefahr, daß irgendwelche Unzufriedene ihn befreien könnten — und dann ginge der ganze Ärger von vorne los. Es wäre tatsächlich die beste Lösung gewesen, ihn blenden zu lassen. Ob sein Anspruch nun berechtigt war oder nicht — niemand würde einen blinden Thronanwärter unterstützen. Bedauerlicherweise hatte er jedoch den idealen Zeitpunkt für diese Maßnahme ungenutzt verstreichen lassen, und wenn er Arthur *jetzt* die Augen ausstechen ließe, müßte er mit dem Abscheu aller Edelleute rechnen.

Nein, was jetzt nottat, war, daß der Bursche sich selbst vor vielen Zeugen demütigte. Eine solche öffentliche Demütigung hätte Spott und Verachtung zur Folge, und danach würde kein vernünftiger Mann im ganzen Königreich Arthur jemals wieder als Führer oder gar König in Betracht ziehen.

Johann Ohneland bezwang mühsam seinen Zorn und riß die Zellentür auf. Er nickte barsch jemandem zu, der draußen gewartet hatte, und im weichen gelben Licht einer flackernden Fackel näherten sich leichte Schritte, begleitet vom leisen Rascheln eines Samtrocks, der über den rauhen Steinboden schleifte.

Arthur schloß die Augen. Er wußte, auch ohne hinzusehen, wer es war, denn auch nachdem die Fackel wieder zurückgezogen worden war, schien seine Zelle zu leuchten, und der Duft nach Rosenwasser hüllte ihn ein.

»Arthur? Mein Gott ... Arthur!«

Der Glanz und die Wärme von Sonnenlicht kamen näher, und Arthur wandte sein Gesicht ab. Es war eine Grausamkeit sondersgleichen, diese Schönheit einem solchen Schmutz und Elend auszusetzen. Daß sie ihn in seinem jämmerlichen Zustand sehen würde, war für ihn schlimmer als aller Schimpf der vergangenen Monate.

»Arthur ...« Sanfte kühle Finger berührten sein Kinn und zwangen ihn, sich ihr zuzuwenden, obwohl diese Qual seine Kräfte fast überstieg. Strahlendblaue Augen, die ein Spiegelbild seiner eigenen waren, blickten entsetzt zu ihm empor. Eleonore sah ihm auch ansonsten verblüffend ähnlich: sie hatte die gleiche schmale gerade Nase, die gleichen edlen Backenknochen und den gleichen großzügig geformten Mund. Auch die helle Haut und die goldenen Haare waren den Geschwistern gemeinsam. Doch während Arthur durchaus männlich wirkte, strahlte Eleonore eine geradezu überirdische Schönheit aus.

Sie war achtzehn Monate älter als er und stand ihm an Sturheit nicht nach. Als er in die Bretagne einmarschiert war, hatte sie darauf bestanden, an seiner Seite zu reiten, und sie hatte ihm auch die Treue gehalten, als das Abenteuer scheiterte und ihr gemeinsamer Weg in die Gefangenschaft führte.

»Liebster Bruder«, flüsterte sie und stellte sich auf die Zehenspitzen, um ihre zarte Wange an seine schmutzverkrustete lehnen zu können.

»Solltest du nicht lieber sagen — lächerlicher, törichter Bruder?« höhnte Johann von der Tür her. »Sag es ihm! Sag es ihm, bei Gott, damit wir diese Episode ein für allemal abschließen können!«

Eleonore löste sich zögernd von Arthur und ließ nur ihre Hand auf seiner Wange liegen. Tränen brannten in ihren Augen, als sie seine offenen Wunden sah — Rattenbisse, die nicht behandelt worden waren und deshalb eiterten. Er war mager. Schrecklich mager. Seine Augen lagen tief in den Höhlen und waren von dunklen Ringen umgeben. Die Haare hingen strähnig und verfilzt auf seine Schultern hinab, und seine Kleidung war zerrissen und starrte vor Schmutz. Wie zum Hohn trug er immer noch denselben himmelblauen Waffenrock wie vor Mirebeau, doch die stolzen Wappentiere auf seiner Brust — Löwe, Hund und Einhorn — waren mit Blut und Erbrochenem befleckt.

Sie drehte sich um und starrte ihren Onkel zornig an. »Siehst du denn nicht, daß er krank ist und Fieber hat?«

Johann hob achselzuckend seine schwarzen Brauen. »Er weiß, was er tun muß. Ihr wißt beide, was er tun muß.«

»Was sollst du mir sagen?« fragte Arthur mit einem

müden Seufzer, denn er hatte all die Versprechen und Bestechungsversuche schon oft gehört, all die Lügen und Täuschungsmanöver ...

Das schönste Gesicht der ganzen Welt wandte sich wieder ihm zu, und als Eleonore in stolzem Trotz die Schultern straffte und ihren Kopf zurückwarf, sah sie noch atemberaubender als sonst aus. »Ich bin hier, um dir zu sagen, daß du der rechtmäßige König von England bist«, erklärte sie. »Ich bin hier, um dir zu sagen, daß seine feigen Drohungen mich nicht einzuschüchtern vermögen, daß ich weiter zu dir halten werde, was auch immer geschehen mag!«

»Nein!« schrie Johann. »Nein, nein, nein! Ich habe mich erboten, euch beide zusammen ins Exil zu schicken. So weit weg, wie mir nur irgend möglich ist, aber lebend. Lebend, ihr Narren!«

Arthur blickte seine Schwester unverwandt an. »Du hast ihm nicht geglaubt?«

»Dachtest du, ich würde ihm irgend etwas glauben?«

Er hob seine zitternden, blutigen Hände und verschlang seine Finger mit den ihren. »Wenn ich auch nur die geringste Hoffnung hätte, dich durch mein Verhalten retten zu können ...«

Eleonore lächelte so zärtlich, so liebevoll, daß er das Gefühl hatte, ein Geschenk von unschätzbarem Wert erhalten zu haben. »Ich würde dich nicht halb so sehr lieben, wenn du dich ihm beugen würdest. Und ich würde dich gar nicht mehr lieben, wenn du es meinetwegen tätest!«

Sie hörte die wilden Flüche ihres Onkels und konnte ihren Bruder ein letztes Mal verzweifelt in die Arme schließen, bevor ein Wächter in die Zelle stürzte und sie zurückriß.

»Glaub nichts von allem, was er dir sagt!« rief sie leidenschaftlich. »Glaub nur, daß ich dich liebe, daß die Menschen in der Bretagne dich lieben, und daß sie eines

Tages diese Giftschlange packen und zertreten werden. An jenem Tag werden sie dich zum König machen. König Arthur! Lang lebe der König!«

»Luder!« brüllte Johann und stieß sie über die Schwelle, versetzte ihr in blindem Zorn einen Fußtritt und schlug die dicke Eichentür zu. Mit wutverzerrtem Gesicht und geballten Fäusten wirbelte er zu Arthur herum.

»Wirst du mir öffentlich huldigen und ein für allemal jeden Anspruch auf den Thron von England aufgeben?«

Arthur starrte geradeaus. Er konnte den Schatten seines Onkels an der Wand sehen: Johann stand mit eingezogenen Schultern neben dem Tisch und trommelte mit den Fäusten auf seine Schenkel. Der junge Herzog biß sich auf die Lippe, um nicht den Mut zu verlieren, und erklärte langsam und ruhig:

»Weder Eisenketten noch Verliese noch die Bedrohung durch eine Henkersaxt werden mich zu einem Feigling machen! Mein Anrecht auf den Thron geht auf meinen Vater — und auf meinen Gott — zurück, und das würde ich vor aller Welt verkünden!«

Johann Ohneland stieß zischend die Luft aus. Er hatte ein schmerzhaftes Flimmern vor den Augen und packte den eisernen Kerzenhalter.

»Ist das dein letztes Wort?«

»Ja, bis zu meinem letzten Atemzug.«

Arthur hörte seinen Onkel fluchen, und im nächsten Moment schien sein Schädel vor Schmerz zu explodieren. Er taumelte unter dem heftigen Schlag auf den Hinterkopf und warf unwillkürlich die Hände nach vorne, um nicht mit dem Gesicht gegen die Steinmauer zu fliegen. Es gelang ihm, nicht zu stürzen, doch das war eher ein Nachteil, denn dadurch traf ihn auch der nächste Schlag mit voller Wucht ... und noch einer ... und noch einer ... Heißes Wachs spritzte auf seine Hände und Arme, und etwas anderes — etwas Warmes, Nasses, Rotes — spritzte an die rauhe Wand. Er brach in die Knie, doch es gab kein Entkommen vor dem schweren Kerzenhalter, der immer wieder auf seinen Schädel niedersauste.

Draußen auf dem niedrigen Gang hörte der Hauptmann der Gefängniswache, Wilhelm de Braose, ein Geräusch, das sich wie das Wimmern eines weidwunden Tieres anhörte. Er wollte den Riegel der Zellentür zurückschieben, zögerte aber in letzter Sekunde, denn obwohl er ein großer, massiger Mann war, fürchtete er die Tobsuchtsanfälle des Königs. Sich ohne ausdrücklichen Befehl einzumischen könnte zur Folge haben, daß er selbst bis aufs Blut ausgepeitscht und in einer der Zellen angekettet würde.

Deshalb preßte er nur ein Ohr an die Tür und versuchte, die dumpf dröhnenden Laute zu identifizieren. Nach zwei oder drei Minuten war seine Stirn schweißüberströmt, und seine Hände waren feucht. Unschlüssig spähte er den Gang entlang, aber kein Wächter war zu sehen — sie hatten die schluchzende Prinzessin weggeschleppt.

Angenommen, der Prinz hatte seinen Onkel überwältigt und schlug ihn nun tot? Angenommen, es war der König, der wimmerte, weil ihm die Kraft fehlte, um Hilfe zu rufen? Angenommen ...

De Braose richtete sich auf. Die dumpfen Geräusche und das Wimmern hatten aufgehört. Durch den Spalt unter der Tür fiel kein Licht mehr — jemand hatte die Kerze gelöscht, so daß die Zelle jetzt in völlige Dunkelheit gehüllt war.

De Braose zog sein Schwert und nahm eine der rauchenden Fackeln aus der Wandhalterung. Er rückte seinen Helm tief in die Stirn, bevor er den Riegel zurückschob und die Tür mit einem Fußtritt öffnete. Vorsicht war für den Söldner, der sich auch oft als gedungener Mörder betätigt hatte, eine Selbstverständlichkeit.

Die Zelle war pechschwarz, und im ersten Moment sah

er nichts und niemanden. Aus der hinteren Ecke war jedoch ein leises Keuchen zu hören, und als er die Fackel höher hielt, bot sich ihm in dem grellen orangefarbenen Licht ein erschreckendes Bild.

Der König lag auf dem Boden, und seine steifen Glieder zuckten krampfhaft, so als wäre er eine Marionette. Die Augen waren verdreht, und er hatte Schaum vor dem offenen Mund. Überall war Blut — an seinen Händen, an Haaren und Bart, am Waffenrock und an der Hose. Ein Kerzenhalter aus Eisen lag neben seiner verkrampften Hand; die Kerze war herausgefallen, und das Metall war blutbeschmiert.

De Braose trat näher heran, und seine Schwertspitze begann zu zittern, als er die zweite Gestalt in der Ecke sah. Ringsum waren die Wände und der Boden mit dunklen glänzenden Flecken besudelt, und von dem stolzen goldhaarigen Kopf des jungen Herzogs war nur noch ein blutiger Knochenbrei übrig.

De Braose, ein abgehärteter Kriegsveteran, der so manches Gemetzel miterlebt hatte, würgte und hatte plötzlich den sauren Geschmack des vor Stunden getrunkenen Bieres im Mund. Er steckte sein Schwert in die Scheide, überwand seinen Ekel und kniete neben dem König nieder, um festzustellen, ob dieser verwundet war.

Gerüchte über Johanns Anfälle von Schlagfluß waren ihm schon oft zu Ohren gekommen, aber er hatte bisher geglaubt, es handle sich um bösartige Verleumdungen. Er hatte keine Ahnung, wie er dem König helfen könnte; er erinnerte sich nur vage daran, daß man etwas unternehmen mußte, damit die Zunge nicht abgebissen und verschluckt wurde. Soweit er sehen konnte, war Johann unverletzt, doch der Gestank nach Blut, Urin und Erbrochenem war gräßlich.

De Braose ging in die Hocke, und sein Blick schweifte von Ohneland zu der leblosen Gestalt in der Ecke. Er mußte Hilfe holen — nicht für den Herzog, aber für den

König, der vielleicht irgendeinen Heiltrank gegen die Krämpfe benötigte. Außerdem wäre es ratsam, einen zweiten Zeugen für das Geschehen zu haben. Immerhin hatte Johann soeben seinen eigenen Neffen mit einem eisernen Kerzenhalter erschlagen.

Maude, dachte De Braose. Seine Frau Maude würde wissen, was zu tun war. Sie strahlte soviel Diskretion und Mitgefühl aus, daß nicht einmal ein König, der jedem Schatten mißtraute und überall Verrat witterte, an der unbedingten Loyalität des Ehepaars De Braose zweifeln würde.

Der schwarze Rauch der flackernden Fackel wehte als stinkendes Band hinter ihm her, als er den Gang entlanghastete und sich lächelnd fragte, wie dankbar ein König wohl sein konnte.

*Pembroke Castle, Wales*

## 1

Lady Ariel de Clare biß sich auf die volle Unterlippe und teilte vorsichtig das dichte Geflecht von Ästen. Sie hatte lautes Herzklopfen, und ihre Haut war kühl und naß — nicht nur, weil sie den Teich überstürzt verlassen hatte.

Die kleine Lichtung war gut einen Kilometer von der Burg entfernt; inmitten eines dichten Waldes gelegen, würde ein noch so lauter Schrei hier ungehört verhallen. Sie wußte, daß sie strikte Befehle mißachtet hatte, indem sie allein zum Teich gekommen war, aber es war nicht das erste Mal gewesen, und es würde wohl auch nicht das letzte Mal gewesen sein, denn von Gehorsam hatte sie noch nie viel gehalten.

Das Wasser in diesem Teich war besonders klar und sogar Ende Oktober warm genug zum Baden, weil die Felsen ringsum die Sonne speicherten. Ariel war nie zuvor von Menschen gestört worden. Rehe, Hasen und Schneehühner hatten sie oft neugierig aus dem Dickicht beäugt und waren allmählich immer näher gekommen, angelockt von dem Fenchel und Basilikum, das sie ihnen mitbrachte. Ansonsten aber hatte sie den Wald, der im Sonnenlicht in allen Grüntönen schillerte, immer für sich allein gehabt.

Sie hatte nie eingesehen, warum sie diese Abgeschiedenheit meiden sollte. Soweit das Auge reichte, wenn man auf dem höchsten Hügel stand, gehörten die Felder und Wälder ihrem Onkel Wilhelm von Pembroke, dem Marschall von England. Seit vielen Jahren hatte sich kein Wilderer in die Nähe von Mildford Haven gewagt, und sogar die kühnen walisischen Geächteten, die gegen die Präsenz der Engländer in ihrem Land protestierten, indem sie häufig Raubzüge ins Grenzgebiet unternahmen, hielten sich wohlweislich von allen Besitztümern fern, über denen das Löwenbanner von Pembroke wehte.

Fremde in der Umgebung würden erklären, warum Ariel heute keinen ihrer vierbeinigen Freunde zu Gesicht bekommen hatte. Sie hatte insbesondere das Rehkitz mit den spindeldürren Beinen vermißt, das seine Angst vor ihr verloren hatte und ihr die zarten Kräuter zutraulich aus der Hand fraß. Das Kitz und seine Mutter mußten die Eindringlinge gerochen haben, lange bevor Ariel das Getrampel von Pferdehufen im dichten Teppich des welken Herbstlaubes gehört hatte.

Sie hatte den Teich fluchtartig verlassen und hastig nach ihren Kleidungsstücken gegriffen, um ihre Blöße zu bedecken, wobei die langen nassen Haare sie bei jeder Bewegung behinderten. Weil sie sich nicht abgetrocknet hatte, klebte das Leinenhemd unter den Achseln und an den Hüften, was ihre Geduld auf eine harte Probe stellte, während sie hastig die wollene Tunika überstreifte und zurechtzupfte. Sie nahm sich nicht die Zeit, Strümpfe und Schuhe anzuziehen und ihre Haube zu binden, sondern eilte mit den Sachen in der Hand zu ihrer Stute, die lauschend den Kopf hob und nervös mit den Ohren zuckte.

»Ruhig, Beauty«, flüstere Ariel, ihre Lippen auf die samtweiche Pferdenase gepreßt. »Ich habe sie auch gehört. Es müssen drei oder vier Männer sein, meinst du nicht auch? Und sie tragen allem Anschein nach Rüstungen, dem Klirren und Quietschen von Metall nach zu schließen.«

Sie warf einen Blick über ihre Schulter hinweg, und dabei fielen einige Strähnen des fast knielangen Haares nach vorne. Am Kopf glänzte es vor Feuchtigkeit noch kastanienbraun, doch die Spitzen waren bereits getrocknet und schimmerten feuerrot.

Ihre Augen, deren leuchtendes Grün mit dem des Teichs konkurrieren konnte, schweiften über die Eichen und Kiefern, auf der Suche nach einem geeigneten Versteck. Nach kurzem Zögern zog sie ihre Stute bei den Zügeln ins Dickicht hinein, zu einer kleinen Felsenhöhle, die dem Pferd Schutz gewähren würde. Beauty war schneller als der Wind, wenn es darauf ankam, aber sie war sehr sanftmütig und fürchtete sich vor den riesigen Schlachtrössern der Ritter. Und daß es sich bei den Eindringlingen um Ritter handelte, stand für Ariel fest: Wilderer oder Räuber würden keine Rüstungen tragen, und sie würden verstohlen durch den Wald huschen, anstatt so unbekümmert angeritten zu kommen.

Ariel fesselte vorsichtshalber die Füße ihrer Stute, streichelte sie und flüsterte beruhigend auf sie ein, bevor sie ihr Kurzschwert aus der Scheide am Sattel zog.

»Sei mucksmäuschenstill, Beauty«, riet sie dem Pferd zum Abschied und schlich mit hochgeraffter Tunika zur Lichtung zurück. Die bröckelige Erde fühlte sich unter ihren nackten Sohlen kühl an, während sie vorsichtig einen Fuß vor den anderen setzte. Hinter einem Gebüsch verborgen, beobachtete sie die vier Ritter, die beim Teich angehalten hatten, ohne abzusitzen, und deren Rösser begierig die Köpfe senkten, um sich am klaren Wasser zu laben.

Alle vier Männer trugen Kettenpanzer über den dick gefütterten Lederwämsen, waren mit Schwertern umgürtet und hatten ihre Schilde über die Schultern geschlungen, doch zwei von ihnen waren barhäuptig: die Kapuzen der Kettenpanzer lagen in losen Falten im Nacken, und ihre Helme hingen an den Sätteln. Beide hatten schwarze Haare und schwarze Vollbärte. Es handelte sich unverkennbar um walisische Krieger aus den wilden Gebirgsregionen im Norden. Zwei Normannen, zwei Waliser — aber alle vier sichtlich abgehärtet, kampferprobte Männer, für die ihre Rüstungen zur zweiten Haut geworden waren, so daß sie das Gewicht gar nicht mehr wahrnahmen. Arme, Schultern, Brustkörbe und Schenkel waren muskulös und hart wie Stein. Auch ihre Rösser schienen nur aus stählernen Muskeln zu bestehen und verwandelten sich in wilde Bestien, sobald ihnen Blutgeruch in die Nüstern stieg.

Ariel duckte sich noch tiefer und hoffte, daß das leichte Schwanken der Äste unbemerkt bleiben würde. Eine Frau, die sich ohne Begleitschutz im Wald aufhielt, wäre Freiwild für jeden Lüstling. Eine *schöne* Frau, die auf einer sonnigen Lichtung ertappt würde, käme kaum ungeschoren davon — wenn sie überhaupt davonkäme, denn es könnte einem Ritter durchaus in den Sinn kommen, sie nicht nur zu vergewaltigen, sondern anschließend über seinen Sattel zu werfen und zu entführen.

Ariel hielt ihr funkelndes Kurzschwert fest umklammert, aber ihr war bewußt, daß sie damit gegen die doppelschneidigen Breitschwerter der Ritter nicht viel ausrichten könnte. Wenn sie absitzen würden, hätte sie immerhin den Vorteil ihrer Leichtfüßigkeit, denn ein Mann in Lederrüstung und Kettenpanzer war zu Fuß so schwerfällig wie ein Ochse. Doch solange er im Sattel saß, hatte er unweigerlich die Oberhand: auf dem Schlachtfeld konnte er zehn, zwölf oder sogar zwanzig Fußsoldaten bezwingen und hier im Wald würde er sein Opfer mühelos in die Enge treiben — ganz egal, ob es sich um einen Mann, um ein Tier — oder um eine Frau handelte.

Ariel warf einen Blick zu dem schmalen Streifen Himmel zwischen den Baumwipfeln empor. Sie hatte die Burg gegen Mittag verlassen und war langsam zum Teich geritten, wobei sie immer wieder halt machte, um die letzten wilden Johannisbeeren entlang des Weges zu pflücken. Und anschließend hatte sie sich für ihr Bad mindestens eine Stunde Zeit genommen, weil es ein herrliches Gefühl gewesen war, nackt in der Sonne zu schwimmen.

»Wie spät mag es wohl sein?« Die rauhe Stimme schreckte Ariel auf und ließ sie wieder vorsichtig durch die Äste spähen.

Einer der englischen Ritter löste den Lederriemen unter seinem Kinn und nahm mit einem erleichterten Seufzer den konischen Stahlhelm ab.

»Wie spät?« wiederholte er, während er die Kapuze des Kettenpanzers zurückstreifte. Darunter kam rotblondes-Haar zum Vorschein, das schweißverklebt an seinem Kopf klebte. »Es muß schon Spätnachmittag sein, befürchte ich — die Zeit vergeht ja viel schneller, als man glaubt.«

Die Waliser tauschten einen Blick. Sie hatten die gleichen ebenholzfarbenen Augen, und auch ihre bärtigen Gesichter glichen einander so sehr, daß es sich ohne jeden Zweifel um Brüder handeln mußte. Einer der beiden runzelte leicht die Stirn, als er sah, daß der blonde Ritter Anstalten machte abzusteigen.

»Die Burg kann doch nicht mehr weit entfernt sein«, sagte er. »Ich rieche das Meer schon seit einer ganzen Weile.«

»Sie ist zwar nicht mehr weit entfernt«, erwiderte der Normanne, »aber auch nicht nahe genug. Wenn ich noch länger warte, riechen Sie bald nur noch die Scheiße in meiner Hose.«

Die anderen lachten gutmütig, und Ariel verdrehte die Augen himmelwärts.

»Vielleicht wird Ihnen das eine Lehre sein, Lord Henry«, brummte der zweite Engländer, der die imposanteste Statur von allen vier besaß, »in Zukunft vorsichtiger mit den Pasteten zu sein, die man in bescheidenen Herbergen aufgetischt bekommt.«

»Die Pastete war ganz in Ordnung.« Der rotblonde Ritter sah sich nach einem Ort um, wo er seine Notdurft verrichten konnte, streifte hastig seine Lederhandschuhe ab und warf sie auf einen halb vermoderten Baumstumpf. »Was mir den Magen verdorben hat, war das Schweineschmalz, aber noch viel mehr sind die Pläne des Königs daran schuld.«

»Und diese Pläne sind es wohl auch, die Sie veranlassen, immer langsamer zu reiten?«

»Ich kann mir die Reaktion auf unsere Neuigkeiten eben lebhaft vorstellen, und ich fürchte mich zugegebenermaßen davor ... *merde*!« Er stöhnte erleichtert, nachdem es ihm in letzter Sekunde gelungen war, die Hose herunterzulassen und sich auf den gefällten Baumstamm zu hocken. »Lieber würde ich allein und unbewaffnet einer Horde Heiden gegenüberstehen.«

»Aber, aber, Mylord«, kicherte der ältere der walisischen Brüder, während er sich kräftig am Bart kratzte und sodann den kleinen Finger in ein juckendes Ohr schob. »So schlimm kann es doch nicht sein. Ich für meine Person nähme es gern mit jenen Heiden auf, nur um ein Dach über dem Kopf zu haben — und ein Bett, das nicht die ganze Nacht über raschelt.«

»Und ein Weibsbild«, warf der massige Ritter sehnsüchtig ein. »Ein Weibsbild mit kräftigen Schenkeln, die sie bereitwillig um mich schlingt! Von mir aus könnte sie sogar Flöhe haben«, fügte er aufrichtig hinzu.

»Du meinst, solange sie nur nicht wiehert und ausschlägt?« spottete der ältere Waliser. »Du bist in den letzten Wochen wirklich sehr genügsam geworden, Sedrick.«

Der Engländer fletschte grimmig die Zähne. »Im Gegensatz zu anderen Männern weiß ich immerhin, wie man es einem Weib ordentlich besorgt. Bei mir wiehert jedenfalls keine vor Lachen.«

»Eher vor Schmerzen«, warf der jüngere Waliser ein. »Hast du die drei letzten Nutten nicht um ein Haar unter dir zerquetscht?«

Sedrick grinste hämisch. »Die letzten fünf, meinst du wohl? Deine Mutter und Schwester waren Nummer vier und fünf.«

Die Mienen der Brüder versteinerten, und sie griffen nach ihren Schwertern.

»Um Gottes willen!« stöhnte Lord Henry vom Baumstamm her. »Könnt ihr drei keine Stunde miteinander verbringen, ohne Beleidigungen auszutauschen? Lord Rhys ... Lord Dafydd ... ich habe auch ohne Ihren walisischen Humor genug Bauchschmerzen.«

»Sehen Sie Dafydd oder mich lächeln?« erwiderte der ältere Bruder steif. »Die bloße Vorstellung, daß unsere Mutter oder Schwester an solcher Geschmacksverirrung leiden könnte, daß sie mit diesem hohlköpfigen Normannen ins Bett ginge, stimmt uns alles andere als fröhlich.«

»Mmmm, bei Gwladus wäre ich mir da nicht so sicher«, wandte Dafydd milde ein und beugte sich etwas vor, um am breiten Brustkorb seines Bruders vorbei den korpulenten Engländer kritisch zu mustern. »Bekanntlich bewundert sie jedes lange, dicke Ding, wenn ihr Ehemann nicht zu Hause ist. Was hingegen Mutter betrifft ...« — sein Ledersattel knarrte, als er sich wieder zurücklehnte — »so könnte ich durchaus versucht sein, zu ihrer Ehrenrettung ein-zwei Kehlen aufzuschlitzen.«

Der auf dem Baumstamm hockende Ritter wollte etwas erwidern, doch in diesem Moment schoß eine funkelnde Stahlklinge aus dem Gebüsch hervor, und die Spitze eines Kurzschwerts bohrte sich schmerzhaft in seinen Hals unterhalb des Kinns.

»Heute wird hier nur eine einzige Kehle aufgeschlitzt werden«, verkündete Ariel, »und zwar diese hier.«

Goldgespenkelte nußbraune Augen starrten sie fassungslos an. Der unglückselige Ritter öffnete den Mund, konnte aber nichts sagen, weil die scharfe Schwertklinge ihn zwang, den Kopf tief in den Nacken zu legen.

Die drei anderen Männer hatten sich hastig in den Sätteln umgedreht, als sie Ariels Stimme hörten, doch bevor sie ihre Schwerter aus den Scheiden ziehen konnten, wurden sie energisch gewarnt: »Möchten Sie, daß ein tapferer Ritter in einer so unwürdigen Position seinen Kopf verliert?«

Die beiden Waliser ließen die Schwertgriffe nicht los, unternahmen aber keine weiteren Versuche, die Waffen zu zücken. Ihre Gesichter hatten sich zu zornigen Masken verhärtet. Nur der bärenhafte Sedrick schien völlig unbeeindruckt zu sein. Ein scharfer Beobachter hätte allenfalls die Grimasse bemerkt, die er in Richtung seines kompromittierten Gefährten schnitt.

»Wir scheinen Ihnen gegenüber im Nachteil zu sein, Mylady«, sagte der Waliser namens Rhys, dessen Wut verflog, als er die schlanke Waldnymphe einer eingehenden Musterung unterzog. Mit den langen roten Haaren, die ihr offen über Schultern und Rücken fielen, und in der feuchten Tunika, die ihre Kurven voll zur Geltung brachte, bot sie tatsächlich ein hinreißendes Bild — und daß dieses zarte Geschöpf ein Schwert in der Hand hielt, war ein besonders reizvoller Gegensatz. »Dürfte ich fragen, auf welche Weise wir Ihnen zu Diensten sein können?«

Ariel hörte nicht zu. Ihr Blick war auf den schlaffen

leblosen Körper eines Kitzes gefallen, das achtlos über Lord Rhys' Sattel hing. Sie erkannte das kleine weiße Mal auf der Schnauze und wußte, daß es *ihr* Rehkitz war, jenes scheue Tier, das in letzter Zeit sogar schon auf ihr leises Pfeifen reagiert hatte und für das sie heute vergeblich zarte getrocknete Petersilie mitgebracht hatte. Ein große Wunde in seinem hellbraunen Hals bewies, wie geschickt der Ritter mit dem riesigen Langbogen umzugehen verstand, den er über eine Schulter geschlungen hatte.

Ihr Arm zitterte vor kaltem Zorn, und dadurch schnitt die Schwertkante unbeabsichtigt in den Hals ihres Gefangenen. Fluchend schlug er ihr die Waffe aus der Hand, packte sie am Handgelenk und riß sie mit solcher Kraft herum, daß sie im nächsten Moment höchst unelegant inmitten von Farnkraut und Moos auf dem Rücken lag und wild strampelte.

Die beiden Waliser lachten und wendeten hastig ihre Schlachtrösser. Sedrick kratzte sich am Kinn, schüttelte den Kopf und beobachtete gelassen das Geschehen.

Der blonde Normanne sprang mit hochrotem Kopf auf und zog mit einer Hand seine Hose hoch, während er mit der anderen die Schnittwunde an seinem Hals betastete und erneut laut fluchte, als er das Blut an seinen Fingerspitzen sah.

»Bei allen himmlischen Märtyrern! Was soll dieses alberne Spiel?« Sein Blick schweifte über das Gebüsch am Rande der Lichtung, so als rechnete er mit weiteren unangenehmen Überraschungen. »Und was zum Teufel machst du hier — *allein*?«

»Welche Rolle spielt das schon?« fragte Lord Rhys grinsend. »Jetzt ist die Kleine ja nicht mehr allein.«

Ariel sah, daß seine schwarzen Augen schamlos ihre nackten Beine begutachteten, und rappelte sich hoch. Wütend klopfte sie die Erde von ihrer Tunika, ignorierte den lüsternen Waliser und ließ ihren Zorn statt dessen an dem blonden Ritter aus, der immer noch damit beschäftigt war, seine Kleidung zu richten. »Eine viel interessantere Frage könnte *ich* stellen: wo zum Teufel kommt ihr her, und warum habt ihr euch so weit von der Straße entfernt?«

Der Ritter warf ihr einen verdrossenen Blick zu. »Wir wollten nicht gesehen werden.«

»Warum? Was für grauenvolle Verbrechen habt ihr begangen, daß ihr von einem Schatten zum anderen schleichen müßt wie ... wie ...« — sie blickte von dem toten Rehkitz zu dem Mann, der es erlegt hatte — »... wie das feige und verlogene Diebesgesindel, das die niederen Regionen von Wales unsicher macht.«

Die nußbraunen Augen verengten sich zu schmalen Schlitzen. »Du hast in Gegenwart von Fremden eine sehr scharfe Zunge. Paß auf, daß sie dir eines Tages nicht abgeschnitten wird.«

Ariel schnaubte spöttisch. »Ich würde lieber niemanden warnen, daß ihm etwas abgeschnitten werden könnte, mein lieber Lord Henry. Jedenfalls nicht, wenn meine ›Juwelen‹ soeben noch ungeschützt über einem Baumstamm gehangen hätten.«

Die Waliser waren überrascht. »Sie kennen einander?«

Lord Sedrick kicherte, was sich so anhörte, als würden zwei riesige Steine aneinander gerieben. »Meine Herren, Sie haben das Vergnügen, Lady Ariel de Clare kennenzulernen — Lord Henrys liebreizende Schwester.«

»Schwester?« Lord Rhys pfiff leise vor sich hin. »Er hat von einer Schwester gesprochen, aber nicht erwähnt, daß sie so knusprig ist.«

»Sag so etwas lieber nicht so laut, daß sie es hören kann«, warnte Sedrick ihn freundschaftlich. »Lady Ariel schätzt keine Komplimente, ganz gleichgültig, wer sie macht.«

»Vielleicht nimmt sie aber ein Geschenk an«, erklärte der Waliser absichtlich laut. »Sozusagen als Entschädigung dafür, daß wir sie offensichtlich gestört haben.«

Er packte das tote Rehkitz an den schlanken Vorderbeinen und hielt es Ariel hin, damit sie seine Beute bewundern konnte. »Ein einziger Pfeil auf zweihundert Schritte Entfernung«, brüstete er sich. »Es müßte ein zartes Mahl für eine Maid mit solch ... solch zarter Statur und solch überraschenden Fähigkeiten abgeben.«

Wenn er gehofft hatte, ihr schmeicheln zu können, indem er schmunzelnd den gelungenen Überfall erwähnte, so hatte er sich sehr geirrt. Ariels Blick wurde noch härter und eisiger, und sie kehrte dem arroganten Waliser den Rücken zu, um nicht der Versuchung nachzugeben, ihm das Grinsen mit ihren Fingernägeln vom Gesicht zu kratzen.

Sie wartete, bis Henry seine Handschuhe aufgehoben hatte, bevor sie möglichst ruhig fragte: »Habe ich vorhin richtig gehört, daß du Neuigkeiten vom König mitbringst?«

Er starrte sie verblüfft an. »Ich ... äh ... ja ... ja, ich habe Neuigkeiten.«

»Welcher Art?«

»Welcher Art?« Henrys Magen begann wieder vernehmlich zu rumoren. »Das erzähle ich dir erst, wenn wir in Pembroke sind. Ist Lady Isabella da, oder ist sie schon nach Cavenham aufgebrochen?«

»Sie ist noch da ... warum?« Ariel erbleichte und packte Henry am Arm. »Ist es Onkel Wilhelm? Er ist doch nicht etwa ...? Man hat ihn doch nicht etwa ...?«

»Dem Marschall geht es gut«, beruhigte Henry sie. »Jedenfalls ging es ihm gut, als ich zuletzt etwas von ihm hörte.«

Ariel atmete erleichtert auf, straffte aber sofort wieder ungeduldig die Schultern. »Was ist es dann? Welche Neuigkeiten haben dich so verstört, daß du Durchfall bekommst ... und daß du in Gesellschaft von *Räubern* unterwegs bist?«

Henry warf einen besorgten Blick über den Kopf seiner

Schwester hinweg, aber die beiden Waliser hatten ihre gezischte Beleidigung entweder nicht gehört, oder aber sie überhörten sie geflissentlich.

»Zu Hause, Ariel«, beharrte er grimmig. »Es wird am besten sein, wenn ich es dir zu Hause erzähle.«

## 2

Pembroke Castle war dreißig Jahre nach der Eroberung Englands durch die Normannen erbaut worden, als der Tod des großen walisischen Königs Rhys ap Tewdwr eine Invasion in Wales ermöglicht hatte. Ursprünglich hatte die Burg nur aus einem massiven quadratischen Bau bestanden, doch nachfolgende Generationen vorsichtiger und wohlhabender Lords hatten Wohntürme, Höfe, zinnenbewehrte Mauern und Wachttürme hinzugefügt. Wilhelm von Pembrokes Schwiegervater, ein mächtiger Krieger mit dem Beinamen ›Starker Bogen‹, hatte diese Festung als Ausgangspunkt für die erfolgreiche Eroberung Irlands benutzt.

Nach seinem Tod und der Heirat seiner Tochter und Erbin Isabella mit Wilhelm war der imposante, fünfundzwanzig Meter hohe Rundturm erbaut worden, der nun die Bucht von Milford Haven überragte und einen weiten Blick auf Land und Meer ermöglichte. Einen guten Tagesritt von Pembroke Castle entfernt gab es weitere Burgen, die zur Verteidigung dieses wichtigen Teils von Wales dienten — Haverford, Tenby, Lewhaden, Stackpole, Narbeth, Martin. Doch keine war so eindrucksvoll, so bedeutend und so unbezwinglich wie Pembroke.

Auf das vierjährige Mädchen, das zum erstenmal das gewaltige Tor passierte und mit großen Augen zu den scharfen Spitzen der drei Fallgitter emporstarrte, hatte die Burg einen genauso überwältigenden und erschreckenden Eindruck gemacht wie der riesige Ritter mit der Löwenmähne, der dort residierte.

Ariel de Clare und ihr Bruder Henry waren nach dem plötzlichen Tod von Isabellas Halbbruder und dessen Frau der Obhut des Marschalls anvertraut worden. Der grimmige Graf von Pembroke und seine zarte Frau, die kaum ein Jahr verheiratet waren und ihr erstes eigenes Kind erwarteten, wußten nicht, was sie mit den beiden Waisen anfangen sollten, die in schmutzigen und zerrissenen Kleidern vor ihnen standen. Der achtjährige Henry wollte seine kleine Schwester um jeden Preis beschützen und griff den Marschall wütend an, als dieser eine unbedachte Bemerkung über die feuerroten Haare des Mädchens machte. Mit dem Anflug eines Lächelns in seinen blauen Augen leistete Pembroke rasch Abbitte, weil er sofort erkannt hatte, daß dieser Junge einen guten Ritter und Vasall abgeben würde, auf dessen Loyalität und Tapferkeit bis zum letzten Blutstropfen Verlaß wäre. Deshalb wurde Henry auch nicht, wie ursprünglich geplant, anderswo als Page untergebracht, sondern zu Lady Isabellas Pagen erkoren — eine große Ehre, der er mit dem Ernst und Verantwortungsgefühl eines erwachsenen Mannes gerecht wurde.

Die kleine Lady Ariel mit den großen grünen Augen und dem energischen Kinn verkündete, daß auch sie es kaum erwarten könne, ihre Ausbildung zum Ritter zu beginnen. Sie freute sich genauso wie ihr Bruder auf den Tag, da sie sich ihre goldenen Sporen verdienen würde, um in der Folge mächtige Drachen in heldenhaftem Kampf zu besiegen.

Deshalb war es für sie ein schwerer Schock, daß sie Kleider anstelle der viel bequemeren Wämse und Lederhosen tragen mußte. Als sie neun und Henry dreizehn Jahre alt wurde, war sie zwar stolz auf seine Beförderung zum Knappen des Marschalls, aber zugleich so empört über ihre eigene Zurücksetzung, daß sie einen Aufstand im Kinderzimmer anzettelte, das mittlerweile außer ihr drei Kinder von Wilhelm und Isabella beherbergte; dieser Aufstand dauerte mehrere Monate und trieb fünf Gouvernanten in die Flucht. Drohungen und Prügel verfehlten jede Wirkung, und sie gab keine Ruhe, bis Henry ihr widerwillig versprach, alles, was er während seiner Ausbildung zum Ritter lernte, getreulich an sie weiterzugeben. Und ihrem Onkel rang sie das Versprechen ab, diesen Unterricht stillschweigend zu dulden. Er hielt sich stets daran, sogar als sie Jahre später am ganzen Körper mit blauen Flecken übersät war, weil sie eigensinnig darauf beharrte, eines der wilden Schlachtrösser zu reiten.

Lady Isabella war entsetzt über die Schwielen an den Händen ihrer Nichte und über den knabenhaft schlanken, geschmeidigen Körper, der lange Zeit keine weiblichen Rundungen aufwies. Sie schimpfte kopfschüttelnd über die beschmutzten und zerrissenen Kleider, die an der Tagesordnung waren, weil Ariel bei Scheingefechten mit Henry auf Bäume kletterte und über Zäune sprang, und sie beklagte sich häufig bei ihrem Mann, doch die wilde Kleine hatte sich längst einen Sonderplatz in seinem Herzen erobert, und wenn er sie wegen irgendwelcher Missetaten zur Rede stellte, dauerte es nie lange, bis ein Lächeln über sein strenges Gesicht huschte. Außerdem hielt er es für durchaus vernünftig, wenn in diesen gefährlichen Zeiten und in dieser gefährlichen Gegend auch eine Frau mit Schwert und Bogen umzugehen verstand, und deshalb erteilte er seiner Nichte gelegentlich sogar selbst Unterricht. Die Gräfin hatte schließlich resigniert und ihre Bemühungen darauf konzentriert, ihre eigenen sanftmütigen Töchter zu perfekten Gastgeberinnen und jungen Damen zu erziehen. Deshalb maß Ariel sich mit ihren achtzehn Jahren — einem Alter, in dem die meisten Mädchen längst verheiratet oder zumindest verlobt waren — immer noch mit ihren Cousins im Lanzenstechen und wollte von einer Ehe nichts wissen.

Doch weil sie die Nichte des mächtigen Marschalls war und zudem von ihrer Mutter einige Ländereien geerbt hatte, fehlte es nicht an zweibeinigen Bluthunden, die an ihren Röcken schnupperten. Seit sie mit zwölf Jahren das heiratsfähige Alter erreicht hatte, passierten erst- und zweitgeborene Söhne von Edelleuten jenes Tor, das Ariel als kleines Mädchen so eingeschüchtert hatte, und hielten um ihre Hand an. Manchen Bewerbern ging es nur darum, sich mit dem Hause Pembroke zu verbinden. Anderen war mehr daran gelegen, ihren Grundbesitz in Wales auszudehnen. Diese Männer hätten um der Vorteile willen sogar schwarze Zähne, ein pockennarbiges Gesicht oder einen unförmigen Körper in Kauf genommen. Doch alle waren kleinlaut wieder zum Tor hinausgeritten, und manch einer hatte lange gebraucht, um die vehemente Abfuhr zu verdauen.

Die Gräfin war oft der Verzweiflung nahe, während der Graf darauf beharrte, daß seine Nichte selbst entscheiden müsse, wen sie heiraten wollte und wen nicht, obwohl ihr unerschöpflicher Vorrat an Gründen für eine Abweisung gelegentlich auch seine eigene Geduld auf eine harte Probe stellte. Einer schielte, und sein Atem stank nach toten Ratten. Ein anderer hatte einen verschlagenen, habgierigen Blick. Ein dritter hatte sich angeblich vor Angst in die Hose gemacht, als sie ihren Dolch zückte und sich erbot, ihn gegen einen angreifenden Hund zu verteidigen.

Eigentlich war es nicht überraschend, daß dieser Eigensinn schließlich sogar dem König zu Ohren gekommen war, denn viele dieser erst- oder zweitgeborenen Söhne verbreiteten bei Hofe Gerüchte über die Unverschämtheit dieser rothaarigen Erbin. Dem König stand das Recht zu, Ehen zu stiften — ein beliebtes Mittel, um Gläubiger zufriedenzustellen, wenn die Staatskasse wieder einmal leer war. Daß Johann bisher keine Verlobungsdekrete für die fünf Töchter und fünf Söhne des Marschalls besiegelt hatte, war nur der Tatsache zuzuschreiben, daß er den

Zorn des Löwen von Pembroke fürchtete. Wilhelm, der riesige Ländereien in England, Irland und in der Normandie besaß, war viel reicher als der König, was diesem natürlich ein Dorn im Auge war. Und je habgieriger und machthungriger der Herrscher wurde, desto neidischer schielte er auf den Grafen von Pembroke.

»Weil der Marschall derzeit in der Normandie diese vergeblichen Friedensverhandlungen mit den Franzosen führt, glaubt Ohneland wohl, diesseits des Ärmelkanals seine Autorität demonstrieren zu können.«

Die Familie war in der großen Halle versammelt. Ariel stand vor dem dreieinhalb Meter breiten Kamin, in dem dicke Baumstämme verbrannt wurden. Abgesehen vom Prasseln des Feuers war es in dem höhlenartigen Gewölbe totenstill. Die mächtigen Deckenbalken hätten ohne weiteres auch die Kuppel einer Kathedrale tragen können, und das Halbdunkel und die Kühle erweckten den Eindruck einer Gruft.

Henry, dessen Schnittwunde am Hals immer noch schmerzte, blieb vorsichtshalber auf Distanz zu seiner Schwester und ließ sie nicht aus den Augen, sobald sie in die Nähe der gekreuzten Schwerter an den Wänden kam. Die walisischen Lords, Rhys und Dafydd, hielten sich diskret etwas abseits von den Familienmitgliedern, doch ihre Gesichter spiegelten im Feuerschein unverhohlene Belustigung und leichte Verwirrung wider.

»Ich glaube es einfach nicht!« tobte Ariel. »Solange ich das Schreiben nicht mit eigenen Augen gesehen habe, weigere ich mich einfach, dieser *Neuigkeit* Glauben zu schenken!«

Lady Isabella rang die Hände und blickte ihren Neffen hilfesuchend an. Die zierliche Gräfin, der nicht anzusehen war, daß sie ihrem Mann im Laufe der sehr glücklichen Ehe zehn Kinder geschenkt hatte, wußte nicht, wie sie ihre Nichte beschwichtigen sollte. Daß einer von Ariels berüchtigten Wutausbrüchen unmittelbar bevorstand, wußte sie genauso gut wie Henry, und beide beobachteten das Mädchen scharf und legten jedes Wort auf die Goldwaage, um eine Explosion nach Möglichkeit zu verhindern.

»De Braose ist ein angesehener Name«, versuchte Isabella zu begütigen. »Ihnen haben früher große Ländereien in Brednock und Builth gehört ... sogar in Limerick. Der ältere Simon de Braose hat zusammen mit meinem eigenen lieben Vater gegen die Kelten gekämpft.«

Ariel drehte den Kopf nach ihr um. »Tatsächlich? War das jener Simon de Braose, der betrunken aus dem Sattel fiel und von den Rädern eines Mistkarrens zerquetscht wurde? Jener Simon de Braose, der jeden Hektar Land durchbrachte, den die Familie jemals in Wales und England besaß? Und mußten diese De Braose sich in der Folge nicht als Söldner verdingen, nur um nicht auch noch das Familienwappen zu verlieren?«

»Nun ja ... Familien machen manchmal eben schwierige Zeiten durch«, sagte Isabella zögernd. »Und der jetzige Lord hat ... er hat dem König wertvolle Dienste geleistet, um seiner Familie zu neuem Ansehen zu verhelfen.«

Ariels Augen verengten sich zu schmalen Schlitzen. »Nun, auf meine Kosten wird er dieses Ansehen jedenfalls nicht zurückgewinnen. Ich habe seinen pockennarbigen Sohn einmal gesehen, ihn aber auf Distanz gehalten, denn der Kerl stank schlimmer als eine ganze Schweineherde. Und sein Anblick wäre sogar für Schweine eine Zumutung gewesen, so fett und pickelig ist er! Er bohrte ständig mit dem Finger in der Nase, und was er dort fand, verspeiste er genüßlich zwischen den Mahlzeiten. Seine Augen blickten in verschiedene Richtungen, so als stünde jemand hinter ihm und schlüge ihn ständig mit einer Bratpfanne. Den soll ich heiraten? Ich soll Reginald de Braose *heiraten*?« Sie schnaubte wie ein Schlachtroß und wandte ihr Gesicht wieder dem Feuer zu. »Lieber würde ich ins Kloster gehen ... oder ins Grab!«

Lady Isabella griff sich mit einer zarten weißen Hand an den Hals und schaute hoffnungsvoll zu Henry hinüber. »Vielleicht . . . vielleicht ist das alles ja nur ein schreckliches Mißverständnis . . .«

Henry hatte seine Rüstung abgelegt, aber noch keine Zeit für ein erfrischendes Bad gehabt. Sein Haar stand strähnig hoch und schimmerte golden im Feuerschein, als er mit einem müden Seufzer den Kopf schüttelte.

»Nein, es ist leider kein Mißverständnis. Wie schon gesagt — wir wurden durch starke Regenfälle gezwungen, in Llandaff haltzumachen, und zufällig suchte der Kurier des Königs in derselben Herberge Zuflucht. Er nahm bereitwillig unser Angebot an, mit uns am Feuer einen Krug Ale zu trinken, und als wir fragten, ob er Neuigkeiten aus der Normandie hätte, wurde er sehr gesprächig. Weil wir einander nur mit Lord Sedrick, Lord Rhys und so weiter anredeten, wußte er nicht, wer wir sind, und wahrscheinlich dachte er, wir würden uns sehr geschmeichelt fühlen und deshalb großzügig nachschenken, wenn er uns anvertraute, daß der König es sich zur Aufgabe gemacht hat, Pembrokes Nichte Ariel endlich unter die Haube zu bringen. Nach einigen weiteren Krügen Ale erfuhren wir dann auch den Namen des glücklichen Bräutigams.«

»Glücklich?« knurrte Ariel. »Er wird in der Tat sehr glücklich sein, wenn ich ihm einen Spieß in den Arsch stecke!«

Lady Isabella griff sich wieder mit zittriger Hand an den Hals. »Trotzdem ... es könnte durchaus einen zweiten Reginald de Braose geben. Der König hat mindestens ein Dutzend De Braose in seinen Diensten, und sie neigen dazu, untereinander zu heiraten und ihren Söhnen die Namen des Vaters oder Onkels zu geben.«

»Auch noch Inzucht!« fauchte Ariel verächtlich. »Deshalb sehen sie auch so degeneriert aus.«

»Dieser Reginald ist der Sohn von Wilhelm de Braose«,

erwiderte Henry, ohne auf den Zwischenruf seiner Schwester einzugehen, »der bis vor wenigen Monaten Hauptmann der Gefängniswache in der Zitadelle von Rouen war.«

»Ein Gefängniswärter!« rief Ariel. »Wie schmeichelhaft! Der König will mich mit dem Sohn eines gewöhnlichen Kerkermeisters verheiraten!«

»De Braose ist nicht *irgendein* Kerkermeister.« Lord Rhys trat in den Lichtkreis und traute sich sogar bis auf Armeslänge an Ariel heran. »Verzeihen Sie bitte meine Einmischung, Mylady, aber ich kenne diesen Zweig der Familie De Braose genau. Einige der Ländereien, die sie durch Unfähigkeit und mangelnde Verteidigung verloren haben, grenzen an die unseren.«

Ein starker Geruch nach Leder und Wald stieg Ariel in die Nase. Trotz ihrer grenzenlosen Wut über den Versuch des Königs, in ihr Leben einzugreifen, konnte sie auch für den walisischen Prinzen noch etwas Zorn erübrigen.

Sie hatte die Namen schon im Wald erkannt. Lord Rhys und Lord Dafydd hatten einen älteren Bruder, der einen Pakt mit König Johann geschlossen hatte: Ohneland erkannte ihn als Prinzen von Gwynedd an und verlieh ihm die Macht über eine Region von Wales, die den Namen Snowdonia trug. Im Gegenzug stellte Llywellyn ap Iorwerth seine Raubzüge im Grenzgebiet ein und schwor dem englischen König Lehnstreue. Diese Einstellung der Feindseligkeiten erlaubte Llywellyn, seine Aufmerksamkeit ausschließlich auf einen entfernten Verwandten zu konzentrieren, Gwynwynwyn von Powys, dessen wachsende Macht ihn beunruhigte.

Im wilden gebirgigen Wales waren alle Titel und Besitzansprüche höchst umstritten. Dutzende selbsternannter Prinzen herrschten über Dutzende willkürlich geschaffener Königreiche, die nach jeder blutigen Auseinandersetzung den Besitzer wechselten. Um diese barbarischen Clans unter Kontrolle zu halten, hatten die Engländer im

Grenzgebiet eine Reihe von Festungen errichtet. Die Barone, die dort residierten, waren oft genauso grausam, blutrünstig und rücksichtslos wie die Waliser, und nur wenige lebten lang genug, um ihren Besitz für die nachfolgenden Generationen sichern zu können.

Ariels Vater, Roger de Clare, hatte in diesem Grenzgebiet Land besessen, auf das die ehrgeizigen Iorwerths von Gwynedd es abgesehen hatten. Ein Überfall hatte Roger und seiner Frau das Leben gekostet und ihre beiden Kinder zu Waisen gemacht. Deshalb war in Ariels Augen jeder, der den Namen Iorwerth trug — folglich auch Llywellyn und seine Brüder Rhys und Dafydd — nichts weiter als ein Mörder und ein Dieb.

»Sie sagen *nicht irgendein Kerkermeister,* so als gäbe es Kerkermeister von edlem Geblüt.«

Ihre Stimme triefte vor eisigem Sarkasmus, doch Lord Rhys lächelte nur. »Das vielleicht nicht, aber es gibt *Gefangene* von edlem Geblüt. Wenn ich mich nicht sehr irre — und ich kann Ihnen versichern, daß das sehr selten vorkommt —, war die Zitadelle von Rouen jener Ort, an dem König Johann den jungen angevinischen Prinzen Arthur gefangenhielt.«

»Man wird nicht dadurch erhöht, daß man einen Prinzen königlichen Geblüts bewacht«, konterte sie höhnisch.

»Nein, da haben Sie völlig recht. Aber wenn Sie bedenken, daß ein Kerkermeister Tag und Nacht Zutritt zu einem Gefangenen hat und deshalb der einzige Zeuge irgendeines ... *Unfalls* ... sein könnte, den dieser Gefangene erlitten haben könnte ...« Lord Rhys legte eine beredte Pause ein, während sein Blick zu Ariels runden festen Brüsten schweifte. »Würde das nicht die plötzliche Großzügigkeit des Königs erklären? Bestimmt hätte er einen viel höheren Profit erzielen können, wenn er Ihre Hand an den Meistbietenden verkauft hätte.«

In der Stille, die seinen Worten folgte, versank Ariel wider Willen in den Augen des Walisers — Augen, die nicht schwarz waren, wie sie ursprünglich geglaubt hatte, sondern dunkelbraun. Es waren gefährliche Augen, in denen viele unergründliche Geheimnisse geschrieben standen. Die gerade Nase war offensichtlich nie gebrochen worden, was bei diesem kämpferischen Volk an ein Wunder grenzte. Der Mund war ausgesprochen sinnlich, mit vollen Lippen, die sich häufig zu einem unverschämten Grinsen verzogen. Ariel schätzte ihn auf Ende dreißig, aber vielleicht ließ ihn der krause schwarze Bart vier oder fünf Jahre älter erscheinen, als er in Wirklichkeit war.

Sein Bruder hingegen konnte nicht viel älter als sie selbst sein — vielleicht zwanzig — und hatte große ausdrucksvolle Augen, die ihm das Aussehen eines Welpen verliehen. Den Bart hatte er sich zweifellos wachsen lassen, um männlicher zu wirken, doch Ariels Ansicht nach sah der Welpe dadurch nur etwas wilder aus.

»Wollen Sie damit andeuten, Sir«, fragte sie langsam, »daß De Braose auf irgendeine Weise für Prinz Arthurs Tod verantwortlich war?«

»Sein Tod ist noch nicht bestätigt worden«, erwiderte Rhys, dem forschenden Blick der smaragdgrünen Augen ungerührt standhaltend. »Kurz nach seinem *Verschwinden* wurde dem Kerkermeister jedoch das unerwartete Glück zuteil, seine Ländereien in der Umgebung von Radnor zurückzuerhalten.«

Ein kalter Schauer lief Ariel über den Rücken. Er hatte recht. Es war ein höchst merkwürdiger Zufall . . .

»Oh, der arme, arme Prinz!« seufzte Lady Isabella und sank kraftlos auf einen Stuhl. »Sollte ihm tatsächlich ein so schreckliches Ende beschieden gewesen sein? Es ist ja kein Geheimnis, daß der König seine gedungenen Mörder fürstlich belohnt.«

»Und es ist auch kein Geheimnis«, warf Henry ein, »daß unser heißgeliebter König Geiseln von all jenen verlangt, die er einer Verschwörung verdächtigt. Geiseln in

Form reicher Erben und Erbinnen, die er mit Leuten seiner Wahl verheiratet.«

»Eine Verschwörung?« flüsterte Isabella. »Aber mein Wilhelm hat ihn doch zum König gemacht. Als Richard starb, kam Gottfrieds Sohn durchaus als Thronfolger in Betracht ...«

»Er *war* der rechtmäßige Thronfolger«, fiel Rhys ihr ruhig ins Wort.

»Aber mein Gemahl machte seinen ganzen Einfluß geltend, damit die Barone zugunsten von Johann abstimmten«, beendete die Gräfin ihren Satz. »Er hat nicht den geringsten Grund, Wilhelm des Verrats zu verdächtigen.«

»Der König hat ein bemerkenswert kurzes Gedächtnis«, stellte Henry trocken fest. »Und er mißtraut prinzipiell allen Männern, die wohlhabender, angesehener und einflußreicher sind als er selbst. Ohneland hätte längst versucht, den Marschall zu diskreditieren, wenn er nicht Angst davor hätte, daß dann alle englischen Barone sich ganz offen gegen ihn auflehnen.«

»Selbst wenn die ganze Welt sich gegen ihn auflehnen würde«, rief Ariel erbittert, »käme diese Rebellion zu spät, um mich vor dem Bräutigam zu bewahren, den er mir aufzwingen will.«

Sie lief wütend vor dem Kamin auf und ab. Ihr Rock schleifte über den Steinboden, wirbelte Stroh und Staub auf und streifte immer wieder Lord Rhys' Stiefel. Sie hatte sich nicht die Mühe gemacht, nach der Rückkehr in die Burg ihre Haare zu flechten, und im Feuerschein waren die langen roten Locken mit goldenen, bernsteinfarbenen und kastanienbraunen Strähnen durchsetzt.

Der Waliser ließ sie nicht aus den Augen, und sein scharfer Blick glitt mit wachsendem Interesse über ihre Kurven. Nur unter Aufbietung aller Willenskraft konnte er sich auf das konzentrieren, was Henry de Clare sagte.

»Wir haben immerhin noch etwas Zeit. Der Kurier kann frühestens in ein-zwei Tagen hier sein, denn er nimmt den Weg über Kidwelly und Carmarthen, wo er ebenfalls Briefe abzuliefern hat.«

»Ausgezeichnet.« Ariel blieb plötzlich stehen. »Dann haben wir viel Zeit, um einen Hinterhalt vorzubereiten. Auf dem Waldweg, würde ich vorschlagen. Es muß so aussehen, als wäre er von Räubern überfallen worden, aber das dürfte nicht schwer zu bewerkstelligen sein.«

»Den Kurier des Königs überfallen?« Isabella blickte entsetzt auf. »Das kann doch nicht dein Ernst sein.«

»Was soll ich denn deiner Ansicht nach machen?« fragte Ariel. »Ihn am Tor herzlich willkommen heißen? Ein Fest zu seinen Ehren vorbereiten und das königliche Sendschreiben dankbar in Empfang nehmen?«

»Wir können den Inhalt des Schreibens zur Kenntnis nehmen, ohne gleich einzuwilligen«, betonte die Gräfin steif. »Und wenn wir dem Kurier einen Antwortbrief mitgeben, in dem wir uns dafür bedanken, daß der König sich soviel Gedanken über unser künftiges Wohlergehen macht, gewinnen wir Zeit und können deinen Onkel informieren.«

»Du glaubst doch nicht, daß der König keine Maßnahmen ergriffen hat, um eine solche Hinhaltetaktik zu verhindern? Was, wenn sein Schreiben den Befehl enthält, ich soll mich unverzüglich zu meinem Bräutigam nach Radnor begeben? Notfalls sogar unter Androhung von Waffengewalt.«

»Oh, ich glaube nicht ...«

»Henry«, unterbrach Ariel den Protest ihrer Tante und warf ihrem Bruder einen scharfen Blick zu. »War dieser Bote allein unterwegs oder mit einer Eskorte?«:

»Mit einer Eskorte«, gab er grimmig zu. »Sechs oder mehr Soldaten hatten ihr Nachtlager in einem Stall unweit der Herberge aufgeschlagen.«

»Sechs Soldaten!« wiederholte Ariel empört. »Und da zweifelt ihr immer noch daran, daß er mich gleich mitnehmen soll, sogar gegen meinen Willen?«

Henry warf flehend die Arme hoch. »Ich zweifle an gar nichts.«

»Und?«

»Und ...« Er zuckte mit den breiten Schultern und brachte ein schiefes Grinsen zustande. »Um deiner Keuschheit willen würde ich sie alle mit Freuden im Schlaf erwürgen, falls du mich darum bitten solltest.«

Isabella starrte ihren Neffen seufzend an. Sie wußte nicht, was sie in Abwesenheit ihres Mannes ohne ihn gemacht hätte. Henry hatte anfangs gegrollt, daß er den Marschall nicht in die Normandie begleiten durfte, aber er hatte sich während dieser elf Monate beim besten Willen nicht über Untätigkeit beklagen können. Es gab ständig Überfälle von Norden her, und die Schuldigen mußten gefaßt und gezwungen werden, das Diebesgut zurückzugeben oder eine Entschädigung zu bezahlen. Ferner mußte ständig zwischen den beiden rivalisierenden walisischen Kriegsherren — Llywellyn von Gwynedd und Gwynwynwyn von Powys — vermittelt werden, um den Frieden zu sichern.

Erst vor vierzehn Tagen hatte einer von Llywellyns Vasallen den Einfall gehabt, etwa hundert Rinder von einer Weide der Pembroke unweit der Grenze zu Snowdonia zu stehlen. Die beiden schwarzhaarigen Prinzen hatten Henry, der diesem Vorfall nachgegangen war, nach Pembroke zurückbegleitet, um Llywellyns persönliche Entschuldigungen für den Affront zu übermitteln. Nicht daß der Schuldige gefaßt oder das Vieh zurückgegeben worden wäre. Und es ließ sich nicht einmal gänzlich ausschließen, daß Lord Rhys selbst für den Diebstahl verantwortlich gewesen war.

Doch im Augenblick hatte Lady Isabella ganz andere Sorgen als gestohlene Rinder und diplomatische Platitüden. Sie war erleichtert, daß Henry wieder zu Hause war, daß sie die Last der Verantwortung nicht allein tragen mußte. Schließlich war es Ariels Bruder, und er war Lord de Clare. Allerdings hatte sie von ihm vernünftige Ratschläge erwartet, nicht aber das Angebot, den Kurier des Königs und dessen Begleiter eigenhändig zu erwürgen.

»Wir könnten dich verstecken«, schlug sie ihrer Nichte statt dessen vor. »Du könntest Pembroke noch heute nacht verlassen und von einer unserer Burgen zur nächsten reiten. Wenn du dich an keinem Ort allzu lange aufhältst, wird der Kurier dir dieses Sendschreiben nicht aushändigen können. Wie schnell kann ich meinem Gemahl eine Nachricht zukommen lassen?« fragte sie Henry, der eine Weile überlegte, bevor er antwortete.

»Wenn er sich immer noch in Rouen aufhält — drei oder vier Tage, vorausgesetzt, daß das Meer es gut mit uns meint und die Straßen trocken sind.«

»Und wenn er nicht in Rouen ist?« wandte Ariel sofort ein. »Oder wenn das Meer es schlecht mit uns meint und die Straßen ein einziger Morast sind? Oder wenn es nicht gelingt, den Kurier so lange an der Nase herumzuführen? Es kann *Wochen* dauern, bis wir eine Antwort von meinem Onkel erhalten ... und wenn der Kurier mich vorher irgendwo abfängt — was dann? Werdet ihr alle freundlich an mich denken, wenn ich zum Hochzeitsaltar geschleppt werde?«

»Wir können den Kurier des Königs nicht überfallen«, beharrte Isabella. »Wir sind keine Mörder, und wir dürfen dem König keinen Grund liefern, an der Loyalität deines Onkels zu zweifeln.«

Ariel stampfte mit dem Fuß auf und kehrte ihrer Tante wütend den Rücken zu, nur um festzustellen, daß Lord Rhys, der Dunkle Prinz von Gwynedd, über die Diskussion sichtlich erheitert war.

Obwohl sie ihn und seinen ganzen Clan verabscheute, ließ sich nicht leugnen, daß er ein Mann war, der sich nicht an irgendwelche Konventionen halten würde, um zu bekommen, was er haben wollte. Sie glaubte ohne weiteres, daß er hundert von Pembrokes besten Rindern gewollt und sie sich einfach genommen hatte, ohne auch nur einen Gedanken an die Konsequenzen zu verschwenden. Sein Bruder hatte ihm befohlen, demütig Abbitte für diese Schandtat zu leisten, aber sie war überzeugt, daß es ein bloßes Lippenbekenntnis sein würde. Möglicherweise wäre er zu noch ganz anderen Dingen bereit, wenn man ihm einen verlockenden Köder hinwarf ...

»Welche Summe wollen Sie meiner Tante als Entschädigung für die Rinder anbieten, die Ihre Stammesgenossen gestohlen haben?«

Lord Rhys, der sich mit einer Schulter lässig an den Kamin lehnte, betrachtete mit übertriebenem Interesse die gespreizten Finger seiner rechten Hand.

»Von *gestohlenen* Rindern weiß ich nichts, Mylady«, erklärte er ruhig. »Es gab nur einen gewissen *Fehlbestand,* und als eine Geste guten Willens hat mein Bruder mich hergeschickt, um Ihnen anzubieten ...«

»Ja, ja, ja«, fiel sie ihm ungeduldig ins Wort. »Reumütige Worte und eine Handvoll Kupfermünzen — beides zusammen dürfte nicht einmal dem Wert eines einzigen Rinds entsprechen!«

»Ariel!« rief die Gräfin entsetzt.

»Haben Sie vielleicht einen anderen Vorschlag?« fragte Rhys. »Eine andere Art der Entschädigung für den Schaden, der durch dieses bedauerliche Mißverständnis möglicherweise entstanden ist?«

Isabella wollte erneut protestieren, kam aber nicht dazu, weil Ariel auch diesem ihrer Gewohnheit treu blieb, einen Gedanken auszusprechen, sobald er ihr in den Sinn kam.

Ihre grünen Augen funkelten verschwörerisch, als sie den großen Waliser ansah. »Sie haben diesen Kurier gesehen und wissen, wie er aussieht? Welchen Weg er vermutlich nimmt?«

Lord Rhys nickte, amüsiert über ihre Unverfrorenheit. Allerdings fiel es ihm immer schwerer, sich auf ihre Worte zu konzentrieren, denn er konnte nur daran denken, wie ihre Lippen sich wohl beim Küssen anfühlen würden. Dieses temperamentvolle Geschöpf mit einer Haut wie Milch und Honig war wirklich verführerisch. Er stellte sie sich nackt auf einem Bett mit dunklen Fellen vor, und er glaubte fast, die Hitze des an ihn geschmiegten Körpers zu fühlen. Es war eine so aufregende Vision, daß seine Hose ihm plötzlich viel zu eng vorkam.

»Wäre es nicht ein Kinderspiel für einen Mann mit Ihren beachtlichen Talenten«, fuhr Ariel fort, »diesem Kerl aufzulauern und ihn in den Norden zu entführen, wo er dann Ihr ... äh ... Ihr Gast wäre, bis der König sich zur Zahlung eines angemessenen Lösegelds entschließen würde? Ist das bei Ihren Verwandten nicht eine durchaus verbreitete Methode, um den König zu ärgern? So verbreitet, daß eine Entführung dieses speziellen Kuriers ihn nicht mißtrauisch machen würde?«

Lord Rhys blickte ihr tief in die Augen, bevor er dem Lächeln, das bisher nur um seine Mundwinkel gespielt hatte, freie Bahn ließ. »Gewiß, so etwas kommt gelegentlich vor, aber noch viel lieber als Kuriere entführen wir reiche Erbinnen, die der König einem seiner Lakaien zugedacht hat, und verheiraten sie mit unseren Männern, ohne uns einen Deut um königliche Dekrete zu kümmern.«

Ariels Herzschlag stockte kurz, aber sie hielt den kühnen Blicken, die ihren Körper einer genauen Musterung unterzogen, tapfer stand. Eine Bewegung hinter ihr verriet, daß Henry auf die Unverschämtheit des Walisers nicht so gelassen reagierte wie sie selbst, aber sie konnte ihn durch leichtes Kopfschütteln davon abhalten, seinem Beschützerinstinkt nachzugeben. Mit diesem Briganten würde sie auch allein fertigwerden.

»Ich glaube nicht, daß mein Onkel von einer derartigen Lösung des Problems sehr begeistert wäre. Sie könnte zu unangenehmen Vergeltungsmaßnahmen führen.«

»Der Vorteil gewisser Handlungen besteht aber darin, daß sie sich nicht ungeschehen machen lassen.«

Ariels Haut glühte, so als stünde sie zu nahe am Feuer, aber es waren die dunklen lüsternen Augen, die auf sie die gleiche Wirkung ausübten wie lodernde Flammen.

»Aber würden Sie nicht trotzdem die Dankbarkeit meines Onkels seiner Feindschaft vorziehen, Mylord?«

Rhys wartete neugierig ab. Er ahnte, was sie ihm vorschlagen wollte, konnte sich aber beim besten Willen nicht vorstellen, daß sie dieses Angebot tatsächlich über die Lippen bringen würde.

Ariel mußte sich denn auch mehrmals die Lippen befeuchten, bevor sie mit ihrer absurden Idee herausrückte, doch es gelang ihr, den Blick nicht zu senken und ihrer Stimme einen ruhigen Klang zu geben.

»Eine Verbindung zwischen unseren beiden Familien hätte gewisse Vorteile.«

»Eine Verbindung, Mylady?«

»Ja, durch eine ... eine Eheschließung, natürlich unter der Voraussetzung, daß ein geeigneter Kandidat gefunden werden könnte.«

»Natürlich! Käme ich eventuell in Frage?«

Ariel blinzelte. »Sie?«

»Natürlich unter der Voraussetzung, daß ich interessiert wäre.«

»Natürlich«, murmelte sie. »Nun ...« — Ariel senkte die Lider und bemühte sich, verlegen zu wirken — »selbstverständlich müßte mein Onkel sein Einverständnis zu jeder geplanten Eheschließung geben, aber ... wenn ich ihn davon überzeugen könnte, daß ich nichts dagegen hätte ...«

Lord Rhys war kein Narr. Er wußte, daß sie auf diese raffinierte Weise nur Zeit gewinnen wollte, aber die Idee war so verführerisch, daß ihn unwillkürlich ein heißer Schauer überlief. Er hatte eine ganze Woche getobt, bevor er sich widerwillig Llywellyns Befehl beugte, in Pembroke Castle den zerknirschten Vasall zu spielen, während der selbsternannte Prinz von Gwynedd sich an den Rindern gütlich tat, die er — Rhys — im Schweiße seines Angesichts gestohlen hatte. Mit der Nichte des Löwen in die Wälder von Deheubarth zurückzukehren, würde ihn für diese Demütigung entschädigen. Er könnte seinem Bruder, der seit Jahren vergeblich um die Gunst des Marschalls warb, nicht nur eine lange Nase machen, sondern wäre möglicherweise sogar in der Lage, Llywellyn die Herrschaft über ganz Snowdonia streitig zu machen.

Seine dunklen Augen verweilten auf Ariels langen gesenkten Wimpern. Er hatte es nicht eilig zu sprechen, denn er wollte nicht, daß seine Stimme etwas von seiner Aufregung verriet. Es war zwar kaum vorstellbar, daß der Marschall seine Einwilligung zu einer Verbindung des Hauses von Pembroke mit dem Dunklen Prinzen von Gwynedd geben würde, aber es war genauso unwahrscheinlich, daß er seine geliebte Nichte dem Sohn eines Gefängniswärters zur Frau geben würde. Diese vom König angeordnete Eheschließung war ein Schlag ins Gesicht des alten Kriegers — eine grenzenlose Beleidigung für diesen integren und allgemein beliebten Mann. Wenn man ihm eine Alternative bot, selbst wenn sie auf den ersten Blick völlig absurd erscheinen mochte — eine Alternative, die zudem dauerhaften Frieden im walisischen Grenzgebiet versprach — könnte er zustimmen.

*Bei Gott, er könnte zustimmen!*

Rhys' Blick schweifte über Ariels Schulter hinweg. Lord Henrys Gesicht war völlig ausdruckslos, und nur die verkrampften Muskeln verrieten, daß er seine Schwester am liebsten bei den Schultern gepackt und geschüttelt hätte, bis sie mit den Zähnen klapperte. Sowohl Rhys als auch Dafydd hatten gesunden Respekt vor dem rotblonden Normannen und vor dem Hünen namens Lord Sedrick. Das Paar hatte sich ohne Eskorte ins Herz von Gwynedd gewagt und war nicht nur mit heiler Haut davongekommen, sondern hatte auf dem Rückweg auch noch zwei walisische Prinzen im Gefolge gehabt, die gezwungen waren, neben der Demütigung auch noch den Staub zu schlucken, den die Rösser der beiden Normannen aufwirbelten.

Auch hier war noch eine offene Rechnung zu begleichen, entschied Rhys, und diese Rache wäre sogar mit erheblichem Genuß verknüpft: jedesmal, wenn Ariel ihre nackten Schenkel für ihn spreizte, könnte er sich die ohnmächtige Wut ihres Bruders vorstellen. Bis dahin mußte man den jungen De Clare jedoch so vorsichtig wie ein rohes Ei behandeln. Vielleicht sollte man ihm einen Köder hinwerfen. Wenn er persönlich irgendwelche Vorteile aus der vorgeschlagenen Eheschließung ziehen würde, könnte er geneigt sein, sie nicht nur als üblen Scherz anzusehen.

Durch diesen Gedanken wieder in gute Laune versetzt, lächelte Lord Rhys. »Ich hätte gewiß keine Gewissensbisse, den Kurier des Königs als Gast bei uns aufzunehmen, und er könnte so lange bleiben, wie Sie es wünschen. Aber wäre es nicht viel einfacher, den Kerl einfach abzumurksen? Ich kann Ihnen versichern, daß die Leute des Sheriffs seine Leiche nicht so schnell finden würden.«

»Allmächtiger!« stöhnte Isabella und bedeckte ihr Gesicht mit beiden Händen.

»Wie meine Tante bereits klargestellt hat, sind wir keine Mörder«, erklärte Henry steif, »und wir können Morde auch nicht gutheißen.«

»Wir wollen nur, daß das Schreiben des Königs den Empfänger mit einer gewissen Verzögerung erreicht«, fügte Ariel sanft hinzu.

»Aber zu welchem Zweck?« Henrys Geduld mit dem Wahnsinn seiner Schwester neigte sich bedenklich dem Ende zu. »Der König wird einen zweiten und dritten Kurier senden. Angenommen, unser Onkel hält nichts von diesem ...« — er hatte *hirnrissigen Plan* auf der Zunge gehabt, verbesserte sich aber in letzter Sekunde — »... von dieser *geplanten Verbindung* und ist statt dessen der Meinung, daß er dem König gehorchen muß, um das Risiko einer Anklage wegen Verrats zu vermeiden? Wie willst du dann diesen entführten Kurier erklären?«

Ariel reckte ihre Schultern. »Der König führt Krieg mit Frankreich. Ihm droht der Verlust der Normandie. Während seiner Abwesenheit schläft seine blutjunge Frau mit jedem Höfling, und ...«

»Ariel!«

»... und die Barone schmieden hinter seinem breiten Rücken Pläne, wie sie seine Macht beschneiden könnten. Er hat so viele Sorgen, daß es ihm bestimmt nicht einmal auffallen wird, wenn in einer obskuren Provinz in Wales ein Sendschreiben verspätet eintrifft.«

Lord Dafydd starrte die rothaarige junge Dame mit offenem Mund an. Seine bisherigen Erfahrungen mit den normannischen Barbaren hatten ihn gelehrt, daß man Frauen hier im allgemeinen nur als bessere Zuchthennen ansah. Im Gegensatz zu walisischen Frauen, die sehr viel zur Planung und Durchführung von Überfällen und kriegerischen Auseinandersetzungen zwischen den Clans beitrugen und manchmal sogar an der Seite ihrer Männer in die Schlacht zogen, wurde den Engländerinnen nachgesagt, daß ihre Interessen sich auf Schlafzimmer und Küche beschränkten. Aber diese Lady Ariel schien etwas von Politik und Kriegsführung zu verstehen. Er konnte gut verstehen, warum sein Bruder sich für sie interessierte.

Auch Henry war verblüfft — aber nur darüber, daß seine Schwester sogar über die sexuelle Unersättlichkeit der jungen Königin unterrichtet war. Das bekümmerte ihn aber viel weniger als ihr aberwitziger Plan. Ihr Onkel würde einer Ehe mit Lord Rhys ap Iorwerth niemals zustimmen, das wußte er genau. Auch Ariel wußte es, und nachdem der Waliser alles andere als dumm war, wußte er es ebenfalls. Natürlich wollte Ariel nur Zeit gewinnen, aber sie spielte ein sehr gewagtes Spiel, denn es war bei diesen Walisern tatsächlich gang und gäbe, sich einfach eine Braut zu stehlen — je vornehmer, desto besser. Und dieser Gedanke ging jetzt bestimmt auch Rhys durch den Kopf. Eine Verbindung mit dem Hause Pembroke würde sein Prestige und seine Macht über Nacht verdoppeln, seinen Wohlstand mehren und seinen Landbesitz vergrößern, der bislang das Territorium zwischen Dehaubarth und Cardigan umfaßte.

Ein zweiter Schock veranlaßte Henry, Lord Rhys anzustarren, der nur darauf gewartet zu haben schien. Cardigan Castle hatte einst der Familie De Clare gehört. Dort war Henry geboren, dort hatte er die ersten zwei Jahre seines Lebens verbracht, bevor sein Vater gezwungen gewesen war, die Burg zu verlassen und in weiter östlich gelegene Gegenden des Grenzgebiets zu flüchten. Die Vorstellung, daß Cardigan wieder den De Clare gehören könnte, war verführerisch . . .

Lord Rhys lächelte. »Ist es möglich, Mylord, daß auch Sie die Vorteile einer solchen Verbindung zwischen unseren Familien erkennen?«

Henry stieß laut den Atem aus und fluchte insgeheim. Wollte der Kerl tatsächlich unterstellen, daß Henry den verrückten Einfall seiner Schwester unterstützen könnte, um Cardigan Castle zurückzubekommen?

»Henry, bitte . . .« Ariels Stimme riß seinen Blick von den hypnotischen Augen des Walisers los. »Sag etwas.«

»Was soll ich denn sagen?«

»Sag, daß du mir helfen wirst. Eines von Onkels Schiffen — die *Etoile* — liegt in Wogan vor Anker. Wir könnten mit der Morgenflut lossegeln und in der Normandie sein, bevor diese Woche um ist.«

»*Wir*?« wiederholte Henry fassungslos.

»Du würdest mich doch nicht hier zurücklassen? Die Spione des Königs sind überall — auch innerhalb der Burgmauern, wie du weißt. Außerdem — wenn wir beide in der Normandie wären, könnten wir überzeugend behaupten, nichts von irgendeinem Kurier gewußt zu haben, und niemand könnte uns verdächtigen, irgend etwas mit der Entführung zu tun gehabt zu haben.«

Isabella griff stöhnend nach ihrem Weinpokal.

Sedrick starrte Ariel an.

Henry, der seit Jahren an die oftmals abenteuerlichen Ideen seiner Schwester gewöhnt war, betrachtete angelegentlich seine schwieligen Fingerspitzen.

»Falls«, sagte er schließlich, »und ich wiederhole — *falls* ich mich zu dieser überflüssigen Reise in die Normandie entschließen sollte — was glaubst du wohl, wie weit wir kämen? Die derzeitigen politischen Verhältnisse sind denkbar ungeeignet für eine Karawane, die durch die Provinzen zieht.«

»Ich habe nichts von einer Karawane gesagt.«

»Wie bitte?«

»Bei dieser Reise käme es doch in erster Linie auf Geschwindigkeit an, nicht wahr, Bruderherz? Wer würde schon auf einen Ritter und seinen Knappen achten, die dem Marschall Briefe von seiner geliebten Gemahlin überbringen sollen?«

Die Gräfin rieb sich die Stirn und schenkte sich Wein nach. »Ich hab' das alles nicht gehört! Jesus, Maria und Josef ... ich habe das nicht gehört!«

Lord Rhys verschränkte seine Arme über der Brust und lehnte sich an die Wand. Das alles war höchst ergötzlich. Die Kleine besaß mehr Geist und Mut als hundert englische Männer. Sie schien tatsächlich bereit zu sein, sich als Knappe zu verkleiden und durch halb Europa zu reiten, um ihren Onkel zu finden. Bei Gott, sie war hinreißend — und viel zu schade für jeden anderen Mann außer für ihn selbst.

»Wilhelm wäre wütend«, fuhr Isabella beschwörend fort. »Nein, er wäre mehr als wütend, er würde *toben*.«

»Glaubst du nicht, daß er noch wütender wäre, wenn wir nichts unternähmen und einfach zuließen, daß der

König seine Ränkespiele treibt?« konterte Ariel. »Er will bestimmt darüber Bescheid wissen, daß Ohneland ihn zu manipulieren und zu demütigen versucht. Er *muß* darüber Bescheid wissen, liebste Tante, allein schon, um auf den nächsten Angriff vorbereitet zu sein.«

Isabella blickte hoch. »Auf den nächsten Angriff?«

Ariel nutzte die Verwirrung ihrer Tante schamlos aus und kniete vor ihr nieder. »Hast du vergessen, daß ihr eigene Kinder habt? Wenn es dem König gelingt, mich mit dem Sohn dieses Kerkermeisters zu verkuppeln — was sollte ihn dann davon abhalten, die süße Matilda einem flämischen Soldaten zu versprechen, Sibilla einem lüsternen Fischhändler und Eva, Johanna und Isabella irgendwelchen . . .«

»Hör auf!« Die Gräfin preßte sich entsetzt eine Hand auf den Mund. »Meine armen Mädchen ... So etwas würde der König doch niemals tun . . . oder doch?«

Ariels Antwort bestand aus einem dramatischen Seufzer, der Mitleid und Melancholie ausdrückte.

Mit Tränen in ihren großen Augen blickte Isabella hilfesuchend zu Henry hinüber. »Was sollen wir nur machen?«

*Der grandiosen Schauspielkunst meiner Schwester applaudieren,* hätte Henry am liebsten geantwortet, doch bevor ihm etwas Vernünftigeres einfiel, trat Sedrick, der bisher geschwiegen hatte, unerwartet vor und verbeugte sich vor der Gräfin.

»Verzeihen Sie meine Kühnheit, Lady Isabella, aber obwohl es mir zutiefst widerstrebt, muß ich zugeben, daß das, was Lady Ariel sagt, einiges für sich hat. Lord Wilhelm sollte erfahren, was in seiner Abwesenheit geschieht. Er sollte unverzüglich über die Intrigen des Königs informiert werden. Ich wäre gern bereit, ihm diese unerfreulichen Neuigkeiten zu überbringen . . . und falls Mylady mir etwas anderes anvertrauen sollte, würde ich es bis zum letzten Blutstropfen mit meinem Schwert verteidigen.«

Ariel schaute dankbar zu ihm auf, aber Sedrick mied ihren Blick. Er war der achte Sohn eines wenig begüterten Adligen, und als Jüngster hatte er kaum mehr als einen Acker geerbt. Wenn man den Gerüchten Glauben schenken wollte, hatte Sedrick sich deshalb ursprünglich in den Dienst der Kirche stellen wollen. Doch daraus wurde nichts, weil in dem Dorf unweit der Abtei, wo er sich auf die Mönchsweihe vorbereitete, mehrere Kinder geboren wurden, die dem Kelten verblüffend ähnlich sahen.

Insgeheim erleichtert, nicht mehr stundenlang knien zu müssen, hatte Sedrick dem Aufruf von Richard Löwenherz zum Kreuzzug bereitwillig Folge geleistet, und aufgrund seiner imposanten Statur und seiner Kampfeslust war er bald Richards persönlicher Leibwache zugeteilt worden.

Während dieses Kreuzzugs hatte er dem Marschall das Leben gerettet, indem er den mörderischen Schwerthieb eines Heiden in letzter Sekunde mit dem eigenen Schwert abwehrte und dabei selbst schwer verwundet wurde. Der dankbare Graf schickte ihn zur Erholung nach Pembroke, wo Sedrick mit Henry Freundschaft schloß, und diese Freundschaft erwies sich als dauerhaft und beständig. Obwohl Sedrick nun schon seit Jahren im Dienste des Marschalls stand, war er in Gegenwart der zerbrechlichen Lady Isabella immer noch schüchtern und unbeholfen. Doch er hatte so oft seine Loyalität bewiesen, daß seine Meinung in der Familie durchaus Gewicht hatte.

»Glauben Sie wirklich, daß wir Wilhelm eine Nachricht zukommen lassen sollten?« fragte Isabella unschlüssig.

»Ich glaube, daß man mittlerweile wirklich nicht wissen kann, was dem König von einem Tag auf den anderen einfällt.«

»Sie können auch auf meine Hilfe zählen«, sagte Lord Rhys. »In jeder Hinsicht — ob es nun darum geht, ein

Dutzend Kuriere zu entführen, oder darum, in aller Form um Lady Ariels Hand anzuhalten.«

»Henry und ich werden bei unserem Onkel dafür plädieren, Ihren Antrag ernsthaft in Erwägung zu ziehen«, versicherte Ariel, ohne ihn anzusehen.

»Daran zweifle ich nicht«, stimmte Rhys mit einem breiten Grinsen zu, das seine weißen Zähne entblößte. »Doch nachdem es für mich eine Ehre sondersgleichen wäre, wenn der Marschall mich als Heiratskandidaten in Erwägung zöge, möchte ich unbedingt auch die gebotene Form wahren. Mein Bruder Dafydd wird Sie in die Normandie begleiten, um Ihrem Onkel meinen schriftlichen Heiratsantrag zu übergeben.«

Henry und Ariel starrten den Waliser an.

»Ihr Bruder?« fragten sie wie aus einem Munde.

»Dafydd hat für Gelehrsamkeit mehr übrig als ich« — eine geschickte Umschreibung der Tatsache, daß sein jüngerer Bruder im Gegensatz zu ihm selbst lesen und schreiben konnte — »und Verhandlungen mit Feder und Tinte liegen ihm mehr als Kämpfe mit Schwert oder Bogen — obwohl er mit beiden Waffen gut umzugehen weiß. Es wäre für mich eine große Beruhigung zu wissen, daß Ihnen ein dritter tatkräftiger Mann zur Seite steht, Lady Ariel.«

»Es ... es ist ein sehr großzügiges Angebot, Mylord«, stammelte sie, »aber ...«

»Sie wünschen seine Begleitung nicht?« fragte Lord Rhys scheinheilig.

Ariel blickte Henry hilfesuchend an, aber er ließ sie in ihrem eigenen Saft schmoren. »Doch, selbstverständlich, aber ... aber Sie können doch unmöglich den Kurier und seine Soldaten ohne jede Hilfe entführen.«

Die weißen Zähne kamen wieder zum Vorschein. »Natürlich nicht«, bestätigte er fröhlich, »aber ein Dutzend meiner Männer hält sich in Sichtweite der Burg auf, Mylady. Im Gegensatz zu Ihrem Bruder kann ich mich nicht auf den Schutz des Wappens auf meinem Schild verlassen, wenn ich auf fremdem Gebiet unterwegs bin.«

Henry tauschte einen bestürzten Blick mit Sedrick, und Lord Rhys war sich völlig darüber im klaren, daß er sie durch den Hinweis auf ihre mangelnde Beobachtungsgabe gedemütigt hatte.

»Mein Bruder und ich haben noch einiges zu besprechen«, sagte er gleichmütig. »Wenn Sie keine Einwände dagegen haben, würden wir uns jetzt gern zurückziehen. Lady Pembroke, Lady Ariel ... meine Herren ...«

Beide Waliser verbeugten sich formvollendet und verließen die Halle. Eine beklemmende Stille trat ein, und Ariel, die immer noch vor dem Stuhl ihrer Tante kniete, fragte sich mit gerunzelter Stirn, wie es dazu kommen konnte, daß ihr glorreicher Plan total außer Kontrolle geraten war. Sie hatte nicht die Absicht, Lord Rhys zu heiraten. Sie hatte nicht einmal die Absicht gehabt, ihrem Onkel etwas von diesem Heiratskandidaten zu erzählen — und weil der schlaue Waliser sie durchschaut hatte, drängte er ihr jetzt seinen Bruder als Begleiter und Beschützer auf.

»Nun«, sagte Lady Isabella nach längerem Schweigen, »es hat ganz den Anschein, als könne dieser walisische Renegat Schach spielen. Wenn ich mich nicht sehr irre, hat er uns gerade Schach geboten. Wilhelm wird alles andere als erfreut sein.«

Ariel ließ sich nicht einschüchtern. »Onkel Wilhelm wird begreifen, daß wir zu dieser verzweifelten Maßnahme greifen mußten.«

Die Gräfin massierte sich seufzend die schmerzenden Schläfen. »Ich nehme an, daß du mir nicht gehorchen würdest, wenn ich dir verbieten würde, Pembroke Castle zu verlassen.«

»Liebste Tante, ich will nicht ungehorsam sein«, versicherte Ariel. »Ich will dich nicht ärgern oder verletzen, aber es geht um mein *Leben*, um meine *Zukunft*, um mein künftiges *Schicksal*. Ich würde lieber auf dem Weg in die Normandie sterben als dieses höllische Exil in Radnor zu erdulden.«

»Aber die Gefahren ...«

»Henry und Sedrick werden auf mich aufpassen — und dieses walisische Hündchen auch noch, obwohl ich mich auf *diese* Hilfe lieber nicht verlassen möchte. Ich habe den Kanal schon mehrmals überquert, Tante, und ich kenne den Weg nach Rouen genau.«

»Und was ist, wenn der Rückweg dich nach Wales führt?« fragte Isabella sanft.

»Nun ...« Ariel biß sich auf die Unterlippe und zog dieses unwahrscheinliche Ende des Abenteuers kurz in Erwägung, bevor sie ein strahlendes Lächeln aufsetzte. »Immerhin hat dieser Lord Rhys keine Pockennarben und stinkt nicht wie die Pest.«

Lady Isabella strich seufzend über Ariels rote Locken. »Aber er ist auch kein Mann, der mit sich spaßen läßt. Du hast ihm leichtsinnig etwas sehr Wertvolles angeboten, und das wird er nicht so leicht wieder aufgeben.«

»Anbieten und tatsächlich *gewähren* sind zwei ganz verschiedene Dinge, liebste Tante.«

»Manchmal bleibt einer Frau aber keine Wahl. Manchmal ... weißt du, ein Mann kann Dinge tun, die einer Frau alle Sinne rauben und sie völlig willenlos machen.«

Ariel setzte sich auf und runzelte verwirrt die Stirn. »Den Mann möchte ich sehen, der mich willenlos machen könnte.«

»Das habe ich auch oft gesagt, bevor ich Wilhelm kennenlernte«, murmelte Isabella. »Und dann bedurfte es nur eines einzigen Blickes ... eines Moments in seiner Gegenwart ... und ich war verloren.«

»Nun, ich habe mehrere Blicke auf diesen Lord Rhys geworfen und war recht lange in seiner Gegenwart, und ich kann dir versichern, daß ich noch alle Sinne beisammen habe.« Um ihre Tante zu beruhigen, fügte sie hinzu:

»Ich verspreche dir, daß ich Onkel Wilhelms Entscheidung akzeptieren werde, wie auch immer sie ausfallen mag.«

»Gott steh dir bei«, flüsterte Isabella.

»Hast du völlig den Verstand verloren?« fragte Lord Dafydd seinen Bruder, sobald sie die Halle verlassen hatten. »Es ist doch eine Schnapsidee, mich in die Normandie zu schicken, damit ich dem Marschall eine Ehe zwischen dir und Ariel de Clare vorschlage.«

»Du hältst offenbar nicht viel von deiner Beredsamkeit.«

»Genauso gut könnte ich versuchen, den Papst zu bereden.«

Rhys zog grinsend seine Handschuhe an. »Du glaubst also nicht, daß der alte Löwe die Vorteile einer Verbindung mit Gwynedd erkennen wird? Herrgott, Dafydd, der Mann ist ein Krieger! Wenn er Zugang nach Snowdonia hat, steht ihm der Weg nach Irland und Nordwales offen. Und hast du nicht gesehen, wie die Augen ihres Bruders beim bloßen Gedanken an Cardigan Castle glänzten? Ich könnte noch heute nacht mit der Kleinen schlafen, und er würde Beifall klatschen!«

Dafydd blieb stehen und packte Rhys am Arm. »Du hast doch nicht vor . . .?«

»Der jungen Dame aufzulauern und sie zu vergewaltigen, um unseren Pakt zu besiegeln?« Rhys lachte und ging weiter.

»Ehrlich gesagt, der Gedanke ist mir durch den Kopf gegangen. Aber du kannst ganz beruhigt sein, kleiner Bruder. Ich werde deine strengen Moralvorstellungen nicht verletzen — aber du mußt mir deinerseits versprechen, unterwegs die Finger von ihr zu lassen. Es ist wichtig, jetzt keine Fehler zu machen. Wir müssen uns im allerbesten Licht zeigen und höchst ehrbare Absichten haben. Ich will, daß sie freiwillig und als Jungfrau zu mir kommt. Ich möchte nicht, daß irgendein Zwang diese Ehe überschattet.«

»Wenn man dich so edel daherreden hört, könnte man fast vergessen, daß du bereits eine Frau hast.«

Diesmal war es Rhys, der wütend stehenblieb. »*Ich* vergesse das bestimmt nicht. Wie könnte ich auch dieses Weib mit den spindeldürren Beinen und den Zahnlücken vergessen, das unablässig heult, wenn ich besoffen genug bin, um den Versuch zu machen, ihre Schenkel zu spreizen.«

»Trotzdem ...«

»Trotzdem«, unterbrach Rhys ihn mit gerunzelter Stirn, »habe ich in den sieben Jahren unserer Ehehölle tausendmal versucht, sie zu schwängern, um einen Erben zu haben — vergeblich, wie du weißt. Das Luder ist unfruchtbar. Es wird mich keine große Mühe kosten, sie loszuwerden. Deshalb kehre ich selbst auch nach Deheubarth zurück, während du in die Normandie reist. Du kannst dem alten Löwen versprechen, was du willst, solange du nur mit seinem Siegel auf dem Ehevertrag zurückkommst, bevor Llywellyn Wind von der Sache bekommt.«

»Und was ist mit den Männern des Königs?«

»Was soll mit ihnen sein?«

»Wie kannst du sie entführen und ein Lösegeld von Johann Ohneland erpressen, ohne daß Llywellyn etwas davon erfährt?«

»Es dauert sehr lange, bis Leichengeruch aus der Erde dringt«, erwiderte Rhys kurz und bündig. »Bis dahin wird Lady Ariel schon die Königin von Gwynedd sein.« Er blickte Dafydd tief in die Augen, bevor er in seinem Zimmer verschwand. Der jüngere Mann hütete sich davor, seinem Abscheu durch Worte oder Mimik Ausdruck zu verleihen.

Es war typisch für Rhys zu erwarten, daß die ganze Welt sich seinen Wünschen beugte. Es war typisch für ihn zu glauben, daß der Marschall bereitwillig seinen Heiratsantrag akzeptieren würde, und daß er eine Frau wie Ariel de Clare genauso mühelos unterjochen könnte wie die dummen Kühe, mit denen er sonst ins Bett ging.

Aber wenn Rhys glaubte, daß Llywellyn bei all dem tatenlos zusehen würde ...

Dafydd kicherte leise vor sich hin. Es würde ihm ein Vergnügen sein, Lady Ariel in die Normandie zu begleiten und dem Marschall das Anliegen seines Bruders vorzutragen. Bei der Rückkehr würde er Rhys dann unter die Nase reiben können, daß der alte Löwe nur schallend gelacht hatte. Sollte Pembroke jedoch zustimmen, was ein größeres Wunder wäre, als wenn es plötzlich Goldmünzen vom Himmel regnen würde, so könnte er — Dafydd — seelenruhig zuschauen, wie Rhys und Llywellyn um die Macht in Gwynedd kämpften.

Mit etwas Glück würden sie sich gegenseitig umbringen — und er wäre beide los!

*Château d'Amboise, Touraine*

## 3

Ein vorwitziger Sonnenstrahl fand einen schmalen Spalt zwischen den Holzläden, kroch langsam über das Bett und kitzelte mit Wärme und Helligkeit die beiden Gesichter. Die Frau hatte winzige Schweißperlen auf der Stirn und am Hals. Sie war völlig erschöpft von den Aktivitäten der vorangegangenen Stunde. Die vollen Lippen waren geschwollen, und die roten Flecken auf Brüsten und Bauch legten beredtes Zeugnis von der Hitze ab, die sie durchflutet hatte und auch jetzt noch eine Decke überflüssig machte.

Ihr Kopf ruhte auf einer muskulösen Schulter, und ihr weicher weißer Arm lag schlaff auf einem mächtigen

Brustkorb, der sich durch das jahrelange Schwingen schwerer Schwerter und Lanzen in einen harten Panzer verwandelt hatte. Ihr langes Bein umschlang einen Schenkel, der aus Marmor gemeißelt zu sein schien. Die Hände ihres Gefährten waren breit und schwielig; eine war in ihren wirren, feuchten Haaren vergraben, die andere wölbte sich um ihr Gesäß.

Der Sonnenstrahl warf sein goldenes Licht auf das eckige Kinn des Mannes und auf einen Mund, der noch vor einer Woche Befehle gebrüllt hatte, als in Blois ein blutiges Scharmützel mit Philipps Armee stattgefunden hatte, das ein voller Erfolg gewesen war. Der Ritter hatte jedoch eine Wunde am Arm davongetragen, die zwischen den groben Fäden grellrot glänzte.

Es war eine leichte Verletzung, an die er kaum einen Gedanken verschwendete, war sein muskulöser Körper doch mit Dutzenden großer und kleiner Narben übersät. Eine der schlimmsten entstellte seine linke Wange, und obwohl der Anblick nicht so abstoßend war, daß zartbesaitete Frauen in Ohnmacht fallen konnten, starrten doch alle erschrocken auf diese Narbe, und viele seufzten bedauernd oder mitleidig, denn es war wirklich ein Jammer, daß ein ansonsten so attraktiver Mann dadurch verunstaltet wurde.

Ihn störte das nicht, denn er hatte wenig Interesse an Frauen. Er mochte sie durchaus, und sein Ruf als Liebhaber stand dem des Turnierkämpfers kaum nach. Meistens zog er es jedoch vor, sich auf dem Schlachtfeld oder Übungsgelände abzureagieren und das Herumhuren anderen zu überlassen.

Mit seinen siebenundzwanzig Jahren hatte er sich bei Turnieren bereits ein ansehnliches Vermögen erworben, denn jeder besiegte Gegner mußte ihm Pferd, Waffen und Rüstung überlassen und das Doppelte des ursprünglichen Werts bezahlen, wenn er die Ausrüstung zurückbekommen wollte. Ihm selbst war die Demütigung einer

Niederlage bislang stets erspart geblieben. Er konnte sich rühmen, daß nur ein einziger Mann ihn aus dem Sattel zu werfen vermochte — und wenn das passierte, grinste er nur bedauernd, denn dieser Mann war sein Vater, Randwulf de la Seyne Sur Mer, Baron d'Amboise, der Schwarze Wolf, der Favorit der Königinwitwe Eleonore von Aquitanien.

Der Sonnenstrahl goß seine goldene Wärme weiterhin über die dichten nußbraunen Wimpern aus, und Eduard FitzRandwulf war gezwungen, seine Lider zu öffnen. Er blinzelte mißmutig, und im grellen Licht sahen seine rauchgrauen Augen fast farblos aus.

Gähnend versuchte er dann, sich von seiner Gefährtin zu lösen und aufzustehen, doch sie vereitelte schnell sein Vorhaben, indem sie ihre Schenkel spreizte und sein Glied langsam wieder in ihre warme, feuchte Höhle schob.

Mit wenigen katzenhaft geschmeidigen Bewegungen schüttelte sie jede Schläfrigkeit von sich ab und schaffte es gleichzeitig mühelos, den Speer des Mannes so dick und steif zu machen, wie sie es sich nur wünschen konnte. Erst dann hob sie den Kopf und gurrte: »Sie wollen mich doch nicht schon verlassen, Mylord?«

Die kehlige Stimme war genauso aufreizend wie alles andere an ihr, und unwillkürlich bemächtigten seine Hände sich wieder der üppigen Brüste. »Ich gestehe ... ich wollte dich nicht länger bemühen.«

Sie betrachtete ihr dunkelroten Brustwarzen, die sich unter seinen kundigen Fingern in große harte Beeren verwandelt hatten.

»Wenn Ihre Bemühungen mir zuviel werden, Mylord, werde ich es Ihnen unverhohlen sagen. Aber noch ist es nicht soweit, glaube ich.«

Eduard schnappte nach Luft und umklammerte ihre Hüften, als sie auf ihm zu reiten begann, und je wilder sie sich bewegte, desto dunkler wurden die blauen Farbtupfen in seinen grauen Augen, und desto begieriger stemmte er sich ihr entgegen.

Mit den Händen auf seinen breiten Brustkorb gestützt, ließ Gabrielle sich von immer höheren Wellen der Lust davontragen. Er war mit Abstand ihr bester Liebhaber, obwohl er so selten zu ihr kam, daß sie sich oft fragte, wie er mit soviel angestautem Druck überhaupt leben konnte. Und genauso oft fragte sie sich, warum er ausgerechnet zu ihr kam, wo es doch innerhalb der Burgmauern so viele jüngere und hübschere Frauen gab, die dem Sohn von La Seyne Sur Mer mit Freuden jeden Wunsch erfüllen würden. Gabrielle glaubte nicht, daß ihre eigenen Liebeskünste so ungewöhnlich waren; vielmehr vermutete sie, daß ihre Unfruchtbarkeit ihm willkommen war: als Bastard wollte er wohl nicht selbst auch wieder uneheliche Kinder in die Welt setzen.

Doch aus welchen Gründen auch immer er seine Entspannung bei ihr suchen mochte — sie war glücklich, daß er es tat.

Ein Stöhnen entrang sich ihrer Kehle, und sie erlebte einen fantastischen Höhepunkt nach dem anderen, bis sie seinem Körper die letzten Tropfen und die letzten heftigen Schauer abgerungen hatte. Dann brach sie zitternd und selig lachelnd auf ihm zusammen.

Er hielt sie eng umschlungen, bis sein Puls nicht mehr raste, und dann hob er schmunzelnd ihr Kinn etwas an. »Warum legst du es immer darauf an, mich so zu entkräften, daß ich fast in einem Schubkarren in die Burg zurückgebracht werden muß?«

Gabrielles Lächeln zauberte Grübchen in ihre Wangen. »Es ist immer wieder eine Herausforderung festzustellen, ob ich Sie eine Stunde länger halten kann.«

»Noch eine Stunde länger, und man wird die Höfe und Hütten nach mir absuchen und einen völlig saftlosen Körper herumliegen sehen.«

»Unsinn! Ein Mann schöpft seine Kraft aus dem Schoß

einer Frau, und der Saft ist Ihnen bisher noch nie ausgegangen, Mylord.«

Gabrielle kämmte mit ihren Fingern die dichten krausen Haare auf seiner Brust, ohne einen Gedanken an den kleinen Goldring zu vergeuden, den er an einer Lederschnur um den Hals trug. Ihre Hand glitt lässig über den flachen Bauch und verweilte bei den Schamhaaren. Beide mußten lachen, als sein Glied sofort auf die Berührung reagierte. Seufzend zeichnete sie mit Lippen und Zunge den Weg nach, den zuvor ihre Hand genommen hatte.

»Werde ich Sie noch einmal sehen, bevor Sie nach Blois zurückkehren?«

»Das kann ich noch nicht sagen«, gab er ehrlich zu. »Wir sind jetzt schon eine ganze Woche zu Hause, und es ist nicht gut, einen Trupp kampfbereiter Ritter zu lange zur Untätigkeit zu verurteilen.«

»Sind die Wunden Ihres Vaters verheilt?«

»Mein Vater scheint aus Stahl zu bestehen, sowohl was seinen Körper als auch was seinen Willen anbelangt. Seine Verletzung begann zu heilen, sobald Lady Servannes Hände sie berührten.«

»Mmmm ... Ihr Vater war doch genauso wie Sie drei Monate fern von Amboise? Dann könnte ich wetten, daß es nicht nur Myladys Hände waren, die diese wundersame Heilung bewirkten.«

Eduard schloß die Augen und drückte seinen Kopf in die Strohmatratze. Gabrielle hatte völlig recht: sein Vater und seine Stiefmutter waren noch genauso ineinander verliebt wie vor vierzehn Jahren, als sie geheiratet hatten. Immer noch konnte ein Blick oder eine zufällige Berührung einen hastigen Rückzug hinter verschlossenen Türen bewirken — und dort hatten sie sich in den vergangenen sieben Tagen und Nächten hauptsächlich aufgehalten.

Eduard selbst hatte fleischlichen Gelüsten bis heute

widerstanden, doch der herrliche Herbsttag hatte seine Sinne erregt, und so war er über die Zugbrücke ins Dorf Amboise hinabgeschlendert, in die kleine Lehmhütte, wo er jederzeit herzlich willkommen war, ohne daß irgendwelche Fragen oder Forderungen gestellt wurden.

Nein, das stimmte nicht ganz — *gewisse* Forderungen stellte Gabrielle durchaus.

Er holte tief Luft und versuchte, die Lippen zu ignorieren, die kein Erbarmen kannten. Sie lachte leise, und er gab fluchend seinen Widerstand auf, weil er genau wußte, daß er viel zu lange enthaltsam gewesen war, um jetzt irgendeine Kontrolle über seinen Körper zu haben.

Der Erfolg machte Gabrielle noch kühner, und Eduard vergrub seine Hände stöhnend in ihren langen schwarzen Haaren. Die Energie dieser Frau war unerschöpflich. Sie war innerhalb von neun Jahren dreimal verwitwet, und es wurde gemunkelt, daß alle drei Männer an Erschöpfung gestorben waren, mit einem seligen Lächeln auf den Lippen. Gabrielle war vier Jahre älter als Eduard, sah zehn Jahre jünger aus und machte kein Geheimnis daraus, in welchem Jungbrunnen sie badete.

Erst eine gute Stunde später trat Eduard durch die niedrige Tür ins Freie. Die Luft war kühl geworden, und die Sonne hatte sich schon hinter den Baumwipfeln verkrochen und warf lange Schatten auf das Wasser des nahen Flusses. Das Dorf, das sich in eine Krümmung der Loire schmiegte, wurde von der mächtigen Burg auf dem hohen Hügel überragt. Vor der Kulisse eines blutroten Sonnenuntergangs hatten die Türme und Zinnen etwas Märchenhaftes an sich, doch wenn sie morgens aus dem Nebel auftauchten, wirkten sie düster und bedrohlich. Das Château d'Amboise war ein Paradebeispiel normannischer Verteidigungsstrategie.

Während Eduard den schmalen, steilen Weg zu den riesigen Wachttürmen emporging, mußte er über seine weichen Knie grinsen. Es war nicht das erste Mal, daß er über die hohen Wälle um die Außenmauern fluchte, und es war auch nicht das erste Mal, daß er auf der Zugbrücke stehenblieb, um Atem zu schöpfen und einen letzten Blick auf das Strohdach von Gabrielles Hütte zu werfen. Ehrlich gesagt, hätte er heute nicht seiner Lust frönen sollen — nicht nachdem er seinen Männern strengen Befehl erteilt hatte, sich und die Pferde wieder in Form zu bringen. Andererseits hatte er in den vergangenen sieben Tagen von Sonnenaufgang bis Sonnenuntergang mit Schwert und Lanze trainiert, während die anderen sich mit ihren Frauen oder mit Huren amüsierten.

So sehr er den Frieden und die heitere Atmosphäre von Amboise vermißte, wenn er in der Ferne weilte, so unerträglich war ihm anhaltende Untätigkeit, speziell seit die Franzosen nichts unversucht ließen, um in die Provinz Touraine vorzudringen. Allein im vergangenen Monat hatte er zwei Gefechte angeführt, bei denen es gelungen war, Philipps Armee über die Loire zurückzutreiben, und er hatte ferner einen glänzenden Sieg errungen, als französische Ritter einen schlecht geplanten Angriff auf das Feldlager gewagt hatten. Bedauerlicherweise war Lord Randwulf bei diesem Überfall ernsthaft verletzt worden. Trotzdem hatte es Eduards beachtlicher Überredungskünste bedurft, um den stolzen Schwarzen Wolf zu überzeugen, daß er sich zu Hause schneller erholen würde.

Zu Hause, dachte Eduard, während sein Blick über die mächtigen Mauern schweifte.

Amboise hatte denselben Grundriß wie die meisten normannischen Festungen. Die ursprüngliche schlichte Burg, die von späteren Generationen durch Anbauten erheblich vergrößert worden war, hatte zwanzig Meter hohe Mauern und war durch Wälle und eine Zugbrücke geschützt, die den einzigen Zugang zu dem massiven Hauptturm bildete. Der Burggraben füllte sich nur noch bei schweren Regenfällen mit etwas Wasser, und entlang der Erdaufschüttungen waren im Laufe der Jahre Kasernen und Stallungen, Waffenschmieden, Feldküchen und kleine Webereien gebaut worden. Dies war das Herz von Amboise, und es war von einer fünf Meter hohen Mauer mit viereckigen Wachttürmen und schweren Eisentürmen umgeben.

Außerhalb dieser Mauer erstreckte sich ein weiter Hof mit Viehställen und Kampfplätzen, geschützt von einer zweiten Mauer. Zwölf Meter hoch und zweieinhalb Meter dick, konnte sie jedem Angriff mit Rammböcken oder Katapulten widerstehen. Um das riesige Fallgatter hochzuziehen oder herabzulassen, bedurfte es der vereinten Kraft von zehn Männern, und die bedrohlichen Eisenzakken, die den Helm eines Reiters fast streiften, jagten jedem Besucher einen ehrfürchtigen Schauer über den Rücken.

Nicht nur die beiden Türme, die dieses Tor flankierten, sondern auch alle anderen Türme, die im Abstand von dreißig Metern in die Mauer eingelassen waren, boten Bogenschützen genügend Bewegungsfreiheit und waren mit Gußkern ausgestattet, durch die Angreifer mit siedendem Pech oder Öl begossen werden konnten. Auf den Wehrgängen patrouillierten Tag und Nacht Wachposten, deren Helme und Rüstungen sich im Sonnen- oder Mondlicht spiegelten und deren Schilde das Wappen von Randwulf de la Seyne Sur Mer — einen grimmigen Wolf — trugen.

Eleonore von Aquitanien hatte ihm die Burg samt riesigen Ländereien für seine jahrelangen treuen Dienste geschenkt, und er residierte dort seit nunmehr fast vierzehn Jahren — seit jener Zeit, da er einen Drachen bezwungen, einen künftigen König überlistet und Servanne de Briscourt geheiratet hatte.

Bis dahin hatte der Favorit der Königinwitwe unzählige Turniere gewonnen und war als Schwarzer Ritter von Mirebeau gefürchtet gewesen, weil er immer von Kopf bis

Fuß schwarz gekleidet war und sein Gesicht hinter einer schwarzen Seidenmaske verbarg, um seine wahre Identität geheimhalten zu können, die er über ein Jahrzehnt vergessen wollte. Randwulf de la Seyne Sur Mer war in Wirklichkeit Lucien Wardieu, Baron de Gournay, dessen Urgroßvater sich bei der Unterwerfung der Angelsachsen durch die Normannen hervorgetan hatte, wofür er von Wilhelm dem Eroberer mit ausgedehntem Grundbesitz in Lincolnshire belohnt worden war.

Lucien, der Erbe dieses Besitzes, hatte einen unehelich geborenen Halbbruder, der ihm sehr ähnlich sah. Sie standen einander in der Kindheit und Jugend sehr nahe, doch insgeheim wurde Etienne von Neid und Habsucht zerfressen, und als beide Brüder dem Aufruf von Richard Löwenherz zum Kreuzzug folgten, nutzte Etienne eine blutige Schlacht um die Heilige Stadt aus, um Lucien heimtückisch anzugreifen und niederzumetzeln. Überzeugt davon, daß der rechtmäßige Erbe im heißen Wüstensand Palästinas verblutet war, kehrte Etienne als Lucien Wardieu nach England zurück und residierte dreizehn Jahre lang in der Stammburg der De Gournay, als *Drache von Bloodmoor Keep* berüchtigt und gefürchtet.

Wider Erwarten hatte Lucien die mörderischen Verletzungen, die sein Bruder ihm zugefügt hatte, überlebt und sich unter dem Namen Randwulf de la Seyne Sur Mer in den Dienst der Königinwitwe Eleonore von Aquitanien gestellt.

Als er, mit einem Geheimauftrag betraut, nach Lincolnshire zurückkehrte, nutzte er die Gelegenheit, um mit seinem verräterischen Bruder abzurechnen. Wovon er nichts geahnt hatte, war sein Sohn, der einige Monate nach seinem Aufbruch ins Heilige Land geboren worden war. Eduards Mutter, eine Frau von atemberaubender Schönheit und abgrundtiefer Schlechtigkeit, hatte mit beidem Brüdern ein Verhältnis gehabt und das uneheliche Kind benutzt, um ihre ehrgeizigen Pläne zu verfolgen. Als Page und später als Knappe von Etienne Wardieu, den er für seinen Vater hielt, lernte Eduard nur Gewalt und brutale Mißhandlungen kennen, und es war ein Wunder, daß er in dieser haßerfüllten Atmosphäre nicht den Verstand verloren hatte. Ein noch größeres Wunder war freilich, daß er überlebt hatte, als Drache und Wolf ihren blutigen Endkampf ausfochten.

Der Tod von Etienne Wardieu war für Eduard eine Befreiung gewesen. Der Schwarze Wolf hatte seinen Sohn stolz und ohne Vorbehalte anerkannt, aber er hatte gewußt, daß Johann Ohneland den Tod seines Günstlings, des Drachen von Bloodmoor Keep, irgendwann rächen würde, und deshalb hatte er seine Familie so schnell wie möglich in die Touraine gebracht und den Decknamen La Seyne Sur Mer behalten.

Der Schwarze Wolf und seine schöne Frau Servanne hatten alles in ihrer Macht stehende getan, um Eduard für seine einsame und lieblose Kindheit zu entschädigen, und er war tatsächlich zu einem edlen Ritter herangereift, der meisterhaft mit Schwert und Lanze umzugehen verstand und seine Gegner in Angst und Schrecken versetzte, wenn er ihnen auf dem Schlachtfeld oder Turnierplatz entgegengaloppierte. Und obwohl Lady Servanne alles daran setzte, um ihn in einen Landedelmann zu verwandeln, hatte er selbst keinen anderen Wunsch, als seinem Vater nach besten Kräften zu dienen, an der Seite des Schwarzen Wolfs zu reiten und stolz die schwarz-goldene Standarte von La Seyne Sur Mer zu tragen.

Diese bedingungslose Loyalität, die dem Wolf nicht nur von seinem Sohn, sondern auch von allen Vasallen zuteil wurde, war einer der Hauptgründe, weshalb König Johann es nie gewagt hatte, seine gierigen langen Finger nach Amboise auszustrecken. Als Regent hatte er sich mit dem Drachen von Bloodmoor Keep verbündet, und er hatte dem Schwarzen Wolf nie verziehen, daß dieser ihn gezwungen hatte, Etienne Wardieu als Usurpator zu brandmarken. Lucien war mit seiner Familie kaum in der Touraine eingetroffen, als Johann Ohneland die Besitztümer der De Gournay in Lincolnshire auch schon unter dem Vorwand nicht entrichteter Lehnsdienstgelder konfiszierte. In Amboise konnte er Lord Randwulf jedoch nichts anhaben, zum einen wegen der Größe von dessen Armee, zum anderen, weil der Schwarze Wolf die Franzosen erfolgreich in Schach hielt. Trotzdem ließ der König selten eine Gelegenheit aus, um seine zahlreichen Bewunderer daran zu erinnern, daß der Baron d'Amboise seinen eigenen Bruder umgebracht und dessen Braut gestohlen hatte.

Ein weiterer Grund, weshalb der König den berühmten Ritter nur verbal angriff, war die Tatsache, daß dieser nach wie vor in der Gunst der Königinwitwe stand. Sie hatte ihn im Zaume gehalten, als er drauf und dran gewesen war, Prinz Arthur als Nachfolger von Richard Löwenherz zu unterstützen. Bei dem törichten Versuch, das Schloß seiner Großmutter zu belagern, war Arthur dann auch als erstes auf den Widerstand der schwarzgoldenen Banner von Amboise gestoßen, und nach seiner Gefangennahme war der Prinz in ein schwarz-goldenes Zelt gebracht worden, denn obwohl der Schwarze Wolf König Johann verabscheute und den jungen Herzog von der Bretagne sehr sympathisch fand, galt seine Loyalität doch in allererster Linie der Königin Eleonore.

Und das gleiche galt auch für Eduard FitzRandwulf. Obwohl er mit dem Herzen auf der Seite des Prinzen stand, hatte er seinem Vater geholfen, die Belagerung von Mirebeau zu durchbrechen, und obwohl der englische König in der Normandie, in der Bretagne und in Aquitanien von Tag zu Tag immer mehr seine Macht einbüßte, würde der Wolf weiterhin diese Grenzen verteidigen, solange Eleonore lebte.

Eduard brannte darauf, seinerseits wieder zur Verteidigung dieser Grenzen beizutragen. Geduld gehörte nicht gerade zu seinen großen Tugenden, und am Vortag hatte er sich auf dem Übungsgelände so wild gebärdet, daß an diesem Morgen niemand bereit gewesen war, sich mit ihm zu messen. Um seine überschüssige Energie irgendwie abzureagieren, hatte er schließlich den Weg ins Dorf angetreten.

Und er war dort viel länger geblieben, als er ursprünglich vorgehabt hatte, ging ihm jetzt reumütig durch den Kopf. Wäre die Burg plötzlich belagert worden — er hätte nichts davon gewußt, genauso wenig wie vom Ausbruch irgendwelcher Seuchen.

Was ihm jetzt jedoch auffiel, während er den Außenhof durchquerte und auf das Tor in der Innenmauer zuging, war die gespenstische Ruhe auf dem Übungsgelände, obwohl die Ritter um diese Zeit noch eifrig ihre Kräfte maßen.

»Heiliger Kyrill, steh mir bei!«

Jäh aus seinen Gedanken gerissen, blieb Eduard stehen.

Auf einem Querbalken über dem Tor hockte Sparrow, der Seneschall von Amboise, ein Zwerg mit rundem Gesicht, der wichtigtuerisch die Lippen spitzte und sich in die Brust warf. Neben ihm saß Robert d'Amboise, der erstgeborene Sohn von Lady Servanne und Randwulf de la Seyne Sur Mer.

»Schau dir nur mal diesen edlen Ritter an«, belehrte Sparrow seinen jungen Schützling ironisch. »Möge dieser Anblick dir als Abschreckung dienen, Robin, und dich lehren, schönen Augen zu widerstehen.«

Eduard warf einen leicht verschämten Blick auf sein zerknittertes Hemd und auf die Hose, die nicht ordentlich geschnürt war. Weil er aber sah, daß die dunklen Augen des Zwergs bei der Aussicht, weitere unverschämte Bemerkungen anbringen zu können, schelmisch funkelten, stellte er sich unschuldig und ging einfach weiter. »Hast du etwa nach mir Ausschau gehalten?«

»Nach dir Ausschau gehalten?« Sparrow beugte sich vor Entrüstung auf seinem Balken zu weit vor, verlor fast das Gleichgewicht und quiekte erschrocken, bevor er unwillig wiederholte: »Nach dir Ausschau gehalten?«

Als Eduard aus dem Schatten des Torbogens wieder ins Sonnenlicht trat, stand Sparrow wie durch Zauberei dicht vor ihm, die Arme in die Hüften gestemmt, die kurzen Beine weit gespreizt.

»Ich habe mir bei der Suche nach dir die Sohlen durchgelaufen, und dein Vater reißt vor Ungeduld schon mit bloßen Händen die Burgmauern ein, weil er seit Stunden vergeblich auf dich wartet.«

»Seit Stunden? Warum zum Teufel hast du mich nicht sofort geholt?«

Sparrows Augenbrauen schossen in die Höhe. »Robin und ich haben das ganze Burggelände abgesucht! Warum zum Teufel warst du nicht dort, wo du eigentlich hättest sein sollen? Meine alten Knochen ächzen von all dem vielen Gelaufe!«

»Sie werden noch viel mehr ächzen, wenn ich dich mit einem Besenstiel vertrimme«, knurrte Eduard, während er schnell auf die Kernburg zuging.

»Eduard! Da bist du ja!«

FitzRandwulf blieb wieder stehen, und Sparrow, der ihm dicht auf den Fersen geblieben war, rannte mit solcher Wucht gegen die kräftigen Oberschenkel des Ritters, daß seine Mütze tief über ein Ohr rutschte.

»Wie ich sehe, hat Sparrow dich gefunden«, rief Alaric FitzAthelstan. »Hat er dir schon die Neuigkeiten erzählt?«

»Neuigkeiten?« Eduard blickte mit gerunzelter Stirn auf den winzigen Seneschall hinab. »Was für Neuigkeiten?«

»Der Marschall von England ist einen halben Tagesritt von Amboise entfernt«, berichtete Alaric. »Er hat die Verhandlungen mit dem französischen König abgeschlossen und gebeten, hier Halt machen zu dürfen.«

Eduard war überrascht. »Ich hatte gehört, daß Ohneland ihn mit den Friedensverhandlungen betraut hatte, aber warum macht er einen solchen Umweg, wenn er jetzt nach Rouen zurückkehrt? Amboise liegt doch ein ganz schönes Stück südöstlich der direkten Straße.«

»Ganz recht«, stimmte Alaric zu. »Und zweifellos hat die unerwartete Nachricht von der dicht bevorstehenden Ankunft des Marschalls den Wolf und seine Gemahlin in höchste Aufregung versetzt.« Er blickte nachdenklich an den Burgmauern empor. »Wetten, daß der ganze Haushalt kopfsteht, daß geputzt, geschrubbt, gelüftet und gekocht wird, was das Zeug hält? Vielleicht sollten wir noch eine Weile herumtrödeln, bevor wir dem Ruf des Wolfs Folge leisten — sonst bekommen wir noch Eimer und Besen in die Hand gedrückt.«

»Hat Vater nach dir geschickt?«

Alaric war der beste Freund von Randwulf de la Seyne Sur Mer, und die Königinwitwe hatte ihn mit an Amboise angrenzenden Ländereien beschenkt. Man hätte den großen schlanken Mann mit den perfekten Umgangsformen und sanften Gesichtszügen ohne weiteres für einen Gelehrten halten können, aber in Wirklichkeit war Alaric bei keiner Schlacht weit vom Wolf entfernt, und er war auch der einzige Mann, den Eduard kannte, der seinem Vater im Schwertkampf gewachsen war. Anfangs war Eduard eifersüchtig auf diese enge Freundschaft gewesen, aber es war sehr schwer, Alaric nicht zu mögen, der viele explosive Situationen durch logisches Denken, Ruhe und Ausgeglichenheit entspannen konnte, ohne zum Schwert greifen zu müssen.

»Ich glaube fast, noch mehr als deinem Vater war Lady Servanne an meinem Kommen gelegen«, sagte Alaric. »Sie weiß, daß dein Vater bei der bloßen Erwähnung von Johann Ohneland in Wut gerät, und ich glaube, sie befürchtet, daß er seine Zunge nicht im Zaum halten kann. Der Marschall glaubt zwar selbst auch nicht, daß es dem König gelingt, die Normandie zu halten, aber bei dem

Respekt, den er als Ratgeber dreier Könige und auch aufgrund seines Alters und seiner Weisheit genießt, kann er sich kritische Worte eher erlauben als dein Vater. Was diese Verhandlungen mit Philipp betrifft ...« — Alaric schüttelte angewidert den Kopf — »so waren sie völlig sinnlos. Ohneland wollte den Marschall bewußt einer Demütigung aussetzen. Philipp will die ganze Normandie, und beide Seiten wissen genau, daß Johann weder die Mittel noch die Kraft hat, seinen Besitz effektiv zu verteidigen.«

»Glaubst du, daß er überhaupt kämpfen wird?«

Alaric wollte die Frage beantworten, doch lautes Kindergeschrei lenkte seine Aufmerksamkeit ab. Stirnrunzelnd blickte er zu einem Turmfenster empor. »Was in aller Welt . . .?«

Winkende Arme begleiteten den Lärm. Die freudige Begrüßung galt Robert d'Amboise, der sich mit hochrotem Kopf bemühte, seine Geschwister nicht zu beachten und so würdevoll dreinzublicken, wie es sich für jemanden gehörte, der unlängst vom Pagen zum Knappen befördert worden war.

Eduard drehte sich um und warf ihm einen strengen Blick zu.

»Es ... es tut mir leid, Mylord«, stammelte Robert. »Sie sind noch Kinder und glauben, ich hätte nichts Wichtigeres zu tun als mit ihnen zu spielen.«

Eduard nickte ernst. »Hast du dich um meine Rüstung gekümmert?«

»Jawohl, Mylord. Ich habe die Kettenglieder reparieren lassen und die ganze Rüstung mit heißem ölgetränktem Sand auf Hochglanz poliert. Ich habe Lucifer gestriegelt und ihm eine doppelte Portion Hafer gegeben, und ich habe Ihr Schwert und Ihre Lanze in die Waffenschmiede gebracht.«

»Du warst sehr fleißig.«

»Jedenfalls fleißiger als manch anderer«, murmelte Sparrow anzüglich.

Eduard ignorierte die Bemerkung und entließ Robert mit einer Kopfbewegung. »Dann lauf jetzt ruhig zu ihnen. Zieh deine Brüder an den Nasen und zwick deine Schwestern — alles in meinem Auftrag.«

»Jawohl, Mylord, das werde ich machen. Danke, Mylord.«

Der junge Knappe rannte davon und brüllte seinen Geschwistern eine Warnung zu, die dem Geschrei und Winken ein jähes Ende bereitete. Dafür quiekten die Kinder jetzt, so als hätten sie wirklich schreckliche Angst vor ihrem großen Bruder.

Sparrow war verärgert. »Treibst du eigentlich auch jedesmal eine Amme auf, an deren Brust er saugen kann, bevor er dich aufs Schlachtfeld begleitet?«

»Robin ist ein ausgezeichneter Knappe, und Eduard ist ein harter Zuchtmeister«, warf Alaric ein. »Du hast bei Robin, als er klein war, gute Vorarbeit geleistet, Sparrow. Hoffentlich gelingt dir das auch bei Randwulfs anderen Söhnen.«

Geschmeichelt über das Lob, konnte Sparrow sich nicht so recht entscheiden, ob er mit seinen Erziehungsmethoden prahlen oder doch lieber die schlimmen Folgen eines schwachen Zuchtmeisters ausmalen sollte. Er wußte genau, wie streng Eduard war, wenn es um das Training oder um die Disziplin auf dem Kampffeld ging, aber verständlicherweise neigte er dazu, seinem Halbbruder gelegentlich einen Peitschenhieb zu ersparen, wenn der Knappe es an Respekt vor seinem Herrn fehlen ließ. Sparrow liebte alle Kinder des Schwarzen Wolfs, aber Robert — der kleine Robin — war für ihn von Anfang an etwas ganz Besonderes gewesen. Er glaubte, daß dem Knaben eine große Zukunft beschieden war, und die durfte nicht gefährdet werden, nur weil es manchen Leuten an gesundem Menschenverstand fehlte.

»Es ist besser, den Jungen etwas zu hart als zu weich anzupacken«, machte er Alaric energisch klar. »Dein eigener Sohn weiß leider überhaupt nicht, was Disziplin ist. Er schleicht in der Burg herum wie ein liebeskrankes Kalb und heult nachts stundenlang in seinen Strohsack hinein. Wir nennen ihn schon Wilhelm Rotauge.«

»Wilhelm ist erst sechs Jahre alt, und es ist noch keine zwei Monate her, daß er Lady Servannes Obhut anvertraut wurde«, verteidigte Eduard den kleinen Pagen. »Wetten, daß du in diesem Alter auch gejammert und geheult hast? Du kommst ja sogar heute nicht aus dem Jammern und Klagen heraus, ganz zu schweigen von deinen unerträglichen Übertreibungen.«

Sparrow wandte sich beleidigt ab. Alaric schlug Eduard lachend auf die Schulter und ging mit ihm auf die Kernburg zu. »Die vergangene Woche hat sich für dich wohl sehr in die Länge gezogen, was?«

»Ja, und es wird immer schlimmer«, gab Eduard zu.

»Du solltest eben heiraten, dann würdest du dich bestimmt nicht mehr langweilen.«

Eduard grinste. »Nein, danke, dann langweile ich mich lieber zu Tode! Dabei fällt mir ein — wie geht es Lady Gillian?«

»Oh ...« Alaric holte tief Luft und stieß sie laut aus. »Sie ist auf die ganze Welt schlecht zu sprechen und beklagt sich bitter darüber, daß ihr dicker Bauch sie beim Bogenschießen behindert. Natürlich gibt sie mir daran die Schuld.«

»Natürlich! Das Kind müßte doch noch in diesem Monat zur Welt kommen, nicht wahr?«

»Hoffentlich möglichst bald.«

Sie hatten die Burg betreten und standen an der Wendeltreppe, die zu den Wohnräumen emporführte und so schmal war, daß Alaric Eduard vorangehen ließ, damit sie sich nicht beide die Schultern an den rauhen Steinmauern aufschürften. Durch die Schießscharten drang frische Luft und etwas Licht ein, doch oben auf dem Treppenabsatz war es so dunkel, daß man kaum die Hand vor Augen sehen konnte. Die beiden Männer blieben an den Stufen stehen, die in die große Halle hinabführten, und betrachteten das geschäftige Treiben. Wie Alaric vorhergesagt hatte, waren Dienstboten damit beschäftigt, frische Binsen auf den Steinboden zu streuen und weißes Leinen über die langen Holztische zu breiten. Die Flammen von mindestens hundert Kerzen flackerten in den aufgewirbelten Staubwolken, die sich mit dem Rauch der Fackeln an den Wänden vermischten. Die gewölbten Fenster waren so hoch angebracht, daß das einfallende Tageslicht hauptsächlich die mächtigen Deckenbalken erhellte. Aus der langen Kochrinne schossen meterhohe Flammen hervor, und die Funken stoben in alle Richtungen, wenn die Köche in der Kohle stocherten, um für die richtige Temperatur zu sorgen, bevor die Drehspieße zum Einsatz kommen würden, an denen riesige Fleischmengen hingen. Eine hohe Trennwand verbarg den Eingang zu den Küchen, wo das übrige Essen zubereitet wurde. Hier ging es besonders hektisch zu, denn es galt, Pasteten und Kuchen zu backen sowie Suppen, Eintöpfe und Saucen zu kochen — keine leichte Aufgabe, denn das Festmahl würde aus mindestens zehn Gängen bestehen.

Inmitten des ganzen Durcheinanders in der Halle stand etwas verloren ein großer, breitschultriger Ritter in schwarzer Samtkleidung und hielt zwei gerupfte Kapaune von sich ab, die er bei den Hälsen gepackt hatte. Trotzdem entging seinen scharfen Augen nicht, daß sein Sohn und sein bester Freund oben am Eingang standen.

»Verdammt, es wurde aber auch höchste Zeit, daß ihr beide euch endlich blicken laßt!«

Die Stimme des Wolfs übertönte den Lärm der Dienstboten und das Bellen der Hunde, und einige verschwitzte Gesichter schauten flüchtig von ihren Arbeiten hoch. Eine Frau, deren schönes ovales Gesicht ziemlich müde wirkte, blickte genauer hin und erteilte einem Küchenjungen einen Auftrag, bevor sie auf die Männer zuging.

»Ich hätte wissen müssen«, erklärte die Burgherrin, Servanne d'Amboise, »daß ihr beide außer Sichtweite bleiben würdet, bis die meiste Arbeit getan ist. Eduard, hör auf zu grinsen und geh schleunigst in den Keller, um beim Aussuchen der Weine zu helfen. Alaric, wo ist Gil? Du hast ihr doch hoffentlich nicht erlaubt, in ihrem Zustand zu reiten?«

»Ich mußte alle Pferde aus meinen eigenen Stallungen stehlen, um sie daran zu hindern. Nein, sie kommt in einer Sänfte und müßte in spätestens einer Stunde hier sein. Ich wäre ja an ihrer Seite geritten, aber nachdem ein Dutzend Ritter um sie herumscharwenzelte, wird sie mich bestimmt nicht vermissen. Außerdem ...« — er betrachtete lächelnd die beiden Kapaune — »wurde mir mit schlimmen Konsequenzen gedroht, sollte ich mich nicht unverzüglich auf den Weg machen. Wann erwartet ihr den Marschall? Es hieß doch, er sei noch einen halben Tagesritt entfernt.«

»Ja, aber seitdem ist ein halber Tag vergangen«, erwiderte Servanne trocken. »Der Marschall hält sich mit seinem Gefolge schon seit mehreren Stunden in der Burg auf. Zum Glück war er müde von dem langen Ritt und bat darum, sich bis zum Abendessen etwas ausruhen und erfrischen zu dürfen. Eduard, warum stehst du immer noch hier herum? Wein! Bier! Das Beste, was du finden kannst! Alaric, würdest du vielleicht so großmütig sein und dich mit meinem Mann irgendwohin verziehen, wo ihr in Ruhe einen Krug Met trinken könnt? Ich bin schon so oft über seine Füße gestolpert, daß meine Zehen ganz blau sind.«

»Ich wollte doch nur helfen, Liebste.« Der Wolf überreichte die Kapaune erleichtert dem Küchenjungen. »Aber wenn ich nicht gebraucht werde ...«

»Du wirst *nicht* gebraucht«, versicherte Servanne, doch als sie die düstere Miene ihres Mannes bemerkte, seufzte sie lächelnd und strich ihm mit einer zarten weißen Hand begütigend über die Wange. »Geliebt und begehrt ... das ja, immer wieder, mein schönes Wolfshaupt, aber derzeit wirklich nicht benötigt. Sparrow!« Die Burgherrin hatte ihren winzigen Seneschall auf den Stufen erspäht. »Sparrow, wo hast du nur gesteckt? Biddy hat überall nach dir gesucht.«

»Kein Wunder, daß sie mich nicht gefunden hat«, knurrte Sparrow. »Die alte Krähe ist doch längst blind.«

»Tatsächlich?«

Sparrow sah aus dem Augenwinkel heraus die Faust, die auf ihn zugeschossen kam.

»Deine großen Ohren sehe ich jedenfalls noch gut genug, um sie dir ausreißen zu können, du häßlicher Zwerg!«

Biddy hatte sich auf dem dunklen Treppenabsatz geräuschlos von hinten angeschlichen, und nur sein phänomenales Reaktionsvermögen und seine Behendigkeit bewahrten Sparrow davor, die steilen Stufen zur Halle hinabzupurzeln. Er duckte sich in letzter Sekunde, wirbelte auf dem Absatz herum und schwang sich auf eine hohe Brüstung, wo er vor Biddys Fäusten sicher war.

Die Arme vor der Brust verschränkt, blickte er höhnisch auf sie hinab. »Hättest du heute mittag nicht die dreifache Portion gegessen, hättest du mich vielleicht sogar erwischt.«

Biddys Augen schleuderten Blitze. »Und *hättest* du heute mittag die dreifache Portion gegessen«, konterte sie, »würdest du es vielleicht schaffen, den ganzen Abend dort oben zu verbringen, während dir die köstlichsten Gerüche in die Nase steigen. So aber wird dein knurrender Magen dich runtertreiben, lange bevor es mir zuviel wird, hier unten auf dich zu warten.«

Alle grinsten und kicherten. Es verging kaum ein Tag, ohne daß die beiden sich solche Wortgefechte lieferten. Sparrow war seit fast dreißig Jahren ein treuer Freund des Wolfs, während Biddy, die einst Kammerzofe bei Servannes Mutter gewesen war, nach deren frühem Tod das Mädchen großgezogen hatte und immer noch wie eine Glucke über der Burgherrin wachte, die längst eigene Kinder hatte. An Sparrow waren die Jahre scheinbar spurlos vorübergegangen, während Biddy immer mehr in die Breite gegangen war. Doch was sie durch Körperfülle und Alter — sie war weit über sechzig — eingebüßt hatte, machte sie durch Ausdauer wett, und so tauschte das Paar, das eine seltsame Haßliebe verband, regelmäßig die Rollen als Jäger und Fuchs.

Diesmal wurde der dramatische Auftritt jedoch durch das laute Trappeln kleiner Füße unterbrochen. Drei dunkelhaarige Jungen und zwei quiekende Mädchen rannten die Treppe zur Halle hinab und griffen ihre Eltern von fünf verschiedenen Seiten an, um ein Bein, einen Arm oder eine Rockfalte zu ergattern. Robert folgte gemessenen Schrittes. Er trug das sechste und jüngste Energiebündel, das heulend in seinen Armen zappelte und freigelassen werden wollte, um sich an dem Getümmel zu beteiligen.

»Heilige Mutter Gottes!« rief Servanne lachend. »Wie konnte ich jemals glauben, daß es mir beschieden sein würde, einen normalen Haushalt zu führen? Eigentlich könnte ich gleich dem Chaos Türen und Tore öffnen und es einladen, bei uns zu wohnen.«

Der Schwarze Wolf schaute seine schöne Frau an, und sein bewundernder Blick umfaßte auch die sieben hübschen Kinder, die sie ihm geschenkt hatte. »Das Chaos ist doch schon längst bei uns eingezogen, Liebste, aber ich möchte es gar nicht anders haben.«

»Lügner!« murmelte sie, hob aber erwartungsvoll ihr Gesicht zu ihm empor, und der Kuß bescherte beiden leuchtende Augen.

Der Wolf spürte, daß eine winzige Faust an seinem Ärmel zerrte, und er wollte sich dem Baby zuwenden, doch bei der plötzlichen Bewegung schoß ein scharfer Schmerz durch seine Hüfte und seinen Oberschenkel, so daß er leicht taumelte.

»Da hast du's!« erklärte Servanne triumphierend. »Habe ich dir nicht gleich gesagt, daß du dir zuviel zumutest? Kinder, laßt euren Vater los! Robin, überlaß Rhiannon jetzt Biddy und hol die Krücken deines Vaters.«

»Robin, du bleibst hier«, befahl der Wolf. »Ich brauche diese verdammten Krücken nicht. Die Wunde tut zwar noch ein bißchen weh, aber ich mußte früher ganz andere Schmerzen ertragen.«

»Früher warst du ein ganzes Stück jünger«, brachte Servanne ihm in Erinnerung. »Robin, hol die Stöcke.«

»Robert ...« Die Warnung in der Stimme des Wolfs war nicht zu überhören. Dann huschte ein leichtes Lächeln über sein Gesicht. »Na gut, du darfst die Krücken holen — aber nur, um sie ins Feuer zu werfen.«

Robert blickte von seiner Mutter zu seinem Vater, überließ das Baby Biddys weichen Armen, holte die beiden Krücken, die der Burgschreiner aus Eichenholz geschnitzt und auf Hochglanz poliert hatte, und schob sie seinem Vater unter die Arme, wobei seine blauen Augen herausfordernd funkelten.

»Glaubst du immer noch, daß du eine Auseinandersetzung mit Mutter gewinnen kannst?« fragte er trocken.

Der Wolf starrte seinen Sohn an und schwankte zwischen Zorn und widerwilligem Respekt, doch weil der Junge die Augen seiner Mutter geerbt hatte, warf der grimmige Wolf schließlich den Kopf zurück und lachte dröhnend.

»Bei Gott, dieser Bursche muß Eduard ganz schön zu schaffen machen!«

»Er ist eben ein richtiges Wolfsjunges«, stimmte Alaric fröhlich zu. »Er wird dir von Tag zu Tag ähnlicher.«

»Ich finde eher, daß er seiner Mutter nachgerät.« Lord Randwulf wollte lachend seine Frau umarmen, verlor aber wieder fast das Gleichgewicht. Alaric und Robert stützten ihn rasch. »Pah, nehmt eure Hände weg, ihr zwei! Ich falle schon nicht hin, keine Angst. Aber ich werde jetzt in irgendeine Ecke humpeln, wo wir hoffentlich in Ruhe einen Krug Ale leeren können. Wo zum Teufel bleibt eigentlich Eduard? Er war doch nicht lange genug von zu Hause fort, um den Weg in den Weinkeller vergessen zu haben.«

## 4

Eduard hätte den Weg in den Weinkeller sogar mit verbundenen Augen gefunden. Ein steile Treppe wand sich korkenzieherförmig immer tiefer in den unterirdischen Teil der Burg hinab. In diesen Gewölben wurde Getreide, Obst und Gemüse gelagert, und Fackeln an den Wänden markierten die Eingänge der verschiedenen Vorratskammern. Hier unten gab es auch Verliese sowie eine komplette kleine Waffenschmiede, wo in Zeiten einer Belagerung beschädigte Waffen repariert und sogar neue angefertigt werden konnten.

In den Verliesen schmachteten keine Gefangenen mehr, seit die Burg dem Wolf gehörte, aber sie wurden beleuchtet und regelmäßig geputzt, um die Ratten davon abzuhalten, ihre Familien übermäßig zu vergrößern. Die Schmiede diente jetzt als Rüstkammer und beherbergte die private Waffensammlung des Burgherrn — Schwerter, Lanzen, Armbruste und Rüstungen — sowie einen beachtlichen Vorrat an kostbarem Roheisen. Hier roch es nach Leder und geöltem Metall, und Eduard war früher oft hergekommen, um die Trophäen zu bewundern, die der Wolf bei Turnieren oder Schlachten gewonnen hatte. Natürlich hingen an den Wänden der großen Halle jede Menge gekreuzter Schwerter und Lanzen, Schilde und Banner besiegter Feinde. Jedes dieser stolzen Erinnerungsstücke war mit irgendeiner Geschichte verknüpft, erzählte von harten Kämpfen, die mitunter gegen jede Wahrscheinlichkeit gewonnen worden waren. Doch hier unten bewahrte der Wolf jene Gegenstände auf, die mit sehr persönlichen Erinnerungen verbunden waren, mit Erinnerungen, die er niemals irgendwelchen in seiner Halle zechenden Rittern anvertraut hätte.

Da hing das Schwert, das König Richard ihm auf der Schanze vor Jerusalem überreicht hatte — jenes Schwert, das er *nicht* benutzt hatte, als ihm befohlen wurde, bei der Ermordung von tausend unbewaffneten Gefangenen mitzuwirken, für die Löwenherz keine Verwendung mehr hatte. Da war die glänzende schwarze Rüstung, die er an jenem Tag getragen hatte, als er in Bloodmoor Keep einen Zweikampf auf Leben und Tod mit seinem Bruder Etienne ausfocht — und die er seitdem nie mehr angelegt hatte. Da war auch jenes seltsam geformte Schwert, das mit Eisenmanschetten ausgestattet war, um das Gewicht und die Balance der Waffe variieren zu können. Damit hatte der Wolf vor langer Zeit eisern trainiert, nachdem sein Bruder ihn in Palästina so gräßlich zugerichtet hatte, daß die Ärzte ihm prophezeiten, er würde seinen Arm nie wieder benutzen können.

Auch jetzt verlangsamte Eduard auf dem Weg in den Weinkeller unwillkürlich seine Schritte, als er an der Rüstkammer vorbeikam. Die Tür stand halb offen, und drinnen brannte eine Fackel, aber beides war nicht ungewöhnlich, und er wäre nicht stehengeblieben, hätte wahrscheinlich nicht einmal einen zweiten Blick in den Raum geworfen, wenn er nicht ein leises Geräusch gehört hätte, das ihn aufschreckte — das unverwechselbare schabende Geräusch eines Schwertes, das aus der Scheide gezogen wurde. FitzRandwulfs Hand schloß sich sofort um den Griff seines eigenen Schwertes, und er drückte sich rasch an die Wand neben der Tür, wo er fast mit der Dunkelheit verschmolz.

Ein Schatten zerteilte plötzlich den Lichtstreifen, der auf den Gang fiel, und Eduards Blick schweifte zu der Wand am hinteren Ende der Rüstkammer. Eine überlebensgroße Silhouette huschte über die rohen Steine, verursacht von dem Eindringling, der vor der Fackel stand. Es war die Silhouette einer Frau, wie der lange Rock verriet. Sie wog ein Schwert in ihrer Hand, und als sie herumwirbelte, um den Schlag eines imaginären Gegners abzuwehren, flogen dem Schattenbild an der Wand lange Haare um die Schultern.

Eduard ließ sein Schwert los und atmete langsam aus. Wer auch immer das Mädchen sein mochte — es besaß jedenfalls eine ordentliche Portion Unverfrorenheit, wenn es sich unbefugt in der Rüstkammer aufhielt und mit Gegenständen hantierte, von denen die meisten Frauen lieber die Finger ließen. Er machte wütend einen Schritt auf die Tür zu, um die freche Person zur Rede zu stellen, blieb aber gleich wieder wie angewurzelt stehen, denn nun konnte er nicht nur die Silhouette an der Wand, sondern das Geschöpf aus Fleisch und Blut sehen.

Sie trug eine weite Tunika, und eine unglaubliche Fülle feuerroter Haare fiel ihr über den Rücken. Im Licht der Fackel glichen diese langen Locken lodernden Flammen, und sie flogen wild umher, während die Frau hingebungsvoll mit ihrem unsichtbaren Feind kämpfte.

»Ha, Sie sind besiegt, Herr Ritter!« rief sie triumphierend. »Ein Jammer, daß Ihr schöner neuer Waffenrock jetzt ganz blutig wird.«

Verwirrt verschränkte Eduard die Arme über der Brust und beobachtete sie. Er kannte sie nicht, aber vielleicht arbeitete sie erst seit kurzem in der Burg, und er war ja drei Monate nicht zu Hause gewesen. Trotzdem hätte ihm diese ungewöhnliche Haarfarbe in den letzten sieben Tagen eigentlich irgendwo in Haus oder Hof auffallen müssen.

Eduard wurde jäh aus seinen Gedanken gerissen, und

hielt unwillkürlich den Atem an, als die Schwertkämpferin sich voll ins Licht drehte und ungeduldig die wirren Locken aus dem Gesicht strich. Dieses herzförmige Gesicht über einem anmutigen Schwanenhals war ganz dazu angetan, die Knie des stärksten Mannes butterweich zu machen: eine helle makellose Haut, große grüne Augen mit dichten Wimpern, eine schmale Nase und ein perfekt geformter Mund mit vollen Lippen, die zum Küssen verführten. Eduard korrigierte seine ursprüngliche Vermutung, daß es sich um eine neue Dienstmagd handelte. Diese Frau sah nicht so aus, als hätte sie jemals schwere Arbeit verrichtet, ihre Tunika war aus feiner Wolle, und die Strümpfe mußten aus reiner Seide sein.

Außerdem konnte sie gut mit dem Schwert umgehen. Gewiß, es war ein Kurzschwert, das sie blutrünstig schwang, aber sie mußte lang und hart trainiert haben, um es zu solcher Meisterschaft zu bringen. Während er sie jetzt beobachtete, hob sie die Klinge ins Licht, drehte sie langsam hin und her und betrachtete den funkelnden Stahl mit Kennermiene.

Dann wurde ihre Aufmerksamkeit von irgendeinem Gegenstand abgelenkt, den Eduard von seinem Standort aus nicht sehen konnte, sie ließ das Kurzschwert sinken und verschwand hinter der Tür. Eduard hörte das Klirren von Metall, als eine Waffe gegen eine andere ausgetauscht wurde, und gleich darauf kehrte sie mit einem schweren Langschwert in die Raummitte zurück. Die Klinge war fast einen Meter lang und aus doppelt gehärtetem Toledostahl geschmiedet. Eduard war mit Gewicht und Balance dieses Schwertes vertraut, und sein erster Gedanke war, daß sie einen ausgezeichneten Blick für Waffen haben mußte. Gleich darauf wies er diesen Gedanken als lächerlich zurück. Eine Frau, die eine Klinge von der anderen unterscheiden konnte? Zweifellos würde er gleich eingreifen müssen, damit sie sich nicht versehentlich einen Fuß abschlug.

Vorerst strich sie mit einer zarten weißen Hand liebevoll über die Klinge, und ihre Fingerspitzen glitten durch die Blutrinne der Waffe. Doch dann nahm sie die Haltung eines Angreifers ein und schwang das Schwert in einem anmutigen Bogen hin und her.

Ihr erster Ausfall war fehlerlos, doch beim zweiten verhedderten ihre Beine sich in den Rockfalten, und sie konnte nur mit großer Mühe das Gleichgewicht bewahren.

Eduard, der immer noch auf dem dunklen Gang stand, grinste übers ganze Gesicht, konnte seinen Lachreiz aber gerade noch unterdrücken.

Mit gerunzelter Stirn lehnte die Kriegerin das Schwert an die Wand und zerrte ungeduldig an den Schnüren ihrer Tunika. Gleich darauf fiel das schwere Kleidungsstück zu Boden, und sie stand in einem knielangen Hemd da.

Nachdem sie nun nicht mehr durch Röcke behindert wurde, handhabte sie das Langschwert so geschickt, daß Eduard fasziniert immer näher an die Türschwelle herantrat. Er spürte, daß die Haut zwischen seinen Schulterblättern feucht wurde, und sein Herz klopfte so laut, daß er später vermutete, sie hätte das Geräusch gehört und sich deshalb umgedreht.

Im ersten Moment sah sie auf dem dunklen Gang nur zwei leuchtende Augen. Vor Schreck flog ihr das Schwert aus den Händen und prallte gegen einen Waffenständer. Mehrere andere Schwerter und Teile einer Rüstung fielen klirrend auf den Boden, und der Lärm hallte unheimlich von den Steinmauern wider.

Eduard bückte sich, um eine Armschiene aufzuheben, die bis zur Tür geflogen war, und seine Bewegung ließ das Mädchen erneut erschrocken nach Luft schnappen.

»Wer sind Sie?« rief sie. »Was machen Sie hier? Wie lange bespitzeln Sie mich schon?«

Anstatt zu antworten, verweilte Eduard unnötig lange in gebückter Haltung, weil sie ihm einen Blick unter das

Hemd erlaubte. Die nackte weiße Haut oberhalb der Strumpfbänder übte einen unwiderstehlichen Reiz auf ihn aus.

»Ich habe Ihnen eine Frage gestellt, Sie Flegel! Und ich möchte sofort eine Antwort hören!«

Eduard richtete sich zu voller Größe auf und stellte fest, daß die grünen Augen wie erwartet Blitze schleuderten.

»Verzeihen Sie, mein Fräulein«, murmelte er. »Ich hätte mich eher bemerkbar machen sollen.«

»In der Tat!« schnaubte sie wütend. »Ich wiederhole meine Frage: »wer sind Sie, und wie lange haben Sie mich bespitzelt?«

Eduard stieß die Tür weiter auf und trat etwas näher, damit sie ihn besser sehen konnte.

»Es war nicht meine Absicht, Sie zu bespitzeln oder zu erschrecken«, versicherte er. »Ich kam an diesem Raum vorbei, weil ich in den Weinkeller wollte, und ...«

»Und da dachtest du, hier stehenbleiben und dich eine Weile auf meine Kosten amüsieren zu können?« Sie musterte ihn im Fackelschein verächtlich von Kopf bis Fuß, und Eduard erinnerte sich plötzlich daran, daß er schäbig gekleidet war, weil er ja eigentlich vorgehabt hatte, den ganzen Tag auf dem Übungsgelände zu verbringen. Er trug ein grobes Leinenhemd wie die Bauern, und seine Hose war staubig und zerknittert. Deshalb hielt sie ihn zweifellos für einen Gemeinen, den man duzen und anschnauzen konnte, und sie fühlte sich ihm haushoch überlegen und unantastbar, obwohl sie halbnackt in einem abgelegenen Kellerraum mit ihm allein war.

»Ehrlich gesagt, war ich weniger amüsiert als neugierig«, sagte er, ein Lächeln in den Mundwinkeln. »Sie können gut mit einem Schwert umgehen — erstaunlich gut, in Anbetracht ihrer Jugend und . . . und Ihres Geschlechts.«

Die grünen Augen verengten sich zu schmalen Schlitzen. »Es ist mitunter ganz nützlich, wenn man sich selbst verteidigen kann — speziell gegenüber Wüstlingen, die wie Affen aussehen und sich auch so aufführen!«

Eduard grinste breit. »Hmmm ... interessant ... mit einem Affen hat mich noch keine Frau verglichen.«

Gegen ihren Willen nahm sie ihn näher in Augenschein. Sein unverschämtes Lächeln und sein arrogantes Auftreten reizte sie maßlos, aber sie mußte insgeheim zugeben, daß er mit einem Affen wirklich keine Ähnlichkeit hatte. Er war sehr groß, breitschultrig und muskulös — wahrscheinlich, weil er tagtäglich schwere Weinfässer in den Keller schleppen mußte. Das eckige Kinn deutete auf eine gehörige Portion Eigensinn hin, der Mund war zynisch, und seine Augen hatten die Farbe von nassem Schiefer — dunkelgrau, aber mit helleren — blauen Tupfen gesprenkelt. Der Bursche war von sich sehr überzeugt. Vermutlich himmelten ihn so viele Küchenmägde und Milchmädchen an, daß es ihm zu Kopf gestiegen war.

Unwillkürlich fragte sie sich einen absurden Moment lang, ob das unverkennbare Interesse, mit dem er sie musterte, ihr vielleicht gar nicht so unangenehm wäre, wenn sie kein Edelfräulein, sondern eine einfache Dienstmagd wäre.

Schockiert über diesen Gedanken, befeuchtete sie ihre trockenen Lippen. »Dann war es höchste Zeit, daß es eine getan hat, denn du überschätzt deine Wirkung auf Frauen offenbar ganz gewaltig.«

»Tatsächlich?« Anzüglich grinsend, starrte er auf ihre straffen Brüste, die sich unter dem dünnen Hemd abzeichneten, und ließ seinen Blick sodann tiefer schweifen.

Ariel de Clare hätte ihm die Augen, die ihren Körper mit solcher Unverfrorenheit in Besitz nahm, auskratzen mögen, und sie setzte ihren Wunsch in die Tat um, indem sie zu einem heftigen Schlag ausholte. Ihre Fingernägel hätten zweifellos blutige Spuren auf seinem Gesicht hinterlassen, wenn er nicht blitzschnell reagiert und seinen

Kopf zurückgeworfen hätte. Dadurch setzte er auch jene Gesichtshälfte, die bisher im Schatten geblieben war, dem Licht der Fackel aus, und die gräßliche Narbe auf seiner Wange versetzte Ariel einen solchen Schock, daß sie mitten in der Bewegung innehielt — und diese Schrecksekunde gab Eduard reichlich Zeit, sie am Handgelenk zu packen und ihr den Arm auf den Rücken zu drehen.

Aus dem Gleichgewicht gebracht, prallte sie gegen seinen breiten Brustkorb, und im nächsten Moment wurde auch ihr zweites Handgelenk von seiner mächtigen Faust gefangengenommen.

»Ein mutiges kleines Küken!« kommentierte er trocken.

»Laß mich los, du häßlicher feiger Rohling! Laß mich sofort los!«

»Tss, tss, tss ... schon die zweite Beleidigung innerhalb weniger Minuten! Einem Mann würde ich dafür die Zunge abschneiden.«

»Rohling! Wüstling! Lustmolch! Laß mich los, sage ich dir! *Laß mich los!*«

»Vielleicht würde ich tatsächlich Gnade vor Recht ergehen lassen, schöne Dame, wenn wir uns über den Preis Ihrer Befreiung einigen könnten.«

»Über den Preis ...?« Außer sich vor Wut, starrte Ariel ihn mit funkelnden grünen Augen an. »*Ich* soll ...?«

Eduard sah sich demonstrativ in der Rüstkammer um. »Sehen Sie hier andere Personen, die unbefugt eingedrungen sind?«

Ariel versuchte, tief durchzuatmen — eine schwierige Aufgabe, nachdem ihre Arme auf den Rücken gedreht waren und ihre Brüste von der Granitplatte seines Brustkorbs plattgedrückt wurden. »Aha, und weil wir hier allein sind, verlangst du als Preis wohl einen Kuß — oder auch zwei!«

Eduard hatte bisher eher vorgehabt, sie nach ihrem Namen zu fragen und eine Erklärung für das Betreten der

Rüstkammer zu verlangen, aber ihr Vorschlag entbehrte nicht eines gewissen Reizes. Ihr Haar schimmerte wie rotes Gold, und ihre Lippen waren aus der Nähe noch verführerischer als auf den ersten Blick. Er zog sie noch dichter an sich heran und tätschelte mit seiner freien Hand ihr Gesäß.

»Möglicherweise würde ich ein solches Angebot tatsächlich annehmen«, murmelte er.

Seine Unverschämtheit verschlug Ariel fast die Sprache. Sie sah rot wie ein gereizter Stier und schnaubte, demonstrativ auf seine Narbe starrend: »Eine Frau müßte blind, betrunken und geisteskrank ein, um ein solches Scheusal wie dich zu küssen! Und wenn du mich jetzt nicht sofort losläßt, wird mein Onkel dich entmannen, blenden und dir die Hände abhacken lassen!«

Eduards Kiefer mahlten, und jetzt preßte er ihre Handgelenke so schmerzhaft zusammen, als wollte er sie zermalmen. »Ich zittere vor Angst, mein schönes Fräulein! Dürfte ich nach dem Namen dieses blutrünstigen Ungeheuers fragen, damit ich nachts meine Tür verriegeln und mich unter dem Bett verkriechen kann?«

»Du hättest allen Grund, dich zu verkriechen«, fauchte sie, »denn wenn mein Onkel, der Graf von Pembroke und Marschall von England, dir bei lebendigem Leibe die Haut abgezogen hat, werden höchstens noch ein paar Krähen an deinem Kadaver herumpicken!«

Eduard ließ sie so abrupt los, als hätte er sich die Hände verbrannt, und wich einen Schritt zurück. So plötzlich freigelassen, taumelte Ariel und rang nach Luft.

»Der Marschall ist . . . Ihr Onkel?« fragte Eduard erschrocken.

»Mein Onkel, der mich vergöttert und mir jeden Wunsch von den Augen abliest!« brüstete sie sich. »Und er wird dir mit den *Zähnen* das Herz aus der Brust reißen, weil du es gewagt hast, mich anzurühren!«

»Mylady . . . ich hatte ja keine Ahnung . . .«

*»Mit den Zähnen!«*

Ariel hob hastig ihre Tunika vom Boden auf und stürmte aus der Rüstkammer, ohne ihn auch nur noch eines Blickes zu würdigen. Eduard hörte ihre eiligen Schritte auf dem Steinboden und auf der Treppe, und weil es tatsächlich ein Wunder wäre, wenn der Marschall die Beleidigung seiner Nichte nicht rächen würde, überlegte er, ob er ihr nicht nachrennen und sich in aller Form entschuldigen sollte.

Statt dessen machte er sich jedoch fluchend auf den Weg in den Weinkeller. Er hatte sich noch nie im Leben bei einer Frau entschuldigt und würde es auch jetzt nicht tun. Es konnte durchaus sein, daß er in wenigen Stunden tot sein würde — aber immerhin hätte er dann die Ehre gehabt, von der Hand des besten Ritters und Turnierkämpfers aller Zeiten zu sterben.

## 5

Der Marschall war trotz seiner sechsundsechzig Jahre noch ein sehr ansehnlicher und kraftvoller Mann. Seine lange dichte Haarmähne und der kurz gestutzte Bart waren einstmals schwarz gewesen, jetzt aber fast grau. Seine mächtige Stimme verschaffte sich sogar auf einem Schlachtfeld mühelos Gehör, und seine strahlendblauen Augen glichen zwei scharfen Dolchen, so daß meistens allein schon dieser durchdringende Blick genügte, um einem Kontrahenten den Mut zu rauben.

Er war von dem alten König Heinrich II. zum Ritter geschlagen worden und hatte seinem Lehnsherrn jahrelang mit Leib und Seele gedient. Daß alle Söhne des Königs gegen ihren Vater konspirierten und nichts unversucht ließen, um ihn in ein frühes Grab zu treiben, widerte ihn an, und Heinrichs Tod erfüllte ihn mit tiefer Trauer.

Dessen Nachfolger Richard hielt sich für einen Experten in allen Dingen, die mit Kämpfen und Schlachten zu tun hatten. Er hegte eine intensive Abneigung gegen Wilhelm, seit dieser ihn als Achtzehnjährigen bei einem Turnier aus dem Sattel geworfen hatte. Diese Demütigung konnte er ihm nie verzeihen, aber andererseits schätzte er Loyalität und Heldenmut, und deshalb behielt er Wilhelm nach seiner Krönung nicht nur in seinen Diensten, sondern erhob ihn sogar zum Marschall von England und vermählte den eingefleischten Junggesellen mit der reichsten und begehrtesten Erbin im ganzen Königreich: Isabella von Pembroke.

Eduard FitzRandwulf hatte allen Grund, den Zorn des alten Marschalls zu fürchten. Wilhelm hatte über fünfhundert Turnierkämpfe gewonnen — ein Rekord, den wohl nie jemand brechen würde. Sogar Randwulf de la Seyne Sur Mer, der sich noch am ehesten mit ihm messen konnte, hatte es nur auf etwas mehr als die Hälfte von Siegestrophäen gebracht, bevor er vor über einem Jahrzehnt beschlossen hatte, nicht mehr an Turnieren teilzunehmen.

Die beiden Männer waren im Laufe der Jahre Freunde geworden — eine respektvolle Freundschaft zwischen zwei rechtschaffenen und kampferprobten Männern, die Unfähigkeit und Korruption nur schwer ertragen konnten, am allerwenigsten von einem König.

»Gebt mir ein Schwert und zeigt mir einen Feind«, sagte der Wolf trocken, »und ich werde mit Freuden sieben Tage in der Woche gegen ihn kämpfen — jedenfalls viel lieber, als auch nur eine einzige Stunde über irgendein Gesetz debattieren zu müssen.«

Der Marschall schüttelte den Kopf. »Das Recht des Königs, Ehen zu stiften, ist nicht einmal ein Gesetz, eher eine Gewohnheit, die sich eingebürgert hat, weil sie politisch von großem Nutzen sein kann. Auch mir selbst wurde eine Braut aufgezwungen, aber ...«

»Aber in Ihren Fall war es eine Belohnung, nicht eine Strafe?« warf der Wolf ein.

»Ich habe mich auf den ersten Blick in Isabella verliebt«, gab Pembroke zu. »Wenn sie eine Belohnung war, so weiß ich beim besten Willen nicht, womit ich sie verdient hatte.«

»Wahrscheinlich damit, daß Sie Heinrich einige Male das Leben gerettet und Richard den Thron gesichert haben.«

Der Marschall schmunzelte. »Dann ist es kein Wunder, daß Johann mich so verabscheut. Trotzdem dachte ich immer, meine Familie sei relativ sicher vor seiner Einmischung, besonders jetzt, da er eigentlich mit viel wichtigeren Angelegenheiten beschäftigt sein müßte. Ich hätte es besser wissen sollen. Wenn er einen seiner Anfälle von fieberhafter Geschäftigkeit hat, denkt er gleichzeitig an zehn verschiedene Dinge und mißt allen die gleiche Bedeutung bei.«

Wilhelm von Pembroke war kurz nach Sonnenuntergang in die große Halle gekommen, nachdem er gebadet, ein kurzes Schläfchen gehalten und seine staubige Reisekleidung gegen saubere, prächtig geschmückte Samt- und Ledergewänder vertauscht hatte. Er hatte Lady Servanne versichert, daß es ihm mit dem Abendessen überhaupt nicht eile, daß es ihm sogar sehr recht sei, in Ruhe mit ihrem Mann sprechen zu können, bevor er die lächelnde Miene eines Gastes aufsetzen müsse.

»Ich hätte eigentlich auch damit rechnen müssen, daß Johann seine nützlichen Söldner nicht mit Gold bezahlen würde — das er nicht besitzt —, sondern mit Titeln, Ländereien und reichen Bräuten. In diesem speziellen Fall hat er der Familie eine wenig profitable Besitzung zurückgegeben, die er als Regent selbst konfisziert hatte.«

»Dürfen wir annehmen, daß Ihre Nichte etwas dagegen hat, eine zusätzliche Belohnung zu sein?«

»Sie hat sich des schnellsten Schiffes und der schnellsten Pferde bedient, um mir ihre Meinung über die Einmischung des Königs persönlich kundzutun.«

»Sie hat allein den Kanal überquert?« fragte Randwulf amüsiert.

»Nicht ganz allein«, erwiderte Wilhelm mit einem eisigen Blick in Richtung des vierten Mannes, der mit ihm, Lord Randwulf und Alaric FitzAthelstan am Tisch saß. Henry de Clare errötete ein wenig und rutschte nervös auf seinem Stuhl hin und her. »Mein Neffe läßt sich von seiner Schwester mühelos um den Finger wickeln, obwohl ich nicht daran zweifle, daß sie notfalls ein Boot gefunden und es eigenhändig über den Kanal gerudert hätte. Sie ist ein bißchen ... eigensinnig. Das ist meine eigene Schuld, weil ich sie viel zu sehr verwöhnt habe. Wenn ich ihr, wie Isabella anregte, hin und wieder den Hintern mit der flachen Schwertklinge versohlt hätte, wäre sie vielleicht längst verheiratet und vor den Klauen eines habgierigen Königs sicher.«

»Dürfen wir den Namen des glücklichen Bräutigams erfahren?«

Wilhelm zögerte einen Moment, bevor er, den Blick des Wolfs meidend, antwortete: »Reginald de Braose.«

Die plötzlich versteinerten Mienen von Lord Randwulf und Alaric verrieten Henry de Clare, daß er in irgendein Geheimnis nicht eingeweiht war.

»Reginald de Braose«, murmelte der Wolf angewidert. »Ich habe diesen Namen lange nicht mehr gehört, aber es überrascht mich nicht zu hören, daß er immer noch in der Gunst des Königs steht.«

»Der Vater mehr als der Sohn«, erklärte Wilhelm. »Der Alte, Wilhelm de Braose, hat die Garnison in Rouen befehligt. Seit zwei Monaten hält er sich mit seiner Frau Maude allerdings wieder in England auf — genauer gesagt, in Radnor, wo sich ihre bis vor kurzem konfiszierten Besitzungen befinden.«

»Und während sie sich dort häuslich einrichten, planen

sie die Vermählung ihres Sohnes mit dem Hause Pembroke?« Alaric pfiff leise vor sich hin. »Der König belohnt Speichellecker wirklich äußerst großzügig.«

»Ich glaube, daß De Braose sich nicht nur als Speichellecker große Verdienste erworben hat«, sagte Wilhelm. »Er ist ein Rohling, genauso grausam und blutrünstig wie Ohneland selbst. Die Ritter, die zusammen mit Arthur in Mirebeau gefangengenommen wurden, waren De Braose in Rouen hilflos ausgeliefert, und er soll ihnen dort wegen ihrer irregeleiteten Loyalität das Leben zur Hölle gemacht haben.«

»Vierundzwanzig der tapfersten Ritter der Bretagne.« Lord Randwulf starrte in seinen Weinpokal. »Ich kannte die meisten von ihnen vom Sehen, und einige hatten sogar als willkommene Gäste in Amboise geweilt. Wir haben gehört, daß sie nach England gebracht wurden, wo ihnen wegen Hochverrats der Prozeß gemacht werden soll. Hätte ich gewußt, daß ihnen dieses Schicksal beschieden sein würde, hätte ich sie niemals Johanns Wache übergeben, sondern auf Ehrenwort freigelassen. Wissen Sie etwas Neues von ihnen? Wurden sie mittlerweile freigelassen, oder hat der König beschlossen, sie noch eine Weile büßen zu lassen?«

Wilhelm starrte ihn bestürzt an. »Sie haben es nicht gehört? Nein, natürlich nicht, wie sollten Sie auch? Sie haben dem König ja in Blois den Rücken freigehalten.« Er umfaßte seinen Pokal mit beiden Händen. »Machen Sie sich auf einen schweren Schlag gefaßt — die Ritter, von denen Sie sprechen, sind tot.«

»Tot?« rief der Wolf. »Wie? Wann?«

Der Marschall brachte die Antwort nur mit Mühe über die Lippen. »Sie wurden in Ketten und Lumpen nach Corfe gebracht, in Zellen geworfen und dem Hungertod preisgegeben. Wie ich gehört habe, sollen einige erst nach sechzehn Tagen gestorben sein, obwohl sie nichts zu essen und keinen Tropfen Wasser erhielten.«

Der breite Brustkorb des Wolfs hob und senkte sich unter seinen schweren Atemzügen. Seine Augen wurden fast schwarz und loderten vor Zorn.

»Sie waren *Edelleute*«, keuchte er mit zusammengebissenen Zähnen. »Sie waren *Ritter*! Viele von ihnen waren meine Nachbarn und Freunde. Tapfere Männer, einer wie der andere. Sie waren überzeugt, für eine gerechte Sache zu kämpfen. Allmächtiger, mein eigener Sohn hätte unter ihnen sein können! Ich selbst hätte unter ihnen sein können, wenn sie nicht ausgerechnet gegen Mirebeau losgeschlagen hätten! Und jetzt sind sie tot? Sie sind alle tot?«

»Ja«, bestätigte Wilhelm. »Zu Englands Schande.«

Der Wolf stemmte sich aus seinem Stuhl hoch, ohne an seine Wunde zu denken. Er wandte sich von den drei anderen Männern ab und schlug mit den Händen mehrmals gegen die Steinmauer, bevor er sich auf die Arme stützte und den Kopf hängen ließ.

»Dieser törichte Junge! Wenn er sich nur nicht mit Philipp zusammengetan hätte! Wenn er nur abgewartet hätte ...«

»Arthur hat seine Unbesonnenheit wohl von seinem Vater geerbt«, sagte der Marschall. »Gottfried hat nie einen Hehl aus seinen Geschäften mit den Franzosen gemacht. Und beide haben für ihr mangelndes Urteilsvermögen den höchsten Preis bezahlt.«

Lord Randwulf blickte den Grafen an, und der eisige Schauer, der ihm über den Rücken lief, beantwortete seine Frage, noch bevor er sie gestellt hatte. »Dann haben sich die Gerüchte über Arthurs Tod also bestätigt?«

»Er ist nicht mehr lebend gesehen worden, seit der König vor über zwei Monaten Rouen verlassen hat.«

»Ohneland hatte seiner Mutter fest versprochen, den Prinzen am Leben zu lassen!«

»Johann hält von seinen eigenen Versprechungen genauso wenig wie von Eleonore. Allerdings vermute ich, daß diese Tat ihm doch leichte Schuldgefühle verursacht.

Als ich unseren edlen König zuletzt gesehen habe, hatte er so viele Reliquien um den Hals hängen, daß er unter der Last kaum noch aufrecht stehen konnte.«

»Wenn ich seinen Hals in diesem Moment unter meinem Stiefel hätte«, schnaubte der Wolf, »könnte er garantiert nie wieder stehen!«

Eine Bewegung, die er aus dem Augenwinkel heraus wahrnahm, veranlaßte ihn, einen Blick über die Schulter des Marschalls hinweg zu werfen. Eduard stand in dem Alkoven, und seinem Gesichtsausdruck nach zu schließen, hatte er den größten Teil der Unterhaltung mit angehört. Vater und Sohn maßen einander mit Blicken, und beide dachten an eine heftige Auseinandersetzung zurück, die sie gehabt hatten, als Arthur ausgezogen war, den englischen Thron zu erobern.

»Du hast alles versucht, um ihn zu warnen«, sagte Randwulf tonlos. »Du hast Arthur gewarnt, daß er alles verlieren könnte, wenn er Mirebeau angreifen würde. Ich hatte *dich* gewarnt, daß dieses tollkühne Unternehmen ein schlechtes Ende nehmen würde, und ich danke Gott, daß du auf mich gehört hast.«

Eduard holte tief Luft. »Das ändert nichts an meiner Überzeugung, daß Arthur der rechtmäßige Thronfolger war, und daß unser König nichts weiter als ein Usurpator — und jetzt auch noch ein Mörder — ist, der vor nichts zurückschrecken würde, nur um die Krone zu behalten.«

Seufzend nahm der Wolf wieder Platz. Ihm war das besorgte Stirnrunzeln des Marschalls nicht entgangen — Johanns Spione waren allgegenwärtig —, und er lächelte seinem Gast entschuldigend zu. »Ich glaube, Sie kennen meinen Sohn Eduard? Er ist manchmal auch ein bißchen ... eigensinnig.«

Pembroke erhob sich, streckte seine riesige Pranke aus und schüttelte Eduard herzlich die Hand.

»Ja, wir sind uns schon begegnet, aber es ist eine ganze Weile her, mindestens sieben oder acht Jahre, stimmts?«

»Fast zehn, Mylord«, erwiderte Eduard steif. »Sie waren anwesend, als ich mir meine Sporen verdiente, und es war mir damals eine genauso hohe Ehre wie heute, mit Ihnen sprechen zu dürfen.«

»Teilen wir uns die Ehre, einverstanden? Sie haben sich den Ruf eines hervorragenden Turnierkämpfers erworben, und in ein-zwei Jahren werde ich Sie mir vielleicht persönlich vornehmen müssen, um Ihnen einen kleinen Dämpfer zu verpassen.«

Eduards Lächeln war etwas angespannt, obwohl er niemals zu hoffen gewagt hätte, ein solches Kompliment zu erhalten. Er hatte gebadet und sich umgekleidet und war in die große Halle geeilt, um sich bei dem Grafen in aller Form zu entschuldigen und zu erklären, wie es zu dem Mißverständnis mit dessen Nichte gekommen war. Er hatte sich auf den Zorn des Marschalls eingestellt, und statt dessen wurde ihm jetzt geschmeichelt.

»Meine Erfolge sind bei weitem nicht so phänomenal wie die Ihren, Sir«, sagte er bescheiden, »und sie lassen sich auch nicht mit denen meines Vaters vergleichen.«

»Trotzdem — Sie haben sich Ihre Sporen mit siebzehn verdient, und das ist eine bewundernswerte Leistung.« Der Marschall warf einen Blick zur Seite. »Ich glaube nicht, daß Sie meinen Neffen kennen — Henry de Clare. Henry, komm her und reiche dem einzigen Mann die Hand, von dem ich glaube, daß er dich bei einem Turnier besiegen könnte.«

»FitzRandwulf«, murmelte Henry liebenswürdig, »ich gestehe, daß diese Einschätzung meines Onkel mich ein wenig bestürzt. Vielleicht wird sich uns ja einmal die Gelegenheit bieten, sein Urteilsvermögen auf die Probe zu stellen.«

Eduard lächelte gezwungen. Ein Onkel *und* ein Bruder, die es zu besänftigen galt. Lord Henrys Haar war nicht feuerrot wie das seiner Schwester, sondern eher goldfarben, aber sie hatten die gleiche energische Kinnpartie, die von ausgesprochenem Eigensinn zeugte. Seine Schultern waren fast genauso breit wie Eduards eigene, und er besaß das scharfe Auge eines guten Kämpfers, der seinen Gegner auf den ersten Blick einzuschätzen versucht. De Clare wäre beim Turnier bestimmt nicht leicht zu besiegen, und er sah auch nicht so aus, als würde er eine Beleidigung seiner Schwester auf die leichte Schulter nehmen.

Zum Glück wurde Eduard von seinen düsteren Gedanken abgelenkt, weil Servanne d'Amboise, die sich vergewissert hatte, daß ihre Kinder im Bett lagen, in den Saal zurückkehrte, was für die Köche das Signal war, letzte Hand an die Speisen zu legen. Die Burgherrin hatte sich umgekleidet und trug jetzt eine Robe aus blauem Seidendamast, einem kostbaren Stoff aus dem fernen Syrien; mit Goldfäden durchwirkt, schimmerte der weite Rock bei jedem Schritt, so als wären Sonnenstrahlen darin gefangen. Ein mit Edelsteinen besetzter Gürtel zierte ihre Taille, und um den Hals hatte sie eine Kette mit Saphiren und Diamanten. Ihr langes blondes Haar war in zwei dicke Zöpfe geflochten und mit einem Reif aus gehämmertem Gold geschmückt.

Arm in Arm mit ihr schritt Alarics Frau, Lady Gillian FitzAthelstan, die Stufen hinab. Sie war hochschwanger und bewegte sich langsam und vorsichtig, doch ihre gebräunte Haut zeugte davon, daß sie sich bei jedem Wetter am liebsten im Freien aufhielt. Das Brandmal auf ihrer Wange — eine Erinnerung an schlimme Zeiten, als sie unschuldig gequält worden war — fiel unter der Bräune kaum auf — aber Alaric, der Schwarze Wolf und Servanne hatten sich sowieso so daran gewöhnt, daß sie es nicht einmal erwähnt hätten, wenn man sie zu dieser genauen Beschreibung von Gil Golden aufgefordert hätte. Das gleiche galt auch für alle Ritter und Soldaten von Amboise, die von der Meisterschützin den perfekten Umgang mit Langbogen und Armbrust gelernt hatten und sie deshalb respektierten und bewunderten.

»Ah«, murmelte der Marschall, »und da kommt ja auch der Ruin meines Lebens, der Fluch meiner alten Tage! Sie stellt meinen Mut und meine Kräfte auf eine härtere Bewährungsprobe als sämtliche Schlachten, die ich in meinem Leben ausgefochten habe.«

Seine von einem schweren Seufzer begleiteten Bemerkungen galten der jungen Frau, die dicht hinter Servanne und Gil herging. Auf den ersten Blick sah sie sehr gesittet aus. Ihre braune Tunika war am Hals und an den Handgelenken mit grünen Bändern geschnürt, und ihre feuerrote Haarpracht war unter einer schlichten Leinenhaube verborgen.

Ihre smaragdgrünen Augen schweiften von einem Ende der Halle zum anderen. Sichtlich beeindruckt von der prächtigen Ausstattung, konnte sie ihre Aufregung kaum verbergen.

Die kleine Gruppe — Lady Ariel, ihr Bruder, Lord Sedrick und Dafydd ap Iorwerth — war an Bord eines der Schiffe des Marschalls zu der kleinen Hafenstadt Fecamp an der Küste der Normandie gesegelt und anschließend ohne Zwischenfälle nach Rouen geritten. Dort mußten die Reisenden allerdings feststellen, daß sie Wilhelm um zwei Wochen verfehlt hatten. Auf Johann Ohnelands Befehl hatte er sich zu König Philippe nach Paris begeben, um Friedensverhandlungen zu führen. Doch da der französische Monarch als wichtigste Bedingung Arthurs sichere Rückkehr nach Frankreich stellte — eine Bedingung, die Ohneland nicht mehr erfüllen konnte —, waren die Bemühungen des Marschalls reine Zeitvergeudung gewesen.

In der Hoffnung, ihn auf seinem Rückweg zu treffen (und auch, weil sie sich nicht länger als notwendig in Rouen aufhalten wollten, wo es von Ohnelands Spionen wimmelte), ritten die Geschwister mit ihren beiden Begleitern in Richtung Frankreich.

Als der Marschall eines Abends in sein Zelt zurückkehrte und dort seine Nichte und seinen Neffen antraf ... nun ja, es war eine jener seltenen Gelegenheiten gewesen, bei denen Ariel befürchtet hatte, ihr Onkel würde seine Drohung tatsächlich wahrmachen und sie einer harten körperlichen Züchtigung unterziehen. Tränen und flehentliche Bitten um Verständnis verfehlten diesmal jede Wirkung auf den tobenden alten Löwen von Pembroke, der sogar die Erinnerung an eine Vorfahrin beschwor, die genauso rothaarig und genauso verrückt wie Ariel gewesen war und der ihre Abenteuer ein frühes Grab beschert hatten.

Henry war es kaum besser ergangen. Er wurde beschimpft, weil er eingewilligt hatte, Ariel in die Normandie zu bringen, und noch mehr, weil sie ohne Eskorte quer durchs Land geritten waren. Und als der Marschall dann auch noch von dem Pakt erfuhr, den sie mit dem walisischen Prinzen geschlossen hatten — den Kurier des Königs zu entführen und nur gegen Lösegeld freizulassen —, kannte sein Zorn keine Grenzen.

Henry hatte die Beschimpfungen seines Onkels schweigend über sich ergehen lassen. Er hätte wahrheitsgemäß darauf hinweisen können, daß alles ausschließlich Ariels Idee gewesen war, aber er beschränkte sich darauf, seine Schwester gelegentlich einen eisigen Blick zuzuwerfen, um ihr klarzumachen, wie tief sie in seiner Schuld stand.

Auch Sedrick hatte sein Fett abbekommen und alle Vorwürfe unwidersprochen hingenommen, doch nachdem die erste Wut des Grafen verraucht war, hatte der normalerweise sehr zurückhaltende Ritter zur allgemeinen Verwunderung das Wort ergriffen, Henrys Darstellung der Ereignisse bestätigt und dem Marschall versichert, daß sie einfach keine Zeit gehabt hatten, um eine weisere Entscheidung zu treffen. Sich der Hilfe des Walisers zu versichern, sei die einzige Möglichkeit gewesen, einige Wochen Zeit zu gewinnen — genügend Zeit, um den Marschall über die Situation zu informieren und seinen Rat einzuholen. Wenn sie Lady Ariel nicht in die Normandie mitgenommen hätten, argumentierte Sedrick, hätte sie höchstwahrscheinlich etwas *noch* Törichteres unternommen — und das leuchtete dem Marschall durchaus ein.

Die letzte Trumpfkarte war Lady Isabellas Brief gewesen, der Wilhelm bewies, daß seine Familie tatsächlich in einer extrem schwierigen Lage gewesen war. Isabella beklagte die Tatsache, daß man sich während seiner langen Abwesenheit sogar mit Halbwilden wie Lord Rhys einlassen müsse, um Heim und Familie vor einem undankbaren König zu beschützen. Der Marschall verstand ihren dezenten Hinweis, daß er nicht ganz unschuldig an der Situation war, und kündigte etwas besänftigt an, er wolle die ganze Sache überschlafen. Allerdings sollten sie nicht überrascht sein, wenn er sie am nächsten Morgen nach Fecamp zurückschicken würde.

Diese Drohung lag nun schon mehr als eine Woche zurück, und statt dessen standen sie nun alle in der majestätischen Halle von Amboise. Überall brannten Lichter, und auf dem für Familie und Ehrengäste reservierten Podium standen hinter den Kerzen sogar runde Silberscheiben, in denen sich die Flammen widerspiegelten.

Ariel hatte schon viel über den berühmten Randwulf de la Seyne Sur Mer gehört und war nicht enttäuscht, als der legendäre Ritter jetzt leibhaftig vor ihr stand. Er war genauso groß wie ihr Onkel, und der Beiname *Schwarzer Wolf* paßte genau zu diesem attraktiven Mann, der etwas Wildes und Verwegenes ausstrahlte. Zu seiner Rechten stand Alaric FitzAthelstan, ebenfalls ein Ritter ohne Furcht und Tadel, der Ariel auf Anhieb sehr sympathisch war, weil niemand übersehen konnte, wie sehr er seine Frau liebte — eine Frau, deren Vorliebe für männliche Beschäftigungen die meisten Männer abgestoßen oder aber ihren Neid erweckt hätte.

Lady Ariel wußte, daß der Schwarze Wolf und seine treuesten Gefährten sich einst als Geächtete verkleidet und in den Wäldern von Lincolnshire versteckt hatten. Sogar in einer so abgelegenen Region wie dem walisischen Grenzgebiet besangen Fahrende das große Turnier von Bloodmoor Keep, wo der Wolf den Drachen besiegt und seine Liebste vor dem sicheren Tod bewahrt hatte. Sie besangen auch die Heldentaten von Gil Golden, dem besten Bogenschützen der ganzen Christenheit (freilich ohne zu erwähnen, daß Gil eine Frau war), und von Sparrow, dem Waldgeist, der angeblich fliegen konnte.

Und hier waren sie nun alle versammelt, ganz normale Menschen aus Fleisch und Blut, die sie so herzlich willkommen hießen, als wäre sie ihnen ebenbürtig.

»... und mein Sohn Eduard«, sagte der Wolf und deutete auf eine Gestalt, die sich bisher im Hintergrund gehalten hatte.

Ariels Lächelns gefror.

Es war *er.* Das narbige Scheusal aus der Rüstkammer. Anstelle der bäurischen Kleidung trug er jetzt einen Rock aus schwarzem Brokat, mit Samtbändern eingefaßt und mit Goldfäden bestickt. Er hatte die dunklen Bartstoppeln abrasiert und sich den Staub aus den Haaren gewaschen, die genauso kastanienbraun wie die seines Vaters waren ... aber es gab gar keinen Zweifel daran, daß es der Rohling, der Lustmolch, der Weiberheld war. Und er trat ganz unverfroren vor, verbeugte sich respektvoll und küßte ihr die Hand.

»Lady Ariel«, murmelte er, »möge Gott Ihnen Gesundheit, Ehre und Freude bescheren.«

»Möge auch Ihnen Friede und Gesundheit beschieden sein, Mylord«, erwiderte sie zähneknirschend. Sie kannte natürlich auch die zu Herzen gehende Geschichte von dem Sohn des Wolfs, der aus den Verliesen von Bloodmoor Keep gerettet worden war. Die fahrenden Sänger rümten seine zahlreichen Turniersiege, und sie war zugegebenermaßen neugierig gewesen, diesen edlen Ritter kennenzulernen.

Nun, sie *hatte* ihn von seiner schlechtesten Seite kennengelernt. Der edle Ritter schlich wie ein Dieb umher, bespitzelte hilflose Frauen und terrorisierte sie — drängte sich ihnen in seiner maßlosen Selbstüberschätzung auf. Wahrscheinlich mußte sie noch dankbar sein, daß er sie nicht auf dem Steinboden der Rüstkammer vergewaltigt hatte. Wenn der Name ihres Onkels sie nicht beschützt hätte, wäre sie von dem häßlichen Wüstling vielleicht mißbraucht worden.

Andererseits — und vor Schreck hätte sie fast laut gestöhnt — welchen Anblick mußte sie geboten haben, als sie, nur mit einem dünnen Hemd bekleidet, einen tödlichen Schwertkampf mit einem imaginären Feind ausgefochten hatte. Wie schnell würde diese Geschichte in der ganzen Burg die Runde machen, und mit welchen komischen Übertreibungen würde sie immer mehr ausgeschmückt werden! Flüsterten die Leute nicht jetzt schon hinter vorgehaltener Hand? Verrenkten sie sich nicht bereits die Hälse, um einen Blick auf die verrückte Nichte des Marschalls von England zu werfen?

Ihr Unbehagen wuchs, als immer mehr Ritter und Gefolgsleute in den Saal strömten und an den langen Tischen Platz nahmen. Die köstlichen Gerüche von den Drehspießen sorgten für allgemeine Unruhe und erheblichen Lärm.

»Komm, Mylord Wolfshaupt.« Lady Servanne tätschelte ihren Mann, der ungeschickt mit seinen Krücken hantierte, liebevoll den Arm. »Setzen wir uns lieber, bevor die Leute vor Hunger die Tischtücher anknabbern. Mylord, Sie erweisen meinem Mann doch die Ehre, zu seiner Rechten Platz zu nehmen? Eduard, du wirst natürlich Lady Ariel zu Tisch führen ... Lord Henry, möchten Sie zur Linken Ihrer Schwester sitzen, oder ziehen Sie es vor, Sparrows Gerede zu ertragen?«

Henry warf einen flüchtigen Blick auf die düstere Miene seiner Schwester und entschied, daß der komische

Kauz von Seneschall seiner Verdauung weniger schaden würde.

»Wie mir gesagt wurde, verfügt Sparrow über ein breit gefächertes Wissen.«

»Das können Sie nur von ihm selbst gehört haben«, bemerkte Alaric trocken, während er seine Hand unter Gils Ellbogen schob, um sie zum Podium zu geleiten. »Und Sie werden es bitter bereuen, wenn Sie ihm auch nur eine einzige Frage stellen.«

Lachend verließen alle den Alkoven. Nur Ariel und Eduard standen wie angewurzelt da.

Nach längerem Schweigen räusperte er sich und bot ihr seinen Arm. »Gehen wir, Mylady?«

Ariel starrte den schwarzen Brokatärmel an, bevor sie zu den schiefergrauen Augen emporsah. Die leichte Belustigung, die sie darin lesen konnte, war nicht dazu angetan, ihren Groll zu dämpfen, und deshalb griff sie zu der einzigen Waffe, die sie momentan besaß — ihrem Zorn.

»Ich bin nahe daran, auch die andere Seite Ihres Gesichts mit einer Narbe zu zieren, *Mylord*«, fauchte sie. »Sie wären gut beraten, meine Geduld nicht weiter zu strapazieren. Oder wollen Sie, daß ich mein Schweigen breche?«

Eduard senkte seine Stimme, um sich ihr anzupassen. »Meine eigenen Lippen waren in den vergangenen Stunden fest versiegelt, aber wenn Sie wollen, können wir gern die gut hundert Anwesenden beurteilen lassen, wer von uns im Recht und wer im Unrecht war.«

Ariels Augen funkelten wütend. »Die meisten dieser gut hundert Anwesenden dürften ohnehin darüber informiert sein, daß Sie nichts weiter als ein *Bastard* sind. Ich brauche es ihnen nicht zu beweisen.«

Sie musterte ihn höhnisch von Kopf bis Fuß, bevor sie sich umdrehte und allein zum Podium ging.

Trotz des hektischen Durcheinanders, das noch vor wenigen Stunden in der Halle geherrscht hatte, ließ das Festmahl, das zu Ehren des Marschalls aufgetischt wurde, keine Wünsche offen. Aus den Küchen wurden Schüsseln mit Suppen und Eintöpfen angeschleppt, gefolgt von Platten mit allen möglichen Fleisch- und Geflügelsorten: Hammel, Wildschwein, Kapaun, Schweinslenden, Truthähne und sogar ganze Pfauen, köstlich gefüllt und nach dem Braten wieder mit ihrem Federschmuck verziert. Aal in Gelee und gegrillte Forellen schwammen in dicken Saucen mit viel Knoblauch und Gewürzen. Es nahm Stunden in Anspruch, um all diese Köstlichkeiten zu verspeisen, und jeder Gang hob die Stimmung im Saal.

Es wurde gelacht, geschmatzt und gerülpst, daß die Wände zitterten. Schrille Frauenstimmen wetteiferten mit den dröhnenden Bässen der Männer, um sich Gehör zu verschaffen. Und auf der Galerie ließen Spielleute ihre Instrumente erklingen.

Als endlich das Dessert — Waffeln mit Eiercreme — serviert wurde, sorgten Gaukler, Akrobaten und Ringkämpfer für die Unterhaltung der Gäste. Ariel nahm das ganze bunte Treiben zwar wahr, konnte sich aber auf nichts konzentrieren, weil der breitschultrige Ritter an ihrer Seite sie völlig verstörte. Nachdem es nun einmal der Brauch war, daß bei formellen Essen zwei Tischnachbarn das Trinkgefäß und das Eßbrett teilten, mußte sie seine Gesellschaft wohl oder übel ertragen. Und obwohl ihre Kälte ausgereicht hätte, um Eiskristalle auf die Speisen zu zaubern, war er ein Ausbund an Höflichkeit und Aufmerksamkeit. Mit übertriebener Sorgfalt wischte er jedesmal, wenn er ihr den Weinpokal reichte, den Goldrand ab, und er legte nur die zartesten Fleisch- und Fischstücke, das erlesenste Obst und Gemüse auf ihre Seite des Eßbretts. Wenn er sie direkt anredete — was er oft machte, natürlich nur, um sie zu verwirren —, gerieten ihre Gefühle in solchen Widerstreit, daß sie ihn wortlos anstarrte, so daß er gezwungen war, seine Frage langsam und deutlich zu wiederholen, so als wäre sie geistig beschränkt.

Glücklicherweise saß Alaric FitzAthelstan zu ihrer Rechten, und er erwies sich als interessanter Gesprächspartner. Während sie jenseits des Kanals bei gemischten Gesellschaften meistens bestürzte oder verärgerte Blicke erntete, wenn sie ihr Interesse an Politik oder am Kriegsgeschehen bekundete, schien es in Amboise gang und gäbe zu sein, daß Männer und Frauen gleichberechtigt zu Wort kamen. Zweifellos war das den beiden Damen bei Tisch zu verdanken. Lady Servanne widersprach ihrem Mann, ohne zu zögern, und er versuchte nicht, sie von irgendwelchen Gesprächsthemen auszuschließen. Und Lady Gillian ließ sich trotz ihrer Schwangerschaft so kenntnisreich über den effektiven Einsatz von Belagerungswaffen aus, als käme sie direkt von einem Schlachtfeld. Ariel stellte sich immer wieder vor, wie schockiert ihre Tante Isabella wäre, wenn solche Themen bei Lachs oder sonstigen Delikatessen zur Sprache kämen, und es kostete sie große Mühe, bei diesem Gedanken nicht zu schmunzeln.

Einmal tat sie es doch und spürte sogleich, daß ihre feinen Nackenhaare sich sträubten.

»Starren Sie Ihre Gäste immer so an?« fragte sie mit einem vorwurfsvollen Blick in Richtung des Urhebers ihres Unbehagens.

Eduard FitzRandwulf grinste breit und entblößte dabei unglaublich weiße Zähne. »Nur wenn ich etwas so Ungewöhnliches sehe, daß es mir fast die Sprache verschlägt.«

»Und was sollte das gewesen sein?«

Die kühnen rauchgrauen Augen verweilten auf ihren Lippen. »Sie haben gelächelt.«

Ariel fragte sich unwillkürlich, ob der arrogante Kerl jetzt zur Abwechslung versuchte, ihr zu schmeicheln. Sie kam nicht dazu, ihm eine schroffe Antwort zu geben, denn in diesem Moment erhob sich ihr Onkel und gebot der lärmenden Menge mit einer gebieterischen Geste Schweigen.

»Meine Herren und Damen, erheben wir unsere Gläser auf unsere Gastgeber. Möge Gott meinen Beinen die Kraft geben, mich nach diesem Mahl noch in mein Zimmer zu tragen. Jeder König müßte sich über einen solchen Empfang und über eine so erlauchte Gesellschaft geehrt fühlen. *A l'Amboise!*«

Stühle und Bänke wurden zurückgeschoben. Alle standen auf und hoben ihre Pokale oder Krüge, um auf das Wohl der Gastgeber und des Marschalls zu trinken. Viele setzten sich danach gar nicht erst wieder hin, denn die Tische wurden abgeräumt. Auch Ariel blieb stehen und kehrte Eduard FitzRandwulf demonstrativ den Rücken zu. Zum einen hatte sie mehr als genug von seinem Spott und Sarkasmus, zum anderen verspürte sie nicht die geringste Lust, das törichte Kräftemessen und das Trinkgelage der Ritter zu beobachten. Schon jetzt zückten zwei prahlende Gegner in der Mitte der Halle ihre Schwerter, angefeuert von lachenden Zuschauern, die Wetten abgaben, wer als Sieger aus dem Kampf hervorgehen würde.

»Ein Jammer, daß Frauen nicht teilnehmen dürfen«, flüsterte eine Stimme ihr ins Ohr. »Nachdem ich den Vorteil hatte, Sie heute nachmittag zu beobachten, würde ich auf Sie setzen und könnte eine ansehnliche Wettsumme einstreichen.«

Seine Worte waren als Kompliment gemeint, aber Ariel glaubte natürlich, daß er sie nur verhöhnen wollte. Außerdem stand er viel zu dicht hinter ihr — so dicht, daß sie bei einem verstohlenen Blick über die Schulter hinweg nicht nur vereinzelte Barthaare auf seinem Kinn und Hals erkennen konnte, sondern auch die kleine weiße Narbe dicht über einer Augenbraue. Wäre sein Gesicht nicht durch jene andere gräßliche Narbe verunstaltet worden, hätte Ariel widerwillig zugeben müssen, daß er ein sehr attraktiver Mann war. Die meisten Ritter wirkten, wenn sie ihre schweren Rüstungen gegen Festgewänder aus Samt vertauschten, so schwerfällig wie Ackergäule; muskelstrotzend und doch schlank zu sein, schafften nur die wenigsten. Eduard FitzRandwulf d'Amboise war zweifellos ein Prachtexemplar von Männlichkeit, gepaart mit Eleganz, ein atemberaubendes Raubtier. Das Schlimme war nur, daß sich hinter dieser glänzenden Fassade ein ungehobelter, brutaler Kerl verbarg.

Eduard konnte an den funkelnden grünen Augen genau ablesen, was Lady Ariel von ihm hielt, und wenn er ganz ehrlich sein wollte, genoß er es, sie herauszufordern. Ihre temperamentvolle Reaktionen übten einen seltsamen Reiz auf ihn aus, obwohl er Frauen, die eine sehr hohe Meinung von sich selbst hatten, im allgemeinen verabscheute — und Lady Ariel de Clare führte sich fast so auf, als wäre sie eine Königin. Doch sobald er sie ansah, tauchte vor seinem geistigen Auge das Bild der halbnackten Amazone auf, die im Fackellicht das Schwert schwang, und ihre züchtige Haube vermochte nicht die Erinnerung an ihre feuerrote Haarmähne auszulöschen, die bei jeder Bewegung wild umherflatterte — ebenso wenig, wie die schlichte, züchtige Tunika seine Erinnerung an die vollen Brüste und langen Beine auslöschen konnte, die er unter dem dünnen Hemd gesichtet hatte.

Ariel runzelte die Stirn, weil er sie so ansah, als stünde sie völlig nackt vor ihm. Ihre Blicke trafen sich plötzlich, und eine heiße Röte schoß in Ariels Wangen, ohne daß sie es verhindern konnte.

»Sie sollten Ihre Zunge hüten, wenn Sie mit Höhergestellten sprechen«, zischte sie wütend.

»Mit Höhergestellten?« Seine grauen Augen schweiften durch die Halle, und er grinste unverschämt. »Sie sind wohl der Ansicht, daß ich als Bastard meinen Platz irgendwo am untersten Tischende haben müßte?«

»Das ist nicht unüblich«, erwiderte Ariel stolz.

»Sie haben recht ... viel unüblicher ist es, daß ungezogene Kinder auf dem Podium Platz nehmen dürfen.«

Ariel holte tief Luft. Das war einfach zuviel! Zum zweitenmal an diesem Tag wollte sie diesem unverschämten Kerl die Augen auskratzen, aber er packte sie am Handgelenk, bevor sie auch nur den Arm heben konnte.

»Sie haben das schon einmal vergeblich versucht, Mylady«, warnte er sie ruhig. »Ich würde Ihnen nicht empfehlen, es wieder zu versuchen ... es sei denn, Sie wollen in die Verlegenheit kommen, plötzlich auf dem Rücken zu liegen.«

Tiefe Röte schoß ihr in die Wangen. »Sie wagen es, mir mit körperlicher Gewalt zu drohen? Haben Sie überhaupt kein Schamgefühl?«

»Nicht, wenn ich es mit Frauen zu tun habe, die schmollen, Gift verspritzen und keine noch so aufrichtig gemeinte Entschuldigung annehmen«, sagte er. »Heute nachmittag ist es zu einem bedauerlichen Mißverständnis gekommen. Ich habe Sie an einem Ort angetroffen, wo Sie nichts zu suchen hatten, und ich habe mich daraufhin auch nicht korrekt verhalten. Ich würde sagen, daß uns beide in etwa die gleiche Schuld trifft.«

»Erwarten Sie jetzt, daß ich mich auch bei Ihnen entschuldige?«

Eduards Finger lockerten den eisernen Griff um ihr Handgelenk. »Es lag nicht in meiner Absicht, Ihnen eine Entschuldigung abzuringen, mein schönes Fräulein. Ich bedaure zutiefst, daß Sie das Abendessen nicht genießen konnten, weil sie es mit mir teilen mußten, aber es war höchstwahrscheinlich eine Schicksalsprüfung, die sich nicht wiederholen wird — jedenfalls hoffe ich das in unserem beiderseitigen Interesse.«

Er verbeugte sich spöttisch und ging auf Lord Henry und Sparrow zu, die sich angeregt unterhielten. Ariel massierte mit zittrigen Fingern ihr schmerzendes Handgelenk. Dieser Flegel! Dieser Grobian! Dieser Bastard!

Wie konnte er es wagen, so mit ihr zu sprechen? Wie konnte er sich anmaßen, sie über Anstandsregeln zu belehren?

»Lady Ariel ...«

Sie wirbelte kämpferisch herum. »Was ist?«

Dafydd ap Iorwerth wich unwillkürlich einen Schritt zurück, als er ihr wütendes Gesicht sah. Er und Sedrick hatten an einem der langen Tische gespeist, in der Nähe des Podiums, wie es ihrem Status entsprach, aber doch so weit davon entfernt, daß sie sich nicht an den Unterhaltungen beteiligen konnten. Als scharfer Beobachter hatte Dafydd jedoch die feindselige Atmosphäre zwischen Ariel und FitzRandwulf bemerkt und wollte sie etwas ablenken.

»Verzeihen Sie die Störung, Mylady. Ich wollte mich nur erkundigen, ob Sie das Mahl genossen haben.«

Ariels grüne Augen schleuderten Blitze. »Genossen? Es ist ein Wunder, daß mir nicht übel geworden ist! Und die Luft ist so stickig, daß ich kaum atmen kann.«

»Möchten Sie dann vielleicht einen kleinen Spaziergang im Garten machen? Ich habe gehört, daß Lady Servanne erfolgreich Winterrosen züchtet.«

Typisch Mann, dachte sie empört. Er glaubte wirklich, sie mit einem Spaziergang durch die Gärten besänftigen zu können, so als gäbe es nichts Wichtigeres als irgendwelche Pflanzen! Ariel wollte ihm gerade sagen, wohin er sich jede einzelne Dorne dieser blöden Winterrosen stekken könne, als schallendes Gelächter sie veranlaßte, zu Henry und FitzRandwulf hinüberzublicken. Henry nickte ihr fröhlich zu, während der Bastard sie nicht beachtete, obwohl sie genau wußte, daß er sie heimlich beobachtete.

Sie schob ihre Hand demonstrativ unter Dafydds Arm. »Ein Spaziergang im Rosengarten wäre genau das Richtige, Mylord«, sagte sie laut. »Danke für Ihr freundliches Angebot.«

Henry blickte dem Waliser und seiner Schwester verblüfft nach. »Merkwürdig«, murmelte er. »Ich hatte bisher geglaubt, daß sie eine Rose nicht von einer Distel unterscheiden kann.«

»Jedenfalls sind bestimmt weder Rosen noch Disteln so stachelig wie die Zunge Ihrer Schwester«, kommentierte Eduard trocken. Als er sah, daß Henry die Stirn runzelte, erklärte er hastig: »Ich befürchte, daß Lady Ariel meine Gesellschaft bei Tisch nicht sehr genossen hat. Wir ... äh ... wir haben uns schon heute nachmittag kennengelernt. Ich ertappte sie in der Rüstkammer, und als ich wissen wollte, was sie dort zu suchen hatte, nahm sie offenbar Anstoß an meinen Manieren.«

Henry starrte Eduard eine ganze Weile an, bevor sein Mund sich langsam wieder zu einem Lächeln verzog. »Machen Sie sich nichts daraus. Ariel gerät leicht in Wut – besonders, wenn man sie bei etwas Verbotenem ertappt. Ich hatte mich schon gewundert, welche Laus ihr über die Leber gelaufen ist. Sie wollte also Ihre Rüstkammer plündern?«

»Das nicht gerade. Sie hat die Waffen nur inspiziert – mit erstaunlicher Sachkenntnis, wie ich sagen muß.«

»Sie kann mit Waffen wirklich ausgezeichnet umgehen«, betonte Henry mit großem Nachdruck.

»Ich werde daran denken.«

»Denken Sie auch daran, daß sie meine Schwester ist, und daß ich sie trotz ihrer Fehler von ganzem Herzen liebe.«

Die Warnung war nicht zu überhören. Sparrow, der glücklicherweise während der letzten Minuten durch eine andere Unterhaltung abgelenkt gewesen war, erhielt ein Zeichen von Lord Randwulf und näherte sich wieder den beiden Rittern. »Wir wurden soeben zu einem privaten Gespräch mit dem Marschall eingeladen. Wohin ist der Waliser verschwunden?«

»Er schnuppert draußen an den Rosen«, berichtete Eduard.

»Was? Na, um so besser, denn er war sowieso nicht eingeladen. Kommt, kühne Ritter, heftet euch an meine Fersen und nehmt eure Bierkrüge mit. Wenn mich nicht alles täuscht, werden wir einen kräftigen Schluck brauchen können.«

## 6

Eduard zog es vor, an die Wand gelehnt stehenzubleiben, während sein Vater, der Marschall, Lord Henry, Alaric und Sparrow an einem großen Eichentisch Platz nahmen. Sie hatten sich mit ihren Bierkrügen in einen von der Halle abgetrennten Raum zurückgezogen, der nicht viel größer als der Alkoven war, wo sie sich vor dem Abendessen unterhalten hatten, der aber mehr Abgeschiedenheit bot. Trotzdem bezog Sir Sedrick auf Anweisung des Marschalls am Eingang Position, damit niemand das Gespräch belauschen konnte.

»Es ist schon traurig«, kommentierte Lord Randwulf, »wenn ein Mann sogar in seinen eigenen vier Wänden jedes Wort auf die Goldwaage legen muß.«

»Sie haben recht, aber es wäre noch viel trauriger, dem König einen Vorwand zu liefern, Amboise zu belagern«, entgegnete der Graf von Pembroke bitter. »Ich werde mir sowieso eine gute Ausrede zurechtlegen müssen, warum ich diesen großen Umweg gemacht habe, aber . . .« Er zuckte mit seinen breiten Schultern, zum Zeichen, daß es ihm nicht allzu schwerfallen dürfte, den König zu überlisten.

»Und warum *haben* Sie diesen Umweg auf sich genommen, alter Freund?« fragte der Wolf unverblümt. Sein Bein schmerzte fürchterlich, aber er war davon überzeugt, daß das bald seine geringste Sorge sein würde.

Wilhelm trank einen großen Schluck Ale. »Gebe Gott,

daß Sie es mir nicht verübeln, aber bevor ich Ihre Frage beantworte, muß jeder von Ihnen mir als Ritter und Ehrenmann schwören, daß alles, worüber hier gesprochen wird, unter uns bleibt, daß Sie es weder Ihrer Frau noch Ihrer Geliebten noch einem Priester anvertrauen werden, sollte dieser Ihnen die letzte Ölung spenden.«

Die Flamme der dicken Tischkerze spiegelte sich in den stählernen Augen des Wolfs. Hätte irgendein anderer Mann einen solchen Schwur verlangt, wären sofort die Schwerter gezückt worden, um diese Beleidigung gebührend zu beantworten. Daß ihre Waffen in den Scheiden blieben, war nicht nur ein Beweis für den enormen Respekt vor dem Marschall, sondern auch ein Hinweis darauf, daß alle von bösen Vorahnungen geplagt wurden.

Lord Randwulf legte seine Hand auf die des Grafen. »Ich schwöre es feierlich«, sagte er ruhig.

Alaric, Eduard und Henry taten es ihm nach. Sparrows Arme waren so kurz, daß er sich auf den Tisch knien mußte, um seine Patschhand auf die fünf anderen Hände legen zu können. Alle schworen, notfalls selbst Hand an sich zu legen, um Schweigen zu bewahren.

»Ich bin nach Amboise gekommen«, begann der Marschall sodann, »weil ich befürchte, daß Merlins Prophezeiung bald wahr werden könnte. Sie wissen schon: ›Unter der Herrschaft eines dunkeläugigen Königs wird das Schwert vom Zepter, wird die Normandie von England getrennt werden.‹ Ich bin hergekommen, weil der französische König grinste, als er mich unverrichteter Dinge nach Hause schickte. Und ich bin hergekommen, weil ich weiß, daß Sie ein Mann sind, der unverbrüchlich zu seinem Wort steht, dem ich bedenkenlos nicht nur mein eigenes Leben anvertrauen würde, sondern auch das meiner Familie.«

Der Wolf gab dazu keinen Kommentar ab, tauschte aber einen flüchtigen Blick mit Alaric.

Der Graf legte seine Hände auf den Tisch und spreizte

die dicken Finger. »Ich liebte Johanns Vater, Heinrich II. Ich ritt jahrzehntelang an seiner Seite, und obwohl seine Söhne immer wieder gegen ihn konspirierten, schwor ich ihm widerwillig, die Krone Englands bis zu meinem letzten Blutstropfen und Atemzug zu verteidigen.

Richard war ein Tor. Ein strahlender Held, gewiß, aber nichtsdestotrotz ein Tor. Er glaubte, Gott und England am besten mit dem Schwert dienen zu können, und solange er es in irgendeiner blutigen Schlacht schwang, hielt er sich für einen guten König und für einen Verteidiger des Glaubens. Und während er sich damit amüsierte, Sarazenen die Kehlen aufzuschlitzen, überließ er England seinem Bruder Johann, der das Land nur ausbeutete und den Ärmsten der Armen ihre letzten Münzen abnahm. Mit seiner Grausamkeit, Habgier und Korruption verkrüppelte er das ganze Land. Und auch nachdem Richard in Châlus gefallen war, dachte Johann nicht daran, Balsam auf die Wunden zu streichen, die er seinem Land als Regent zugefügt hatte. Statt dessen rächte er sich an all jenen, die es gewagt hatten, seine Autorität in Frage zu stellen. Aber wem erzähle ich das? Sie selbst haben ja einen Besitz von beträchtlichem Wert eingebüßt.«

»Dieser Verlust war für mich nicht allzu schmerzlich«, sagte Randwulf bedächtig.

»Für Sie persönlich vielleicht nicht, für Ihre Leute aber um so mehr. Für all die Vasallen und Leibeigenen, die ihrem Lehnsherrn auf Gnade und Ungnade ausgeliefert sind. Das einfache Volk kennt seit langem nur noch Feuer und Schwert und hält Hunger, Armut und Mißhandlung für ein unabänderliches Schicksal.«

Der Wolf rückte unbehaglich auf seinem Stuhl hin und her. »Ich wußte gar nicht, daß Sie das einfache Volk so lieben.«

»Und ich wußte nicht, daß Sie es verachten«, erwiderte Pembroke. »Die wohlgenährten Bäuche, die wir gesehen haben, als wir durch Ihre Ländereien ritten, deuten nicht gerade darauf hin, daß Ihnen das Schicksal Ihrer Leute egal ist.«

»Glauben Sie etwa, ich könnte die ganze Menschheit retten, indem ich Bloodmoor Keep zurückverlange?«

Der Graf schüttelte grimmig den Kopf. »Nein, ein einzelner vermag in England nichts mehr auszurichten, befürchte ich — jedenfalls nicht, solange dieser aufgeblähte Ohneland auf dem Thron sitzt.«

»Wie man hört«, kicherte Sparrow, »bereiten seine Blähungen ihm häufig Beschwerden.«

Einen Moment lang funkelten Pembrokes blaue Augen verschmitzt. »Das stimmt — er ist mittlerweile so durchsäuert, daß die Gase ständig aus ihm entweichen. Unlängst hat er sich viel zu schnell gebückt — angeblich, um eine Kupfermünze aufzuheben —, und dabei ließ er einen Furz wie Donnerhall los, so daß die Wachen erschrocken angerannt kamen. Und es war offenbar mehr als nur ein harmloser Furz, denn er mußte sich hastig zurückziehen und die Hose wechseln.«

Das Gelächter der Ritter klang etwas gezwungen, aber Sparrow fand die Episode so vergnüglich, daß er sich vor Lachen bog.

»Ja, es ist bedauerlich und traurig, über den König lachen zu müssen«, fuhr der Graf seufzend fort. »Über einen König, der furzt und seine zusammengerafften Münzen zählt, während ein französischer Intrigant ihm das Land stiehlt, in dem unsere Vorfahren geboren wurden. Johann ist der schlimmste König, den man sich überhaupt vorstellen kann. Durch seinen Machtmißbrauch hat er fast jeden Baron in England gegen sich aufgebracht. Er hat sich über das Gesetz gestellt, und wenn er tatsächlich für Arthurs Tod verantwortlich war, hat er sich sogar über Gott gestellt. Auf den Punkt gebracht — ich hasse den Mann abgrundtief! Jedesmal, wenn ich seine Gegenwart erdulden muß, juckte es mich in den Fingern, ihn zu erwürgen. Ich weiß, daß er mein König ist, und ich habe geschworen, ihm zu dienen, aber ... bei Gott! ... wenn ich mutiger wäre, würde ich ihn mit wahrer Wonne in die Hölle befördern!«

Niemand bewegte sich. Alle hielten den Atem an. Wollte der Marschall etwa einen von ihnen zum Königsmord aufrufen?

Pembroke bemerkte das gespenstische Schweigen, und sein durchdringender Blick schweifte von einem versteinerten Gesicht zum anderen. »Keine Sorge, Freunde, ich bin nicht hergekommen, um Sie zu bitten, das auszuführen, wozu mir selbst der Mut fehlt. Vielmehr bin ich hier, um Ihnen klarzumachen, daß wir unbedingt Maßnahmen ergreifen müssen, um die Macht des Königs zu begrenzen. Wie Sie wissen, brodelt es in Poitou, in Anjou, Maine und in der Bretagne. Alle sind diesen korrupten König gründlich leid. Die englischen Barone warten ab. Sie treffen sich zu zweit oder zu dritt und machen keinen Hehl daraus, wer für den desolaten Zustand im ganzen Land verantwortlich ist, aber niemand will zum offenen Bürgerkrieg aufrufen, und auf eigene Faust ist niemand stark genug, um es mit Johann aufzunehmen. Randwulf, Sie haben vor dem Abendessen sehr weise gesprochen, als Sie Arthurs Ungestüm verfluchten. Hätte der Herzog von der Bretagne sich Zeit gelassen, hätte er sich nicht mit Philipp verbündet, sondern abgewartet und um das Vertrauen der Barone geworben, so wären diese in nicht allzu ferner Zukunft vermutlich durchaus gewillt gewesen, ihn als Alternative zu Johann zu akzeptieren ...« Seufzend faltete er seine riesigen schwieligen Hände, damit weniger auffiel, daß sie vor ohnmächtigem Zorn zitterten.

»Aber waren es nicht *Sie,* der gesagt hat, daß die englischen Barone niemals einen dummen Jungen einem Mann vorziehen würden? Haben *Sie* nicht gesagt, ein Teufel, den man gut kenne, sei immer noch besser als ein unbekannter Prinz?«

Wilhelm hielt dem Blick des Wolfs stand. »Walter de Coutances, unser weiser Erzbischof von Rouen, hatte mir prophezeit, daß ich den Tag bereuen würde, an dem ich meinen ganzen Einfluß zugunsten von Ohneland geltend machte. Er würde frohlocken, wenn ich jetzt zugeben müßte, daß meine damalige Entscheidung falsch war.«

»Ich frohlocke keineswegs«, sagte der Wolf, »aber nachdem Arthur höchstwahrscheinlich tot ist, scheint es mir wenig sinnvoll, darüber zu diskutieren, was möglich gewesen wäre, wenn er sich nicht ein frühes Grab bereitet hätte.«

»Wenn es um Englands Interessen geht, wird es immer wieder Diskussionen geben«, entgegnete Wilhelm. »Besonders, solange es noch eine andere Alternative zu Johann gibt.«

Alaric, der begriffen hatte, worauf der Marschall hinauswollte, pfiff leise vor sich hin, doch viel vehementer war Eduards Reaktion.

»Prinzessin Eleonore?« rief er entsetzt. »Sie wollen, daß Arthurs Schwester einen Bürgerkrieg heraufbeschwört?«

»Sie könnte den Thron mit größerem Anrecht beanspruchen als ihr Onkel«, betonte Wilhelm. »Und obwohl Ohneland tagaus, tagein mit seiner jungen Frau schläft, hat er immer noch keinen legitimen Erben. Wenn er morgen seinen Geist aufgäbe, wäre Eleonore Königin von England.«

»Glauben Sie wirklich«, fragte der Wolf, »daß die Barone eine Frau auf dem englischen Thron sehen wollen, nachdem sie mit Mathilda die Hölle durchgemacht haben?«

»Nein, sie würden ihr höchstwahrscheinlich nicht zutrauen, allein zu regieren. Wenn sie jedoch weise heiraten würde — einen von den Baronen ausgewählten Mann, dem Englands Wohl am Herzen liegt —, dann könnten sie es durchaus als vorteilhaft ansehen, Eleonore zur Königin zu machen. Was würden Sie selbst davon halten, Randwulf? Glauben Sie, daß Eleonore von der Bretagne die englischen Barone einen könnte?«

»Sie ist Gottfrieds Tochter, Heinrichs Enkelin«, antwortete der Wolf bedächtig. »Sie besitzt den Charme und Geist des einen und das ausgeprägte Gerechtigkeitsgefühl des anderen. Eduard?«

»Sie ist aufrichtig und gottesfürchtig«, sagte FitzRandwulf. »Ihre Schönheit erhellt jeden Raum, den sie betritt, und wenn sie ihn wieder verläßt, empfindet man es als schmerzhaften Verlust. Sie ist klug, tapfer, treu und ...«

»Und sie besitzt offenbar die Gabe, Zuneigung zu erwecken«, fiel der Marschall ihm lächelnd ins Wort.

»Und wer käme als Gemahl für sie in Frage?« fragte Alaric.

»Es gäbe mehrere geeignete Kandidaten.« Wilhelm gab damit indirekt zu, daß über die Angelegenheit schon häufig gesprochen worden war. »Allen ist eines gemeinsam — es sind verdienstvolle Männer, die den Respekt der Barone genießen und deshalb auch von deren Armeen unterstützt würden.«

»Verzeihen Sie, daß ich heute abend so schwer von Begriff bin«, warf Randwulf ein, »aber das alles erklärt immer noch nicht, warum mir die Ehre Ihres Besuchs zuteil wurde. Ich habe in England weder Besitztümer noch eine Armee noch Einfluß. Allenfalls würde sich dort der königliche Henker für mich interessieren.«

»Sie sind viel zu bescheiden, lieber Freund. In der Normandie sind Sie ein sehr einflußreicher Mann — und darauf kommt es an. Wenn die Standarten des Schwarzen Wolfs nicht an den Ufern der Loire aufgepflanzt wären, hätten Philipps Armeen den Fluß längst überquert. Bei meinem Aufenthalt am französischen Hof habe ich viele vertraute Gesichter gesehen, und ich kann Ihnen versichern, daß mindestens die Hälfte der Barone der Bretagne schon übergelaufen sind. Das gleiche gilt für Maine und Anjou. Um ihre Titel und Ländereien zu behalten, werden diese Barone keinen Widerstand leisten, wenn Philipps Truppen die Normandie einnehmen. Nur Sie stehen dem französischen König noch im Wege. Sie sind der Favorit der Königinwitwe, und Ihre Loyalität gegenüber Eleonor von Aquitanien ist bemerkenswert. Sie vertraut Ihnen völlig zu Recht — und ebenso ihre Enkelin. Beide würden auf Ihre Ratschläge hören.«

Unter anderen Umständen hätte der Wolf wahrscheinlich laut gelacht, denn nun hatte er endlich begriffen, warum der Marschall nach Amboise gekommen war. Jedermann wußte, daß die Ehe von Heinrich und Eleonore die reinste Hölle gewesen war. Nicht nur heftige Wortgefechte, sondern auch Handgreiflichkeiten waren an der Tagesordnung gewesen, und der König hatte seine Gemahlin sogar siebzehn Jahre lang eingesperrt, um sie daran zu hindern, seine Söhne zur offenen Rebellion gegen ihn aufzuhetzen. Infolgedessen hatten auch Eleonore und Wilhelm einander verabscheut, und nach Heinrichs Tod hatte die Königinwitwe ihren Sohn Richard öffentlich beschimpft, weil er den alten Krieger zum Marschall von England erhoben hatte.

Doch jetzt war dem Wolf nicht zum Lachen zumute, nicht einmal zum Lächeln. Er konnte nur mit größter Mühe seinen Zorn bezähmen.

»Wenn ich Sie richtig verstanden habe, möchten Sie, daß ich meinen Einfluß geltend mache, damit die Prinzessin sich als Werkzeug für Ihre politischen Manöver mißbrauchen läßt — und das, obwohl sie schon ihr ganzes Leben lang manipuliert und wie eine Schachfigur hin und her geschoben wurde.«

»Ist es Ihnen lieber, wenn Ohneland über ihr Schicksal entscheidet?«

Wieder trat eine beklemmende Stille ein, bis Sparrow das Schweigen brach.

»Weichschwert hat doch nicht etwa gewagt, Hand an unsere Kleine Perle zu legen?«

Die Augen des Marschalls verwandelten sich in blaue Eiskristalle. »Er hat gewagt, sie zusammen mit ihrem Bruder in Mirebeau gefangenzunehmen und monatelang in einer Turmkammer der Zitadelle von Rouen einzusperren. Und jetzt hat er gewagt, sie nach England bringen zu lassen.«

»Nach England?« Die Narbe auf Eduards Wange verfärbte sich weiß. »Das Schwein hat sie nach England schaffen lassen?«

Wilhelm nickte. »Auch Johann selbst wird demnächst nach England zurückkehren. Er hat kein Geld, keine Armee. Noch bevor er mich zu Philipp schickte, wußte er genau, daß die Franzosen niemals auf einen Kompromiß eingehen würden, und genauso gut weiß er, daß schon bald das Lilienbanner von allen Burgzinnen westlich der Seine wehen wird. Sobald Ohneland sich über den Kanal absetzt, werden die Barone in der Bretagne und Aquitanien endgültig begreifen, daß ihr König ihnen nichts zu bieten hat, und im nächsten Frühjahr wird die Normandie unter französischer Herrschaft sein.«

»Und Prinzessin Eleonore?«

Pembroke antwortete erst nach kurzem Schweigen: »Weil Arthur den Treueeid, den er seinem Onkel geschworen hatte, nach kurzer Zeit gebrochen hat und den Thron mit Waffengewalt erobern wollte, wird Johann jetzt Eleonore niemals Glauben schenken, sogar wenn sie ihm in aller Öffentlichkeit huldigen und auf alle Ansprüche verzichten würde. Er weiß außerdem, daß Männer sich heimlich treffen und über Bürgerkriege sprechen werden, solange Eleonore am Leben ist.«

»Der König würde sich nicht trauen, ihr etwas zuleide zu tun«, erklärte Eduard. »Kein Ritter im ganzen Königreich würde ihn andernfalls auch nur noch eines einzigen Blickes würdigen. Und selbst wenn er sich so viele Reliquien umhängen würden, daß er unter der Last fast zu sammenbräche, könnte ihn das niemals rechtfertigen.«

»Ich bin mir leider nicht so sicher wie Sie, daß Ohneland sich um die öffentliche Meinung kümmert«, sagte Pembroke. »Doch wie auch immer — Eleonore ist jedenfalls eine Gefahr für ihn, und er würde niemals nach England zurückkehren, ohne sie mitzunehmen. Und als seine Gefangene oder Geisel — nennen Sie es, wie Sie wollen — wird die Perle der Bretagne nie wieder freikommen — nicht, solange Johann auf dem Thron sitzt.«

Eduard, der im Schatten stand, kochte vor ohnmächtigem Zorn. Gedankenverloren preßte er eine Hand an seine Brust, so daß der kleine Goldring sich in seine Haut grub. Eleonore hatte ihm diesen Ring an dem Tag geschenkt, als er zum Ritter geschlagen wurde, an dem Tag, als er schwor, alle ritterlichen Heldentaten für sie zu vollbringen, ihr zu dienen und sie zu beschützen, solange er lebte.

Er hatte Johanns Versprechungen von Anfang an nicht geglaubt und hätte sie am liebsten aus Mirebeau weggebracht — notfalls auf eigene Faust. Doch Eleonore hatte ihm versichert, daß ihr Onkel ihr bestimmt kein Leid zufügen werde. Damals war sie sogar überzeugt gewesen, daß auch Arthur bald freikommen würde, und sie hatte sich bereitwillig nach Rouen bringen lassen, um in der Nähe ihres Bruders zu sein. Noch vor vierzehn Tagen hatte sie gehofft, daß man seine angevinische Sturheit brechen wollte, indem man ihn in einem dunklen Verlies gefangenhielt.

Wenn Johann aber befohlen hatte, Eleonore nach England zu bringen, so mußte ihr nun endlich klar sein, daß die Gerüchte über den Tod ihres Bruders stimmten. Sie mußte jetzt begriffen haben, daß auf die Worte ihres Onkels kein Verlaß war, und Eduard konnte sich lebhaft vorstellen, wie einsam und verängstigt sie sich in dieser Situation fühlte.

Der Marschall beobachtete ihn aufmerksam. »Sie würde unweigerlich das gleiche Schicksal wie ihr armer Bruder erleiden«, warnte er, »wenn man den König durch Drohungen zwingen wollte, sie freizulassen.«

Eduard starrte Pembroke empört an. »Sie wollen doch wohl nicht sagen, daß wir gar nichts tun können?«

»Natürlich nicht.« Wilhelm holte tief Luft und blickte von einem Gesicht zum anderen. »Ich würde vorschlagen, Eleonore zu entführen.«

»Zu entführen?« rief Alaric.

»Ja, und je schneller, desto besser, denn je weiter sie von der Bretagne entfernt ist, desto schwieriger wird es sein, sie den Klauen des Königs zu entreißen.«

»Sie schließen offenbar die Möglichkeit aus, die Königinwitwe um Hilfe zu bitten?« fragte der Wolf.

»Eleonore von Aquitanien würde niemals etwas tun, das Johanns Position gefährden könnte. Er war immer ihr Lieblingssohn, trotz all seiner Fehler, trotz seiner Falschheit, trotz seiner unzähligen Intrigen. Obwohl sie ihren Enkel Arthur liebte, zögerte sie nicht, einen Hagel von Pfeilen auf ihn herabregnen zu lassen, als er Mirebeau einzunehmen versuchte. Und so sehr sie ihre Enkelin lieben mag — sie wird mit Sicherheit keine Maßnahmen unterstützen, die zu Johanns Absetzung zu Eleonores Thronbesteigung führen könnten.

Ich will damit nicht sagen, daß die englischen Barone tatsächlich soweit gehen würden. Aber diese Drohung könnte ein wirksames Mittel sein, um den König zu Kompromissen zu zwingen — zu Kompromissen, die wir unbedingt brauchen, damit nicht mehr ein einziger Mann über uneingeschränkte Macht verfügt.«

»Sie wollen Eleonore also auch nur als Werkzeug mißbrauchen!« rief Eduard voller Verachtung. »Sie wollen sie nicht wirklich befreien, sondern nur für Ihre eigenen Zwecke benutzen.«

»Immerhin wäre sie nicht mehr von Kerkermauern umgeben und würde nicht auf Schritt und Tritt von Wächtern beobachtet werden«, betonte Wilhelm. »Sie könnte heiraten, eine eigene Familie haben und sich darauf freuen, daß eines Tages viele Enkel an ihren Rockzipfeln hängen werden. In Johanns Gewalt wird sie von all dem nicht einmal träumen, geschweige denn, es erleben können.«

Lord Randwulf schürzte nachdenklich die Lippen. Wenn es dem Marschall ernst war — es gab nicht den geringsten Grund, daran zu zweifeln —, so brachte er die Männer von Amboise in eine äußerst unangenehme Situation. Die Königinwitwe würde sich nicht nur entschieden jedem Versuch widersetzen, ihre Enkelin als Druckmittel gegen ihren Sohn verwenden zu lassen, sondern sie würde ihrem Favoriten auch niemals erlauben, sich an einer solchen Verschwörung zu beteiligen. Andererseits wußte der Wolf, welch tiefe Freundschaft und Zuneigung seit vielen Jahren zwischen Prinzessin Eleonore und seinem Sohn bestand, und er kannte Eduard gut genug, um sicher zu sein, daß weder Drohungen noch Überredungskünste ihn davon abhalten würden, der Prinzessin zu helfen.

»Sie sagten, daß man sie schon nach England gebracht hat?« fragte er.

»Ja, von Cherbourg aus.«

»Und wohin?« wollte Eduard wissen.

»Das weiß ich noch nicht genau, aber alles spricht dafür, daß das Schiff in Lyme oder Purbeck vor Anker gegangen ist. Johann hat seine politischen Gefangenen von jeher am liebsten in Bristol oder Corfe untergebracht. Beide Festungen machen einen Fluchtversuch fast unmöglich.«

»Da wäre aber auch noch der Tower in London«, brachte Alaric ihm in Erinnerung. »Von dort ist noch nie jemand entkommen.«

»Sehr richtig«, stimmte der Marschall zu, »aber es ist schwierig, in London etwas völlig geheimzuhalten, und Ohneland will bestimmt nicht, daß Gerüchte über Eleonores Gefangenschaft in Umlauf kommen.«

»Strengste Geheimhaltung wird auch für uns das Wichtigste sein«, bemerkte der Wolf trocken, »denn was wir vorhaben, ist nichts Geringeres als Hochverrat.«

Die Augen des Marschalls funkelten im Kerzenschein. »Sie stimmen also mit mir überein, daß die Prinzessin aus Ohnelands Klauen befreit werden muß?«

Randwulf blickte zu seinem Sohn hinüber. Es war glatter Wahnsinn zuzustimmen. Wenn die Beteiligten gefaßt oder auch nur erkannt würden, hätten sie ihr Leben verwirkt. Und wenn der Rettungsversuch scheiterte, würden nicht nur sie sterben, sondern auch die Prinzessin.

»Bevor Sie antworten«, unterbrach der Marschall seine Überlegungen, »möchte ich noch zweierlei klarstellen. Zum einen bin ich mir durchaus bewußt, daß mein kühnes Ansinnen weit über einen Freundschaftsdienst hinausgeht. Zum anderen müssen die Männer, denen diese schwierige Mission anvertraut wird, dem König und seinen Günstlingen unbekannt sein, damit sie nicht sagen können: ›Aha, da ist ja das Wolfshaupt, auf das wir es schon seit Jahren abgesehen hatten!‹ Oder« — sein scharfer Blick schweifte von Randwulf zu Alaric — »›da ist ja der gute Friar, der in der Hölle sehr gut aufgehoben wäre.‹ Andererseits müßte der Retter aber jemand sein, den die Prinzessin so gut kennt, daß sie ihm bedenkenlos folgen würde, wenn er plötzlich vor ihr stünde.« Der Graf fixierte Eduard. »Es wäre eine äußerst gefährliche Mission mit wenig Erfolgschancen.«

Da die Möglichkeit, der Prinzessin *nicht* zu helfen, Eduard überhaupt nicht in den Sinn gekommen war, hielt er dem Blick des Marschalls ruhig stand. »Erlauben Sie mir, einige gute Männer auszuwählen, und ich werde im Morgengrauen aufbrechen.«

»Ich bin mit von der Partie, wenn Sie wollen«, meldete Henry sich sofort freiwillig.

»Ich kenne sowohl Bristol als auch Corfe recht gut. In dem einen Ort habe ich mich einmal vierzehn Tage lang amüsiert, in dem anderen mußte ich einen schrecklichen Monat lang Dienst tun.«

»Dann wird mir Ihre Hilfe und Gesellschaft sehr willkommen sein«, sagte Eduard.

»Na großartig! Und was wollt ihr beiden Hitzköpfe machen?« schnaubte Sparrow verächtlich. »Einfach durch das Tor von Corfe reiten und höflich anfragen, ob Ihre königliche Hoheit zu sprechen ist? Ihr braucht doch einen Plan, und dieser Plan muß hieb- und stichfest sein, denn was ihr vorhabt, ist keine Schachpartie, und es hat auch nichts mit euren ritterlichen Turnierkämpfen zu tun, wo ein Tüchlein der Angebeteten die Lanze ziert. Gut bewachte Festungen sind allenfalls mit List zu bezwingen, nicht aber durch unüberlegtes Draufgängertum. Ein einziger falscher Schritt kann unserer kleinen Perle das Leben kosten. Ihr wollt im Morgengrauen aufbrechen? Pah! Brecht ruhig auf, und wenn ihr geschnappt werdet, während ihr schweißüberströmt um die Burg herumschleicht, richtet den Männern des Königs herzliche Grüße von mir aus, bevor sie euch die Augen ausstechen und eure Leber über einem offenen Feuer braten.«

Als der Zwerg seine Strafpredigt beendet hatte, wandte der Wolf sich ruhig an Alaric. »Friar, wie wär's mit einem ausgewogenen Urteil? Was hältst du von der Einschätzung des Marschalls, daß wir beide nicht zu gebrauchen sind?«

Alaric legte bedächtig die Fingerspitzen beider Hände zusammen und warf einen flüchtigen Blick auf die Krücken, die an der Wand lehnten, bevor er seinem Freund in die Augen schaute.

»Ich glaube, daß Eduard und Lord Henry den doppelten Vorteil von Schnelligkeit und Leidenschaft haben. Mit anderen Worten — während du und ich noch überlegen würden, wie wir am besten in die Burg gelangen könnten, wären die beiden Heißsporne längst wieder *draußen.*« Sein Blick schweifte zu Sparrow. »Ich glaube außerdem, daß der Marschall uns noch nicht alles dargelegt hat. Ich kann mir kaum vorstellen, daß er ohne einen ausgeklügelten Plan zu uns gekommen wäre, und den sollten wir uns anhören, bevor wie die Innereien unserer jungen Ritter den Männern des Königs als Leckerbissen anbieten.«

Sparrow schnaubte wieder und starrte den Grafen kämpferisch an.

»Ich habe wirklich lange und gründlich nachgedacht«, bestätigte Wilhelm. »Doch bis vor kurzem hatten alle meine Pläne einen großen Haken — die Risiken waren erheblich größer als die Erfolgschancen.« Er wandte sich nach kurzem Schweigen an Eduard. »Stimmt es, daß es Ihnen gelungen ist, mit der Prinzessin Kontakt zu halten, obwohl sie in Mirebeau und Rouen streng bewacht wurde?«

Eduard sah keinen Sinn darin, es zu leugnen. »Wir haben einige Briefe getauscht.«

»Glauben Sie, daß Sie das noch einmal schaffen könnten, auch wenn die Festungsmauern noch dicker als in Rouen wären? Und wüßte die Prinzessin zweifelsfrei, daß die Nachricht von Ihnen stammt?«

Eduards Augen wurden schmal. Seit über zehn Jahren ließen Eleonore und er einander verschlüsselte Botschaften zukommen — aber wie hatte der Graf davon erfahren?

Pembroke lächelte. »Die Kammerjungfer der Prinzessin heißt doch Marienne, nicht wahr?«

Eduards Zähneknirschen war Antwort genug.

»Vor vielen Jahren waren ihre Mutter und ich ... mehr als nur Freunde«, bekannte der Marschall leise. »Das Wenigste, was ich tun konnte, war, meine Tochter annehmbar unterzubringen. Aber Sie können beruhigt sein — Marienne ist ein herzensgutes Geschöpf. Sie hat Ihr Geheimnis nur mir verraten, und auch das nur, weil sie die Prinzessin so liebgewonnen hat, daß sie ihr um jeden Preis ein Leben in Gefangenschaft ersparen möchte. Und ich kann Ihnen versichern, daß dieses Gespräch zwischen Vater und Tochter genauso vertraulich war wie unser jetziges.«

»Darf ich zusammenfassen?« warf der Wolf ein. »Sie wußten zwar nicht, wie *ich* auf Ihr Ansinnen reagieren würde, aber Sie sind nach Amboise gekommen, um meinen Sohn zu bitten, seine langjährige Freundschaft mit Prinzessin Eleonore unter Beweis zu stellen?«

Wilhelm überhörte tunlichst den Sarkasmus. »Ich hatte nie die Absicht, Sie zu bitten, sich persönlich an diesem Abenteuer zu beteiligen. Wie könnte ich auch? Eine ganze Legion von Johanns Spionen beobachtet Sie seit Jahren auf Schritt und Tritt. Die Königinwitwe hatte Sie beauftragt, das Lösegeld zu bezahlen, das er für die sichere Rückkehr der Prinzessin in die Bretagne verlangte, nachdem seine Habgier und sein krankhafter Ehrgeiz ihn schon damals veranlaßt hatten, das Kind nach England zu entführen. Er wird auch jetzt vermuten, daß jeder Rettungsversuch nur von Amboise ausgehen kann, und er wird vermuten, daß Sie dieses gewagte Unternehmen höchstpersönlich ausführen wollen.«

»Damit würde Ohneland beachtliche Intelligenz und Menschenkenntnis beweisen«, kommentierte der Wolf trocken.

»Sogar unser König hat seine lichten Momente.«

»Obwohl ich ein Krüppel und ein zittriger alter Narr bin?«

»Sie sind keines von beidem«, widersprach Wilhelm, »und gerade deshalb müssen Sie hierbleiben, für jeden sichtbar. Johann wird so damit beschäftigt sein, Sie beobachten zu lassen, daß er meiner Nichte vermutlich kaum Beachtung schenken wird.«

Alle starrten den Marschall erstaunt an, und Eduard sprach schließlich aus, was alle dachten: »Ihre Nichte? Was hat Ihre Nichte mit all dem zu tun?«

»Wie ich Ihnen vor dem Abendessen erzählte, hat der König in seiner großen Güte Ariels Verlobung mit dem

Sohn von Wilhelm de Braose angeordnet. Es ist nur dem Einfallsreichtum meiner Nichte zu verdanken, daß sie das offizielle Sendschreiben bisher noch nicht in Händen hält, aber irgendwann werden wir den Wunsch unseres Herrschers wohl zur Kenntnis nehmen müssen.«

»Ariel wird niemals in diese Ehe einwilligen«, erklärte Henry energisch. »Sie wird lieber ins Kloster gehen als den Sohn eines gewöhnliichen Kerkermeisters zu heiraten.«

Eduard, der zum erstenmal von der geplanten Eheschließung hörte, vergaß einen Moment lang seine Angst um die Prinzessin und stellte sich statt dessen die arme Äbtissin vor, die es mit Ariel de Clare zu tun hätte. »Ich bedaure jeden, der versucht, ihr Gehorsam und Demut beizubringen«, murmelte er vor sich hin.

Der Marschall hatte ein scharfes Gehör. »Ich gebe gern zu«, sagte er lächelnd, »daß Ariel ausgesprochen eigensinnig ist. Aber immerhin ist sie eine De Clare, eine Blutsverwandte meiner Frau, und ich schätze es gar nicht, daß der König sich in meine Familienangelegenheiten einmischt.«

»Wollen Sie ihm eine Abfuhr erteilen?« fragte Alaric.

»Nach außen hin — nein. Ich habe sogar vor, sie sofort nach England zurückzuschicken, damit sie sich dem Willen des Königs beugt . . . notfalls in der Obhut einer schwer bewaffneten Eskorte.«

»Diese Eskorte wird zweifellos nötig sein!« knurrte Henry.

»Das hoffe ich sehr«, erwiderte Pembroke.

Sparrow war der erste, der begriff, worauf der Marschall hinauswollte. »Zu dieser schwer bewaffneten Eskorte werden natürlich einige Männer gehören, die sich irgendwann absetzen, um unsere Kleine Perle zu stehlen, ohne daß Johann davon Wind bekommt!« Der Gnom warf sich in die Brust, stolz darauf, wieder einmal seine geistige Überlegenheit unter Beweis gestelllt zu haben.

Die anderen waren vom Plan des Marschalls weniger begeistert.

»Wie wollen Sie herausfinden, wo die Perle versteckt ist?« erkundigte sich Alaric mit gerunzelter Stirn.

»Ich verfüge über gewisse Informationsquellen«, antwortete Wilhelm vorsichtig. »Mit einer angemessenen Geldsumme läßt sich einiges erreichen. Bevor Eduard den Ärmelkanal überquert, wird er wissen, wo die Prinzessin gefangengehalten wird.«

»Sie glauben, daß entweder Corfe oder Bristol in Betracht kommen?«

»Meiner Ansicht nach — ja.«

»Ich teile Ihre Ansicht«, gab Alaric ehrlich zu, »denn in beiden Festungen sind Besucher nicht gern gesehen.«

»Aber sie könnten Einlaß finden, wenn es sich um die Eskorte einer Braut handelt, die zu ihrem vom König ausgewählten Bräutigam unterwegs ist. Und nachdem beide Festungen an der Straße nach Radnor liegen, wäre es nicht ungewöhnlich, wenn die Reisegruppe dort halt machen würde.«

»Halt machen — ja.« Sparrows ursprünglicher Enthusiasmus war verflogen. »Aber die Perle stehlen und mit heiler Haut davonkommen?« Er schnalzte bedenklich mit der Zunge und saugte an einem Finger.

Der Marschall beugte sich eifrig vor. »Wir haben *noch* einen Vorteil. Ich kenne den Mann, der die Prinzessin bewacht. Sein Name ist Brevant, und seine Geldgier ist so ausgeprägt wie seine Abneigung gegen den König.«

»Weder das eine noch das andere vermag mein Herz zu erfreuen«, schnaubte Sparrow, »denn bei großer Gefahr kann man sich auf solche Leute meist nicht verlassen. Doch nehmen wir einmal an, daß es unseren edlen Rittern tatsächlich gelingt, ihre Augen, Ohren und Innereien zu behalten — wohin sollen sie die Prinzessin bringen? Sämtliche Straßen in Richtung Normandie werden streng kontrolliert werden.«

»So streng«, stimmte Wilhelm bereitwillig zu, »daß der König kaum Leute übrig haben wird, um auch die Straßen nach Wales zu überwachen.«

»Nach *Wales*?«

»Genauer gesagt, nach Nordwales, Prinz Gwynwynwyn von Powys hat versprochen, der Prinzessin Zuflucht und Schutz zu gewähren. Auch das paßt genau ins Bild, denn der Besitz der De Braose befindet sich im Grenzgebiet von Wales, und Powys liegt nordwestlich von Radnor.«

Henry knirschte mit den Zähnen, um nicht laut zu fluchen. »Ich dachte, du wolltest Ariel nicht der ehrenwerten Familie De Braose ausliefern?«

»Das werde ich auch nicht tun. Aber der König darf das erst erfahren, wenn Ariel wohlbehalten bei ihrem richtigen Bräutigam eingetroffen ist.«

»Bei ihrem *richtigen* Bräutigam?«

Wilhelm nickte. »Wenn unser Plan allgemeine Zustimmung findet, werde ich die Verträge gleich morgen früh aufsetzen und unterschreiben.«

»Welche Verträge?« fragte Henry verwirrt.

Der Marschall griff nach der flackernden Kerze und hielt sie schief, so daß ein Wachstropfen auf die Tischplatte fiel. »Corfe Castle«, sagte er. Ein zweiter Tropfen nördlich davon erhielt den Namen »Bristol«, ein dritter — noch weiter nördlich — »Radnor«.

Alle Augen waren gespannt auf die Kerze gerichtet. Der nächste Wachstropfen landete westlich von Radnor, südlich der von Gwynwynwyn beherrschten Region Powys. »Snowdonia«, verkündete der Marschall ruhig.

Henry starrte seinen Onkel fassungslos an. »Das ist doch nicht dein Ernst?«

»O doch, es ist mein voller Ernst ... oder war es deiner Schwester etwa nicht ernst, als sie den Burschen um Hilfe bat? Lord Rhys ap Iorwerth«, erklärte er den anderen, die gar nichts mehr verstanden. »Sein Bruder ist Llywellyn ap Iorwerth, Prinz von Gwynedd, ein treuer Verbündeter von König Johann, verheiratet mit einer unehelichen Tochter Ohnelands. Und damit niemand glaubt, daß ich diesen Entschluß überstürzt oder in geistiger Umnachtung gefaßt habe, möchte ich hinzufügen, daß ich eine solche Verbindung schon früher durchaus in Erwägung gezogen habe. Lord Rhys verfügt schon jetzt über beachtlichen Grundbesitz, und er hat den Ehrgeiz, seinen Bruder als Anführer aller Clans abzulösen. Er beherrscht bereits Cardigan und Deheubarth, und ihm liegt sehr viel an einer Allianz mit dem Haus Pembroke, die für beide Seiten durchaus vorteilhaft wäre. Lord Dafydd, sein jüngerer Bruder, den Sie ja kennengelernt haben, hat mir Lord Rhys' Anliegen sehr überzeugend vorgetragen.«

Henry lehnte sich erschöpft zurück. »Ariel dürfte nicht so leicht zu überzeugen sein, und sie wird wohl kaum irgendwelche Vorteile in dieser Verbindung sehen.«

»War diese Ehe nicht ihr eigener Vorschlag?«

Henry lächelte müde. »Sie wollte Lord Rhys mit diesem Vorschlag doch nur ködern.«

»Dann werde ich ihr eben klarmachen, daß sie jetzt nur noch die Wahl zwischen einem walisischen Prinzen und dem Sohn eines Kerkermeisters hat.«

Sparrow, der eher einem Hund das Recht eingeräumt hätte, sich seine Flöhe selbst auszusuchen, als einer Frau die Entscheidung über ihren künftigen Ehemann zu überlassen, wurde ungeduldig, weil es seiner Ansicht nach viel wichtigere Dinge zu besprechen gab.

»Glauben Sie nicht, daß der König einen Zusammenhang zwischen dem Auftauchen der Braut und dem Verschwinden seiner erlauchten Gefangenen herstellen wird? So dumm ist doch nicht einmal Ohneland, an einen Zufall zu glauben! Und werden seine Spione, denen es nicht einmal entgeht, wenn der Schwarze Wolf sich kurz schneuzt, ihm nicht längst berichtet haben, daß Ihre Nichte hier in der Normandie ist?«

Wilhelm legte seine Hände wieder flach auf den Tisch. »Bis zum heutigen Abend, als ich Ihnen meine Nichte und meinen Neffen vorstellte, ist der Name De Clare kein einziges Mal gefallen. Ariel hat diese Reise als Knappe verkleidet angetreten, und dabei ist es bis zur Ankunft in Amboise geblieben. Das ist ein weiterer Grund, weshalb ich sie hierhergebracht habe. Meiner eigenen Leibwache kann ich blind vertrauen. Diese Männer würden eher in der Hölle schmoren als mich und die meinen zu verraten. Doch von hier aus reite ich nach Falaise und dann weiter nach Cherbourg, wo ich den König treffen werde, und ich will nicht, daß Ariel dann bei mir ist, denn ich wage zu bezweifeln, daß Ohneland sie in meiner Obhut weiterziehen lassen würde. Er würde sehr schnell begreifen, daß er ihr nur ein Haar zu krümmen braucht, um mir das Herz zu brechen, und das würde er weidlich ausnützen. Vielleicht würde er sie zunächst gar nicht nach Radnor schicken, sondern bei sich behalten. Und wenn er mich dann genügend gemartert hätte, würde er sie von seiner eigenen Garde eskortieren lassen. Nein, sie darf nicht in meiner Gesellschaft bleiben! Sie muß heimlich nach England zurückgebracht werden, und auch dort sollte sie zunächst unerkannt bleiben, bis wir den Anschein erwecken können, als wäre die gehorsame Braut auf dem Wege zu ihrem Bräutigam. Wenn die Rettung der Prinzessin gelingt — wenn ihre Befreier nicht gefangengenommen oder getötet werden, was Gott verhindern möge —, wird der König die Identität der Entführer nicht kennen. Er wird Vermutungen äußern und vielleicht sogar jemanden beschuldigen ... aber ohne irgendwelche Beweise?« Achselzuckend faltete er wieder die Hände. »Außerdem hoffe ich, daß meine Nichte schon ein gutes Stück des Weges nach Wales zurückgelegt haben wird, bis die Wachen die ganze Burg auf den Kopf gestellt haben und sich verzweifelt irgendwelche Entschuldigungen ausdenken, um ihre eigenen Köpfe zu retten.«

»Und wenn Ihre Nichte nicht in Radnor ankommt?« fragte Alaric. »Was dann?«

Wilhelm lächelte. »Der König wird vor Wut schäumen und wüste Drohungen ausstoßen — aber er wird ihr nichts anhaben können, weil andernfalls sein Abkommen mit Llywellyn ap Iorwerth gefährdet wäre. Außerdem wird er nicht beweisen können, wann Ariel Pembroke verlassen hat, und ob sie überhaupt etwas davon wußte, daß der König ihr Reginald de Braose als Gemahl zugedacht hatte. Nachdem sein Kurier von Lord Rhys entführt wurde, könnten wir sogar behaupten, der Waliser hätte schon vorher bei mir um die Hand meiner Nichte angehalten und aus romantischen Motiven die Zustellung des königlichen Sendschreibens verhindert, um Lady Ariel heiraten zu können. An dieser Version werde ich festhalten. Ohneland wird zetern und sowohl mich als auch Lord Rhys mit einer hohen Geldstrafe belegen, aber er wird auf keinen Fall riskieren, seinen Verbündeten Llywellyn zu verärgern, denn neue Unruhen im walisischen Grenzgebiet kann er jetzt wirklich nicht gebrauchen.«

»Ist Lady Ariel denn mit diesen Plänen einverstanden?« wollte Eduard wissen.

»Sie wird einsehen, daß es ihre Pflicht — und ihre eigene Rettung ist —, dieser Lösung zuzustimmen.«

Henry blickte bei diesen Worten seines Onkels so zweifelnd drein, daß Eduard sich unwillkürlich versteifte. »Mylord, Ihre Motive sind zweifellos sehr ehrenhaft, aber trotzdem ... Ihre Nichte wissentlich einer solchen Gefahr auszusetzen ...«

»Meine Nichte hat sich selbst in Gefahr gebracht«, erklärte der Graf hitzig. »Ich versuche nur, für sie einen Ausweg zu finden. Wenn sich gleichzeitig die Gelegenheit bietet, etwas für Eleonore von der Bretagne zu tun, so müssen wir das Risiko eingehen. Ich habe mich für diesen Plan keineswegs leichten Herzens entschieden.

Und ich werde Ihnen meine Nichte nur anvertrauen, wenn Sie mir schwören, sie völlig unversehrt in Wales abzuliefern. Sollten Sie mir das nicht versprechen können, werde ich eben einen anderen Mann mit dieser Aufgabe betrauen. Es ist nicht unbedingt notwendig, daß die Prinzessin ihren Retter gut kennt. Das würde die Sache zwar erleichtern, aber es geht auch anders, und mindestens zwanzig meiner Ritter wären dazu bereit, ohne auch nur eine einzige Frage zu stellen.«

Eduard knirschte mit den Zähnen, und die Narbe auf seiner Wange trat wieder weiß hervor, aber es war der Schwarze Wolf, der kühl und gelassen auf die Herausforderung des Grafen einging.

»Die Fähigkeiten meines Sohnes sind ebenso wie seine Bereitschaft, der Prinzessin zu helfen, über jeden Zweifel erhaben.

Was ihm — und auch mir — Sorgen macht, ist Ohnelands Geistesverfassung. Seine Rachegelüste sind berüchtigt. Sie scheinen zwar überzeugt zu sein, daß dieser Lord Rhys Ihre Nichte beschützen wird, aber wer garantiert Ihnen, daß er die Prinzessin nicht lieber an Johann zurückverkauft, anstatt eine hohe Geldstrafe zu bezahlen? Und sogar wenn Eleonore tatsächlich nach Powys gelangen sollte — wer garantiert Ihnen, daß sie sich auf Gwynwynwyn verlassen können?«

»Was Ihre erste Frage betrifft, so wird Lord Rhys einsehen, daß es für ihn wesentlich vorteilhafter ist, meine Nichte mit meinem vollen Einverständnis zu heiraten, als mich zu hintergehen. Und Ariel wird ihn erst heiraten, wenn Eleonore in Powys in Sicherheit ist. Um Ihre zweite Frage zu beantworten, kann ich nur sagen, daß Gwynwynwyn König Johann mit solcher Leidenschaft haßt, daß es sogar mir gelegentlich angst und bange wurde. Er wird die Prinzessin beschützen, weil es ihm einen Hochgenuß bereiten wird, den Hals des englischen Fuchses in der Schlinge zu sehen.«

»Außerdem wird ihn die Aussicht verlocken, daß einer seiner Söhne zum Gemahl der Prinzessin auserkoren werden könnte«, fügte Alaric trocken an.

»Ich leugne nicht, daß sie zu den Heiratskandidaten gehören«, gab Wilhelm zu.

Wieder lief Eduard ein kalter Schauer über den Rücken. Um eine echte Bedrohung für ihren Onkel darzustellen, würde Eleonore wirklich eine kluge Ehe eingehen müssen. Die süße, liebenswerte Eleonore, die schon soviel Leid erfahren hatte, weil ihre ganze Familie sie für politische Zwecke mißbrauchte. Innerhalb der letzten fünf Jahre war sie dreimal verlobt gewesen, doch schließlich hatten die betreffenden Männer sich immer für eine bessere Partie entschieden. Eleonore war Sonnenschein und Musik; Wales war Dunkelheit und ewiger Kampf zwischen vielen verfeindeten Clans. Sollte er sie vielleicht retten, nur um sie dann in ein anders geartetes Gefängnis zu verbannen?

Lady Ariel hatte ihm erst an diesem Abend unter die Nase gerieben, daß er ein Bastard war, aber das wäre gar nicht nötig gewesen, denn er vergaß nie, daß ihm dieser Makel sein Leben lang anhaften würde. Von einer Heirat mit einer Prinzessin durfte ein Bastard wie er nicht einmal träumen, aber das hinderte ihn nicht daran, Eleonore zu lieben und ihr alles Glück dieser Erde zu wünschen — und er konnte sich beim besten Willen nicht vorstellen, daß sie es in den Armen eines brünstigen walisischen Bullen finden würde.

Doch als er sich die hilflose Prinzessin vorzustellen versuchte, sah er zu seiner eigenen Überraschung statt dessen die rothaarige Lady Ariel de Clare, die ihn verzweifelt um Hilfe anflehte.

# 7

Ariel konnte nicht schlafen. Sie lief wie ein Tiger im Käfig auf und ab, und ihre Sandalen klapperten auf dem Holzboden des kleinen Turmzimmers, in dem es trotz der eisernen Feuerpfanne voll glühender Kohlen ziemlich kühl war.

Es gab nur ein einziges Fenster, das kaum breiter war als Ariels schmale Schultern, und die Mauer war so dick, daß sie am Nachmittag auf den Sims geklettert war und sich fast den Hals verrenkt hätte, um einen Blick nach draußen werfen zu können. Wegen eines aufziehenden Sturms waren am Abend die hölzernen Fensterläden geschlossen worden, und zusätzlich war das Fenster mit einem Webteppich verhängt, der sich bei jedem heftigen Windstoß blähte.

Auf einer erhöhten Plattform stand ein Bett im Stil des französischen Hofes mit schweren Vorhängen. Die übrige Einrichtung bestand aus einem Schreibtisch, zwei Stühlen, einer Ledertruhe zur Aufbewahrung von Kleidern und einem Strohsack, auf dem ein Page oder eine Zofe schlafen konnte. Nachdem Ariel aber auf dieser Reise ohne Bedienstete auskommen mußte, hatte sie den Strohsack unter ihr Bett geschoben.

An einer weiß getünchten Wand hing ein großes Kruzifix, aber Ariel hatte ihre Nachtgebete schon vor langer Zeit verrichtet und war nicht in der Stimmung für zusätzliche Andachtsübungen auf den Knien. Auf eine andere Wand hatte jemand hübsche Tulpen und Rosen gemalt, aber ihr kam es so vor, als verzerrten sich die Blumengewinde zu gräßlichen höhnischen Fratzen, wenn sie an ihnen vorbeilief. Ein großer fünfarmiger Leuchter stand auf dem Tisch, und die fünf dicken Kerzen flackerten unruhig bei jedem Luftzug. Jemand hatte Fenchelblätter über die Kohle gestreut, damit es im Zimmer angenehm roch, doch der süße Duft wirkte auf Ariel beklemmend.

Sie hatte Dafydd ap Iorwerth nach dem Festmahl in den Rosengarten begleitet, und ihre anhaltende Wut auf FitzRandwulf hatte sie warmgehalten, während sie zerstreut die gepflegten Blumenbeete betrachtete. Die meisten empfindlichen Pflanzen hatten den Nachtfrost der letzten Zeit nicht überstanden, doch im Schutz der Mauer trotzten tatsächlich zahlreiche Rosensträucher der Kälte und waren mit Knospen und Blüten übersät.

Der Mond hatte Mühe, sich durch die dicke Wolkendecke zu kämpfen. Nur hin und wieder gelang es ihm, sein bleiches Licht über die Gärten zu breiten. Heftige Windstöße fegten über die Burg hinweg und wirbelten welkes Laub über den mit Kopfsteinen gepflasterten Gartenpfad. Ein metallischer Geruch in der Luft kündigte Donner und Regen an.

Ariel liebte stürmisches Wetter. Es entsprach ihrem Temperament, die entfesselten Naturgewalten zu beobachten. Als Kind war sie einmal im Freien von einem besonders wilden Ausbruch göttlichen Zorns überrascht worden, doch anstatt sich zu fürchten, war sie von den grellen Blitzen und mächtigen Donnerschlägen fasziniert gewesen. Seitdem stellte sie sich bei Gewittern gern ans offene Fenster, in der Hoffnung, die herrliche Erregung von damals noch einmal zu erleben.

Dafydd ap Iorwerth teilte ihre Begeisterung nicht und warf immer wieder ängstliche Blicke zum Himmel empor, so als befürchte er, daß dort Drachen und Dämonen auftauchen könnten. Gegen ihren Willen hatte Ariel den jungen Waliser während der Reise ins Herz geschlossen. Verglichen mit den meisten anderen walisischen Barbaren war er sehr ruhig und gesittet. Außerdem war er so schüchtern, daß Ariel sich anfangs einen Spaß daraus gemacht hatte, ihn möglichst oft zum Erröten zu bringen. Er erzählte begeistert von Wales und fühlte sich in seinen dunklen Wäldern und nebligen Bergen offenbar viel wohler als in zivilisierten Städten. Seine Augen leuchteten, wenn er über seine Heimat und über seine Vorfahren sprach. Er gab bereitwillig zu, daß die Waliser eine gewalttätige Rasse waren — aber aus gutem Grunde. Seit Generationen hatten sie blutige Freiheitskämpfe geführt, zuerst gegen die Angelsachsen, später gegen die arroganten Normannen, mit denen sie sich immer noch Gefechte lieferten, um ihre eigene Identität zu wahren. Dafydd erzählte von Dörfern, Feldern und Wäldern, wo nachts die Erde erbebte, wenn der Geist des großen walisischen Königs Arthur Pendragon eine neue Armee um sich sammelte und nur auf den Tag wartete, da England in die Knie brechen und für eine Eroberung reif sein würde. Und nachdem die Lords von Gwynedd direkte Nachkommen Pendragons waren, mußten sie natürlich immer darauf vorbereitet sein, zu den Waffen gerufen zu werden.

Ariel hatte sich diese Geschichten mit skeptisch gehobenen Brauen angehört, aber der junge Prinz war so ernsthaft und eifrig, daß es ihr schwerfiel, ihn offen zu verspotten. Von dieser Begeisterung war nichts zu spüren, wenn er von seinem Bruder Rhys sprach, und sie spürte, daß er ihr mehr verschwieg als erzählte. Natürlich bekam sie zu hören, daß Rhys der tapferste, kühnste und gefürchtetste Ritter von ganz Wales war, aber sie wunderte sich, warum Dafydd ihr nicht in die Augen schauen konnte, wenn er diese endlosen Tugenden aufzählte, und warum seine Stimme dann immer tonlos und wenig überzeugend klang.

Hingegen konnte der Prinz seine Bewunderung für die kühnen Ritter von Amboise nicht verbergen, während sie durch den duftenden Rosengarten schlenderten. »Wußten Sie, Mylady, daß der Wolf einen richtigen Drachen bezwungen hat, einen feuerspeienden Drachen mit glühenden roten Augen und einer gespaltenen Zunge?«

»Seinen Bruder, nicht wahr? Haben Sie, als Sie jünger waren, nicht auch manchmal geglaubt, ihre Familie wäre mit Schlangen und Drachen bevölkert?«

»Wie bitte, Mylady?«

»Ach nichts«, seufzte Ariel. »Es war nur ein Scherz.«

»Nur ein Scherz?« wiederholte er bestürzt. »Über solche Männer machen Sie Scherze? Ich hätte mir nie träumen lassen, daß ich sie einmal kennenlernen würde. Herrgott, ich war mir nicht einmal ganz sicher, daß es sie wirklich gibt, daß sie nicht nur legendäre Gestalten sind.«

Ihr höfliches Lächeln veranlaßte ihn zu einer weiteren Geschichte über die Heldentaten des Schwarzen Wolfs, aber Ariel hörte nur mit halbem Ohr zu. Ihr Onkel hatte einen Umweg von mehr als einem Tagesritt auf sich genommen, um mit Lord Randwulf de la Seyne Sur Mer zu sprechen, und als Ariel von seiner Absicht gehört hatte, war ihre Neugier sofort erwacht, doch weder ihr Onkel noch ihr Bruder, der normalerweise Wachs in ihren Händen war, hatten ihr erklären wollen, warum sie Amboise einen Besuch abstatteten, und Henry hatte es in den letzten Tagen tunlichst vermieden, mit ihr allein zu bleiben, um nicht mit Fragen gelöchert zu werden.

Vielleicht hatte das alles nichts zu bedeuten, möglicherweise aber doch, und wenn es irgend etwas mit ihr zu tun hatte, so wollte sie es wissen. Sie hatte ein *Recht* darauf, es zu erfahren, wenn es dabei irgendwie um ihre Zukunft ging.

Während sie jetzt rastlos in ihrem Zimmer hin und her lief, gingen ihr diese quälenden Gedanken immer wieder im Kopf herum. Sie hatte allmählich das Gefühl, in diesen engen vier Wänden zu ersticken, und nach einem vergeblichen Versuch, den schweren Teppich vor dem Fenster hochzuheben, griff sie entnervt nach ihrem Umhang und stieg die Wendeltreppe zum Dach hinauf. Der Riegel der Falltür bereitete ihr einige Probleme, doch es gelang ihr, sie zu öffnen, und gleich darauf stand sie in der beißend kalten Nachtluft.

Sie hatte nach dem Spaziergang im Garten ihre Haube abgenommen und die langen Zöpfe entflochten. Der

Wind bemächtigte sich sofort ihren Locken und fegte sie ihr ins Gesicht, so daß sie nichts sehen konnte, bis es ihr gelang, die wirre Haarpracht unter die Kapuze zu stopfen. Es roch nach Feuchtigkeit und Steinen. Bläulich-weiße Wolken rasten über den Himmel, und im schwachen Licht sahen die Schatten der Zinnen gespenstisch aus.

Hier waren keine Wachen postiert. Das war auch nicht notwendig, denn dieser Teil der Burg ragte über den schroffen Felsen am Ufer der Loire empor, und die mächtigen Mauern boten keinen Halt für Hände oder Füße. Nur ein Wahnsinniger würde versuchen, sich vom Fluß her Zutritt zu der Festung zu verschaffen, und wenn er es täte, würde er von den anderen Türmen und Wehrgängen aus gesichtet werden, noch während er mit den unberechenbaren Strömungen der Loire kämpfte.

Ariel hüllte sich fester in ihren Mantel und ging an der Brüstung entlang, wobei der Wind ihre Haare immer wieder unter der Kapuze hervorzerrte. Der Mond lugte kurz zwischen den Wolken hervor, und wenn sie nicht ausgerechnet in diesem Moment über einen vorstehenden Stein gestolpert wäre, hätte sie vielleicht bemerkt, daß sie nicht allein auf dem Dach war. Die zweite Gestalt, die ebenfalls einen Rundgang gemacht hatte, blieb abrupt stehen und preßte sich an die Brüstung, in der Hoffnung, übersehen zu werden.

Eduard hatte die verhüllte Gestalt sofort erkannt. Im Mondlicht waren die feuerroten Locken zwar zu einem matten Kupferton verblaßt, doch ein zweites Mal würde er Lady Ariel de Clare ganz bestimmt nicht für eine Dienstmagd halten.

Sie ging langsam in seine Richtung und blieb hin und wieder stehen, um in die Tiefe zu spähen. Einmal blähte der Wind ihren Umhang nach hinten auf, und Eduard konnte erkennen, daß sie darunter nur ein langes weißes Leinenhemd trug.

An die Steine gelehnt, fragte er sich wieder, ob es weise war, sie als Schutzschild bei der Rettung der Prinzessin zu benutzen. Henrys sichtliches Unbehagen war ihm nicht entgangen, und er vermutete, daß der Ritter zum einen Angst um seine Schwester hatte, zum anderen aber befürchtete, daß ihr Temperament, ihr Eigensinn und ihre Selbständigkeit ihnen erhebliche Problem bereiten könnten.

Sparrow hatte davor gewarnt, daß die meisten Frauen dazu neigten, in heiklen Situationen viel mehr Informationen als unbedingt notwendig preiszugeben, weil sie jede noch so beiläufige Frage mit einem endlosen Redeschwall beantworteten, bis man Kopfweh bekam und sie am liebsten erwürgt hätte. Henry und der Marschall hatten Ariel gegen den Vorwurf der Schwatzhaftigkeit und des Ausplauderns von Geheimnissen in Schutz genommen, aber sie mußten widerwillig zugeben, daß sie ihren eigenen Kopf hatte und durch ihren Widerspruchsgeist, durch lange Diskussionen und Verbesserungsvorschläge allen auf die Nerven gehen und möglicherweise sogar Gefahren heraufbeschwören würde.

Es war kein sehr ermutigendes Leumundszeugnis, das Onkel und Bruder der jungen Dame ausgestellt hatten.

Was Eduards eigene Ansicht über Frauen betraf, so hielt er sie — von wenigen Ausnahmen abgesehen — für leichtfertig, kaltherzig und absolut rücksichtslos bei der Verfolgung irgendwelcher ehrgeiziger Pläne. Reichtum, Einfluß und Macht zauberten ein Lächeln auf ihre Gesichter; Habgier und ein stark ausgeprägter Überlebenswille trieben sie in die Betten von Männern, die sie andernfalls wie Aussätzige behandelt hätten — oder wie Bastarde.

Die meisten Damen teilten Lady Ariels negative Meinung über Bastarde und sahen selten einen Vorteil darin, einen zu heiraten, mochte der Vater auch eine noch so hochgestellte Persönlichkeit sein. Eduard, der es keineswegs eilig hatte, sich an eine Frau zu binden und respektable Söhne und Erben zu zeugen, sah keine Veranlassung, sie zu einem Meinungswechsel zu bewegen. Er hatte durchaus nichts dagegen, mit irgendeiner adligen Schönheit ins Bett zu gehen — nach jedem Turnierkampf konnte er sich vor Einladungen kaum retten — und ihr zu beweisen, daß er nicht nur mit Schwert und Lanze gut umzugehen verstand. Es amüsierte ihn, wenn diese feinen Damen sich bei ihm dann über die mangelnden Talente ihrer Ehemänner beschwerten, doch im allgemeinen hielt er sich lieber an Frauen wie Gabrielle, die keine großen Anforderungen an seine Zeit und Zuneigung stellten. Er wollte von emotionalen Bindungen frei sein, mit Ausnahme der engen Bindung an seine Familie — und an Eleonore.

Eleonore von der Bretagne war eine Schönheit ohnegleichen, rein, unschuldsvoll und von solcher Herzensgüte, daß sie von keinem Menschen etwas Schlechtes denken wollte. Nicht von ihrer Mutter Constance, die Arthur zu der verhängnisvollen Allianz mit Frankreich gedrängt hatte. Nicht von Philipp, der sie mit seinem Sohn, dem Dauphin, verlobt hatte, aber anderen Sinnes geworden war, als Arthurs Aussichten auf eine Thronbesteigung dahinschwanden. Sie hatte nicht einmal begriffen, daß Arthurs Plan, Mirebeau anzugreifen, reiner Wahnsinn war, und daß es ein noch viel größerer Wahnsinn war, ihn zu begleiten, obwohl sie genau wußte, daß ein Mißerfolg ihres Bruders Gefangenschaft und möglicherweise sogar den Tod zur Folge haben würde.

Als sie dann alle im Kriegszelt des Schwarzen Wolfs standen und das Licht der Fackeln auf die edlen Gesichtszüge von Prinz und Prinzessin fiel, hatte Lord Randwulf versucht, wie ein Vater zu Eleonore zu sprechen. Er hatte ihr dringend geraten, mit ihm zu kommen und sich nicht der Unberechenbarkeit des Königs auszuliefern. Für Arthur hatte diese Möglichkeit nicht bestanden, aber Eleonore hätte im Schutz der Schwerter von Amboise einer Gefangenschaft entgehen können. Nachdem alles Zureden des Wolfs erfolglos blieb, hatte er Eduard gebeten, mit der Prinzessin zu sprechen und ihr klarzumachen, daß sie jetzt nicht mehr an der Seite ihres Bruders bleiben dürfe. Doch Eleonore hatte nur gelächelt, ihn freundschaftlich umarmt und ihm versichert, daß sie sich nicht fürchte. Pflicht und Ehre würden ihr gebieten, bei Arthur zu bleiben und ihm zu helfen, die Demütigung eines endgültigen Thronverzichts zu ertragen.

Eduards Hände waren gebunden gewesen, und er hatte hilflos mit ansehen müssen, wie Eleonore und Arthur abgeführt wurden. Doch nachdem der König nun sein Wort gebrochen hatte und die Prinzessin in irgendeiner düsteren Festung in England gefangenhielt, hätte nichts Eduard davon abhalten können, ihr zu Hilfe zu eilen, auch wenn der Marschall ihn nicht mit diesem Auftrag betraut hätte. Er würde Eleonore befreien — und er würde sie in die Bretagne zurückbringen. Diesem verdammten Lord Gwynwynwyn von Powys würde er die Prinzessin jedenfalls nie und nimmer anvertrauen.

Eine besonders heftige Bö zwang Ariel stehenzubleiben. Den Kopf ein wenig zur Seite geneigt, verharrte sie regungslos wie eine Statue, kaum zwei Schritte von Eduard entfernt. Der herbe männliche Geruch, der während des Abendessens ihre Sinne verwirrt hatte — ein Geruch nach Leder, Holzfeuer und Wintersonne —, stieg ihr wieder in die Nase.

Bestürzt über die Entdeckung, daß sie nicht allein auf dem Dach war, wäre Ariel am liebsten in die Sicherheit ihres kleinen Zimmers geflüchtet. Doch sie zwang sich, ruhig im Wind zu verharren, während sie angestrengt in die Dunkelheit spähte, bis sie umrißhaft eine Gestalt erkennen konnte, die fast mit der Steinbrüstung verschmolz.

»Haben Sie immer die Gewohnheit, sich irgendwo im Dunkeln zu verstecken und anderen nachzuspionieren?«

Ein greller Blitz zeigte ihr, daß er lässig an der Mauer lehnte, einen Stiefel auf einen dicken Balken gestützt. Er hielt ihrem wütenden Blick ungerührt stand, ohne jedes Anzeichen von Verlegenheit oder Beschämung.

»Und haben *Sie* immer die Gewohnheit, sich an Orte zu begeben, wohin niemand Sie eingeladen hat?«

Die trockene Antwort brachte Ariel noch mehr in Wut. Sie tat diesmal bestimmt nichts Verbotenes. Wenn sie etwas frische Luft schöpfen wollte, brauchte sie niemanden um Erlaubnis zu bitten. »Ist das Dach etwa Ihr Privateigentum? Dann sollten Sie die Türen verbarrikadieren lassen und überall Wachposten aufstellen.«

»Ich bezweifle sehr, daß Sie sich von solchen kleinen Hindernissen aufhalten ließen«, murmelte er.

Der Wind fegte ihm die Haare ins Gesicht. Mit seinem Schwert umgürtet, sah er sehr groß und gefährlich aus, und es schien ihn nicht einmal zu wundern, daß sie in dieser stürmischen Nacht allein auf dem Burgdach herumspazierte.

Als er sich plötzlich von der Mauer abstemmte, wich sie unwillkürlich einen Schritt zurück, worauf er einen schweren Seufzer ausstieß.

»Mylady ... ist es möglich, daß wir heute nachmittag einen unglücklichen Anfang gemacht haben? Kann es sein, daß Sie einen Feind sehen, wo gar keiner ist?«

Es war möglich, mußte Ariel zugeben. Aber nicht sehr wahrscheinlich. Er hatte sich über sie lustig gemacht und sie verhöhnt. Er hatte sie begrapscht und seine schmutzigen Hände erst von ihr genommen, als sie ihn mit ihrem Onkel einschüchterte. Er war offenbar daran gewöhnt, daß Weiber erfreut auf seine Aufmerksamkeiten reagierten, daß er mit ihnen machen konnte, was er wollte.

Andererseits ...

Wenn sie einander in der großen Halle zum erstenmal

begegnet wären ... hätte sie auch dann jeden Blick und jede Geste als Unverschämtheit und Sarkasmus ausgelegt? Hätte sie ihn auch dann provoziert und beleidigt?

Hätte sie diesen dunkelhaarigen Ritter mit den schiefergrauen Augen und dem unwiderstehlichen Lächeln in der Halle kennengelernt ... wäre sie dann nicht vielleicht sogar geschmeichelt über seine Zuvorkommenheit bei Tisch gewesen?

Ariel kaute nachdenklich an ihrer Unterlippe. »Sie haben recht, Herr Ritter. Vielleicht war ich heute abend wirklich etwas unhöflich — aber Sie werden zugeben müssen, daß ich allen Grund dazu hatte. Es kommt nicht oft vor, daß ich von einem wildfremden Mann betatscht werde.«

Er verbeugte sich leicht. »Ich versichere Ihnen, Lady Ariel, daß es normalerweise nicht meine Gewohnheit ist, wildfremde Frauen zu ... zu *betatschen* — es sei denn, sie fordern mich dazu auf.«

»Nun ja ... wahrscheinlich sollte ich mich wirklich dafür entschuldigen, daß ich in die Rüstkammer eingedrungen bin. Ich ... ich bin irgendwo falsch abgebogen und dann einfach dem Licht gefolgt.«

»Ein verständlicher Irrtum.«

»Und nachdem ich schon einmal dort war, dachte ich, daß es wohl niemanden stören würde, wenn ich mich ein bißchen umsehe.«

»Es hat ja auch niemanden gestört«, versicherte er. »Vielleicht hätte ich mich nicht einmal bemerkbar gemacht, wenn nicht plötzlich Waffen und Rüstungen durch die Luft geflogen wären.«

»Das war ein Versehen.«

»Selbstverständlich, und es wurde ja auch kein Schaden angerichtet.«

Ariel warf ihm einen scharfen Blick zu. Machte er sich schon wieder über sie lustig?

»Ich ... ich konnte nicht einschlafen und dachte, daß

ein Spaziergang mich vielleicht ermüden würde«, schloß sie ihre Erklärungen ab. »Doch nachdem es jetzt bestimmt bald regnen wird, sollte ich wohl lieber zurückgehen.«

Ohne seine Antwort abzuwarten, setzte sie ihre Worte hastig in die Tat um, mußte aber bestürzt feststellen, daß er sie mit wenigen langen Schritten mühelos einholte.

»Ich gestehe, daß es mich überraschte, bei diesem Wetter und zu dieser späten Stunde noch jemanden hier oben anzutreffen. Ist Ihr Zimmer nicht zu Ihrer Zufriedenheit?«

»O doch, das Zimmer ist sehr schön«, versicherte sie. »Was das Wetter betrifft ... ich liebe Stürme und Gewitter. Heute nacht genieße ich es besonders. Es ... es paßt zu meiner Stimmung.«

»Ach ja, Ihr Onkel erwähnte, daß Sie in letzter Zeit auf die ganze Welt nicht gut zu sprechen sind.«

Ariel blieb so plötzlich stehen, daß Eduard erst nach einigen Schritten merkte, daß sie nicht mehr neben ihm herging.

»So? Mein Onkel hat also über mich gesprochen?«

Eduard kehrte zu ihr zurück. »Er ... er hat uns kurz erklärt, warum Sie sich in der Normandie aufhalten. Daß Sie nicht erfreut über das Sendschreiben des Königs sind.«

Ariel stemmte die Hände in die Hüften. »Er hat mit Ihnen über meine *Eheschließung* gesprochen?«

»Nur ganz flüchtig. Er hat uns gesagt, daß Sie hier sind, weil Ihnen der Bräutigam nicht zusagt, den der König für Sie ausgesucht hat.«

»Nicht zusagt? Nicht *zusagt?*« Sie konnte ihren Zorn nur mühsam bezähmen. »Soll ich etwa überglücklich sein, daß der König mir den Sohn eines Gefängniswärters zugedacht hat? Einen Tölpel mit riesiger Nase, krummen Beinen und groben Händen, der wie ein Wildschwein stinkt und auch schweinische Manieren hat ...« Sie lächelte honigsüß. »Wie könnte ich nicht *hocherfreut* sein, daß der König sich soviel Gedanken über mein künftiges Glück macht?«

Eduard verbarg ein Lächeln. »Dann kennen Sie den glücklichen Bräutigam also?«

»Um Gottes willen — nein!« rief sie. »Und ich habe auch nicht die Absicht, ihn kennenzulernen.«

»Nicht einmal, wenn der König es befehlen sollte?«

»Nicht einmal, wenn der König mich an den Haaren packt und zu diesem Kerl schleppt!«

»Machen Sie sich keine Sorgen darüber, daß Ihre Weigerung Ihren Onkel in eine sehr unangenehme Lage bringen könnte?«

Ariel wirbelte herum, umklammerte mit ihren kleinen weißen Händen die Steinbrüstung und starrte in die Ferne. »Mein Onkel ist der Marschall von England! Er ist an unangenehme Situationen gewöhnt, und er würde niemals Partei für den König und gegen mich ergreifen.«

»Vielleicht bleibt ihm gar keine andere Wahl«, sagte Eduard sanft.

»Mein Onkel hat noch nie Angst vor Johann Weichschwert gehabt. Wußten Sie« — sie drehte sich nach Eduard um, und ihre Augen funkelten vor Stolz auf den Marschall — »wußten Sie, daß der König es einmal gewagt hat, in Anwesenheit seiner Höflinge die Loyalität meines Onkels anzuzweifeln? *Meines Onkels!* Des Mannes, der ihn zum König gemacht hatte! Und als der Marschall verlangte, daß diese Angelegenheit mit dem Schwert ausgetragen werden sollte — da traute sich keiner von Ohnelands Günstlingen, den Fehdehandschuh aufzuheben. Nein, sie wandten alle ihre Gesichter ab und senkten die Augen, und ihre Zähne klapperten so laut, daß der König laut brüllen mußte, als er sich in aller Form bei meinem Onkel entschuldigte.«

Ariel reckte ihr Kinn. »Wenn ich einmal heirate, dann bestimmt keinen stinkenden Vollidiot, dessen Vater Kerkermeister ist! Für mich kommt nur ein Graf in Frage, ein Pfalzgraf, der mindestens so bedeutend wie mein Onkel ist.«

Eduard konnte sich einfach nicht verkneifen, scheinheilig zu fragen: »Vielleicht ein walisischer Prinz?«

»Allmächtiger!« rief sie erbost. »Was hat mein Onkel denn sonst noch alles erzählt?«

Eduard wußte genau, daß es nicht seine Aufgabe war, ihr die Pläne des Marschalls zu offenbaren, und deshalb antwortete er ausweichend: »Der Graf hat es nur erwähnt, weil er glaubte, Sie hielten den Prinzen für einen geeigneteren Heiratskandidaten als den Sohn eines Kerkermeisters.«

Ariel starrte wider Willen auf seinen Mund, der im Licht der zuckenden Blitze deutlich zu sehen war. Es war ein faszinierender Mund, voll und sinnlich. Und um seine unglaublich langen dichten Wimpern hätte ihn jede Frau glühend beneidet. Es war wirklich ein Jammer, daß er diese Narbe hatte. Ohne sie ... oder sogar mit ihr ...

Sie wandte hastig ihren Blick ab und schluckte. »*Alles* wäre dem Sohn eines Kerkermeisters vorzuziehen, aber ich habe meinem Onkel tatsächlich gesagt, daß Lord Rhys ap Iorwerth wesentlich annehmbarer wäre. Er sieht gut aus. Er ist charmant — und er ist ein Prinz.«

»Kurzum — der Traumprinz, von dem jedes Mädchen träumt«, faßte Eduard trocken zusammen.

»Der Gedanke amüsiert Sie, nicht wahr?«

»Mylady?«

»Der Gedanke, daß ich einen Prinzen heiraten könnte«, erklärte sie gereizt. »Sie finden das lächerlich.«

»Sehen Sie mich lachen?«

»Aber Sie haben doch bestimmt eine persönliche Meinung?«

»Wenn es um Heirat und Ehe geht, enthalte ich mich grundsätzlich jeder Stellungnahme. Ich persönlich möchte am liebsten bis zu meinem Tod davor bewahrt bleiben.«

»Haben Sie keine Liebste?«

»Nein.«

»Sind Sie nie verliebt gewesen?«

Eduard fragte sich verwirrt, wie zum Teufel sie auf dieses verfängliche Thema gekommen waren. »Schlaflose Nächte hat mir jedenfalls bisher zum Glück noch keine Frau bereitet«, erwiderte er schroff, um sie von weiteren Fragen abzuhalten. Natürlich wurde Ariels Neugier dadurch erst recht geweckt, und sie stellte sofort Überlegungen an, welche Art von Frau dieser geheimnisumwitterte Ritter wohl lieben könnte. Gewiß, er war ein Bastard, aber es gab viele Familien mit fünf oder sechs Töchtern, die Ehemänner brauchten, und zumindest die jüngsten — die mit der kleinsten Mitgift — würden bestimmt bereitwillig eine Verbindung mit dem Hause D'Amboise eingehen, sogar mit einem unehelichen Sohn des mächtigen Lord Randwulf.

Aber vielleicht hatte er sich in ein Edelfräulein aus bester Familie verliebt, das für ihn als Bastard unerreichbar war. Vielleicht machte ihm die umgekehrte Situation wie ihr selbst zu schaffen: für eine De Clare, die Nichte des Marschalls von England, kam eine Heirat unter ihrem Stand nicht in Frage, nicht einmal, wenn der Bräutigam vom König — oder sogar vom Papst höchstpersönlich — ausgesucht worden war.

Beim Gedanken an ihre eigene verzweifelte Lage vergaß sie Eduards mögliche Probleme.

»Teilweise bin ich selbst an allem schuld«, seufzte sie. »Ich hätte auf meine Tante hören und mir die Bewerber, die in Pembroke vorsprachen, näher anschauen sollen. Es waren so viele ... und vielleicht war sogar der eine oder andere darunter, der halbwegs passabel gewesen wäre. Mir hätte eigentlich auch klar sein müssen«, fuhr sie bitter fort, »daß meine Sturheit schließlich auch dem König zu Ohren kommen würde. Das Allerbeste wäre wahrscheinlich gewesen, wenn ich mich so häßlich zurechtgemacht hätte, daß jeder Mann nach dem ersten Blick entsetzt das Weite gesucht hätte.«

Wie auf ein Stichwort hin entkam plötzlich eine lange seidige Locke der Kapuze und strich an Eduards Wange entlang, bevor sie auf seiner Schulter und auf seinem Ärmel landete. Das weckte in ihm Erinnerungen an die unglaubliche Haarpracht, die er in der Rüstkammer gesehen hatte — ein einziges rotgoldenes Flammenmeer.

Ein unvergleichlicher Anblick, der sich ihm wohl nie wieder bieten würde.

Derart abgelenkt, versäumte er es, Ariel — wie sie zweifellos erwartete — ritterlich zu versichern, daß sie ihr Gesicht mit heißem Öl verbrühen und mit Eisennägeln spicken müßte, damit ihre Schönheit einem Mann nicht mehr die Sprache verschlagen würde. Verunsichert blickte sie zu ihm auf.

»Oder bin ich von Natur aus so häßlich, daß ich sogar über den Sohn eines Kerkermeisters froh sein sollte?« fragte sie mit spröder Stimme.

»Ich glaube kaum, daß Sie so genügsam sein müssen, Mylady«, erwiderte er.

»Wirklich? Wollten Sie mir heute nachmittag etwa einen Kuß stehlen, weil ich so . . . so *schön* bin?«

Bildschön, dachte Eduard. Halbnackt und herrlich trotzig. »Ehrlich gesagt«, grinste er, »hätte ich Ihnen möglicherweise mehr als nur *einen* Kuß gestohlen, wenn Sie mich nicht auf meinen Platz verwiesen hätten.«

Ariel stieg das Blut zu Kopfe, weil sie jetzt ganz sicher war, daß er sich über sie lustig machte. »Und weil ich Sie zurechtgewiesen habe, finden Sie mich jetzt nicht mehr begehrenswert?«

Eduards Blick schweifte über ihr Gesicht und verweilte auf den vollen Lippen. Der Wind riß ihr in diesem Moment übermütig die Kapuze vom Kopf und ließ den weiten Umhang nach hinten flattern. Damit nicht genug, preßte er das dünne Hemd eng an ihren Körper, und im

Licht der zuckenden Blitze schimmerte das weiße Leinen silberfarben. Eine zweite Bö wirbelte ihre langen Haare völlig durcheinander: sie flogen ihr ins Gesicht und über die Schultern, schlangen sich auch um Eduards Schultern und vermischten sich mit seinen eigenen dunklen Haaren.

Obwohl er sie für eine verwöhnte, scharfzüngige Göre hielt, die man eigentlich an einen Mistkarren binden müßte, damit sie etwas Demut lernte, konnte Eduard nicht leugnen, daß sie ihn erregte. Sie *war* eine Schönheit, und er war kein Mönch. Außerdem reizte ihn die Herausforderung — und sie provozierte ihn nicht nur mit Worten, sondern auch mit ihren herrlichen funkelnden Augen.

Mit einem großen Schritt stand er dicht vor ihr, fing mit beiden Händen flatternde Locken ein und nahm sie hinter ihrem Kopf gefangen.

»Möchten Sie denn, daß ich Sie begehrenswert finde?« fragte er leise.

Eine nie gekannte Hitzewelle überflutete Ariel, während sie mit offenem Mund in seine Augen blickte, die genauso stürmisch wie der Himmel waren.

»Ich ... ich will gar nichts von Ihnen«, brachte sie mühsam hervor.

Eduard nutzte einen krachenden Donnerschlag aus, um seine Hände noch tiefer in ihrer Lockenpracht zu vergraben, so daß sie gezwungen war, den Kopf tief in den Nacken zu legen.

An den breiten Brustkorb gepreßt, der hart wie Granit war, sah Ariel seinen faszinierenden Mund aus gefährlicher Nähe.

»Wollen Sie wirklich gar nichts von mir?« murmelte er. »Nicht einmal einen Beweis, daß ich in mehr als nur der einen Hinsicht ein Bastard bin?«

Ariel schnappte nach Luft, aber da senkte er schon den Kopf, und seine überraschend warmen, weichen Lippen glitten verführerisch über die ihren, lockten sie mit dem Versprechen noch größerer Wonnen. Sie wollte sich losreißen und ihn wegen seiner Unverschämtheit beschimpfen, doch bevor sie dazu kam, wurden ihre Lippen nicht mehr sanft berührt, sondern von einem Mund in Besitz genommen, der plötzlich genauso rücksichtslos und arrogant wie der ganze Mann war.

Später mußte sie insgeheim zugeben, daß sie ihm dennoch hätte Einhalt gebieten können — in jenem kurzen Moment, als er den Kopf hob und sie in Erwartung irgendeiner empörten Reaktion betrachtete. Ihre weit aufgerissenen Augen funkelten denn auch zornig, und ihre zitternden Lippen formten lautlose Verwünschungen — aber ihre eigenen Hände spielten ihr einen Streich, denn anstatt ihm das Gesicht blutig zu kratzen, glitten sie zu seinen Schultern empor und verschlangen sich in seinem Nacken, was er zu Recht als Einladung auffaßte, sie wieder zu küssen.

Eduard war ein galanter Ritter, der einer Dame keinen Wunsch abschlagen mochte. Seine Arme schlossen sich fester um Ariel, und seine Zunge stieß gebieterisch in ihre feuchte Mundhöhle vor und tobte sich dann lustvoll darin aus.

Ariel hatte schon oft geküßt. Bei der Begrüßung von Vasallen ihres Onkels wurden häufig Friedensküsse getauscht. Aber das waren reine Höflichkeitsgesten, bei denen sich eher die Wangen als die Münder berührten. Ein Kuß hatte für Ariel deshalb bisher kaum mehr als ein Händedruck bedeutet. Sie hätte nie gedacht, daß dabei der ganze Körper in Glut versetzt werden konnte, doch jetzt schien sie lichterloh zu brennen. Ihre Haut prickelte, ihre Brüste spannten, und sie verspürte ein seltsames Kribbeln im Bauch. Mit weichen Knien klammerte sie sich an ihn, während seine Zunge die Eroberung ihres Mundes fortsetzte und ihrer eigenen Zunge Unterricht erteilte. Ein leises Stöhnen entrang sich ihrer Kehle, als seine Hände zu ihren Hüften hinabglitten und sie an seinen harten Unterleib preßten. Benommen dachte sie, ob ihre Tante *das* gemeint hatte, als sie sagte, ein Mann könne Dinge tun, die einer Frau die Sinne raubten und sie willenlos machten.

Sie *war* willenlos, und er hätte ihre Hilflosigkeit schamlos ausnützen können, ohne daß sie imstande gewesen wäre, ihm Einhalt zu gebieten.

Widerwillig gebot Eduard sich selbst Einhalt. Es gelang ihm nur unter Aufbietung aller Willenskraft. Er hatte nicht damit gerechnet, daß sein Fleisch so leidenschaftlich auf eine Frau reagieren würde, die er soeben noch verspottet hatte, aber wer hätte auch ahnen können, daß sie so süß und heißblütig sein würde?

Das Blut pochte so laut in seinen Schläfen, als wollte es dem Donner Konkurrenz machen, während er sie auf Armeslänge von sich wegschob. Ihr Atem ging flach und schnell, und ihre nassen Lippen bebten.

Dicke Regentropfen klatschten gegen die Zinnen, und die kalte Nässe durchbrach den Zauber. Ariel wich taumelnd einige Schritte zurück.

»Wenn Sie keine weiteren Fragen an mich haben, Mylady, würde ich vorschlagen, daß Sie jetzt in Ihr Zimmer zurückkehren.«

Ariel blinzelte sich Regentropfen von den Lidern und starrte das schöne, wie aus Stein gemeißelte Gesicht an, das von einem Blitz in grelles Licht getaucht wurde. Seine Augen hatten einen unheimlichen Glanz, der ihr den Atem raubte. Er sah wie ein Dämon aus. Er *war* ein Dämon, listig und verschlagen, mit pechschwarzer Seele. Unaufrichtig und höhnisch.

»Ich hoffe inbrünstig, daß mir Ihr Anblick in Zukunft erspart bleiben wird«, stammelte sie. Ihre Lippen zitterten so stark, daß sie große Mühe hatte, die Worte zu formen.

»Bedauerlicherweise wird Ihr Wunsch sich nicht erfüllen lassen, Mylady, denn Ihr Onkel hat mich gebeten, Sie nach England zu begleiten und wohlbehalten Ihrem Verlobten zu übergeben.«

Ariel zuckte zusammen, so als hätte er sie geohrfeigt. »Sie lügen! Das hat er nicht getan!«

»Zweifellos werden Sie es am Morgen aus seinem eigenen Munde hören.«

Ariel schüttelte den Kopf. »Sie lügen!« Sie *lügen*!«

Wieder zerriß ein Blitz den Himmel, der jetzt seine Schleusen weit öffnete. Ariel wirbelte herum und rannte davon. Eduard hob sein Gesicht dem Regen entgegen, damit die eisigen Nadeln sein heißes Blut abkühlten. Es war eine Torheit gewesen, sie zu küssen. Es hatte ihn nur deshalb so unwiderstehlich gereizt, weil sie einem anderen gehörte. Einem walisischen Prinzen. Einem Mann, dem nicht die Sünden der Eltern als Makel anhafteten.

Plötzlich schoß ihm ein neuer Gedanke durch den Kopf, und er lachte leise vor sich hin.

Er hatte ihr gesagt, daß er sie zu ihrem Bräutigam bringen würde, aber er hatte den Bräutigam nicht beim Namen genannt. Zweifellos würde sie jetzt glauben, ihr Onkel hätte beschlossen, sich dem Befehl des Königs zu beugen und sie schwer bewacht nach Radnor zu Reginald de Braose zu schicken.

Und wenn sie erfuhr, daß dem nicht so war, würde sie zweifellos annehmen, daß er den Namen des Bräutigams absichtlich unterschlagen hatte. Das würde sie wieder in Wut versetzen und neue Rachegelüste in ihr wecken. Vielleicht war das auch am besten — für sie beide. Er selbst jedenfalls fühlte sich ihrem Zorn viel eher gewachsen als ihren sanften grünen Augen und verführerischen Lippen.

# 8

Ariel riß ungeduldig ihren Mantel los, der auf der schmalen Wendeltreppe an der rauhen Steinmauer hängengeblieben war, durchquerte mit wehenden Haaren ihr Zimmer und stürzte in wütender Hast die breite Haupttreppe des Turms hinab. Das Zimmer ihres Onkels lag ein Stockwerk tiefer als ihr eigenes. Sie riß die Außentür auf und stürmte an dem Pagen vorbei, der erschrocken aus seiner Schlafnische gesprungen war. Als die innere Fichtentür krachend ins Schloß fiel, griff der alte Knappe verschlafen zum Schwert. Ohne ihn zu beachten, riß Ariel mit dramatischer Geste die Bettvorhänge auf.

Der Marschall fuhr aus tiefem Schlaf, richtete sich auf und tastete nach Waffen, die nicht da waren.

Ariel stand neben seinem Bett, die Arme unter dem weiten Umhang ausgebreitet, die Fäuste in den Vorhangstoff gekrallt. Regentropfen schimmerten in ihren nassen Haaren, auf die das Licht der Kerze fiel. Diese eine Kerze brannte die ganze Nacht über, um böse Geister zu vertreiben und den Teufel fernzuhalten, doch während der Graf sich den Schlaf aus den Augen rieb und das fledermausartige Wesen anstarrte, glaubte er im ersten Moment, seine Kerze hätte nichts gegen die satanischen Kräfte auszurichten vermocht.

»Ich bin hier, um dich zu warnen, Onkel«, verkündete Ariel mit hochroten Wangen und atemlos vom Rennen. »Ich werde den Kerl nicht heiraten. Ich werde nicht einmal nach England zurückkehren, wenn ich ihn heiraten soll, und wenn du versuchst, mich zu zwingen, steige ich auf den höchsten Turm dieser verdammten Burg und stürzte mich in die Tiefe.«

»Ariel! Hol mich der Teufel, Mädchen .. wie spät ist es?«

»Es ist spät!« kreischte sie. »Viel zu spät, um Entschuldigungen oder Erklärungen vorzubringen. Ich habe dir *vertraut!* Ich bin zu dir gekommen, weil ich dir immer vertraute und dich liebte!«

Wilhelm, der die Gewohnheit hatte, nackt zu schlafen, zog die Decke über seinen Bauch. Sein breiter Brustkorb bestand nur aus Muskelpaketen, auf denen die dichten weißen Brusthaare wie Reif aussahen.

»Setz dich hin, Mädchen! Nein, hol mir vorher einen Becher Wein. Mein Mund ist so ausgedörrt wie eine Wüste.«

Ariel fand zwar, daß seine Lider vom vielen Trinken ohnehin schon viel zu schwer waren, sprach es aber lieber nicht laut aus, sondern ging zum Tisch hinüber und schenkte aus dem Krug ein. Sie hörte ihn leise fluchen, während er Hemd und Hose anzog, und Tinker, der Knappe, der fast so alt wie sein Herr war, mußte ihm einen wärmenden Umhang bringen.

Ariel leerte den Becher selbst. Der starke Wein brannte wie Feuer in ihrer Kehle, und sie mußte sich einen Moment lang am Tisch festhalten, aber sie kämpfte gegen den Schwindel an und beeilte sich, den Becher wieder zu füllen, bevor ihr Onkel hinter den Vorhängen hervorkam.

Das im Kamin prasselnde Feuer verriet dem Marschall, daß er nicht lange geschlafen hatte. Die Männer hatten stundenlang debattiert, Strategien entworfen und alle möglichen Probleme erwogen, die bei der Rettung der Prinzessin auftauchen konnten. Nach mehreren Krügen Ale, als von der dicken Kerze nur noch eine Wachspfütze auf dem Tisch übriggeblieben war, hatten sie beschlossen, zu Bett zu gehen und sich am Morgen mit klaren Köpfen wieder zu treffen.

»Hättest du nicht bis morgen früh warten können, anstatt den armen Tinker fast zu Tode zu erschrecken?« knurrte er.

»Nein«, rief Ariel trotzig, »ich konnte nicht warten.«

Seufzend ließ Wilhelm seinen schweren Körper auf einen Stuhl fallen. Er winkte, daß sie ihm den Wein bringen solle, und trank mehrere große Schlucke, während er sie über den Becherrand hinweg betrachtete. Sie sah wie eine Wilde aus, wie eine jener walisischen Furien, die angeblich die öde Felsküste heimsuchten, um Seelen zu stehlen. Ihr Haar fiel in feuchten Wellen über die Schultern, und ihr Gesicht ... etwas war seltsam an diesem Gesicht.

»Wo bist du zu so später Stunde gewesen, und mit wem hast du gesprochen? Was hat dich in solche Aufregung versetzt?«

»Ich war auf dem Dach, um frische Luft zu schnappen, und dort habe ich den Bastard getroffen.«

»FitzRandwulf? Was hat er dir erzählt?«

Sie stemmte ihre Hände in die Hüften und starrte wie ein Racheengel auf ihn herab.

»Er hat gesagt, du hättest ihn mit der Aufgabe betraut, mich nach England zurückzubringen und *meinem Verlobten zu übergeben.*«

Wilhelm trank noch einen Schluck Wein. »Das stimmt. Er sieht sehr tüchtig aus, und mit Hilfe deines Bruders müßte es ihm eigentlich gelingen, dich unterwegs nicht zu verlieren.«

»Mich nicht zu *verlieren?*«

Wilhelm zuckte zusammen. »Mußt du so schreien, Nichte? Mein Kopf schmerzt ohnehin schon genug.«

Ariel lief erregt vor ihm auf und ab. »Ja, ich *muß* offenbar schreien, um mir Gehör zu verschaffen. Onkel, wie kannst du mich nur zurückschicken, obwohl du genau weißt, was mich in England erwartet?«

»Und was erwartet dich, wenn ich es nicht tue? Ganz abgesehen von der Tatsache, daß der König offene Rebellion gar nicht schätzt — du bist achtzehn Jahre alt, fast neunzehn! Du hättest vor einem halben Dutzend Jahren heiraten sollen. Hätte ich doch nur auf deine Tante gehört! Du hast unzählige Bewerber verschmäht, aus allen möglichen und nichtigen Gründen. Nein, du bist längst überreif für einen Ehemann, ob nun du selbst ihn aussuchst, der König oder ich.«

»Du unterstützt diese Verbindung?« fragte sie ungläubig.

»Ich hätte sie vielleicht nicht gerade mit allen Mitteln angestrebt, aber — ja, es ist eine gute Verbindung. Der Mann ist vermögend genug, um dir ein angenehmes Leben bieten zu können. Er ist ehrgeizig, und die Tatsache, daß sein Bruder in der Gunst des Königs steht, schadet ihm auch nicht gerade. Lord Rhys wird dir ein guter Ehemann sein und dir hübsche, gesunde Kinder bescheren. Und jetzt sei eine brave Nichte und hol mir noch einen Becher Wein.«

Ariel hatte den Tisch fast schon erreicht, bevor der Name des Bräutigams durch den Wirbelsturm in ihrem Kopf drang.

Sie blieb abrupt stehen und starrte ihren Onkel an. »Hast du gesagt ... Lord Rhys?«

»Rhys ap Iorwerth. Ist das etwa nicht der Schurke, mit dem du deinen Teufelspakt geschlossen hast?«

»Doch ... ja ... aber ...«

»Ist er als Prinz aus dem Hause Gwynedd nicht ein Heiratskandidat, der sogar deinen hohen Ansprüchen genügen müßte?«

»Ja, aber ...«

Wilhelm seufzte. »Und hast du dem Mann diese Ehe nicht sogar selbst vorgeschlagen, quasi als Belohnung für seine Hilfe bei der Entführung des königlichen Kuriers?«

»Ich ... ich hatte mich erboten, dir sein Anliegen vorzutragen, aber ...«

»Aber was, Nichte?« Wilhelms blaue Augen funkelten im Feuerschein. »Hast du etwa die Gewohnheit, mächtige Männer an der Nase herumzuführen? Oder kann es sein, daß du inzwischen deine Meinung geändert hast und jetzt doch lieber das Bett von Reginald de Braose wärmen möchtest?«

»Nein! Nein, ich habe meine Meinung nicht geändert. Es ist nur so, daß ich dachte ... ich meine, als FitzRandwulf mir sagte, du würdest mich nach England zurückschicken ...«

»Ja?«

»Er hat versäumt, den Namen des Bräutigams zu erwähnen«, brachte sie zähneknirschend hervor.

»Na sowas«, brummte Wilhelm. »Vielleicht ist er ihm entfallen.«

Errötend wandte Ariel ihm den Rücken zu, trat an den Tisch heran und packte den Krug so fest, daß ihre Knöchel weiß hervortraten. Dieser arrogante, tückische Kerl hatte sich auf ihre Kosten einen grandiosen Scherz erlaubt! *Entfallen?* Natürlich war ihm der Name nicht entfallen. Es war ein weiterer Versuch gewesen, sie zu demütigen, weiter nichts.

Eine Verwünschung auf den Lippen, rieb sie sich mit dem Handrücken über den Mund, so als könnte sie die Erinnerung an seine Küsse einfach abwischen. Wahrscheinlich hatte er heimlich über sie gelacht, während er sie küßte und mit seinen schmutzigen Händen begrapschte!

»Was hat FitzRandwulf dir sonst noch erzählt?« fragte Wilhelm sanft.

»*Was?*«

Der Graf wunderte sich über ihre heftige Reaktion. »War das alles, was FitzRandwulf dir erzählt hat? Daß er und dein Bruder dich nach Wales begleiten würden?«

»Was sollte er mir denn sonst noch erzählen?« rief sie wütend. »Daß er den Brautführer für Lord Rhys spielen würde? Oder als Zeuge in der Hochzeitsnacht fungieren würde? Oder vielleicht, daß er selbst eine Braut hat, die in Wales auf ihn wartet? Die Ärmste würde mir von ganzem Herzen leid tun.«

Wilhelm bedankte sich für den neu gefüllten Becher, führte ihn aber nicht sofort an seine Lippen, sondern umfaßte ihn mit beiden Händen und starrte in die blutrote Flüssigkeit, während die Gedanken in seinem Kopf schneller herumwirbelten als die Bälle eines Jongleurs auf dem Jahrmarkt.

Warum nicht? Warum sollte man Ariel nicht in Unkenntnis über den wahren Zweck der Reise lassen, bis es unbedingt erforderlich sein würde, sie aufzuklären? Er hatte ihr alles erzählen wollen, um sie zu einer Rückkehr nach England zu überreden. Doch nachdem es ganz den Anschein hatte, als akzeptierte sie diesen walisischen Prinzen bereitwillig als Bräutigam, bestand keine zwingende Notwendigkeit, ihr etwas von der Prinzessin zu erzählen und sie über die Gefahren und Risiken aufzuklären, die ihnen allen drohten, wenn jemand auch nur ein einziges unbedachtes Wort äußerte.

Er zweifelte nicht daran, daß sie ein Geheimnis — besonders ein Geheimnis von solcher Größenordnung — bewahren würde, wenn er sie darum bat, aber würde sie sich während der Reise nicht natürlicher benehmen, wenn sie nichts von irgendwelchen Geheimnissen wußte? Die Vorstellung, daß sie den König überlistete, indem sie nicht nach Radnor, sondern nach Wales unterwegs war, würde ihre Abenteuerlust zur Genüge stillen.

»Onkel?«

Er blickte hoch und begriff, daß er wohl eine ganze Weile in seinen Wein gestarrt hatte, ohne zu hören, was sie sagte. Bevor er seine Gedanken sammeln konnte, machten sie wieder einen Sprung — diesmal nach Pembroke, zum Gesicht einer anderen Frau, deren Sicherheit ohne ihr Wissen und ohne ihre Zustimmung gefährdet wurde.

Seine süße Isabella ... Ariel hatte die zarten Gesichtszüge und den schlanken Körper ihrer Tante geerbt. Wären nicht die feuerroten Haare und drachengrünen Augen gewesen, hätte es seine geliebte Frau sein können, die vor ihm auf die Knie sank, ihre Lippen befeuchtete und ihm ein Lächeln schenkte, das besagte: *Gib mir nur einen*

*Augenblick Zeit, um dir die Torheiten der Welt zu erklären, dann wirst du begreifen, daß mein Weg der einzig richtige ist.*

Wilhelm wappnete sich im voraus gegen ihre Überredungskünste.

»Onkel ... ich weiß, daß ich dir im Laufe der Jahre sehr viel Ärger bereitet habe.« Sie hielt in Erwartung eines Widerspruchs inne und runzelte die Stirn, als er ausblieb. »Du mußt aber wissen, daß es nie meine Absicht war, eigensinnig zu sein. Wenn ich mich bisher für keinen Ehemann entscheiden konnte, so nur deshalb, weil keiner dem Vergleich mit dir standhalten konnte. Du magst mich trotzig und wählerisch nennen, aber ich finde es nun einmal ungerecht, daß ich mich mit einem Mann begnügen soll, der nicht so stark, so kühn, so freundlich und liebevoll wie mein Onkel Wilhelm ist.«

Um sich von ihr nicht wieder einmal um den kleinen Finger wickeln zu lassen, trank er rasch einen großen Schluck Wein.

»Du hast Henry und mich immer so behandelt, als wären wir deine eigenen Kinder«, fuhr Ariel unverdrossen fort.

»Es freut mich, das zu hören. Ich bin also nicht so gemein und tyrannisch zu euch gewesen, daß ihr jetzt Rachegefühle hegt?«

»Wir würden nichts tun, was dir oder Lady Isabella weh tun oder schaden könnte!« rief Ariel aufrichtig. »Das mußt du doch wissen.«

Wilhelms Augen verengten sich. »Genauso, wie *du* wissen mußt, daß ich dich niemals zu etwas zwingen werde, was dir von ganzem Herzen widerstrebt. Wenn du starke Vorbehalte gegen diesen walisischen Prinzen hast — wenn seine Nase zu lang ist, oder wenn er spindeldürre Beine hat —, dann sag es jetzt, und ich werde mich und mein Schwert zwischen dich und den Zorn des Königs stellen, ungeachtet aller Konsequenzen.«

Ariel blickte in seine durchdringenden blauen Augen

und begriff, was seine scheinbar humorvollen Worte in Wirklichkeit zu bedeuten hätten: *sie* war es, die sich den Befehlen des Königs widersetzt hatte, und nun blieb ihr keine Wahl mehr — und ihrem Onkel auch nicht.

»Lord Rhys hat eine schöne Nase«, flüsterte sie. »Und seine Beine sind kerzengerade und so kräftig wie Pfeiler.«

»Ach ja, jetzt fällt mir ein, daß deine Tante geschrieben hatte, er sei ein attraktiver Bursche.«

Ariel legte ihre Wange auf die Knie ihres Onkels und versuchte, vor ihrem geistigen Auge ein Bild von Lord Rhys heraufzubeschwören, aber sie hatte nur eine sehr vage Vorstellung von einem großen, dunklen, bärtigen Mann, über dessen Sattel ein erschossenes Rehkitz hing.

»Wirst du mit ihm glücklicher sein als mit dem Sohn des Kerkermeisters?« fragte Wilhelm ruhig, während er mit seiner schwieligen Hand über ihr seidiges Haar strich.

»Ich werde zufrieden sein.«

»Hab' keine Angst — er wird aufgrund des Ehevertrags und aufgrund deiner Mitgift wissen, wie sehr mir deine Sicherheit und dein Glück am Herzen liegen.«

Sie blickte lächelnd zu ihm auf. »Vielleicht wird ihn das in Zukunft davon abhalten, unser Vieh zu stehlen.«

»Das wäre durchaus zu hoffen.«

Beide schwiegen eine Weile in bestem Einvernehmen, und Ariel schöpfte neuen Mut.

»Onkel«, begann sie, »ich werde mit Lord Rhys als Ehemann mehr als zufrieden sein, aber ... aber muß ich auf der Reise die Gesellschaft des Bastards ertragen? Henry und Sedrick haben mich wohlbehalten in die Normandie gebracht. Du traust ihnen doch bestimmt zu, den Weg nach Hause zu finden?«

»Hier geht es nicht um Vertrauen, mein Kind. Während der kurzen Zeit, die ihr hier wart, wurden Armeen bewegt und Städte belagert — größtenteils von Männern, die FitzRandwulf entweder persönlich oder wenigstens dem Namen nach kennen. Er ist als Freund ihrer Sache bekannt und braucht deshalb nicht mit solch feindseligen Reaktionen zu rechnen, wie unser Pembroke-Löwe sie möglicherweise hervorrufen könnte. Es ist zwingend notwendig, daß er euch begleitet, mein kleines Kätzchen — auch wenn er dich offenbar gegen den Strich streichelt.«

»Er ist ein Freund ihrer Sache? Er will, daß die Normandie sich von England abspaltet? Er würde mit König Philipp gemeinsame Sache machen?«

»Es geht weniger darum, mit Philipp gemeinsame Sache zu machen, als *nicht* mit König Johann gemeinsame Sache zu machen.«

»Mit anderen Worten — er kann sich nicht entscheiden! Er hat nicht den Mut, eine Wahl zu treffen. Und einem solchen Mann willst du uns anvertrauen?«

»Niemand hat FitzRandwulfs Mut je in Frage gestellt. Er hat — wie wir alle — lange und hart mit seinem Gewissen gekämpft. Er unterstützte Arthurs Anspruch auf den Thron, mußte aber nicht nur dabei helfen, den jungen Prinzen in die Knie zu zwingen, sondern später hilflos mit ansehen, wie der Herzog gefangengenommen wurde. Er konnte nicht anders handeln, weil er seinen Vater liebt und achtet. Aber auch Lord Randwulf selbst ist hin und her gerissen und leidet sehr darunter. Einerseits ist er durch Bluteid an die Königinwitwe gebunden, andererseits wäre ihm nichts lieber, als wenn Ohnelands Korruption und Machtgier dem Mann endlich den Hals brechen würden.«

»Die Königinwitwe ist doch sehr alt, nicht wahr?«

»Über achtzig.«

Nachdem die meisten Menschen es nicht einmal auf die Hälfte dieses Alters brachten, konnte Ariel die Langlebigkeit der Eleonore von Aquitanien kaum fassen. »Aber irgendwann wird sie doch sterben müssen. Was wird dann geschehen?«

»Die schweren Ketten, die den Wolf und seinen Sohn

jetzt noch fesseln, werden von ihnen abfallen, und ich glaube, daß unser tapferer König Johann das Erdbeben spüren wird, in welchem Loch er sich auch verkriechen mag.«

»Ist La Seyne Sur Mer so mächtig?«

»Er besitzt die Macht, Menschen in Angst zu versetzen, und diese Macht ist nicht zu unterschätzen, obwohl er selbst das gern tut.«

»Aber du bist doch genauso mächtig, nicht wahr?«

Wilhelm begriff, worauf sie hinauswollte, und er seufzte schwer, weil er sich plötzlich viel zu alt und müde fühlte, um dem Stolz gerecht zu werden, der aus den Augen seiner Nichte leuchtete — dem Stolz auf ihren scheinbar unbezwingbaren Onkel.

»Gewiß, ich übe immer noch soviel Macht aus, daß unser Weichschwert sich gelegentlich vor Angst fast in die Hose macht. Und natürlich könnte ich Henry und Sedrick einen Geleitbrief mitgeben. Aber leider könnte ich nicht dafür garantieren, daß alle Lords diesen Geleitschutz respektieren würden. Ich bin in ihren Augen immer noch ein Mann des Königs, und es könnte ihnen durchaus lohnend erscheinen, meine Nichte und meinen Neffen als Geiseln zu nehmen, um mich erpressen zu können.«

»Das würden sie niemals wagen!« rief Ariel empört.

»Wenn sie sogar eine offene Rebellion gegen ihren König wagen, würden sie es mit Sicherheit auch wagen, zwei impulsive junge Leute gefangenzunehmen, um Druck auf den Marschall des Königs auszuüben. Um so mehr, als diese beiden jungen Leute sich ja selbst den Befehlen des Königs widersetzt hatten.«

Die ernsten Worte ihres Onkels machten Ariel das Herz schwer. »Das habe ich nicht gewußt!« flüsterte sie entsetzt. »Ich habe nicht einmal darüber nachgedacht. Angenommen, jemand erkennt uns und nimmt uns gefangen? Angenommen ...«

»Es werden alle Vorsichtsmaßnahmen getroffen werden, um das zu verhindern. Ihr müßt unterwegs völlig anonym bleiben, und ihr dürft nur wenig belebte Straßen benützen. Henry meinte, du hättest auf dem Weg in die Normandie einen so guten Knappen abgegeben, daß du auch auf dem Rückweg diese Verkleidung wählen solltest. Am allerwichtigsten ist jedoch, daß du FitzRandwulfs Befehlen aufs Wort gehorchst, denn wenn jemand euch sicher nach England bringen kann, dann er.«

Ariel kaute an ihrer Lippe, bis sie blutete. »Es war sehr töricht von uns herzukommen, nicht wahr?«

Wilhelm legte eine Hand auf ihre Wange. »Ich wünschte, ich könnte dir widersprechen. Aber du hast nun einmal dein Herz sprechen lassen, und wer weiß, ob das immer so töricht ist?«

»Es war nicht so sehr mein Herz als mein Stolz.«

»Nun ja, diese Sünde richtet uns alle zugrunde. Aber Kopf hoch, Mädchen. Noch ist nicht alles verloren. So Gott will, wird es FitzRandwulf gelingen, diese Sache zu einem guten Ende zu bringen.«

Ariel betrachtete das Gesicht ihres Onkels, und zum erstenmal fielen ihr die tiefen Sorgenfalten auf. Er starrte ins Feuer, und die Hand, mit der er ihre Wange streichelte, zitterte ein wenig. Ariel hatte plötzlich das unheimliche Gefühl, daß er gar nicht von ihrer Reise nach Wales redete, sondern von etwas ganz anderem.

»Onkel?«

Er zwang sich zu einem Lächeln. »Ja, Nichte?«

»Ich liebe dich, Onkel. Ich liebe dich von ganzem Herzen.«

»Ich dich auch, mein Kätzchen. Es tröstet mich, daß Cardigan Castle nur einen Tagesritt von Pembroke entfernt ist. Ich werde dich also auch als verheiratete Frau nicht ganz aus den Augen verlieren.«

Sie erwiderte sein Lächeln, obwohl ihr nicht danach zumute war, und legte ihre Wange wieder auf seine Knie.

»Versprichst du mir, keinen Ärger zu machen und Henry und FitzRandwulf keine Veranlassung zu geben, sich die Haare zu raufen? Versprichst du mir das?«

Ariel seufzte schwer. »Ich versuche *immer,* niemandem Ärger zu bereiten, Onkel. Aber leider gelingt es mir nur sehr selten.«

## 9

Der Marschall verließ Amboise am nächsten Tag, und Ariel war bis zum letzten Moment — bis seine Leibwache hinter einer Biegung des Waldweges verschwand — heftig versucht, doch noch ihre Meinung zu ändern und ihm nachzureiten. Sie wurde von unerklärlichen bösen Vorahnungen geplagt, hervorgerufen durch ihre Unsicherheit, ob sie nicht viel zu schnell in die Ehe mit dem walisischen Prinzen eingewilligt hatte, ob sie nicht einen viel zu hohen Preis für ihren früheren Stolz und Eigensinn bezahlen würde, indem sie sich dem Ultimatum ihres Onkels gebeugt hatte.

Aber hätte sie eine andere Wahl gehabt? Ihr Onkel hatte erstaunliche Geduld und Toleranz bewiesen: manch ein anderer hätte sie an seiner Stelle einfach auspeitschen lassen und in Ketten zu De Braose geschickt. Wie hätte sie sich weigern können, Lord Rhys zu heiraten, nachdem sie ihrer Familie soviel Ärger bereitet hatte — und zweifellos noch bereiten würde, weil sie dem Befehl des Königs zuwiderhandelte? Ihr war gar nichts anders übriggeblieben als FitzRandwulfs Begleitung zu akzeptieren, so verhaßt ihr die Vorstellung auch war, ihm unterwegs gehorchen zu müssen.

Und so versammelte sich denn am nächsten Morgen im ersten schwachen Morgengrauen eine kleine frierende Reisegruppe im Innenhof der Burg. Pferde scharrten mit den Hufen und schnaubten laut, so daß sich vor ihren Nüstern in der eisigen Luft große Atemwolken bildeten. Die Stallknechte machten sich zähneklappernd immer wieder an Zaumzeug und Satteln zu schaffen, nur um etwas Bewegung zu haben. Heftige Windstöße blähten die Satteldecken, rissen lose Blätter von dem Efeu, der sich an den Mauern emporrankte, und schleuderten sie auf das nasse Kopfsteinpflaster.

Die vier Ritter — FitzRandwulf, Lord Henry, Sedrick von Grantham und Dafydd ap Iorwerth — sahen im Dämmerlicht wie große graue Motten aus. Man hätte sie ohne weiteres für Pilger halten können, die aus dem Heiligen Land zurückkehrten, denn weder ihre Schilde noch die Waffenröcke waren mit Wappen verziert. Über Unterkleidern aus Leinen und Wolle trugen sie dick gefütterte Harnische aus Ochsenleder sowie Kettenpanzer mit Kapuzen und Arm- und Beinschienen. Die Waffenröcke waren grau und sehr schlicht; den einzigen Farbtupfer bildeten die vorne und hinten aufgenähten roten Kreuze der Kreuzritter.

Ariel mußte sich in ihrer Verkleidung als Knappe mit einem kurzen Kettenhemd über einem Harnisch begnügen, dessen Futter sie erheblich in der Bewegungsfreiheit behinderte. Die Unterkleidung war grob gewebt und kratzte fürchterlich. Ihre Schuhe waren weder aus Leder noch aus Filz, sondern bestanden aus harten Holzsohlen mit langen Stoffbändern, die fast bis zu den Knien geschnürt werden mußten. Ein großer flacher Filzhut verhüllte ihre rote Haarpracht. Sie hegte den Verdacht, daß FitzRandwulf die schäbigste und unbequemste Kleidung für sie besorgt hatte, die überhaupt irgendwo aufzutreiben gewesen war. Wahrscheinlich hatte der Kerl, von dem diese Lumpen stammten, auch noch Läuse, denn sie verspürte am ganzen Körper einen gräßlichen Juckreiz.

Diese jämmerliche Ausstattung hatte allerdings auch einen großen Vorteil: sie würde sie ständig an die maßlose

Selbstüberschätzung des Bastards und an seinen abartigen Sinn für Humor erinnern und es ihr erheblich erleichtern, ihn völlig zu ignorieren. Leider schien auch er beschlossen zu haben, sie nicht zu beachten, so daß die eisige Verachtung, mit der sie ihn zu strafen gedachte, vorerst wirkungslos an seinem breiten Rücken abprallte.

Das sechste Mitglied der kleinen Reisegruppe hatte die meisten Diskussionen ausgelöst. Wäre Robert d'Amboise nicht Eduards Halbbruder und Lord Randwulfs legitimer Erbe gewesen, so hätte jeder es für ganz selbstverständlich gehalten, daß ein Knappe seinen Herrn begleitete. Aber er war nun einmal Eduards Bruder und der Erbe des Wolfs. Er war jenes in den magischen Gewässern des Stillen Teichs gezeugte Kind, dem Sparrow eine große Zukunft prophezeite. Sogar der Wolf selbst war ein wenig erbleicht, als Eduard ihn ruhig auf das Dilemma hingewiesen hatte. Robert zurückzulassen, wäre für den Jungen eine Demütigung sondergleichen. Ihn mitzunehmen, beinhaltete jedoch die Gefahr, daß ihm nicht nur keine große Zukunft beschieden sein würde. sondern gar keine, und FitzRandwulf war sich nicht sicher, ob er dieses Risiko übernehmen wollte.

Roberts stärkste Verbündete war seltsamerweise seine Mutter gewesen. Lady Servanne hatte die anderen schweren Herzens daran erinnert, daß ein Schlachtfeld nicht weniger gefährlich als eine Reise durch England und Wales war, und daß weder ihr Mann noch Eduard irgendwelche Einwände gegen Roberts Anwesenheit in Blois gehabt hatten. Robert selbst wollte unbedingt den beiden tapfersten Männern nacheifern, die er kannte — seinem Vater und seinem Halbbruder —, und man hätte ihn nur durch rohe Gewalt davon abhalten können, sich an diesem Abenteuer zu beteiligen. Ariel de Clare aus den Klauen des Königs zu retten und ihrer großen Liebe zuzuführen — einem echten walisischen Prinzen —, war fürwahr eine Aufgabe, um die jeder edle Ritter sich gerissen hätte. Und so stand nun auch Robert d'Amboise in der kalten, feuchten Morgenluft, einen Schal um den Hals, den Biddy gewebt und ihm eigenhändig umgebunden hatte, verbunden mit unzähligen Warnungen und demütigenden Ermahnungen.

Schließlich war da noch Sparrow. Wie es sich für einen Waldgeist gehörte, war er von Kopf bis Fuß in Grün und Braun gekleidet. Als einzigen Schutz trug er einen kleinen Harnisch aus steifem Ochsenleder. Der Gnom stolzierte mit geschwellter Brust um die Pferde herum, kontrollierte jede Kleinigkeit, murrte unablässig vor sich hin und gab seine Meinung auch laut zum besten, wenn jemand töricht genug war, ihm ein Ohr zu leihen. Der junge Waliser erregte gleich zweimal Sparrows Unmut: zum einen, weil er darauf bestand, seine kleine Schreibkiste aus Mahagoni mitzunehmen, was nach Ansicht des Zwergs völlig überflüssig war, und zum anderen, weil Dafydd nicht den Kopf neigte, als der Priester ihnen einen Reisesegen erteilte — in Sparrows Augen der beste Beweis dafür, daß der Waliser ein keltischer Teufelsanbeter war, der Menschenblut trank und zweifellos in der Hölle schmoren würde.

»Sparrow«, unterbrach Eduard die Schimpftiraden des Seneschalls, »ist alles fertig?«

Der Zwerg spreizte seine kurzen gestiefelten Beine und legte den Kopf tief in den Nacken, um dem großen Ritter dreist ins Gesicht schauen zu können. »Jawohl, Sir! Aber wir sind so spät dran, daß inzwischen bestimmt längst überall Räuber auf der Lauer liegen, die es auf unsere Geldbeutel und Kehlen abgesehen haben, und wenn wir noch eine Weile herumtrödeln, können wir unseren Aufbruch auch gleich mit Fanfarenstößen ankündigen.«

Das sarkastische Gemaule ignorierend, wandte Eduard sich an seinen Vater. »Mit Gottes Hilfe und etwas Glück müßten wir gegen Mittag Tours schon hinter uns gelassen haben.«

»Mir wäre wesentlich wohler zumute, wenn eine Truppe euch wenigstens bis zur Grenze unserer Ländereien begleiten würde.«

»Sobald man auf der Straße nach Westen auch nur einen schwarz-goldenen Schild sichten würde, kämen Gerüchte in Umlauf, und aus zehn Männern würden bald hundert oder auch tausend werden.«

»Ganz recht«, schnaubte Sparrow. »Es würde gemunkelt werden, eine ganze Armee hätte sich in Bewegung gesetzt und richtete unterwegs ein wahres Blutbad an. Der König müßte alle paar Stunden eine frische Hose anziehen, alle Städte und Häfen würden in Alarmbereitschaft versetzt, und unser edler Ritter würde in schwere Ketten gelegt werden, sobald sein hübsches Gesicht irgendwo in der Nähe von St. Malo gesichtet würde.«

»Es war ja nur ein Vorschlag«, sagte der Wolf trocken. »Aber ihr habt wahrscheinlich recht — es wimmelt überall von Spionen, und was sie heute sehen, kommt schon morgen dem König zu Ohren. Trotzdem ... es paßt mir gar nicht, tatenlos zusehen zu müssen, wenn zwei meiner Söhne sich auf ein kühnes Abenteuer begeben. Ich komme mir dadurch wie ein unnützer alter Krüppel vor, doch gleichzeitig ...« — seine Stimme klang etwas belegt — »gleichzeitig bin ich noch nie in meinem Leben so stolz gewesen.«

Eduard blickte seinem Vater tief in die Augen, bevor er sich auf ein Knie niederließ.

»Es versteht sich wohl von selbst, daß du meinen Segen hast«, sagte Lord Randwulf. Er legte seine Hand auf Eduards Kopf und sprach ein kurzes Gebet. Seine stahlgrauen Augen blieben auf Robert haften, und ihm versagte fast die Stimme, denn der Junge war jetzt so alt, wie Eduard gewesen war, als Vater und Sohn einander in Bloodmoor Keep zum erstenmal getroffen hatten.

Kühle schmale Finger legten sich auf die große Hand des Wolfs, die immer noch auf Eduards gesenktem Kopf lag. Das Gesicht seiner Frau spiegelte soviel Liebe und Stolz wider, daß Lord Randwulf sich faßte und seine Söhne mit lauter, fester Stimme auf ihren gefährlichen Weg schicken konnte.

»Gott segne und behüte euch!« schloß er, während Eduard sich erhob. Hand in Hand mit Servanne fügte er hinzu: »Du läßt uns doch eine Nachricht zukommen, sobald ihr in St. Malo angekommen seid?«

»Sofort.«

»Und ... und aus Wales, wenn alles gutgeht?«

Eduard lächelte beruhigend. »Von dort komme ich auf direktem Wege selbst zu euch zurück, das schwöre ich.«

Der Marschall hatte bei seinem Aufbruch die Absicht geäußert, auf direktem Wege nach Le Mans und weiter nach Falaise zu reiten, und mit seiner üblichen Energie wollte er diese Strecke in drei Tagen bewältigen. Eduards Gruppe hingegen würde — bedingt durch die Notwendigkeit, Seitenstraßen zu benutzen und Umwege zu machen — mindestens eine Woche benötigen, um ihr erstes Reiseziel, die Hafenstadt St. Malo, zu erreichen. In der Zwischenzeit hoffte Pembroke herausfinden zu können, wo Eleonore von der Bretagne gefangengehalten wurde, um FitzRandwulf eine verschlüsselte Botschaft nach Rennes oder St. Malo zukommen zu lassen.

Eduard legte ein gleichmäßiges Tempo vor, weder zu langsam, noch zu schnell. Angeblich waren sie ja Ritter, die von einer Pilgerfahrt ins Heilige Land zurückkehrten, und nachdem sie zum Zeichen der Trauer ihre Schilde mit grauem Tuch verhüllt hatten und ein schwarzes Banner mit sich führten, hätte es unweigerlich Aufsehen erregt, wenn sie in wildem Galopp unterwegs gewesen wären.

Außerdem hatten sie darauf verzichtet, Ersatzpferde mitzunehmen. Die Ritter saßen auf ihren Schlachtrössern, Ariel und Robert auf Zeltern, an deren Satteln die

Seile der beiden Packpferde befestigt waren. Die Wege, die FitzRandwulf wählte, führten von einem Wald zum anderen. Dazwischen waren manchmal Lehmhütten zu sehen, doch die Männer, die auf den Feldern arbeiteten, taten wohlweislich so, als sähen sie die Ritter nicht, weil sie befürchteten, daß diesen ein besonders wohlgenährtes Huhn oder eine besonders hübsche Tochter ins Auge stechen könnte. Das kam FitzRandwulf sehr gelegen, denn solange sie nicht allzu weit von Amboise entfernt waren, könnte ein Mann mit einer großen Narbe im Gesicht leicht erkannt werden.

Aus diesem Grunde würden sie auch nicht in einer Herberge übernachten, sondern ihr Lager irgendwo im Wald aufschlagen. Ariels Miene verdüsterte sich, als sie das hörte, aber sie hatte sich geschworen, daß sie sich eher die Zunge abbeißen als über irgend etwas klagen würde, und deshalb half sie Robert schweigend beim Auspacken der Decken und beim Feuermachen. Sie half sogar bei der Zubereitung des Abendessens — Brot, Käse und fettes Hasenfleisch, das über den offenen Flammen gebraten wurde. Henry hob erstaunt die Brauen, als seine Schwester sich erbot, FitzRandwulf zu bedienen — bis er sah, daß sie heimlich eine zusätzliche Portion Salz in seine Fleischportion rieb.

Sie aßen und schliefen in den unbequemen harten Kettenpanzern. Die Männer waren daran gewöhnt und schnarchten bald nach Leibeskräften. Ariel lag hingegen, in mehrere Decken gehüllt und dennoch fröstelnd, hellwach da und zuckte erschrocken zusammen, sobald irgendwo ein Zweig knackte oder ein Blatt raschelte. FitzRandwulf war der einzige, der ihre Schlaflosigkeit teilte. Er saß am Feuer, starrte in die Flammen und stocherte mit einem langen knorrigen Stock in der Glut herum.

Obwohl Ariel todmüde war, beobachtete sie ihn unter ihren Decken hervor. Robert hatte es für seine Pflicht gehalten, sie den ganzen Tag über mit irgendwelchen Geschichten zu unterhalten; unter anderem hatte er ihr im Flüsterton anvertraut, wie sein Halbbruder zu der Narbe im Gesicht gekommen war. Eduard hatte einen Turnierkampf so mühelos gewonnen, daß sein Herausforderer die Demütigung nicht ertragen konnte. Als Eduard ihm den Rücken zuwandte, schlug er mit einem Morgenstern zu, und es war ein wahres Wunder, daß die scharfen Metallspitzen Eduard nicht ein Auge ausgeschlagen oder ein Ohr abgerissen hatten.

»Was ist aus dem feigen Kerl geworden?« hatte Ariel gefragt, obwohl es sie im Grunde herzlich wenig interessierte.

»Nun, wie Sie sich sicher vorstellen können, war Eduard schwer verletzt, aber gleichzeitig war er so in Rage, daß er den Burschen an Ort und Stelle umgebracht hätte — und nach den Turnierregeln hätte er durchaus das Recht dazu gehabt. Doch Prinz Johann — der jetzige König — war einer der Schiedsrichter, und er verhängte lediglich eine Geldstrafe, eine lächerlich niedrige Summe, die eine noch größere Beleidigung als der hinterhältige Angriff war. Vielleicht können Sie jetzt verstehen, warum es ihm Freude bereitet, Sie nach Wales statt nach Radnor zu bringen.«

»Mmmm, ja, ich verstehe. Er will sich am König rächen.«

»Nein, Mylady — an Reginald de Braose. Das war nämlich jener Feigling, der meinen Bruder von hinten angriff. Ihn um seine Braut zu bringen ist verglichen damit natürlich eine Kleinigkeit, aber Eduard wird zweifellos eine gewisse Genugtuung empfinden.«

Ariel war völlig fassungslos gewesen. FitzRandwulf hatte mit keinem Wort erwähnt, daß der Name ihres vom König bestimmten Bräutigams ihm etwas sagte, geschweige denn, daß er allen Grund hatte, diesen Mann zu hassen. Daß der Bastard etwas so Wichtiges einfach für sich behalten konnte, hatte Ariel für den Rest des Tages verstört, und ihre Laune hatte sich nicht einmal gebessert, nachdem sie ihm das höllisch versalzene Fleisch serviert und später beobachtet hatte, daß er seinen Durst mit einer Tasse Wasser nach der anderen zu löschen versuchte.

Irgendwann schlief Ariel aus purer Erschöpfung doch noch ein, aber wenig später rüttelte Robert sie sanft an der Schulter, um sie zu wecken. Zuerst rührte sie sich nicht, denn es war noch stockfinster und eiskalt. Robert — oder Robin, wie sie ihn auf seinen ausdrücklichen Wunsch hin nennen sollte — hielt ihr jedoch eine Hornlaterne so dicht vors Gesicht, daß hinter ihren Lidern gelbe Sterne tanzten.

»Ich dachte, daß Sie sich vielleicht unten am Fluß ein wenig erfrischen möchten, bevor die anderen aufstehen.«

Ariel dankte ihm widerwillig, warf sich eine Decke über die Schultern und ging mit der Laterne in der Hand den Pfad hinab, den Robin ihr gezeigt hatte.

So grell das Laternenlicht ihr vorgekommen war, als es ihr direkt ins Gesicht schien, so schwach war es in Wirklichkeit. Sie konnte kaum einen Schritt weit sehen, und hinter jedem Busch und Strauch lauerten groteske Schatten. Schlaftrunkenheit und leichter Bodennebel sorgten dafür, daß sie immer wieder über Steine und Wurzeln stolperte.

Leise fluchend erreichte sie das Flußufer und wurde plötzlich von einer Stahlklinge gestoppt, die jäh aus der Dunkelheit hervorschoß und ihre Kehle bedrohte. Eduard FitzRandwulf stand mit nacktem Oberkörper im hohen Farnkraut, und die glitzernden Wassertropfen auf seinem Gesicht und Brustkorb verliehen ihm das Aussehen eines vergoldeten Satyrs. Außerdem mußte Ariel neiderfüllt zugeben, daß er wesentlich abwechslungsreicher fluchen konnte als sie selbst.

»Haben Sie total den Verstand verloren«, knurrte er, »im Dunkeln herumzuschleichen?«

Ariel spürte, wie ihr die Röte in die Wangen schoß, und hoffte nur, daß er es nicht sehen konnte. Sie wünschte sehnlichst, sie hätte ihn nicht beim Waschen überrascht, denn wie sollte sie jetzt seine prächtige Muskulatur, die schmale Taille und den harten, flachen Bauch übersehen? Sie räusperte sich kräftig.

»Ich ... ich habe ein Licht bei mir«, stammelte sie. »Folglich schleiche ich nicht im Dunkeln herum. Es liegt wohl eher an Ihren schlechten Augen und Ohren, wenn Sie erschrocken sind.«

Mit schmalen Augen steckte er sein Schwert in die Scheide und warf die Waffe wieder auf den Boden. »Ich habe mich gewaschen. Haben Sie etwas dagegen?«

»Keineswegs. Soll ich Wache stehen?«

Eduard verzog den Mund, schluckte den Köder aber nicht, sondern kehrte wortlos zum Fluß zurück, schöpfte Wasser mit beiden Händen und schüttete es über seine breiten Schultern.

Ariel, die trotz der Decke und ihrer schweren Kleidungsstücke fror, beobachtete ihn mit gerunzelten Brauen. Nachdem sie mit fünf Vettern und einem kraftstrotzenden Bruder aufgewachsen war, bargen nackte Männerkörper für sie keine Geheimnisse. Mehr als einmal hatte sie Henry in den Armen irgendeiner drallen Nutte ertappt, so daß sie sogar genau wußte, wie Männer und Frauen zusammenpaßten. Doch trotz ihrer imposanten Muskeln hatten die meisten Männer vom Hals abwärts eine milchig weiße Haut, weil sie selten den Wunsch verspürten, sie der Sonne — oder auch nur Seife und Wasser — auszusetzen.

FitzRandwulfs Körper konnte es, was Größe, Breite und Muskelkraft anbelangte, mühelos mit allen imposanten Rittern aufnehmen, die ihr je unter die Augen gekommen waren. Gleichzeitig war er jedoch braungebrannt, und seine glatte Haut schimmerte im Laternenschein wie feine Wolle. Dunkle Haare bedeckten seine Brust und seine Unterarme; seine langen sehnigen Beine würden genauso behaart sein, vermutete Ariel.

Ihr Blick blieb an einem kleinen funkelnden Gegenstand auf seiner Brust haften. An einem Lederband schwang bei jeder Bewegung ein Goldring hin und her, und Ariel konnte erkennen, daß es ein kunstvoll geschmiedeter Filigranring war, der eigentlich den schmalen Finger einer Dame zieren müßte.

Ihre Stirn legte sich in tiefe Falten. Ein um den Hals getragener Damenring symbolisierte tiefe Zuneigung, und dieser wertvolle Goldreif stammte bestimmt nicht von einer Dienstmagd oder von einem Milchmädchen. Es war ein viel kostbareres Liebespfand als die Seidentücher oder Bänder, mit denen Damen im allgemeinen einen Ritter auszuzeichnen pflegten. Unter dem Hemd getragen, direkt am Herzen, konnte dieser Talisman nur bedeuten, daß FitzRandwulf eine heimliche große Liebe hatte.

Mußte diese Liebe geheim bleiben, weil es sich um eine Dame vornehmer Herkunft handelte?

Ariel witterte ein Geheimnis, denn hatte der Bastard nicht mit großem Nachdruck versichert, keine Liebste zu haben?

Ihre Überlegungen wurden jäh unterbrochen, weil Eduard aufstand und silbrige Wassertropfen von seinen Händen abschüttelte.

Ariel schaute rasch in eine andere Richtung. Der Himmel im Osten begann sich rot zu verfärben, so als näherte sich ein Riese mit einer Fackel in der Hand. Über der Wasseroberfläche hing milchiger Nebel — Dampf von einem Hexengebräu. Irgendwo in der Nähe mußte ein Dorf sein, denn die kleinen Reusen aus Weidengeflecht dienten zweifellos dazu, Fische zu fangen.

Als Ariel wieder zu FitzRandwulf hinüberblickte, hatte er sein Hemd ausgezogen und schüttelte Zweige und Erde aus seinem Kettenpanzer. Der Ring war nicht mehr zu sehen.

»Ich möchte Sie bitten, sich ein wenig zu beeilen, Mylady. Wir wollen früh aufbrechen.«

»Natürlich«, murrte sie. »Nachdem Sie selbst ja gebadet und sich erfrischt haben.«

Er überraschte sie mit einem leisen kehligen Lachen. »Wenn Sie baden möchten, Mylady — ich habe nichts dagegen. Und *die dort* bestimmt auch nicht.«

Er deutete mit dem Kopf auf die andere Flußseite, wo zwei Männer aufgetaucht waren — höchstwahrscheinlich Bauern, die nachsehen wollten, ob ihre Reusen Fische enthielten. Sie waren in ihrer graubraunen Kleidung so unauffällig, daß Ariel sie vielleicht gar nicht gesehen hätte, wenn der eine Mann nicht gerade hinter einem dicken Baumstamm hervorgespäht hätte.

»Was sollen wir jetzt machen?« flüsterte sie und trat instinktiv näher an Eduard heran.

»Nichts, was sie noch neugieriger machen könnte«, erwiderte er trocken. »Ein Ritter und sein Knappe, die sich im Wald umarmen, würde sogar unter diesen schlichten Gemütern für Klatsch sorgen!«

Ariel trat hastig einige Schritte zurück. Eduard hob seinen Harnisch und seinen Schwertgurt auf und wandte sich zum Gehen.

»Wohin wollen Sie?« rief Ariel bestürzt.

»Zurück ins Lager.«

»Sie lassen mich hier allein?«

Seine Augen schweiften wieder zum anderen Ufer hinüber. »Oh, ich glaube kaum, daß Sie Angst vor diesen Burschen haben müssen. Sobald sie Ihr Haar sehen, werden sie Sie zweifellos für eine Harpyie halten, die nach Menschenseelen jagt.«

Ariel klappte der Unterkiefer herunter. Bevor ihr eine schlagfertige Antwort einfiel, ging er den Pfad hinauf.

Die Reise verlief ohne Zwischenfälle, doch am Spätnachmittag des dritten Tages weckte der Gedanke an ein weiteres Abendessen aus Brot, Käse, Ale und einigen Fischen aus dem Fluß oder einem mit Pfeil und Bogen erlegten Hasen bei niemandem mehr große Begeisterung, und so war es kein Wunder, daß ein verführerischer Geruch mitten im Wald allen das Wasser im Munde zusammenlaufen ließ.

»Wildbret!« verkündete Sedrick, der — was Essen betraf — den besten Spürsinn hatte. Er schnupperte genüßlich. »Langsam am Spieß gebratenes Wildbret.«

Bei seiner Statur und seinem Appetit zweifelte niemand an seiner Sachkenntnis, aber alle fragten sich, wer so dreist sein mochte, Wild im Freien zuzubereiten, obwohl die Jagd darauf bei Todesstrafe verboten war.

»Irgendein törichter Wilderer«, vermutete Henry, »der heute nacht mit einem vollen Bauch einschlafen möchte und keinen Gedanken an die Konsequenzen verschwendet.«

Sedricks Magen knurrte so laut, daß Robin und Lord Dafydd einander verstohlen zugrinsten.

»Was mag das nur für ein lascher Lehnsherr sein, der zuläßt, daß in seinen Wäldern gewildert wird?« rief Sedrick. »Sind wir als Ritter nicht verpflichtet nachzusehen, was da los ist, und müßten wir das widerrechtlich erlegte Wild nicht eigentlich konfiszieren?«

»Wir haben unser eigenes Essen dabei«, rief Eduard ihm in Erinnerung.

»Ja, aber wollen Sie leugnen, daß ein köstlicher Wildbraten uns guttäte, nachdem wir wieder eine lange kalte Nacht vor uns haben?«

Eduard zuckte mit den Schultern. »Sie sollten sich lieber vergewissern, daß es wirklich Wilddiebe sind, bevor Sie Ihren ritterlichen Pflichten nachkommen, denn sonst könnte es Ihnen passieren, daß Sie heute abend keinen vollen Bauch, sondern einen mit Pfeilen gespickten haben.«

Grinsend ließ Sedrick seinen Blick über die Baumwipfel

schweifen. »Wo ist nur dieser verdammte Elf, wenn man ihn ausnahmsweise einmal braucht? Er könnte uns bestimmt Näheres über die Burschen erzählen.«

Wie durch Zauberei schwang Sparrow sich plötzlich von einem Ast herab. Er hatte auf ein eigenes Pferd verzichtet, mit der Begründung, er sei so leicht, daß er ohne weiteres mit jemandem den Sattel teilen könne, wenn er ausnahmsweise Gesellschaft brauche, und wenn er schlafen wolle, könne er sich gemütlich zwischen den Vorräten auf den Rücken der Packpferde zusammenrollen. Wann immer ein Wald sich lichtete und Wiesen oder Felder vor den Reitern lagen, kam der Gnom aus den Lüften angeflogen und landete auf dem nächstbesten Pferd. Es bereitete ihm ein diebisches Vergnügen, Tier und Reiter zu erschrecken. Zur Erleichterung der anderen quälte er am liebsten Sir Sedrick, der ihm als Ersatz für Biddy diente, und auch diesmal krallte er sich wie eine große Fledermaus an dem massigen Ritter fest.

»Sie hatten nach mir gerufen, Sir?« rief er schelmisch, auf dem Hinterteil von Sedricks Pferd stehend und über dessen Schulter spähend. »Sie brauchen also doch mehr als nur Ihre eigene Nase, um ein schmackhaftes Mahl zu finden? Ha, ich konnte mir Ihr donnerartiges Magenknurren lebhaft vorstellen und melde hiermit gehorsamst, daß es vier Schurken sind.« Sein Zeigefinger fuhr dicht an Sedricks Nase vorbei. »In *dieser* Richtung. Die Idioten sind an ihrem Lagerfeuer eingeschlafen. Sie dürften leicht zu überreden sein, uns einen Teil ihrer Beute abzutreten. Keine Sorge, es sind Bauernlümmel, dem Aussehen nach zu schließen«, fügte er beruhigend hinzu, bevor Eduard nachfragen konnte.

Sedrick warf sich in die Brust und zog sein Schwert. »Ein kleiner Streit ist genau das, was mir seit Tagen fehlt! Bist du mit von der Partie, Henry?«

Henry nickte und drehte sich nach Dafydd ap Iorwerth um.

»Mylord? Ihnen dürfte doch der herzhafte Geschmack von Wildbret am meisten abgehen.«

Der Waliser grinste. »Am besten schmeckt es natürlich, wenn man es Johanns Wildhütern abnehmen kann, aber Sie haben recht — ich hätte gegen eine kleine Abwechslung auf dem Speiseplan nichts einzuwenden.«

FitzRandwulf lehnte dankend ab, und Ariel und Robin wurden nicht gefragt, obwohl letzterer sichtlich danach lechzte, der Langeweile der letzten drei Tage für eine Weile zu entrinnen.

»Komm mit, Junge!« brüllte Sedrick. »Du kannst uns helfen, die fettesten Keulen auszusuchen.«

»Darf ich, Mylord?« fragte Robin begierig.

»Nur zu«, erlaubte Eduard gnädig und übernahm Robins Packpferd. »Sag den anderen, daß wir unten am Fluß warten.«

Ariel blickte ihnen nach und kratzte sich wütend am Hals. Sie hatte es in den letzten anderthalb Tagen geschafft, kein einziges Wort mit dem arroganten Bastard zu wechseln und nie mit ihm allein zu bleiben. Doch diese Situation erforderte unbedingt einen bissigen Kommentar und einen geringschätzigen Blick.

»Sie sind doch sonst immer so bemüht, nur ja keine Aufmerksamkeit zu erregen. Und jetzt verlieren wir wegen einer solchen Torheit auch noch kostbare Zeit!«

»Wir haben heute eine ganz ordentliche Strecke zurückgelegt — unter den gegebenen Umständen. Und die Männer brennen ebenso wie die Pferde darauf, ihre überschüssige Energie abzureagieren.«

Schmale grüne Augen funkelten ihn unter der Krempe des unförmigen Filzhutes hervor an. »Wollen Sie damit andeuten, daß Sie ohne den *Umstand* meiner Gesellschaft schneller vorankämen?«

Eduard grinste. »Eigentlich meinte ich eher die schlechten Straßen, aber wenn Sie selbst der Meinung sind, daß wir viel zu langsam vorankommen . . .«

Ariels Augen schleuderten jetzt Blitze. Man hatte ihr in Amboise einen schwerfälligen Zelter gegeben, der bei jedem Schritt schwankte wie ein Schiff auf hoher See. Viel zu langsam vorankommen? Ha! Hätte sie eines der Reitpferde von Pembroke zur Verfügung, würde sie diesen Angeber von hier bis St. Malo ständig in eine Staubwolke einhüllen!

Sie bedauerte bereits, ein Gespräch begonnen zu haben, schob ihren Hut zurück und folgte ihm in eisigem Schweigen, seinen Rücken mit Blicken durchbohrend. Genüßlich stellte sie sich alle möglichen Foltern für ihn vor: heiße Eisen ... ein Nagelbrett, auf dem er lag, während sein Unterleib mit immer mehr Steinen beschwert wurde ... Peitschenhiebe, die ihn von Kopf bis Fuß zerfleischten ...

Ein Ast riß ihr fast den Hut vom Kopf. Erst jetzt bemerkte sie, daß sie von der Straße abgebogen waren und durch ein Tal ritten. Ein dicker Teppich aus welkem Laub bedeckte die sanften Hügel zu beiden Seiten. Vor ihnen rauschte der Fluß, und über ihnen waren zwischen den kahlen Bäumen große Streifen des wolkenverhangenen Himmels zu sehen. Es war fast windstill — sehr ruhig und friedlich. Ariel warf unwillkürlich einen Blick über die Schulter hinweg und fragte sich, wie lange es dauern konnte, Wilddiebe zum Herausrücken ihrer Beute zu überreden.

Eduard zügelte Lucifer am Fluß und betrachtete eine Weile die idyllische Landschaft, bevor er abstieg und Arme und Rücken streckte, um seine verkrampften Muskeln zu lockern. Er war im Grunde sehr zufrieden mit der Strecke, die sie bisher zurückgelegt hatten. Jetzt waren sie nur noch einen Tagesritt von Rennes entfernt, einer Stadt, die groß genug war, um in einer Herberge übernachten zu können, ohne aufzufallen. Er wußte, daß Lady Ariels Sturheit ihr verbot, sich zu beklagen oder irgendeine Schwäche zu zeigen, aber er hörte sie nachts leise stöhnen, sobald sie sich auf der harten Erde von einer Seite zur anderen drehte.

Als er zu ihr hinüberblickte, stellte er fest, daß sie noch nicht abgestiegen war, und plötzlich kam ihm zu Bewußtsein, daß sich unter dem lächerlichen Hut und der unförmigen Kleidung eine Frau verbarg — ein Edelfräulein, das ein Anrecht auf höfliche Behandlung hatte, auch wenn es noch so trotzig die Unterlippe vorschob.

Ohne zu fragen, ob sie seine Hilfe benötigte, ging er auf ihren Zelter zu, legte seine großen Hände um ihre Taille und hob sie mühelos aus dem Sattel. Das Pferd machte unerwartet einen Schritt zur Seite, und Ariel mußte sich an Eduards Waffenrock festhalten, wodurch sie ihm viel näher kam, als ihr lieb war. Durch Eulenrufe abgelenkt, nutzte er die Situation jedoch zum Glück nicht aus. Statt dessen wandte er ihr seine verunstaltete Gesichtshälfte zu — was er sonst meistens vermied, besonders bei Tageslicht.

Der Anblick dämpfte ihr Verlangen, ihn foltern und verstümmeln zu lassen. Die Wunde mußte ihm seinerzeit fürchterliche Schmerzen bereitet haben, denn die Narbe reichte von der Schläfe bis zum Kinn. Allerdings sah sie lange nicht so gräßlich aus, wie Ariel sie in Erinnerung gehabt hatte, und mit einem Vollbart hätte er sie weitgehend verbergen können.

»Die meisten Frauen finden sie abstoßend«, sagte er ruhig. Ihre Blicke trafen sich, und sie glaubte, daß er irgendeinen Kommentar erwartete — vielleicht eine Entschuldigung, weil sie ihn so ungeniert angestarrt hatte? Ein Lächeln spielte um seine Mundwinkel, und sie bekam plötzlich eine Gänsehaut, obwohl kein kalter Wind aufgekommen war.

»Ich könnte mir vorstellen, daß sie die Narbe als solche gar nicht so abstoßend finden wie den Mann!« erklärte sie atemlos, nur um dem Bann seiner grauen Augen zu entrinnen.

»Starke Worte für eine Person, die unlängst wissen wollte, ob ich sie begehrenswert finde!«

»Das wollte ich nicht!«

»Nein? Heißt das, daß Sie einen Mann *immer* bitten müssen, Sie zu küssen?«

»Ich habe Sie *nicht* gebeten, mich zu küssen!«

»Und Sie haben es natürlich auch nicht genossen.«

»Mit Sicherheit nicht.«

Er trat näher an sie heran, und sie wich unwillkürlich Schritt für Schritt zurück, bis ihr Rücken die Flanke seines mächtigen Schlachtrosses streifte. Heiße Schauer überliefen sie, und sie hatte nur einen Gedanken: gleich würde er sie wieder küssen. Er würde sie küssen, und sie war dagegen völlig machtlos.

»Wenn ich es Ihnen sage«, murmelte er, »nehmen Sie die Pferde und gehen mit ihnen hinter jene Bäume dort.«

Ariel blinzelte überrascht. »W-Was?«

»Lucifer wird vielleicht ausschlagen — er hat mit Frauen weniger Geduld als ich —, aber Sie müssen versuchen, ihn festzuhalten. Glauben Sie, daß Sie das schaffen?«

Er starrte über ihren Kopf hinweg, doch als sie sich umdrehen wollte, um festzustellen, was es dort so Interessantes zu sehen gab, hielt er ihr Kinn mit Daumen und Zeigefinger fest und zwang sie, ihn wieder anzusehen.

»Was ist los?« fragte sie bestürzt.

»Eulen pflegen tagsüber zu schlafen«, erwiderte er ruhig. »Aber wir scheinen einige aufgescheucht zu haben.«

Wieder hinderte er Ariel daran, sich umzudrehen. »Tun Sie, was ich sage — verstecken Sie sich mit den Pferden hinter den Bäumen und ziehen Sie den Kopf ein.«

»Ich bin kein hirnloses Geschöpf! Ich kann ganz gut mit Schwert und Bogen umgehen. Ich könnte Ihnen helfen.«

Eduard zog die Kapuze seines Kettenpanzers über den Kopf, ohne Ariel aus den Augen zu lassen. »Wenn ich Ihre Hilfe brauchen sollte, Mylady, werde ich darum bitten. Bis dahin werden Sie aber tun, was ich sage, und zwar ohne weitere Debatten, oder aber ...« Die Drohung wurde nie vollendet. Etwas schwirrte dicht über ihre Köpfe hinweg, und den Bruchteil einer Sekunde später bohrte sich die Eisenspitze eines kurzen Armbrustbolzens tief in einen Baumstamm hinter ihnen.

## 10

Eduard verschwendete keine Zeit mehr auf Höflichkeiten. Er versetzte Ariel einen kräftigen Stoß in Richtung der Bäume, schnappte sich Bogen und Köcher von der Schlinge an Lucifers Sattel und klopfte den Pferden auf die Hinterteile, so daß sie erschrocken zum Fluß galoppierten. Als er sodann selbst Deckung hinter einem Gebüsch suchte, erscholl aus der Ferne schallendes Gelächter.

»Ja, versteck dich nur, Graukittel! Allerdings solltest du uns lieber freiwillig Wegegeld bezahlen, dann kommst du vielleicht mit heiler Haut davon!«

Fluchend klemmte Eduard sich einen Pfeil zwischen die Zähne, während er die Bogensehne straffte. Gewöhnliche Wegelagerer. Deserteure ... oder aber Männer, die von den Franzosen dafür bezahlt wurden, daß sie die Straßen in der Normandie unsicher machten. Sie schlossen sich zu kleinen Banden zusammen, plünderten, raubten, mordeten — und nahmen Geiseln, um Lösegelder zu erpressen.

Drei oder vier andere Stimmen machten ihrerseits höhnische Bemerkungen, und gleichzeitig kamen Armbrustbolzen angeflogen, die jedoch ihr Ziel weit verfehlten und sich in die Erde bohrten, ohne Schaden anzurichten. Die Räuber waren entweder miserable Schützen, oder aber sie hatten es viel zu eilig. Außerdem waren sie unvorsichtig. Einer war sogar töricht genug, einen Freudentanz aufzuführen, nachdem es ihm immerhin gelungen war, ein Stück Rinde von dem Baum zu reißen, hinter dem Eduard stand.

Fast verächtlich trat der Ritter aus seiner Deckung hervor, spannte seinen Bogen und ließ den Pfeil fliegen. Die Stahlspitze durchbohrte mühelos den Brustkorb des Tänzers und warf ihn zu Boden. Ein zweiter Räuber sprang aus dem Gebüsch und starrte entsetzt auf seinen toten Kameraden hinab. Viel zu spät hörte er das Schwirren eines zweiten Pfeils. Am Hals getroffen, wurde er von der Wucht des Geschosses nach hinten gerissen und an einen Baum gespießt, in dessen Holz die mörderische Spitze steckenblieb.

Ein dritter Tor starb, während er damit beschäftigt war, seine schwerfällige Armbrust für den nächsten Schuß zu spannen.

Eduard zog zwei neue Pfeile aus seinem Köcher und suchte die Hügel kaltblütig nach neuen Zielen ab. Hinter einer großen Kiefer hervor gab ein Räuber einen Schuß ab, aber Eduard konnte sich gerade noch rechtzeitig dukken, und der Bolzen sauste dicht an seinem Kopf vorbei. Fluchend verschoß er seine beiden Pfeile. Ein Schmerzensschrei ertönte, und zwei Wegelagerer suchten das Weite; einer von ihnen hielt seinen Arm umklammert, aus dem der lange Pfeilschaft herausragte.

Eduard konnte sich jedoch nicht auf seinen Lorbeeren ausruhen, denn unerwartet kamen zwei weitere Räuber mit gezückten Schwertern den Hügel herabgerannt. Ihre Klingen funkelten in den Sonnenstrahlen, die sich vorwitzig hinter den Wolken hervorgewagt hatten. Eduard warf Bogen und Köcher beiseite und zog sein eigenes Schwert. Der erste Angreifer war um einiges kleiner als er selbst, schwang die Waffe aber kraftvoll mit beiden Händen, während der andere versuchte, den Ritter von hinten anzugreifen. Beide schlugen nach Eduards Knien, Schenkeln, nach seinen Schultern und seinem Unterleib

— nach allem, was ihnen verwundbar schien, doch ihre Klingen trafen entweder auf Stahl oder auf leere Luft.

Das Klirren von Metall hallte durch das Tal und erregte die Aufmerksamkeit der beiden Schützen, die Eduard in die Flucht getrieben hatte. Der Räuber mit dem durchschossenen Arm hatte kein Interesse daran, sich noch einmal am Kampf zu beteiligen, doch der andere blieb stehen, grinste breit und rannte zum Fluß zurück.

Ariel, die alles hinter einem Baum hervor beobachtete, sah, daß er stehenblieb und seine Waffe spannte — in einer idealen Entfernung, um Eduards Kettenpanzer mit einem Armbrustbolzen durchbohren zu können. Die beiden Schwertkämpfer hatten ihren Kameraden gesehen und sorgten dafür, daß Eduard ihm weiterhin den Rükken zukehrte und nichts von der Gefahr ahnte.

Eduards Bogen lag im welken Laub, der Köcher daneben. Ariel rannte aus ihrem Versteck, schnappte sich beides und ging hinter einer großen Eiche wieder in Dekkung. Der Langbogen war größer und schwerer als alle, die sie in Pembroke jemals in der Hand gehabt hatte, aber an sich war sie im Umgang mit dieser Waffe vertraut, denn sie hatte häufiger mit diesem walisischen Bogentyp als mit den kürzeren Bogen trainiert, die von den Engländern im allgemeinen bevorzugt wurden.

Unter Aufbietung ihrer ganzen Kraft spannte sie den Bogen, obwohl die Sehne sich tief in ihre Finger grub und ihr das Fleisch von den Knochen zu reißen drohte. Der Armbrustschütze zielte nun nicht mehr auf Eduard, sondern auf sie. Sein Bolzen und ihr Pfeil schwirrten gleichzeitig durch die Luft: der Pfeil hatte eine höhere Geschwindigkeit, flog aber ein gutes Stück über den Kopf des Wegelagerers hinweg und landete irgendwo im Gehölz, während sein Bolzen sich immerhin so dicht neben Ariel in die Eiche bohrte, daß ihr Rindenstücke ins Gesicht flogen.

Zähneknirschend und mit eine Grimasse legte sie einen neuen Pfeil ein. Als Eduard sah, was sie trieb, erschrak er so, daß er nun endlich einem seiner beiden Angreifer den Rücken zuwandte. Ariel schoß genau in dem Moment, als der Räuber zu einem mörderischen Schlag ausholte. Die Stahlspitze ihres Pfeils traf ihn direkt unter der Nase, zertrümmerte Knorpel und Knochen und blieb irgendwo tief im Schädel stecken.

Eduard wirbelte herum, schwang sein Schwert in weitem Bogen und schlug dem zweiten Angreifer kurzerhand den Kopf ab. Das Blut schoß wie eine Fontäne aus der Halsschlagader hervor und färbte das Laub ringsum rot.

Eduard rannte auf Ariel zu. In der plötzlichen Totenstille hörte er das Surren der Bogensehne, und als er sich umdrehte, stellte er fest, daß ihr dritter Pfeil den Armbrustschützen in die Brust getroffen hatte.

Mit leuchtenden Augen und hochroten Wangen blickte sie zu FitzRandwulf empor. Ihren Hut hatte sie während der ganzen Aufregung verloren, und ein langer dicker Zopf hing ihr über die Schulter.

Seine grauen Augen musterten sie so hart und kalt, daß sie rasendes Herzklopfen bekam und einen leichten Schwindel verspürte.

»Wenn ich Ihnen nächstes Mal einen Befehl gebe und Sie nicht gehorchen«, knurrte er, »versohle ich Ihnen mit einer zwei Meter langen Weidengerte so den Hintern, daß Sie einen Monat lang nicht mehr sitzen können.«

Ariels Wangen röteten sich noch mehr. »Nur zu, Mylord! Und wenn *Sie* nächstes Mal in einen Hinterhalt geraten, werde ich seelenruhig die Hände in den Schoß legen und mit wahrer Wonne zusehen, wie Sie zu Boden gestreckt werden.«

Seine Augen verengten sich zu schmalen Schlitzen, doch seine Erwiderung ging im Donnern von Pferdehufen unter. Henry und Robin erreichten das Tal als erste, stellten erleichtert fest, daß Ariel und FitzRandwulf unversehrt am Fluß standen, und ließen ihre Blicke von einem Toten zum anderen schweifen.

»Na ja«, meinte Henry trocken, »das sieht mir ganz danach aus, als hätten wir uns nicht so zu beeilen brauchen.«

»Die vier Männer, die Sparrow am Lagerfeuer gesehen hatte, waren tot«, berichtete Robin atemlos. »Aber noch nicht lange.«

»Ja«, bestätigte Henry grimmig. »Wir müssen diesen verdammten Hundesöhnen in die Quere gekommen sein, bevor sie den Wildbraten mitnehmen konnten. Allmächtiger, wie viele ...«

Während er die Leichen an seinen behandschuhten Fingern abzählte, kamen auch Sedrick und Dafydd angeritten. Sie trieben den verletzten Wegelagerer zwischen sich her.

Für einen Geächteten war er noch sehr jung — höchstens sechzehn oder siebzehn. Sehr groß und mager, schien er fast nur aus langen Beinen zu bestehen, die so große Schritte machten, daß Sparrow jedesmal vier Schritte brauchte, um ihm dicht auf den Fersen zu bleiben. Der Bursche hatte einen spärlichen Bart und markante Augen, die tief in den Höhlen lagen und so dunkelblau wie ein Mitternachtshimmel waren. Seine Kleidung war sehr abgetragen, und die Weste aus schäbigem Hasenpelz war mit großen unbeholfenen Stichen zusammengenäht und stank bestialisch.

Der Pfeilschaft, der aus seinem Arm herausragte, war abgebrochen — vermutlich war er bei dem Versuch, den beiden Rittern zu entkommen, gestürzt.

Eduard vergewisserte sich, daß alle anderen Wegelagerer tot waren, und sammelte seine Pfeile mit den kostbaren Stahlspitzen ein. Nur bei Ariels zweitem Opfer steckte der Pfeil so tief in der Brust, daß er ihn nicht herausziehen konnte.

»Gierige Schufte!« hörte er neben sich eine unbekannte

Stimme, und als er aufschaute, sah er ihren Gefangenen, der immer noch von Sedrick und Dafydd bewacht wurde. Der Bursche verzog angewidert sein schmutziges Gesicht, während er den Toten betrachtete.

»Ich habe sie gewarnt«, fuhr er fort. »Ich habe ihnen gleich gesagt, daß nichts Gutes dabei herauskommt, wenn man Männer überfällt, die das Heilige Kreuz tragen. Zeigt mir einen Pilger, der auch nur zwei Münzen bei sich hat, habe ich gesagt, dann zeige ich euch einen Mönch mit zehn Ehefrauen. Aber nein! Ihnen haben die vier fetten Kerle nicht genügt, die so blöd waren, mitten im Wald ein Festmahl zuzubereiten. Sie wollten noch mehr — und das haben sie jetzt davon!«

Eduard runzelte die Stirn, denn erstaunlicherweise schimpfte der Bursche auf angelsächsisch vor sich hin. »Woher kommst du, Junge?« fragte er.

»England«, lautete die lakonische Antwort.

»*Wo* in England?«

Die mitternachtsblauen Augen verengten sich zu mißtrauischen Schlitzen, weil FitzRandwulf ihn in seiner eigenen Sprache angeredet hatte. »Ein feiner normannischer Ritter wie Sie wird den Ort sowieso nicht kennen. Aber wenn Sie es unbedingt wissen wollen — ich komme aus einem kleinen Dorf, wo die Menschen schwer schuften und trotzdem fast am Verhungern sind, weil der König sie ausbeutet, um selbst in Saus und Braus leben zu können.«

»Bist du deshalb in die Normandie gekommen? Um hier dein Auskommen zu finden?«

»Ich bin nicht freiwillig gekommen«, zischte der Junge. »Ich wurde gezwungen, meine Familie zu verlassen, obwohl mein Vater ein Krüppel ist und meine Mutter Blut spuckt. Nur, damit König Weichschwert behaupten kann, daß eine loyale Armee hinter ihm steht. Und was den Sold betrifft . . .« — er schnaubte verächtlich — ». . . wir wurden mit Peitschenhieben belohnt, und das so reichlich, daß wir jede Nacht die Großzügigkeit unseres Königs priesen!«

Er stand stolz und trotzig da, nicht geneigt, seine Zunge zu hüten, obwohl er befürchten mußte, daß man sie ihm wegen seiner verräterischen Reden abschneiden würde. Wahrscheinlich hatte er sowieso schon mit dem Leben abgeschlossen und wollte den normannischen Rittern wenigstens noch seine Verachtung zeigen, bevor er sterben mußte.

»Wie heißt du, Junge, und wie bist du dazu gekommen, im Wald unschuldige Pilger zu überfallen?« fragte Eduard ruhig.

Der Bursche warf sich wieder in die Brust. »Wenn Sie es unbedingt wissen wollen — ich heiße Alan, Sohn von Tom, einem Freisassen aus der Gegend von Sherwood in Nottingham, und hier im Wald bin ich gelandet, weil ich einem Gardisten den Schädel eingeschlagen habe. Das Schwein wollte mich vergewaltigen, und ich habe mich gewehrt. Trotzdem hätte man mich natürlich unter Mordanklage gestellt, und deshalb bin ich in den Wald abgehauen. Ich dachte, ich würde Wälder gut kennen und mich darin zurechtfinden.« Er schaute geringschätzig in die Runde. »Aber das hier hat keine Ähnlichkeit mit einem englischen Wald. Die Bäume sind dünn, und der Boden ist viel zu hart, um gut darauf schlafen zu können. Was aber diese Gesellschaft betrifft ...« — er betrachtete die Leichen mit finsterer Miene — »so war ich nur einen Tag und eine Nacht mit ihnen zusammen, und sie haben mich in diese beschissene Lage gebracht. Dabei wollte ich nur, daß sie mir den Weg nach Hause zeigen.«

»Wußtest du denn nicht, daß es Räuber waren?« spottete Sedrick. »Dachtest du, sie würden dir mit ihren Armbrusten den Weg nach Hause zeigen?«

»Pah, sie haben zwar geprahlt, was für gute Schützen sie wären, aber keiner von ihnen hätte aus mehr als zehn Schritt Entfernung auch nur einen Mistkarren getroffen.«

Ein Lächeln huschte über Eduards Gesicht. »Dann warst du es wohl, der mir um ein Haar das Ohr abgerissen hätte?«

Der Junge spuckte aus. »Wenn ich es wirklich auf Ihr Ohr oder auf den Nagel Ihres kleinen Fingers abgesehen hätte, Mylord, so würden sie Ihnen jetzt fehlen. Obwohl dieses Eisending verdammt unhandlich ist.« Er deutete verächtlich auf die Armbrust, die der Tote umklammert hielt.

Eduard wußte, daß der Bursche nicht prahlte. Bevor er — zwischen Ärger und Belustigung schwankend — etwas erwidern konnte, tauchte Ariel de Clare plötzlich hinter ihnen auf. Sie verstand genug Angelsächsisch, um in großen Zügen mitbekommen zu haben, worum es ging, und konnte sich eines hämischen Kommentars nicht enthalten.

»Ich wünschte, Sie könnten genauso gut zielen wie der Wegelagerer, FitzRandwulf«, verkündete sie mit einem schweren Seufzer. »Dann müßten wir jetzt keine kostbare Zeit darauf verschwenden, den örtlichen Behörden alles zu erklären.«

Sedrick und Dafydd, die immer noch im Sattel saßen, drehten sich bestürzt nach ihr um, und Sparrow holte so tief Luft, daß er wie ein Ballon kurz vor dem Platzen aussah. Noch bevor Eduard sie mit einem Blick durchbohrte, der schärfer als jede stählerne Pfeilspitze war, kam Ariel zu Bewußtsein, daß sie einen unverzeihlichen Fehler begangen hatte, indem ihr unbedacht sein Name entschlüpft war. Außerdem hatte sie es versäumt, ihren Hut wieder aufzusetzen, und der lange rote Zopf hing ihr immer noch über die Schulter.

»Wenn Ihnen jede Art von Verschwendung so zuwider ist«, sagte Eduard eisig, »weiß ich eine sehr nützliche Beschäftigung für Sie — Sie können meine Pfeilspitze aus Ihrem Opfer herausholen.«

Ariel starrte auf den Leichnam hinab. Die Länge des

Pfeilschafts, der aus seiner Brust herausragte, deutete darauf hin, daß die Spitze irgendwo zwischen seinen Rückenwirbeln eingeklemmt war. Bei der Vorstellung, sie mit einem Messer herausschneiden zu müssen, drehte sich ihr fast der Magen um. Sie blickte Henry hilfesuchend an, aber er setzte eine abweisende Miene auf. Sedrick, auf dessen weiches Herz im allgemeinen Verlaß war, schüttelte den Kopf und murmelte etwas Unverständliches vor sich hin. Ein Appell an Sparrow wäre sinnlos gewesen, denn der Gnom hätte die Szene am liebsten auf einem Wandteppich verewigt, wenn er Nadel und Faden gehabt hätte. Und Dafydds schüchterne Proteste wurden durch einen kalten Blick von FitzRandwulf im Keime erstickt.

Ariel atmete mehrmals tief durch und starrte wieder auf die Leiche hinab. Wenn der Bastard sie demütigen wollte, wenn er hoffte, daß sie weinen oder sich übergeben würde, so kannte er eine De Clare schlecht. Sie straffte ihre Schultern, kniete nieder und zog halbherzig an dem Pfeil. Beim Schaben von Stahl gegen Knochen mußte sie allerdings gegen eine heftige Übelkeit ankämpfen.

Eduard beobachtete sie einen Moment lang, wandte sich dann aber wieder dem Gefangenen zu.

»Nun, Alan, Sohn von Tom, glaubst du, daß du den Weg nach England finden könntest, ohne dich wieder mit irgendwelchen Schurken zusammenzutun?«

Der Junge schaute ihn mißtrauisch an.

»Wenn wir dir das Leben schenken, und wenn du auch deine Augen und deine Zunge behältst — kannst du mir dein Wort geben, daß ich es nicht bereue, die Aasgeier um ein weiteres leckeres Mahl gebracht zu haben?«

»Sie würden mich wirklich gehen lassen?«

»Ich sehe keinen Sinn darin, dich bei uns zu behalten. Und wie bereits von anderer Seite erwähnt wurde, wollen wir auch keine Zeit darauf verschwenden, den Lokalbehörden endlose Erklärungen abzugeben.«

»Wäre es nicht viel einfacher, ihn einfach zu erschießen?« meinte Sparrow.

»Gewiß, es wäre einfacher«, bestätigte Eduard. »Und wir werden es tun, wenn ich das Gefühl habe, daß wir uns nicht auf sein Ehrenwort verlassen können, Schweigen zu bewahren.«

Wenn der Bursche mittlerweile vermutete, daß diesen Rittern und ihrem ›Knappen‹ sehr viel daran gelegen war, keine Aufmerksamkeit zu erregen, so behielt er seinen Verdacht wohlweislich bei sich.

»Nun, haben wir dein Wort?«

»Ja, ich gebe es Ihnen gern, wenn Sie glauben, mir vertrauen zu können.«

»Dann kannst du gehen. Ich schenke dir dein Leben … und diese doppelt gehärtete Pfeilspitze. Wenn du sie verkaufst, dürftest du genügend Geld haben, um nach Hause zu kommen.«

Der Junge betrachtete den Pfeil, der seinen Arm durchbohrt hatte, packte die Stahlspitze und zog den Holzschaft durch die Wunde, wobei er vor Schmerz erschauderte.

»Die eine Schuld wird schwer genug zu bezahlen sein.« Er überreichte Eduard den Pfeil mit der wertvollen Stahlspitze. »Aber irgendwann werde ich sie bezahlen, Mylord. Auch darauf gebe ich Ihnen mein Wort.«

Er tippte mit der Hand an eine schmutzige Stirnlocke, drehte sich um und ging das Tal entlang. Obwohl sein Arm höllisch schmerzen mußte, pfiff er fröhlich vor sich hin.

»Sie lassen ihn einfach laufen?«

Ariel hatte die Pfeilspitze ausgegraben und stand mit der blutbeschmierten Trophäe in der Hand hinter Eduard, dessen Geduld erneut auf eine harte Probe gestellt wurde.

»Ich dachte, wir hätten für einen Tag genug Leichen«, sagte er ruhig.

»Aber ... er weiß, wer Sie sind.«

»So ist es, aber das ist weder seine noch meine Schuld.«

»Er ist ein Mörder, das hat er selbst zugegeben. Und ein Dieb. Und ein Verräter.«

Eduard verschränkte seine Arme vor der Brust. »Ein Verräter? Weil er ganz offen seine Verachtung für die Methoden unseres edlen Königs äußert? Und was ist mit den anderen, die dem Willen des Königs nicht gehorchen — *die sich ihm ohne Rücksicht auf Verluste widersetzen?* Schlagen Sie etwa vor, daß es *ein* Gesetz für jene geben sollte, die Lumpen tragen, und ein anderes für die Privilegierten, die sich in Samt und Seide kleiden können? Wenn dem so sein sollte, Mylady ...«

Er nahm Dafydd den Langbogen aus der Hand und überreichte ihn Ariel mit einer spöttischen Verbeugung. »Bitte, üben Sie selbst Gerechtigkeit. Er ist noch in Schußweite. Wenn Sie so starke Einwände gegen meine Entscheidung haben ... bitte, es steht Ihnen frei, sie zu revidieren.«

Mit einem letzten verächtlichen Blick wandte er sich ab und ging auf den Fluß zu. Er hatte höchstens zehn Schritte gemacht, als Henry ihm eine Warnung zubrüllte. Den Bruchteil einer Sekunde später hörte er das unverkennbare Surren einer Bogensehne, und er konnte gerade noch zur Seite springen, bevor ein Pfeil dicht an ihm vorbeischwirrte und in einem Baum steckenblieb.

Einen Augenblick lang verharrten alle regungslos und in beklommenem Schweigen. Eduard starrte die schlanke Frau an, die mit gespreizten Beinen dastand und den Bogen umklammerte.

»Es gibt viele Dinge, die ich gern revidieren würde, *Sir*«, zischte sie zähneknirschend. »Ich gebe gern zu, daß ich einen großen Fehler begangen habe — nämlich jenen, mich Ihrer Obhut anzuvertrauen.«

Ariel warf den Bogen beiseite und stürmte an dem Ritter vorbei, der wie vom Donner gerührt dastand, mit drohend gerunzelter Stirn, bläulich hervortretenden Schläfenadern und funkelnden grauen Augen.

Lord Henry beugte sich im Sattel vor. »Falls ich es noch nicht erwähnt haben sollte — meine Schwester schätzt es gar nicht, wenn jemand sie so behandelt, als hätte sie nur sinnloses Geschwätz und Vogelgesang im Kopf. Sie wird jedem Mann, der sie zu zähmen versucht, eine unvergeßliche Lektion erteilen.«

»Seien Sie versichert, daß ich nicht den geringsten Wunsch verspüre, sie zu zähmen«, erwiderte Eduard. »Und was Warnungen betrifft, so sollten Sie Ihrer Schwester eine zukommen lassen, denn falls sie es noch einmal wagen sollte, gegen mich eine Waffe zu erheben, wird es das letzte Mal gewesen sein, das schwöre ich Ihnen.«

## 11

Der Sonnenuntergang war an jenem Abend hinter einer dichten Wolkendecke verborgen, und im Wald wurde es kalt und neblig. Wegen der vielen Toten, die sie zurückgelassen hatten, wollte FitzRandwulf auch nach Einbruch der Dunkelheit möglichst lange weiterreiten, doch als der Nebel so dicht wurde, daß man kaum noch die Hand vor Augen sehen konnte, und zudem auch noch starker Regen einsetzte, beschlossen sie, dem Klang einer Klosterglocke zu folgen und um ein Dach über dem Kopf zu bitten.

Sedrick hatte es sich nicht nehmen lassen, den guten Wildbraten mitzunehmen, und es war nicht zuletzt diesem herzhaften Aroma zu verdanken, daß sie so spät am Abend noch eingelassen wurden. Die Mönche akzeptierten die Erklärung, daß sie Wilderer überrascht hätten, und stimmten zu, daß es Sünde gewesen wäre, dieses köstliche Fleisch den Tieren im Wald zu überlassen.

Es wurde beschlossen, den Mönchen Ariels Geschlecht zu verheimlichen, weil die gottesfürchtigen Männer sich andernfalls verpflichtet fühlen könnten, jemandem zu erzählen, daß eine als Knappe verkleidete Frau in der Gesellschaft von Rittern unterwegs war. Und weil ein Knappe natürlich keine eigene Schlafkammer beanspruchen konnte, mußte Ariel zusammen mit den Männern in der Pilgerhalle übernachten.

Diese Halle war lang und niedrig, und die beiden Talgkerzen, die von den spartanischen Mönchen zur Verfügung gestellt wurden, vermochten natürlich nichts gegen die Feuchtigkeit der rauhen Steinmauern auszurichten. Eine Doppelreihe niedriger Pritschen säumte die Wände, und die Deckenbalken schimmerten im Halbdunkel wie die gelblichen Rippen eines Skeletts. Die beiden Fenster waren eher als Schlitze in den Mauern zu bezeichnen, und die gewölbte Tür war so niedrig, daß sogar Sparrow sich hätte ducken müssen.

Der Gnom zog es jedoch vor, im Wald zu übernachten. Er hatte erklärt, daß ihm die Gesellschaft von Eulen viel lieber sei als die von Kuttenträgern, die tagsüber auf den Knien herumrutschten und nachts ihre Sünden zählten.

Immerhin war die Halle aber trocken, und wenn es Sedrick gelang, ein Feuer zu entzünden, wäre sie sogar warm. Vorerst roch die Luft nach nasser Wolle, nassem Leder und nassem Metall. Ariel stand fröstelnd in einer Ecke und beobachtete neidisch die Männer, die sich ihrer schweren Harnische und Kettenpanzer entledigten. Sie war genauso durchnäßt wie die anderen, und sie stank genauso wie sie. Seit drei Tagen hatte sie keine Gelegenheit gehabt, sich auszuziehen oder zu waschen. Ihre Haut brannte und juckte sogar an jenen intimen Stellen, wo sie sich unmöglich in Gegenwart von Männern kratzen konnte.

Seit sie das Château d'Amboise verlassen hatten, war es niemandem eingefallen, sich nach ihrem Wohlbefinden zu erkundigen. Henry ging zweifellos davon aus, daß sie sich beklagen würde, wenn sie Grund dazu hätte. Sedrick und Dafydd hatten gesehen, daß ihr die Reise von Pembroke in die Normandie keine Mühe bereitet hatte, und kamen gar nicht auf die Idee, daß es jetzt auf dem Rückweg anders sein könnte. Natürlich dachten sie nicht daran, daß es ein gewaltiger Unterschied war, ob man — wie sie auf der Hinreise — feines Leinen und weiches Sämischleder trug, oder aber mit groben, schlecht sitzenden und verlausten Lumpen vorlieb nehmen mußte. Jedesmal, wenn sie austreten mußte, kämpfte sie mit den unzähligen Lederbändern, die ihre Hose zusammenhielte. Als eine Zofe ihr in Amboise beim Ankleiden geholfen hatte, war es ihr kinderleicht vorgekommen, diese Bänder richtig zu schnüren, doch allein kam sie nicht damit zurecht und sah deshalb von Tag zu Tag ungepflegter und komischer aus. Und dann auch noch das Kettenhemd mit den komplizierten Schnallen!

»Benötigen Sie Hilfe, Mylady?« fragte Robin dicht neben ihr. Er hatte Eduard beim Ausziehen des schweren Kettenpanzers geholfen und saugte an einem Finger, den er sich am rauhen Metall aufgerissen hatte.

»Nein, danke, ich komme schon zurecht«, murmelte sie, während sie gereizt ihren Filzhut zurückschob, der vor Nässe schwerer als sonst war und von dessen Krempe es ständig auf ihre Nase herabtropfte.

»Ich habe ein zweites Wams und eine zweite Hose dabei — beide ganz sauber«, versicherte Robin. »Sie wären viel trockener und wärmer als Ihre Sachen.«

»N-Nein«, sagte Ariel eigensinnig. »Ich möchte dir keine Mühe machen.«

»Es wäre überhaupt keine Mühe«, beharrte der Knappe.

»Geh und hol die Sachen, Robin«, befahl Eduard, der plötzlich hinter ihnen aufgetaucht war. »Ich werde Lady Ariel mit den Schnallen helfen.«

Sie wartete, bis Robin außer Hörweite war, bevor sie sich wütend umdrehte. »Wenn ich Ihre Hilfe bräuchte oder wollte, würde ich darum bitten!«

Das Funkeln seiner Augen verriet ihr, daß er sich genau daran erinnerte, bei dem Überfall am Nachmittag fast die gleichen Worte verwendet zu haben, und zum erstenmal während ihrer kurzen stürmischen Bekanntschaft glaubte sie, echte Bewunderung von seinem Gesicht ablesen zu können.

»Heben Sie die Arme«, befahl er ruhig.

Ariel blickte sich hilfesuchend um, aber Henry war mit einem der Mönche in den Stall gegangen, um sich zu vergewissern, daß ihre Pferde gut versorgt waren, und Sedrick und Dafydd mühten sich mit dem Feuer ab. Als Eduard ihre gefurchte Stirn sah, stieß er einen schweren Seufzer aus.

»Glauben Sie eigentlich, *jedem* Mann beweisen zu müssen, daß Sie es mit ihm aufnehmen können, oder wollen Sie nur mich zu Tode plagen?«

Ariel war verblüfft. »Das liegt nicht in meiner Absicht.«

»Nein? Sie haben meinen Kopf heute nachmittag also nur zur Übung als Zielscheibe verwendet?«

»Sie waren ... unverzeihlich grob und gemein zu mir.«

»Sie hatten es verdient. Wären Sie wirklich mein Knappe, so hätten Sie jetzt wegen Ihres Ungehorsams keine Haut mehr auf einem gewissen Körperteil, und was den Pfeil betrifft ...« Er schüttelte den Kopf und schnalzte leise mit der Zunge. »Und jetzt würde ich vorschlagen, daß Sie endlich die Arme heben, es sei denn, Sie wollen, daß die Eisenschnallen Ihres Kettenhemds rosten, so daß Sie es nie mehr ausziehen können.«

An ihrer Unterlippe kauend, hob Ariel langsam die Arme. Dabei rutschte ihr der nasse Hut wieder tief in die Stirn, so daß sie ihn nur noch mit einem grünen Auge anstarren konnte, während er sich mit den nassen Lederriemen abmühte.

»Ich will *nicht* jedem Mann beweisen, daß ich es mit ihm aufnehmen kann«, murmelte sie trotzig.

»Das ist auch nicht nötig«, stimmte er gelassen zu. »Sie wissen doch bestimmt, daß Sie den meisten überlegen sind.«

Das grüne Auge verengte sich zu einem schmalen Spalt. »Was soll das nun wieder heißen?«

»Ganz einfach ... Ich habe neulich gesehen, wie Sie mit einem Schwert umzugehen verstehen, und ich würde bei einem Kampf nicht leichtfertig gegen Sie wetten. Und was den Umgang mit Pfeil und Bogen betrifft, so kenne ich nur eine einzige Frau — Lady Gillian —, die eine sicherere Hand hat.«

Ariel warf ihm einen flüchtigen Seitenblick zu und erwartete, daß eine höhnische Miene seine Worte Lügen strafen würde, aber das war nicht der Fall, und sie mußte sich widerwillig eingestehen, daß seine Komplimente ihr Freude bereiteten. Aber sie *wollte* von diesem Rohling keine Komplimente hören, denn sonst wäre sie möglicherweise verpflichtet, ihrerseits einige freundliche Worte zu sagen.

»Wie können Sie so sicher sein, daß ich heute nachmittag beim Bogenschießen nicht einfach Glück hatte?«

»Über Lord Dafydds Bogen kann ich natürlich keine Aussage machen, aber den meinen habe ich selbst angefertigt, und alles Glück der Erde hätte Ihnen bestenfalls dazu verholfen, sich die Finger blutig zu reißen und Ihren eigenen Fuß zu treffen.«

Eine Hitzewelle überflutete sie, und erst nach einer ganzen Weile traute sie sich wieder, zu ihm aufzuschauen. Seine rauchgrauen Augen hielten ihrem Blick ruhig stand.

»Bedauerlicherweise sind Sie im Würzen von Fleisch längst nicht so bewandert wie im Umgang mit Waffen«, sagte er grinsend.

Ariel senkte rasch die Lider, konnte ein Erröten aber

nicht verhindern, während sie gleichzeitig Mühe hatte, ein Lächeln zu unterdrücken.

»Sie haben eben die seltsame Gabe, mich ständig zu reizen«, murmelte sie.

»Das beruht auf Gegenseitigkeit, Mylady.«

Ariel holte tief Luft. Er hatte seine Arbeit unterbrochen, und seine Hände lagen dicht neben ihrer Brust. Es wäre lächerlich gewesen, darin eine Unverschämtheit zu sehen, nachdem das Kettenhemd, ein Lederwams und ein grobes Wollhemd ihre Haut vor jeder Berührung schützte. Nichtsdestoweniger schienen ihre Brüste plötzlich in Flammen zu stehen.

Komplimente, Lächeln, Vertraulichkeiten ... und was als nächstes? Und warum reagierte sie so stark darauf? Warum schweiften ihre Blicke immer wieder zu seinem Hemd, dessen obere Knöpfe geöffnet waren? Und warum erinnerte sie sich jedesmal an den muskulösen nackten Oberkörper mit der sonnengebräunten Haut, auf der die Wassertropfen im Laternenschein silbern schimmerten?

Seine Hände bewegten sich wieder, und sie blinzelte erleichtert. Als die letzte Schnalle geöffnet war, konnte Eduard der Versuchung nicht widerstehen, ihr den nassen Filzhut abzunehmen. Der lange Zopf entrollte sich wie eine Schlange über ihren Rücken, und nun tauchte vor *seinem* geistigen Auge ein faszinierendes Bild auf: feuerrote wirre Locken, die im Mondlicht wie Gold glänzten.

Er räusperte sich und zog ihr das Kettenhemd über den Kopf. Von der Last befreit, stieß sie unwillkürlich einen tiefen Seufzer aus. Und als er ihr auch noch das unförmige Lederwams abnahm, streckte sie sich genüßlich, bewegte den Kopf hin und her und rollte die Schultern.

Man konnte Eduard kaum einen Vorwurf daraus machen, daß er ihre geschlossenen Augen ausnutzte, um sich an den sinnlichen Bewegungen zu erfreuen, die sie in aller Unschuld ausführte. Ihre Vermummung hatte es ihm leicht gemacht, nicht an die ätherische Schönheit der jungen Frau auf dem Burgdach zu denken, doch nun wurden erregende Erinnerungen in ihm geweckt, obwohl es diesmal nicht der Wind war, der ihre Figur betonte, sondern die Feuchtigkeit. Das grobe Hemd klebte an ihren straffen runden Brüsten und an der schmalen Taille, und sogar ein Mönch, der das Gelübde der Keuschheit abgelegt hatte, wäre zweifellos versucht gewesen, ihr das nasse Kleidungsstück auszuziehen und zu erforschen, was darunter verborgen war.

Eduard begnügte sich damit, ihren Hals zu berühren. Trotzdem begann Ariels Haut sofort wieder zu prickeln, als seine Finger sanft über ihre Schulter strichen und das Hemd zur Seite streiften.

»Warum haben Sie nichts davon gesagt, daß der Stoff viel zu rauh für Ihre zarte Haut ist?« fragte er mit gerunzelter Stirn, während er die Abschürfungen betrachtete.

»Hätte ich auch sagen sollen, daß das Pferd zu schwerfällig, das Wetter zu kalt und die Erde zu naß und zu hart ist?«

»Keiner hätte es als Schwäche ausgelegt, wenn Sie darauf bestanden hätten, mit heiler Haut reiten zu können.«

Ariel tat die echte Besorgnis, die sie in seinen Augen las, achselzuckend ab. »Nicht jeder kann immer so offen und ehrlich wie Sie selbst sein, Sir!«

Ihr unverhohlener Sarkasmus veranlaßte Eduard zu erneutem Stirnrunzeln. »Wann bin ich *nicht* ehrlich zu Ihnen gewesen?«

»Sie halten mit Ihrer wahren Meinung über mich hinter dem Berge, um nur ein Beispiel zu nennen.«

»Mylady, ein Schwur und meine Ehre zwingen mich, an Sie nur als Lady Ariel de Clare zu denken, Nichte des Grafen von Pembroke und Braut von Prinz Rhys ap Iorwerth von Gwynedd.«

»Wie überaus schicklich!« knurrte sie.

»Wäre es nicht überaus *un*schicklich, wenn ich etwas anderes dächte?«

»Es wäre alles andere als unschicklich, wenn Sie mich so behandeln würden, als hätte ich ein Gehirn und ein Rückgrat. Daß Sie mich einfach hinter Bäume stoßen, wenn es gefährlich wird, oder in meiner Gegenwart kein wichtigeres Gesprächsthema als das schlechte Wetter haben, reizt mich nun einmal maßlos.«

»Henry hat mich schon gewarnt, daß Sie für Vogelgesang nichts übrig haben«, sagte er.

»Für Geheimnisse auch nicht.«

»Geheimnisse, Mylady?«

»Ganz recht — Geheimnisse! Unterhaltungen im Flüsterton, die abrupt abgebrochen werden, wenn ich mich nähere. Zeichnungen auf der Erde, die ein Stiefel verwischt, bevor ich einen Blick darauf werfen kann.« Sie hatte den Eindruck, daß FitzRandwulf betroffen auf ihre Anschuldigungen reagierte, und dieser unerwartete Erfolg machte sie noch kühner. »Sehen Sie? Ich bin weder blind noch dumm, und wenn Ihre Pläne irgend etwas mit meiner Zukunft zu tun haben, habe ich ein Recht, darüber Bescheid zu wissen.«

»Mylady ...« — Eduard redete langsam, weil er Zeit brauchte, um sich von seiner Verblüffung über ihre scharfe Beobachtungsgabe zu erholen — »wir alle mußten Ihrem Onkel schwören, Sie unverletzt und unberührt Ihrem glücklichen Bräutigam zu übergeben. Wenn mir manchmal untereinander flüstern, so nur deshalb, weil wir uns überlegen, wie wir das bewerkstelligen können, ohne Ihnen unnötige Mühen zuzumuten. Und wenn wir Wege aufzeichnen und mit dem Stiefel verwischen, so ist das nur die Macht der Gewohnheit, weiter nichts. Sie wissen doch genauso gut wie ich, daß hinter jedem Busch und Strauch Spione lauern.«

»Jetzt beschuldigen Sie mich also auch noch, ein Spion zu sein?«

»Nein, ich tue nichts dergleichen ...«

»Aber Sie vertrauen mir nicht?«

Die stahlgrauen Augen weiteten sich unschuldsvoll. »Mylady, Sie tun mir bitter unrecht. Ich dachte, wir könnten gute Freunde werden.«

»Freunde?« höhnte sie. »Sie träumen wohl, Mylord!«

»Sie bilden sich Verschwörungen ein, die es nicht gibt.«

»Wirklich nicht?« Ihr Schnauben verriet, daß sie ihm das genauso wenig glaubte, wie wenn er behauptet hätte, daß Schweine fliegen könnten. »Warum haben Sie mir nicht gesagt, daß Sie meinen Bräutigam kennen?«

»Iorwerth? Ich kenne den Mann nur aus den Erzählungen seines Bruders.«

»Nicht *diesen* Bräutigam«, erklärte sie gereizt. »Ich meine den anderen ... Reginald de Braose.«

Befriedigt stellte Ariel fest, daß sie ihn wieder aus der Fassung gebracht hatte. Eine bläuliche Ader trat an seiner Schläfe hervor, und er knirschte mit den Zähnen.

»Wo zum Teufel haben Sie etwas über De Braose gehört?« fragte er barsch.

»Spielt das eine Rolle? Jedenfalls habe ich es nicht von *Ihnen* gehört, und das finde ich äußerst merkwürdig, wenn ich daran denke, wie aufrichtig Sie in jener Nacht auf dem Burgdach zu sein schienen ... wie sehr Sie angeblich das Mißverständnis in der Rüstkammer bedauerten ... wie verständnisvoll und nachsichtig Sie waren, obwohl ich Sie als Bastard beschimpft hatte.«

»Ich *bin* ein Bastard, Mylady«, sagte er mit einer ironischen Verbeugung.

»Und Sie verstehen es ausgezeichnet, das Thema zu wechseln, wenn Sie über irgend etwas nicht sprechen wollen.«

Eduard lächelte. »Sie haben völlig recht, Mylady — ich verspüre nicht den geringsten Wunsch, mit Ihnen über Reginald de Braose zu sprechen.«

»Warum? Weil er Ihr Gesicht verunstaltet hat? Oder weil er irgend etwas mit dem *anderen* Grund für Ihre Rückkehr nach England zu tun hat?«

»Mit dem *anderen* Grund?« wiederholte er bedächtig.

»Mein Onkel wollte mir weismachen, Ihre Begleitung wäre unbedingt erforderlich, weil Sie dieses Land kennen und mit den rebellischen Baronen der Bretagne befreundet sind. Zunächst leuchtete diese Erklärung mir auch durchaus ein, doch mittlerweile kommt sie mir nicht mehr allzu logisch vor.«

Eduard verschränkte die Arme über der Brust, fasziniert von ihrem Scharfsinn, noch mehr aber von ihrem Mund.

»Fahren Sie doch fort, Mylady«, sagte er. »Ich bin ganz Ohr.«

Ariel ließ sich nicht lange bitten. »Sie haben England vor vierzehn Jahren verlassen — kurz nachdem Ihr Vater Sie aus dem Verlies von Bloodmoor Keep befreit hatte.«

Eduards Blick schweifte von ihrem Mund zu ihren Augen empor. »Robin«, murmelte er. »Ich freue mich, daß er Sie mit unserer Familiengeschichte unterhalten hat.«

»Einiges wußte ich schon, aber er ist verständlicherweise stolz auf seinen Vater und auf seinen Halbbruder. Wie könnte es auch anders sein, bei all den Heldentaten, die Sie angeblich vollbracht haben.«

»Sie sind zu gütig«, stellte er trocken fest. »Ist das Ihr Problem? Finden Sie, daß diese Geschichten schwer zu glauben sind?«

»Keineswegs. Ich zweifle nicht daran, daß Robins Geschichten stimmen. Unerklärlich ist mir nur, daß Sie bereit sind, noch einmal englischen Boden zu betreten. Und kommen Sie mir bitte nicht wieder mit irgendwelchen Schwüren. Es hätte vollauf genügt, wenn Sie meinem Onkel geschworen hätten, mich sicher bis St. Malo zu geleiten. Henry und Sedrick hätten ihm schwören können, mich von dort aus sicher nach Wales zu bringen.«

»Ein gutes Argument«, gab er zu, »aber noch lange kein Beweis, daß wir Verschwörer sind.«

»Ich habe weitere Beweise.«

»Mylady, ich brenne darauf, sie zu vernehmen.«

»Brennen Sie ruhig noch eine Weile, Mylord«, erwiderte sie honigsüß. »Ich werde Ihnen sagen, was ich vor mir sehe. Ich sehe einen Mann, der keine große Liebe für England und seinen König empfindet. Richtig oder falsch?«

»Richtig«, gab er zu.

Ariel imitierte seine Haltung, indem auch sie die Arme verschränkte. »Ich sehe ferner einen Mann, der sich auf Englands Straßen nicht gut auskennt.«

»Norden ist überall Norden«, warf er ein. »Außerdem hat Ihr Bruder an den vergangenen Abenden so exakte Karten für mich gezeichnet, daß ich das Gefühl habe, mit geschlossenen Augen den Weg nach Gwynedd ... oder Radnor ... finden zu können.«

Ariel tat seinen Einwand mit einer geringschätzigen Handbewegung ab. »Ich sehe ferner einen Mann, der sich in einem Verlies wiederfinden kann, wenn er jenseits des Ärmelkanals erkannt oder geschnappt wird, und ich frage mich verständlicherweise, warum Sie sich dieser Gefahr aussetzen, warum Sie Ihr Zuhause und ein lohnendes Schlachtfeld verlassen, obwohl Sie Ihre Talente doch viel besser einsetzen könnten. Als ich von Ihrer Konfrontation mit De Braose hörte, dachte ich zunächst, daß Sie sich an ihm rächen wollten. Aber irgendwie paßt ein so niedriges Motiv nicht zu dem ruhmreichen und edlen Ritter, den Robin in Ihnen sieht.«

Ihr Sarkasmus weckte bei Eduard das heftige Verlangen, sie kräftig zu schütteln, obwohl er sie noch vor wenigen Minuten leidenschaftlich begehrt hatte. Er streckte die Hand aus, aber nicht zu einem Schlag oder Würgegriff, sondern nur, um Robin, der in die Pilgerhalle zurückgekehrt war, fernzuhalten. Er wollte nicht, daß der Junge dieses interessante Gespräch unterbrach.

Seine Sorge war unbegründet. Nach einem flüchtigen Blick auf das Gesicht seines Bruders zog Robin es vor, sich zu Sedrick und Dafydd zu gesellen, denen es endlich gelungen war, die feuchten Äste und Tannenzapfen zum Brennen zu bringen.

Eduard war mit seiner Geduld fast am Ende, obwohl er sich mühsam zur Ruhe zwang. Diese naseweise grünäugige Göre stellte zu viele Fragen, und er war nicht daran gewöhnt, endlose Erklärungen bezüglich seiner Motive abgeben zu müssen. Er hatte ihr seine Bekanntschaft mit Reginald de Braose nicht absichtlich verschwiegen, sondern einfach für unwichtig gehalten, nachdem die Wahrscheinlichkeit sehr gering war, daß sie den Mann jemals kennenlernen würde. Und er war auch nicht allzu begeistert von der Forderung des Grafen gewesen, Ariel im dunklen über den Hauptzweck dieser Reise zu lassen. Er vertrat die Ansicht, daß jeder, der sich in Gefahr begab — egal, ob Mann oder Frau —, darüber Bescheid wissen sollte, und es *war* höchst gefährlich, Ariel de Clare als Schutzschild bei der Befreiung der Prinzessin zu benutzen. Natürlich würde man sie irgendwann aufklären müssen, ebenso wie den Waliser, doch nachdem es der ausdrückliche Wunsch des Marschalls gewesen war, diese Aufklärung so lange wie irgend möglich hinauszuschieben, mußte Eduard die blödsinnige Geheimniskrämerei beibehalten, auch wenn seine Geduld dadurch sehr strapaziert wurde.

»Ist Ihnen noch nie der Gedanke gekommen, Lady Ariel, daß ich in der Tat gute Gründe für eine Rückkehr nach England haben könnte — Gründe, die nicht das geringste mit Ihnen oder Ihrem Überangebot an Ehemännern zu tun haben, sondern ausschließlich *privater* und *persönlicher* Art sind?«

»Wenn ein Mann von privaten oder persönlichen Gründen spricht, steckt normalerweise eine Frau dahinter. Ist es das, was Sie mir weismachen wollen?« spottete sie. »Daß Sie wegen einer Frau nach England zurückkehren?«

Ariel hatte das nur so dahin gesagt, ohne nachzudenken, stellte aber zu ihrer großen Überraschung fest, daß seine ohnehin schon stählerne Kinnpartie sich weiter verhärtete, so daß jeder Muskel hervortrat und die Narbe weiß glänzte. In seinen Augen loderten Flammen, die keinen Platz mehr für Höflichkeit ließen; zurück blieb nur die kalte graue Asche tiefer Verachtung.

Ariels Selbstsicherheit und Arroganz fiel wie ein Kartenhaus in sich zusammen.

FitzRandwulf kehrte *tatsächlich* wegen einer Frau nach England zurück!

Ariel hätte selbst nicht sagen können, warum dieser Gedanke sie so bestürzte. Unwillkürlich starrte sie auf seinen breiten Brustkorb. Der kunstvoll geschmiedete Damenring war unter dem Hemd verborgen, aber sie wußte, daß er nahe an seinem Herzen hing und von seiner animalischen Hitze erwärmt wurde.

»Ist diese Idee so abwegig, Mylady?«

»N-Nein, natürlich nicht.«

»Oder können Sie sich nicht vorstellen, daß jemand auch an etwas anderes als nur an *Sie* denken könnte?«

Heiße Röte schoß Ariel in die Wangen. Sie fühlte sich tief gedemütigt, denn sein breites Grinsen verriet nur allzu deutlich, daß er sich über ihre Eitelkeit und ihren Egoismus lustig machte.

»Wollten Sie sonst noch etwas wissen?« erkundigte er sich mit übertriebener Höflichkeit.

Ariel verbarg ihre Betroffenheit hinter gesenkten Wimpern. »Nein ... nein, nichts.«

Eduard winkte Robin herbei. »Halt eine Decke um Lady Ariel, damit sie ihre nassen Kleider ausziehen kann. Und hol Biddys Hautsalbe aus meiner Satteltasche.« Er wandte sich wieder an Ariel. »Glauben Sie, daß Sie sich selbst verarzten können? Andernfalls stehe ich Ihnen selbstverständlich gern zur Verfügung.«

Ariel errötete schon wieder. Obwohl es ein unverschämter Vorschlag war, erregte sie die Vorstellung, daß diese großen, kräftigen Hände die Heilsalbe auf ihrer Haut verteilen könnten.

Sie rief sich selbst energisch zur Ordnung. »Vielen Dank, aber ich bin sicher, daß ich allein zurechtkomme.«

Eduard entfernte sich mit einer leichten Verbeugung. Ariel wartete vorsichtshalber, bis er außer Hörweite war, bevor sie sich auf ein Dreibein fallen ließ und ihn leise verwünschte.

Robin hatte ein scharfes Gehör. Mit seinen sauberen Kleidungsstücken in einer Hand und einem Becher Glühwein in der anderen stand er unbeholfen da.

»Haben Sie ... haben Sie und Eduard gestritten?«

Das *wieder* blieb unausgesprochen, war aber trotzdem nicht zu überhören.

»Dein Bruder streitet nicht«, knurrte sie. »Er zieht es vor, beleidigende Äußerungen zu machen.«

»Eduard ist kein Freund vieler Worte, und dadurch wirkt er manchmal etwas barsch. Aber das meint er nicht böse. Er hat eben viele Sorgen.«

»Die haben wir alle«, erwiderte Ariel. »Trotzdem laufen wir nicht mit so sauertöpfischen Mienen herum, als hätten wir Satteldruck im Gesicht.«

Robin hatte Mühe, sich ein Lachen zu verbeißen. »Wenn er ungeduldig oder ungehalten ist, bedeutet das meistens, daß er mit sich selbst unzufrieden ist.«

Ariel nippte an dem würzigen Glühwein, den er ihr gegeben hatte, und blickte verstohlen zu den drei schattenhaften Gestalten vor der Feuerstelle hinüber. FitzRandwulfs Silhouette war unverkennbar: breitbeinig stand er hinter Sedrick und Dafydd, die sich immer noch mit dem nassen Brennmaterial abmühten.

»Mich stört sein unwirsches Benehmen nicht«, fuhr Robin fort. »Seine Anfälle von Verzweiflung waren viel schlimmer.«

Ariel starrte ihn verwundert an. »Verzweiflung?«

»O ja, Mylady, er hatte früher schreckliche Alpträume,

und morgens war er dann leichenblaß und zitterte am ganzen Leibe. Vielleicht ist Ihnen schon aufgefallen, daß er auch jezt sehr wenig schläft — selten länger als einzwei Stunden. Es ... es hängt mit seiner Kindheit zusammen, als er in England bei dem Mann lebte, den er für seinen Vater hielt. Er wurde dort geschlagen und mißhandelt. Sie müßten einmal die Narbe an seinem Oberschenkel sehen! Der Drache hat ihn verletzt, weil Eduard versucht hat, meine Mutter — Lady Servanne — zu beschützen. Und seine eigene Mutter ...« — Robin, der selbst nur Liebe erfahren hatte, schüttelte fassungslos den Kopf — »... Biddy hat mir erzählt, daß Eduards Mutter die grausamste Frau war, die je gelebt hat. Sie pflegte in Blut zu baden und Menschen zu foltern — aus reinem Vergnügen! Sie hat gelacht, als der Drache den Dolch in Eduards Schenkel stieß! Sie hat gelacht und ihn angefeuert! Biddy hat alles gesehen. Sie war dabei. Und auch meine Mutter. Und Lady Gillian und Sparrow und Friar ...«

Robin verstummte, als er Ariels ungläubige Miene sah. »Es stimmt wirklich«, beharrte er. »Sie könnten Eduard selbst fragen — nur gerät er bei der bloßen Erwähnung des Namens Nicolaa de la Haye völlig außer sich.«

Ariel, die sich während seiner schaurigen Geschichte an dem Glühwein gütlich getan hatte, stellte erschrocken den Becher ab. Sogar an einem so abgelegenen Ort wie Milford Haven war der Name Nicolaa de la Haye ein Synonym für Tod und für das Böse schlechthin. Mütter drohten ihren ungehorsamen Kindern damit, daß der Geist von Nicolaa de la Haye sie bestrafen würde. Und Barden, die Geschichten aus den dunklen Wäldern von Lincolnshire erzählten, schilderten sie als Zauberin, als Hexe oder als die Braut des Antichristen. Ariel hatte diese Ausgeburt der Hölle bisher immer für eine Fantasiegestalt gehalten.

»Nicolaa de la Haye war Lord Eduards Mutter?« flüsterte sie fasziniert.

Robin warf einen ängstlichen Blick über seine Schulter hinweg und schien plötzlich zu befürchten, zuviel ausgeplaudert zu haben. »Ja, Mylady«, murmelte er. »Ihre Mutterliebe hat tiefe Narben auf seinem Körper und in seiner Seele hinterlassen. Aber Sie ... Sie werden ihm nicht sagen, daß ich Ihnen das alles erzählt habe? Sie werden ihm nicht verraten ...?«

»Nein, nein, natürlich nicht, Robin. Du kannst ganz beruhigt sein. Ich werde kein Wort sagen.«

»Danke, Mylady.« Er hörte sich nicht sehr überzeugt an.

»Robin ...« — sie wartete, bis er sie wieder ansah — »ich schwöre es dir bei unserer Freundschaft — ich werde nichts verraten. Ich habe schon vergessen, worüber wir gesprochen haben. Was war es doch gleich? Ach ja, jetzt fällt es mir wieder ein — du wolltest eine Decke holen, damit ich diese nassen Kleider ausziehen kann, bevor ich mir den Tod hole.«

Robin lächelte dankbar. »Ja, Mylady, ich hole sofort eine.«

Während Robin vor einer der Satteltaschen in die Hocke ging, schweifte Ariels Blick wieder zur Feuerstelle. Ihr Onkel hatte sie einem Mann anvertraut, der schwermütig war und unter Alpträumen litt, dem Sohn einer Hexe, die sowohl mit einem Wolf als auch mit einem Drachen geschlafen hatte!

Höchstwahrscheinlich würde sie in dieser Nacht ebenfalls Alpträume haben, denn obwohl sie Robin versprochen hatte, nicht über das Gehörte zu sprechen, würde es fast unmöglich sein, nicht daran zu *denken*.

Im Wald hatte nachts wenigstens der Wind durch die Bäume gepfiffen; im Kloster herrschte hingegen Grabesstille.

Ariel lag auf ihrer Strohmatratze und starrte an die Decke. Obwohl Sedrick das Feuer vor dem Zubettgehen noch einmal kräftig entfacht hatte, brannte es jetzt nur noch kümmerlich, weil das Holz viel zu feucht war.

Ariel hatte nach ihrer Auseinandersetzung mit Fitz-Randwulf und nach Robins Erzählungen mehrere Becher Glühwein geleert, und als sie schließlich zu ihrer Pritsche torkelte, hatte sie den Eindruck gehabt, als schwanke die Halle bedenklich. Entgegen ihren Befürchtungen hatte sie jedoch tief und fest geschlafen, und aufgewacht war sie nicht etwa von einem Alptraum, in dem grausame Hexen Ritualmorde begingen, sondern ganz banal von einer unangenehm vollen Blase. Dabei hatte sie abends zweimal die Latrine im Hof aufgesucht.

Wenn ich ein Mann wäre, dachte sie gereizt, könnte ich jetzt einfach in den Nachttopf pinkeln. Dieses Ding war jedoch so hoch und hatte einen so schmalen Hals, daß sie es bestimmt umwerfen würde, wenn sie versuchte, sich darauf zu setzen.

Sie setzte sich mißmutig auf und schwang ihre Beine von der Pritsche. Das glimmende Feuer spendete immerhin soviel Licht, daß sie die Halle durchqueren konnte, ohne über Möbel, Satteltaschen oder Rüstungen zu stolpern. Die Türangeln waren — wie in den meisten Klöstern — gut geölt, damit der Teufel nicht hören konnte, daß Menschen aus und ein gingen. Ariel eilte einen Steinkorridor entlang, öffnete eine zweite Tür und stand fröstelnd in der kalten Nachtluft. Es regnete nicht mehr, aber der dichte Nebel setzte sich sofort in der Decke fest, die sie über die Schultern geworfen hatte, und bescherte ihr feuchte Haut.

Während sie vorsichtig einen Fuß vor den anderen setzte, schienen hinter jedem Busch und Strauch groteske Gestalten zu lauern, die knochige Finger mit langen Krallen nach ihr ausstreckten, und jedesmal, wenn ihre Dekke sich an einem Ast verfing, bekam sie eine Gänsehaut.

Auf dem Rückweg von der Latrine dachte sie zunächst, daß der Morgen bereits graute, weil sie die Mauern verschwommen erkennen konnte, doch dann verriet ihr ein durchdringender Pechgestank, daß der schwache gelbliche Lichtschein von einer Fackel herrührte, die im Pferdestall gleich neben der Pilgerhalle brannte, und eine Stimme, die ihr so vertraut wie ihre eigene war, veranlaßte sie stehenzubleiben.

»Wenn Sie sich Sorgen über die Zustände auf der Straße nach Rennes machen«, sagte Henry, »gäbe es doch bestimmt eine Möglichkeit, einen großen Bogen um die Stadt zu machen.«

»Das schon«, stimmte Eduard zu, »aber einer von uns muß auf jeden Fall in die Stadt reiten, um festzustellen, ob es dem Marschall gelungen ist, uns eine Botschaft zukommen zu lassen. Er hat versprochen, einen Kurier nach Rennes oder nach St. Malo zu schicken, weil beide Städte so groß sind, daß Pilger auf der Durchreise dort nicht auffallen.«

»Und woher sollen wir wissen, ob die Lage in Rennes gefährlich ist oder nicht?«

»Ich nehme Sparrow mit, und falls wir feststellen sollten, daß es sich empfiehlt, die Stadt zu meiden, schicke ich ihn zurück, um Sie zu warnen. Aber im Grunde glaube ich nicht, daß es irgendwelche Probleme geben wird. Der Anführer der Rebellen ist Hugh de Luisgnan, der dem König nicht zuletzt deshalb grollt, weil Ohneland ihm seine Verlobte ausgespannt und zur neuen Königin gemacht hat. Er ist ein anständiger Mann, der für Plündern und Morden nichts übrig hat. Wenn seine Truppen Rennes besetzt haben, wird er die offenen Feindseligkeiten möglichst schnell beenden und den Frieden wiederherstellen wollen. Was ihm vorschwebt, ist eine Vereinigung der ganzen Normandie gegen den Usurpator, und deshalb wird er alles vermeiden, was Sympathien für den englischen König wecken könnte.«

Das Licht bewegte sich, und die Nebelschwaden wichen vor der Hitze der Fackel zurück. Ariel konnte sich rasch hinter einem knorrigen alten Feigenbaum verstecken, bevor Henry, Sedrick und FitzRandwulf aus dem Stall herauskamen. Der Bastard führte Lucifer am Zügel.

»Verlassen Sie das Kloster in der Morgendämmerung«, empfahl er, »und reiten Sie auf der Hauptstraße in Richtung Rennes. Wenn weder Sparrow noch ich Sie bis Mittag warnen, können Sie davon ausgehen, daß in der Stadt Ruhe herrscht.«

»Und wo treffen wir Sie in Rennes?« wollte Henry wissen.

»Wenn ich nicht am Stadttor auf Sie warte, reiten Sie zu einem Gasthof namens ›Die zwei Kampfhähne‹. Der Wirt ist ein Freund von mir und wird sich gut um Sie kümmern. Flüstern Sie ihm die Worte *à outrance* — auf Leben und Tod — ins Ohr, dann wird er wissen, daß Sie von Amboise kommen.«

»Die zwei Kampfhähne. *À outrance*«, wiederholte Henry. »Und was, wenn Sie bis zum nächsten Morgen nicht zu uns gestoßen sind?«

Eduard lächelte grimmig. »Dann ist der sehnlichste Wunsch Ihrer Schwester in Erfüllung gegangen, und ich bin tot.«

Er führte Lucifer direkt auf die hohe Klostermauer zu. Erst als er dicht davorstand, konnte Ariel im Fackelschein zwischen Efeu und überhängenden Ästen ein Tor erkennen, das gerade breit und hoch genug war, um das riesige Schlachtroß durchzulassen. Draußen schwang FitzRandwulf sich in den Sattel und wurde sofort vom Nebel verschluckt.

Henry und Sedrick blieben am Tor stehen, bis Lucifers donnernde Hufe im Wald nicht mehr zu hören waren.

»Der Bursche ist mir nicht sehr sympathisch«, kommentierte Sedrick. »Er ist von sich selbst viel zu sehr eingenommen.«

»Ich bin ganz deiner Meinung«, sagte Henry, »aber ein paar Wochen werden wir ihn schon noch ertragen können. Ehrlich gesagt — ich hatte für diese Provinzbarone und ihre ehelichen oder unehelichen Sprößlinge nie viel übrig, aber dieser Bastard scheint immerhin genau zu wissen, was er tut.«

Sedrick kicherte. »Lady Ariel ist offenbar anderer Ansicht.«

Henry warf einen Blick auf die gespenstische Silhouette des Klosters. »Diesmal wird Ariel tun, was ich sage. Nachdem der walisische Prinz so scharf darauf ist, mit ihr ins Bett zu gehen, hat sie die Möglichkeit, den Besitz zurückzubekommen, der von Rechts wegen sowieso den De Clare gehört. Und sobald die Perle in unserem Besitz ist, werde *ich* dafür sorgen, daß dieser Besitz für sehr lange Zeit in unseren Händen bleibt.«

Sedrick starrte ihn entgeistert an. »Du willst mit der Perle — falls es uns gelingen sollte, sie zu stehlen — einen Tauschhandel treiben? Aber du hast doch geschworen — wir alle haben bei unserem Leben geschworen —, die Perle so sicher zu verwahren, daß der König ihrer nie wieder habhaft werden kann.«

»Ich habe auch nicht die Absicht, diesen Schwur zu brechen. Der König wird ihrer nie wieder habhaft werden, sobald wir sie gestohlen haben — aber wir werden sie auch nicht wieder aus den Händen lassen.«

Sedricks Miene verdüsterte sich noch mehr. »Laß das nur nicht FitzRandwulf zu Ohren kommen! Der *erste* Diebstahl bereitet ihm schon genug Sorgen.«

Henry seufzte, weil sein Freund so begriffsstutzig war. »Wir brauchen die Perle nicht ein zweites Mal zu stehlen, damit der König wie auf heißen Kohlen sitzt. Es genügt vollauf, daß wir wissen ... und ihn wissen lassen ...«

»Daß wir wissen, wo die Perle ist«, grinste Sedrick, der endlich begriffen hatte, was Henry vorhatte.

»Dein Verstand ist nicht zu überbieten!« Henry lachte trocken. »Gehen wir, mein Freund! Vielleicht hätte ich dein Gehirn um diese Zeit und an diesem Ort nicht mit so schwierigen Problemen belasten sollen. Ehrlich gesagt«, fuhr er schaudernd fort, »ich werde heilfroh sein, wenn wir dieses gottverdammte Kloster wieder verlassen haben. Ich könnte schwören, daß sich hier jeder Schatten bewegt und der Nebel Augen hat!«

Sedrick bekreuzigte sich hastig, bevor er seinen Schwertgriff umklammerte. Auch er hätte schwören können, daß sich hinter dem Feigenbaum etwas bewegt hatte, aber außer dichten Nebelschwaden war nichts zu sehen.

## 12

Ariel war in die Pilgerhalle gehastet und hatte es gerade noch geschafft, sich auf ihrer Pritsche die Decke über den Kopf zu ziehen, bevor auch die beiden Männer zurückkehrten und sich leise zu Bett begaben. Ihr Herz klopfte laut, und sie hatte sich eine Zehe angeschlagen. Mühsam den Schmerz verbeißend, lag sie hellwach da und dachte über die merkwürdige Unterhaltung zwischen Henry und Sedrick nach, die sie belauscht hatte.

Was hatte dieses Gerede über eine Perle zu bedeuten, die so kostbar war, daß man sie als Tauschobjekt verwenden konnte? Sie mußte ungemein kostbar sein, wenn sie im Besitz des Königs war — und wenn die Männer ihr Leben riskierten, um sie zu stehlen.

Es ging Ariel einfach nicht in den Kopf, daß ihr Bruder, Sedrick und FitzRandwulf Diebe waren. Henry war durch seine Siege bei Turnierkämpfen zu einigem Wohlstand gelangt, und sie hatte bisher nicht den Eindruck gehabt, daß er den Verstand verloren hatte; aber er mußte völlig verrückt sein, wenn er den König bestehlen wollte. Sedrick hatte nie nach Reichtümern gestrebt — er war ein treuer Lehnsmann des Marschalls, und solange er einen vollen Bauch, jede Menge Ale und irgendein Weib im Bett hatte, war er mit seinem Leben vollauf zufrieden, um so mehr, als es nie an Gelegenheiten fehlte, ein paar Schädel einzuschlagen.

Ob FitzRandwulf habgierig war oder nicht, konnte Ariel natürlich nicht beurteilen, doch wenn man Robins Geschichten Glauben schenken durfte, war der Bastard alles andere als ein armer Mann. Er besaß Ländereien in der Touraine und in Aquitanien, und möglicherweise hatte er von seiner Mutter auch noch Grundbesitz in Lincolnshire geerbt. Würde er für eine Perle morden? Würde er nach England reisen und alles, was er besaß, aufs Spiel setzen, nur um diese Perle in seinen Besitz zu bringen? Und hatte er nicht zugegeben, daß er wegen einer Frau nach England zurückkehrte? Aber hatte er das wirklich zugegeben, oder hatte er Ariels Vermutung nur nicht widersprochen? Und wenn es tatsächlich eine Frau war, die ihn aus seinem Wolfsbau in der Normandie hervorgelockt hatte — besaß diese Frau dann die mysteriöse Perle?

Ariel war immer noch mit ihren komplizierten Überlegungen beschäftigt, als Henrys Weckruf erscholl. Fest entschlossen, nicht zu verraten, daß sie das Gespräch belauscht hatte — aber insgeheim sehr zufrieden, daß sie sich die Geheimnistuerei der Männer nicht nur eingebildet hatte —, verrichtete sie ihre Morgengebete und setzte die übliche düstere Miene auf, als es zum Frühstück wieder einmal nur Brot und Ale gab. Um den Erwartungen der anderen gerecht zu werden, erkundigte sie sich, wo ihr cholerischer Führer abgeblieben war, und machte keinen Hehl aus ihrer ehrlichen Meinung, daß sie großartig ohne ihn auskommen konnten.

Sie verließen das Kloster, als die Sonne erst ein bleicher Fleck am Horizont war, und gegen Mittag ließen sie die dichten Wälder endgültig hinter sich. Gepflegte Felder mit Steinumfassungen säumten nun den Weg. Schafherden weideten auf den Hügeln, und einmal rannte ein schwarzweißer Hund eine ganze Weile neben ihnen her und kläffte sie wütend an.

Frische Wagenspuren im nassen Lehm deuteten darauf hin, daß Bauern zu den Märkten in Rennes unterwegs waren, und wenn sie Fußgänger überholten, wurden sie mißtrauisch beäugt, aber sie sahen weder eine Armee auf dem Vormarsch, noch gab es irgendwelche Anzeichen für die Plünderungen und Brandschatzungen, die angeblich — jedenfalls Johann Ohneland zufolge — in der Bretagne und Normandie an der Tagesordnung waren.

Weder FitzRandwulf noch Sparrow ließen sich blicken. Henry und Sedrick hielten nach der Mittagsrast eine kurze Beratung ab, zu der Dafydd ap Iorwerth aus Höflichkeit hinzugezogen wurde, während Ariel und Robin Essensreste und Utensilien wegpacken mußten. Ariel wußte immerhin, wo der Bastard sich aufhielt, aber Robin war tief gekränkt, daß sein Bruder ihn einfach zurückgelassen hatte. Immerhin war er Eduards Knappe, und nicht Sparrow, sondern er hätte seinen Herrn begleiten müssen, ungeachtet irgendwelcher Gefahren.

In gedrückter Stimmung ritt die kleine Gruppe — drei Ritter und zwei Knappen — auf Rennes zu. Die Stadt ähnelte allen anderen, die um eine normannische Festung herum entstanden waren. Auf einem Hügel gelegen, wurde sie von mächtigen Türmen überragt. Grenzsteine am Straßenrand teilten das Umland in Parzellen auf, wo die Einwohner ihr Gemüse anbauten oder ihre Schafe weideten. Unterhalb der Stadt floß die Vilaine, ein Fluß mit tückischen Strömungen, von denn man meilenweit mitgerissen werden konnte, wenn man ihn überqueren wollte.

Die Stadt war von einer dicken Mauer umgeben, und das Tor blieb von Sonnenuntergang bis Sonnenaufgang geschlossen und wurde streng bewacht. Ein dicker Wächter mit roter Knollennase und Triefaugen kassierte ein hohes Wegegeld von den fünf Reisenden und ließ sie erst passieren, nachdem die Packpferde gründlich durchsucht worden waren.

Über dem Tor wehten die Banner der Bretagne und Frankreichs, daß die englischen Leoparden fehlten, war der erste Hinweis darauf, daß die Stadt gegen den englischen König rebellierte. Und auf den Wehrgängen und Wachttürmen patrouillierten Männer, deren Waffenröcke und Schilde mit dem Wappen von Hugh de Luisgnan geschmückt waren.

Die schmalen gewundenen Straßen, die von der Stadtmauer ins Zentrum führten, waren für Ortsfremde ein verwirrendes Labyrinth. In Holzbuden und kleinen Läden boten Händler ihre Waren feil: Seife, Knoblauch, Kohle, Wetzsteine, Schaufeln und Honig — alles, was das Herz begehrte. Nach der Langweile der letzten Tage hatte Ariel ihre Freude an dem bunten Treiben und drehte ihren Kopf nach allen Seiten. Der Lärm war ohrenbetäubend. Jeder brüllte, um seinen Nachbarn zu übertönen; Kirchenglocken läuteten, Kinder schrien; Hunde bellten. Ritter in glänzenden Rüstungen bahnten sich rücksichtslos einen Weg durch die Fußgänger, aber Henry und seine Begleiter wichen höflich zwei Sänften aus, in denen zwei lachende junge Damen saßen, die es offenbar eilig hatten, das Geld ihrer reichen Männer auszugeben.

Die zwei- oder dreistöckigen Holzhäuser waren reichlich baufällig, und die vielen Vorbauten sorgten dafür, daß kaum ein Sonnenstrahl auf das Pflaster der höchstens zweieinhalb Meter breiten Straße fiel. Bemalte Schilder schwangen quietschend hin und her, und manche hingen so tief, daß unachtsame Reiter leicht eine Beule davontragen konnten. Über jedem Laden lebten drei oder vier Familien, und der Gestank von so vielen eng zusammengepferchten Leibern war fast so überwältigend wie der Lärm. Abfälle aller Art wurden einfach aus den Fenstern gekippt und von Schweinen und Hunden durchwühlt.

Es gab Gassen, in denen sich eine Bäckerei und Garküche an die andere reihte, und andere, wo sich ausschließlich Goldschmiede, Gerber oder Fischhändler niedergelassen hatten. Ein Blinder brauchte sich nur an den verschiedenen Gerüchen zu orientieren, um zu wissen, wo er war. Am schlimmsten stank es in der Metzgergasse, wo das Blut in den Rinnsteinen stand, und wo Bettler sich mit Hunden und Möwen um die dampfenden Eingeweide stritten, die einfach auf die Straße geworfen wurden, weil sie sich nicht einmal zur Herstellung von Seife eigneten.

In der Stadtmitte konnte man die schönen Steinhäuser der reichen Bürger, das Rathaus mit seinem hohen Glokkenturm und den Marktplatz bewundern, wo vornehme Damen sich von venezianischen Händlern die neuesten Kollektionen an Samt und Seide zeigen ließen. Leinen aus Flandern wurde hier ebenso verkauft wie Mandeln und Gewürze, angepriesen von dunkelhäutigen Griechen. Eine hohe Plattform mit einem großen Holzkreuz war der Standort des städtischen Ausrufers.

Wie in den meisten Städten, so gab es auch in Rennes fast so viele Kirchen wie Häuser. Genauso zahlreich waren die Schenken und Gasthöfe, wo man essen, trinken und übernachten konnte. In verschiedenen Stadtteilen gelegen, trafen sich hier Kaufleute mit Kaufleuten, Juden mit Juden, Verkäufer von Eisen und Bronze mit den Waffenschmieden und Herstellern von Kettenpanzern. Auf den Schildern standen keine Namen — das wäre sinnlos gewesen, weil nur die reiche Oberschicht lesen konnte. Statt dessen fand man sich mit Hilfe von geschnitzten oder geschmiedeten Bildern zurecht: ein Wildschwein auf dem Schild lockte Besucher in den ›Gasthof zum Eber‹, und gelbe Blumen wiesen den Weg in die ›Schenke zur Golddistel‹.

Das Wirtshaus, vor dem Henry schließlich anhielt, hatte ein Holzschild, auf dem zwei stolze rote Hähne zu sehen waren. Ariel konnte kaum glauben, daß FitzRandwulf sie ausgerechnet hierher beordert hatte, denn es war mit Sicherheit die übelste Spelunke, die sie in der ganzen Stadt gesehen hatten — eine Bruchbude aus modrigem Holz mit löchrigem Strohsack.

»Ich bin nicht gerade begeistert von dieser Herberge«, kommentierte Henry überflüssigerweise.

»Ja«, stimmte Sedrick verdrossen zu. »Sogar in der Metzgergasse gab es bessere Absteigen.«

»Sind Sie ganz sicher, daß wir Lord Eduard hier treffen sollen?« flüsterte Dafydd erschrocken. Ein Pärchen verließ gerade die Spelunke. Die Frau war spärlich bekleidet und lachte schallend, als der Mann seine Hand unter ihr Mieder schob und ihre Brüste begrapschte.

Henry betrachtete noch einmal das Holzschild. »Robin, vielleicht solltest du mit Ariel hier draußen warten und auf die Pferde aufpassen, während wir uns drinnen umsehen.«

Ariel, die schon abgestiegen war und ebenso wie die anderen auf dem Kopfsteinpflaster stand, legte eine Hand auf den Griff ihres Kurzschwerts und schüttelte energisch den Kopf. »Wo du hingehst, Bruderherz, da gehe auch ich hin, und in diesem speziellen Fall möchte ich mich lieber mit eigenen Augen umsehen.«

Henry runzelte die Stirn, war aber nicht in der Stimmung für lange Diskussionen, denn es wurde schon dämmrig. Er winkte einen stämmigen Burschen herbei, der vor der Tür eines Nachbarhauses herumlungerte, und hielt eine Silbermünze hoch.

»Die gehört dir, mein Freund, wenn du dafür sorgst, daß keine neugierigen Hände unseren Pferden zu nahe kommen.«

Der Mann nickte grinsend, wobei schwarze Zahnstümpfe zum Vorschein kamen. »Noch nich' mal 'n Finger, Herr, sonst kriegen Sie ihn morgen früh auf 'nem Teller serviert, das versprech ich Ihnen.«

»Meine Freunde und ich werden uns nicht nur deine Finger, sondern auch deine Augen und dein Herz holen, wenn du den Fehler begehst, selbst zu neugierig zu sein.«

Der Bursche musterte Sedrick, der so aussah, als könnte er seine Drohung sogar ohne Zuhilfenahme eines Dolchs oder Schwerts wahr machen, und nickte wieder eifrig.

Henry betrat die Spelunke als erster, dicht gefolgt von den anderen. In der Schankstube war es fast dunkel. Es gab keine Fenster, und nur einige rußende Talgkerzen auf den Tischen spendeten etwas Licht. Der Gestank war so übelkeiterregend, daß Ariel sich rasch eine Hand vor Mund und Nase hielt, weil ihr Lederhandschuh wesentlich angenehmer roch.

Sobald ihre Augen sich an das bernsteinfarbene Dämmerlicht gewöhnt hatten, konnte sie an drei Wänden rohe Holztische und Bänke erkennen. Der Tresen an der vierten Wand bestand aus einem dicken Brett, das auf zwei Eichenfässern lag. Eine pausbäckige Schankmamsell mit phänomenalem Busen verhandelte mit einem Gast, der offenbar mehr als nur Bier haben wollte. Andere dunkle Gestalten saßen an den Tischen. Das Stimmengewirr verstummte abrupt, als die drei Ritter und zwei Knappen den Raum betraten. Ariel spürte, daß ein Dutzend wäßriger Augenpaare die feinen Herrschaften anstarrte, die sich in diesen Schweinestall verirrt hatten. Die meisten Kerle sahen so aus, als würden sie für einen Penny bedenkenlos jede Kehle aufschlitzen, ganz egal, ob die eines Adligen oder die eines Gemeinen.

Die Schankmamsell hatte hingegen offenbar eine Vorliebe für den Adel, denn sie schob energisch die Hände des Burschen weg, der sie begrapscht hatte, und lockerte die Verschnürung ihres Mieders noch ein wenig mehr, als sie sah, daß Henry auf sie zukam.

»*Oui, Monsieur*? Womit kann ich Ihnen an diesem herrlichen Abend dienen?«

»Wir brauchen Bier, um den Staub aus unseren Kehlen zu spülen«, erwiderte Henry, der nicht umhin konnte, fasziniert auf ihre melonengroßen Brüste zu starren, die ihn sogar mit dem Anblick einer fetten Kakerlake auf dem Tresen versöhnten. »Und wir möchten mit dem Wirt sprechen.«

»Monsieur Valois ist nicht da«, lachte die Frau. »Er hatte das Pech, ausgerechnet dem Lakaien des Justitiars eine Flasche über den Schädel zu schlagen, und jetzt muß der Ärmste brummen!« Sie beugte sich über den Tresen und begrub die arme Kakerlake unter ihren schweren Brüsten. »Mein Name ist Lizabelle. Kann *ich* vielleicht etwas für Sie tun?«

»Vielleicht«, stimmte Henry bedächtig zu.

»Sie brauchen Ihre Wünsche nur zu äußern, Monsieur.«

»Haben Sie Zimmer für eine Nacht frei?«

Lizabelle grinste. »Für die *ganze* Nacht, Monsieur?«

»Wenn es nicht zuviel Mühe macht.«

»Es macht überhaupt keine Mühe, Monsieur.« Sie holte so tief Luft, daß eine rosige Brustwarze vorwitzig aus dem Mieder hervorsprang. »Ich stehe Ihnen gern persönlich zur Verfügung ... wenn Sie das nötige Kleingeld haben.«

»Ich habe das Losungswort«, versicherte Henry leise. »*À outrance.* Mir wurde gesagt, daß es uns mit allem Nötigen versorgen würde.«

»Ein Losungswort, Monsieur?« fragte Lizabelle mißtrauisch. »Kein Geld?«

»Geld habe ich auch, und ich werde mich bereitwillig davon trennen, wenn meine Freunde und ich mit allem zufrieden sind.«

»Freut mich sehr, das zu hören, Monsieur, aber nur für alle Fälle ...«

Von einer Sekunde zur anderen verschwand ihr Lächeln, und ihre Hand schoß hinter dem Tresen hervor.

Henry sah das Funkeln eines scharfen Dolchs und warf den Kopf zurück — aber nicht schnell genug. Die Messerspitze riß ihm das Kinn blutig. Mit einem Satz nach hinten brachte er sich vor einer weiteren Verletzung in Sicherheit — allerdings nur, um von zwei kräftigen Kerlen festgehalten zu werden, die ihn bei den Armen packten, so daß er weder Schwert noch Dolch zücken konnte. Und als er einen verstörten Blick nach hinten warf, sah er, daß Sedrick in ähnlicher Bedrängnis war. Mindestens ein halbes Dutzend Ganoven versuchte, den brüllenden Riesen in die Knie zu zwingen.

Ariel, die etwas abseits stand, hatte gesehen, daß die Männer sich von hinten an Sedrick und Henry heranschlichen, doch bevor sie ihnen eine Warnung zurufen konnte, wurde ihr der Mund von einer großen stinkenden Hand zugehalten, und ein Arm schlang sich um ihre Taille und zerrte sie in eine Ecke. Wild um sich schlagend, mußte sie mit ansehen, wie Henry seiner Waffen beraubt und grob gegen die Holzwand geschleudert wurde. Benommen rappelte er sich hoch und taumelte gegen einen Tisch. Bierhumpen, Wasserkrüge und altbackene Brotscheiben flogen auf den Boden. Einer der Angreifer prügelte mit einem Holzknüppel auf ihn ein. Durch seine schwere Rüstung behindert, konnte Henry sich der Schläge nicht erwehren und nahm kaum noch wahr, daß ein zweiter Schurke seine Kleidung nach einem Geldbeutel durchsuchte.

Sedrick kämpfte hingegen wie eine wütende Bulldogge gegen seine Angreifer. Er bekam einen Arm frei und beförderte mit einem mächtigen Fausthieb einen Mann quer über den Tresen hinweg in Lizabelles Arme, die entsetzt kreischte und gegen ein Regal mit Krügen und Töpfen krachte. Ein weiterer Ganove hob daraufhin eine Holzbank hoch und schwang sie in Richtung von Sedricks Kopf, doch plötzlich sprang Dafydd ap Iorwerth mit gezücktem Schwert aus dem Hintergrund hervor. Der Ganove wehrte den Schlag mit der Bank ab, und der Stahl bohrte sich so tief ins Holz, daß Dafydd die Waffe nicht festhalten konnte. Während sich zwei Schurken von hinten auf ihn stürzten, traf die Bank mit voller Wucht seinen ausgestreckten Arm.

Robin hatte Ariel ritterlich zu Hilfe eilen wollen, wurde aber von einem Zinnkrug außer Gefecht gesetzt. Ariel wand sich wie ein schlüpfriger Aal in den Armen ihres Gegners. Sie biß und kratzte und trat mit den harten Holzsohlen ihrer Schuhe nach seinen Schienbeinen. Fluchend lockerte er seinen Griff, doch noch bevor Ariel aufatmen konnte, krachte etwas Hartes — eine Faust oder ein Knüppel — gegen ihre Schläfe, und sie hatte nur noch Sterne vor Augen. Der zweite Schlag trug ihren Filzhut davon, und sie hätte beim besten Willen nicht sagen können, ob es ihr rotes Haar war, das ihr plötzlich die Sicht raubte, oder ihr eigenes Blut.

Der Mann war so verblüfft, als er plötzlich eine Frau vor sich sah, daß er gar nicht bemerkte, wie die Tür der Spelunke aufflog.

Einem Racheengel gleich, schwang der Neuankömmling sein Schwert. Blut spritzte aus tiefen Wunden hervor. Wer von den Schurken noch laufen konnte, suchte hastig sein Heil in der Flucht. Plötzlich freigelassen, sank Ariel halb ohnmächtig zu Boden und griff sich an den Kopf. Eine warme Flüssigkeit rann ihr über die Finger.

Wieder flog die Tür weit auf, und eine winzige Gestalt betrachtete das Schreckensbild in der Schankstube: umgestürzte Tische und Bänke, zerbrochenes Geschirr, Bierpfützen und Blutlachen auf dem Boden, eine kreischende vollbusige Dirne und stöhnende Männer ringsum. Zwei flüchtige Ganoven rannten Sparrow fast über den Haufen. Fluchend griff er nach seinem über die Schulter geschlungenen harfenförmigen Bogen. Der erste kurze Pfeil traf einen dicken Hintern, und mit einem Freudenschrei nahm der Gnom die Verfolgung auf.

Eduard stand mit dem Schwert in der Hand mitten im Raum und vergewisserte sich, daß keine Gefahr mehr drohte. Einige Schwerverletzte verkrochen sich, so schnell sie konnten, in den dunkelsten Ecken.

Mit einem einzigen großen Satz war Eduard bei Robin, der benommen an der Wand lehnte.

»Ist alles in Ordnung? Bist du verletzt?«

Robin schüttelte den Kopf und verwünschte seine eigene Unfähigkeit. »Lady Ariel . . .?«

Sedrick hing stöhnend und fluchend über dem Tisch. Henry taumelte umher, als wäre er schwer betrunken. Der Waliser saß mit aschfahlem Gesicht auf dem Boden und preßte einen blutigen Arm an seine Brust.

Und Ariel . . .

Eduard drehte sich im Kreis, doch Lady Ariel de Clare war nirgends zu sehen. Dafür stürzte Sparrow so abrupt zur Tür herein, daß der Ritter vorübergehend wieder in Kampfstellung ging.

»Verdammte Schweine!« verkündete der Zwerg wichtigtuerisch. »Der eine ist in *die* Richtung gerannt, der andere in *jene.*« Er gestikulierte heftig, um seine Worte zu untermalen. »Na ja, aber immerhin haben beide ein bißchen Eisen in die Ärsche gekriegt«, fuhr er kichernd fort, während er stolz auf seinen Bogen klopfte, »und in den nächsten Tagen werden sie wohl kaum sitzen oder aufrecht gehen können. Aber was zum Teufel ist hier passiert? Verdammt, kaum läßt man euch einen halben Tag allein, da sitzt ihr auch schon in der Patsche! Nur gut, daß wir gerade noch rechtzeitig gekommen sind. Drei Riesenochsen lassen sich so einfach . . .« Er sah sich um und wurde plötzlich merklich stilller. »Ist jemand verlorengegangen?«

Eduard hatte inzwischen eine flüchtige Bewegung wahrgenommen und ging darauf zu. »Lady Ariel?«

Als er keine Antwort erhielt, schob er sein Schwert in die Scheide und ging in die Hocke, um unter den Tisch spähen zu können. Der lange rote Zopf wies ihm den

Weg zu einem vorwurfsvollen smaragdgrünen Augenpaar.

»Sie können jetzt ruhig rauskommen, Mylady.« Er streckte ihr seine Hand entgegen. »Die ganze Aufregung ist vorbei.«

Sie murmelte etwas, das sich verdächtig nach einer Schmähung seiner Herkunft anhörte. Eduard hob die Brauen. »Freut mich, daß Ihre Schlagfertigkeit nicht gelitten hat. Und jetzt geben Sie mir die Hand und kriechen aus Ihrem Versteck, bevor die Ratten Gefallen an Ihrer Gesellschaft finden.«

»Gehen Sie zum Teufel!« fauchte sie und schlug nach seiner Hand.

Seufzend packte er sie bei den Schultern, zog sie unter dem Tisch hervor und setzte sie darauf. Er wollte gerade einen bissigen Kommentar über die Tugend der Dankbarkeit abgeben, als er das Blut auf ihrer Schläfe und Wange bemerkte.

Der Anblick versetzte ihm einen solchen Schock, daß er mehrmals tief durchatmen mußte, bevor er ihren Kopf ins schwache Licht der Talgkerze drehte, seine Handschuhe auszog und mit den Fingerspitzen behutsam ihre Stirn abtastete. Erleichtert stellte er fest, daß es keine lebensgefährliche Verletzung war.

»Nur eine kleine Platzwunde«, beruhigte er sie. »Nicht einmal halb so schlimm, wie man bei dem vielen Blut glauben könnte.«

Ariel sah keinen Grund zur Freude. Ihr Kopf schmerzte fürchterlich, ihr war speiübel, und der ganze Raum schien sich um sie zu drehen.

»Haben Sie noch andere Verletzungen?«

»Gespielte Sorge paßt nicht zu Ihnen«, murmelte sie. »Wir hätten alle ermordet werden können.«

»Wenn Sie ermordet worden wären, Mylady, so nur deshalb, weil Ihr Bruder Kampfhähne nicht von roten Hennen unterscheiden kann.«

Ariel wollte zu ihm aufschauen, schloß aber rasch die Augen, weil sie ihn doppelt sah. »Trotzdem ... zwei Überfälle in zwei Tagen ... das wirft kein gutes Licht auf Ihre Fähigkeiten, jemanden zu beschützen.«

Eduard ertrug ihren Sarkasmus — aber nur, weil sie ohnehin schon blutete.

»Glauben Sie, daß Sie laufen können?«

»Möglichst weit weg von Ihnen? Und ob ich das kann!«

»Weg von *hier* wird im Moment genügen müssen«, entgegnete er sanftmütig. »Oder möchten Sie lieber hierbleiben und Ihre Beschwerden dem Justitiar vortragen?«

Ariel öffnete den Mund zu einer Erwiderung, schloß ihn aber hastig wieder, um sich nicht übergeben zu müssen. Die Galle hinunterschluckend, klammerte sie sich hilfesuchend an Eduards Waffenrock.

»Mylady?«

Ariels Stolz brach schlagartig in sich zusammen. »Es ... es tut so weh«, schluchzte sie. »Es tut so ... unerträglich weh!«

Sie hörte FitzRandwulf etwas murmeln, aber die Worte schienen aus weiter Ferne zu kommen. Doch dafür lag sie plötzlich an seiner Brust und brauchte nicht mehr gegen das Schwindelgefühl anzukämpfen, sondern nur noch ihre Arme um seinen Nacken zu schlingen und sich fest an ihn zu schmiegen. Dabei störte sie nicht einmal sein harter Kettenpanzer. Seltsamerweise vermittelte er ihr sogar ein zusätzliches Gefühl von Geborgenheit.

Sie spürte die Vibrationen seines Brustkorbs, als er Henry und Sedrick zurief, daß sie sich um Dafydd kümmern sollten. Verschwommen tauchte das Gesicht ihres Bruders über ihr auf, der sich erbot, sie zu tragen, doch sie wollte nichts von ihm wissen, nachdem alles seine Schuld war. Sie hörte Robins Stimme und Sparrows aufgeregtes Quieken, und dann waren sie auf der Straße, wo die Gaffer, die von dem Krawall in der Spelunke angelockt worden waren, ihnen hastig den Weg zu ihren

Pferden freimachten, weil FitzRandwulfs Miene nichts Gutes verhieß.

Ariel wußte nicht, in welche Richtung und wie weit sie ritten. Sie wußte nicht einmal, wie FitzRandwulf es geschafft hatte, sich in den Sattel zu schwingen, ohne sie loszulassen, aber sie hatte das angenehme Gefühl, mit seinem Körper verschmolzen zu sein, der sie vor schmerzhaften Erschütterungen bewahrte. Irgendwann wurde sie offenbar ohnmächtig, denn als sie wieder die Augen aufschlug, war der Himmel über ihr ganz dunkel. Dann wurde sie wieder getragen und nahm verschwommen einen hellen Raum mit weißen Wänden und einem prasselnden Feuer wahr. Unbekannte Stimmen veranlaßten sie jedoch, sich noch fester an Eduard zu schmiegen.

Auf der Treppe nahm er zwei Stufen auf einmal und brüllte jemandem zu, Wasser und Verbandszeug zu bringen. Ariel stöhnte leise und vergrub ihr Gesicht an seinem Hals. Ihre Lippen berührten sein Kinn, das sich salzig und heiß und stoppelig anfühlte, doch als er wieder etwas brüllte, zuckte sie erschrocken zusammen.

»Was ist?« fragte er besorgt. »Haben Sie Schmerzen?«

»Zu laut«, flüsterte sie.

»Zu laut?«

»Ihre Stimme! Wenn Sie schreien, ist sie so laut, daß sogar meine Füße weh tun.«

»Verzeihen Sie, Mylady, aber ich war im Moment um Ihren Kopf besorgter als um Ihre Füße.«

»Mein Kopf ist geplatzt«, murmelte sie kläglich. »Für den besteht keine Hoffnung mehr.«

»Für etwas so Hartes besteht immer Hoffnung!« versicherte er grinsend.

Behutsam legte er sie auf ein Bett. Ihr Gesicht war immer noch leichenblaß — bis auf den großen blauen Fleck auf ihrer Stirn und das Blut, das ihre Haare verklebte und von der Wunde an der Schläfe über Wange und Kinn gelaufen war. Eduard löste ihre Hände von seinem Nacken, aber ihre Finger waren so kalt, daß er sich veranlaßt sah, sie mit seinen Lippen zu wärmen.

»Sie ... Sie werden uns nicht wieder verlassen?« bat sie.

Er küßte ihre zarten Handflächen. »Nein, Mylady, ich verlassen Sie nicht wieder.«

»Ich möchte, daß Sie mir das feierlich schwören, Sir«, flüsterte sie, den Blick auf seinen Mund gerichtet.

In der plötzlichen Stille hörte Eduard sein lautes Herzklopfen und ihre flachen Atemzüge. Er wußte genau, daß sie in ihrer Benommenheit für ihre Worte und Taten nicht voll verantwortlich war. Trotzdem näherten sich seine Lippen unwillkürlich den ihren.

»Ich schwöre es Ihnen«, murmelte er. »Ich lasse Sie nicht wieder allein.«

»Besiegeln Sie diesen Schwur!« verlangte sie.

»Mylady ...«

Sie befreite ihre Hände aus seinem sanften Griff, schlang sie wieder um seinen Hals und zog seinen Kopf noch tiefer zu sich hinab.

»Verdammt, besiegeln Sie Ihren Schwur, bevor ich ...«

Eduard ließ sie nicht ausreden. Er war fest entschlossen, es bei einem flüchtigen Kuß zu belassen, der sie nur beruhigen sollte, doch als sie für ihn bereitwillig die Lippen öffnete, konnte er der Versuchung einfach nicht widerstehen, ihr zu geben, was sie wollte — und zu nehmen, was er selbst wollte.

Es war Wahnsinn. Er wußte, daß es Wahnsinn war, und trotzdem konnte er sich nicht mehr beherrschen. Vergeblich hatte er versucht, den Kuß, zu dem sie ihn auf dem Burgdach herausgefordert hatte, zu vergessen. Die Erinnerung hatte ihn am nebligen Flußufer genauso verfolgt wie in der Pilgerhalle, und im Grunde hatte er sich vergangene Nacht nicht deshalb allein auf den Weg gemacht, weil er die Lage in Rennes erkunden wollte, sondern weil er befürchtete, daß Ariel de Clare ihn nicht nur bis zur Weißglut reizen, sondern auch eine andere — viel gefährlichere — Hitze in ihm entfachen könnte, eine Hitze, die sein nüchternes Urteilsvermögen und seinen Instinkt beeinträchtigte. Doch seine Flucht hatte ihm nichts geholfen, denn er hatte den ganzen Tag an sie gedacht und sich Sorgen um sie gemacht. Und als er dann in der Spelunke ihr blutüberströmtes Gesicht gesehen hatte, und als sie sich hilfesuchend an ihn geklammert hatte ...

Entgegen aller Vernunft küßte Eduard sie so leidenschaftlich, daß sie heftig erschauerte. Er riß sich flüchtig von ihren Lippen los, weil er befürchtete, ihr weh getan zu haben, aber ihre Augen waren groß und dunkel und vertrauensvoll, und er küßte sie wieder, nun auch seinerseits vor Lust erschauernd.

Mit einem langen wohligen Seufzer sanken Ariels Hände von seinem Nacken herab, und ihre Augen fielen zu. Eduard griff nach ihren schlaffen Fingern und hielt sie fest, bis hinter ihm ein Dielenbrett knarrte.

In der Erwartung, daß die Wirtin Wasser und Verbandszeug gebracht hatte, drehte er sich um und stellte bestürzt fest, daß Henry de Clare auf der Schwelle stand.

Der Ritter sah so aus, als käme er direkt von einem Schlachtfeld und nicht von einer Wirtshausschlägerei. Die lange Schnittwunde an seinem Kinn hatte stark geblutet und seinen Waffenrock beschmutzt. Seine Lippe war aufgeplatzt und geschwollen, er hatte eine große Beule auf der Stirn und ein blaues Auge, was ihn jedoch nicht daran hinderte, Eduard einen eisigen Blick zuzuwerfen.

»Ich hoffe, sie ist nicht schwer verletzt?« erkundigte er sich trocken.

Eduard, der neben dem Bett gekniet hatte, erhob sich. »Zum Glück nicht — die Wunde ist nicht allzu tief.«

»Freut mich zu hören. Die Waliser sind ein primitives Volk, und ich wage zu bezweifeln, daß Rhys ap Iorwerth nachsichtig wäre, wenn seine Braut nicht völlig unversehrt zu ihm käme.«

Eduard verstand die Anspielung und wollte zähneknirschend an Henry vorbeigehen, doch dieser packte ihn am Arm. Die beiden Ritter starrten einander feindselig an. Schließlich lockerte Henry seinen Griff und lächelte gezwungen. »Es war nur eine freundschaftliche Warnung ... diesmal noch.«

Seinen Zorn nur mühsam beherrschend, hätte Eduard fast die dicke Matrone über den Haufen gerannt, die mit Tüchern, Salben und Heilkräutern sowie einer großen Wasserschüssel die Treppe hochkeuchte, einen Gruß stammelte und höflich knickste, bevor sie im Zimmer der Patientin verschwand.

Die klägliche Gruppe in der Wirtsstube war nicht dazu angetan, Eduards Stimmung zu verbessern. Sedrick saß auf einer Bank am Feuer und betastete stöhnend seine schmerzenden Knochen und Muskeln. Er hatte mehrere wuchtige Schläge gegen Kopf und Schultern abbekommen, doch der Kettenpanzer mit Kapuze und der Lederharnisch hatten Schlimmeres verhütet.

Robin saß neben ihm und schüttelte von Zeit zu Zeit den Kopf, so als könne er immer noch nicht begreifen, was passiert war.

Am schlimmsten war Dafydd ap Iorwerth dran. Die Wirtsleute hatten sich sofort um ihn gekümmert und ihm Kettenpanzer und Harnisch ausziehen können, bevor er vor Schmerz ohnmächtig war — ein Segen für den jungen Waliser, dessen Unterarm in der Mitte zwischen Handgelenk und Ellbogen gebrochen war. An seinem blutdurchtränkten Ärmel war allerdings nicht dieser Knochenbruch schuld, sondern ein langer Holzsplitter von der Bank, der sich tief in sein Fleisch gebohrt hatte. Monsieur Cabinet, der Wirt, hatte diesen Fremdkörper bereits entfernt und war gerade dabei, die knirschenden Knochenenden zusammenzufügen.

»Wie geht es ihm?« fragte Eduard besorgt.

»Pah, er ist jung und kräftig«, meinte Monsieur Gabinet. »Es ist zum Glück ein glatter Bruch, und die Fleischwunde ist zwar häßlich, wird dafür aber bestimmt das Mitgefühl vieler Damen wecken. In nächster Zeit wird er starke Schmerzen haben, aber sterben wird er nicht.«

Eduard bedankte sich, und der Wirt arbeitete weiter, verband die Wunde und schiente den Arm mit Hilfe von geraden Ästen, die sein Sohn zurechtschneiden mußte, bevor er den Befehl erhielt, für Getränke zu sorgen.

Zwei große schäumende Krüge Ale standen kaum auf dem Tisch, als auch Henry aus dem Zimmer seiner Schwester zurückkam und sich zu den anderen gesellte, wobei er Eduard kaum eines Blickes würdigte.

»Sie erwarten bestimmt, daß ich die ganze Schuld für diesen bedauerlichen Vorfall auf mich nehme«, knurrte er, während er sich den Bierschaum von den Lippen wischte. »Aber woher hätte ich wissen sollen, daß es in dieser verdammten Stadt gleich zwei Wirtshäuser mit Hähnen auf den Schildern gibt? Sie hätten zumindest erwähnen sollen, daß auf dem einen außerdem noch gekreuzte Schwerter zu sehen sind.«

»Zugegeben, das war ein Versäumnis, aber ich hatte angenommen, daß Sie Kampfhähne von Haushühnern unterscheiden können. Haben Sie wirklich geglaubt, ich würde Sie in eine solche Räuberhöhle schicken?«

Henry streifte die Kapuze seines Kettenpanzers ab und fuhr sich mit den Fingern durch die schweißnassen Haare, wobei er hinter einem Ohr eine große Beule entdeckte.

»Ehrlich gesagt«, murmelte er, »dachte ich, Sie hätten einen makabren Sinn für Humor und fänden es ganz amüsant, uns in ein Bordell zu schicken. Allerdings muß ich gestehen, daß *diese* Unterkunft mir mehr zusagt.«

Die Wirtsstube war groß und hell beleuchtet, und die stabilen Tische wurden offenbar jeden Tag geschrubbt. Frisches Stroh war über den Boden gestreut. Ein prasselndes Feuer erwärmte nicht nur die Luft, sondern auch den köstlich riechenden Inhalt eines riesigen schwarzen

Kessels, der über den Flammen hing. Sie waren die einzigen Gäste, denn der Wirt hatte nach ihrer Ankunft die Tür mit einem dicken Holzbalken verriegelt.

Während Henry den gemütlichen Raum noch beifällig betrachtete, fiel sein Blick auf Sparrow, der es sich mit baumelnden Beinen auf einer Tischkante bequem gemacht hatte. Der Elf genoß es sichtlich, daß zwei so prächtige normannische Ritter demütig ihre Wunden lekken mußten.

»Ein wahres Glück, daß wir gerade noch rechtzeitig aufgekreuzt sind«, kicherte er schadenfroh. »Andernfalls hätte vielleicht einer der Kerle euch noch mit einer Mistgabel die Ärsche gekitzelt!«

»Danke für die teilnahmsvollen Worte.« Henry schnitt eine Grimasse. »Aber wie seid ihr eigentlich in die Spelunke gekommen?«

»Na ja, wir haben gewartet und gewartet, und schließlich hat unser liebenswürdiger Wirt erwähnt, daß es auf der anderen Seite der Stadt ein gewisses Etablissement mit roten Hühnern auf dem Schild gibt, wo nur der Abschaum der Gesellschaft verkehrt. Und obwohl es reichlich unwahrscheinlich war, daß edle Ritter sich dorthin verirrt hatten, beschlossen wir nachzusehen. Na ja, und da hatten wir die Bescherung! Fliegende Fäuste und zertrümmerte Bänke — aber seltsamerweise kein einziges gezücktes Schwert!« Sparrow seufzte übertrieben. »Ja, ja, es war wirklich höchste Zeit, daß wir aufgetaucht sind.«

Sedrick warf dem Seneschall von Amboise einen grimmigen Blick zu und machte ihm unmißverständlich klar, wo er ihn mal lecken könne.

»Tss, tss, tss, edler Herr Ritter, sparen Sie sich Ihre Beleidigungen für bessere Zeiten auf! Vorerst werden wir wohl oder übel an einem Strang ziehen müssen.«

Henry blickte aufgeschreckt zu Eduard hinüber. »Haben Sie schon etwas von meinem Onkel gehört?«

Eduard schüttelte den Kopf. »Nein, aber Monsieur Gabinet hat seine eigenen Informationsquellen. Ich hoffe, daß der Marschall uns in St. Malo eine Nachricht zukommen läßt, aber im Augenblick sieht es ganz so aus, als wäre *Purbeck* unser Ziel.«

Henrys Magen krampfte sich unwillkürlich zusammen. Er hatte immer noch gehofft, daß die Prinzessin in Bristol festgehalten wurde ... oder sogar im Tower von London ... weil beide Orte für vornehme Gefangene immerhin gewisse Bequemlichkeiten boten. Purbeck hingegen lag an der Küste von Dorset, überragt von Corfe Castle, einer düsteren Festung, die sich kaum vom meist wolkenverhangenen Himmel abhob. Viele Gefangene verschwanden hinter den dicken Mauern von Corfe Castle. Nur sehr wenige wurden jemals wieder gesehen, und Henrys Wissen nach war keinem Menschen jemals eine Flucht aus dieser Hölle gelungen.

»Nun denn«, murmelte er. Es war das einzige, was ihm zu sagen einfiel, bevor er sich mit einigen großen Schlucken Ale stärkte.

Sparrow blickte von einem düsteren Gesicht zum anderen und hielt es für seine Pflicht, die Ritter seelisch aufzurichten. Doch bevor er seine guten Absichten in die Tat umsetzen konnte, wurde er von einem plötzlichen Funkenflug im Kamin abgelenkt und sah, daß ein toter Vogel durch den Schornstein gefallen und auf der Glut gelandet war. Es war ein kleiner Sperling, dessen Flügel sofort Feuer fingen.

Ein kalter Schauer lief Sparrow über den Rücken. Außer ihm hatte niemand etwas bemerkt, und als er wieder hinschaute, war der Vogel schon von den Flammen verzehrt worden. Zurück blieb nur ein beißender Todesgeruch.

# 13

Ariel wachte am nächsten Morgen mit schrecklichen Kopfschmerzen auf und konnte sich kaum daran erinnern, was passiert war, nachdem sie die Schläge auf den Kopf abbekommen hatte. Bei dieser segensreichen Gedächtnislücke wäre es vielleicht geblieben, wenn ihr Bruder sie nicht aufgeklärt hätte.

Er tauchte ziemlich früh in ihrem Zimmer auf, mit geschwollener Nase, einem blauen Auge und mehreren Blutergüssen im Gesicht.

»Wirf lieber nicht mit Steinen, bevor du dich selbst in einem Spiegel gesehen hast«, sagte er, bevor sie einen ironischen Kommentar abgeben konnte.

»Ich brauche keinen Spiegel. Ich spüre auch so, daß ich verunstaltet aussehen muß.«

Henry warf einen flüchtigen Blick auf die blaugelbe Beule an ihrer Schläfe, bevor er sich mit einem Stück Käse von dem Frühstückstablett bediente, das Robin ihr kurz zuvor gebracht hatte.

»Vermutlich hast du ja schon gehört, daß FitzRandwulf beschlossen hat, heute hierzubleiben.«

»Wegen Lord Dafydds Arm?«

»Das ist einer der Gründe.«

»Hoffentlich war *ich* nicht ein weiterer Grund. Schließlich war es mein Kopf, der verletzt wurde, und nicht mein Hinterteil. Ich wäre durchaus in der Lage, auf einem Pferd zu sitzen.«

»Er hat prophezeit, daß du das sagen würdest«, grinste Henry. »Aber du kannst ganz beruhigt sein — es geht nicht um deinen Kopf, sondern um die Pferde.«

»Um welche Pferde?«

»Um unsere Packpferde. Er muß neue besorgen. An die Schlachtrösser und Zelter haben die Ganoven sich wohl nicht rangetraut, weil es zu schwierig wäre, sie zu verstecken oder zu verkaufen, aber die Packpferde müssen verschwunden sein, kaum daß die Tür der Spelunke hinter uns zugefallen war.«

»Sie wurden gestohlen? Mit unseren ganzen Vorräten und der Ausrüstung?«

»Wir konnten ja nicht ahnen, daß wir in ein Schlangennest geraten waren.«

»Du meinst wohl, in das falsche *Hühner*nest?«

»Ein verzeihlicher Irrtum. So etwas hätte jedem passieren können.«

»Aber dieser Irrtum ist ausgerechnet dir passiert, Bruderherz, obwohl du dich doch immer rühmst, wie schlau und geistesgegenwärtig du bist. Hast du nicht immer behauptet, von einem Ende des Königreichs zum anderen reiten zu können, mit deinem Schild und gnadenlosen Blick als einzigem Schutz?«

Er runzelte die Stirn. »Ich hätte diese Kerle mühelos in Stücke hacken können ...«

»Wenn du nicht abgelenkt worden wärest! Dein gnadenloser Blick konzentrierte sich bedauerlicherweise ausschließlich auf den Busen dieser Nutte! Ein wahres Wunder, daß deine Augen dir nicht aus den Höhlen gerissen wurden, als du dann so plötzlich angegriffen wurdest.«

Henry beugte sich wütend vor. »Wenn du unbedingt Beleidigungen austauschen möchtest, süße Ariel — wo warst *du* denn während des ganzen Schlamassels? Unter einem Tisch? In der dunkelsten Ecke? Ich hätte dich eher mitten im Kampfgetümmel erwartet, nachdem du immer geprahlt hast, es mit jedem Mann aufnehmen zu können.«

Ariel versuchte ihrerseits, die Stirn zu runzeln, aber es war viel zu schmerzhaft. »Ehrlich gesagt, kann ich mich kaum an die Geschehnisse in der Spelunke erinnern ... und an diesen Ort überhaupt nicht«, fügte sie hinzu, auf das saubere Zimmer deutend.

»Überhaupt nicht?« wiederholte er skeptisch.

»Robin mußte mir erzählen, was in der Spelunke passiert ist, sonst hätte ich wahrscheinlich geglaubt, wir wären durch ein Wunder hierher versetzt worden.«

»Durch ein Wunder?« murmelte Henry. »Na ja, so manche junge Dame wäre vermutlich versucht, eine derart kühne Rettung für ein Wunder zu halten — zumal nach einem romantischen Ritt in den Armen des tapferen Ritters!«

»Ich würde einen wilden Ritt durch die Straßen kaum romantisch nennen«, entgegnete Ariel. »Außerdem war ich fast die ganze Zeit ohnmächtig.«

»Und seine Lippen sollten dir wohl Kraft geben, bei Bewußtsein zu bleiben?« Henry sah, daß sie den Mund öffnete, um alles abzustreiten, und hob gebieterisch den Zeigefinger. »Laß dir gesagt sein, daß ich es mit eigenen Augen gesehen habe. Ich stand dort auf der Schwelle, und das war wohl ein Glück, denn ihr hattet es beide gar nicht eilig, einander loszulassen.«

Ariel riß vor Schreck den Mund weit auf. »Ich muß ... ich war ... ich war offenbar nicht bei Sinnen.«

»Das glaube ich auch, liebste Ariel, aber laß dich trotzdem gewarnt sein — der Mann ist Feuer, und du wirst dich verbrennen, wenn du mit ihm tändelst.«

»Mit ihm tändeln?« rief sie empört. »Ich habe nicht die Absicht, mit ihm zu tändeln!«

»Freut mich sehr, das zu hören. Trotzdem möchte ich dich daran erinnern, daß das Blut der De Clare reiner ist als das mancher Könige und Königinnen. FitzRandwulf hingegen mag zwar die stolzen schwarz-goldenen Farben von La Seyne Sur Mer tragen, aber er ist und bleibt ein Bastard, und er wird immer nur weitere Bastarde zeugen, mit wem auch immer.«

Ariel verschlug es fast die Sprache. »Wie ... wie kannst du es wagen, so etwas zu sagen?«

»Ich wage es, weil wir beide aufeinander aufpassen müssen, Ariel, nachdem wir Waisen sind. Ich wage es, weil ich das Oberhaupt der Familie De Clare bin — und ich würde noch sehr viel mehr wagen, damit unser Banner wieder über Cardigan Castle wehen kann.«

»Zweifelst du etwa daran, daß ich das genauso möchte wie du? Habe ich mich nicht bereiterklärt, den Mann zu heiraten, der uns diesen Besitz zurückgeben kann?«

»In der Tat, das hast du«, bestätigte Henry nachdrücklich, »und du *wirst* ihn heiraten, selbst wenn ich gezwungen sein sollte, dir auf dem Weg zu deinem Bräutigam einen Keuschheitsgürtel anzulegen und dich auf Schritt und Tritt zu bewachen!«

Ariel trieb ihn in die Flucht, indem sie ihm das Frühstückstablett an den Kopf warf, doch er ließ sie von nun an tatsächlich kaum aus den Augen, weder in Rennes noch während des zweitägigen Rittes nach St. Malo, bei dem sehr gedrückte Stimmung herrschte, weil die meisten Teilnehmer immer noch an irgendwelchen Beschwerden litten. Robin und Ariel kümmerten sich um Dafydd ap Iorwerth, der jedoch viel mehr Tapferkeit und Widerstandskraft bewies, als jemand ihm zugetraut hätte. Der junge Waliser war fest entschlossen, trotz seines gebrochenen Arms den ganzen Tag im Sattel zu sitzen und die anderen nicht zu behindern.

Ariel erhob keine Einwände gegen die Bewachung durch ihren Bruder, der sie nie mit FitzRandwulf allein ließ und sogar versuchte, sie von Robin fernzuhalten, damit der Knappe ihr nicht zu viele Heldentaten seines Bruders erzählen konnte. Im Grunde war ihr Henrys Aufsicht gar nicht so unrecht, denn sie fühlte sich ihrer selbst in Gegenwart des Bastards nicht mehr sicher, obwohl er nun wieder so kühl und barsch war wie eh und je. Nachdem er neue Pferde und Vorräte besorgt hatte, wollte er möglichst schnell und ohne weitere Zwischenfälle nach St. Malo gelangen. Nur in den stillen Nachtstunden, wenn Ariel nur ihr eigenes Herzklopfen hörte, spürte sie mitunter, daß die schiefergrauen Augen sie über das Lagerfeuer hinweg betrachteten, und die heißen Schauer, die sie bei diesen Blicken überliefen, bewiesen ihr, daß die Warnungen und Befürchtungen ihres Bruders nicht unbegründet waren.

St. Malo war eine überfüllte, geschäftige Hafenstadt, in der es nach Fisch und Salzwasser, nach Segeltuch und vermodertem Holz roch.

Es war auch eine sehr verschwiegene Stadt, in der es von Männern wimmelte, die ihren Lebensunterhalt damit verdienten, andere Männer heimlich nach England oder von England nach St. Malo zu bringen. Ein ganzes Drittel von Johanns kümmerlicher Armee hatte sich ohne Wissen und Erlaubnis der Vorgesetzten nach England abgesetzt. Ein weiteres Drittel hockte in schmutzigen Tavernen herum, vertrieb sich die Zeit mit Knobelbechern und hoffte, beim Würfeln den Preis für eine Koje an Bord des nächsten Schiffes zu gewinnen. Stimmen im Dunkeln beschimpften den König als Usurpator, Lügner und feigen Mörder. Es gab jede Nacht Schlägereien und aufgeschlitzte Kehlen. Die meisten Einwohner begeisterten sich für die Rebellen, die Ohneland aus der Bretagne vertreiben wollten, und nicht einmal harmlose Pilger waren gegen Unmutsäußerungen geschützt: FitzRandwulfs kleine Reisegruppe wurde zweimal von unsichtbaren Händen mit faulem Gemüse beworfen.

Sie logierten auch hier in einem Gasthof, wo ihnen auf das Losungswort *à ountrance* hin alle Türen offenstanden, und obwohl die Wirtsleute nicht so sympathisch wie die Gabinets in Rennes waren, konnten sie mit sauberen Zimmern, herzhaftem Essen und starkem Ale aufwarten. Einen Tag nach der Ankunft in St. Malo erhielten sie eine Botschaft vom Marschall, der sich immer noch in Falaise aufhielt. Von einem Mönch überbracht, bestand diese Botschaft aus einem einzigen Wort — *Purbeck.* Daraufhin trafen Eduard und Henry unverzüglich Vorbereitungen für die Überfahrt. Der Kapitän verlangte einen Wucherpreis für die Passage der sieben Personen und ihrer Pferde, und sie bezahlten ihn vorsichtshalber in Silber, um sicher zu sein, daß er ihre Kojen nicht anderen überlassen würde, die genauso darauf erpicht waren, die Bretagne schnell zu verlassen.

Als Henry und Eduard zum Abendessen in den Gasthof zurückkehrten, schien ihnen eine schwere Last von den Schultern gefallen zu sein. Das war sowohl an ihrem Bierkonsum als auch an den fröhlichen Scherzen zu erkennen, die bei Hammelfleisch, Wachteln, Fisch und Gemüse gemacht wurden. Henry war sogar so entspannt, daß er die ansehnliche Tochter der Wirtsleute, die ihnen das Essen servierte und Ale einschenkte, mit Blicken verschlang. Als die spröde Schöne ihn jedoch völlig ignorierte, erklärte er — nachdem Ariel sich in ihr Zimmer begeben hatte —, daß er noch einen kleinen Spaziergang machen und sich ein bißchen amüsieren wolle. Schließlich war dies ihre letzte Nacht in St. Malo, und bis zum Auslaufen des Schiffs am nächsten Abend gab es nichts mehr zu tun.

Mit einem abgrundtiefen Seufzer, so als bringe er ein schweres Opfer, meinte Sedrick, daß er den unternehmungslustigen jungen Mann begleiten sollte, damit dieser nicht wieder in Schwierigkeiten gerate. Sparrow verkündete, auf beide edle Ritter aufpassen zu müssen, und schloß sich ihnen vergnügt an. Hingegen hatten Robin und Dafydd keinen Bedarf an weiteren Abenteuern. Der Waliser litt immer noch unter starken Schmerzen und erhob keine Einwände gegen Robins Hilfe beim Zubettgehen. Eduard blieb allein am Feuer zurück ... und er saß immer noch dort, als Ariel etwa eine Stunde später nach unten kam, um sich einen Becher Honigmilch zu holen.

In seiner dunklen Kleidung sah sie ihn zunächst nicht, und er versuchte auch nicht, ihre Aufmerksamkeit auf sich zu lenken. Nur seine Augen folgten ihr, als sie die Wirtsstube durchquerte.

Sie hatte am Nachmittag gebadet und sich den Schmutz und Schweiß einer ganzen Reisewoche aus den Haaren gewaschen. Nur von einem Leinenband im Nacken zusammengefaßt, fiel es ihr jetzt seidig schimmernd über den Rücken. Um sich ein wenig von der groben Männerkleidung auf ihrer Haut zu erholen, trug sie eine weite Tunika aus feiner Wolle, und im Feuerschein zeichneten sich ihre Formen darunter so verführerisch ab, daß Eduard einen trockenen Mund bekam und sich bemühte, nicht tiefer als bis zu ihren Schultern zu schauen.

Vom Abendessen stand noch ein Krug Met auf dem Tisch, und Ariel entschied, daß das ein genauso geeigneter Schlaftrunk wie heiße Milch war. Erst während sie ihren Becher füllte, bemerkte sie die regungslose Gestalt im Halbdunkel. Sie war stolz darauf, daß es ihr gelang, keinen Tropfen zu verschütten, den Krug wieder heil auf den Tisch zu stellen und FitzRandwulfs Blick so gelassen standzuhalten, als hätte sie die ganze Zeit gewußt, daß er hier saß.

Ohne ein Wort zu sagen, stand Eduard auf und suchte ein großes Stück Holz für das Feuer aus. Auch er hatte es sich bequem gemacht und trug keine Rüstung, sondern nur Hemd und Hose. Sein dichtes Haar fiel lockig in den Nacken und lenkte die Aufmerksamkeit auf seine breiten Schultern und auf die mächtigen Muskelpakete, die bei jeder Bewegung unter dem dünnen Stoff hervortraten.

Ariel trank einen Schluck Met und wartete.

Er legte das Holz ins Feuer und stocherte mit einem Feuerhaken in der Glut, so daß die Funken in alle Richtungen stoben. Gierige Flammenzungen bemächtigten sich sofort der trockenen neuen Nahrung, aber Eduard machte sich weiter mit dem Feuer zu schaffen, bis er begriff, daß Ariel nicht vorher gehen würde, bis er sie zur Kenntnis genommen hatte. Langsam drehte er sich um und musterte sie demonstrativ von Kopf bis Fuß.

Seit sie Rennes verlassen hatten, war es ihm gelungen,

seinen Geist weitgehend von lüsternen Gedanken freizuhalten. Doch es gab immer wieder Momente wie diesen hier, Momente, in denen es für sie beide viel sicherer gewesen wäre, wenn sie schmutzige Männerkleidung getragen und ihre Haare unter dem unförmigen Filzhut verborgen hätte. Momente, in denen *sie* hätte wissen müssen, daß es vernünftiger wäre, ihren Blick züchtig zu senken, anstatt ihn mit ihren meergrünen Augen herausfordernd anzusehen.

»Ihr Bruder wäre gar nicht erfreut, wenn er jetzt zur Tür hereinkäme und sähe, daß Sie hier mit mir allein sind«, bemerkte er ruhig.

»Mein Bruder ist nicht mein Hüter.«

»Er macht sich Sorgen um Ihr Wohlergehen.«

»Sind Sie denn ein so gefährlicher Mann, Mylord?«

»Manche halten mich dafür.«

Die Wärme, die sie plötzlich überflutete, hatte nichts mit dem prasselnden Feuer oder mit dem starken Met zu tun. Er strahlte tatsächlich eine ungeheure Macht aus, als er sich jetzt zu voller Größe aufrichtete und auf sie herabblickte.

»Sollte *ich* Sie für einen gefährlichen Mann halten?«

»Das hängt ganz davon ab, Mylady.«

»Wovon?«

»Von Ihrer Definition des Wortes *Gefahr.* Ich habe ziemlich viel Ale getrunken und bin eigentlich nicht in der Stimmung, mit Ihnen die Schwerter zu kreuzen, aber Sie stehen da, fordern mich mit Blicken heraus und ersticken fast an einer Frage, die Ihnen so auf der Seele brennt, daß Sie keine Ruhe geben, bis ich sie beantwortet habe. Und wenn Ihnen meine Antwort nicht gefällt, könnte es tatsächlich sehr gefährlich werden — für uns beide.«

»Woher wissen Sie, daß ich eine ganz bestimmte Frage habe?«

»Oh, nur eine Vermutung, weiter nichts. Aber irgendeinen Grund muß es ja dafür geben, daß Sie unter ständigem *Satteldruck im Gesicht* leiden, seit wir Rennes verlassen haben.«

Ariel konnte nicht verhindern, daß ihr heiße Röte in die Wangen schoß. Eigentlich hätte sie wissen müssen, daß Robin ihr Bonmot seinem Bruder anvertrauen würde — und das, obwohl sie selbst ihm feierlich versprochen hatte, Schweigen über seine indiskreten Auskünfte über Eduards Mutter zu bewahren.

Ariel stellte ihren Becher so heftig auf den Tisch, daß einige Tropfen Met über den Rand spritzten. Dann machte sie auf dem Absatz kehrt, fest entschlossen, den Bastard mindestens zwei Tage keines Blickes und keines Wortes zu würdigen. Doch sie blieb mit geballten Fäusten stehen.

»Warum haben Sie mich in dem Gasthof in Rennes geküßt?«

Es war die Frage, die er erwartet hatte, und er beantwortete sie so höflich und arrogant, daß Ariel ihm liebend gern die unversehrte Gesichtshälfte zerkratzt hätte. »Ich habe nur einem ausdrücklichen Wunsch Folge geleistet.«

»Einem Wunsch? Wessen Wunsch denn?«

»Zu jener Zeit waren nur zwei Personen im Zimmer.«

Ariel wirbelte herum. »Wollen Sie etwa behaupten ... unterstellen ... ich hätte *gewollt,* daß Sie mich küssen?«

Eduard hob eine Braue. »Ich mag mich zwar manchmal wie ein Rohling und herzloser Bastard benehmen, aber es ist nicht meine Gewohnheit, mich hilflosen Frauen aufzudrängen. Andererseits ist es ein Gebot der Ritterlichkeit, den Wunsch einer Dame nach Möglichkeit zu erfüllen.«

»Sogar wenn die betreffende Dame halb ohnmächtig und nicht bei Sinnen ist?«

Eduard zuckte mit den Schultern. »Ich bin kein Arzt und vermag deshalb nicht zu beurteilen, wann eine Dame bei Sinnen ist und wann nicht — besonders, wenn besagte Dame einen solchen Wunsch schon früher geäußert hatte.«

Ariel errötete wieder. Er stand viel zu nahe vor ihr. Sein breiter Brustkorb bildete eine Wand aus Muskeln, und sie kam sich klein und unbedeutend vor, entschieden im Nachteil gegenüber diesem Riesen.

»Wissen Sie, daß Henry uns gesehen hat?« fragte sie.

»Er und ich haben uns kurz darüber unterhalten.«

»Mit mir hat er sich nicht nur *kurz* darüber unterhalten. Er scheint zu glauben, Sie hätten ... Sie hätten gewisse Bedürfnisse in mir geweckt.«

»Ich hoffe, Sie haben dem energisch widersprochen.«

»Ich habe ihm versichert — und jetzt versichere ich es Ihnen —, daß ich keine ... keine Bedürfnisse dieser Art habe. Kein Mann könnte sie in mir hervorrufen.«

Eduards Blick schweifte langsam über ihren Körper, und sie fühlte sich sehr unbehaglich, weil sie wußte, daß ihm die steifen Brustwarzen unter ihrer dünnen Tunika nicht entgehen würden.

»Sind Sie ganz sicher?« murmelte er.

»Absolut«, behauptete sie wider besseres Wissen. »Ich könnte Sie jetzt sogar küssen und würde dabei nicht das geringste empfinden.«

Kaum daß die Worte ihr entschlüpft waren, wußte sie, daß sie einen gravierenden Fehler begangen hatte. Er sah sie eindringlich an, und obwohl sie nicht wollte, daß er ihre Verwirrung bemerkte, konnte sie ihre Blicke nicht von ihm losreißen, denn seine grauen Augen sagten ihr nicht nur, wie schön sie war, sondern auch, daß er ihrer stolzen Behauptung keinerlei Glauben schenkte.

»Man könnte Ihre Zuversicht leicht auf die Probe stellen«, sagte er. »Gleichzeitig könnte ich damit mir selbst beweisen, daß ich mit dem Kuß neulich nur Trost und Mitgefühl vermitteln wollte.«

»Brauchen Sie denn einen solchen Beweis?« flüsterte sie atemlos.

»Ich brauche etwas, das mir hilft, meine Gedanken rein zu halten und meine Blicke nicht schweifen zu lassen.«

Er trat einen Schritt näher, und sie wich einen Schritt zurück. Doch sie reagierte viel zu langsam, als er eine Hand ausstreckte und das Leinenband löste, das ihre Haare im Nacken zusammenhielt. Ihre Hände waren kalt, ihre Füße heiß, und sie hatte das Gefühl, als wäre die Haut an ihrem ganzen Körper plötzlich so straff gespannt, daß sie bei der geringsten Berührung platzen würde.

Sein heißer Atem roch nach Ale, und der Alkohol mochte ihm die Zunge gelöst haben, aber die Worte als solche waren alles andere als das dumme Geschwätz eines Betrunkenen.

»Ich ... ich glaube kaum, daß es vernünftig wäre, jetzt irgend etwas beweisen zu wollen«, stammelte sie, während er ihre Haare mit den Fingern kämmte und auf ihren Schultern ausbreitete. »Vielleicht sollte ich jetzt lieber in mein Zimmer zurückkehren, und wir ... wir sollten das alles vergessen.«

Eduard lächelte, die Finger in ihrer Lockenpracht vergraben. Das Blut pulsierte heiß in seinen Adern.

Diese Frau hatte alles getan, um ihn zu provozieren — und nun stand plötzlich ein Kind vor ihm — ein verwöhntes Kind, das viel zu oft seinen Kopf durchgesetzt hatte — und schlug vor, sie sollten einfach alles vergessen.

Er zog brüsk seine Hand zurück. »Dann gehen Sie«, sagte er ruhig, »und verschonen Sie mich in Zukunft bitte mit Ihren anmaßenden Behauptungen, denn ich könnte Ihnen sehr schnell beweisen, daß Sie durchaus körperliche Bedürfnisse haben.«

Er wollte sich abwenden, aber Ariel glaubte, ihm unbedingt beweisen zu müssen, daß sie gegen seine Männlichkeit gefeit war. Sie legte ihm die Hand auf die Schultern, stellte sich auf die Zehenspitzen und preßte ihre Lippen sekundenlang auf die seinen, bevor sie sich provozierend langsam von ihm löste.

»Ganz angenehm«, kommentierte sie ironisch, »aber

entschieden zuviel Ale für meinen Geschmack. Vielleicht ein anderes Mal, wenn *Sie* ganz bei Sinnen sind ...«

Sie verstummte abrupt, als seine Hand ihre Wange berührte. Sein Daumen strich über ihre volle Unterlippe und verweilte dort, während die anderen Finger ihr Kinn umschlossen und ihr Gesicht nach oben bogen. Sein Mund kam immer näher, und Ariel versuchte sich zu befreien, doch nun glitt seine Hand in ihren Nacken, und sie konnte sich nur noch in der Richtung bewegen, die er für richtig hielt — und er zog sie bis auf wenige Zentimeter an seinen Mund heran.

Sie spürte, daß ihre Wangen glühten, aber noch viel schlimmer war, daß sie plötzlich wie Espenlaub zitterte. Ihrer Selbstsicherheit jäh beraubt, wußte sie, daß sie gegen ihn völlig machtlos war, daß sie nur noch hoffen konnte, wenigstens mit einem Rest von Stolz davonzukommen.

*Wenn* er das erlaubte!

Sie rang nach Luft, als sein Mund den letzten kleinen Abstand zu ihrem überwand. Seine Lippen waren hart und fordernd, und sie sprachen eine deutliche Warnung aus — eine ähnliche Warnung wie die ihres Bruders, daß sie nicht mit dem Feuer spielen dürfe. FitzRandwulf *war* Feuer. Er war Hitze und Flamme, und sein Atem versengte ihre Wangen und setzte ihren ganzen Körper in Brand.

Sie stöhnte leise, als er seine Zunge zwischen ihre Zähne schob, und nach wenigen Sekunden nahm sie den bitteren Biergeschmack nicht mehr wahr, sondern ließ sich von dieser Zunge locken und verführen, wie schon einmal auf dem Burgdach. Sie hätte sich rechtzeitig daran erinnern sollen, welche Macht dieser Mann ausüben konnte. Jetzt war es zu spät. Sie hatte die Kontrolle über ihren Körper verloren, der sich schamlos an harte Muskeln preßte, während ihre Hände an seinem Hemd Halt suchten.

Er *war* Feuer, und sie verbrannte in dieser Glut. Von

heißen Schauern überflutet, erwiderte sie seine Küsse und wehrte sich auch nicht, als seine Hände sich aus ihren Haaren lösten und ihr Gesäß umspannten.

Eduard küßte sie, bis ihre Lippen wund und geschwollen waren, und dann ließ er seine Zunge spielerisch über ihren Hals gleiten. Ihre Haut war glatt und warm und hob sich schneeweiß von seiner eigenen Sonnenbräune ab. Wie ein großer hungriger Bär leckte er an ihrer Halsgrube, an ihren Ohrläppchen. Jede neue Liebkosung ließ sie lustvoll erschauern, und er wußte genau, wie gefährlich es war weiterzumachen ... aber es war so faszinierend, ihre erwachende Sinnlichkeit zu beobachten, daß er diesen Rausch noch ein wenig genießen wollte, bevor die Realität ihn wieder einholen und ernüchtern würde.

Seine Hände glitten über ihre runden Brüste, und unter der dünnen Tunika schienen die harten Knospen ihrer Brustwarzen ihn anzuflehen, sie aus dem Mieder zu befreien. Sogar ein Heiliger hätte Mühe gehabt, dieser Bitte nicht nachzukommen. Mit kundigen Fingern lockerte Eduard die Schnüre und schob den Stoff beiseite. Seine Lippen schlossen sich um eine Brustwarze, und als er daran saugte und knabberte, während seine Finger federleicht über das feste Fleisch ringsum strichen, warf Ariel stöhnend den Kopf zurück, von Empfindungen überwältigt, die sie noch vor kurzem stolz geleugnet hatte. Er kniete vor ihr nieder, und sie preßte sich noch fester an ihn, Quecksilber in seinen Händen, heiß und hungrig ...

Auch Eduard stöhnte leise, von ihrem Fieber angesteckt. Er hatte nicht vorgehabt, die Realität aus den Augen zu verlieren. Er hatte sie zunächst nur geküßt, um ihr eine strenge Lektion zu erteilen, um ihr auf drastische Weise zu demonstrieren, daß sie besser beraten wäre, weitere Provokationen zu unterlassen. Er hatte wirklich nicht damit gerechnet, daß er vor ihr knien und sie so heiß begehren würde, daß es ihn fast um den letzten Rest von Vernunft brachte.

Unter der dünnen Tunika schimmerte verführerisch ein Dreieck roter Haare, das seine Lippen magisch anzog und ihm herrliche Bilder der darunter verborgenen Schätze vorgaukelte. Er vergaß alle guten Vorsätze und schob seine Hände unter den Saum der Tunika. Er streichelte ihre Schenkel, und als seine Finger zur samtweichen Haut auf der Innenseite vordrangen, hoffte er fast, daß sie ihm endlich erschrocken und empört Einhalt gebieten würde, doch dazu besaß sie längst nicht mehr die Willenskraft.

Eine Hand in seinen Haaren vergraben, mit der anderen seine Schulter umklammernd, verlor Ariel jedes Schamgefühl, spreizte bereitwillig die Beine für diese kundigen Finger, die sich kühn zu ihren intimsten Stellen vortasteten, fest entschlossen, ihr endgültig die Sinne zu rauben. Sie sank kraftlos vor ihm in die Knie und suchte keuchend Halt an seinem Mund, weil sie vor Lust zu sterben glaubte. Als sie den Gipfel der Ekstase erreichte, hielt Eduard sie fest und erstickte ihren gebrochenen Schrei mit einem leidenschaftlichen Kuß. Sie konnte nicht ahnen, daß die Hitze, die in ihr loderte, sich auch auf ihn übertragen hatte, daß er darauf brannte, sie endgültig in Besitz zu nehmen. Seine einzige Rettung bestand darin, sich möglichst rasch von ihr zu lösen. Er stand hastig auf und zog sie hoch, doch als sie ihn wieder umarmen wollte, wich er einen Schritt zurück und stählte sich gegen die Verständnislosigkeit, die er in ihren großen dunklen Augen las. Noch ganz benommen vom ersten Orgasmus ihres Lebens, kam sie unsicher auf ihn zu, aber er streckte gebieterisch den Arm aus, um sie fernzuhalten — einen Arm, der stark zitterte.

»Eduard ...«

Sie hatte ihn noch nie mit seinem Vornamen angeredet, und das steigerte seine Erregung nur noch. Zu allem Übel klaffte ihre Tunika auch noch bis zur Taille auseinander und enthüllte zuviel lockendes zartes Fleisch. Und die langen wirren Haare umrahmten ein Gesicht, dessen

Schönheit ihn von nun an bestimmt bis zu seinem letzten Atemzug verfolgen würde.

»Eduard ... was ist? Habe ich etwas falsch gemacht?«

»Nein«, stöhnte er. »Nein, Sie haben nichts falsch gemacht.«

»Aber was ...«

»Bedecken Sie Ihre Blöße«, murmelte er heiser. »Um Himmels willen, bedecken Sie Ihre Blöße!«

Ariel konnte seinen Ärger nicht verstehen. Hatte sie nicht genauso reagiert, wie er prophezeit hatte? Hatte er nicht Bedürfnisse in ihr geweckt, von denen sie bisher selbst nichts gewußt hatte? Hatte er nicht eine Hitze in ihr entfacht, die sogar jetzt noch anhielt?

Tiefe Schamröte überzog ihre Wangen, als sie sah, daß sie mit nackten Brüsten vor ihm stand. Noch vor kurzem hatte sie gehofft, wenigstens halbwegs ungeschoren davonzukommen, doch nun lag ihr Stolz in Scherben.

»Mein Gott«, flüsterte sie entsetzt. »Mein Gott, was habe ich nur getan?«

»Sie haben gar nichts getan«, erwiderte er barsch. »Und der liebe Gott wird bestimmt gnädig sein und Sie vor weiterem Schaden bewahren, wenn Sie unsere Willenskraft in Zukunft nicht mehr leichtsinnig auf die Probe stellen. Sie sind immer noch eine Jungfrau, und Sie haben weder sich selbst noch Ihren Bräutigam entehrt.«

Ariels Finger zitterten so stark, daß sie mit den verhedderten Schnüren ihres Mieders nicht zurechtkam. Eduard machte einen zögernden Schritt vorwärts, so als wollte er ihr behilflich sein, doch ihr zu Tode erschrockenes Gesicht trieb ihn in eine dunkle Ecke außerhalb des Feuerscheins.

»Verzeihen Sie mir, Lady Ariel«, sagte er förmlich. »Das hätte nicht passieren dürfen.«

Mit gesenktem Kopf an den Schnüren zerrend, murmelte sie: »Es war nicht nur *Ihre* Schuld. Ich hätte Ihnen Einhalt gebieten müssen.«

»Nein«, widersprach er. »Schließlich war ich fest entschlossen, Ihnen zu beweisen, daß Sie das nicht können.«

Ariel biß sich auf die Unterlippe. »Sie wären nicht so entschlossen gewesen, wenn ich Sie nicht provoziert hätte.«

»Wieder«, betonte er.

»Wieder«, gab sie demütig zu.

Die Schnüre leisteten weiterhin so erbitterten Widerstand, daß sie schließlich resigniert die Arme senkte, und diesmal hielt sie Eduard nicht davon ab, ihr zu helfen. Allerdings mied sie seinen Blick, was aber fast genauso schlimm war, denn nun mußte sie die langen Finger beobachten, die sich an den verworrenen Schnüren zu schaffen machten, und dabei konnte sie nur daran denken, daß eben diese Finger ihr ungekannte Lust beschert hatten. Eine einzelne dicke Träne fiel aus ihren Wimpern auf seine Hand, und er hielt sofort in seiner Arbeit inne. Einen Moment lang standen sie regungslos da und hielten unwillkürlich den Atem an.

Eine zweite Träne, die über Ariels Wange rollte, löste Eduard aus seiner Erstarrung. Ob er sie nur trösten wollte, oder ob auch er selbst das Bedürfnis nach menschlicher Wärme verspürte — jedenfalls nahm er sie sanft in die Arme und drückte sie an sich.

»Ariel«, flüsterte er, »Ariel, Sie müssen mir glauben, daß ich das nicht gewollt habe.«

»Es w-w-war nicht nur Ihre Schuld«, stammelte sie wieder, das Gesicht an seiner Schulter vergraben, die Arme um seine Taille geschlungen, schamlos von seiner Kraft zehrend. Mit geschlossenen Augen lauschte sie dem Pochen seines Herzens und fragte sich unwillkürlich, ob ihr noch einmal im Leben ein solch köstlicher Moment beschieden sein würde.

Natürlich ging dieser Moment unglaublicher Nähe und Vertrautheit vorüber, aber diesmal stieß er sie nicht abrupt von sich, sondern kümmerte sich nur wieder um ihre Schnüre, während sie die Gelegenheit nutzte, um sein Gesicht aus einer aufregend neuen Perspektive zu betrachten.

Die harte Kinnpartie war einschüchternd, aber sie wußte jetzt, daß dieser normalerweise verkniffene Mund auch weich und zärtlich sein konnte, daß die vollen Lippen wahre Wunder zu vollbringen vermochten.

Das Feuer warf einen rötlichen Schein auf seine gerade Nase und auf die hohe Stirn. Es war eine sehr edle, fast patrizische Nase, entschied sie, und darüber wölbten sich dunkle buschige Brauen, die eine durchgehende Linie bildeten, sobald er die Stirn runzelte.

Dieser Mann könnte zweifellos unzählige Frauenherzen brechen — wäre da nicht die Narbe auf seiner Wange. Doch Ariel vermutete fast, daß ihm diese Verunstaltung ganz gelegen kam, weil sie ihm half, jeden auf Distanz zu halten, der andernfalls versuchen könnte, Geheimnisse zu erforschen, die er lieber für sich behielt.

Die Augen waren zweifellos seine mächtigste Waffe. Ein einziger eisiger Blick genügte vollauf, um Mitgefühl oder warme Empfindungen gefrieren zu lassen. Hinter seinen langen Wimpern konnte er mühelos all seine Geheimnisse verbergen — und all seine Einsamkeit. Doch auch Ariel selbst hatte sich noch nie im Leben so einsam und verlassen gefühlt wie in dem Moment, als er die Hände sinken ließ, nachdem das Mieder endlich zugeschnürt war.

»Haben Sie für einen Abend nicht schon genug Fragen gestellt?« lächelte er, weil ihm natürlich nicht entgangen war, wie eindringlich und forschend sie ihn musterte.

»Ich möchte Ihnen nur noch eine einzige Frage stellen«, ewiderte sie ruhig. »Warum haben Sie vorhin so plötzlich aufgehört?«

»Sie wollten noch mehr?« Er brachte wieder ein gezwungenes Lächeln zustande. »Ziemlich gierig, muß ich sagen.«

»Sie haben mir versichert, daß ich noch eine Jungfrau bin. Haben Sie sich um das Vergnügen gebracht, mich zu entjungfern, weil Sie sich selbst beweisen wollten, daß Sie mehr Willensstärke besitzen als ich ... oder glauben Sie, daß dieser Akt der Entjungferung bestenfalls für einen walisischen Briganten irgendeine Bedeutung haben kann?«

Eduard starrte sie so lange an, daß sie wieder weiche Knie bekam. Asche und Eis, dachte sie, in seine grauen Augen blickend. Asche und Eis, weil er nicht so recht weiß, ob er mich hassen oder bemitleiden soll.

»Ihr Onkel legt großen Wert auf Ihre Jungfräulichkeit und sonstige Unversehrtheit«, erwiderte er schließlich.

»Ach ja, der Eid, den Sie schwören mußten — mich meinem Bräutigam unberührt und wohlbehalten zu übergeben ...« Sie befeuchtete ihre trockenen Lippen mit der Zungenspitze. »Aber nachdem Sie nicht verhindern konnten, daß ich verletzt wurde ... und nachdem ich jetzt auch nicht mehr gänzlich unberührt bin ... haben Sie diesen Schwur doch sowieso schon gebrochen, oder etwa nicht?«

»Ich habe ihn nicht ganz gehalten — aber nicht gebrochen.«

»Ein feiner Unterschied!«

»Ein *großer* Unterschied! Die Ehre eines Mannes kann davon abhängen, ob er den Unterschied zwischen dem *Biegen* und dem *Brechen* eines Schwures kennt. Könnten Sie mir noch vertrauen, wenn ich mich nicht an diesen Ehrenkodex hielte?«

»O ja, ich würde mein Leben auch dann unbedenklich in Ihre Hände legen.«

Sie sah seinen Augen an, daß er dieses Bekenntnis nicht erwartet hatte. Gleichzeitig glaubte sie in den silbrigen Tiefen dieser unergründlichen Augen plötzlich lesen zu können, daß es ihm gar nicht in erster Linie um den Eid ging, den er ihrem Onkel geschworen hatte.

»Es ist ihretwegen, nicht wahr?« fragte sie langsam. »Es geht um den Eid, den Sie *ihr* geschworen haben?«

Eduard runzelte verwirrt die Stirn. »Wem?«

»*Ihr.* Der Frau, die sie nach England zurücklockt! Ist sie soviel begehrenswerter als ich, oder übt nur ihr Schmuck eine magische Anziehungskraft auf Sie aus?« Sie wartete seine Antwort nicht ab, sondern trat dicht ans Feuer heran, ohne zu bedenken, daß ihre Tunika dadurch fast durchsichtig wurde. »Sie kamen mir bisher eigentlich nicht wie ein Mann vor, der von Habgier besessen ist, aber offenbar habe ich mich auch in dieser Hinsicht in Ihnen getäuscht.«

Eduards Augen wurden schmal. Sein Fleisch lechzte immer noch nach dieser Frau, doch gleichzeitig hätte er sie wieder einmal am liebsten bei den Schultern gepackt und kräftig geschüttelt. »Dürfte ich erfahren, warum Sie meinen Charakter plötzlich so negativ einschätzen?«

»Sie haben mich belogen, als Sie behaupteten, keine Liebste zu haben! Ich habe den Ring gesehen, den Sie am Herzen tragen! Ich habe ihn gleich am ersten Morgen gesehen — unten am Fluß.«

Eduard wollte instinktiv nach dem Ring tasten, doch Ariels Gesichtsausdruck ließ ihn mitten in der Bewegung innehalten.

»Ist die Perle, die Sie stehlen wollen, für sie bestimmt?« fragte sie ruhig.

Eduard glaubte endlich zu verstehen, und vielleicht hätte er gelächelt, wenn Ariels Augen nicht sowieso schon Blitz geschleudert hätten.

»Jetzt bin ich also auch noch ein Dieb?« sagte er sanft. »Bei Gott, ich bin wirklich total in Ungnade gefallen!«

»Wollen Sie leugnen, daß Sie sich mit meinem Bruder und mit Sedrick zusammengetan haben, um ein kostbares Juwel zu stehlen, das der König in seinem Besitz hat? Eine *Perle,* genauer gesagt. Versuchen Sie nicht, es abzustreiten, denn ich habe es eines Nachts mit eigenen Ohren gehört. *Sie wollen diese Perle dem König unter der Nase wegstehlen!*«

»Hat man Ihnen nicht beigebracht, daß es unanständig ist, andere Leute zu belauschen?«

»Und hat man *Ihnen* nicht beigebracht, daß Diebstahl unvereinbar mit dem ritterlichen Ehrenkodex ist, der Ihnen angeblich soviel bedeutet?«

»Es wäre unvereinbar mit diesem Ehrenkodex, wenn ich nichts unternähme.«

»Sie sprechen schon wieder in Rätseln, Sir«, warf sie ihm vor.

»Und Sie wissen nicht, wovon Sie sprechen. Das ist allerdings nicht Ihre Schuld, aber ich glaube, daß diese Unwissenheit nun endlich ein Ende haben muß. Wenn Sie sich zu mir setzen, werde ich Ihnen alles erzählen, was Sie eigentlich schon hätten wissen sollen, als wir Amboise verließen.«

»Einschließlich ihre Namens?« Ariel starrte anzüglich auf sein Hemd, unter dem der Ring verborgen war.

»Ihr Name ist Eleonore, aber sie wird auch oft die *Perle der Bretagne* genannt.«

»Die Perle der ...« Ariel riß ihre Augen weit auf. »Sie meinen doch nicht etwa ...«

»Die Prinzessin Eleonore von der Bretagne, Mylady. Um diese Perle aus den Klauen des Königs zu befreien, sind wir alle bereit, unser Leben aufs Spiel zu setzen.«

## 14

»Prinzessin Eleonore ist in England?« Ariel schnappte erschrocken nach Luft. »Aber ich dachte ... ich meine ... wir hatten gehört, sie würde zusammen mit ihrem Bruder Arthur in der Zitadelle von Rouen gefangengehalten.«

»Dort war sie auch bis vor wenigen Wochen.«

Sie hatten sich auf eine Bank dicht am Feuer gesetzt, doch trotz der lodernden Flammen und trotz des Mets in ihren Händen fror Ariel bis ins Mark, während sie Eduards Erklärungen lauschte, was sie alle nach St. Malo geführt hatte. Er informierte sie über alles — über das Engagement ihres Onkels, über den Rettungsplan, über den vorgesehenen Zufluchtsort und die Notwendigkeit absoluter Geheimhaltung.

»Der König weiß, daß er im Begriff steht, die Normandie zu verlieren. Sie haben ja mit eigenen Augen gesehen, daß die Barone in der Normandie ihn kaum noch unterstützen, und in Touraine, Maine und Poitou ist es genauso. Johann muß begriffen haben, daß die Rebellen sich um Eleonore scharen könnten, wenn er sie in der Normandie zurückließe. Angenommen, Hugh de Luisgnan hätte Rouen eingenommen und die Prinzessin befreit — dann hätte es eine legitime Thronanwärterin gegeben, und der Bürgerkrieg hätte unter Eleonores Führung auf England übergreifen können. Jedenfalls muß Ohneland das befürchtet haben.«

»Dann sind die Gerüchte über Arthurs Tod also wahr?«

»Sie müssen es sein, Mylady. Wenn er nicht tot wäre, hätte der König ihn längst dazu benutzt, Hughs Feldzug zu stoppen.«

»Ich verstehe ... Und ist es das, was Sie wollen — einen Bürgerkrieg?«

»Nein, ich will keinen Bürgerkrieg, genauso wenig wie Ihr Onkel, Uns geht es in erster Linie um Eleonores Sicherheit. Was die politischen Motive betrifft — sobald die Prinzessin dem Zugriff des Königs entzogen ist, könnte man sie als Druckmittel gegen ihn verwenden, um seine absolute Macht zu begrenzen.«

»Verzeihen Sie die offene Frage — aber warum sollte der König Arthur töten lassen, nicht aber auch Eleonore? Welchen Sinn hat es, *eine* Gefahr zu beseitigen, wenn es noch eine zweite gibt? Und warum hat er sie nach England gebracht? Was hat er dort mit ihr vor?«

»Ich vermute, daß er die Absicht hat, sie für den Rest ihres Lebens in eine Gefängniszelle zu sperren«, erwiderte Eduard bitter. »Ihm bleibt im Grunde keine andere Wahl.«

»Eine schon«, widersprach sie sanft.

Eduard griff nach dem Feuerhaken und stocherte so wild in der Glut herum, als wären die glühenden Kohlen Feinde, die er mit dem Schwert in Stücke hackte.

»Der Marschall glaubt — und ich bin seiner Meinung —, daß Arthurs Tod ein Unfall war. Ihr Onkel war zweimal persönlich anwesend, als dem Prinzen die Freiheit angeboten wurde, wenn er einwilligte, ins Exil zu gehen und öffentlich zu erklären, daß sein Onkel der rechtmäßige König sei. Nicht nur bei diesen beiden Gelegenheiten drohte Ohneland dem Prinzen im Falle einer Weigerung mit Hinrichtung, und sein Henker war manchmal sogar zugegen, um Arthur einzuschüchtern. Doch Johann war gezwungen, Rücksicht auf die öffentliche Meinung zu nehmen, die den jungen Prinzen begnadigt sehen wollte. Er konnte es sich nicht leisten, einen Märtyrer zu schaffen. Was dann letztendlich geschah, ist natürlich reine Spekulation, aber in Anbetracht des Temperaments der Plantagenets und der berüchtigten Wutanfälle des Königs würde es mich gar nicht wundern, wenn er Arthur umgebracht hätte.«

»Seinen eigenen Neffen?«

»Den rechtmäßigen König von England«, rief Eduard ihr ins Gedächtnis. »Johann mußte jahrelang in Richards Schatten stehen, aber im Grunde gebärdete er sich schon als Regent so, als wäre er der König. Glauben Sie wirklich, daß er die Krone jemals freiwillig an einen anderen abgeben würde? Vergessen Sie nicht — er hat Löwenherz gehaßt und tagtäglich gebetet, daß ein Sarazenenschwert seinem Bruder den Garaus machen möge, und als der

König von Österreich Richard gefangennahm und ein Lösegeld für die Freilassung verlangte, bezahlte Ohneland erst nach neun Monaten — und auch dann nur einen kleinen Teil der geforderten Summe, in der Hoffnung, daß Leopold König Richard töten würde, um ein Exempel zu statuieren. Hätte Johann nicht befürchtet, daß Gott ihm einen Königsmord nicht verzeihen würde, hätte er Richard zweifellos höchstpersönlich umgebracht, lange bevor der Pfeil von Châlus ihm diese Arbeit abnahm.«

Eduard legte den Feuerhaken beiseite und zuckte mit den Schultern. »Vielleicht hätte er seine Bedenken schließlich doch noch überwunden und Arthur hinrichten lassen, ohne sich um die öffentliche Meinung zu kümmern. Das Recht dazu hätte er durchaus gehabt. Richard hatte *ihn* zu seinem Nachfolger bestimmt, und auch die englischen Barone hatten sich für ihn entschieden. Nach dem ersten vergeblichen Versuch, seinen Anspruch auf den Thron durchzusetzen, hatte Arthur seinem Onkel gehuldigt — nur um zwei Jahre später einen neuen Aufstand zu wagen. Als Vasall, der sich gegen seinen König empört, mußte Arthur damit rechnen, geköpft zu werden. Johann hatte jedes Recht, ihm den Prozeß zu machen und ihn hinrichten zu lassen. Dieses Recht hatte er bei Eleonore aber nicht, und ihre Hinrichtung hätte zur Folge gehabt, daß jeder Baron, jeder Ritter und jeder Gemeine im ganzen Königreich sich gegen ihn erhoben hätte. Die Hinrichtung eines rebellischen Vasallen könnten die Barone rechtfertigen: die Hinrichtung von Schönheit und Unschuld könnte kein Mann jemals verzeihen.«

Ariel warf FitzRandwulf einen verstohlenen Seitenblick zu. Er starrte mit schmalen Augen und verkrampften Muskeln ins Feuer. Sie selbst hatte die Prinzessin nie gesehen, aber ihr Onkel hatte oft von Eleonores unvergleichlicher Schönheit geschwärmt: silberblonde Haare, strahlendblaue Augen und milchweiße Haut.

War es verwunderlich, daß dieser rätselhafte Ritter, der

eine grauenhafte Kindheit gehabt haben mußte, sich in die Märchenprinzessin verliebt hatte? Und genauso verständlich war es, daß die Prinzessin, die immer nur wie eine Schachfigur herumgeschoben wurde, Gefallen an dem attraktiven und schwermütigen Eduard FitzRandwulf d'Amboise gefunden hatte. Kein Wunder auch, daß er den Ring unter seinem Hemd versteckte, anstatt ihn stolz zur Schau zu tragen. Der geringste Hinweis auf eine Liaison zwischen der angevinischen Prinzessin und einem Bastard würde die Frau für alle Zeiten hoffnungslos kompromittieren und dem Mann einen qualvollen Tod bescheren.

Ariel stellte fest, daß ihre Hände wieder zitterten. »Ich verstehe nur nicht, warum Sie mir das alles nicht gleich am Anfang erklärt haben. Es hätte uns viel Zeit und Ärger erspart.«

»Ihr Onkel hat es so gewollt. Wahrscheinlich glaubte er, Sie beschützen und vor unnötigen Ängsten bewahren zu müssen.«

Ariel hob den Kopf und brachte sogar ein Lächeln zustande. »Sie meinen wohl, er wollte verhindern, daß ich mich irgendwie einmische?«

»Nein, es ging ihm in erster Linie um Ihre Sicherheit«, beharrte Eduard. »Und weil Ihre Sicherheit jetzt auch mir sehr viel bedeutet, werden wir unsere Pläne ändern müssen.«

Ariel sah ihn bestürzt an. »Warum denn das?«

»Sie zu benutzen, um unter dem Vorwand einer Eskorte für die Braut von Reginald de Braose ins Corfe Castle zu gelangen? Nein, kommt gar nicht in Frage.« Er schüttelte heftig den Kopf. »Mir hat der Plan von Anfang an nicht gefallen, und jetzt gefällt er mir noch weniger.«

»Nicht einmal, wenn das die einzige Möglichkeit ist, um in die Festung zu gelangen?«

»Es ist nicht die *einzige* Möglichkeit. Es schien nur die einfachste zu sein. Doch nun neige ich sehr stark dazu,

Sie mit dem nächsten Schiff, das den Hafen verläßt, direkt nach Wales zu schicken.«

»Nein!« rief sie entsetzt. »Nein, Sie dürfen die Position meines Onkels nicht gefährden. Sie haben doch selbst gesagt, daß man ihn des Verrats bezichtigen könnte, und ich ... ich würde sogar Reginald de Braose heiraten, um das zu verhindern. Sie sagen, Sie hätten Briefe bei sich, die beweisen, daß Sie mich ins Grenzgebiet eskortieren sollen. Dann ist der Plan meines Onkels doch sehr vernünftig und relativ ungefährlich — jedenfalls bis wir das Grenzgebiet erreichen. Niemand würde es wagen, das Siegel des Marschalls von England zu mißachten.«

»Trotz allem, was ich gesagt haben mag, bezweifle ich, daß der König soweit gehen würde, Ihren Onkel des Verrats anzuklagen, nur weil dieser für seine Nichte eine vorteilhaftere Ehe arrangiert hat. Er würde zweifellos eine hohe Geldstrafe verhängen ...«

»Oder er würde die fünf Töchter meines Onkels zur Strafe von Pembroke wegbringen lassen und mit den primitivsten und gemeinsten Stallknechten im ganzen Königreich verheiraten! Vielleicht könnten *Sie* damit leben, Sir, aber ich könnte es nicht. Ich weiß, was Sie jetzt sagen wollen — ich hätte eher an sie denken sollen. Aber ich war eben viel zu sehr damit beschäftigt, nur an mich selbst zu denken. Ich habe bereits zugegeben und werde es jederzeit wiederholen, daß ich etwas sehr Törichtes, Kindisches, Gefährliches und Gedankenloses getan habe, und falls die Pläne für mein eigenes zukünftiges Glück scheitern sollten, werde nur ich selbst daran schuld sein. Doch die Zukunft meines Onkels und das Glück meiner Tante und meiner Kusinen — nein, das darf ich nicht aufs Spiel setzen! Sie können nicht so grausam sein, von mir zu verlangen, auch noch diese Schuld auf mich zu laden!«

»Was soll ich denn Ihrer Ansicht nach tun?« fragte er behutsam, um nicht einen weiteren Temperamentsausbruch zu riskieren. »Soll ich Sie mitnehmen, wenn wir die Festung stürmen? Sie mit Pfeil und Bogen ausrüsten, damit Sie uns Rückendeckung geben, während wir über die Mauer klettern?«

»Es wäre nicht das erste Mal, daß meine sichere Hand und mein scharfes Auge Ihnen zugute kommt«, rief sie ihm in Erinnerung.

Eduard lächelte und verspürte ein unwiderstehliches Verlangen, sie zu küssen. Er tat es auch — aber vorsichtshalber nur auf die Stirn, sanft und brüderlich.

»Die letzte Woche war ein Kinderspiel, verglichen mit dem, was uns bevorsteht, falls es uns gelingen sollte, Eleonore zu befreien. Hier in der Normandie sind Johanns Männer vollauf damit beschäftigt, sich der Franzosen und Bretonen zu erwehren, aber in England werden sie nichts Wichtigeres zu tun haben als uns zu jagen. Wir werden in keinem Gasthof und in keiner Burg Zuflucht suchen können, und sogar in den dichtesten Wäldern könnten genauso viele Feinde wie Freunde hausen — Geächtete, die jeden Ritter hassen, auch wenn er ein Pilger ist.«

»Nichtsdestotrotz wollen Sie Prinzessin Eleonore all diesen Gefahren aussetzen«, betonte Ariel. »Wären die Risiken für sie nicht genauso groß wie für mich — nein, viel größer, weil sie eine viel wertvollere Geisel abgäbe? Und glauben Sie, daß sie solche Mühen besser ertragen kann als ich, oder haben Sie überhaupt noch keinen Gedanken darauf verschwendet, wie sie diese harte Zeit ertragen soll? Herrgott, sie ist eine Prinzessin! Sie werden sie nicht einfach in die Lumpen eines Knappen stecken und auf einen schwerfälligen Gaul setzen können. Wahrscheinlich mußte sie sich nie selbst ankleiden, waschen und kämmen. Wollen Sie die Pflichten ihrer Zofen übernehmen? Oder sollen sich Sparrow, Henry und Sedrick um sie kümmern?«

Sie sah ihn herausfordernd an, und er dachte, daß ein

Mann ohne weiteres in diesen meergrünen Augen ertrinken konnte, weil er viel zu spät bemerken würde, daß in ihren Tiefen genauso viel Stahl wie Seide verborgen war.

Andererseits hatte er soeben etwas entdeckt, das ihn anrührte: während sie selbst jetzt offen zugab, verwöhnt und gedankenlos zu sein, war ihm mittlerweile klar, wie unschuldig und unsicher sie im Grunde war. Sie brauchte jemanden, an den sie sich anlehnen und dem sie ihre Gefühle anvertrauen konnte, und das machte sie liebenswert, während er selbst aus Angst, jemandem etwas von seinen Alpträumen zu verraten, zu einem mißtrauischen Griesgram geworden war, immer auf der Hut und dadurch sehr einsam.

»Wir werden eine Frau finden, die sich um die Prinzessin kümmert«, sagte er langsam.

»Sie haben schon eine.«

»Nein!«

»Wollen Sie lieber irgendeine Dorfschlampe mit schwarzen Zähnen und Läusen einstellen? Zur Betreuung der künftigen englischen Königin? Sie müssen sie wirklich sehr lieben!«

Eduard war auf ihren plötzlichen Sarkasmus nicht vorbereitet. Entnervt von den verschiedenen Emotionen, die sie an diesem Abend schon in ihm geweckt hatte, war Zorn die einzige Waffe, die er gegen sie einsetzen konnte.

»Ich habe bei meinem Leben geschworen, Eleonore zu retten!«

»Aber Sie haben meinem Onkel auch bei Ihrer Ehre geschworen, mich zu beschützen. Ferner haben Sie *mir* geschworen, mich nicht wieder zu verlassen. Ich finde es merkwürdig, daß Ihnen der eine Schwur so ungeheuer viel und der andere gar nichts bedeutet.«

»Wenn er mir wirklich gar nichts bedeuten würde«, brachte er zähneknirschend hervor, »lägen Sie jetzt noch mit hochgeschlagenem Rock auf dem Boden und wären *keine* Jungfrau mehr!«

Ariel stockte der Atem, aber es gelang ihr, seinem Blick standzuhalten und trotzig ihr Kinn zu recken. »Sie erinnern mich wieder an den feinen Unterschied zwischen dem Biegen und Brechen eines Schwures. Haben Sie diese feinen Unterschiede auch früher schon beobachtet — bei Eleonore?«

Diesmal war es Eduard, der heftig errötete, vom Hals bis zum Haaransatz und sogar bis zu den Ohrläppchen. Seine Augen funkelten vor Zorn, und er packte sie so fest am Handgelenk, daß sie glaubte, er wollte ihr die Knochen brechen.

Seltsamerweise verspürte Ariel nur Eifersucht. Sie wußte natürlich, daß das töricht war, aber dieser Mann hatte nun einmal Empfindungen in ihr geweckt, die ihr sogar in der Erinnerung heiße Schauer über den Rücken jagten. Eigentlich geschah das alles ihr recht: sie hatte in den letzten Jahren einen Heiratskandidaten nach dem anderen unter irgendwelchen fadenscheinigen Vorwänden verschmäht, nur weil keiner *perfekt* war. Und nun war hier ein Mann — ein Bastard mit einer gräßlichen Narbe, der ihren früheren Vorstellungen von Vollkommenheit so gar nicht entsprach — und sie konnte ihn nicht einmal dazu bringen, sie zu *begehren,* geschweige denn, sie zu *nehmen.*

»Sie müssen Eleonore wirklich sehr lieben«, wiederholte sie, diesmal aber nicht sarkastisch, sondern resigniert und verzweifelt.

Der furchtbare Zorn verschwand aus seinen Augen, und er lockerte seinen eisernen Griff um ihr Handgelenk, der ihr vermutlich einen weiteren blauen Fleck beschert hatte. Sie wies ihn jedoch nicht darauf hin, denn sie hatte nur noch den einen Wunsch: den letzten Rest ihrer Würde zu retten.

»Es scheint so«, flüsterte sie, »als wären wir für die Rollen als Gegner besser geeignet gewesen.«

Eduard ließ ihr Handgelenk los, und gleich darauf saß

er allein auf der Bank und blickte zu dem schönen stolzen Gesicht empor.

»Es wird Ihnen jedoch nicht gelingen, mich von Corfe Castle fernzuhalten, FitzRandwulf«, verkündete sie. »Sie werden mich nämlich *brauchen.*«

Weil es nichts mehr zu sagen gab, und weil ihr Mut und ihre Kraft fast erschöpft waren, machte Ariel einen spöttischen kleinen Knicks und wünschte ihm eine gute Nacht. Eduard stand höflich auf und blickte ihr nach, als sie die Treppe zu ihrem Zimmer hinaufging. Dann wollte er nach seinem Bierkrug greifen, fegte ihn aber statt dessen mit einer wütenden Gebärde zu Boden. Ariels Becher wäre gefolgt, wenn er nicht plötzlich etwas neben seinem Fuß gesehen hätte. Es war das Leinenband, das er aus Ariels Locken gezogen hatte, und als er es aufhob, stellte er fest, daß sich einige lange glänzende Haare darin verfangen hatten. Er ließ sie nachdenklich durch seine Finger gleiten und schaute wieder zur ersten Etage hinauf.

Sie war eigensinnig, stolz, hochmütig, mutig ... und sie hatte ihn auf ein großes Dilemma hingewiesen. Konnte ein Schwur mehr bedeuten als der andere? War ein Versprechen, das verführerische Lippen ihm abgerungen hatten, weniger wert als ein Versprechen, das er in jugendlicher Leidenschaft gegeben hatte?

Ariel hatte wissen wollen, ob er Eleonore liebte. Wie sollte irgendein Mann sie nicht lieben? Sie war sanft, gütig, liebevoll. Sie war rein und unschuldig, mitleidig und treu bis zum letzten Blutstropfen. Er hatte das hübsche unverdorbene Kind zu einer hinreißenden jungen Frau heranwachsen sehen, die sich weder auf ihre Titel noch auf ihre Schönheit etwas einbildete.

Hätte Ariel ihn gefragt, ob er Eleonore *begehrte,* so hätte seine Antwort sie vermutlich überrascht, denn die Prinzessin war für ihn wie eine Schwester, und ihre gegenseitige reine Liebe hatte sich ganz allmählich aus Freundschaft entwickelt. Als der Schwarze Wolf sie beide vor vielen Jahren aus Bloodmoor Keep befreit hatte, war es die kleine Eleonore gewesen, die stundenlang an seinem Bett saß und seine Hand hielt, während er sich von den Wunden erholte, die der Drache ihm zugefügt hatte. Die tiefe Wunde an seinem Oberschenkel, an der er verblutet wäre, wenn ein brutaler Folterknecht sie nicht mit heißen Eisen behandelt hätte, war schlimm genug. Doch viel mehr machten ihm die seelischen Wunden zu schaffen, die er sowohl seiner Mutter Nicolaa de la Haye als auch dem unrechtmäßigen Herrn von Bloodmoor Keep zu verdanken hatte, den er bis zu seinem dreizehnten Lebensjahr für seinen Vater hielt und der ihn haßte und mißhandelte.

Eleonore hatte seine schlimmsten Alpträume miterlebt und mit ihm geweint, wenn er zitternd und in Schweiß gebadet aufwachte. Sie hatte niemandem etwas davon verraten, nicht einmal seinem Vater und seiner Stiefmutter, die so stolz auf seine Unerschrockenheit und Tapferkeit waren, ohne zu ahnen, daß er sich nachts in einen schluchzenden Feigling verwandelte.

Eleonores Kindheit war fast genauso schlimm wie seine eigene gewesen. Ihr Vater war gestorben, als sie zwei Jahre alt war, und ihre Mutter, die unzählige Liebhaber hatte und ihren Sohn Arthur unbedingt als König sehen wollte, hatte in ihr nur einen lästigen Klotz am Bein gesehen. Ständig zwischen dem Schloß ihrer Großmutter in Mirebeau und dem französischen Hof in Paris hin und her geschoben, war sie in zwei Welten aufgewachsen, hatte sich aber in keiner heimisch gefühlt. Als sie dann alt genug war, um dem Machthunger ihrer Mutter dienen zu können, wurde sie wie eine traurige kleine Puppe herausgeputzt und zur Schau gestellt. Fürsten, Prinzen und fette flämische Herzöge machten ihr den Hof. Dreimal war sie verlobt gewesen und wegen vorteilhafterer Partien sitzengelassen worden.

In Eduards Armen hatte sie sich immer ausweinen können, enttäuscht, gedemütigt, aber auch grenzenlos erleichtert.

Es gab nur zwei Menschen, die wußten, daß Eleonores einzige große Liebe von jeher der Kirche gehört hatte. Eduard war der eine, und ihr Bruder Arthur war der andere gewesen. Ihre Mutter und sogar ihre geliebte Großmutter hätten über die bloße Vorstellung, daß eine angevinische Prinzessin eine Braut Christi werden wollte, schallend gelacht.

Arthur hatte versprochen, daß es ihr — sobald er König war — freistehen würde, dem Ruf ihres Herzens zu folgen und in ein Kloster einzutreten. Nach dem Tod ihres Bruders war Eduard der einzige, der wußte, daß Eleonore von der Bretagne niemals Ansprüche auf den Thron von England erheben würde. Sie strebte nicht nach Krone und Zepter, und sie würde niemals dulden, daß ihretwegen ein blutiger Bürgerkrieg geführt wurde.

Eduard hatte in Amboise darüber geschwiegen, weil der Marschall sich andernfalls vermutlich nicht so vehement für eine Befreiung der Prinzessin eingesetzt hätte. Und er hatte eingewilligt, die Nichte des Marschalls als Schutzschild zu benutzen, weil es ihm damals einzig und allein darum gegangen war, Eleonore zu befreien — egal, um welchen Preis.

Jetzt war das alles nicht mehr so einfach. Jetzt war es ihm nicht mehr egal, ob Ariel de Clare ihr Leben riskierte oder nicht. Er fühlte sich für sie verantwortlich, obwohl sich an ihrem Verhältnis im Grunde nichts geändert hatte. Sie war nun einmal mit einem walisischen Prinzen verlobt, und er hatte geschworen, sie unversehrt zu ihrem Bräutigam zu bringen. Aber er konnte sich jetzt keinen weiteren Fehler mehr leisten. An diesem Abend hatte er einen gravierenden Fehler begangen, als er seiner Lust erlaubte, zeitweilig über seine Vernunft zu triumphieren. So etwas durfte sich niemals wiederholen, denn es könnte für sie alle schlimme Folgen haben.

## 15

Kein Mensch, der Corfe Castle jemals gesehen hatte, konnte sich vorstellen, daß es irgendwo in Johanns ganzem Königreich eine zweite Festung gab, die genauso trostlos und furchterregend war. Auf einem steilen Hügel über dem Meer ragten mächtige Mauern und Türme ohne ein einziges Fenster in den grauen Himmel empor und warfen düstere Schatten über das Dörfchen Corfe — eine triste Ansammlung armseliger Hütten entlang der einzigen Straße.

Es gab eine Kirche und einen Gasthof, aber kein Kirmesgelände, und der Marktplatz verdiente diesen Namen kaum, weil hier die Straße nur etwas breiter als sonst war. Stürmische Winde heulten ständig um den Burghügel, nachts noch stärker als tagsüber, so daß die meisten Dorfbewohner sich bei Einbruch der Dunkelheit in ihre Häuser flüchteten und um die Feuerstellen scharten.

Die Nächte in Corfe waren eine Zeit von ängstlichem Geflüster und rasselnden Ketten, von blutigen Füßen, die erschöpft über das holprige Kopfsteinpflaster schlurften, und von quietschenden Wagenrädern. Nur wenige mutige Dörfler warfen verstohlen einen Blick aus dem Fenster, um zu sehen, wen der Zorn des Königs diesmal getroffen hatte. Es war besser, nichts zu wissen, denn die ausgemergelten Gestalten und leeren Gesichter der Gefangenen konnten einem den Schlaf rauben oder Alpträume verursachen.

Ein neugieriger Bursche war eines Nachts im Frühherbst von holpernden Wagen auf der Straße geweckt worden. Als der vierte Karren an seiner Hütte vorbeirollte, spähte er durch einen Türspalt — gerade noch rechtzeitig, um den fünften und letzten Karren mit schmutzigen und zerlumpten Rittern in schweren Ketten zu sehen.

In den nächsten Tagen wurde im Dorf gemunkelt, daß das die vierundzwanzig Ritter gewesen waren, die Seite an Seite mit dem tapferen, wenngleich irregeleiteten Prinzen Arthur gekämpft hatten und zusammen mit ihm in Mirebeau gefangengenommen worden waren. Als in den nächsten zwei Wochen eine zum Skelett abgemagerte Leiche nach der anderen, in Grabtücher gehüllt, auf dem Kirchhof begraben wurde, wußte jeder, daß der König diesen Rittern einen qualvollen Hungertod beschieden hatte. Nachdem auch der letzte von ihnen gestorben war, heulten und stöhnten die Winde die ganze Nacht über so schaurig um die Burgtürme, als wären plötzlich alle verdammten Seelen der Hölle entflohen, und ein Wärter wurde von diesem Lärm verrückt und stürzte sich vom Wehrgang in die Tiefe.

Wahnsinn war in Corfe durchaus keine Seltenheit. In der Festung diente der Abschaum der königlichen Armee — Rohlinge, die tagsüber einen Krug Ale nach dem anderen leerten und sich nachts mit Huren amüsierten, ihre Gelüste aber auch hemmungslos mit wehrlosen Gefangenen befriedigten. Gellende Schreie der vergewaltigten Frauen hallten von den Wänden der dunklen, feuchten Zellen wider, doch in Corfe stöhnten und schrien auch die gemarterten Männer.

Es war ein Tollhaus.

Es war die reine Hölle.

In diese Hölle hatte König Johann seine Nichte Eleonore verbannt.

Marienne schlich auf leisen Sohlen in das Turmzimmer, um die stille Gestalt nicht zu stören, die kniend und mit geneigtem Haupt ihre Abendgebete verrichtete, wobei der abgenutzte Rosenkranz gleichmäßig durch ihre schmalen Finger glitt. Die Kerze in der Gebetsnische rußte; große schwarze Flecken auf den Steinen ringsum verrieten, daß hier schon unzählige Kerzen gebrannt hatten.

Marienne warf einen Blick auf das Tablett, das sie vor über einer Stunde ins Zimmer gestellt hatte, aber sie wußte schon vorher, daß kaum etwas fehlen würde. Die arme Prinzessin aß so wenig, daß nicht einmal ein Vogel davon satt geworden wäre. In den langen Monaten der Gefangenschaft war sie immer dünner und zerbrechlicher geworden. Ihre Haut hatte den reizvollen Perlmuttschimmer verloren, und die silberblonde Haarpracht war zu einem matten Gelb verblaßt. Jeden Morgen blieben in der Roßhaarbürste so viele Haare zurück, daß der im Nacken zum Knoten geschlungene Zopf längst nicht mehr so dick wie früher war.

Ohnehin schon geschwächt durch Entbehrungen, Ängste und Herzeleid, hätte Eleonore die Überquerung des Ärmelkanals fast nicht überlebt. Das Meer war stürmisch gewesen, das Wetter grimmig kalt. Auch Marienne hatte unter Seekrankheit gelitten, doch wenn sie sich nicht gerade übergeben mußte, hatte sie Eleonores fieberheißen Kopf auf ihrem Schoß gewiegt.

In Corfe war die Prinzessin wieder etwas zu Kräften gekommen, aber sie blieb erschreckend mager. Tränen traten in Mariennes Augen, sobald sie ihre schöne Herrin ins Gebet vertieft sah, obwohl ihr unbegreiflich war, wie Eleonore Gott um Verständnis und Gnade für jene Menschen bitten konnte, die ihr soviel Leid angetan hatten.

Marienne selbst hätte König Johann mit wahrer Wonne einen Dolch ins Herz gestoßen, nicht nur einmal, sondern immer wieder, und sie hätte laut gejubelt, wenn das Blut aus den Wunden gesprudelt wäre! Er hatte gelacht. Er hatte schrill gelacht, wie ein Wahnsinniger, als er Eleonore mitteilte, daß sie ins Corfe Castle verlegt würde. Und Marienne blieb es überlassen, sie in die Arme zu nehmen, mit ihr zu weinen und sie nach besten Kräften zu trösten. Sie war erst vierzehn, viel zu jung, um soviel Schmerz, Verrat und Grausamkeit mit ansehen zu müssen. Manchmal fühlte sie sich um hundert Jahre älter, als sie war, und es zerriß ihr fast das Herz, wenn ihre geliebte Prinzessin sich zu einem tapferen Lächeln zwang.

Auch jetzt huschte ein Lächeln über das schöne Gesicht, als sie Marienne hörte, aber sie hielt nicht im Gebet inne, und Marienne wartete geduldig, bis sie das kleine silberne Kreuz des Ebenholzrosenkranzes ehrfürchtig an ihre Lippen drückte, ein letztes Amen flüsternd.

Steif vom langen Knien, erlaubte sie Marienne, ihr beim Aufstehen zu helfen und sie zum Bett zu führen.

»Schimpf bitte nicht wieder mit mir«, sagte sie seufzend. »Ich habe eine ganze Scheibe Brot und ganz viel gekochten Fisch gegessen. Noch ein Bissen, und ich würde platzen.«

Marienne wies sie nicht darauf hin, daß die Brotscheiben winzig waren, und daß sie den Fisch kaum angerührt hatte. Immerhin hatte sie etwas mehr als am Vortag gegessen ... und morgen war Mittwoch. Mittwochs bereitete der Koch immer würzige Fleischklöße zu — eines der wenigen Gerichte, auf die Eleonore Appetit hatte.

Als Marienne das erwähnte, um ihre Herrin etwas aufzuheitern, war Eleonore sichtlich überrascht. »Ist wirklich schon wieder eine ganze Woche vorüber? Es kommt mir so vor, als hätten wir erst gestern dieses Festmahl genossen.«

»Hauptmann Brevant hat versprochen, uns auch einen Krug Wein zu besorgen — nicht den üblichen Essig, den die anderen *Gäste* bekommen.«

Eleonores schwaches Lächeln verflog, und sie strich mit ihren schlanken weißen Fingern zärtlich über Mariennes wirre braune Locken. »Meine arme Maus, wie grauenvoll muß das alles für dich sein! Mir hier an diesem Schreckensort dienen zu müssen ...«

Marienne griff nach der Hand der Prinzessin und führte sie an ihre Lippen. »Von *müssen* kann keine Rede sein, Mylady«, protestierte sie. »Ich habe Sie freiwillig hierher begleitet, und es macht mir nichts aus, hier zu sein, weil ich weiß, daß für uns beide bald wieder die Sonne scheinen wird.«

»Die Sonne!« flüsterte Eleonor sehnsüchtig. »Ich habe schon fast vergessen, wie sie sich auf meinem Gesicht anfühlt.«

Es gab keine Fenster in dem Turmzimmer. Nur die Kerzen spendeten ein wenig Licht. Die schwere Luft roch so stark nach feuchtem Mörtel, daß nicht einmal ein prasselndes Feuer diesen Gestank vertreiben konnte. Allerdings hatten sie auch so gut wie nie genug Holz für ein Feuer, das wirklich Wärme spendete, anstatt nur zu glimmen und zu rauchen.

Das Bettzeug war modrig, und in den Bettvorhängen hauste Ungeziefer. Der König hatte versprochen, daß die Prinzessin es hier bequem haben würde. Er hatte versprochen, daß sie nur kurze Zeit in Corfe bleiben müßte, doch seitdem hatten sie nichts mehr aus der Normandie gehört, und Marienne fragte sich unwillkürlich, ob er mit ›kurz‹ vielleicht gemeint hatte, daß Eleonore nicht mehr lange am Leben sein würde. Allem Anschein nach hatte er nicht befohlen, daß seiner Nichte eine bevorzugte Behandlung zuteil werden sollte. Sie erhielt pro Tag zwei Talgkerzen, mit denen sie sehr sparsam umgehen mußte. Jeden Morgen wurde der Kübel für die Notdurft geleert. Dreimal in der Woche durfte sie sich mit einer Schüssel Wasser waschen, und einmal in der Woche durfte sie eine Stunde auf dem Wehrgang zwischen ihrem Turm und dem nächsten spazierengehen.

Obwohl das Eleonores einzige Gelegenheit war, etwas frische Luft zu schnappen, hatten stürmische Winde und heftige Regenfälle sie seit der Ankunft in Corfe daran gehindert, mehr als einige Minuten im Freien zu verbringen. Trost und Stärkung fand sie nur im Gebet, und weil nicht einmal ein König es wagte, sich gegen die Kirche aufzulehnen, durfte Eleonore jeden Morgen zur ersten Gebetsstunde und jeden Abend vor der Vesper die steile

Wendeltreppe hinabsteigen und in der Kapelle mit Vater Wilfred beten, einem Priester, der stets von mindestens zwei Soldaten streng überwacht wurde. Meistens war auch Hauptmann Jean de Brevant zugegen, ein Riese mit einem Gesicht, das aus Granit gemeißelt schien, und mit einer Stimme, die wie eine Lawine dröhnte. Mariennes Kopf reichte kaum bis an seine Achselhöhle heran, und ihr ganzer Körper hätte mühelos in einem seiner Hosenbeine Platz gehabt, aber ihr fiel manchmal auf, daß er schwermütig aussah. Wenn der Priester und die Soldaten die Kapelle verlassen hatten, und wenn die Prinzessin schon langsam die Treppe erklomm, blieb Marienne gelegentlich zurück, um noch einige Worte mit dem furchterregenden Hauptmann zu wechseln.

An diesem Morgen hatte er ihr etwas ins Ohr geflüstert, das ihr den ganzen Tag über nicht mehr aus dem Kopf gegangen war. Mehrere Ritter, die von einer Pilgerfahrt ins Heilige Land zurückkehrten, hielten sich im Dorf Corfe auf. Einer von ihnen bedurfte der Dienste einer Kräuterfrau, weil er am Arm verletzt war, andernfalls hätten sie hier wohl nicht haltgemacht. Und weil Brevant es sich zur Aufgabe gemacht hatte, über jeden Fremden Bescheid zu wissen, der sich in der Umgebung von Corfe Castle aufhielt, war er über die Ankunft der Ritter informiert worden, noch bevor sie sich den Staub aus den Kleidern geschüttelt hatten.

Ganz beiläufig erwähnte Brevant, daß einer der Ritter eine große Narbe auf der Wange hatte.

Marienne, die bis dahin nur mit halbem Ohr zugehört hatte, stockte plötzlich der Atem, und sie wußte später nicht, wie sie die Wendeltreppe hinaufgekommen war, und wie sie es geschafft hatte, ihr Frühstück — einen harten Brotkanten und ein Stück schimmeligen Käse — hinunterzuwürgen. Den ganzen Tag über hatte sie überlegt, ob sie der Prinzessin die Neuigkeit berichten sollte. Aber was gab es denn schon zu berichten? Daß ein Ritter mit einer Narbe im Dorf übernachtet hatte? Es gab Tausende von Rittern mit Narben im Gesicht. Wahrscheinlich war es nur irgendein verwundeter Kämpfer, der in seine Heimat zurückkehrte, und Marienne wollte nicht, daß ihre arme Prinzessin sich falsche Hoffnungen machte.

Brevant hatte Marienne versprochen, bis zum nächsten Morgen weitere Erkundigungen über die Fremden einzuziehen. Bis dahin mußte sie ihre Zunge im Zaume halten und durfte sich nicht anmerken lassen, wie aufgeregt sie war.

Eduard FitzRandwulf rieb sich die Augen, doch an dem Bild, das sich ihm seit mehreren Stunden bot, änderte sich dadurch nichts, nur daß der triste graue Himmel, der eine so passende Kulisse für Corfe Castle abgab, mittlerweile einem genauso trostlosen wolkenverhangenen Nachthimmel Platz gemacht hatte. Im Dorf waren Lichter angezündet worden, aber die Burg blieb dunkel. Oberhalb der hohen Mauern brannte keine einzige Fackel, keine einzige Kerze, und nur ein schwacher Lichtschein aus den Höfen deutete darauf hin, daß es dort oben überhaupt Leben gab.

Henry de Clare hatte ihn gewarnt, daß Corfe eine uneinnehmbare Festung sei. Seit ihrer Ankunft in England vor zwei Tagen hatte Ariels Bruder bei jeder Rast Skizzen in den Sand gezeichnet oder Modelle aus Steinen und Zweigen angefertigt, um ihm zu demonstrieren, warum es nicht einmal *Armeen* gelungen war, in die Burg zu gelangen — Armeen, die mit Rammböcken und Katapulten ausgerüstet waren. Nicht umsonst brachte König Johann hier jene Gefangenen unter, die unter gar keinen Umständen fliehen durften. Noch nie war jemandem die Flucht aus Corfe Castle geglückt. Die Wachen waren sorgfältig ausgesucht und wurden so gut entlohnt, daß sie nicht bestechlich waren. Und die Dorfbewohner waren so verängstigt, daß sie mit Fremden kein Wort wechselten.

Eduard hatte die Burg seit Tagesanbruch beobachtet. Er hatte sie am Fuße des kahlen Hügels umrundet und nach irgendwelchen Breschen in den Mauern Ausschau gehalten, und später hatte er stundenlang auf das Haupttor gestarrt, weil er wissen wollte, wer eingelassen wurde.

Den ganzen Tag über hatte niemand die Zugbrücke überquert.

Selbst wenn es jemandem gelänge, durch dieses von Wachttürmen flankierte Tor zu stürmen, so stünde er nur vor einem weiteren verschlossenen Tor in der inneren Mauer, das ebenfalls durch Wachttürme und durch ein Fallgatter gesichert war. Außerdem wäre jeder ungebetene Besucher eine leichte Zielscheibe für die Patrouille auf den Wehrgängen.

Außer diesem Haupteingang, der breit genug für Pferdewagen war, gab es an der Nordseite noch ein schmales Tor für Fußgänger, ebenfalls überragt von einem Wachtturm mit Fallgatter. Dieses Tor öffnete sich jedoch so langsam, um jemandem Zutritt zu gewähren oder ihn hinauszulassen, daß Eduard begriff, wie streng die Kontrollen sein mußten.

Kein Wunder, nachdem hinter diesen hohen Mauern die einzige Person gefangengehalten wurde, die dem König den Thron streitig machen konnte.

Natürlich mußte es noch irgendwelche kleine Pforten in den Mauern geben, aber Eduard hatte keine einzige entdeckt. Vielleicht wäre es möglich, mit Hilfe einer Leiter über die Mauer zu klettern, aber es dauerte lange, um eine zwanzig Meter hohe Leiter zu bauen — und wo sollte man sie verstecken, nachdem es auf dem ganzen Burghügel keinen einzigen Baum oder Strauch gab?

Ein langes Seil mit Enterhaken bot an und für sich eine weitere Möglichkeit, ein Hindernis zu überwinden, kam in diesem Fall aber ebenfalls nicht in Frage, weil die Mauer dafür einfach zu hoch war.

Eduard hatte einmal gehört, daß ein verzweifelter

Mann sich eines Katapults bedient hatte, um über eine Festungsmauer zu gelangen. Er war tatsächlich im Innenhof gelandet — allerdings mit zerschmettertem Schädel, weil er mit voller Wucht gegen eine Steinzisterne geprallt war. Diese Vorstellung war so ernüchternd, daß Eduard seinen Beobachtungsposten verließ und dem Gasthof zustrebte.

Obwohl es noch ziemlich früh am Abend war, hatten die meisten Dorfbewohner schon die Fensterläden geschlossen, weil sie von den düsteren Geheimnissen der Nacht verschont bleiben wollten. Kein Mensch hielt sich auf der Straße auf, und Eduard hörte nur seine eigenen dumpfen Schritte.

Plötzlich blieb er stehen und legte den Kopf lauschend zur Seite. Seine Hand schloß sich um den Schwertgriff, während seine Augen in die Dunkelheit spähten. Er konnte nichts sehen, aber das Geräusch war unverkennbar — leise Atemzüge, die sich in der Totenstille jedoch wie das Schnauben eines Schlachtrosses anhörten.

»Keine Bewegung und Hände weg vom Schwert!«

Bevor Eduard sein Schwert ziehen konnte, spürte er Stahl unter seinem Kinn. Ein Arm von der Dicke einer Hirschkeule schlang sich um seine Taille und preßte ihn gegen Granit. Ein scharfes Messer zwang ihn, den Kopf tief in den Nacken zu legen. Trotzdem trug er eine Schnittwunde am Hals davon.

»Hände weg vom Schwert«, zischte die Stimme ihm ins Ohr, »oder unsere Unterhaltung endet, noch bevor sie begonnen hat!«

»Brevant?«

Das Messer schnitt ihm noch tiefer ins Fleisch. »Allmächtiger! Sie kennen mich nicht, und ich kenne Sie nicht, und trotzdem trompetet einer von uns einen Namen laut in die Welt hinaus.«

Nachdem das ›Trompeten‹ kaum mehr als ein Flüstern gewesen war, hielt Eduard jetzt wohlweislich seinen

Mund und wartete darauf, daß das Messer von seiner Kehle entfernt würde, was auch geschah, untermalt von einem leisen Fluch. Die blutende Wunde betastend, drehte Eduard sich nach seinem Angreifer um.

Der Mann war ein Riese, um einen halben Kopf größer als Eduard und doppelt so breit. Der Granit, den Eduard gespürt hatte, war nichts anderes als ein mächtiger Brustkorb. Der Kerl war in einen weiten Umhang gehüllt, so als wollte er nicht erkannt werden — obwohl allein schon seine Statur ihn überall verraten würde.

»Sie kommen vom Alten Löwen?« knurrte er.

»Sie werden glauben, daß ich geradewegs aus der Hölle komme, wenn Sie mich jemals wieder mit einem Messer bedrohen.«

Brevant grinste und entblößte dabei zwei krumme Zähne, die an die Hauer eines Ebers erinnerten. »Schau dich um, Welpe — dies hier *ist* die Hölle. Bekomme ich jetzt eine Antwort auf meine Frage?«

»Bekomme ich eine Antwort auf *meine* Frage?«

»Ich bin Brevant, wie dir morgen früh auch jeder Dorfbewohner verraten könnte, der Augen im Kopf hat. Ich gebe also kein Geheimnis preis.«

»Wie mir gesagt wurde, halten Sie vom *Geben* überhaupt nicht viel.«

»Stimmt! *Nehmen* ist mir bedeutend lieber«, gab er fröhlich zu. »Und nachdem nicht ich es bin, der bezahlen muß, möchte ich gar nicht wissen, wer Sie sind und woher Sie kommen. Es ist schon gefährlich genug zu wissen, daß der Alte Löwe Sie geschickt hat.«

»Der Alte Löwe hat Sie mir empfohlen«, bestätigte Eduard. »Aber woher wußten Sie, wo ich bin?«

»Ich weiß über jeden streunenden Hund in diesem Dorf Bescheid. Ich weiß, wohin er pißt, was er frißt, wieviel Flöhe er hat. Ich weiß das alles, weil ich keine unliebsamen Überraschungen schätze.«

»Wissen Sie auch, warum ich hier bin?«

»Das weiß ich verdammt gut«, brummte Brevant. »Und wenn ich Ihnen erst einmal auseinandergesetzt habe, wie unmöglich Ihr Vorhaben ist, werden Sie höchstwahrscheinlich wie alle anderen den Schwanz einziehen und sich schleunigst verdrücken.«

»Es waren schon andere hier?«

»O ja, es waren schon viele andere hier, seit der Teufel sich auf den englischen Thron gesetzt und damit begonnen hat, an diesem Ort all jene Gesichter zu verwahren, die er nie wiedersehen wollte. Sie sind alle hergekommen — die Brüder, die Väter, die treuen Freunde, sogar die Ehefrauen, und sie haben die Hügel durchstreift und die Burg stundenlang angestarrt, so als könnten ihre Augen ein Loch in Steine und Mörtel bohren. Sie bleiben eine Woche hier, manchmal auch zwei Wochen, und dann reisen sie wieder ab, ohne auch nur einen Blick auf die Person geworfen zu haben, die sie ursprünglich retten wollten, vor Tatkraft und Einfällen sprühend. Wenn ich Ihnen einen guten Rat geben darf — und ich tue es sogar kostenlos — dann sollten Sie so schnell wie möglich von hier verschwinden, bevor man Erde über Ihre Leiche wirft.«

»Wollen Sie damit sagen, daß Sie mir nicht helfen können, in die Festung zu gelangen?«

Brevant sah nicht nur überrascht, sondern auch erschrocken aus. »Ihnen helfen, in die Festung zu gelangen? Dachte der Alte Löwe wirklich, daß ich das könnte? Eine *Laus* braucht Hilfe, um in diese Burg zu gelangen; ein Mann bräuchte Hilfe von keinem Geringeren als Gott. Meine Haut ist nicht minder gefährdet als die jedes anderen, obwohl ich etwas mehr davon habe. Ich unterstehe dem Befehl von Old Swill — vom Alten Säufer —, der seinerseits nur dem König Rechenschaft schuldet. Sollte er aus irgendeinem Grund Mißtrauen gegen mich schöpfen, bin ich ein toter Mann — und es wäre ein höchst unerquicklicher Tod, das kann ich Ihnen versichern. Nein, nein, mein Lieber, ich habe nicht die Absicht, wegen dieser Sache im Folterkeller zu landen. Behalten Sie Ihr Geld — ich ziehe es im Zweifelsfall vor, meinen Kopf zu behalten.«

Er wandte sich ab, aber Eduard packte ihn am Ärmel. »Könnten Sie wenigstens eine Botschaft überbringen?«

»Eine Botschaft?« Er sah sich vorsichtig nach allen Seiten um. »Wenn ich Worte höre und sie wiederholen soll, könnten glühende Zangen mich wenig später zwingen, diese Worte noch einmal zu wiederholen, und wenn ich diese Worte auf einem Stück Papier bei mir trage, könnte ich durchsucht werden — und wieder würden die Zangen erhitzt werden. Begreifen Sie mein Problem, Freund?«

»Sehen Sie *das hier,* Freund?« Eduard hielt einen kleinen Lederbeutel hoch, schüttelte ihn, so daß die Münzen verführerisch klirrten, und leerte den Inhalt in seine Hand, damit Brevants schwarze Augen das Gold auch *sehen* konnten.

Mit der freien Hand zerrte er an der Schnur um seinen Hals und fischte den Ring unter seiner Kleidung hervor.

»Ich gebe Ihnen heute abend diese Münzen, und morgen erhalten Sie dieselbe Summe, wenn Sie mir einen Beweis liefern können, daß dieser Ring in die richtigen Hände gelangt ist.«

»Ein Ring?« Brevant runzelte die Stirn. »Bei allen Heiligen ...«

»Es ist ein kleiner Ring, den Sie notfalls in einer Backe verstecken und einfach ausspucken können, an einer Stelle, wo ein scharfes Auge ihn finden müßte. Und wenn Sie das nächste Mal an dieser Stelle vorbeikämen, läge dort ein anderer Gegenstand, den Sie mir bringen würden. Für Ihre Mühe mache ich Sie zu einem sehr reichen Mann.«

Brevants Blick schweifte von dem Ring zu den Münzen. »Was ist das für ein Gegenstand, den ich als Beweis aus der Burg schmuggeln soll?«

»Ich versichere Ihnen, daß die Gefahr genauso gering wie die jetzige sein wird.«

Der Hauptmann brummte tief in der Kehle. Schneller, als Eduard einem Mann dieser Größe zugetraut hätte, schob er Münzen und Ring ein und verschwand in den tiefen Schatten zwischen zwei Katen.

Eduard blickte ihm nach und spitzte die Ohren, bis er ganz sicher war, daß sie nicht belauscht worden waren, und daß niemand dem Hauptmann folgte. Er hatte Herzklopfen, war aber ganz zufrieden. Immerhin war der Kontakt hergestellt worden. Jetzt mußte er nur noch die Habgier des Riesen wachhalten, bis ein halbwegs vernünftiger Rettungsplan ausgearbeitet war.

## 16

»Wenn ich mich recht erinnere«, sagte Henry de Clare, »befinden sich die meisten Verliese am Nordende des Innenhofs. Wir können von Glück reden, wenn die Prinzessin in einem Turm gefangengehalten wird, denn die meisten Verliese sind unterhalb des *Constable's Tower* gelegen, in einem Labyrinth unterirdischer Gänge, mit Zellen, die einfach in die Felsen geschlagen wurden. Jemanden von dort unten zu befreien wäre in etwa so aussichtsreich wie der Versuch, Sedrick rückwärts durch ein Mauseloch zu zwängen.«

Henry blickte von einem ernsten Gesicht zum anderen und verweilte am längsten bei jenen, die er liebend gern nicht in ihre Pläne eingeweiht hätte. Als FitzRandwulf ihm von Ariels wilden Beschuldigungen, sie seien Juwelendiebe, berichtet hatte, hatte er zugeben müssen, daß Eduard nichts anderes übriggeblieben war, als ihr die Wahrheit zu sagen. Freilich war er gar nicht begeistert davon, daß seine Schwester sie nach Corfe begleitet hatte —

aber was hätten sie sonst mit ihr tun sollen? Nachdem Ariel wußte, was sie vorhatten, hätte man sie fesseln und knebeln müssen, um sie von dem Abenteuer auszuschließen.

Er hatte Eduard auch widerwillig recht gegeben, daß es nun auch höchste Zeit war, Robin und Dafydd ap Iorwerth ins Vertrauen zu ziehen. Der Waliser hatte schweigend zugehört und sodann seinen gebrochenen Arm verwünscht; der Knappe war vor freudiger Aufregung ganz aus dem Häuschen geraten.

»Ich wußte es!« hatte Robin mit leuchtenden Augen gerufen, maßlos stolz auf seinen Bruder. »Ich wußte, daß du ihr helfen würdest! Ich wußte, daß du unsere Prinzessin nicht ihrem Schicksal überlassen würdest! Das hätte gegen alle Gebote von Ehre und Ritterlichkeit verstoßen.«

Eduard hatte nur trocken gelächelt und Ariels Blick gemieden. Sparrow hatte geschnaubt, Robin hätte zu viele Gedichte gelesen und zu viele Märchen gehört, worauf zwischen Seneschall und Knappe ein Streit über die Grundwerte der Ritterlichkeit entbrannt war.

»Ich nehme an, daß es zu diesen Türmen jeweils nur einen einzigen Zugang gibt, stimmt's?« fragte Eduard jetzt, nach seinem Treffen mit Jean de Brevant.

Henry zuckte die Achseln. »Ja — es sei denn, Sie sind ein Vogel und können sich zu den Wehrgängen emporschwingen.«

»Als ich ein Kind war«, warf Robin verträumt ein, »habe ich geglaubt, daß Sparrow fliegen könnte.«

»Mit Efeu zwischen den Zehen und mit dem Wind im Rücken kann ich wirklich fliegen«, stellte Sparrow kämpferisch klar. »Aber die Mauern von Corfe Castle sind kahl und glatt, und der Atem des Teufels ist der einzige Wind dort oben. Nicht einmal *ich* könnte in diesem Fall deinen hohen Erwartungen gerecht werden.«

»Es gibt allerdings unterirdische Verbindungskorridore zwischen den Türmen«, fuhr Henry fort. »Sie werden von den Wachposten benutzt, aber auch von den Leuten, die das Essen bringen, die Kübel leeren und so weiter — und natürlich auch von den Huren, die von einer Wachstube zur anderen wandern. Als ich dort stationiert war, fand der Wachwechsel dreimal täglich statt, und die meisten, die ihren Dienst beendet hatten, strebten eilig dem nächsten Spieltisch oder dem nächsten Bierfaß zu. Wenn überhaupt, dann könnte man bestenfalls während dieser Wachwechsel etwas unternehmen, weil die Männer dann abgelenkt sind. Der eine gibt nur ungern den Knobelbecher ab, weil er gerade Glück im Würfeln hatte, und der andere hat keine Lust, von einer besonders tüchtigen Hure abzulassen.« Er grinste in Ariels Richtung. »Verzeih meine Offenheit, Schwesterherz, aber du wolltest ja nicht, daß wir deinetwegen unsere Zungen hüten.«

Ariel grinste zurück. »Nur zu, Bruderherz — schließlich spricht aus dir die Stimme der Erfahrung.«

Sedrick seufzte schwer. »Erfahrung hin, Erfahrung her — das alles nützt uns nichts, wenn Brevant zum nächsten Treffen einen Trupp Soldaten mitbringt! Woher wollen Sie wissen, daß er nicht dem Gouverneur sein Herz ausschüttet und eine hübsche Falle für uns alle arrangiert? Sie sagten doch selbst, er sei nicht allzu glücklich über den Kontakt mit Ihnen gewesen.«

»Um so glücklicher war er über den Kontakt mit meinen Münzen«, erwiderte Eduard. »Auf einen habgierigen Mann ist normalerweise Verlaß, solange die Geldquelle nicht versiegt. Außerdem war der Marschall sicher, daß Brevant uns helfen würde, und ich neige dazu, mich auf seine Menschenkenntnis zu verlassen.«

»Brevant«, murmelte Ariel und sah ihren Bruder mit gerunzelter Stirn an. »Warum kommt der Name mir so bekannt vor?«

»Wahrscheinlich, weil er in der letzten Stunde so oft gefallen ist«, meinte Henry.

Ariel wußte, daß das nicht der Fall war. Sie mußte den

Namen schon früher gehört haben, aber ihr wollte nicht einfallen, wo und wann, und als Sedrick wieder das Wort ergriff, vergaß sie die Sache vorübergehend.

»Ob er nun scharf auf unser Gold ist oder nicht, und ob er auf unserer Seite steht oder nicht — wie wollen Sie ihn dazu bringen, uns in die Burg zu schmuggeln, wenn er sich schon wegen eines kleinen Rings so angestellt hat?«

»Vielleicht braucht er uns gar nicht in die Burg zu *schmuggeln*«, sagte Sparrow. »Vielleicht muß er uns nur passieren lassen. Wir haben doch noch die Briefe des Marschalls, oder sind sie in Rennes zusammen mit den Gäulen verschwunden?«

»Wir haben sie noch«, gab Eduard grimmig zu.

»Na also! Wozu sind sie denn geschrieben worden, wenn nicht, um auch gelesen zu werden?«

»Welche Briefe?« fragte Dafydd verwirrt.

»Mein Onkel hat vorhergesehen, daß wir Schwierigkeiten bekommen könnten«, erklärte Henry. »Er hat uns Briefe mitgegeben, des Inhalts, daß wir während der Reise unter seinem persönlichen Schutz stehen. Ferner steht in diesen Briefen, daß wir unterwegs nach Radnor Castle sind, um meine Schwester ihrem Bräutigam zuzuführen — Reginald de Braose.«

*»Braose?«*

Sparrow fegte den Ausruf des Walisers mit einer Handbewegung beiseite. »Nur keine Aufregung, junger Freund! Die Briefe waren nur für den äußersten Notfall gedacht. Radnor liegt in der Richtung unseres *wirklichen* Zielorts, und deshalb würden mißtrauische Gemüter zweifellos glauben, daß wir nur die Befehle des Königs ausführen. Und wurde nicht vereinbart, daß Ihr Bruder uns auf unserem Weg nach Wales trifft — auf demselben Weg, der uns auch nach Radnor führen würde?«

Dafydd nickte. »Der Marschall wollte ihm eine Nachricht zukommen lassen, daß er in Gloucester auf uns warten sollte.«

»Zweifeln Sie etwa daran, daß er diese Anweisung befolgen wird?« fragte Sparrow.

»O nein — er wird dort sein.«

»Mit seinen Männern?«

»Mit seinen Männern.«

Ariel wollte lieber nicht daran denken, daß der zuverlässige Lord Rhys in Gloucester auf sie warten würde. Ungeduldig wandte sie sich an Sparrow: »Würden diese Briefe uns die Tore von Corfe Castle öffnen?«

Sparrow, der es bisher während der ganzen Reise erfolgreich vermieden hatte, irgendwelche Fragen von Ariel de Clare zu beantworten, fuhr sich wütend durch die dunklen Locken und runzelte die Stirn. Er war entschieden dagegen, daß eine Frau — und mochte sie tausendmal die Nichte des Marschalls sein — sich an Männergesprächen beteiligte, aber nachdem im Augenblick alles darauf hindeutete, daß ihr eine Hauptrolle in diesem Abenteuer zufallen würde, mußte er seine Zurechtweisungen wohl oder übel auf einen späteren Zeitpunkt verschieben.

»Ja«, knurrte er widerwillig, »sie könnten uns die Tore öffnen. Diese Herberge hier ist ja wahrlich keine standesgemäße Unterkunft für die Nichte und den Neffen des Grafen von Pembroke, und der Gouverneur könnte sich irgendwelche Vorteile von seiner Gastfreundschaft erhoffen.«

»Sie müssen nicht zustimmen, Lady Ariel«, fiel Eduard dem Seneschall scharf ins Wort. »Sie würden nur Ihren gesunden Menschenverstand beweisen, wenn Sie sich weigern. Die Risiken sind enorm, und wir haben keine Garantie dafür, daß wir die Burg jemals wieder lebend verlassen werden, falls wir tatsächlich dorthin eingeladen werden sollten.«

Ariel wußte genau, warum die Männer so gereizt waren. Sie konnten sich nur schwer damit abfinden, daß ihre Pläne von der Entscheidung einer *Frau* abhingen.

Ihr kühler, ruhiger Blick schweifte über alle Gesichter und blieb auf FitzRandwulf haften. »Hat einer von Ihnen seinen gesunden Menschenverstand befragt, bevor er sich auf dieses Abenteuer eingelassen hat? Meiner Ansicht nach gibt es im Leben kein schlimmeres Risiko als das, ein Feigling zu sein.«

Henry lachte trocken vor sich hin. »Aus dir spricht eine echte De Clare.«

»Hast du etwa geglaubt, ich würde mich weigern?«

»Ganz im Gegenteil, Schwesterherz. Ich dachte, daß du als erste durchs Tor stürmen würdest. Aber du kannst dich darauf verlassen, daß ich dir dicht auf den Fersen bleiben werde. Schließlich geht es darum« — er zwinkerte Robin zu — »eine schöne Prinzessin zu retten.«

Robin grinste, doch Sedrick runzelte die Stirn. »Wann werden Sie wieder etwas von diesem Brevant hören?«

Es dauerte einen Moment, bevor Eduard seine Augen von Ariel losreißen konnte. »Wir haben keine Zeit und keinen Ort vereinbart, aber ich nehme an, daß er mich finden wird, so wie heute auch.«

»Dann hast du bald keinen Schlund mehr«, kicherte Sparrow mit einem anzüglichen Blick auf die Schnittwunde.

»Dieses Risiko muß ich eingehen.«

»Jemand sollte dich im Auge behalten.«

»Vor allem den Geldbeutel!« warf Sedrick mürrisch ein, der nach wie vor an Brevants Zuverlässigkeit zweifelte.

»Ich habe nichts dagegen, einen freundlichen Schatten hinter mir zu wissen«, stimmte Eduard bereitwillig zu, »solange dieser Schatten unsichtbar bleibt.«

»Hast du mich jemals gesehen, wenn ich nicht gesehen werden wollte?« fragte Sparrow ganz entrüstet. »Deiner Beschreibung nach zu schließen, könnte ich mich im Schatten der Knie des Burschen verstecken, und er würde mich aus seiner luftigen Höhe gar nicht sehen können.«

Ariel schlug mit der Hand so heftig auf den Tisch, daß der Gnom erschrocken zusammenzuckte.

»›Sein Name war Jean Brevant‹«, zitierte sie, »›doch weil er größer und breiter als die meisten Bäume war, nannten die Männer ihn nur Littlejohn. So stark wie der Donner war er! Mit einer einzigen Handbewegung konnte er zehn Männer außer Gefecht setzen, aber er weinte wie ein kleines Kind, als seine Frau am Kindbettfieber starb. Sie war ein zierliches Ding gewesen, lebhaft wie ein Maikäfer, mit braunen Locken und lachenden Augen. *Er* hat danach nie wieder gelacht und wurde auf irgendeine gottverlassene Burg in Purbeck abkommandiert.«

Ariel lehnte sich in ihrem Stuhl zurück und lächelte triumphierend. »Ich wußte, daß ich den Namen schon einmal gehört hatte. Erinnerst du dich nicht mehr, Henry? Onkel Wilhelm und Lady Isabella saßen eines Abends am Kamin, und er erzählte Geschichten von tapferen Männern — Geschichten, die Tante Isabella rühren sollten, damit sie ihm sein langes Fernbleiben leichter verzieh.«

»Ich muß gestehen, daß ich mich nicht mehr daran erinnern kann«, sagte Henry langsam. »Aber die Beschreibung könnte stimmen: ein Mann, so stark wie der Donner ...«

»Der auf eine gottverlassene Burg in Purbeck geschickt wurde! Er *muß* derselbe Mann sein. Woher hätte Onkel Wilhelm sonst gewußt, daß er uns helfen würde?«

»Er hat uns noch nicht geholfen«, betonte Henry, »und vielleicht wird er es auch nicht tun. Daß er um seine verstorbene Frau trauert, besagt noch lange nichts.«

»Potzblitz!« Sparrow warf Ariel einen scharfen Blick zu. »Sagten Sie soeben, diese Frau hätte lachende Augen und braune Locken gehabt?«

»Ja, soweit ich mich erinnern kann, aber ...«

Sparrow hatte sich bereits Eduard zugewandt. »Überleg mal — wie sieht die kleine Zofe aus, diese Marienne?

Ist sie nicht auch hier in Corfe, unserer kostbaren Perle treu bis in den Tod? Und hat der Marschall nicht erwähnt, daß sie uns vielleicht von Nutzen sein könnte?«

Robin wurde leichenblaß und schnappte nach Luft. »Marienne ist hier? In Corfe?«

»Wer ist Marienne?« erkundigte sich Dafydd, der wieder einmal im Dunkeln tappte.

»Die Zofe der Prinzessin«, antwortete Eduard. »Und vielleicht ist sie genau das, was wir brauchen, um einen Riesen zu zähmen.«

Marienne senkte den Kopf, um Vater Wilfreds Segen zu empfangen, und eine vorwitzige braune Locke fiel ihr über die Schulter. Sie kniete hinter ihrer Herrin, und es machte sie ganz verwirrt, daß der riesige Hauptmann hinter ihnen stand, kaum einen Schritt von ihr entfernt. Ihr Magen krampfte sich vor Nervosität zusammen, und ihre Haut war eiskalt. Sie hatte einen flüchtigen Blick in seine Richtung riskiert, als Eleonore und sie die Turmtreppe hinabgestiegen waren, aber seine Miene war unergründlich gewesen. Er stand fast gelangweilt da. Trotzdem spürte sie, daß er ihr etwas Wichtiges zu sagen hatte. Sie wußte es, weil sie weiche Knie hatte, und weil ihre Lippen zitterten.

»Gott segne Sie!« Der Priester schlug das Kreuzzeichen über Eleonores gesenktem Kopf. Marienne half ihr aufzustehen und wurde mit einem sanften Lächeln belohnt. Die beiden Soldaten warteten, bis die Prinzessin die ersten Stufen der steilen Wendeltreppe erklommen hatte, bevor sie dem Priester folgten.

Marienne setzte zögernd einen Fuß auf die unterste Stufe. Sie glaubte fast schon, ihre Intuition hätte sie getäuscht, als Brevant sie so hart streifte, daß sie gestürzt wäre, wenn seine große behaarte Pranke sie nicht aufgefangen hätte. Als sie wieder aufrecht stand, hielt sie etwas Kleines und Hartes in der geschlossenen Faust.

»Vom Narbigen«, murmelte Brevant. »Er sagt, er will einen Beweis, daß sie ihn bekommen hat.«

Marienne öffnete die Faust, aber sie hatte den Ring noch nie gesehen. Daß es jedoch ein kostbarer Damenring war, erkannte sie jedoch auf den ersten Blick.

»Was für einen Beweis will er haben?«

»Er hat gesagt, daß er ihn erkennen wird, wenn er ihn sieht.«

Mariennes Augen funkelten vor Aufregung, als sie zu ihm aufschaute. »Darf ich Ihnen diesen Beweis heute abend geben, nachdem ich mit Mylady gesprochen habe?«

Brevant nickte und erntete das strahlendste Lächeln, das er jemals in diesen düsteren Mauern gesehen hatte. Er blieb noch lange stehen, auch nachdem ihre flatternde Tunika auf der Treppe verschwunden war, weil er die Erinnerung an dieses Lächeln möglichst lange bewahren wollte, und fast hätte er selbst gelächelt.

Marienne holte die Prinzessin mitten auf der Treppe ein. »Hoheit, bitte warten Sie! Nehmen Sie das« — sie drückte den Ring in Eleonores Hand — »und sagen Sie mir, ob Sie es kennen.«

Eleonores schmale Finger betasteten den Goldring. »Nein. Nein, ich ...« Sie verstummte mitten im Satz, fuhr mit dem Daumen über die kunstvolle Filigranarbeit, holte tief Luft und schob den Ring über den kleinen Finger der rechten Hand. Er paßte genau.

Aufgeregt packte sie Marienne bei den Schultern. »Woher hast du ihn? Wo kommt er plötzlich her? Mein Gott ... *Eduard!* Wo ist er? Hast du ihn gesehen? Hast du mit ihm gesprochen?«

»Nein, ich habe ihn nicht gesehen, Mylady, aber der Hauptmann hat mit ihm gesprochen. Er sagte mir gestern ... *pssst*!« Sie biß sich auf die Unterlippe und spähte ins dunkle Treppenhaus hinab. »Die Wände haben Ohren, Mylady. Wir sollten warten, bis wir im Zimmer sind.«

Eleonore sah ein, daß Vorsicht not tat, zog ihre Zofe aber ungeduldig hinter sich her. In der Turmzelle angelangt, schlossen sie die schwere Tür und setzten sich in die hinterste Ecke, neben der Gebetsnische.

»Erzähl mir alles!«

»Es gibt nicht viel zu erzählen. Eine beiläufige Bemerkung des Hauptmanns hat mich gestern aufhorchen lassen.«

»Was hat er gesagt? Was waren seine genauen Worte?«

»Er sagte, eine Gruppe von Pilgern halte sich im Dorf auf und übernachte im Gasthof, weil einer von ihnen von einer Kräuterfrau behandelt werden müsse.«

»Einer von ihnen ist verletzt?« rief Eleonore erschrokken.

»Möglicherweise ist es auch nur eine List.«

»Nein, Mylady, er hat gesagt ... einer der Ritter hätte eine Narbe auf der Wange.«

Eleonore drückte Mariennes Hände so fest, daß die Zofe vor Schmerz fast aufgeschrien hätte. Dann wandte die Prinzessin sich dem Kruzifix in der Gebetsnische zu und stieß leise, erstickte Laute aus, so als wüßte sie nicht so recht, ob sie weinen oder lachen sollte.

»Er ist gekommen! Lieber, süßer Eduard ... er ist gekommen! Oh, aber ... mein Gott!« Sie packte wieder Mariennes Hände. »*Warum* ist er gekommen? Was glaubt er, tun zu können? Wenn die Männer des Königs herausfinden, wer er ist, oder ... oder wenn sie auch nur vermuten ...«

»Machen Sie sich keine Sorgen, Mylady«, sagte Marienne. »Lord FitzRandwulf ist kein Trottel, sondern der tapferste Ritter der ganzen Christenheit. Er wird nicht ohne einen Plan hergekommen sein, wie er Sie retten kann.«

»Mich retten?« flüsterte Eleonore erschrocken. »Nein, das kann nicht sein! Er kann doch nicht glauben ... er würde doch nicht versuchen ... mich in die Bretagne zurückzubringen?«

Marienne war verwirrt. »Zweifellos ist er genau deshalb hergekommen, Mylady. Die Bretagne ist Ihre Heimat, und er wird Sie nach Hause bringen.«

»Heilige Mutter Gottes!« Sie sank auf die Knie und griff nach dem kleinen Silberkreuz ihres Rosenkranzes. »Ich kann nicht in die Bretagne zurückkehren«, stammelte sie. »Nicht in diesem Zustand! Mein Onkel wollte mich demütigen, und das ist ihm auch gelungen. Ich kann nicht in die Bretagne zurückkehren! Ich darf nicht zulassen, daß Eduard mich so sieht! Es würde ... es würde ihn umbringen!«

»Ich glaube eher, daß er versucht sein könnte, den König umzubringen«, widersprach Marienne wild. »Und das wäre ein Glück für ganz England! Was aber die Menschen in der Bretagne betrifft — sie lieben Sie, und sie werden Sie immer lieben und dankbar sein, daß Sie noch am Leben sind und nicht . . . nicht . . .«

»Du meinst — daß ich nicht im Grab liege wie mein armer Arthur? Manchmal glaube ich, es wäre besser, wenn ich neben ihm läge. Dann wäre er wenigstens nicht allein, und ich ... ich müßte nicht die unerträgliche Schmach angevinischer Gier und angevinischen Machthungers ertragen.«

»Sie dürfen nicht so sprechen, Hoheit! Lord Eduard wird Sie retten, er wird Sie von hier wegbringen, damit Sie nicht länger diesem wahnsinnigen König ausgesetzt sind.«

»Dann hat Eduard nur seine Zeit vergeudet, denn für mich gibt es keine Rettung mehr — nur noch irgendeinen Zufluchtsort, und den hat der König mir bereits zur Verfügung gestellt.«

»Hier? In Corfe? Sie wären bereit, den Rest Ihres Lebens hier zu verbringen?«

»Der König hat versprochen, daß Corfe nur ein vorübergehender Aufenthaltsort ist, bis ich ... bis ich mich an meinem Zustand gewöhnt habe«, flüsterte sie.

»Und Sie glauben ihm immer noch? Nach allem, was er Ihnen angetan hat?«

»Er hat es getan, um sicher zu sein, daß ich ihm niemals den Thron streitig machen kann. Das ist ihm auch gelungen, denn ich könnte jetzt niemals mehr Königin sein. Nie mehr ...« — sie brachte die Worte kaum über die Lippen — »niemehr wird jemand mich ansehen können, ohne etwas anderes als Mitleid oder aber Hohn und Verachtung zu empfinden.«

»Lord FitzRandwulf wird nur Liebe empfinden«, widersprach Marienne, »genau wie ich.«

»Nein!« Eleonores Stimme wurde jetzt gebieterisch. »Nein, er darf mich wirklich nie mehr sehen! Er muß überredet werden, mich meinem Schicksal hier zu überlassen. Er muß überzeugt werden, daß dies mein Wunsch ist.«

»Aber ... wie, Mylady? Er wird den Worten des Hauptmanns nicht glauben, welches Beweisstück Brevant ihm auch vorlegen mag. Er wird nicht glauben, daß dies wirklich Ihr Wunsch ist, wenn er es nicht aus Ihrem eigenen Munde hört.«

»Du mußt irgendeine Möglichkeit finden. Du mußt ihn überzeugen, daß er mich vergessen muß, denn ich könnte es bestimmt nicht ertragen, mir seinen Gesichtsausdruck auch nur vorzustellen, wenn er mich so sehen würde.«

Eleonore senkte den Kopf und preßte den Rosenkranz an ihre Lippen. Leise schluchzend, betete sie inbrünstig. Marienne beobachtete sie, und es brach ihr fast das Herz, daß die Prinzessin, die so schön, so gut und so tugendhaft war, für den Rest ihres Lebens ihr Antlitz verbergen wollte, weil sie sich schämte.

In der Hoffnung, daß wenigstens ein wenig von der Tapferkeit ihrer Herrin sich auf sie übertragen würde, kniete Marienne neben ihr nieder und flehte die Heilige Jungfrau um Hilfe an. Sie betete den ganzen Tag, auch während sie ihren Pflichten nachging, und als sie am Abend absichtlich in Hauptmann Brevant hineinlief und ihm etwas in die Pranke drückte, übermittelte sie ihm flüsternd Eleonores Botschaft, obwohl sie wußte, daß es mehr als eines Wunders bedurfte, Eduard FitzRandwulf von Corfe Castle fernzuhalten.

»Was meinen Sie damit, daß sie nichts mehr mit mir zu tun haben will?« fragte Eduard, mühsam seinen Zorn beherrschend.

»Woher soll *ich* das wissen?« knurrte Brevant. »Ich weiß nur, daß sie mir dies hier gegeben hat« — er drückte etwas Rundes in Eduards Hand und zog seine Pranke so schnell zurück, als wäre der Gegenstand glühend heiß gewesen — »und daß sie Sie bittet, sie dem Schicksal zu überlassen, das Gott ihr bestimmt hat. Das waren ihre Worte, die mir von der Kleinen übermittelt wurden. Weiß der Teufel, warum ich mich überhaupt bereit erklärt habe, sie an Sie weiterzugeben. Ich gebe Ihnen einen guten Rat — tun Sie, was sie von Ihnen verlangt. Der König wird noch diese Woche Cherbourg verlassen und hier Zwischenstation machen, bevor er nach Portsmouth weiterreist. Sie wären gut beraten, Ihr häßliches Gesicht bis dahin mindestens hundert Meilen weit von hier entfernt zu haben.«

Eduard ballte seine Faust um den Ring, den Brevant ihm gegeben hatte.

Er brauchte ihn nicht anzusehen, denn er wußte auch so, daß es sein eigener goldener Siegelring mit dem Wolfswappen von La Seyne Sur Mer war. Hingegen war die Nachricht von der baldigen Ankunft des Königs eine unerfreuliche Überraschung.

Wenn das stimmte — und er sah keinen Grund, an Brevants Worten zu zweifeln —, blieb ihnen keine Zeit mehr, alle Risiken abzuwägen. Sie würden diese Risiken einfach *eingehen* müssen.

»Ich möchte, daß Sie den Gouverneur über unseren Aufenthaltsort im Dorfgasthof informieren.«

»Was soll ich?« Bevant war wie vom Donner gerührt. »Sind Sie verrückt?«

»Wir sind alle etwas verrückt, mein Freund, die einen nur ein bißchen mehr als die anderen. Sie haben mir gestern gesagt, es sei unmöglich, heimlich oder mit Gewalt in die Festung zu gelangen. Folglich bleibt uns nur die Möglichkeit, einer Einladung Folge zu leisten.«

»Einer Einladung? Sie warten, daß der Gouverneur Sie in die Burg einladen wird?«

»Als Repräsentant des Königs dürfte er tatsächlich geneigt sein, Lady Ariel de Clare und ihren Bruder, Lord Henry de Clare, der Nichte und dem Neffen des Grafen von Pembroke und Marschalls von England Gastfreundschaft zu gewähren.«

Dem Riesen klappte der Unterkiefer herunter, und seine Augen traten fast aus den Höhlen. »Ich soll ihm ein solches Märchen auftischen?«

»Er weiß doch bestimmt schon, daß sich Fremde im Dorf aufhalten. Eigentlich müßte er dankbar sein, wenn Sie ihn über die Identität dieser Fremden informieren und ihm mitteilen, daß Lord und Lady de Clare Geleitbriefe des Marschalls bei sich haben, dem sehr viel daran gelegen ist, daß seine Nichte auf ihrer Reise in den Norden — zu ihrem Bräutigam, Sir Reginald de Braose, einem treuen Vasallen des Königs — mit gebührender Höflichkeit und Ehrerbietung behandelt wird.«

Brevant umklammerte seinen Schwertgriff. »Sie *sind* verrückt, mein lieber tollkühner Freund. Old Swill hat überhaupt keinen Sinn für Humor, und sobald er merkt, daß die Briefe gefälscht sind, und daß es sich bei der vermeintlichen Lady Ariel de Clare in Wirklichkeit um irgendeine hergelaufene Hure handelt . . .«

»Die Briefe sind echt«, fiel Eduard ihm ins Wort. »Und Lord Henry wäre alles andere als erfreut, wenn ihm zu

Ohren käme, daß Sie seine Schwester, die Nichte des Grafen, als Hure bezeichnet haben.«

Brevant atmete so tief aus, daß eine Welle heißer Luft Eduard ins Gesicht schlug. »Wahrscheinlich wissen Sie nichts über den Gouverneur von Corfe Castle. Ich nenne ihn nicht umsonst Old Swiss. Er säuft jeden Tag unglaubliche Mengen an Ale und Wein, um nachts schlafen zu können, ohne von den Schreien seiner gemarterten Gefangenen gestört zu werden. Früher war er einer von Johanns Günstlingen, ein recht guter Turnierkämpfer, der sich allerdings gern über alle Regeln hinwegsetzte, um leichte Siege zu erringen. Er konnte seinen Besitz in Nottinghamshire um einiges vergrößern, indem er Johann, als dieser noch Regent war, einige kleine Gefallen erwies — genauer gesagt, einige Ohneland nicht genehme Leute unauffällig beseitigte. Als Johann dann König wurde, war der gute Sir Guy de Gisbourne töricht genug, auf diese früheren Gefälligkeiten anzuspielen, in der Hoffnung, zur Belohnung an den königlichen Gerichtshof berufen zu werden. Statt dessen wurde er nach Corfe Castle geschickt, mit dem Versprechen, Sheriff von Nottingham zu werden, falls er sich in Corfe bewähren und seine Fähigkeit, den Mund zu halten, unter Beweis stellen würde.« Brevant holte tief Luft, so als müßte er seine Lungen von Fäulnis reinigen.

»Gisbourne ist jetzt seit zwei Jahren Gouverneur von Corfe Castle, und er will unbedingt wieder in der Gunst des Königs steigen. Er ist ungeheuer erfindungsreich, wenn er ein Opfer in seinen Klauen hat, dessen Schreie ein Lächeln auf das Gesicht des Königs zaubern könnten.«

Eduards Herz klopfte zum Zerspringen. »Dieser Gisbourne ... er ist dem Gast in der Turmzelle doch nicht zu nahe gekommen, oder?«

»Nein. Das Grinsen des Königs wäre ihm in diesem Fall zwar sicher ... aber er weiß, daß er es nicht mehr sehen würde, weil ich ihm im Schlaf die Kehle aufschlitzen würde, wenn er es wagte, sich ihr zu nähern.«

Eduard fühlte sich etwas ermutigt, war dies doch ein Hinweis darauf, daß es Risse in Brevants Schutzpanzer gab. Wenn es gelänge, diese Risse zu erweitern, gäbe es vielleicht doch noch die Möglichkeit, Eleonore zu helfen.

»Werden Sie es tun? Werden Sie Gisbourne unsere Briefe zeigen?«

Brevant blickte schnaubend zur Seite. »Wenn ich es täte ... *wenn* ... wie lange würden Sie dann Gisbournes Gastfreundschaft in Anspruch nehmen?«

»Wenn der König in vier Tagen hier erwartet wird, werden wir in spätestens drei Tagen verschwunden sein.«

Brevant schnaubte wieder. »Und wenn Sie in der Burg sind — was dann? Was haben Sie vor?«

»Die Zofe Marienne ist doch keine Gefangene, oder? Kann sie sich frei in der Burg bewegen?«

»Ja.« Brevant nickte mißtrauisch. »Was wollen Sie von ihr?«

»Ich möchte mit ihr sprechen. Wenn sie mich davon überzeugen kann, daß ihre Herrin sich tatsächlich mit ihrem Schicksal abgefunden hat, werde ich nichts unternehmen.«

Es lag Brevant auf der Zunge, dem tollkühnen Ritter zu erzählen, warum die Prinzessin es wahrscheinlich vorzog, zu bleiben, wo sie war. Aber er wollte ihr Geheimnis nicht preisgeben, und außerdem würde dieser Bursche es sowieso nicht glauben, solange er es nicht mit eigenen Augen gesehen hatte. Soll er in die Burg kommen, entschied Brevant. Soll er kommen ... falls er sich wirklich traut.

»Seien Sie morgen mittag bereit«, knurrte er. »Wenn Gisbourne den Köder schluckt, werde ich Sie abholen. Falls ich nicht kommen sollte, müssen Sie mir aber versprechen, Corfe unverzüglich zu verlassen und keinen Blick zurück zu werfen.«

Es widerstrebte Eduard zutiefst, weitere Versprechen abgeben zu müssen, aber der Riese war unerbittlich.

»Ihr Ehrenwort, Mylord«, wiederholte er ruhig. »Oder ich unternehme gar nichts.«

»Ich gebe Ihnen mein Ehrenwort, daß wir den Gasthof morgen mittag auf jeden Fall verlassen werden — so oder so.«

## 17

Ariel streckte sich von den Fingerspitzen bis zu den Zehen, ließ ihre Muskeln spielen und bog ihre Wirbelsäule durch. Es war noch fast dunkel im Zimmer; Nacht und Morgen schienen am Himmel einen erbitterten Kampf auszufechten.

Sie drehte langsam den Kopf und hörte die Männer schnarchen.

Der Dorfgasthof hatte nur einen einzigen Schlafraum mit einem breiten Bett, das sechs Personen Platz geboten hätte. Statt dessen hatte Ariel nun schon die zweite Nacht das ganze Bett für sich allein gehabt, während die Männer mit dem Fußboden vorliebnahmen.

Sie hatte nachts gehört, daß Regen an die Hornscheibe des Fensters trommelte, und sie konnte die Feuchtigkeit des Strohdaches riechen, um so mehr, als das Fenster jetzt einen Spalt breit geöffnet war. Ein Mann stand davor und starrte ins Freie.

Bevor sie eingeschlafen war, hatte sie Eduard FitzRandwulf genauso am Fenster stehen gesehen. Er mußte sich irgendwann von der Stelle bewegt haben, denn statt seines gefütterten Lederharnisches trug er jetzt ein rostfarbenes Wams, aber sein Profil war das gleiche wie am Vorabend; hart und kantig. Die Hand, die auf dem Fensterladen ruhte, fing das schwache Tageslicht ein und ließ den

Siegelring, den er plötzlich am Daumen trug, blutrot schimmern.

Ariel schloß die Augen, aber das half nicht viel. Die Erinnerung an diese Hände, die ihren Körper so kühn erforscht hatten, ließ sich nicht auslöschen. Sobald sie daran dachte, begann ihre Haut zu prickeln, und zwischen ihren Schenkeln pulsierte eine Hitze, die sowohl angenehm als auch entnervend war.

Wie hatte sie nur zulassen können, daß er sich diese unglaublichen Freiheiten herausnahm? Bestimmt war es Sünde, einem Mann so etwas zu erlauben, und eine noch viel größere Sünde, diese schamlosen Zärtlichkeiten auch noch zu genießen! Er hatte genau gewußt, was seine Finger tun mußten, um ihr Lust zu bescheren, und sie fragte sich unwillkürlich, welche anderen Genüsse er ihr vorenthalten hatte, nur um seinen Schwur nicht zu brechen.

Leise und vorsichtig, um die anderen nicht zu wecken, setzte sie sich auf und zog die Bettdecke über ihre Schultern. FitzRandwulf blieb am Fenster stehen und tat so, als hätte er nicht bemerkt, daß sie aufgewacht war.

Ariel sah sich im Zimmer um. Sedrick und Henry schliefen links und rechts von der Tür, die Gesichter zur Wand gedreht, die Arme über der Brust gefaltet. Robin hatte alle Glieder weit von sich gestreckt und seine Kapuze tief ins Gesicht gezogen, so daß nur die Nasenspitze und der offene Mund zu sehen waren. Sparrow lag zusammengerollt neben ihm, seine Mütze als Kissen unter dem Kopf, seinen harfenförmigen Bogen fest an sich gedrückt. Das Bett versperrte Ariel die Sicht auf den Waliser; nur seine Hirschlederstiefel ragten hinter der Ecke hervor.

Sie hatten alle in ihren Kleidern geschlafen, allerdings ohne die unbequemen Rüstungen. Bis zum Kinn in die Decke gehüllt, stand Ariel auf und trat auf leisen Sohlen neben FitzRandwulf.

»Was Robin mir erzählt hat, stimmt offenbar«, flüsterte sie. »Er sagte, Sie würden kaum schlafen.«

Eduard starrte weiterhin aus dem Fenster, so als hätte er ihre Worte gar nicht gehört. Doch er brauchte nur etwas Zeit, um eine undurchdringliche Miene aufzusetzen, bevor er sich traute, ihr einen flüchtigen Blick zuzuwerfen.

Auf ihrer Wange waren rosige Druckstellen vom Kissen. Ihre Lider waren schwer, und die Haare waren zu einem losen Zopf geflochten, der ihr über eine Schulter fiel. Einzelne wirre Locken hatten sich daraus gelöst und umrahmten ihr Gesicht, so als wollten sie in ihm absichtlich Erinnerungen an die feuerrote Haarpracht wecken, die ihm ohnehin schon den wenigen Schlaf raubte, der ihm nachts vergönnt war.

Eduard hielt es für sicherer, rasch wieder aus dem Fenster zu starren.

»Wann und wie lange ich schlafe, geht wohl niemanden etwas an! Ich hatte keine Ahnung, daß meine Gewohnheiten ein Diskussionsthema sind.«

Seine barsche Antwort jagte Ariel einen kalten Schauer über den Rücken.

»Wir haben nicht darüber diskutiert, sondern uns einfach unterhalten und ... ach, was soll's ... ich weiß genau, daß *Sie* keinen Wert auf Unterhaltungen legen. Verzeihen Sie, daß ich Sie gestört habe.«

Sie wandte sich zum Gehen, doch er hielt sie zurück, indem er eine Hand auf ihren Arm legte. »Sie haben mich nicht gestört«, sagte er ruhig.

Gehen oder bleiben — es war eine schwierige Entscheidung. Ariel blieb nicht nur, sondern trat sogar noch dichter an ihn heran, um ihrerseits einen Blick aus dem kleinen Fenster werfen zu können. Es gab nicht viel zu sehen — nur die mächtige Silhouette von Corfe Castle auf dem steilen Hügel. Der graue Himmel versprach weiteren Regen. Dichte Rauch- und Nebelschwaden vermischten sich miteinander und hüllten das Dorf ein. Es war ein gespenstisches Bild, und Ariel begriff nicht, wie jemand es stundenlang ertragen konnte — besonders jemand, der ohnehin schon unter Alpträumen von einer anderen düsteren Festung litt.

Sie wünschte, sie hätte den Mut, ihn nach seinen schrecklichen Erlebnissen auf Bloodmoor Keep und nach seiner Mutter Nicolaa de la Haye zu fragen. In den Tiefen dieser grauen Augen waren so viele dunkle Geheimnisse verborgen, so viele grauenhafte Erinnerungen, gegen die er Tag für Tag ankämpfen mußte, um weiterleben zu können.

Mit dem Anblick der furchterregenden Mauern von Corfe konfrontiert, hätte manch ein edler Ritter resigniert die Achseln gezuckt und sich schleunigst über den Ärmelkanal abgesetzt. Nicht aber Eduard FitzRandwulf d'Amboise. Nicht der Sohn des Schwarzen Wolfs. Nicht einmal die Gefahr, wieder auf einer Folterbank zu landen, konnte ihn davon abhalten, der geliebten Frau zu Hilfe zu eilen.

Ariel senkte den Kopf und starrte ihre Hände an.

»Glauben Sie, daß Brevant den Gouverneur überzeugen konnte, uns einzuladen?«

Eduard zuckte mit den Schultern. »Er kann bestimmt sehr überzeugend auftreten, wenn er will.«

Ariel schloß die Augen. Seine Nähe benahm ihr den Atem. Am liebsten hätte sie sich einfach an ihn gelehnt. Sie wollte seine Arme um sich spüren. Sie wollte, daß er sie festhielt, nur noch ein einziges Mal, damit sie sich besser daran erinnern konnte, wie herrlich es war, sich beschützt und geborgen zu fühlen.

»Noch ist Zeit«, sagte er sanft. »Noch können Sie sich anders besinnen, wenn Ihnen danach zumute ist. Niemand wird es Ihnen verübeln. Niemand wird Sie deshalb geringschätzen.«

»Nur ich selbst! Nein, ich habe es mir nicht anders

überlegt. Ich könnte es mir nie verzeihen, jetzt zu kneifen.«

Sie sah ihn nicht an, aber sie wußte, daß seine Augen auf ihr ruhten, und sie wußte auch, daß sie sich wieder lächerlich machen würde, wenn sie zu ihm aufschaute, denn er konnte mühelos in ihrem Gesicht lesen, und ihm würde nicht verborgen bleiben, wie sehr er sie verwirrte, wie sehr er ihre Sinne betörte. Worte, Schwüre, gute Vorsätze, Versprechen ... Bastard oder nicht ... war das alles nicht völlig bedeutungslos, wenn ein Mann nur mit seinen Händen ein loderndes Feuer zu entfachen vermochte?

Hinter ihnen bewegte sich jemand, und der Zauber verflog jäh. Ariel blieb am Fenster stehen, aber Eduard drehte sich sofort um und machte mit seinen Stiefeln absichtlich soviel Lärm, daß allgemeines Stöhnen und Gähnen einsetzte.

Henry setzte sich auf und rieb sich die Augen mit den Fäusten. »Allmächtiger, es kann doch unmöglich schon Morgen sein! Ich könnte schwören, daß ich erst vor einer Stunde die Augen geschlossen habe.«

»Ich für meine Person habe die ganze Nacht kein Auge zugetan«, klagte Sparrow mit einem anklagenden Blick in Sedricks Richtung. »Bei dem ständigen Gefurze war ich vollauf damit beschäftigt, mir die Nase fest zuzuhalten.«

Sedrick provozierte den Zwerg mit einem weiteren Fanfarenstoß. Henry hatte nicht die geringste Lust, in das zu erwartende Wortgefecht verwickelt zu werden. Er trat lieber neben Ariel ans Fenster und fuhr sich mit den Fingern durch die wirren Haare.

»Weißt du«, begann er zögernd, »niemand wird es dir verübeln, wenn ...«

»Wenn ich während der Nacht zur Vernunft gekommen bin und mich anders besonnen habe?« fiel sie ihm lächelnd ins Wort. »Wirst dann auch du vernünftig sein und bei mir bleiben, anstatt dich auf dieses waghalsige Abenteuer einzulassen?«

Henry runzelte die Stirn und kratzte sich nachdenklich am Kopf. »Ich glaube, irgendwann einmal war ich vernünftig — mindestens einen ganzen Tag lang. Es liegt durchaus im Bereich des Möglichen, daß ich noch einmal einen solchen Tag erleben werde.«

»An jenem Tag mußt du mich unbedingt besuchen. Das möchte ich mir auf gar keinen Fall entgehen lassen.«

»Einverstanden — Cardigan ist schließlich nur einen Tagesritt von Pembroke entfernt.«

Ariels Lächeln schwand bei der Erwähnung von Cardigan dahin, aber sie griff nach Henrys Hand und drückte sie fest. »Du bist viel vernünftiger, als du selbst jemals zugeben wirst. Deshalb hatte ich keine Angst, mit dir in die Normandie zu reisen, und deshalb habe ich auch jetzt keine Angst, an deiner Seite in die Burg zu reiten. Du und ...« — sie biß sich auf die Zunge, bevor ihr der Name FitzRandwulf entschlüpfen konnte — »... und die anderen — ihr werdet schon dafür sorgen, daß wir Corfe Castle auch wieder verlassen, wahrscheinlich in ziemlicher Eile, aber doch unversehrt.«

Henry hob ihr Kinn mit einem Finger an. »Allmächtiger, ich glaube, es ist dir wirklich ernst mit dem, was du sagst!«

»Natürlich, du Büffel! Wie kannst du überhaupt daran zweifeln? Du weißt doch, daß ich dich liebe und dir vertraue. Mir liegt sehr viel an deiner Meinung, auch wenn es nicht immer diesen Anschein haben mag. Natürlich befolge ich deine Ratschläge nicht immer«, fügte sie sanft hinzu, »und ich bin dir oft nicht einmal dankbar dafür, aber ich weiß trotzdem, daß sie gut gemeint sind. Wie du neulich so richtig gesagt hast — als Waisen müssen wir beide aufeinander aufpassen.«

Henry verzichtete auf eine scherzhafte Antwort. Es kam sehr selten vor, daß Ariel sich zu irgendwelchen

Gefühlen bekannte, und er glaubte zu wissen, was diesen plötzlichen Wandel bewirkt hatte, warum sie so weich gestimmt war. Er war weder blind noch taub, und erst vorhin hatte er sich absichtlich laut bewegt, um das Gespräch zwischen ihr und FitzRandwulf zu unterbrechen. Ihm war es viel lieber gewesen, als Ariels grüne Augen noch vor Wut und Verachtung funkelten, sobald sie mit dem Bastard auch nur ein Wort wechseln mußte. Es bereitete ihm Unbehagen, daß sie den Kerl jetzt immer häufiger verträumt und fast ängstlich ansah.

Henry nahm sich vor, noch mehr als bisher aufzupassen, daß die beiden nicht zuviel Zeit miteinander verbrachten. Andererseits mußte er zugeben, daß er angesichts des bevorstehenden Abenteuers heilfroh war, wenn außer ihm selbst ein Mann wie Eduard FitzRandwulf Ariel beschützte.

Jean de Brevant ritt mit einem kleinen Trupp Soldaten kurz vor Mittag durch das Haupttor von Corfe Castle. Nachdem Eduard den Hauptmann bisher nur im Dunkeln gesehen hatte, verblüffte ihn die majestätische Erscheinung fast genauso wie die anderen. Das Gesicht schien aus Granit gemeißelt zu sein, und sein extravaganter glänzender Schuppenpanzer schmiegte sich wie eine zweite Haut an einen zwar überdimensionalen, aber durchaus wohlgeformten Körper. Die Dorfbewohner hielten in ihrer Arbeit inne und machten ihm eingeschüchtert Platz, und sogar die Köter, die sonst gern nach Pferdehufen schnappten, zogen ängstlich die Schwänze ein und verkrochen sich.

Sedrick von Grantham, der stolz auf seine massige Gestalt war, die ihm überall Respekt verschaffte, verlor bei Brevants Anblick viel von seiner Selbstsicherheit, und Eduard überlegte unwillkürlich, welche Taktik bei einem Turnierkampf gegen einen solchen Koloß erfolgreich sein könnte. Er war sich nicht sicher, daß es überhaupt möglich war, diesen Gegner zu bezwingen, und er hoffte inbrünstig, daß sie während dieses Abenteuers nicht gezwungen sein würden, ihre Käfte zu messen.

Als Brevant sein riesiges Schlachtroß vor dem Gasthof zügelte, trat Henry de Clare aus der Tür, um ihn zu begrüßen.

»Lord Gisbourne bedauert außerordentlich, daß Sie gezwungen waren, hier zu nächtigen«, erklärte Brevant ohne lange Vorreden. »Sobald er erfahren hat, daß Mitglieder der Familie Pembroke« — seine schwarzen Augen musterten das Wappen des Marschalls, das jetzt stolz auf Henrys Waffenrock prangte — »in Sichtweite der Burg logieren, hat er mich, Hauptmann Jean de Brevant, beauftragt, Ihnen und Ihren Begleitern eine standesgemäßere Unterkunft anzubieten.«

»Vielen Dank, Hauptmann Brevant«, erwiderte Henry. »Wir fühlen uns sehr geehrt von dieser Einladung und nehmen sie gern an.«

»Wie ich ferner erfahren habe«, fuhr Brevant fort, »soll einer Ihrer Männer verletzt sein. Ist für seinen Transport eine Sänfte erforderlich?«

»Nicht unbedingt«, meinte Henry. »Aber sie wäre ihm zweifellos sehr willkommen. Es war ein höchst bedauerlicher Unfall, der uns gezwungen hat, hier länger als geplant zu bleiben, damit er wieder etwas zu Kräften kommen konnte.«

Brevant gab seinen Männern ein Zeichen, die Sänfte dicht vor die Tür zu tragen, und Henry drehte sich um und hob die Hand. Sedrick und Eduard stützten Lord Dafydd ap Iorwerth und hoben ihn auf den Stuhl. Er stöhnte laut, als sein Arm gegen die Lehne stieß, und sackte kraftlos nach vorne, so als wäre er einer Ohnmacht nahe. Eduard, der sich bewußt im Hintergrund hielt, begrüßte den Hauptmann mit einem kaum merklichen Nikken und ging dann sofort auf sein Pferd zu.

Ariel und Robin waren die letzten, die den Gasthof verließen, und einen Moment lang malte sich tiefe Bestürzung auf Brevants normalerweise so unbewegtem Gesicht. Ariel trug eine dunkelgrüne Samttunika, die sie während der ganzen Reise ordentlich gefaltet in ihrer Satteltasche verwahrt hatte. Saum und Manschetten waren mit Goldbändern verziert, und ihr anmutiger Schwanenhals wurde durch den Pelzbesatz am Ausschnitt betont. Die langen Haare waren hinter den Ohren aufgerollt und wurden von edelsteinbesetzten Kämmen gehalten. Ihr weiter Umhang mit Kapuze war ebenfalls aus grünem Samt, mit Pelz verbrämt und mit Goldfäden bestickt. Seltsamerweise war es jedoch nicht diese leichenblasse Schönheit, der Brevants Aufmerksamkeit galt, sondern Robin. Die rabenschwarzen Augen folgten jeder Bewegung des Knappen, und seine Stirn legte sich in immer tiefere Falten. Sobald Henry aufgesessen war, flüsterte er ihm eine Warnung zu.

»Sie sollten Ihren Knappen in Ihrer Nähe behalten und keinen Moment mit Gisbourne allein lassen. Der Gouverneur hat eine Schwäche für hübsche Knaben, und ein so attraktiver Bursche ist ihm schon lange nicht mehr unter die Augen gekommen. Es sei denn«, fügte er nachdenklich hinzu, »daß der Junge nichts dagegen hat. Dann wäre es sogar eine ausgezeichnete Möglichkeit, um Gisbourne abzulenken.«

Henry warf ihm einen empörten Blick zu. »Ich kann Ihnen versichern, daß der Junge keine perversen Neigungen hat und sich nicht einmal für einen guten Zweck mißbrauchen lassen wird, und ich kann Ihnen nur raten, diesen Vorschlag nicht zu wiederholen, wenn sein Bruder in der Nähe ist.«

Er legte besonderen Nachdruck auf das Wort *Bruder* und deutete demonstrativ auf Eduard.

»Mein Gott!« knurrte Brevant. »Brüder, Schwestern ... Haben Sie zufällig auch noch eine Großmutter bei sich, die Sie abends in den Schlaf singt?«

»Das nicht, mein Freund«, grinste Henry. »Aber wir haben einen Zwerg, der auf uns alle aufpaßt.«

»Was? Einen *Zwerg*?«

»Ja, einen Waldgeist, der uns nie aus den Augen läßt und höchstwahrscheinlich auch in diesem Moment genau auf Ihre Nase zielt, für den Fall, daß Sie etwas tun, was ihm mißfällt. Er hat es vorgezogen, der Einladung des Gouverneurs nicht Folge zu leisten, sondern hierzubleiben und genau zu beobachten, wer kommt und geht, sobald sich das Burgtor hinter uns geschlossen hat. Sein Leitspruch ist ›Auge um Auge, Zahn um Zahn‹, und er besitzt die Geduld eines Hiob, wenn es darum geht, sich an jemandem zu rächen, der töricht genug war, ein Doppelspiel mit seinem Herrn zu treiben.«

Brevant nahm die Warnung mit einem verächtlichen Schnauben zur Kenntnis und gab seinen Männern ein Zeichen, die Sänfte zu schultern.

Obwohl sie die Mauern und Türme von Corfe Castle in den letzten zwei Tagen ständig vor Augen gehabt hatten, wirkte die Burg aus der Nähe noch viel bedrohlicher. Steine und Mörtel waren von den Stürmen und von der Meeresluft verwittert. Es gab keinen Wassergraben, so daß der ganze Unrat, der einfach über die Mauern gekippt wurde, nicht weggeschwemmt werden konnte, sondern sich anhäufte und bestialisch stank. Ariel hatte noch nie eine so düstere Festung gesehen, und wenn Eduard oder Henry sie jetzt noch einmal gefragt hätten, ob sie es sich anders überlegt hatte, wäre sie versucht gewesen, auf ihrem Zelter den steilen Hügel hinabzugaloppieren.

Doch noch bevor das quietschende Fallgatter hinter ihnen herabgelassen und das riesige Tor geschlossen und verrammelt wurde, wußte sie, daß es kein Zurück gab. Es war einfach unvorstellbar, daß irgend jemand — egal, ob Adliger oder Gemeiner — an diesem grausigen Ort gefangengehalten wurde, und wenn sie etwas dazu beitragen konnte, auch nur eine einzige verzweifelte Menschenseele aus dieser Hölle zu retten, so wollte sie es liebend gern tun.

Brevant hielt vor dem größten Turm an, dem *King's Tower,* der gut dreißig Meter in den bleiernen Himmel emporragte. Die Kernburg war von einem trockenen Graben umgeben, über den eine Brücke führte, die breit genug für drei oder vier Personen war. Schleimiger Unrat klebte an den Abflußrinnen des Aborterkers. Ariels Augen tränten von dem Gestank, der hier noch schlimmer als vor den Mauern war, und ihr drehte sich fast der Magen um.

Ein kahlköpfiger Buckliger schlurfte über die Brücke, um sie zu begrüßen. Er grinste kriecherisch und entblößte Zähne, die genauso schmutzig wie die Mauern waren. Stallknechte eilten herbei, und der Bucklige, den Brevant als Seneschall Gallworm vorstellte, versicherte Henry, daß die Pferde gut versorgt würden, und ließ es sich sodann nicht nehmen, Lord Dafydd persönlich aus der Sänfte zu helfen. Der Waliser stöhnte in ungespielter Qual, als ihm beste medizinische Betreuung angekündigt wurde, denn der Mundgeruch des Seneschalls war fast genauso schlimm wie der Gestank aus dem Aborterker.

Brevant befahl ihm, die Gäste in die große Halle zu begleiten, wo der Gouverneur sie erwartete. Gallworm nickte eifrig, krümmte sich wie ein Wurm und schlurfte rücklings über die Brücke.

Henry drückte Ariel flüchtig die Hand, um ihr Mut zu machen, bevor er ihr seinen Arm bot und sie über die Brücke führte. Der Hauptmann ging ihnen voraus, und sie setzten ihre Füße vorsichtshalber nur auf jene morschen Bretter, die Brevants Gewicht ausgehalten hatten. Eine steile Treppe führte in den Turm empor. Die Plattform am oberen Ende war etwa zehn Schritte lang und zehn Schritte breit und wurde von einer schmalen Galerie aus durch ein Dutzend schwer bewaffneter Männer bewacht. Drei Türen gingen von dieser Plattform ab: die linke führte in die anderen Türme, die rechte in die Küche und ins Waschhaus, und durch die mittlere und größte gelangte man auf eine zweite Steinplattform, von der einige Stufen in die Empfangshalle hinabführten.

Der Raum war nicht einmal halb so groß wie die Hallen in Pembroke oder Amboise, schwach beleuchtet und verräuchert. Es stank nach fauligem Stroh und ungewaschenen Körpern. Auf einem Podium stand ein einzelner Stuhl mit hoher Lehne — ein so großer und kunstvoll geschnitzter Stuhl, daß er Ähnlichkeit mit einem Thron hatte. Dort saß in seinen prächtigen schwarzen Amtsroben der Gouverneur von Corfe Castle, Guy de Gisbourne, und er blieb regungslos sitzen, als seine Gäste näher kamen. Nur seine Augen huschten von einem Gesicht zum anderen, von einem Waffenrock zum anderen. Befriedigt stellte er fest, daß sein Staat den Vergleich nicht zu scheuen brauchte. Seine Hände — alle zehn Finger waren mit Ringen geschmückt — ruhten auf den breiten Armlehnen. Er hatte die Beine ausgestreckt, und die eleganten spitzen Lederschuhe ragten unter dem Saum seiner Robe hervor. Sein Gesicht war genauso spitz wie die Schuhe, mit einer langen gebogenen Nase und Augen, deren Farbe nicht zu bestimmen war, weil er sie wegen des Rauchs zu schmalen Schlitzen verengte.

»Ah, Lord Henry und Lady Ariel de Clare, nehme ich an? Welch angenehme Überraschung zu erfahren, daß Sie sich in der Nähe aufhielten! Aber warum sind Sie nicht gleich in die Burg gekommen, anstatt in der erbärmlichen Herberge zu logieren? Ich muß gestehen, daß ich etwas erstaunt ... und auch etwas gekränkt ... war, daß Sie das nicht getan haben.«

»Ich versichere Ihnen, daß keine Mißachtung beabsichtigt war«, beteuerte Henry. »Wir wollten uspründlich nur eine Nacht in dem Gasthof verbringen, denn wir haben es sehr eilig. Doch dann bekam einer meiner Männer Fieber, und . . .« Er zuckte die Achseln und lächelte entschuldigend. »So geht es einem ja leider oft mit guten Vorsätzen.«

Die Augenschlitze richteten sich auf Lord Dafydd, der zwischen Eduard und Sedrick stand. »Wir haben hier in Corfe einen ausgezeichneten Arzt. Wenn Ihre Männer Hauptmann Brevant folgen, können die Verletzungen bestimmt sofort behandelt werden.«

»Vielen Dank«, erwiderte Henry. »Er hat zum Glück kein Fieber mehr, und der Arm scheint zu heilen, ohne daß es zu Wundbrand gekommen ist, aber eine Behandlung mit Blutegeln würde ihm sehr guttun, wenn Ihr Arzt sich darauf versteht.«

Gisbourne grinste. »Ich kann Ihnen versichern, daß wir uns hier bestens darauf verstehen, Leben zu verlängern — oder auch zu verkürzen.« Er klatschte in die Hände, und zwei Pagen schleppten zwei Stühle herbei. »Nehmen Sie doch bitte hier am Kohlebecken Platz, wo es warm ist, und erzählen Sie mir alle Neuigkeiten von Ihrem Onkel. Es ist gut zwei Jahre her, daß ich ihn zuletzt gesehen habe. Gallworm — Wein und Ale für unsere Gäste!«

Gallworm gab den Befehl an eine Magd weiter, die sich beeilte, die Getränke zu servieren. Eduard und Sedrick waren heilfroh, daß der Gouverneur sie mit Mißachtung strafte. Mit Lord Dafydd in der Mitte folgten sie Brevant, doch Eduard drehte sich noch einmal um, bevor er die Halle verließ, weil er Ariels Blicke wie Pfeile im Rücken spürte. Sie stand auf dem Podium, während der Page ihren Stuhl zurechtschob, und in ihrer Samtrobe sah sie wie eine Königin aus — wie eine Königin, deren smaragdgrüne Augen einen Vasallen des Verrats bezichtigten, weil er sie allein ließ.

Brevant führte sie einen langen Steinkorridor entlang, der immer schmäler und niedriger wurde, so daß sie die Köpfe einziehen mußten.

»Der Arzt hat Anweisung, den Verband abzunehmen und sich den Arm genau anzusehen«, warnte Brevant leise. »Wenn die Knochen nicht wirklich gebrochen sind, sollten sie es sein, wenn er nachschaut.«

»Er wird finden, wonach er sucht«, versicherte Eduard. »Die Frage ist nur, ob auch wir finden werden, wonach wir suchen.«

Brevant antwortete erst, nachdem sie Sedrick und Dafydd in der Wachstube zurückgelassen hatten, wo der Waliser betreut werden sollte. Anstatt auf direktem Wege in die Halle zurückzukehren, zeigte der Hauptmann Eduard die Räume, in denen Ariel und Henry übernachten sollten.

»Ich habe Gisbourne klargemacht«, berichtete er beiläufig, »daß es der Nichte des Marschalls kaum zuzumuten ist, von einer der hiesigen Schlampen betreut zu werden.«

Eduard verstand sofort und warf Brevant einen scharfen Blick zu. »Er hat erlaubt, daß Marienne sich um Lady de Clare kümmert?«

»Sie wird Lady Ariel vor dem Abendessen beim Baden und Ankleiden behilflich sein. Ich schlage vor, daß Sie dann dort sind, um ihr zu sagen, was Sie zu sagen haben.« Der Hauptmann drehte sich um, und sein Schuppenpanzer funkelte im Kerzenschein. »Aber ich warne Sie — falls jemand dieses Gespräch belauscht, werde *ich* es sein, der Sie auf die Folterbank spannt. Und weil ich Ihretwegen schon soviel Mühe und Ärger hatte, werde ich die Ketten besonders fest anziehen!«

## 18

Marienne stand auf der Schwelle von Ariel de Clares Gästezimmern. Ihr schlanker Körper zitterte so stark, daß aus den vollen Eimern in ihren beiden Händen etwas Wasser auf ihren Rock schwappte.

Gisbourne hatte sich bis nach Einbruch der Dunkelheit mit Ariel und Henry in der Halle unterhalten, und als Ariel endlich in ihr Zimmer kam, wartete Eduard dort schon.

Man hatte Ariel zwei Räume im obersten Stock des *Queens Tower* zur Verfügung gestellt, ein winziges Vorzimmer, wo ein Page oder eine Zofe schlafen konnte, und ein ebenfalls ziemlich kleines Schlafgemach mit einem Bett, einer Kleidertruhe, einem eisernen Kerzenständer und einem kleinen Kamin. Henry war eine Treppe tiefer in genauso bescheidenen Räumen untergebracht. Es gab keine Fenster, nur schmale Luftschächte hoch oben in den Wänden, und von Ariels Zimmer führte eine Stiege aufs Dach.

Ariel blieb kaum Zeit, Eduard von Gisbournes unangenehmen Gewohnheiten zu berichten — er klaubte sich beispielsweise gern Läuse aus den Kopf- und Barthaaren und zerbiß sie genüßlich —, als es auch schon leise an der Außentür klopfte. Robin, der den ganzen Nachmittag nicht von Ariels Seite gewichen war, öffnete und starrte Marienne so fassungslos an, als hätte sie Hörner und drei Augen.

»M-M-Marienne?« stammelte er. »Bist du das wirklich?«

Die junge Zofe war genauso verblüfft wie er, doch langsam breitete sich ein strahlendes Lächeln auf ihrem Gesicht aus. Errötend senkte sie die Lider, doch gleich darauf blickte sie so selig zu ihm auf, als wollte sie ihn mit Haut und Haaren verschlingen.

»Ja, Lord Robert«, flüsterte sie. »Ich bin's.«

»Du ... du siehst gut aus«, murmelte er unbeholfen, rot bis zu den Ohren.

»Und Sie ... es ist eine Freude, Sie wiederzusehen. Ich hatte schon jede Hoffnung aufgegeben, jemals wieder das Gesicht eines ... eines Freundes zu sehen.«

Ihre dunkelbraunen Augen nahmen hinter Robins Schulter eine Bewegung wahr, und als sie Eduard Fitz-

Randwulf am Kamin stehen sah, entglitten ihr die Jutegriffe der Eimer. Mit einem Freudenschrei rannte sie durchs Zimmer und warf sich in die Arme des Ritters. In den letzten Monaten hatte sie, um der Prinzessin helfen zu können, eine starke Erwachsene gespielt, doch nun stürzte diese Fassade wie ein Kartenhaus ein, und sie vergrub schluchzend ihr Gesicht an seiner Schulter und klammerte sich an ihn, so als wollte sie ihn nie wieder loslassen.

Ariel hielt sich im Hintergrund und beobachtete diese herzbewegende Szene mit gemischten Gefühlen. Sie wollte Robin ein Zeichen geben, daß er die Tür schließen und verriegeln solle, doch ein Blick auf sein Gesicht zeigte ihr, daß er größte Mühe hatte, nicht ebenfalls in Tränen auszubrechen. Leise ging sie zur Schwelle, trug die Eimer herein, schloß die Tür und lehnte sich mit dem Rücken dagegen.

»Mylord, Mylord«, schluchzte Marienne. »Wir konnten immer noch nicht glauben, daß Sie tatsächlich hier sind!«

Eduard strich ihr sanft übers Haar, küßte sie auf die Stirn und wischte ihr mit dem Daumen die Tränen von den Wangen, freilich ohne die Flut eindämmen zu können. »Habt ihr wirklich daran gezweifelt, daß ich kommen würde?«

»Ich nicht«, erklärte Marienne. »Ich habe nie daran gezweifelt. Ich dachte nur nicht, daß Sie ausgerechnet *hierher* kommen würden. Wie haben Sie . . .«

Eduard schüttelte den Kopf. »Es ist unwichtig, *wie* wir hergekommen sind. Was zählt, ist nur, daß wir jetzt hier sind, und daß wir Eleonore und dich von diesem schrecklichen Ort wegbringen wollen.«

»Wenn das nur möglich wäre!« flüsterte sie sehnsüchtig.

»Alles ist möglich, wenn das Herz willig ist«, betonte Eduard. »Was soll der Unsinn, den der Hauptmann mir erzählt hat, daß die Prinzessin diese Hölle angeblich nicht verlassen will?«

»Oh, Mylord ...« Marienne schniefte und wischte sich mit dem Ärmel die Tränen ab. »Es stimmt. Sie hat mich heute abend hergeschickt, um Sie zu bitten, Corfe zu verlassen, England zu verlassen, bevor die Männer des Königs von Ihrer Anwesenheit erfahren. Sie wären eine wertvolle Geisel für den König, weil er dann Druck auf Lord Randwulfs Handlungen ausüben könnte.«

»Glaubst du, daß mein Vater oder ich uns einen Deut um irgendwelche Vergeltungsmaßnahmen kümmern? Eleonores Sicherheit ist jetzt wichtiger als alles andere. Sie muß vor jenen beschützt werden, die ihr Leid zufügen wollen.«

Marienne schluckte hart. »Sie ist überzeugt, daß ihr Onkel sein Wort halten und sie nur verbannen wird. Sie ist überzeugt, daß seine Schuldgefühle wegen ... wegen ihres armen Bruders Arthur sie vor weiterem Unheil bewahren werden.«

Eduard runzelte die Stirn. »Wie kann sie das glauben — nach allem, was geschehen ist?«

»Nach allem, was geschehen ist«, sagte Marienne leise, »kann sie sich nur noch an ihren Glauben klammern.«

»Sie haben immer noch *mich,* und ich werde nicht zulassen, daß sie auch nur eine Stunde länger als unbedingt notwendig im Spinnennetz ihres Onkels bleibt. Ich bin hergekommen, um sie von hier wegzubringen, und — bei Gott! — ich werde sie wegbringen, ob sie will oder nicht!«

»Mylord, sie liebt Sie sehr, das müssen Sie doch wissen.«

Ariel senkte den Kopf und starrte mit aschfahlem Gesicht auf ihre ineinander verkrampften Hände.

»Und ich weiß, daß Sie sie lieben«, fuhr Marienne fort. »Im Namen dieser Liebe bittet sie Sie ... fleht sie Sie an, nichts zu unternehmen, was Sie noch mehr gefährden könnte.«

»Und sie erwartet, daß ich gehorche? Daß ich einfach

davonreite und sie in diesem stinkenden Gefängnis zurücklasse, wo Trunkenbolde und Lüstlinge das Sagen haben? Was passiert, sobald Johanns Schuldgefühle wegen Arthurs Tod verblassen — falls er überhaupt welche hat? Was sollte ihn davon abhalten, kurzen Prozeß mit Eleonore zu machen? Solange sie am Leben ist, bleibt sie für ihn eine Bedrohung, und er wird es nicht ertragen, immer wieder daran erinnert zu werden.«

»Die Prinzessin stellt für ihn keine Bedrohung mehr dar«, beteuerte Marienne leise. »Er hat bereits Maßnahmen ergriffen, die garantieren, daß sie für ihn nie wieder eine Bedrohung sein wird.«

»Maßnahmen? Was für Maßnahmen? Selbst wenn er beabsichtigt, sie in Gegenwart aller Barone des ganzen Königreichs zu einem Treueschwur zu zwingen, wird der Tag kommen, da ihm der kalte Schweiß ausbricht, weil er überlegt, ob er nicht vielleicht irgendwelche Rebellenbarone vergessen hat.«

»Sie stellt für seine Krone keine Bedrohung mehr dar«, beharrte Marienne verzweifelt. »Sie stellt keine Bedrohung für seine Herrschaft über England, über die Normandie und Bretagne dar. Ihr Leben wird nur dann in Gefahr sein, wenn Sie versuchen, sie von hier wegzubringen, denn in diesem Fall wird sie mit Sicherheit sterben, wenn nicht durch die Hand des Königs, dann durch ihre eigene.«

»Durch ihre eigene Hand?« rief Eduard erschrocken. »Welche Qualen hat der König ihr in Aussicht gestellt, daß sie so etwas auch nur in Erwägung ziehen kann?«

Marienne senkte den Kopf. »Ich habe geschworen, nur das zu sagen, was ich bisher gesagt habe, Mylord. Ich habe geschworen, es zu sagen, und Ihnen das feierliche Versprechen abzunehmen, diese Sache nicht weiter zu verfolgen.«

Eduard lachte bitter. »Gott der Allmächtige sollte meine Geduld nicht mit weiteren Schwüren und Versprechen überstrapazieren! Wie kann sie so etwas von mir verlangen, ohne daß ich ihre Gründe für diese Entscheidung kenne?«

»Der Grund für diese Entscheidung ist ihre Liebe zu Ihnen. Und wenn auch Sie sie lieben, sollten Sie ihre Wünsche respektieren.«

Eduard schüttelte den Kopf. Er konnte diese Niederlage einfach nicht hinnehmen, und Marienne interpretierte diese Geste richtig, aber sie konnte nichts mehr sagen oder tun oder erklären, ohne den Eid zu brechen, den sie selbst geschworen hatte.

»Vielleicht ... vielleicht sollte ich gehen und später wiederkommen, um Ihnen Zeit zu geben, über die Bitte meiner Herrin nachzudenken.«

Eduard gab keine Antwort, und Marienne wandte sich mit hängenden Schultern ab, niedergeschmettert von mehr Leid, als sie ertragen konnte. Robin stand noch immer an der Tür, und sie versuchte ihm zuzulächeln, doch ihre Augen füllten sich sofort wieder mit Tränen.

»Marienne, du mußt Eduard helfen lassen«, stammelte er. »Du mußt die Prinzessin überzeugen, daß sie ihn helfen lassen muß.«

Sie hob ihr süßes herzförmiges Gesicht zu ihm empor. Mit vierzehn war sie durchaus in der Lage, jemandem den Kopf zu verdrehen — Roberts Kopf hatte sie jedenfalls so gründlich verdreht, daß ein Lächeln von ihr sein Herz höher schlagen ließ — und daß eine Träne von ihr ihm dieses Herz fast brach.

»Sie haben schon viel mehr getan, als Sie jemals wissen werden«, sagte Marienne. »Allein schon die Tatasche, daß Sie *gekommen* sind, daß es inmitten all des Kummers, inmitten all des Herzeleids auch noch etwas Gutes und Edles gibt ...«

Robin war viel zu erschüttert, um darauf etwas erwidern zu können, und Marienne sah zum erstenmal Ariel an.

»Verzeihen Sie bitte, Mylady. Eigentlich sollte ich Ihnen ja beim Baden helfen, und statt dessen haben wir die Zeit mit Reden vertan.«

Ariel schüttelte den Kopf. »Das Reden war viel wichtiger als mein Bad.«

Marienne knickste und wollte die Tür öffnen, drehte sich aber nach kurzem Zögern noch einmal um. »Nehmen Sie sich vor Lord Gisbourne in acht. Er beherrscht die Rolle des charmanten Gastgebers, aber er ist aus demselben Holz geschnitzt wie sein Herr und Meister, dessen Liebenswürdigkeit mit atemberaubender Geschwindigkeit in Wahnsinn umschlagen kann. Sogar unser kühner Hauptmann Brevant fürchtet sich vor den Launen des Gouverneurs.«

»Danke für die Warnung«, sagte Ariel in ihrer aller Namen.

Marienne verließ den Raum nach einem letzten Blick auf Eduard und Robin. Sie hatte kaum die Tür hinter sich geschlossen, als Eduard auch schon mit großen Schritten darauf zueilte, mit grimmiger Miene, die Hand am Schwertgriff.

»Wohin gehen Sie?« fragte Ariel. »Was haben Sie vor?«

»Ich werde Marienne in die Turmzelle folgen, um mit Eleonore zu sprechen, auch wenn ich dazu jeden verdammten Wachposten in dieser gottverfluchten Burg umbringen müßte!«

»Eduard — nein!« Ariel packte ihn am Arm. »Wenn Sie geschnappt werden . . .«

Er riß sich wütend los. »Ich *muß* etwas unternehmen! Können Sie das nicht verstehen? *Ich muß etwas tun!*«

Ariel sah den Zorn und die Qual in seinen Augen, und sie begriff, daß seine Liebe zu Eleonore von der Bretagne stärker war als alle Vernunftargumente, die sie vorbringen könnte. Resigniert trat sie beiseite.

»Seien Sie vorsichtig«, flüsterte sie.

Aber er war schon verschwunden.

Eduard folgte Marienne in einigem Abstand durch die unterirdischen Verbindungsgänge zwischen den Türmen und Gebäudekomplexen. Er mußte vorsichtig einen Fuß vor den anderen setzen, denn es war stockfinster; nur an den Ausgängen brannten Pechfackeln, um die untersten Stufen der Wendeltreppen zu erhellen. Er wunderte sich zunächst, daß nirgends Wachen postiert waren, doch dann begriff er, daß das überflüssig war, weil in Corfe Castle ja im Gegensatz zu Amboise keine Betriebsamkeit herrschte. Dies war ausschließlich ein Gefängnis, das nur verrohte Soldaten, abgetakelte Huren und angekettete Menschen beherbergte.

Marienne ahnte nichts davon, daß ein Schatten ihr gefolgt war, als sie die Wendeltreppe hinaufeilte und in die Turmzelle stürmte, wo Eleonore vor der Gebetsnische kniete.

Ein hastiges Amen beendete die Andacht der Prinzessin. »Hast du ihn gesehen?« fragte sie aufgeregt. »Hast du mit ihm gesprochen? Geht es ihm gut? Wie ist er in die Burg gelangt? Erzähl mir alles, Wort für Wort!«

»Ich habe ihn gesehen. Ich habe mit ihm gesprochen und ... ich schäme mich, es zuzugeben, aber ich habe wie ein kleines Kind geweint, als er plötzlich vor mir stand.«

Lächelnd zog Eleonore das Mädchen in die Arme. Marienne *war* noch ein halbes Kind, aber sie hatte in den letzten Monaten tapfer die Last einer erwachsenen Frau getragen. Eleonore dankte Gott für diese treue Freundin. Allein hätte sie diese Zeit nicht überstanden, und ohne Beistand könnte sie auch die ungewisse Zukunft nicht bewältigen.

Die Prinzessin strich zärtlich über Mariennes Locken. »Wie sieht er aus? So attraktiv und kraftstrotzend wie eh und je?«

Marienne seufzte schwer. »Ich glaube, er ist *noch* attraktiver geworden. Lord Robert ist bei ihm, und er ... er ...«

Eleonore legte ihre Wange an Mariennes Kopf. »Er ist der gleiche Herzensbrecher wie sein Bruder, stimmt's? Und offenbar ist er auch genauso verrückt, denn sonst hätte er Eduard nicht hierher begleitet.«

»Lady Ariel war auch da, und sie sieht gar nicht so aus, wie ich sie mir vorgestellt habe.«

»Wieso?«

Marienne runzelte die Stirn. »Na ja, weil sie die Nichte des Marschalls ist, dachte ich, müßte sie ihm ähnlich sehen. Ich habe sie mir groß und grobknochig vorgestellt, wie eine Löwin.«

»Du bist die *Tochter* des Marschalls, und du bist weder groß noch grobknochig«, betonte Eleonore.

Marienne dachte kurz darüber nach. »Sie hat ein eigensinniges Kinn ... und feuerrotes Haar. Wenn sie die Nichte des Marschalls ist, dann bin ich doch so etwas wie ihre Kusine, oder nicht?«

»So ist es«, nickte Eleonore. »Und das bedeutet, daß du ihren Mut und ihre Tapferkeit nicht nach ihrem Aussehen beurteilen darfst. Sie muß beides in hohem Maße besitzen, wenn Eduard ihr vertraut.«

»Sie ist sehr schön«, gab Marienne zu. »Und sie hat ihn nicht aus den Augen gelassen, während ich dort war.«

»Wen? Eduard? Du meinst — Eduard und die Nichte des Marschalls ...?« Eleonore beugte sich etwas zurück. »Vielleicht solltest du mir alles von Anfang an erzählen, Marienne! Marienne ... was hast du?«

Die Zofe hatte sich plötzlich in ihren Armen versteift. Sie starrte über Eleonores Schulter hinweg auf die große schwarz gekleidete Gestalt, die auf der Schwelle stand.

Auch Eleonore versteifte sich unwillkürlich, weil sie spürte, daß außer Marienne noch jemand im Zimmer war. Ihre Hände sanken kraftlos hinab, während sie flüsterte: »Marienne ... bitte ...«

»Es tut mir leid, Mylady«, murmelte die Zofe. »Ich wußte nicht ...«

»Es war nicht Mariennes Schuld«, sagte Eduard ruhig. »Ich bin ihr heimlich gefolgt.«

Als Eleonore seine Stimme hörte, drückte sie so verzweifelt Mariennes Hände, daß die Zofe zum erstenmal in ihrem Leben versucht war, Eduard FitzRandwulf zu verwünschen.

»Warum?« brachte Eleonore mühsam hervor. »Warum bist du hergekommen?«

Eduard trat über die Schwelle. Eleonore wandte ihm den Rücken zu, aber er konnte sehen, wie dünn sie war, wie glanzlos das herrliche blonde Haar, wie schäbig die Tunika. »Ich wollte wissen, warum du mich wegschickst. Ich wollte es aus deinem eigenen Munde hören.«

»Eduard, bitte«, flüsterte sie. »Bitte — geh! ich kann es nicht ertragen, daß du mich so siehst!«

Die Hände zu Fäusten geballt, trat Eduard noch näher an sie heran. »Und ich kann es nicht ertragen, daß du mich davonjagst, so als würdest du Ohnelands Versprechen plötzlich mehr Glauben schenken als den meinen.«

»Eduard ...«

»Wenn du willst, werde ich gehen ... aber nur, wenn du mir in die Augen schaust und mir sagst, daß das wirklich dein sehnlichster Wunsch ist.«

Marienne sprang schluchzend auf, und Eleonore mußte sie bei den Händen packen, damit sie sich nicht wütend auf Eduard stürzte. Eine Totenstille trat ein, während die Perle der Bretagne ihre Schultern straffte und langsam aufstand. Sie drehte sich um, und Eduard sah im Kerzenschein jenes Gesicht, von dem immer behauptet worden war, es sei das schönste der ganzen Christenheit. Für Eduard war es das auch jetzt noch — auch nachdem sein Herzschlag vorübergehend ausgesetzt hatte, weil er endlich begriff, warum Eleonore sich geweigert hatte, ihn zu sehen.

Sie hatte ihn nicht sehen wollen, weil sie überhaupt nichts mehr sah. Die Prinzessin war geblendet worden.

# 19

Ariel de Clare saß während des ganzen nervenzermürbenden Abendessens, das sich eine Ewigkeit hinzog, auf der Stuhlkante. Sie zuckte bei jedem unerwarteten Geräusch zusammen und ertappte sich dabei, immer wieder zum Eingang der Halle hinüberzuschauen. FitzRandwulf war seit seinem hastigen Aufbruch aus ihrem Zimmer nicht wieder aufgetaucht, und er ließ sich auch während der vielen Gänge — Suppen, Eintöpfe, Fleisch, Fisch und Geflügel — nicht blicken. Ariel rechnete ständig damit, daß Soldaten seinen blutüberströmten, zerschlagenen Körper die Stufen hinabwerfen würden, und sie wünschte fast, es würde bald passieren, damit sie wenigstens noch Gebrauch von ihrem Speisemesser machen und Gisbournes mageren Hals aufschlitzen könnte, bevor man sie wegschleppen und in irgendeinem düsteren Verlies anketten würde.

Sie hatte das Essen kaum angerührt, und das nicht nur, weil alles in widerlichen Senf- und Knoblauchsaucen schwamm. Ihr war die zweifelhafte Ehre zuteil geworden, Gisbourne als Tischpartner zu haben, und sogar unter normalen Umständen wäre ihr bestimmt der Appetit vergangen, sobald der Gouverneur zum erstenmal mit vollem Mund lachte, so daß halb zerkaute Bissen quer über den Tisch flogen. Der Mann war ein Schwein. Seine Hände waren überall — in der Fischplatte, im Brot, in der Schüssel mit Linsen und in seinen Achselhöhlen, wo er sich immer wieder hingebungsvoll kratzte.

Die Gesellschaft unterhalb des Podiums war noch schlimmer. Von einem Tisch zum anderen wurden Zoten gebrüllt. Die Männer bewarfen einander mit Essen, begraptschten ungeniert ihre Huren, furzten und rülpsten nach Herzenslust. Die Frauen waren genauso ordinär und trugen zur allgemeinen Ausgelassenheit bei, indem sie einander büschelweise die Haare ausrissen oder die

Gesichter zerkratzten, um ihre Ansprüche auf irgendeinen geilen Kerl geltend zu machen. Gegen Ende des Festmahls waren die meisten Weiber allerdings so betrunken, daß es ihnen ganz egal war, von wem sie in eine dunkle Ecke der Halle geschleppt wurden. Und während dieses ganzen geselligen Treibens stocherte Gisbourne mit der Messerspitze zwischen seinen Zähnen herum und spuckte die Relikte auf den Tisch.

Ariel hatte sich schon beim ersten Gang fest vorgenommen, ihm einen ordentlichen Denkzettel zu verpassen, sollten seine fetttriefenden Finger sich auch nur ein einziges Mal auf ihre Knie oder Schenkel verirren. Jedes Lächeln, jeder Seitenblick ihres Tischpartners bewirkte, daß sie ihr Speisemesser fest umklammerte, und erst gegen Ende des Menüs fiel ihr auf, daß Gisbournes Interesse nicht ihr, sondern Robin galt.

Der Knappe stand neben Ariels Stuhl, um sie zu bedienen, und sein Gesichtsausdruck verriet, wie schockiert er war, daß eine Burg, die der direkten Kontrolle des Königs unterstand, von solchen Rohlingen und Wüstlingen bevölkert wurde. In seiner Naivität dachte er sich aber nichts bei den lüsternen Blicken des Gouverneurs, und er hielt es für Zufall, daß dessen Hand immer wieder seine Hüfte streifte.

Henry war nicht so naiv, und Gisbournes Benehmen stellte seine Geduld auf eine harte Probe. Er versuchte, ihren Gastgeber durch alle möglichen Fragen abzulenken, und als diese Taktik ihre Wirkung verfehlte, schickte er Robin unter dem Vorwand, er solle sich nach Lord Dafydds Befinden erkundigen, zu Sedrick, der unten in der Halle saß und seinen ungehobelten Tischgenossen am liebsten die Schädel eingeschlagen hätte.

Gallworm hatte dem Gouverneur am frühen Abend berichtet, daß der Arm des Walisers tatsächlich gebrochen war. Die Wunde von dem Holzsplitter schien gut zu heilen, doch der Arzt empfahl, Blutegel anzusetzen, weil sich im gesunden Arm zuviel Körpersäfte angesammelt hatten. Ferner sollte ein starker Heiltrank verhindern, daß Dafydd wieder Fieber bekam. Trotz dieser Maßnahmen wurde er von seinen Freunden beneidet, weil er in der Krankenstube wenigstens seine Ruhe hatte.

Gisbournes Blick war Robin durch die Halle gefolgt, und er ließ den Knappen auch während dessen Unterhaltung mit Sedrick nicht aus den Augen. »Zu Ihrer Gruppe gehört doch noch ein Mann, oder?« fragte er plötzlich. »Wo ist er?«

Henry stellte langsam seinen Weinpokal ab. »Er ... er ist ein Einzelgänger, Mylord, und ich habe ihm erlaubt, dem Festmahl fernzubleiben.«

Gisbournes Augen rissen sich von Robin los, und seine Miene wurde eisig. »Er weiß unsere Gastfreundschaft also nicht zu schätzen?«

»O doch, er ist Ihnen genauso dankbar wie wir alle«, beteuerte Henry hastig. »Aber ... ich hoffe, Sie verzeihen mir die Offenheit ... ich lasse unsere Sachen nur sehr ungern unbewacht zurück. Wir wurden auf dieser Reise bedauerlicherweise schon einmal beraubt, und sollte das noch einmal passieren, würde mein Onkel bestimmt an meinen Fähigkeiten zweifeln.«

»Sie glauben, daß einer meiner Männer es wagen könnte, Ihre Wertgegenstände zu stehlen? Sie glauben, daß jemand ihr Gepäck durchwühlen könnte, während Sie hier als Ehrengäste an meinem Tisch sitzen?« Nach einem kurzen bedrohlichen Schweigen brach er unerwartet in herzhaftes Gelächter aus. »Es ist sehr weise von Ihnen, Lord Henry, solche Vorsichtsmaßnahmen zu treffen. Ich traue keinem der Kerle über den Weg. Wahrscheinlich würden sie mir sogar die Zähne stehlen, wenn ich töricht genug wäre, mit offenem Mund zu schlafen. Brevant nehme ich natürlich davon aus — er würde mir die Zähne zwar auch stehlen, aber nur, um sie auf Hochglanz zu polieren und mir dann zu verkaufen.«

»Wie dem auch sei — Robin wird unseren Freund ablösen, wenn er meine Schwester in ihre Gemächer begleitet.«

»Sie wollen uns schon verlassen, Lady Ariel?«

»Es war ein langer Tag, Sir Guy, und ich bin müde von unserer anstrengenden Reise. Mir fallen schon seit Stunden fast die Augen zu, und deshalb würde ich Sie bitten, mich jetzt zu entschuldigen.«

Ihr betörendes Lächeln, mit dem sie die meisten selbstgefälligen Männer um den Finger wickeln konnte, verfehlte auf Gisbourne jede Wirkung. Er erhob sich, und sein Lächeln war genauso falsch wie das ihre.

»Es wäre mir eine große Ehre, Sie persönlich zu begleiten, Lady Ariel. Wir wollen doch nicht, daß Sie auf dem Weg in Ihre Gemächer in irgendeiner Weise belästigt werden.«

Auch Henry stand auf, wobei er mit seiner Spore unglückseligerweise den Stuhl umwarf, wodurch genau jener Eindruck übertriebener Hast entstand, den er unbedingt hatte vermeiden wollen.

»Sie brauchen sich wirklich nicht zu bemühen, Mylord«, versicherte er. »Ich selbst werde meine Schwester begleiten, zumal auch ich müde bin.«

Während ein Diener den Stuhl aufhob, betrachtete Gisbourne seinen jungen Gast nachdenklich, und ihm entging auch nicht, daß Bruder und Schwester einen verstohlenen Blick tauschten. »Trauen Sie *mir* etwa genauso wenig wie meinen Männern, Mylord? Wollen Sie mich beleidigen? Vielleicht sollte ich meinerseits noch einmal überlegen, ob Ihr Gefolgsmann für sein Fernbleiben andere Gründe als die Bewachung Ihres Eigentums gehabt haben könnte.«

»Andere Gründe?«

Gisbournes schmale Augen glitzerten gefährlich, während er die Pembroke-Löwen auf Henrys Waffenrock anstarrte. Es war nicht zu übersehen, daß er plötzlich einen bestimmten Verdacht hegte, denn sein Blick schweifte von den Waffen des Marschalls zur Mauer, so als könnte er durch sie hindurch eine Turmzelle sehen.

»Verzeihen Sie *meine* Offenheit, Mylord, aber auch ich muß gewisse Wertgegenstände gut bewachen lassen«, erklärte er ruhig. »Hauptmann Brevant! Nehmen Sie vier zuverlässige Männer mit! Wir alle werden Lady Ariel zu ihren Gemächern begleiten und uns bei dieser Gelegenheit vergewissern, daß Ihrem Gefolgsmann nichts zugestoßen ist.«

Henry und Ariel saßen in der Falle. Sie mußten wohl oder übel dieser übertriebenen Eskorte zustimmen. Aus dem Augenwinkel heraus konnte Ariel sehen, daß Sedrick aufsprang, doch auf einen scharfen Blick des Gouverneurs hin sah sich der Ritter plötzlich von jenen Männern umringt, denen er soeben noch am liebsten die Schädel eingeschlagen hätte. Robin stand wie versteinert da und wurde leichenblaß, als er sah, daß Ariel und Henry die Halle unter Bewachung verließen.

Gisbourne blieb stehen und warf einen Blick zurück. »Ihr Knappe sollte uns begleiten«, riet er Ariel. »Er dürfte in unserer Gesellschaft sicherer sein als unter diesem Pöbel.«

Und um so leichter dürfte es sein, uns alle in einer Zelle einzusperren, dachte Ariel unwillkürlich.

Obwohl sie selbst rasendes Herzklopfen hatte, zwang sie sich, Robin zuzulächeln, weil sie seinen Augen ansah, daß auch er sich angstvoll fragte, was wohl geschehen würde, sobald Gisbourne feststellte, daß Eduard nicht ihr Gepäck bewachte.

Würde der Gouverneur die ganze Burg durchsuchen lassen? Würde man Eduard in der Zelle der Prinzessin finden? Das hätte zweifellos zur Folge, daß sie alle in unterirdischen Verliesen landen würden.

Während des Ritts zur Burg hatte Ariel überlegt, ob dies wohl ihr letzter Blick auf die Außenwelt sein würde.

Jetzt fragte sie sich, ob dies ihr letzter Weg ohne schwere Ketten an Händen und Füßen war.

Am Eingang zum *Queen's Tower* hielt niemand Wache, auch nicht vor oder in den Räumen, die Henry zur Verfügung gestellt worden waren. Gisbournes Miene wurde immer nachdenklicher, so als überlegte er schon, welche Foltermethoden ihnen am schnellsten die Zungen lösen würden.

»Vielleicht ist er ja oben«, murmelte er großmütig und bedeutete Brevant, ihnen auf der Treppe zu Ariels Räumen voranzugehen. Der Hauptmann öffnete ihm zuvorkommend die Tür, und er stolzierte in das kleine Vorzimmer, so als wäre er Caesar, der die sieben Hügel Roms inspizierte.

Sein eisiger Blick schweifte durch die leere, dunkle Kammer. »Eine sträfliche Nachlässigkeit«, kommentierte er trocken. »Wo kann er nur abgeblieben sein?«

»Vielleicht wurde er weggeholt«, erwiderte Henry lahm. »Oder ...«

»Oder er hatte Wichtigeres zu erledigen?«

Gisbourne beobachtete Henry und Ariel wie ein Kater, der seine Beute anvisiert, und sie zwangen sich, seine Blicke scheinbar ungerührt zu erwidern. Keiner von ihnen bemerkte, daß sich die Tür zum Innenraum öffnete.

Eduard FitzRandwulf stand plötzlich im Zimmer und griff sofort nach seinem Schwert, als er die Menschenansammlung sah.

»Mylord«, erkundigte er sich besorgt. »Fehlt irgend etwas?«

»Wo waren Sie?« wollte Gisbourne wissen, während er sich fast den Hals verrenkte, um an Eduards breiten Schultern vorbei einen Blick in Ariels Schlafzimmer zu werfen. »Was haben Sie gemacht?«

Eduards Augen wurden schmal. »Ich dachte mir, daß Lady Ariel ein Feuer in ihrem Zimmer schätzen würde, und nachdem es keiner der Dienstboten in dieser Burg für nötig gehalten hat, dafür zu sorgen, habe ich mich selbst darum gekümmert.« Er wandte sich wie ein leicht indignierter Vasall an Henry. »Mylord, ich versichere Ihnen, daß niemand sich diesen Räumen genähert hat.«

»Ich weiß, daß ich mich auf Sie verlassen kann«, erwiderte Henry mit einem gezwungenen Lächeln. »Nachdem wir jetzt hier sind, sollten auch Sie sich an den Köstlichkeiten laben, die Lord Gisbourne liebenswürdigerweise aufgetischt hat.«

»Ich habe schon gegessen, Mylord«, entgegnete Eduard. »Wenn es Ihnen recht ist, gehe ich noch kurz in die Stallungen, um mich zu vergewissern, daß unsere Pferde gut versorgt wurden und morgen früh für uns bereitstehen werden.«

»Sie wollen uns morgen früh schon wieder verlassen?« Gisbourne runzelte die Stirn. »Aber Sie sind doch gerade erst angekommen.«

»Wir haben jetzt drei Tage in Corfe verbracht«, sagte Henry. »Und das bedeutet eine Verzögerung von drei Tagen gegenüber unserem ursprünglichen Zeitplan. Der Bräutigam meiner Schwester wird ihre Ankunft in Radnor kaum noch erwarten können. Und auch der König wird nicht begeistert sein, wenn er hört, daß seine Befehle nur wegen eines gebrochenen Arms noch nicht ausgeführt wurden. Er wollte unbedingt, daß die Hochzeit noch vor Monatsende stattfindet.«

»Der König neigt nicht zu Widersprüchen, wenn er ein hübsches Gesicht sieht. Im Gegenteil — er würde toben, wenn er erführe, daß ich Sie bei diesem miserablen Wetter ohne angemessene Eskorte ziehen ließ.«

Henry focht einen schweren inneren Kampf aus, bevor er den Gouverneur am Arm packte und zur Seite führte, damit die anderen nicht hören konnten, was er ihm ins Ohr flüsterte. Gisbournes Miene verriet Bestürzung, und er warf einen sichtlich verunsicherten Blick auf Ariel — genauer gesagt, auf ihren Bauch. Als die beiden Männer dann wieder die Köpfe zusammensteckten, war es Gisbourne, der das Reden besorgte, Henry am Arm packte und aus dem Zimmer auf den Treppenabsatz führte. Daraufhin schob Eduard Ariel energisch ins Schlafzimmer, und Robin bewies eine erstaunliche Reife, indem er sein Schwert zückte, offenbar fest entschlossen, sie notfalls mit seinem eigenen Körper zu beschützen.

Zum Glück war das nicht notwendig, denn Henry kam ohne Gisbourne zurück und berichtete, daß der Gouverneur Ariel eine gute Nacht wünschte.

»Er ist weg?« fragte sie erleichtert. »Und er wird uns weiterreisen lassen?«

Henry nicke, und Ariel lehnte sich mit weichen Knien an die Wand. »Allmächtiger, ich war sicher, daß er uns bis zur Ankunft des Königs aufhalten würde. Was hast du ihm erzählt, daß er seine Meinung plötzlich geändert hat?«

»Ich habe ihm erzählt, daß der König gar nicht erfreut wäre, dich hier zu sehen, weil ihr beide euch schon viel zu oft gesehen hättet. So oft, daß du jetzt schleunigst einen Mann brauchtest. Deshalb auch die Eile und die Reise inkognito.«

Ariel klappte der Unterkiefer herunter. »Du hast ihm erzählt, ich wäre schwanger — vom *König*?«

»Etwas Besseres fiel mir auf die Schnelle nicht ein«, verteidigte sich Henry. »Und er hat dieses Märchen ohne weiteres geglaubt. Er sagte, auch er hätte dich während des Abendessens überaus reizvoll und verführerisch gefunden.«

Ariel fluchte laut und warf Eduard einen hilfesuchenden Blick zu„ doch er schenkte ihr überhaupt keine Beachtung. Er stand vor dem Kamin, eine Hand auf die Steine gestützt, das Gesicht vom Feuerschein gerötet. Erst jetzt fiel ihr ein, wo er gewesen war.

»Konnten Sie herausfinden, wo die Prinzessin gefangengehalten wird? Konnten Sie mit ihr sprechen?«

Eduard starrte in die Flammen. »Ja, ich habe sie gesehen und mit ihr gesprochen.«

»Und?« fragte Henry. »Haben Sie irgendeine Möglichkeit entdeckt, wie wir sie befreien könnten?«

»Sie ... sie will nicht befreit werden. Sie will hierbleiben.«

»Hierbleiben?« rief Henry fassungslos. »In Corfe?«

Eduard drehte sich langsam um und blickte Henry in die Augen. »Sie behauptet, der König hätte versprochen, ihr nichts zuleide zu tun. Und sie behauptet, keinen Grund zu haben, an seinen Worten zu zweifeln.«

»Und Sie glauben ihr?«

»Ich glaube, sie will nicht, daß wir alle riskieren, in den düsteren Verliesen zu landen.«

Henry hegte keine besonderen Sympathien für den Sohn des Schwarzen Wolfs, und er riß sich nicht darum, den kühlen, distanzierten Ritter zum Freund zu haben. Aber er hatte großen Respekt vor FitzRandwulfs Fähigkeiten und Überzeugungen. Er konnte sich ohne weiteres vorstellen, daß dieser Mann Tische zerschmettern und guten Gebrauch von seinen Fäusten machen würde, wenn jemand ihn der Feigheit bezichtigte. Er konnte sich auch ohne weiteres vorstellen, daß dieser Mann jedem ins Gesicht spucken würde, der ihm unterstellte, an seine eigene Sicherheit zu denken. Aber er konnte sich beim besten Willen *nicht* vorstellen, daß dieser Ritter ohne Furcht und Tadel nur auf den Wunsch der Prinzessin hin zum Rückzug blasen würde — es sei denn, etwas so Schreckliches war geschehen, daß er nur noch in ohnmächtigem Zorn resignieren konnte.

Henry wußte, daß es Möglichkeiten gab, Gefangene seelisch und geistig völlig zu brechen, bis sie ihre schlimmsten Feinde für Retter hielten.

»Hat der König ... hat er sie einer Gehirnwäsche unterzogen?« fragte Henry sanft.

Nackte Qual spiegelte sich in Eduards grauen Augen.

»Wenn Sie wissen wollen, ob er dafür gesorgt hat, daß sie für ihn nie wieder eine Bedrohung darstellt, lautet die Antwort — ja! Er hat sichergestellt, daß niemand mehr auf die Idee kommt, in Eleonores Namen einen Bürgerkrieg anzuzetteln. Sollte Johann Ohneland an seinen eigenen Verbrechen ersticken, oder sollte er in sein eigenes Schwert stürzen, und sollten alle anderen Thronanwärter plötzlich einer Seuche zum Opfer fallen, bis hin zu irgendwelchen Vettern zehnten Grades — Eleonore von der Bretagne würde trotzdem nicht Königin werden.«

»Warum?« wollte Ariel wissen. »Was hat der König getan?«

Ohne zu antworten, drehte Eduard den Geschwistern wieder den Rücken zu. Eine Hand auf dem Kaminsims, die andere an der Wand, ließ er den Kopf hängen. Sein Körper war so angespannt, daß die Schläfenadern wie blaue Schlangen hervortraten. Kalter Schweiß lief ihm in Strömen über das Gesicht.

Ariel hatte plötzlich eine trockene Kehle. Ihre Beine setzten sich wie von selbst in Bewegung, ohne Henrys vorwurfsvolle Blicke zu beachten. Eduard blickte nicht auf, als sie dicht neben ihm stand, und er reagierte auch nicht, als sie ihm behutsam eine Hand auf den Arm legte.

»Eduard ... wie können wir helfen, wenn wir nicht wissen, was geschehen ist?«

Er senkte den Kopf noch tiefer und preßte die Augen zusammen. Ungläubig und erschrocken wurde Ariel klar, daß die Feuchtigkeit auf Eduards Haut nicht nur Schweiß war.

Sie hatte noch nie einen erwachsenen Mann weinen gesehen. Und sie hätte nie für möglich gehalten, daß ausgerechnet Eduard FitzRandwulf so erschüttert sein könnte.

Auch in ihren Augen brannten plötzlich Tränen, während ihre Hand von seinem Arm zu seiner Hand hinabglitt. »Eduard . . . können Sie uns nicht vertrauen?«

Die langen dunklen Wimpern blieben gesenkt, und

Ariel begriff, daß er von zwei gegensätzlichen Emotionen zerrissen wurde — von unermeßlichem Schmerz und grenzenloser Wut. Das eine Gefühl bewirkte die Tränenflut; das andere mußte ihn vor einer Weile veranlaßt haben, mit den Fäusten gegen etwas Hartes zu schlagen, denn seine Knöchel waren blutig.

»Mein Gott!« Sie berührte seine verletzte Hand mit den Fingerspitzen. »Eduard ... was ist geschehen?«

Langsam hob sich der dichte Wimpernvorhang.

»Er hat sie geblendet«, flüsterte Eduard heiser. »Er hat ihr wie einem gemeinen Verbrecher das Augenlicht geraubt.«

Ariel hörte, daß Henry nach Luft schnappte, und daß Robin leise aufschrie. Sie selbst konnte nur völlig fassungslos in Eduards tränennasse Augen starren.

»Er ... der König ... er hat sie *blenden* lassen?«

»So ist es«, bestätigte Eduard barsch. »Und er wußte genau, was er tat! Mögen die englischen Barone jetzt noch so verzweifelt versuchen, seine Macht zu begrenzen, und mögen sie Eleonore noch so aufrichtig bedauern — sie würden niemals auch nur erwägen, eine Blinde auf den Thron zu setzen!«

»Mein Gott«, murmelte Henry, »wir hätten wissen müssen, daß etwas nicht in Ordnung ist. Er konnte sie nicht hinrichten lassen, ohne allgemeine Empörung zu riskieren, aber er konnte sie auch nicht als ständige Bedrohung leben lassen. Geht es ... geht es ihr den Umständen entsprechend gut?«

FitzRandwulf atmete tief durch und griff instinktiv nach Ariels Hand.

»Sie ist dünner und trauriger als früher. Aber ihre Sorge gilt nicht ihrer eigenen Sicherheit, sondern nur der unseren, was beweist, daß der König ihren Geist und Mut nicht brechen konnte. Auf gar keinen Fall will sie in die Bretagne zurückkehren. Lieber würde sie durch die Hand des Königs sterben oder sogar selbst Hand an sich legen, als das Mitleid der Bretonen zu ertragen oder von ihnen gemieden zu werden.«

»Dann ... dann ist dies das Ende?« fragte Ariel. »Lassen wir sie einfach zurück, damit sie in diesem Gefängnis vermodert?«

Eduard blickte auf Ariel hinab, aber er sah nur Eleonore vor sich, die ihm ihr schönes verstümmeltes Gesicht zuwandte.

*Es gibt keine andere Möglichkeit, Eduard. Du mußt mich hierlassen. Du mußt mich vergessen. Ihr alle müßt mich vergessen und dem Willen Gottes überlassen.*

Eduard preßte Ariels Hand so fest, als wollte er ihr alle Finger brechen. »Der Wille Gotes ist in diesem Falle nicht maßgeblich — jedenfalls nicht bis zu meinem letzten Atemzug!«

»Sie werden nicht nur Ihre Atemzüge brauchen, Mylord«, knurrte eine tiefe Stimme von der Schwelle her. »Sie werden Ihren Kopf und Ihr Herz und mehr Mut brauchen, als ich selbst aufzubringen vermochte.«

Eduard ließ abrupt Ariels Hand los und griff nach seinem Schwert, aber Henry und Robin waren schneller. Zwei Stahlklingen blitzten durch die Luft.

Jean de Brevant, der in der Tür den Kopf einziehen mußte, machte keine Anstalten, sein eigenes Schwert zu zücken, sondern hielt im Gegenteil die Arme etwas ab, um zu demonstrieren, daß er friedliche Absichten hatte.

»Was zum Teufel machen Sie hier?« rief Henry. »Wollten Sie uns bespitzeln?«

Brevant machte einen Schritt ins Zimmer, um seine verkrampften Nackenmuskeln entspannen zu können, doch Robin glaubte an eine Bedrohung und versperrte dem Hauptmann mit seinem Schwert den Weg.

Der Riese runzelte nur leicht die Stirn. »Ich bin hier, weil ich dem Gesicht des Narbigen vorhin ansehen konnte, daß er im Turm war.«

»Sie müssen doch gewußt haben, was ihn dort erwarten würde«, schnaubte Henry. »Warum haben Sie uns nichts gesagt? Warum haben Sie uns nicht gewarnt?«

»Wären Sie so ruhig über die Zugbrücke geritten, wenn Sie es gewußt hätten? Hätten Sie sich so höflich mit Gisbourne unterhalten, wenn Sie es gewußt hätten? Hätten Sie ihn nicht wie den letzten Dreck behandelt und bei der erstbesten Gelegenheit zu erdolchen versucht? Gott ist mein Zeuge — ich habe nicht geglaubt, daß Sie den Mut aufbringen würden, durch das Burgtor zu reiten, und ich hätte mir nie träumen lassen, daß Sie Pläne schmieden würden, wie Sie mit Gisbournes kostbarstem Besitz davonreiten könnten.«

»Wollen Sie damit sagen, daß es eine Möglichkkeit gibt, die Prinzessin zu entführen?«

Brevant fluchte herzhaft, weil Robins Schwert noch immer seinen Adamsapfel bedrohte. »Nicht mit zwei gebrochenen Beinen und eingeschlagenem Schädel«, knurrte er, »und die wird dieser temperamentvolle Jüngling haben, wenn er noch lange mit seinem Schwert vor meiner Nase herumfuchtelt.«

»Robin«, befahl Eduard ruhig, »hören wir uns an, was er zu sagen hat.«

Langsam und widerwillig ließ Robin die Klinge sinken, schob das Schwert aber nicht in die Scheide und ließ den Hauptmann nicht aus den Augen.

»Wollen Sie sagen, daß es eine Möglichkeit gibt, einen Gefangenen gewaltsam zu befreien?« fragte Eduard wieder.

»Nein, diese Möglichkeit besteht nicht«, entgegnete Brevant. »Wenn Sie das versuchen, werden Ihre Rücken bald von Armbrustbolzen durchsiebt sein.«

»Was können wir denn tun, Hauptmann Littlejohn?« fragte Ariel sanft. »Können Sie uns irgendwie helfen?«

Funkelnde schwarze Augen musterten sie, so als nähme er ihre Gegenwart erst jetzt wahr. »Ich kann Ihnen helfen, auf Ihre Pferde zu steigen, damit Sie zum Tor hinausreiten können, Mylady. In aller Ruhe und unter den Augen der Wachposten. Na ja, der Ausdruck ›in aller Ruhe‹ ist vielleicht etwas übertrieben, denn Ihre Reisegruppe wäre immerhin um zwei Personen größer als bei der Ankunft, aber wenn der Zeitpunkt günstig ist ... wenn die Soldaten anderweitig beschäftigt sind — und das werden sie sein, weil Vorbereitungen für den Empfang des Königs getroffen werden müssen ... dann könnten Sie es schaffen, außer Reichweite der Armbruste zu sein, bevor Alarm ausgelöst wird.«

»Erklären Sie uns das näher«, verlangte Eduard.

Brevant nickte und schürzte die Lippen. »Gisbourne hat die Wache verdoppeln lassen — kein Wunder nach dem Schreck, den Sie ihm heute abend vorübergehend eingejagt haben. Spätestens morgen abend wird er sie noch einmal verdoppeln lassen, und dann kommt kaum noch jemand dazu, auszuschlafen. Ich kenne diese Männer. Wenn man zuviel von ihnen verlangt, wenn sie nicht genug Zeit für ihre Huren und für ihre Bierfässer haben, werden sie gereizt, und es kommt zwischen ihnen zu Schlägereien, und wenn sie erst einmal in diesem Zustand sind, ist es ihnen völlig egal, ob der König oder Gott zu Besuch kommt.«

»Heißt das, daß ihnen ein zusätzlicher Reiter in unserer Gruppe nicht auffallen würde?« fragte Henry skeptisch.

»*Zwei* zusätzliche Reiter«, korrigierte Brevant. »Die kleine Zofe kommt mit.«

»Marienne!« rief Robin. »Natürlich kommt sie mit! Wir würden sie niemals hier zurücklassen!«

Henry schien Einwände machen zu wollen, doch Robin und sein Schwert hatten sich plötzlich mit Brevant verbündet. »Wir können sie unmöglich allein hier zurücklassen«, beharrte er. »Der Gouverneur würde seinen Zorn an ihr auslassen. Lieber bleibe ich an ihrer Stelle hier, zusammen mit dem Hauptmann.«

Brevant blickte auf ihn herab. »Der Hauptmann wird

nicht hier sein, mein Junge. Er hat den Gestank dieses Ortes mehr als satt.« Die unergründlichen schwarzen Augen richteten sich wieder auf Eduard. »Außerdem wird der König, sobald er herausfindet, daß Gisbourne den Sohn des Schwarzen Wolfs zu Gast hatte, zweifellos sämtliche Höllenhunde auf Sie ansetzen. Sie werden also ein zusätzliches Schwert gut gebrauchen können.«

»Sie wissen, wer ich bin?« fragte Eduard bestürzt.

Der Riese grinste. »Ich habe Sie einmal in Bayonne beim Turnierkampf gesehen, und seitdem habe ich großen Respekt vor der Ausbildung in Poitou und Anjou. Ihr Gesicht vergißt man nicht so leicht, sogar wenn Sie sich als Pilger verkleiden.«

»Sie hätten sich Ihr beachtliches Gewicht in Silber aufwiegen lassen können, wenn Sie Gisbourne aufgeklärt hätten.«

Brevant grinste noch breiter. »Na ja, vielleicht bin ich töricht, aber ich würde doppelt soviel bezahlen, nur um Gisbournes Gesicht sehen zu können, wenn er feststellt, daß die Zelle der Prinzessin leer ist.«

Eduard nickte. »Dann wären wir also neun Personen. Glauben Sie, daß die Wachen uns Probleme bereiten werden?«

»Überlassen Sie die Wachen getrost mir. Aber wenn ich Ihnen Bescheid gebe, müssen Sie innerhalb einer Stunde aufbruchbereit sein.«

»Da ist aber noch ein anderes kleines Problem«, betonte Henry. »Gisbourne besteht darauf, uns bis zur Straße nach Salisbury von einer Eskorte begleiten zu lassen. Wird diesen Männern nicht auffallen, daß unsere Gruppe um zwei Personen größer geworden ist?«

Brevant schnaubte verächtlich. »Wenn Sie unter diesem Elitetrupp des Königs auch nur einen Mann finden, der zählen kann, finde ich für Sie eine Hure mit drei Titten.«

Henry hob die Brauen. »Haben die Männer auch keinen Richtungssinn? Sobald wir Corfe verlassen haben, können wir keine Zeugen gebrauchen, die verraten könnten, welchen Weg wir eingeschlagen haben.«

»Haben Sie jemals einen Toten gesehen, der mit seinem Finger in die eine oder andere Richtung deutet?« erwiderte Brevant trocken.

»Und wie holen wir die Prinzessin aus dem Turm heraus?« wollte Eduard wissen.

»Wie wollen *Sie* sie davon überzeugen, mitzukommen?«

»Ich *werde* sie überzeugen«, versprach Eduard. »Ich werde ihr etwas anbieten, das sie immer gewollt hat, etwas, das sie braucht und jetzt endlich haben kann.«

»Also gut. So Gott will, kann ich sie statt in die Kapelle hierher bringen. Danach ist es Ihre Sache, sie entweder zum Mitkommen zu überreden oder aber sie bewußtlos zu schlagen und in einem Sack auf eines Ihrer Packpferde zu binden.«

## 20

Ariel zog den Samtumhang fester um ihre Schultern, aber sie nahm kaum wahr, daß der kalte Wind an ihren Haaren riß, und daß der Regen sie durchnäßte.

Sie hatte die Stiege zum Dach erklommen, weil sie Zeit brauchte, um mit ihren Gedanken und Gefühlen ins reine zu kommen, und weil sie hoffte, daß frische Luft ihr dabei helfen würde. An einem sonnigen Tag mußte die Aussicht von hier oben atemberaubend sein. In dieser stürmischen Nacht waren nur die weißen Schaumkronen der tosenden Brandung zu sehen. Himmel und Meer waren schwarz und bleiern, und diese trostlose Szenerie entsprach Ariels düsterer Gemütsverfassung, während das Prasseln des Regens, das Heulen des Windes und das Dröhnen der Wellen ihren inneren Aufruhr perfekt widerspiegelte.

Sie fühlte sich grenzenlos allein.

Henry war mit dem Hauptmann in die große Halle zurückgegangen, um sich zu vergewissern, daß Sedrick wohlbehalten war, und Robin war mit FitzRandwulf verschwunden, der ein weiteres Treffen mit Marienne vereinbart hatte. Alle hatten sie allein gelassen. Glaubten sie, daß sie allein sein *wollte*, oder war es ihnen einfach egal, was sie wollte, weil sie Besseres zu tun hatten?

FitzRandwulf verschwendete natürlich keinen Gedanken mehr auf sie, nachdem seine geliebte Eleonore nun bald ihm gehören würde.

*Ich werde sie überzeugen. Ich werde ihr etwas anbieten, das sie schon sehr lange gewollt hat, etwas, das sie braucht und jetzt endlich haben kann.*

Selbstverständlich wollte er Eleonore sich selbst anbieten — als Ehemann, als Tröster und Beschützer. Und die Perle der Bretagne konnte nun getrost dem Ruf ihres Herzens folgen. Sie war keine Thronanwärterin. Zwar floß nach wie vor das Blut von Königen und Königinnen durch ihre Adern, doch ein glühendes Eisen hatte sie nicht nur ihres Geburtsrechts beraubt, sondern auch alle Hindernisse für eine Ehe mit dem Bastard von Amboise beseitigt.

Welchen Schock mußte der Anblick seiner geliebten Eleonore ihm versetzt haben! Eduards Liebe zu ihr war so rein, so tief, so edel. Bis vor kurzem hätte Ariel nicht geglaubt, daß ein Mann überhaupt zu einer solchen Liebe fähig war, und ihr selbst würde sie bestimmt nie beschieden sein.

Eduard FitzRandwulf d'Amboise hatte nie behauptet, sie zu lieben. Er hatte nicht einmal behauptet, sie gern zu haben. Ein- oder zweimal mochte er sie *begehrt* haben, aber was bedeutete schon ein Kuß im Mondschein, was bedeuteten schon ein paar Liebkosungen in einer Wirtsstube? Beide Male hatte sie ihn provoziert, und es war durchaus verständlich, wenn ein kraftstrotzender Mann vorübergehend seinen starren Ehrenkodex vergaß — zumal ein Mann, der geglaubt hatte, daß seine große Liebe für ihn immer unerreichbar sein würde.

Nun, jetzt *war* Eleonore von der Bretagne für ihn erreichbar. Er durfte sie in die Arme schließen, er durfte sie lieben ... und an Ariel de Clare, die Ehefrau eines walisischen Prinzen, würde er wahrscheinlich nie wieder denken, sobald er sie in Gloucester Lord Rhys übergeben hatte.

Ariel lehnte ihre Stirn an die kalten, nassen Steine der Brüstung. Sie wußte genau, daß *sie* diesen Mann nie wieder vergessen würde. Rhys ap Iorwerth, der Schlächter unschuldiger Rehkitze, würde ihr niemals jenes herrliche Gefühl von Geborgenheit vermitteln, das sie einen Moment lang in Eduards Armen gehabt hatte.

»Heilige Muttergottes!« flüsterte sie verzweifelt vor sich hin. »Warum mußte mir so etwas passieren? Warum mußte ich mich denn ausgerechnet in *diesen* Mann verlieben?«

Eine heftige Bö blähte ihren Umhang wie ein Segel und ließ ihre langen nassen Haare wild flattern. Schluchzend und tränenblind wollte sie in ihr Zimmer flüchten ... und prallte unerwartet gegen Eduards breiten Brustkorb.

»Hier sind Sie also«, sagte er. »Sie haben mir zwar erzählt, daß Sie Unwetter lieben, aber ist das nicht trotzdem etwas unvernünftig, sogar für Sie?«

Ariel stammelte etwas Unverständliches, wirbelte herum und rannte wieder in Wind und Regen hinaus. Sie kam allerdings nicht weit, bevor Eduards Arme sich um ihre Taille schlangen und sie an seinen Körper preßten. Völlig verstört, schlug sie wild um sich.

»Ariel, was in aller Welt ...«

»Lassen Sie mich los! Nehmen Sie Ihre schmutzigen Hände von mir! Sie haben jetzt doch, was Sie wollten! Sie haben Ihre Eleonore, Ihre kostbare Perle! Sie haben Ihre Prinzessin, und ich habe meinen Prinzen, und wir werden beide sehr glücklich sein, weil wir ja bekommen, was wir wollten!«

Ihre Worte trafen ihn gänzlich unerwartet. Sie war stark und geschmeidig und wand sich wie ein Aal in seinen Armen, doch er hielt sie fest und preßte sie gegen die Brüstung, um weitere Fluchtversuche zu vereiteln.

»Hören Sie mir zu, Ariel«, zischte er. »Sie müssen mir zuhören.«

»Ich *habe* Ihnen zugehört. Ich habe Ihnen zugehört und Sie beobachtet, und ich weiß, wie sehr Sie sie lieben. Ich brauche es nicht auch noch aus Ihrem Munde zu hören.«

»Ariel ...«

»Nein!« Sie hielt sich die Ohren zu und schloß die Augen.

Der Regen trommelte auf Eduards Kopf und Schultern, lief eisig über seinen Hals und unter seine Kleider. Er packte sie bei den Schultern und verspürte wieder einmal das Verlangen, sie kräftig zu schütteln. Doch er griff sanft nach ihren Handgelenken und zog ihre Hände von den Ohren weg.

»Ist es das, was Sie glauben? Daß Eleonore und ich ... daß wir ein Liebespaar sind?«

Ariel kniff ihre Augen noch fester zusammen, um gegen seine Stimme gefeit zu sein. »Ich brauche nichts zu *glauben!* Sie haben mir selbst gesagt, daß Sie sie lieben. Sie haben ihr geschworen, immer für sie da zu sein. Sie haben ihren Ring an Ihrem Herzen getragen — und sie den Ihren! Und jetzt riskieren Sie alles, um sie zu retten! Was gibt es da noch zu *glauben*?«

Eduard ließ ihre Handgelenke los und vergrub seine Finger in ihren nassen wirren Locken. Er zwang sie, den Kopf zu heben und ihm in die Augen zu schauen.

»Sie hätten einmal darüber nachdenken sollen, daß es verschiedene Arten der Liebe gibt. Man kann jemanden wie eine Schwester lieben, wie eine sanfte, liebevolle Freundin.« Er bog ihren Kopf zurück noch weiter zurück.

»Es ist aber etwas ganz anderes als die leidenschaftliche Liebe zu einer Frau, die einem Herz und Seele wie eine lodernde Flamme versengt. Ja, ich liebe Eleonore von ganzem Herzen. Sie war der erste wirkliche Freund, den ich je hatte, und ich bin wahrscheinlich der einzige Freund, den sie überhaupt jemals hatte. Wir haben die Ringe vor einer halben Ewigkeit getauscht, als sie noch ein halbes Kind war und mir das Versprechen abnahm, stets in ihrem Namen gegen Drachen zu kämpfen und sie zu töten. Und heute haben wir diese Ringe noch einmal getauscht« — er zerrte die Lederschnur unter seiner Kleidung hervor — »als ich ihr schwören mußte, das Ungeheuer, das schlimmer als hundert feuerspeiende Drachen ist — ihren Onkel — *nicht* zu töten.«

Ariel starrte den kleinen Filigranring an und bemerkte, daß er seinen Siegelring nicht mehr am Daumen trug. Heiße Tränen schossen ihr in die Augen, so daß sie sein Gesicht nur verschwommen erkennen konnte.

»Aber ... die Art und Weise, wie Sie sich benommen haben«, flüsterte sie mit erstickter Stimme, »die Dinge, die Sie gesagt haben ...«

»Ich habe mich wie ein Narr benommen«, gab er zu. »Und ich habe Dinge gesagt, die ich niemals hätte sagen dürfen. Was aber noch viel schlimmer ist — ich werde es jetzt wieder tun, indem ich gestehe, daß der Hunger nach Ihnen nichts Brüderliches oder Freundschaftliches an sich hat. Diese Art von Liebe ist wie eine offene blutende Wunde, die ich offenbar nicht heilen kann. Sie wird nur immer größer und tiefer — jedesmal, wenn ich Sie berühre oder in den Armen halte ... oder davon träume, Sie in Besitz zu nehmen.«

Ariels Lippen bebten. »Sie ... Sie lieben *mich*?« flüsterte sie ungläubig.

Eduard strich ihr zärtlich über die Locken. »Wenn diese Sehnsucht, die ich empfinde, sobald ich Sie ansehe, Liebe ist — ja, dann muß ich Sie wohl lieben. Wenn dieses glühende Verlangen, Sie in die Arme zu nehmen und zu küssen, bis Sie nicht mehr die Kraft haben, mir irgend etwas zu verweigern — wenn das Liebe ist, dann liebe ich Sie tatsächlich. Und diese Liebe brennt schon in mir, seit ich Sie in der Rüstkammer von Amboise gegen unsichtbare Feinde kämpfen sah.«

Die Zinnen der Brüstung schienen sich zu drehen, und Ariel mußte sich an seinen dicken Waffenrock klammern, weil sie plötzlich weiche Knie hatte.

»Neulich ... im Gasthof von St. Malo ...«

»Ich hätte mich Ihnen nie nähern dürfen«, murmelte er rauh, »denn seitdem begehre ich Sie nur noch mehr.«

»Aber Sie haben mich doch zurückgestoßen!«

Eduard schüttelte langsam den Kopf. »Ich habe nicht Sie zurückgestoßen, sondern mich selbst.«

Ariel wußte, daß sie etwas sagen müßte, doch das intensive Prickeln zwischen ihren Schenkeln raubte ihr den Atem. Und weil sie nichts sagen konnte, ließ sie ihre Augen sprechen — Augen, die so groß und dunkel, so fragend und flehend waren, daß ihm gar keine andere Wahl blieb, als ihnen eine ehrliche Antwort zu geben.

Ein Laut entrang sich seiner Kehle — sie wußte nicht, ob es ein Stöhnen oder ein Fluch war — und dann riß er sie so wild in seine Arme und küßte sie mit solcher Leidenschaft, daß sie in dieser Glut zu verbrennen glaubte.

Regen peitschte ihre Körper. Meer und Himmel grollten um die Wette, so als wollten sie eine letzte Warnung aussprechen, doch sie verhallte ungehört. Eduards gute Vorsätze und edle Absichten waren untergegangen, als er Ariels Lippen berührte.

Ihre Lippen und Zungen saugten sich gierig aneinander fest, ihre Herzen klopften so laut, als wollten sie dem Donner Konkurrenz machen, und die Hitzewellen, die ihre Körper überfluteten, waren genauso gewaltig wie die Brandung.

»Eduard«, keuchte Ariel. »Eduard ...«

Er riß seinen Mund von ihr los und suchte die Dunkelheit nach irgendeiner Nische, nach irgendeinem geschützten Ort ab.

»Hier!« verlangte sie gebieterisch. »Hier und jetzt! Während Gott uns zusieht, werden wir den Schwüren trotzen, die in Seinem Namen abgelegt wurden! Ich fürchte mich nicht, Eduard! Wenn du mich liebst, fürchte ich mich nicht.«

Eduard zog Ariel den nassen Umhang aus und warf ihn achtlos auf den Boden. Seine Hände streichelten sie durch den Samt der grünen Tunika hindurch, schoben sich ungeduldig in den Ausschnitt und zerrissen kurzerhand den hinderlichen Stoff. Ariel warf stöhnend den Kopf zurück, als er sein Gesicht zwischen ihren nackten Brüsten vergrub. Er schob ihren Rock bis zu den Hüften hoch, und seine Finger tauchten gierig in die feuchte Hitze zwischen ihren Beinen ein.

Ein Blitz zerriß den Himmel, während Ariel sich ihm begierig öffnete. Sie war an jener Stelle, die der Regen doch noch gar nicht gefunden haben konnte, so naß ... so naß und so heiß, daß Eduard sie keuchend auf den am Boden liegenden Umhang zog und fieberhaft, mit zittrigen Händen, sein zuckendes steifes Fleisch aus der Hose befreite.

Sein Verlangen nach ihr war so groß, daß er jede Rücksichtnahme vergaß und fast brutal in ihre feuchte Grotte eindrang. Weit davon entfernt, ihm diese unziemliche Hast zu verübeln, war Ariel selbst so erregt, daß sie kaum bemerkte, als er die letzte dünne Barriere in ihrem Körper entschlossen überwand. Plötzlich war sie ausgefüllt von hartem Fleisch, sie wurde aufgespießt und gepfählt, und instinktiv wölbte sie sich ihm entgegen, um ihn noch tiefer in sich aufzunehmen. Er schob seine Hände unter ihr Gesäß und zeigte ihr, daß sie nur die Beine um seine Hüften zu schlingen brauchte, um sich mit ihm bewegen und selbst den Rhythmus bestimmen zu können.

Die entfesselten Naturgewalten übertönten ihren gebrochenen Schrei, als sie den Gipfel der Lust erreichte und das Gefühl hatte, als wäre in ihrem Inneren plötzlich eine heiße Kugel explodiert.

Eduard warf den Kopf zurück und stieß ein letztes Mal kraftvoll in das zuckende Fleisch vor. Mit geschlossenen Augen und gebleckten Zähnen, zitternd und stöhnend, gab er nun auch sich selbst einer Ekstase hin, die so atemberaubend war, daß sie ihn völlig erschöpft zurückließ ...

Ariel fröstelte.

Es war nur ein ganz leichtes Erschauern, aber Eduard bemerkte es und kauerte sofort am Kamin nieder, um Holz nachzulegen. Sein nasses Haar klebte am Kopf und sah fast schwarz aus. Große Wassertropfen hatten sich an den Lockenspitzen angesammelt und fielen zischend auf die heißen Steine, als er den Arm bewegte.

Er hatte Ariels Haare mit einem Handtuch so kräftig gerubbelt, daß sie nun fast trocken, aber um so wirrer über ihre Schultern fielen. Er hatte auch darauf bestanden, daß sie ihr nasses, zerrissenes Kleid auszog, und er hatte sie in eine warme Decke gehüllt und an den Kamin gesetzt. Um sein eigenes Wohlbefinden hatte er sich bisher kaum gekümmert. Nur sein nasser Waffenrock hing ebenso wie ihr Samtumhang über einem Stuhl, und in der Stille war deutlich zu hören, wie das Wasser aus den Kleidungsstücken auf den Boden tropfte.

Ariel betrachtete seinen breiten Rücken und fragte sich, was ihm jetzt wohl durch den Kopf gehen mochte. Er hatte so gut wie nichts gesagt, daß er sie vom Dach getragen hatte, und sie wußte genau, daß sie für seine verschlossene Miene verantwortlich war. Sie hatte ihn veranlaßt, einen Schwur zu brechen, und das war für einen Ritter keine Bagatelle. Nach dem schweren Schock über Eleonores Verstümmelung mußte er nun auch noch den Schock über seinen eigenen Wankelmut verarbeiten.

Auch Ariel schämte sich jetzt ein wenig. Sie hatte sich nicht wie ein gesittetes Edelfräulein, sondern wie eine Wilde aufgeführt, aber das war wohl die gerechte Strafe für ihre frühere Überheblichkeit. Hatte sie nicht immer felsenfest geglaubt, daß ein so animalischer Akt wie die Paarung sie völlig unbeteiligt lassen würde?

Die Erfahrung hatte sie eines Besseren belehrt. Trotz des Regens, trotz der harten Steine, trotz der Hast war diese Vereinigung herrlich gewesen. Sie hatte ihr nicht nur unvorstellbare Lust beschert, sondern auch eine Freude und ein Glück, an die sie bei dem trivialen Wort *Paarung* nie gedacht hatte. Ihr war so, als wären nicht nur ihre Körper verschmolzen, sondern auch ihre Seelen.

Das neu hinzugefügte Holz brannte prasselnd, so daß Eduard keinen Vorwand mehr hatte, mit dem Feuerhaken in der Glut herumzustochern. Und weil es sinnlos war, jenen smaragdgrünen Augen noch länger auszuweichen, drehte er sich langsam um — keineswegs sicher, was ihn erwartete.

Sie war schön: das war sein erster Gedanke. Schöner denn je, weil ihr Gesicht von neu entdeckter Weiblichkeit verklärt war. Als sie ihre nassen Kleider ausgezogen hatte, war ihm nur ein flüchtiger Blick auf ihren schlanken weißen Körper vergönnt gewesen, doch diese Erinnerung genügte, um ihm die Kehle zuzuschnüren.

Die Ungeheuerlichkeit seiner Tat bewirkte, daß all seine Muskeln angespannt waren. Er hatte die Braut eines Prinzen von Gwynedd entehrt. Er hatte die Nichte des Grafen von Pembroke entehrt, die Nichte des Marschalls von England, des besten Ritters aller Zeiten. Und er hatte die Schwester von Lord Henry de Clare entehrt, der seinem Onkel an Kampfgeist kaum nachstand und FitzRandwulfs mangelnde Selbstbeherrschung bestimmt nicht verzeihen würde.

Seufzend starrte Eduard auf seine Hände hinab.

»Was wir getan haben — was *ich* getan habe«, sagte er

ruhig, »war ein unverantwortlicher Vertrauensbruch, und ich nehme die ganze Schuld auf mich.«

»Die ganze Schuld brauchst du nicht auf dich zu nehmen«, widersprach sie sanft, »denn ich kann mich nicht daran erinnern, dir Widerstand geleistet zu haben. Ganz im Gegenteil — ich habe dich herausgefordert, und deshalb sind wir beide gleichermaßen schuld an dem, was geschehen ist.«

»Ich habe dich überrumpelt«, beharrte Eduard.

»Ich war eine mehr als willige Partnerin.«

»Du warst unschuldig.«

»Ich war zwar noch eine Jungfrau, aber bestimmt nicht ganz unschuldig.«

»Auch das ist meine Schuld«, murmelte er mit düsterer Miene. »Hätte ich in St. Malo die Finger von dir gelassen, wärest du noch unschuldig gewesen.«

»Körperlich, vielleicht. Aber nicht in Gedanken.« Sie wartete, bis die grauen Augen sich auf sie richteten, bevor sie aufrichtig hinzufügte: »Ich glaube, in Gedanken habe ich meine Unschuld schon in der Rüstkammer von Amboise verloren.«

Er lächelte schwach. »An einen Rohling, Lüstling und häßlichen Affen?«

»Du warst der erste Mann, der mich wie eine *Frau* ansah und nicht wie ein Mittel zum Zweck, enge Familienbande mit dem Marschall von England zu knüpfen.«

»Hätte ich gewußt, daß du seine Nichte bist, hätte ich dich gar nicht angesehen«, bemerkte er trocken.

»Meinst du nicht auch, daß wir dann allerhand verpaßt hätten?«

Seine Miene verdüsterte sich, und sie spürte, wie er sich verschloß und gegen seine Gefühle ankämpfte.

»Du tust so, als hätten wir ein schreckliches Verbrechen begangen«, warf sie ihm vor.

»In den Augen des Königs ... und auch in den Augen Gottes ... ist es das zweifellos.«

Ariel starrte ins Feuer. »Die Gesetze des Königs sind mir gleichgültig. Und was Gott betrifft ... wenn Er über unser Tun wirklich erzürnt gewesen wäre, hätte er uns auf dem Dach ohne weiteres ertränken oder von einem Blitz erschlagen lassen können.«

»Bereust du es nicht? Hast du nicht das Gefühl, Menschen betrogen zu haben, die uns vertrauten?«

Sie blickte ihm tief in die Augen. »Ich habe meinem Herzen vertraut, und es fühlt sich nicht betrogen. Es sei denn, es war dir nicht ernst, als du sagtest, daß du mich liebst.«

Ein heftiger Schauer überlief Eduard, aber er rührte nicht von seinen nassen Kleidern her. Es war Angst, die ihn erzittern ließ — die Angst eines gequälten Kindes, das nur überleben konnte, indem es sich gegen Gefühle panzerte, indem es jede Hoffnung, jemals geliebt zu werden und zu lieben, tief in sich begrub. Er konnte Ariel ansehen, daß auch sie Angst hatte, während sie auf seine Antwort wartete — auf eine Antwort, die sie beide entweder vernichten oder aber ans Licht führen würde.

»Es war mir ernst«, flüsterte er heiser. »Ich liebe dich.«

Sie atmete tief aus. »In diesem Falle bereue ich nur *eines,* Mylord.«

Eduard hielt erschrocken die Luft an. »Was?«

Sie fuhr sich mit der Zungenspitze über die trockenen Lippen. »Ich bereue, solchen Nachdruck auf die Worte *hier und jetzt* gelegt zu haben. Ich hatte nicht gedacht, daß der Boden so ... so hart sein würde.«

Eduard starrte sie immer noch an, als befürchte er, gepfählt zu werden. Nur sehr langsam folgte sein Blick ihrer Hand, die die Decke hochschob und eine Hüfte entblößte.

Die Haut war überall dort, wo sie mit den rauhen Steinen in Kontakt gekommen war, rot und abgeschürft, an manchen Stellen sogar blutig.

Nach einem weiteren unsicheren Blick in ihre Augen

brach Eduards Schutzwall endgültig zusammen. Er holte tief Luft und lachte schallend.

»Das ist keine sehr ritterliche Reaktion, mein Herr!« beschwerte sie sich mit hochroten Wangen. »Um so mehr, als Sie selbst offenbar keine Verletzungen davongetragen haben.«

Sie wollte die Decke wieder über ihre Beine breiten, doch Eduard hielt ihre Hand fest, und noch bevor sie protestieren konnte, senkte er seinen dunklen Kopf und bedeckte die verletzte Haut mit zarten Küssen.

»Wenigstens *dafür* übernehme ich die volle Verantwortung«, murmelte er, während er die Decke noch höher schob, um seine Liebkosungen ausdehnen zu können. »Ich bitte um Verzeihung und bin zu jeder Buße bereit.«

»Was du gerade machst, ist keine schlechte Buße.«

Er hob den Kopf, und seine Augen wurden schmal. Seine Hände schoben sich unter die Decke und zogen sie nach vorne, fast bis zur Stuhlkante.

Soeben noch in eine warme Decke gehüllt und plötzlich nackt, starrte Ariel bestürzt auf die Hände, die entschlossen ihre Beine spreizten, und als seine Lippen über ihre Schenkel glitten, mußte sie die Armlehnen umklammern, um nicht in Ohnmacht zu fallen.

»Was ... was machst du da?« flüsterte sie.

»Ich beweise dir, wie unschuldig deine Gedanken verglichen mit meinen waren.«

»Oh ... o Gott ...«

Sein Mund erforschte jetzt die seidige Innenseite ihrer Schenkel und kam dabei dem roten Dreieck ihrer Schamhaare so nahe, daß sie sich unwillkürlich versteifte. Er verließ sofort diese gefährliche Zone und küßte die sanfte Rundungen ihres Bauchs und ließ seine Zunge in ihren Nabel gleiten, und dann küßte er ihre Brüste, bis sie ihre Hände von den Armlehnen löste und in seinen nassen Locken vergrub.

Seine Lippen und seine Zunge jagten ihr heiße Schauer

durch den ganzen Körper, so daß sie ihm einfach nichts mehr abschlagen konnte — nicht einmal, daß sein Mund nun doch vom Zentrum ihrer Weiblichkeit Besitz nahm. Sie wölbte den Rücken und schloß die Augen, hin und her gerissen zwischen Scham und Wonne. Flüchtig dachte sie, daß solche Intimitäten eine große Sünde sein mußten, doch gleich darauf konnte sie nicht mehr denken, nur noch fühlen und genießen ...

Sie stammelte zitternd seinen Namen, als die Wogen der Lust sie davontrugen, doch anstatt ihr die Erlösung eines Orgasmus zu bescheren, hielt er plötzlich inne, trug sie zum Bett und legte sie auf die Felldecke. Sie zerrte ungeduldig an seinem Hemd, schob es hoch und wühlte in den dichten Brusthaaren. Irgendwo zwischen Dach und Kamin hatte sie ihre Scheu verloren, und nun zog sie seinen Mund zu ihren Lippen herab und küßte ihn mit einer Meisterschaft, die der seinen kaum noch nachstand.

Hastig entledigte er sich seiner Kleider, und Ariel betrachtete fasziniert den langen, dicken Speer über seinen Schenkeln. Sie konnte es kaum erwarten, wieder davon durchbohrt zu werden, und er ließ sich nicht lange bitten. Seine kraftvollen Stöße entrissen ihr gebrochene Schreie, und sie schlang ihre Beine um seine Hüften und ihre Arme um seine Schultern, während die Ekstase wie eine riesige Flutwelle über sie hereinbrach, gesteigert durch das Bewußtsein, daß Eduard von derselben Flutwelle überrollt wurde ...

Auch als sie beide wieder halbwegs ruhig atmen konnten, blieben ihre feuchten, heißen Körper verschmolzen. Eduard machte keine Anstalten, sich aus ihr zurückzuziehen, sondern hielt sie im Gegenteil fest an sich gepreßt, so als wollte er nicht, daß sie ihn verließ. Und Ariel hatte jetzt gelernt, daß der sexuelle Akt aus Geben und Nehmen bestand, daß sie einem Mann genauso viel Lust bescheren konnte wie er ihr. Und obwohl Wonnen dieser Art für ihn ja nichts Neues sein konnten, schien er von dieser Vereinigung doch nicht minder überwältigt zu sein als sie.

Ihr Kopf fand ein bequemes Kissen in seiner Schultergrube, und er streichelte zärtlich ihren Rücken. Sie fühlte sich in seinen Armen so zufrieden, so geborgen, daß sie wünschte, sie könnten bis in alle Ewigkeit so liegenbleiben.

Unwillkürlich fragte sie sich, ob alle Frauen so empfanden, oder ob das nur jenen törichten Frauen widerfuhr, die nicht zugeben wollten, daß es etwas gab, das sie allein nicht vollbringen konnten.

Seufzend strich Ariel mit den Fingerspitzen über seinen breiten Brustkorb. Wenn es um Bogenschießen, Lanzenwerfen oder Schwertkämpfe ging, konnte sie es mit den meisten Männern aufnehmen, und weil sie das alles konnte, hatte sie nie das Bedürfnis verspürt, weich und anschmiegsam zu sein. Eduard FitzRandwulf hatte einen grundlegenden Wandel bewirkt. Er hatte ihr gezeigt, daß sie in den Armen des richtigen Mannes eine hingebungsvolle und leidenschaftliche Frau sein konnte.

In den Armen *dieses* Mannes, dachte sie verträumt.

Erfüllt von Stolz auf ihre neue Weiblichkeit, hob Ariel den Kopf und wollte Eduard erzählen, was sie empfand. Doch er schlief. Er schlief tief und ruhig, ein leichtes Lächeln auf den Lippen. Ariel begriff, daß sie ihm nichts zu erzählen brauchte. Er wußte schon alles.

## 21

Lautes Klopfen riß Eduard und Ariel einige Stunden später aus tiefem Schlaf. Das Zimmer war fast dunkel, bis auf die fast heruntergebrannte Nachtkerze, deren Flamme heftig flackerte, als jemand ins Zimmer stürzte. Da war Eduard aber schon — schnell und geschmeidig wie eine Katze — auf den Beinen und verschmolz mit der Dunkelheit neben dem Bett.

»Ariel? Ariel — bist du wach?«

Ariel zog hastig die Bettdecke hoch, um ihre Blöße zu verbergen, strich sich die Haare aus dem Gesicht und starrte ihren Bruder entgeistert an.

»Ariel, reib dir den Schlaf aus den Augen!« zischte er. »Wir haben große Probleme. Brevant ist gerade bei mir gewesen. Vor einer Stunde ist ein Kurier in der Burg eingetroffen, der die Kunde überbrachte, daß das Schiff des Königs in Christchurch vor Anker gegangen ist. Der Leopard selbst wird im Laufe des Vormittags hier eintreffen.«

Ariel war wie vom Donner gerührt — von der Neuigkeit ebenso wie von der Tatsache, daß Henry immer näher kam, während Eduard sich mit seinem Schwert in der Hand an die Wand drückte. Sie glaubte sich einer Ohnmacht nahe, als ihr Bruder am Fußende des Bettes nervös auf und ab lief.

»Wenn wir die Prinzessin entführen wollen, so muß es jetzt geschehen, bevor die ganze Burg aus dem Schlaf gerissen wird, um Vorbereitungen für den Empfang des Königs zu treffen. Brevant hat überall nach FitzRandwulf gesucht, ihn aber nirgends gefunden. Statt dessen hat er aber . . .« Henry verstummte und fluchte herzhaft, weil sein Stiefel sich in etwas verfangen hatte. Er bückte sich, um das Kleidungsstück aufzuheben, das Ariel — wie er glaubte — achtlos auf den Boden geworfen hatte. Doch während er es aufhob, sah er weitere Sachen herumliegen — Lederstiefel mit Stulpen, eine Hose, einen Waffengurt . . . und was er in der Hand hielt, war ein Männerhemd . . .

Ungläubig und entsetzt starrte er seine Schwester an, die mit wirren Haaren im Bett saß und die Decke umklammerte, unter der sie allem Anschein nach nackt war.

Eduard senkte sein Schwert und trat aus der Dunkelheit hervor. In Anbetracht von Henrys Miene wußte er nicht genau, ob es ihm nicht lieber gewesen wäre, mit Gisbournes Soldaten konfrontiert zu werden.

»Sie ... Sie *Bastard!*« brüllte Henry.

»Henry«, rief Ariel. »Bitte ... ich kann dir erklären ...«

»Erklären?« Seine Augen schleuderten Blitze. »*Was* erklären? Was ihr beide nackt in diesem Bett gemacht habt? Herrgott, Mädchen, das kann ich mir lebhaft vorstellen. Oder wolltest du vielleicht erklären, *warum*? Warum du nackt im Bett liegst und nach Schweiß und Lust stinkst, während in Gloucester dein *Bräutigam* auf dich wartet?«

»Henry, ich weiß, daß es für dich etwas überraschend kommt ...«

»Überraschend? Daß du deine Schenkel für den Bastard von Amboise gespreizt hast? Nein, nein, liebste Schwester ...« Er verschränkte seine Arme über der Brust. »Es ist keine Überraschung. Eher bin ich überrascht, daß du so lange gebraucht hast, um den Hengst aus der Herde zu locken!«

»Henry, Sie sollten mit Ihrer Wortwahl etwas vorsichtiger sein!« knurrte Eduard.

»Und *Sie* sollten lieber überhaupt kein Wort sagen, solange ich das überwältigende Verlangen verspüre, Ihnen das Herz aus der Brust zu reißen!« Er wandte sich wieder Ariel zu. »Was hast du dir nur dabei gedacht, kannst du mir das verraten?«

Ariel hielt seinem anklagenden Blick gelassen stand. Nachdem der erste Schreck verflogen war, fühlte sie sich seltsamerweise ganz ruhig. Und es empörte sie, daß ein Mann, der selbst manch einem Ehemann die Hörner aufgesetzt hatte, sich so selbstgerecht aufführte.

»*Gedacht* habe ich offenbar gar nicht, Bruderherz. Ich habe es einfach getan.«

Henry stieß zähneknirschend die Luft aus und raufte sich mit einer Hand die Haare.

»Ariel! Verdammt, Ariel ... weißt du eigentlich, was du getan hast?«

»Gewiß«, erwiderte sie kühl. »Ich habe meinen Wert als jungfräuliche Braut erheblich gemindert.«

Einige rotblonde Haare hingen an Henrys Fingern, als er sich schwer auf den Bettrahmen stützte und zu einem hämischen Grinsen zwang. »Nun, ich bin sicher, daß die Soldaten hier in Corfe deiner Jungfräulichkeit nicht übermäßig nachtrauern werden! Sie scheinen erfahrene Nutten zu bevorzugen. Und wenn sie dich herumgereicht haben und mit dir fertig sind, bleibt dir immerhin noch die schöne Erinnerung an diese Nacht. Ich wage zu bezweifeln, daß das gleiche für Ihren Bruder gilt«, fügte er mit einem kalten Blick in Eduards Richtung hinzu. »Er wird nach dieser Nacht wohl überhaupt keine schönen Erinnerungen mehr haben.«

»Was hat Robin damit zu tun?« fragte Eduard verständnislos.

»Gisbourne hat ihn«, erklärte Henry ohne Umschweife. »Wie er das geschafft hat, weiß ich nicht, aber als Brevant und Gallworm dem Gouverneur die baldige Ankunft des Königs meldeten, lag der Junge bewußtlos und gefesselt in Gisbournes Vorzimmer.«

Eduard erbleichte und war einen Moment lang wie gelähmt. Dann holte er tief Luft, klaubte seine Sachen vom Boden auf und zog sich hastig an.

»Wo ist Brevant? Wie lange ist es her, daß er Robin gesehen hat?«

»Brevant ist unten in meinem Zimmer. Er ist vom *Constable's Tower* auf direktem Wege hierhergekommen, weil er nicht sicher war, was für Sie vorrangig sein würde — die Rettung der Prinzessin oder die Rettung Ihres Bruders.«

Eduard umgürtete sich mit seinem Schwert und stürmte ohne ein weiteres Wort hinaus.

Ariel, die rasch in ein Leinennachthemd geschlüpft war, rannte mit wehenden Haaren dicht hinter ihm die Treppe hinab.

Henry holte sie an der Tür zu seinen Räumen ein und packte sie mit eisernem Griff am Arm.

»Es ist noch lange nicht alles gesagt, was gesagt werden muß!« zischte er. »Wir müssen die Aussprache nur auf später verschieben.«

»Ausgezeichnet!« rief sie wütend und riß sich zähneknirschend los. »Das gibt dir Zeit, um zu sehen, wie *glücklich* er mich gemacht hat!«

Als die Geschwister das Zimmer betraten, war Eduard schon dabei, aus ihrem Waffenarsenal zwei besonders scharfe Dolche auszuwählen. Brevant redete leise und schnell auf ihn ein.

»... im obersten Stockwerk. Auf dem Gang unter dem Turm sind zwei Wachen postiert, zwei weitere am Fuße der Treppe. Er hat seine Lieblingshure bei sich, um sich für Ihren Bruder anzuwärmen.«

Ein Muskel zuckte in Eduards Wange. »Wie lange wird es dauern, bis man ihn vermissen wird?«

Brevants buschige Augenbrauen trafen sich über den Nasenrücken. »Nachdem der König erwartet wird ... am frühen Morgen, schätze ich. Gallworm will beweisen, wie tüchtig er ist, und deshalb wird er seinen Herrn nicht wie sonst bis Mittag seinen Rausch ausschlafen lassen.«

Eduard warf einen Blick auf Henrys Nachtkerze und stellte erstaunt fest, daß sie bis zur vorletzten Kerbe heruntergebrannt war, was bedeutete, daß die Dämmerung nicht mehr fern war. Er konnte kaum glauben, daß er so lange tief und fest geschlafen hatte.

Grimmig schob er die Dolche in seinen Gürtel und legte eine Hand auf Brevants Arm. »Können Sie zur Prinzessin gelangen? Können Sie sie herbringen?«

»*Jetzt?*«

»Haben Sie nicht gerade gesagt, daß wir nur bis Tagesanbruch Zeit haben?«

»Ja, aber ...«

»Aber was, mein Freund? Wollen Sie kneifen? Haben

Sie plötzlich keine Lust mehr, Ihren eigenen schlauen Plan in die Tat umzusetzen?«

Brevant warf ihm einen finsteren Blick zu. »Kümmern Sie sich um den Jungen. Ich kümmere mich um die Prinzessin.«

Eduard klopfte dem Hauptmann beifällig auf den Arm und wandte sich an Henry. »Sedrick und Dafydd müssen geweckt und informiert werden. Sie sollen die Pferde satteln.«

»Wird erledigt«, nickte Henry.

Eduard blickte Ariel an. Ihr bleiches Gesicht schimmerte im Kerzenschein, ihre Augen waren groß und dunkel. Sie sah so verändert aus ... viel weicher ... wie eine Frau, die entdeckt hat, was Leidenschaft ist ... und er setzte sie ausgerechnet jetzt solchen Gefahren aus ...

»Sag mir einfach, wie *ich* helfen kann«, verlangte sie resolut.

»Such aus unserem Gepäck alle Kleidungsstücke heraus. Sobald die Prinzessin und Marienne hier sind, müssen sie schnell als Knappen verkleidet werden. Die beiden und auch du — ihr müßt die wärmsten Sachen anziehen, die wir haben. Es würde Verdacht erregen, wenn wir ohne Packpferde aufbrechen, aber wir werden so schnell reiten müssen, daß wir sie nicht weit mitnehmen können. Essen werden wir unterwegs auftreiben, aber Decken und Kleider sollten wir gleich in unseren Satteltaschen verstauen.«

»Aber ... die Prinzessin? Wenn sie sich weigert mitzukommen?«

»Sie *wird* mitkommen. Sobald Brevant sie aus ihrem Turm geholt hat, bleibt ihr gar nichts anderes übrig.« Er legte flüchtig seine Hand an ihre Wange. »Außerdem werden Robin und ich rechtzeitig zurück sein, um ihr notfalls einen Schlag auf den Kopf zu versetzen und sie in einem Sack auf eines der Packpferde zu binden.«

»Sei vorsichtig«, flüsterte sie.

»Und du tust, was Brevant sagt, bis ich wieder hier bin. Versprich mir das.«

Ariels Lippen bebten so, daß sie nur stumm nicken konnte. Er küßte sie hart auf den Mund und verließ den Raum, dicht gefolgt von Henry und Brevant. Henry konnte es nicht lassen, seiner Schwester über die Schulter hinweg einen letzten mitbilligenden Blick zuzuwerfen.

Ariel hielt den Atem an, bis die Schritte der Männer auf der Treppe verhallt waren. Das Gefühl von Zufriedenheit und neuem Selbstvertrauen, das sie noch vor wenigen Stunden erfüllt hatte, machte tiefer Niedergeschlagenheit und Angst Platz.

Robin konzentrierte seine Kräfte darauf, nicht wieder das Bewußtsein zu verlieren. Zweimal war er vorübergehend zu sich gekommen, ohne zu wissen, wo er war. Beim erstenmal waren es Stimmen gewesen, die durch die erstickende Umnebelung seines Gehirns gedrungen waren, und eine der beiden Stimmen hatte er sogar erkannt.

»Was macht der Junge hier?« hatte Brevant grimmig gefragt.

»Der Herr war an ihm sehr interessiert«, flüsterte der andere Mann. »Ein so schöner junger Adonis, so schlank und doch kräftig. Er hat seinen Wachen befohlen, ihn ... äh ... einzuladen, am nächtlichen Vergnügen teilzunehmen. Die Gelegenheit dazu bot sich erst spät, aber jetzt ist er hier, und Mylord hat allen Grund zum Feiern, zumal ja auch der König bald eintrifft.«

Er kicherte ironisch und senkte noch mehr die Stimme. »Natürlich muß er sich zunächst beweisen, daß er ein richtiger Mann ist. Deshalb amüsiert er sich jetzt mit seiner Hure, damit sie später bezeugen kann, was für ein toller Hengst er ist! Aber wenn der Junge nicht bald zu sich kommt, wird er ihm nicht viel beweisen können. Diese verfluchten Burschen haben viel zu fest zugeschlagen. Hoffentlich haben sie ihn nicht umgebracht.«

Robin hatte sich gezwungen, ganz still dazuliegen und weder auf den knochigen Finger zu reagieren, der sich in seinen Arm bohrte, noch auf den ekelerregenden Gestank aus dem Mund des Seneschalls.

»Na ja«, kommentierte er zufrieden, »wenn sein Fleisch noch halbwegs warm ist, dürfte der Herr auch zufrieden sein.«

»Gallworm«, schnarrte Brevant, »eines Tages wird jemand Sie wie eine Kakerlake zerquetschen.«

Erneut hatte sich Schwärze über Robin gesenkt, aber nicht so lange und nicht so tief wie beim erstenmal, denn er hatte zwischendurch Gelächter wahrgenommen, und einmal hatte eine Frauenhand ihm die Haare aus der Stirn gestrichen.

Die Hand war widerlich klebrig, aber die Geste erinnerte ihn daran, wie Mariennes zarte weiße Finger ihm eine Locke hinter das Ohr gestrichen hatten. Seine Haut hatte bei ihrer Berührung geprickelt, und am liebsten hätte er sie geküßt. Jetzt wünschte er sich von ganzem Herzen, er hätte sich getraut. Aber er war überglücklich, daß sie ihn schon verlassen hatte, um in den Turm der Prinzessin zurückzukehren, als die beiden Männer plötzlich aus der Dunkelheit aufgetaucht waren.

Alles war so schnell gegangen, daß er nicht einmal dazu kam, seinen Dolch zu zücken. Ein heftiger Schlag auf den Kopf hatte ihn halb betäubt. Er erinnerte sich daran, daß man ihn wie einen Mehlsack über die Schulter geworfen und einen langen Korridor entlanggetragen hatte. Er erinnerte sich verschwommen an eine Treppe und an rohes Gelächter. Er erinnerte sich daran, daß sie ihn grob auf den Boden geworfen hatten. Sein Kopf war hart gegen die Steine geprallt, und ihm war schwarz vor Augen geworden. Als er wieder zu sich kam, war er an Händen und Füßen gefesselt, hatte verbundene Augen und einen stinkenden Lappen als Knebel im Mund.

Jetzt kämpfte er verzweifelt gegen Übelkeit und ohnmächtige Wut an, während er sich bei dem Versuch, die Stricke um seine Handgelenke zu lockern, die Haut abschürfte.

Es gab nur einen Mann in der Burg, den Gallworm als seinen Herrn bezeichnen würde, und Robin fiel ein, daß der Gouverneur ihn während des ganzen Abendessens mit hungrigen Blicken verschlungen hatte. Robin war zwar etwas naiv, aber durchaus kein Dummkopf. Er hatte schon von Männern wie Gisbourne gehört, die perverse Neigungen hatten. Solche Gerüchte hatten sogar über König Richard kursiert, aber Robin, der einmal das Glück gehabt hatte, Löwenherz zu sehen, konnte nicht glauben, daß der heldenhafte Krieger etwas so Schreckliches tun würde.

Schweißperlen liefen ihm über die Oberlippe, während er sich mit seinen Fesseln abmühte. Ein wenig konnte er die Stricke lockern, aber wer auch immer ihn gefesselt haben mochte, hatte gute Arbeit geleistet, um einer Flucht vorzubeugen.

Laut durch die Nase atmend, ruhte er einen Moment aus. Sein Rücken lehnte an einer Steinmauer, aber er fand keine rauhen Stellen oder scharfen Kanten, an denen er die Stricke vielleicht durchwetzen konnte. Sein Dolch war natürlich verschwunden. Seine einzige Waffe waren seine Zähne — wenn er nur an sie herankäme!

Bestimmt würde bald wieder jemand nach ihm sehen. Mit schweißüberströmten Gesicht und einem Herzklopfen, das sich anhörte, als hämmerte ein Schmied in seiner Brust, konnte er nicht hoffen, auch die nächste feuchte Hand zu täuschen, die ihn begrapschen würde.

Erneutes Gelächter von irgendwo aus der Nähe veranlaßte Robin zu hektischer Aktivität. Er streckte seine Arme nach unten und rundete sie so weit wie nur irgend möglich, weil er versuchen wollte, seine Hüften durch diese Armschlinge zu ziehen.

Auf halbem Wege blieb er stecken und schlug sich die

Knie an der Wand an, aber er zappelte weiter herum, bis es ihm tatsächlich gelang, auch Beine und Füße hindurchzuschieben.

Als erstes riß er die Binde von seinen Augen, und dann zog er den schmutzigen Lappen aus seinem Mund und spuckte kräftig aus, um den ekelhaften Geschmack loszuwerden. Er hatte richtig vermutet, daß er in einem Vorraum neben Gisbournes Gemächern war. Jetzt konnte er sehen, daß die Kammer nicht viel größer als eine Hundehütte war, und dem Gestank und den Flecken in den Ecken nach zu schließen, hätte er sich gar nicht gewundert, wenn ein zähnefletschender Wolfshund ihn plötzlich angeknurrt hätte.

Die geschlossene Tür vor Augen, hob er seine Hände zum Mund und begann an den Juteknoten zu reißen und zu kauen, während er sich gleichzeitig umsah, ob irgend etwas eine Waffe abgeben könnte.

Es gab nichts Derartiges. Kein einziges Möbelstück, das man auf einem Schädel zertrümmern könnte. Nur nackte Steinwände, in denen Eisenhalterungen für Fackeln verankert waren. Trotzdem wurde die Kammer nicht von Fackeln beleuchtet, sondern von zwei dicken Wachskerzen links und rechts der Tür. Zum Ausgang hin gab es keine Tür, und Robin konnte die breite und gut beleuchtete Treppe sehen.

Er hatte einigen Erfolg mit den Knoten, als ein dumpfes Geräusch ihn zusammenfahren ließ. Gleich darauf flog die Tür weit auf, und eine Frau kam herausgestolpert, ihre Schulter massierend, die sie sich wohl gerade an der Wand angeschlagen hatte.

»Na, endlich aufgewacht?« Sie torkelte näher und kniff ihre Augen zusammen, um trotz der Trunkenheit etwas sehen zu können. »Ooooh ... er hat gesagt, du wärst ein hübscher Junge, und das bist du auch. Einfach zum Anbeißen.« Sie grinste lüstern, wobei schwarze Zahnstümpfe zum Vorschein kamen.

Robin setzte sich auf und preßte seinen Rücken an die Steine. Die Frau war fett und pausbäckig, splitternackt, mit schweren Brüsten, die bis zum Bauch herabhingen und bei jeder Bewegung wippten.

Robin befeuchtete seine Lippen. »Binde mich los«, flüsterte er. »Binde mich los, und ich werde dich reich belohnen.«

»Dich losbinden?« kicherte sie. »Den Teufel werd' ich tun! *Er* wird dich gleich noch viel kunstvoller fesseln, mit Händen und Füßen an die Bettpfosten! Aber wenn ich später an der Reihe bin, werd' ich dich vielleicht tatsächlich losbinden — aber nur, wenn du's mir tüchtig besorgst!«

Robin murmelte etwas, und sie beugte sich tiefer, um hören zu können, was er sagte. Er packte sie bei den fettigen Haaren und schlug ihren Kopf gegen die Wand. Grunzend fiel sie wie ein gefällter Baum zu Boden, und ihre weißen Fleischmassen landeten auf Robins Beinen. Er strampelte wild und trat nach ihr, um sich von der Last zu befreien, und dabei lösten sich die Fesseln um seine Knöchel.

Als er sich hochrappeln und zur Treppe rennen wollte, tauchte ein weiterer nackter Körper in der Tür auf. Es war Gisbourne. Der ehemalige erfolgreiche Turnierkämpfer war muskulös, auch wenn sein Fleisch schon etwas erschlafft war. Er hielt Robin ein Schwert an die Kehle und zwang ihn aufzustehen.

»Du wolltest uns doch nicht schon verlassen?« fragte er honigsüß. »Und was hast du nur mit der armen Griselda gemacht? Sie hatte sich so auf deine Gesellschaft gefreut ... genauso wie ich.«

»Niemals, Mylord!« zischte Robin mit zusammengebissenen Zähnen.

Gisbourne machte große Augen, und die Schwertspitze grub sich etwas tiefer in Robins Hals, so daß er den Kopf tief in den Nacken legen mußte.

»Ah, ein Junge mit Mumm in den Knochen!« sagte er genüßlich. »Ich mag das. So viele Jungen kommen heulend und zähneklappernd zu mir. Sie blöken wie Lämmer und plärren nach ihren Müttern ... und sie verderben mir die ganze Freude, weil sie gleich in Ohnmacht fallen. Du siehst nicht so aus, als würdest du gleich ohnmächtig. Du siehst so aus, als würdest du dich bis zuletzt wehren.« Er grinste widerlich. »Es wäre jammerschade, wenn ich dir diesen Kampfgeist schon jetzt austreiben müßte. Es wäre jammerschade, wenn ich dir ein Loch in den Bauch bohren und dich bei den Gedärmen ins Schlafzimmer schleppen müßte ... aber ich werde es notfalls tun, verlaß dich drauf. Es wäre deshalb vernünftiger, wenn du freiwillig mitkommst.«

Robin schluckte hart, die Schwertspitze an seiner Kehle. Ein verführerischer Gedanke schoß ihm durch den Kopf: wenn er sich nach vorne warf, würde das Schwert ihm die Kehle aufschlitzen, und alles wäre vorbei. Doch als sein Blick flüchtig zur Treppe schweifte, verflog jeder Gedanke an den Tod.

Er starrte Gisbourne an und nickte zum Zeichen, daß er sich unterwarf.

»Sehr vernünftig von dir«, höhnte Gisbourne, zog sein Schwert zurück und deutete damit auf die Tür. »Nach dir, *chéri*.«

Robin machte einen Schritt und riß plötzlich die Arme hoch, um den Dolch aufzufangen, den Eduard ihm zuwarf.

Gisbourne wirbelte herum, aber die funkelnde Stahlklinge flog an ihm vorbei in Robins Hände. Verstört starrte er Eduard FitzRandwulf an, der an der Treppe stand, die dunklen Haare wirr in der Stirn, ein mörderisches Grinsen im Gesicht.

»Was zum Teufel ... Wache! *Wache!*«

Sir Guy blickte erwartungsvoll die Treppe hinab, doch Eduard schüttelte den Kopf. »Sie können brüllen, so laut

Sie wollen, Gisbourne. Ihre Wache kann Sie nicht mehr hören.«

Der Gouverneur mußte sich wohl oder übel zum Schwertkampf entschließen. Seine Klinge traf sofort auf harten Stahl, so daß die Funken stoben. Er packte das Schwert mit beiden Händen und zielte auf Eduards Knie. FitzRandwulf wehrte den Hieb mühelos ab und parierte so geschickt, daß Gisbourne das Gleichgewicht verlor. Mit einem gezielten Stiefeltritt gegen die Schenkel gab Eduard ihm den Rest. Er brach in die Knie und schlitterte über die rauhen Steine, wobei er zwei dünne Blutspuren hinterließ. Mühsam rappelte er sich wieder hoch, doch mittlerweile hatte Robin sich von seinen restlichen Fesseln befreit und hielt dem Gouverneur den Dolch an die Kehle, so wie dieser ihm zuvor die Schwertspitze an die Kehle gehalten hatte. Gisbourne mußte rückwärts tänzeln und sich mit weit zurückgebogenem Hals an die Wand pressen, auf Zehenspitzen und mit schreckensweit aufgerissenen Augen.

Sein Schwert glitt ihm aus der Hand und klirrte laut auf dem Steinboden. Trotzdem war er noch nicht bereit, sich mit seiner Niederlage abzufinden.

»Wie kannst du es wagen, mich mit einem Messer zu bedrohen, Junge?« zischte er. »Nimm es sofort weg, dann lasse ich dich vielleicht am Leben.«

Robin drückte ihm die Messerspitze noch tiefer in die Haut. Sein Gesicht hatte plötzlich eine erschreckende Reife. In seinen blauen Augen loderten Verachtung und Ekel. Der Gouverneur war eine jämmerliche Kreatur, doch Robin haßte ihn nichtsdestotrotz von ganzem Herzen, weil dieser Mann so vielen anderen Jungen das angetan hatte, was auch ihm selbst um ein Haar widerfahren wäre.

Eduard bemerkte die Veränderung, die mit seinem Bruder vorging, und er hatte plötzlich die Szene in Bloodmoor Keep vor Augen, als der Drache ihm genüßlich ein

Messer in den Schenkel gestoßen hatte. Damals war er nur von dem einen Wunsch beseelt gewesen, Etienne Wardieu zu töten, und er wußte, daß Robin jetzt durchaus in der Verfassung war, Gisbourne zu töten. Doch damit wäre Robins unbeschwerte Kindheit und Jugend unwiderruflich dahin. Nur aus diesem Grund legte er ihm eine Hand auf den Arm.

»Sieh zu, ob du das Prachtexemplar weiblicher Schönheit ins Schlafzimmer schleppen kannst, während ich mich mit Sir Guy befasse.«

Robin schluckte, nickte steif und senkte das Messer so langsam, als wäre dies das Schwierigste, was ihm jemals abverlangt worden wäre.

Sobald das Messer Gisbourne nicht mehr bedrohte, versuchte er Eduard mit Blicken einzuschüchtern, was freilich nicht gerade einfach war, wenn man aschfahl im Gesicht und zudem noch splitternackt war.

»Genießen Sie diesen Moment, solange Sie können«, schnaubte er in ohnmächtigem Zorn, »denn Sie sind ein toter Mann — und der Kleine ebenfalls!«

»Aber wir können vorläufig immerhin noch gehen und sprechen«, erwiderte Eduard mit schmalen Augen. »Und das werden Sie gleich nicht mehr können. Was hat Hauptmann Littlejohn heute abend zu dir gesagt, Robin?«

Der Junge stutzte einen Moment, zitierte dann aber Brevants Warnung: »Nicht mit zwei gebrochenen Beinen und eingeschlagenem Schädel.«

»Ja, das war's«, bestätigte Eduard ruhig.

Gisbourne sah entsetzt, daß FitzRandwulf sein Schwert hob und zum Schlag ausholte. Gleich darauf brüllte er vor Schmerz auf, als die flache Klinge ihm beide Kniescheiben zertrümmerte. Hilflos mit den Armen rudernd, taumelte er vorwärts, und Robin hob abwehrend die Hände, weil er nicht die geringste Lust verspürte, den Gouverneur aufzufangen. Versehentlich geriet das Messer, das er immer noch umklammert hielt, zwischen die Beine von Sir Guy, und die scharfe Klinge trennte mühelos das schrumpelige Gemächt ab, auf das der Gouverneur so stolz gewesen war.

Der markerschütternde Schrei veranlaßte Eduard zu einem Fluch, hielt ihn aber keineswegs ab, auch den zweiten Teil seiner Drohung wahrzumachen. Die flache Schwertklinge traf mit voller Wucht Gisbournes Schläfe. Er verdrehte die Augen, und es sah nicht so aus, als würde er in den nächsten vierundzwanzig Stunden Alarm auslösen können.

Die beiden Brüder standen dicht nebeneinander und starrten auf den verstümmelten Mann hinab.

»Es hätte durchaus genügt, ihn zu erdolchen, kleiner Bruder«, meinte Eduard.

Robin holte tief Luft und warf das blutige Messer auf den Boden. »Wenigstens wird er sich an mich erinnern können!«

»Erinnern? Ich würde dir empfehlen, nie mehr seinen Weg zu kreuzen. Aber wir dürfen jetzt keine Zeit vergeuden. Bis wir dieses hübsche Pärchen versteckt haben, werden Eleonore und Marienne hoffentlich schon in unseren Räumen auf uns warten.«

Robin nickte stumm, und es gelang ihm, sich nicht zu übergeben, während sie Gisbourne und die Hure ins Schlafzimmer schleppten, ins Bett legten und sorgfältig zudeckten, so daß es so aussah, als schliefen die beiden in seliger Erschöpfung. Auf dem Boden des Vorzimmers waren Blutspuren zu sehen, aber sie hatten keine Zeit, um sie aufzuwischen. Eduard legte einen Arm um Robins Schultern und führte ihn rasch die Treppe hinab.

# 22

Ariel suchte, wie Eduard ihr aufgetragen hatte, nach Kleidungsstücken für Eleonore und Marienne und konnte zwei mehr oder weniger komplette Ausstattungen zusammenstellen. Sie nahm auch Eduards einziges Ersatzhemd mit auf ihr Zimmer und zog es an, weil es ihr unter der groben Knappenkleidung, die sie nun wieder anlegen mußte, ein Gefühl von Sicherheit vermittelte. Zu packen hatte sie nicht viel, denn ihre Samttunika und das seidene Unterkleid waren völlig ruiniert. Kurz entschlossen rollte sie die Sachen zusammen und warf sie ins Feuer.

Während sie sich bemühte, ihre wirren Locken zu kämmen und einen halbwegs ordentlichen Zopf zu flechten, fluchte sie wie ein flämischer Soldat. Sie hatte diese schwierige Aufgabe kaum bewältigt, als im Vorzimmer eilige Schritte zu hören waren. Henry wollte das Gepäck abholen, und gleich darauf tauchte auch Hauptmann Brevant mit zwei schlanken Gestalten im Gefolge auf, die sich ängstlich aneinanderklammerten.

»Mylady, wie ich sehe, haben Sie sich beeilt, und wie *Sie* sehen, habe ich den ersten Teil meines Versprechens eingehalten.« Er sah Henry an. »Haben Sie sich um die Pferde gekümmert?«

Henry nickte. »Sedrick macht seine Sache sehr gut. Ich bin zurückgekommen, um zu sehen, ob ich sonst noch etwas tun kann.«

»Das können Sie«, brummte Brevant. »Bewachen Sie unsere Schützlinge, während ich unten die letzten Vorbereitungen treffe. Mylady — konnten Sie passende Kleidungsstücke finden?«

Ariel befeuchtete ihre Lippen und deutete zum Bett hinüber, wo sie die Sachen ausgebreitet hatte.

»Gut«, lobte Brevant. »Ich überlasse es Ihnen, unseren beiden neuen Knappen beim Ankleiden zu helfen. Sobald alles fertig ist, hole ich Sie. Bleiben Sie bis dahin hier.«

Marienne, die aus einem unruhigen Schlaf gerissen worden war, blickte dem grimmigen Hauptmann mit schreckensweit aufgerissenen Augen nach. Sie sah jetzt noch jünger als am vergangenen Nachmittag aus, sie war noch bleicher, und sie zitterte wie Espenlaub in ihrem abgetragenen, geflickten Nachthemd.

Auch die zweite Gestalt zitterte am ganzen Leibe, weil sie nicht wußte, warum sie noch vor Tagesanbruch geweckt und aus ihrem Turm weggebracht worden war. Jean de Brevant hatte ihr nichts erklärt, sondern sie nur gebeten, sich zu beeilen und leise zu sein.

Eleonore konnte nichts sehen, aber im Zimmer roch es nach verbranntem Samt und nach Rosenwasser — einem unverkennbar weiblichen Parfüm.

»Darf ich annehmen, daß ich mich in der Gesellschaft von Lady Ariel de Clare befinde?« fragte die Prinzessin mit unsicherer Stimme.

Ariels Antwort bestand zunächst nur aus einem Nicken, denn ihre Zunge schien zwischen den Zähnen eingeklemmt zu sein. Es war schwierig, die richtigen Worte zu finden, nachdem sie nun endlich jener Frau gegenüberstand, in der sie ihre stärkste Rivalin um Eduards Gunst gesehen hatte — der schönsten Frau im ganzen Königreich, wie Ariels Onkel oft geschwärmt hatte.

Sie begriff jetzt, warum man Eleonore den Beinamen *Perle der Bretagne* verliehen hatte. Die edlen regelmäßigen Gesichtszüge und die goldenen Haare wiesen sie eindeutig als Nichte von Richard Löwenherz und als Enkelin von Heinrich II. und Eleonore von Aquitanien aus. Trotz ihrer gräßlichen Verstümmelung strahlte die letzte angevinische Prinzessin unglaubliche Würde und Anmut aus. Es war durchaus verständlich, daß der König keine ruhige Nacht gehabt hatte, solange sie nicht geblendet worden war, und genauso verständlich war es, daß jeder

Mann sich auf den ersten Blick in Eleonore verlieben mußte. Sogar Henry, dem es nie an der Gesellschaft schöner Frauen gemangelt hatte, stand stumm da, tief beeindruckt von der Ausstrahlung dieser schlanken jungen Frau.

»Hoheit«, brachte Ariel endlich mühsam hervor und wollte von der rechtmäßigen englischen Königin niederknien, doch Eleonore hinderte sie daran.

»Bitte nicht! Mein Onkel hat dafür gesorgt, daß vor mir niemand mehr zu knien braucht.«

Ariel warf einen flüchtigen Blick auf Marienne, die bei den Worten der Prinzessin tapfer mit den Tränen kämpfte, sie aber nicht mehr zurückhalten konnte, als Robin plötzlich wie ein Wirbelwind ins Zimmer stürzte. Er riß die Zofe in seine Arme und wirbelte sie durch die Luft, so daß ihre Beine bis zu den Schenkeln entblößt wurden. Der Knappe war völlig außer Atem, weil er es auf der Treppe viel zu eilig gehabt hatte, aber als er Marienne wieder auf die Beine stellte, ohne sie jedoch aus den Armen zu lassen, japste er lächelnd über ihre Schulter hinweg:

»Hoheit ... Lady Ariel ... Eduard und ich sind Hauptmann Brevant auf der Treppe begegnet.«

»Seid ihr beide wohlbehalten?« fragte Ariel ängstlich.

»Ja, Mylady, wir sind wohlbehalten — und zu allem bereit.«

»Zu *was* bereit?« wollte Eleonore wissen. »Was geht hier vor? Wozu hat man mich hergebracht?«

»Hoheit«, erklärte Robin, »wir wollen Sie aus dieser Hölle befreien. Eduard hat gesagt, daß Lord Sedrick schon im Hof ist und die Pferde sattelt, und Lord Dafydd stiehlt Essensvorräte, und ...«

»Was meinst du damit, daß ihr mich befreien wollt?« Eleonore wich erschrocken einige Schritte zurück, bis sie gegen die Wand prallte. »Und wer sind diese Lords, die du erwähnt hast? Ich kenne sie nicht.«

Henry hielt es für geraten einzugreifen. »Wenn Sie gestatten, Hoheit — mein Name ist Henry de Clare. Ich bin Ariels Bruder. Lord Sedrick von Grantham ist ein treuer Vasall unseres Onkels, des Marschalls von England, und Lord Dafydd ap Iorwerth ist ... ein Waliser, der uns von Pembroke in die Normandie und jetzt hierher begleitet hat. Der Marschall hat uns mit dieser Mission betraut, und wir führen sie unter der Leitung von Eduard FitzRandwulf aus.«

Die Prinzessin griff sich mit zitternder Hand an die Schläfe. »Aber ... ich habe Eduard doch gesagt ... daß ich nicht fliehen will. Der König ...«

»Der König dürfte in Christchurch bereits von Bord seines Schiffs gegangen sein«, ergriff Robin wieder das Wort. »Und wann hat mein Bruder jemals getan, was man ihm sagte? Sie wissen doch — wenn man ihm erklärt, etwas sei unmöglich, reizt ihn die Aufgabe besonders.«

»Aber ...« Eleonores Hand sank von der Schläfe hinab und umklammerte das Kruzifix um ihren Hals. »Ich habe mein Schicksal angenommen. Nehmt Marienne mit, aber laßt mich hier. Der König wird mich niemals freigeben.«

»Wir fragen ihn nicht um Erlaubnis«, betonte Henry. »Und wie der Hauptmann gesagt hat — wir lassen niemanden zurück. Wir verlassen diesen Ort entweder gemeinsam oder gar nicht.«

»Hauptmann Brevant beteiligt sich an diesem Wahnsinn?« flüsterte Eleonore ungläubig.

»O ja, Mylady.« Mariennes Furcht hatte freudiger Erregung Platz gemacht. »Er ist ein guter Mensch, und deshalb hat er diesen schrecklichen Ort bestimmt schon lange satt.«

»Er hat geschworen, Sie von hier wegzubringen«, fügte Robin eifrig hinzu, »und er wird Sie — wie wir alle — mit seinem Schwert verteidigen, bis wir in Nottingham sind.«

»Nottingham?« Eleonore sah völlig verwirrt aus. »Warum in aller Welt ...?«

»Das war Eduards Idee«, berichtete Robin stolz. »Er meint, im Augenblick sei es am sichersten, Sie direkt vor der Nase des Königs zu verstecken. Alle Schiffe, die den Ärmelkanal überqueren, werden zweifellos gründlich durchsucht werden, und in der ganzen Bretagne wird es von Spürhunden des Königs wimmeln. Ursprünglich war geplant, Sie nach Wales zu bringen ...«

»Nach Wales?«

»Genauer gesagt, nach Powys, Mylady, aber in Anbetracht Ihres ... äh ... ich meine ... nachdem Sie den König ja nicht provozieren wollen ... hat Eduard es sich anders überlegt. Unser Vater, Lord Randwulf, besaß früher ausgedehnte Ländereien nördlich und östlich von Nottingham. In Lincolnshire. Er hat dort immer noch viele Freunde, die unserem Großvater die Treue halten, und zu diesen Freunden zählt auch eine Äbtissin, die dem Hause Wardieu viel zu verdanken hat.«

»Mir dreht sich der Kopf«, stöhnte die Prinzessin. »Kannst du dich nicht klarer ausdrücken, Robin?«

»*Ich* kann es«, ertönte ein tiefer Bariton von der Schwelle her.

»Wir wollen das Versprechen deines Bruders erfüllen, Eleonore.«

»Eduard?« Eine schmale weiße Hand zitterte in der Luft, bis Eduard sie mit beiden Händen umfing.

»Die Abtei heißt Kirklees, und die Äbtissin wird dich mit offenen Armen aufnehmen, das verspreche ich dir. Hinter den Klostermauern wirst du vor dem König in Sicherheit sein, selbst wenn er zufällig erfahren sollte, wo du dich aufhältst. Und sollte ihm zu Ohren kommen, daß du deine Gelübde abgelegt hast, wird er sowieso keinen Grund mehr haben, dich zu fürchten.«

»Ein Kloster?« flüsterte Eleonore selig. »Kann das wirklich wahr sein?«

»Es wird wahr werden«, versprach Eduard, »wenn du mit uns kommst.«

»Aber die Risiken, Eduard! Nottingham ist so weit von hier entfernt.«

»Es ist viel näher als Wales. In spätestens einer Woche müßtest du hinter den Klostermauern von Kirklees in Sicherheit sein.«

»Und du? Was wirst du dann machen? Wie willst du nach Amboise zurückkommen?«

»Auf Umwegen, nehme ich an«, erwiderte er leichthin. »Aber ich habe meinem Vater geschworen, ihm *persönlich* zu berichten, daß du in Sicherheit bist, und das werde ich auch tun, ganz gleichgültig, wieviel Könige ... oder Drachen ... sich mir in den Weg stellen sollten.«

Bei der Erwähnung von Schwüren mußte Ariel unwillkürlich an *gebrochene* Schwüre denken. Sie betrachtete Eduard, der seine volle Rüstung angelegt hatte und darüber den schlichten Waffenrock eines Pilgers trug. Er sah unbesiegbar aus. Vor einer Stunde hatte sie nackt neben ihm im Bett gelegen und geglaubt, alles wäre anders geworden. Als sie ihn jetzt so imposant und kämpferisch dastehen sah, befürchtete sie, daß sich gar nichts geändert hatte. Eduards Hauptsorge galt immer noch Eleonores Sicherheit, und das fand Ariel sogar ganz richtig. Aber wo würde sie selbst sein, wenn er die Prinzessin nach Kirklees brachte? Irgendwo auf dem Weg nach Wales?

Henry näherte sich wieder der Prinzessin. »Mylady, daß es uns gelungen ist, nach Corfe Castle zu gelangen, verdanken wir zweifellos Gott, der Seine schützende Hand über uns gehalten hat. Und ihnen bietet Er die Sicherheit und den Trost eines Klosters an. Sie dürfen sich Seinem Willen nicht widersetzen.«

Eleonore kapitulierte mit einem schwachen Lächeln. »Sagen Sie mir, was ich tun muß.«

Robin konnte nur mit größter Mühe einen lauten Freudenschrei unterdrücken. Ariel und Marienne eilten sofort zum Bett und griffen nach den bereitgelegten Kleidungsstücken. »Sie müssen sich als Knappe verkleiden, Hoheit«, erklärte Ariel. »Das ist am sichersten, weil der Mantel mit Kapuze Ihren Kopf verhüllen wird.«

»Sie haben recht«, murmelte Eleonore. »Ein blinder Knappe würde zweifellos neugierige Blicke auf sich ziehen.«

»Ich dachte eigentlich mehr an Ihre Haarfarbe, Hoheit«, sagte Ariel wahrheitsgemäß. »Dieser Goldton würde jedem auffallen.«

Errötend gab die Prinzessin das Kompliment zurück. »Eduard hat mir erzählt, daß auch Ihre Haarfarbe einmalig ist.«

Als Ariel ihm einen überraschten Blick zuwarf, räusperte Eduard sich verlegen und zog Robin am Ärmel zur Tür hinaus. »Kommen Sie mit, Henry, und helfen Sie uns, die restlichen Waffen zu verstauen. Meine Damen ... bitte beeilen Sie sich.«

»Wir werden im Nu fertig sein«, versprach Marienne.

Ariel mußte der Prinzessin helfen, die Hose mit der komplizierten Verschnürung anzuziehen, die auch ihr anfangs soviel Probleme bereitet hatte, und um Eleonore — und sich selbst — von den Gefahren der nächsten Stunden und Tage abzulenken, plauderte sie munter drauflos. »Männer — speziell *Ritter* — sind furchtbar eitle Geschöpfe«, gab sie zum besten. »Sie müssen ihre prächtigen Schenkel unbedingt zur Schau stellen, und da dürfen die Beinkleider natürlich keine Falten werfen und müssen hauteng sein — dazu dienen diese vielen blödsinnigen Lederbänder. Wenn eine Frau auch nur einen Knöchel zeigt, tun sie so, als würde deshalb die ganze Welt einstürzen, aber sie selbst — ha! Da kann die Hose gar nicht eng und der Waffenrock gar nicht kurz genug sein. Man muß ja sehen, wie gut sie von der Natur ausgestattet wurden. Mein lieber Bruder hat diese entscheidende Körperpartie sogar einmal mit Leinen gepolstert, um eine Frau zu beeindrucken.«

Eleonores Lippen verzogen sich zu einem Lächeln. »Ist es ihm gelungen?«

Ariel grinste in der Erinnerung an diese Episode. »Im Laufe des Abends verrutschte diese Posterung unglückseligerweise in Richtung seines Knies. Seine Angebetete fiel in Ohnmacht — aber nicht, wie beabsichtigt, vor Seligkeit.«

Ein erstickter Laut veranlaßte Ariel, besorgt aufzublikken. Zu ihrer großen Erleichterung stellte sie fest, daß Eleonore lachte. Mit Tränen in den Augen stimmte Marienne in das Lachen ein. Sie war Ariel unendlich dankbar, denn dies war das erste Mal, daß die Prinzessin seit dem Fiasko von Mirebeau gelacht hatte.

## 23

Ein düsterer grauer Morgen dämmerte hinter den Zinnen der Burgmauern, als FitzRandwulfs Gruppe sich im Hof versammelte. Die meisten Fensterläden im Erdgeschoß waren geschlossen, um Wind und Regen fernzuhalten, die sich unerbittlich auf alles stürzten, was ihnen in den Weg kam. Die nassen Steine schimmerten silbrig, und die Abflußrinnen waren längst überflutet, so daß schmale Rinnsale durch alle Vertiefungen im Pflaster gluckerten.

Ariel trat in den Kreis von Pferden und zischenden Fakkeln. Sie schaute weder nach rechts, wo Henry sich mit Brevant unterhielt, noch nach links, wo Eduard und Sedrick sich an ihren Satteltaschen zu schaffen machten, um möglichst unauffällig Türen und Fenster im Auge behalten zu können. Ihre ganze Aufmerksamkeit galt den beiden anderen vorgeblichen Knappen, die ihr folgten und ihre Gesichter unter tief in die Stirn gezogenen Kapuzen verbargen. Sie machte sich solche Sorgen, ob Eleonore mit dem unebenen Kopfsteinpflaster zurechtkommen würde, daß sie selbst stolperte und sich am Sattel ihres Zelters festhalten mußte, um nicht zu stürzen. Hingegen machte die Prinzessin, die sich unauffällig an Mariennes Umhang festhielt, keinen einzigen falschen Schritt.

Sechs mürrische Soldaten standen dicht beisammen, schlugen mit den Armen, um sich zu wärmen, und fluchten über Brevant, der sie aus den Betten geholt hatte, kaum daß sie eingeschlafen waren. Der Hauptmann hatte Eduard davon überzeugt, daß es notwendig war, den Anschein zu erwecken, als verließen sie die Burg unter dem Schutz von Gisbournes Männern, weil die Wachen am Tor mißtrauisch werden könnten, wenn nur er — Brevant — die Ehrengäste eskortierte.

Die kleine Gruppe sah jetzt wieder genauso unauffällig aus wie während des Ritts durch die halbe Normandie, nur daß die Männer ihre Helme aufgesetzt und ihre Schilde geschultert hatten. Alle waren bis zu den Zähnen bewaffnet; sogar Ariel stellte fest, daß ein kurzer Säbel und ein Bogen über ihrem Sattel hingen. Sie warf Eduard einen verstohlenen Blick zu, und seine grauen Augen bestätigten ihr, daß er sie damit ausgestattet hatte, weil er ihr zutraute, notfalls Gebrauch davon zu machen.

Brevant verfluchte laut den Regen und empfahl den Rittern barsch, nicht länger herumzutrödeln. Die Soldaten grinsten beifällig, als er hinzufügte, er hätte Besseres zu tun als bei diesem Wetter durch die Gegend zu reiten, nur um Fremden den richtigen Weg zu weisen. Auf seinem riesigen Schlachtroß trabte er allen voran über die erste Zugbrücke. Auch auf dem Außenhof war weit und breit kein Mensch zu sehen. Hier war der Weg nicht mehr gepflastert, und die Hufe der Pferde sanken tief im Morast ein.

Trotz des Regens und der Kälte schwitzte Ariel vor Angst. Eduards Hemd klebte ihr am Leibe, und sie hatte feuchte Hände, obwohl ihre Handschuhe sie vor dem Regen schützten. Henry ritt neben ihr her, und obwohl das stählerne Naseneisen seines Helms sein Gesicht fast verdeckte und die Verständigung erschwerte, raunte er ihr zu: »Nur Mut, Kleines!«

Hinter ihnen ritt Eleonore, flankiert von Eduard und Sedrick. Dafydd, dessen gebrochener Arm in einer Lederschlinge hing, und Robin hatten Marienne in ihre Mitte genommen. Die mißmutigen Soldaten folgten ihnen in einigem Abstand.

Zwanzig Schritte vom Haupttor entfernt trat ein Wachposten aus dem Turm hervor, und Brevant hob die Hand zum Zeichen, daß sie anhalten sollten. Er ritt allein auf den Mann zu, um die notwendigen Erklärungen abzugeben, und Ariel bekam rasendes Herzklopfen. Nicht einmal das Läuten, das sie aus der Ferne hörte, war ein Trost, denn sie konnte nicht unterscheiden, ob es eine Kirchenglocke oder eine Alarmglocke war.

Neben sich hörte Ariel ihren Bruder leise fluchen. Ihnen allen kam es vor, als wäre eine Ewigkeit vergangen, seit Brevant im Wachtturm verschwunden war, und als ein Befehl gebrüllt wurde, zuckten sogar die tapferen Ritter unwillkürlich zusammen, weil sie befürchteten, plötzlich von Gardisten umringt zu werden. Doch statt dessen begann sich das rostige Fallgatter langsam zu heben, und das Rasseln und Quietschen der schweren Eisenkette war Musik in allen Ohren. Brevant kam wieder zum Vorschein, stieg auf sein Pferd und winkte ihnen ungeduldig, ihm zu folgen.

Die Pferdehufe donnerten über die hölzerne Zugbrücke, und Ariel rechnete damit, daß jeden Moment ein Hagel von Armbrustbolzen auf sie niedergehen würde, und saß deshalb so steif im Sattel, als wäre sie eine Holzmarionette.

Das Dorf schien meilenweit entfernt zu sein, und der Wald dahinter hätte genauso gut auf der anderen Seite der Welt liegen können. Rechts von ihnen schimmerte zwischen felsigen Hügeln das Meer; und im Osten hingen die dunklen Wolken so tief, daß von der Landschaft kaum etwas zu sehen war.

Kaum hatten sie das Dorf durchquert und atmeten erleichtert die frische Waldluft ein, als Ariel erneut auf eine harte Nervenprobe gestellt wurde. Das unverwechselbare Blasen eines Horns kündigte an, daß die Kavalkade des Königs sich näherte, und daß alle ihr den Weg freizumachen hatten.

Eduard und Henry tauschten einen flüchtigen Blick.

Ihr erster Instinkt war, Befehl zu geben, daß alle sich im dichten Unterholz entlang der Straße verstecken sollten. Bei dem schwachen Licht und heftigen Regen würden sie dort wahrscheinlich unbemerkt bleiben. Es war Brevant, der klaren Kopf behielt und auf die Soldaten deutete, die trotz ihres anhaltenden Unmuts, bei diesem Wetter unterwegs sein zu müssen, bereits abstiegen und an ihren Waffenröcken herumzupften, für den Fall, daß das Auge des Königs im Vorbeireiten zufällig auf sie fallen würde.

»Jetzt werden wir sehen, aus welchem Holz Sie geschnitzt sind, Mylord«, knurrte Brevant grinsend.

Er befahl seinen Männern, am Straßenrand eine gerade Linie zu bilden. Eduards Gruppe stellte sich auf der anderen Straßenseite in Positur. Eleonore, Marienne, Ariel und Robin standen mit den Pferden in der zweiten Reihe, und das nächste Hornsignal jagte Ariel einen kalten Schauer über den Rücken. Allerdings schöpfte sie etwas Mut, als Robin ihr unter seiner Kapuze hervor zuzwinkerte. Alle Ritter und Soldaten beugten ein Knie und senkten die Augen, als der erste Reiter in Sicht kam. Nur Brevant blieb stehen und hielt die Lanze mit Gisbournes Wappen hoch empor. Einer der Männer des Königs ritt auf ihn zu und tauschte einige Worte mit ihm. Scheinbar zufrieden mit den Auskünften des Hauptmanns, beachtete er die Ritter am Straßenrand kaum und kehrte zur Kavalkade zurück.

Trotz ihrer Furcht konnte Ariel es nicht lassen, an den breiten Schultern ihres Bruders vorbei verstohlene Blicke auf den Reiterzug zu werfen. Ein Dutzend Fahnenträger marschierte vornweg, doch die seidenen Banner mit Johanns Leopardenwappen hingen tropfnaß an den Lanzen, anstatt stolz im Wind zu wehen. Dahinter kam ein Trupp Bogenschützen, gefolgt von einem Pferd, auf dem der Beichtvater des Königs saß, dessen verdrossene Miene darauf hindeutete, daß er nur von einem warmen Bett und einem prasselnden Feuer träumte. Zwanzig Ritter auf schweren Schlachtrössern boten einen imposanten Anblick. Ihre Gesichter waren unter Visieren oder Naseneisen verborgen; alle trugen schwere Kettenpanzer und waren mit Schwertern, Dolchen und Streitäxten bewaffnet, um den König beschützen zu können, der in ihrer Mitte ritt. Im Gegensatz zu seinem Bruder, dem edlen Richard Löwenherz, hatte Johann Ohneland nichts Majestätisches an sich. Sein aufgedunsenes Gesicht wurde von einem Spitzbart umrahmt, und seine Vorliebe für überreichliches Essen hatte ihn fett werden lassen.

Enttäuscht senkte Ariel ihre Lider. Dafür starrten zwei stahlgraue Augen den König haßerfüllt an. Eduard sah die Gesichter der vierundzwanzig Ritter vor sich, die in Mirebeau gefangengenommen worden waren und in Corfe einen grausamen Hungertod erlitten hatten. Er sah Arthurs schönes, stolzes Gesicht, und er sah das gequälte Gesicht der Königinwitwe, die gezwungen war, zwischen Sohn und Enkel zu wählen.

Und da war Eleonore, die auf Befehl des Königs verstümmelt worden war. Eduard fragte sich, ob Johann vielleicht sogar zugesehen hatte, wie sein Folterknecht ihr die Augen aus den Höhlen drückte. Hatte er sich an ihrer Angst und an ihrem Schmerz geweidet? War ihr letzter Blick auf ein selbstgefällig grinsendes Gesicht gefallen?

Schweiß lief in Strömen über Eduards Stirn, und er war heilfroh, nicht gefrühstückt zu haben, weil sein Magen sich sonst bestimmt umgedreht hätte. Es kostete ihn eine schier übermenschliche Anstrengung, nur seine Blicke in den Rücken des aufgeblasenen Schurken zu bohren, anstatt zum Bogen zu greifen und Englands Leiden endlich zu beenden.

Als auch der Fußtrupp, der die Nachhut der Kavalkade bildete, vorbeimarschiert war und zwischen den triefenden Ästen großer Tannen verschwand, stieß Brevant laut den Atem aus.

»Das war's, meine Herren«, sagte er, auf Eduard und die anderen zugehend. »Wenn ich ein großzügiger Mann wäre, würde ich sagen, daß uns eine Stunde Zeit bleibt, bevor alle Höllenhunde auf uns losgelassen werden.«

»Der Regen dürfte das etwas verzögern«, meinte Henry optimistisch.

»Uns behindert der Regen genauso«, widersprach Brevant. »Und deshalb ist es allerhöchste Zeit, uns wenigstens von unnötigem Ballast zu befreien.«

Er ging auf seine zusammengescharten Männer zu, und plötzlich blitzte sein Schwert durch die Luft. Mit aufgeschlitzter Kehle brach einer der Soldaten zusammen. Die fünf anderen waren zunächst vor Überraschung und Schreck wie gelähmt, und als sie dann die Flucht ergreifen wollten, war es schon zu spät. Eduard war dem Hauptmann zu Hilfe geeilt, und sie leisteten ganze Arbeit. Nur einer der Männer schaffte es, aufs Pferd zu springen, doch bevor er davongaloppieren konnte, versteifte er sich im Sattel, warf die Arme hoch und landete im Morast, von einem kaum zwanzig Zentimeter langen Pfeil tödlich getroffen.

Das ganze Gemetzel hatte kaum eine Minute gedauert. Die Schlachtrösser waren kaum zu bändigen, weil sie

Blut gerochen hatten. Die Frauen zitterten am ganzen Leibe. Bis Henry, Dafydd und Sedrick ihre Schwerter gezückt hatten, war alles schon vorbei.

»Allmächtiger!« stöhnte Henry. »Sie hätten uns doch sagen können, was Sie vorhatten.«

Brevant bedachte ihn mit einem grimmigen Blick. »Für überflüssige Worte haben wir keine Zeit. Die Männer des Königs werden uns schneller auf den Fersen sein, als Sie glauben und ... Gott im Himmel, was ist denn *das?*«

*Das* war eine winzige braun-grüne Gestalt, die aus den Baumwipfeln herabgeflogen kam, in der Absicht, auf Sedricks breiten Schultern zu landen. Brevant glaubte an eine geflügelte Ausgeburt der Hölle, die für das Abschlachten der Soldaten Rache nehmen wollte, und schwang sein Schwert. Hätte Eduard nicht blitzschnell reagiert und den Schlag mit seiner eigenen Stahlklinge aufgehalten, wäre Sparrow höchstwahrscheinlich mitten im Kichern um einen Kopf kürzer gewesen.

Durch den kalten Luftzug von Brevants Schwert von seinem Flugweg abgebracht, klatschte er in den Morast und lag einen Moment lang benommen da, ohne zu wissen, wie ihm geschehen war.

Sedrick packte ihn am Kragen und stellte ihn mit einem breiten Grinsen wieder auf die Beine.

»Nett von dir, wieder zu uns zu stoßen, Waldgeist! Aber diesmal hattest du es wohl ein bißchen zu eilig, was?«

Der Zwerg hatte seinen Bogen nicht losgelassen und bohrte die Spitze wütend in den Stiefel des Ritters, der vor Schmerz aufheulte. Das vermochte die Rachegelüste des indignierten Seneschalls von Amboise jedoch nicht zu stillen. Er zog die beiden Dolche, von denen er sich nie trennte, aus seinem Gürtel und wollte sich auf Brevant stürzen, der für seine mißglückte Landung verantwortlich war.

Eduard schlug ihm die Waffen mit einem gezielten Schwerthieb aus den Händen. »Was soll dieser Unfug,

Sparrow?« brüllte er. »Der Hauptmann konnte schließlich nicht wissen, daß du Überraschungseffekte über alles liebst, und passiert ist dir auch nichts!«

»Nichts passiert? *Nichts passiert?*« Der Gnom plusterte sich auf wie eine Wachtel in der Mauser. »Ich habe mir die Füße wund gelaufen, um einen Fluchtweg zu finden, und ich wäre vor Sorge um euch fast gestorben, und dieser ungehobelte Riese dankt es mir, indem er mich in den Dreck wirft! Nein, das ist einfach unverzeihlich!«

Diesmal wollte er Brevant mit einem kleinen Beil zu Leibe rücken, doch plötzlich fiel sein Blick auf die vier Gestalten am Straßenrand. Robin bemühte sich, die Pferde zu beruhigen. Ariel und Marienne hatten Eleonore in ihre Mitte genommen und die blinde Prinzessin über alle Geschehnisse auf dem laufenden gehalten. Als Sparrow eine silberblonde Haarsträhne sah, die unter der dunklen Kapuze hervorkam, breitete sich ein strahlendes Lächeln auf dem Gesicht des Seneschalls aus, und er vergaß schlagartig seinen Groll auf den Hauptmann.

»Unsere Perle!« rief er begeistert. »Unsere kleine Perle ist gerettet worden! Heiliger Kyrill, ich danke dir und allen anderen ...«

Er verstummte abrupt, und seine runden Augen weiteten sich vor Entsetzen. »O nein!« flüsterte er. »O mein Gott ...«

»Wir haben jetzt keine Zeit, um dir alles zu erzählen«, murmelte Eduard. »Wir müssen schauen, daß wir von hier wegkommen, denn höchstwahrscheinlich hat der Seneschall schon versucht, Gisbourne zu wecken, und dabei festgestellt, daß Sir Guy nicht mehr derselbe wie gestern ist.«

»Ist der Kerl tot?« wollte Sedrick wissen.

»Als wir ihn verließen, war er am Leben, aber sobald er zu sich kommt, wird er sich vermutlich wünschen, er wäre tot. Ich kann nur wiederholen — ihr werdet alles erfahren, sobald der Leopard uns nicht mehr so dicht im

Nacken sitzt. Robin! Dafydd! Fangt die Pferde der Soldaten ein und bindet sie aneinander ... wir nehmen sie bis zur ersten saftigen Wiese mit, damit sie nicht in die Burg galoppieren. Sedrick, Henry, Jean ... wir müssen die Leichen verstecken, damit unsere Verfolger glauben, wir wären noch mit der Eskorte unterwegs. Sparrow, hast du einen sicheren Fluchtweg entdeckt?«

Sparrow blickte zu Eduard empor. Von dem Schalk, der ihm normalerweise ins Gesicht geschrieben stand, war nichts übriggeblieben. Seine dunklen Augen schwammen in Tränen, denn er kannte die Prinzessin, seit sie als winziges Bündel in der Wiege gelegen hatte. Aber er nickte und streckte einen zittrigen Zeigefinger aus.

»Eine knappe Meile von hier werdet ihr am Straßenrand eine große Eiche sehen, die vom Blitz in zwei Teile gespalten wurde. Dort biegt ihr auf den Waldweg ab, der zum Fluß führt. Er ist nicht tief, und ihr reitet am besten durch das Flußbett — für den Fall, daß Spürhunde eingesetzt werden. Wo der Fluß breiter wird und sich teilt, müßt ihr dem nördlichen Arm folgen, der . . .« Er verstummte wieder und starrte die Prinzessin an, so als könnte er immer noch nicht glauben, daß sie keine Augen mehr hatte.

»Sparrow?« ermahnte Eduard ihn sanft.

»Ja, ja . . . Also, ihr folgt dem nördlichen Flußarm, so weit ihr könnt, und dort wartet ihr am besten auf mich, denn sonst verirrt ihr euch hoffnungslos und lauft im Kreis herum.«

»Kommst du denn nicht mit?« fragte Sedrick.

»Ich bleibe noch eine Weile hier, um zu sehen, wieviel Bienen ausschwärmen, um nach uns zu suchen.«

Jean de Brevant blickte besorgt zum grauen Himmel empor. »Hoffentlich bleibt das Wetter wenigstens so, wie es jetzt ist. Sollte es noch kälter werden ...« Seine pechschwarzen Augen richteten sich auf die drei Frauen, die verängstigt zusammen standen.

Sparrow sah sich veranlaßt, weitere Auskünfte zu geben. »Wenn ihr dem Fluß folgt, wie ich euch gesagt habe, kommt ihr an einen Wasserfall. Dahinter befindet sich eine Höhle, die groß genug ist, um ein Feuer zu machen. Bei diesem Sauwetter werdet ihr drei oder vier Stunden brauchen, um dorthin zu gelangen, aber dann habt ihr einen trockenen Zufluchtsort, bis ich zu euch stoße.«

»Halt dich nicht zu lange hier auf«, riet Eduard ihm.

Sparrow warf einen Blick auf die Straße nach Corfe und schaute sodann zu den hohen Tannen empor. »Keine Angst, ich bleibe nur so lange, bis unsere Verfolger sich hier blicken lassen, und dann ...« Er klopfte bedeutungsvoll auf seinen Bogen.

Eduard nickte und schob sein Schwert in die Scheide, während er auf die Leichen der Soldaten zuging. Brevant folgte ihm mit gerunzelter Stirn.

»Was kann ein Elf schon gegen zwanzig Männer des Königs ausrichten?« fragte er, als sie den ersten Toten ins Gebüsch trugen.

»Sie würden das nicht fragen, wenn Sie diesen Elfen kennen würden«, erwiderte Eduard grinsend.

Sparrow fragte sich mindestens ein dutzendmal, was er eigentlich da oben in der Tanne zu suchen hatte. Er stank fürchterlich nach dem Morast, in dem er unfreiwillig gelandet war. Seine Kleidung und sein Gesicht waren schmutzverkrustet, aber er versuchte sich einzureden, daß das als Tarnung gar nicht so schlecht war. Wenn nur nicht die Eichhörnchen gewesen wären, die ihn offenbar für eine besonders große braune Nuß hielten. Ein ganzer Trupp von ihnen hatte sich auf einem Nachbarast versammelt und debattierte aufgeregt, wie man diesen Leckerbissen wohl am besten abtransportieren könnte. Als es immer mehr Eichhörnchen wurden, die sich wie kreischende Fischweiber anhörten, sah er sich gezwungen, sie mit einem großen Tannenzapfen zu vertreiben.

Der fernen Kirchenglocke nach zu schließen, saß er nun schon seit drei Stunden im Geäst. Kein Mensch war seitdem auf der Straße vorbeigekommen, was bei dem Wetter auch kein Wunder war. Nur die sechs toten Soldaten, die im Unterholz versteckt waren, kümmerte es nicht mehr, daß der Regen sie durchnäßte.

Wenn die Spürhunde des Königs nicht innerhalb der nächsten Stunde auftauchten, würde er diesen unwirtlichen Ort verlassen, beschloß Sparrow. Er brannte vor Neugier, über alle Ereignisse in der Burg informiert zu werden, und er war nur zurückgeblieben, weil er wußte, daß der Schwarze Wolf das von ihm erwartet hätte. Klein, beweglich und schlau, wie er war, konnte er als einziger irgendwelche Jäger so lange aufhalten, daß Eduard etwas meh Zeit blieb, Eleonore aus der unmittelbaren Gefahrenzone zu bringen.

Trotzdem durften seine Freunde in diesem gottverfluchten naßkalten Land nicht zu lange auf sich allein gestellt sein. Sie würden seinen untrüglichen Spürsinn benötigen, um die Entführung der Prinzessin zu einem guten Ende zu führen.

Andererseits war es durchaus möglich, daß der König es gar nicht so eilig haben würde, Eleonore zurückzuholen. Er hatte ihr ja bereits das Schlimmste angetan — bei diesem Gedanken wurde Sparrows rundes Gesicht rot vor Zorn —, und eine Blinde war ihm vielleicht gar keine Verfolgung wert. Vielleicht war er insgeheim sogar froh über die Entführung und hoffte, daß die Prinzessin der Kälte zum Opfer fallen würde. Dann könnte er guten Gewissens behaupten, daß sie nicht in *seiner* Obhut gestorben war.

Hatte Eduard das bedacht?

Hatte er eigentlich bedacht, daß Ohneland dann empört jede Schuld von sich weisen und den Marschall und

La Seyne Sur Mer für ihren Tod verantwortlich machen könnte?

»Gott steh uns bei, Freunde!« sagte Sparrow zu den Eichhörnchen, die sich wieder um ihn geschart hatten.

Er beschloß, unverzüglich aufzubrechen, schlang seinen Bogen über die Schulter und wollte gerade auf einen anderen Ast springen, als er fernes Hundegebell hörte. Es mußte eine große Meute sein, gefolgt von galoppierenden Pferdehufen.

Der Gnom holte ein halbes Dutzend Pfeile aus seinem Köcher und steckte sie in die weiche Baumrinde, um sie sofort zur Hand zu haben, wenn der Trupp in Sicht kam.

Er brauchte nicht lange zu warten. Sie kamen in Zweierformation angeritten, mindestens zwanzig Mann in voller Rüstung, mit Helmen auf den Köpfen, angeführt von einem Buckligen, der sich offenbar sehr wichtig vorkam — allerdings nicht mehr lange, denn er war der erste, der von Sparrows Pfeil in die Brust getroffen wurde. Noch während Gallworm aus dem Sattel glitt, ereilte drei andere Männer das gleiche Schicksal. Die Stahlspitzen von Sparrows kleinen Pfeilen durchbohrten mühelos Kettenpanzer und Lederharnische, und die geschlossene Formation verwandelte sich von einer Minute zur anderen in ein Durcheinander scheuender Pferde und brüllender oder röchelnder Männer.

Der Gnom verschoß die beiden letzten Pfeile, schlang seinen Bogen über die Schulter und schwang sich zu einem anderen Baum.

Die Soldaten hatten ihre Schwerter gezückt, weil sie mit einem Überfall aus dem Unterholz rechneten. Drei weitere Männer starben, bevor ihre Kameraden begriffen, daß der Feind irgendwo hoch oben in den Bäumen verborgen war. Sie schossen mit ihren Armbrusten aufs Geratewohl ins Geäst, doch Sparrow blieb nie lange an einem Ort. Er zielte, schoß — und saß gleich darauf schon in einem anderen Baum.

Die Überlebenden suchten ihr Heil in der Flucht. Mit besonderer Genugtuung schickte Sparrow dem Hundeführer einen Pfeil hinterher. Der Mann stürzte in den Morast, und die Meute jagte mit eingezogenen Schwänzen in Richtung der Burg davon. Der Zwerg stieß einen Freudenschrei aus und vergaß vor Übermut, in Deckung zu gehen. Gleich darauf kam ein Armbrustbolzen auf ihn zugeflogen. Er sah ihn, aber da war es schon zu spät.

## 24

Am frühen Nachmittag hörte es auf zu regnen, doch der Himmel wurde nicht heller, und es wurde immer kälter. Als die durchgefrorenen Reiter endlich den Wasserfall erreichten, waren ihre nassen Kleider mit Eiskristallen überzogen. Während Robin und Dafydd nach irgendeinem bescheidenen Unterstand für die Pferde suchten, erkundete Eduard die Höhle, von der Sparrow gesprochen hatte. Sie war erfreulich geräumig und hatte offenbar schon vor ihnen Mensch und Tier als Zufluchtsort gedient. Der Gnom hatte in weiser Voraussicht sogar einen riesigen Stapel Brennholz gesammelt.

Blau vor Kälte, konnten die Frauen es kaum erwarten, bis das Feuer brannte. Alle zogen sich ohne falsche Scham bis auf die Hemden aus, die am schnellsten trocknen würden, und scharten sich um die Flammen. Der Waliser bereitete aus den Lebensmittelvorräten, die er in Corfe entwendet hatte, eine kräftige Brühe zu, und zum erstenmal seit Monaten brauchte Marienne die Prinzessin nicht zweimal aufzufordern, etwas zu essen. Eleonore hatte einen Heißhunger und fand die Brühe köstlich. Aufgewärmt und gestärkt schlief sie mit dem Kopf auf Mariennes Schoß ein.

Auch Ariel hatte Müße, ihre Augen offenzuhalten. Die

Hitze und das eintönige Rauschen des Wasserfalls lullten sie ein, und obwohl die Männer sich laut unterhielten, rollte sie sich gemütlich zusammen und sank in tiefen Schlaf.

Als sie aufwachte, stellte sie fest, daß jemand sie zugedeckt hatte. Auch Eleonore und Marienne, die neben ihr schliefen, waren in Decken gehüllt. Auf einen Ellbogen gestützt, rieb Ariel sich die Augen. Keine Stimmen waren mehr zu hören. Nur der Wasserfall rauschte wie zuvor.

Auch die Männer schliefen. Ariel betrachtete Lord Dafydd, der mit dem Rücken an der Höhlenwand lehnte. Sein Kopf war zur Seite gefallen, und sein Gesicht war über dem dunklen Bart sehr bleich. Er hatte sich kein einziges Mal beklagt — nicht, als sie durch den Fluß ritten und das Wasser den Pferden bis zum Bauch ging, nicht, als Dornen und Gestrüpp sie aus den Satteln zu reißen drohten. Sein Arm mußte ihm immer noch große Schmerzen bereiten, aber er half bereitwillig bei allem, was zu tun war. Niemand hatte ihn gefragt, ob er sich an diesem waghalsigen Abenteuer beteiligen wollte. Er war in die Sache verwickelt worden, nur weil sie mit seinem Bruder verlobt war. Wie würde er reagieren, wenn er entdeckte, daß sie sich in Eduard FitzRandwulf verliebt hatte?

Erst jetzt fiel ihr auf, daß Eduard nicht in der Höhle war. Die Decke um ihre Schultern geschlungen, schlich sie auf Zehenspitzen an den Schläfern vorbei zum tunnelförmigen Höhleneingang, wo ein dunkler Schatten zu sehen war.

»Ist Sparrow immer noch nicht da?« flüsterte sie.

Eduard schüttelte den Kopf. »Wir sind noch nicht allzu lange hier. Ihm wird schon nichts passiert sein.«

»Machst du dir keine Sorgen?«

»Um Sparrow braucht man sich keine Sorgen zu machen. In all den Jahren, seit ich ihn kenne, habe ich mich davon überzeugen können, daß er sich immer rechtzeitig absetzt, bevor jemand ihm auch nur ein Haar krümmen kann. Er kommt und geht wie ein Gespenst in der Nacht und ...«

Er verstummte plötzlich, überwältigt von dem Verlangen, Ariel in seine Arme zu reißen und sie so leidenschaftlich zu küssen, daß es ihm völlig den Atem raubte.

Ariel hatte durchaus nichts dagegen, an seinem Brustkorb fast zermalmt zu werden. Sie war genauso versessen wie er darauf, ihm möglichst nahe zu sein.

»Ich hatte heute solche Angst«, gestand sie ihm zu ihrer eigenen Überraschung, »und ich wünschte mir so sehr, dich wenigstens berühren zu können, um deine Kraft zu spüren.«

»Du warst unglaublich tapfer«, versicherte er. »Und meine eigenen Wünsche gingen weit darüber hinaus, dich nur zu *berühren*. Als ich dich vorhin schlafen sah, zusammengerollt wie ein Kätzchen ...«

»Hast *du* mich zugedeckt?«

»Ich mußte dich zudecken, um nicht der Versuchung zu erliegen, dich in die Arme zu schließen. Ich glaube kaum, daß die anderen diesen Schock überlebt hätten.«

»Die anderen schlafen jetzt alle schon«, flüsterte sie ihm heiser ins Ohr. »Nur wir beide sind wach. Und ganz allein.«

»Weißt du immer noch nicht, Weib, daß es gefährlich ist, einen Mann so zu provozieren?« stöhnte er.

»O doch, das weiß ich«, erwiderte sie und bot ihm ihre Lippen dar.

Seine Hände in ihren Haaren vergraben, hielt er sie etwas von sich ab, und unwillkürlich schweifte sein Blick von ihrem verführerischen Mund zu den noch verführerischen Brustwarzen unter dem Hemd. Unter *seinem* Hemd, wie er erst jetzt bemerkte.

Sein Mund bemächtigte sich wieder gierig des ihren, und seine Hände glitten unter das Hemd und wölbten sich um ihre Brüste.

Vor Lust erschauernd, drängte sie sich noch enger an ihn.

»Jemand könnte kommen ...«, murmelte er.

»Jemand könnte kommen«, bestätigte sie, während ihre Finger sich an seiner Hose zu schaffen machten, bis sie den mächtigen Speer befreit hatte und zwischen ihre Schenkel schob.

»Hilf mir«, flehte sie. »Heb mich hoch.«

»Das ist Wahnsinn!« keuchte er.

»Ja, ja, ja ...«

Eduard hob sie hoch, und sie schlang ihre Beine um seine Taille. Als er sie aufspießte, stieß sie an seiner Schulter einen gedämpften Schrei aus und grub ihre Zähne in seine Haut, mit den Händen in seinen Haaren wühlend.

Er hatte ihren Schrei gehört und befürchtete, ihr in seiner Hast und Rücksichtslosigkeit weh getan zu haben, doch seine Bedenken verflogen, als sie wild und drängend die Hüften bewegte, um ihn zu weiteren Aktivitäten anzufeuern.

Eduard tat ihr den Gefallen. Noch nie hatte er eine Frau so leidenschaftlich, so verzweifelt begehrt, und er lieferte sich genauso rückhaltlos wie sie einer Lust aus, die so gewaltig war, daß beide ihre Umgebung völlig vergaßen und erst wieder zur Besinnung kamen, nachdem sie gemeinsam, Mund an Mund, den Höhepunkt erreicht hatten.

Ariels Beine glitten kraftlos von seinen Hüften hinab, doch auch als sie wieder auf dem Boden stand, wollten ihre Lippen sich nicht voneinander lösen, und sie hielten sich so fest umschlungen, als wollten sie bis in alle Ewigkeit vereint sein.

»Schamlos«, flüsterte er an ihrem Mund. »Ich hätte nie gedacht, daß eine Dame diese Position genießen könnte.«

»Ich habe dich so sehr gebraucht«, seufzte sie.

»Ein solches Geständnis ist noch schamloser als dein Benehmen«, neckte er sie zärtlich.

Ariel hatte plötzlich Tränen in den Augen. Mit den Fingerspitzen strich sie behutsam über die Narbe auf seiner Wange.

»Meines jetzigen Benehmens schäme ich mich nicht«, murmelte sie. »Um so mehr schäme ich mich aber all der grausamen Worte, die ich dir in törichter Unwissenheit an den Kopf geworfen habe. Ich lege dir meinen Stolz zu Füßen, und du kannst getrost darauf herumtrampeln, solange du willst.«

Eduard griff nach ihrer Hand und zog sie an seine Lippen. »Warum sollte ich auf etwas herumtrampeln, daß ich selbst im Übermaß besitze?«

»Hast du ... hast du schon daran gedacht, was in Gloucester sein wird?« stammelte sie plötzlich mit gesenkten Lidern.

Er hatte während der letzten zwölf Stunden über sehr vieles nachgedacht, aber nicht damit gerechnet, schon jetzt Antworten geben zu müssen.

Ariel legte sein Schweigen falsch aus. »Ich ... ich weiß natürlich, daß ich keine Ansprüche stellen kann ... und ... und du brauchst dich wirklich nicht verpflichtet zu fühlen, mich zu heiraten, aber ... aber ich bitte dich ... ich bitte dich von ganzem Herzen, mich nicht ganz zu verstoßen. Ich möchte bei dir bleiben ... als deine Geliebte ... oder als Küchenhilfe ... oder als Stiefelputzer, wenn dir das lieber ist. Nur ... nur verbann mich nicht nach Wales«, schluchzte sie. »Zwing mich nicht, einen Mann zu heiraten, den ich nicht kenne ... und nicht kennen will ... und ...«

Weinend vergrub sie ihr Gesicht an seinem Hals, um wenigstens nicht sehen zu müssen, wie schockiert er jetzt bestimmt über ihre Dreistigkeit war.

Er hielt ihre Hand immer noch an seinen Lippen, und sie spürte seinen heißen Atem. Erneut aufschluchzend, riß sie ihre Hand los und ballte sie zur Faust, gegen das heftige Verlangen ankämpfend, nach der regungslosen

Wand aus Muskeln zu schlagen, die so dicht vor ihr stand.

»Ich brauche keine Stiefelputzer«, sagte er nach einer Ewigkeit. »Von deinen Talenten als Küchenmagd konnte ich mich ja bereits überzeugen ... sie lassen sehr viel zu wünschen übrig! Und als Geliebte ...« Er schien zu überlegen, während seine Hände über ihren Rücken glitten. »Ja, für die Rolle einer Geliebten zeigst du große Begabung, das muß ich zugeben, aber — ich habe keinen Bedarf an einer Geliebten. Sie würde mich zuviel Zeit und Energie kosten.«

Ariels Hoffnungen sanken immer mehr, und sie ließ den Kopf hängen, doch er wollte sie offenbar noch zusätzlich demütigen, indem er ihr Kinn anhob und sie zwang, ihn anzusehen.

»Ich kann dich nur als Ehefrau gebrauchen und sonst als gar nichts«, sagte er ruhig.

Ariel stockte der Atem, und ihr Herzschlag setzte aus.

»Als ... als Ehefrau?« flüsterte sie ungläubig.

»Wenn du mich haben willst: einen narbigen sauertöpfischen Rohling, arrogant, ungehobelt, zudringlich, gefühllos ...« Er schürzte die Lippen und runzelte die Stirn. »Mein Gedächtnis läßt mich im Stich, war da noch mehr, was du an mir auszusetzen hattest?«

»Sie machen sich über mich lustig, Mylord!«

»Ich liebe Sie, Mylady. Selbst wenn Gott höchstpersönlich in Gloucester auf dich wartete, würde ich dich Ihm nicht übergeben.«

Er küßte sie mit einer Zärtlichkeit, die sie nie für möglich gehalten hätte.

»Dein Onkel wird natürlich alles andere als erfreut sein, wenn er erfährt, daß du schon wieder einen Bräutigam verschmäht hast.«

»Ich habe Rhys ap Iorwerth nicht verschmäht«, protestierte sie sanft. »Ich habe nur eine weisere Wahl getroffen.«

»Trotzdem — du hast deinen Vertrag mit ihm gebrochen, einen Vertrag, den dein Onkel in gutem Glauben unterschrieben hat.«

»Der Vertrag ist null und nichtig, wenn ich einen anderen Mann heirate. Weiß der Himmel — die Waliser haben schon so viele Bräute gestohlen, daß sie über dieses Gesetz bestens Bescheid wissen müssen. Und was meinen Onkel betrifft . . . hast du Angst vor ihm?«

»Ich? Angst vor dem Marschall von England? Vor dem besten Turnierkämpfer aller Zeiten? Wie könnte ich vor so einem Mann Angst haben, meine Liebe? Schlimmstenfalls reißt er mir mit den Zähnen das Herz aus der Brust«, spielte er auf ihre Drohung in der Rüstkammer von Amboise an.

»Aber er hat dich gern. Er *bewundert* dich, das hat er mir selbst gesagt.«

»Nun, seine Bewunderung dürfte etwas abnehmen, sobald er erfährt, daß wir Pfusch gemacht haben.«

»Pfusch? Aber ihr habt die Prinzessin gerettet! Ihr habt sie aus Ohnelands Klauen befreit.«

»Das haben wir in der Tat«, bestätigte Eduard grimmig, während er seine Hose zuschnürte. »Aber dein Onkel wollte nicht, daß es irgendwelche direkten Beweise für deine Beteiligung gibt. Und jetzt wird Gisbourne, wenn er zu sich kommt, zweifellos als erstes den Namen De Clare brüllen, weil er *meinen* Namen wahrscheinlich noch nicht weiß.«

»Was hast du mit ihm gemacht? Und was wollte er von Robin?«

Eduard hielt es für geraten, sie nicht näher darüber aufzuklären. Wenigstens in *dieser* Beziehung sollte sie noch etwas von ihrer Unschuld behalten. »Ich will es so ausdrücken — Gisbourne hatte nichts Gutes mit Robin im Sinn, und Robin hat dafür gesorgt, daß der Gouverneur ihn nie vergessen und ihm nie verzeihen wird.«

»Meinst du damit, daß er Robin begehrt hat, so wie du

mich begehrst? Und daß Robin darauf ähnlich reagiert hat wie Alan?«

»Welcher Alan?«

»Hast du schon vergessen? Der Junge, der unter die Räuber geraten war. Er hat erzählt, daß er jemandem, der ihn als Hure mißbrauchen wollte, den Schädel eingeschlagen hat.«

»Du hast wirklich ein fantastisches Gedächtnis, meine Liebe — besonders wenn es um Dinge geht, die du eigentlich gar nicht hören solltest.«

Ariels Grinsen machte plötzlicher Besorgnis Platz. »Ist Robin ... ich meine ... er wurde doch nicht irgendwie ... verletzt?«

»Nein, er hat nur einige Illusionen über das Rittertum verloren, befürchte ich. Mein Bruder ist nicht so welterfahren wie du, Liebste. Er ist immer noch davon überzeugt, daß es keine wirklich bösen Menschen auf der Welt gibt, nur irregeleitete Narren, die eine starke Hand brauchen, um auf den Pfad der Tugend und Herzensgüte zurückzukehren.«

»Aber du glaubst daran? Du glaubst an das Böse?«

»Ich bin selbst ein Produkt des Bösen«, sagte er ruhig. »Wahrscheinlich habe ich deshalb immer versucht, Robin zu beschützen und ihm den Einblick in die tiefen Abgründe der menschlichen Seele zu ersparen.«

»Weil du das getan hast, und weil du *trotz allem* ein kühner und edler Ritter geworden bist, wird auch Robin das eines Tages sein, denn du bist sein großes Vorbild.«

Ein Blick in die smaragdgrünen Augen verriet Eduard, daß es ihr völlig ernst mit ihren Worten war. Sie war stolz auf ihn, und sie liebte ihn. Diese überwältigende Erkenntnis schnürte ihm plötzlich die Kehle zu.

»Hast du wirklich gemeint, was du vorhin gesagt hast?« flüsterte sie. »Daß du mich nicht einmal Gott höchstpersönlich übergeben würdest?«

Damit sie ihm glaubte, schloß er sie wieder fest in seine Arme.

Henry hörte den erstickten Schrei einer Frau und öffnete die Augen. Es dauerte einen Moment, bis ihm einfiel, wo er war. Die anderen — Sedrick, Dafydd, Robin und Brevant — schliefen und schnarchten um die Wette. FitzRandwulf stand wohl am Höhleneingang Wache, und die Frauen ...

Er blickte zum Feuer hinüber, wo die Frauen schliefen. Gleich darauf sprang er erschrocken auf, denn Ariels Platz war leer. Noch während er sich mit dem Schwert umgürtete, hörte er den Schrei wieder, doch er kam nicht von draußen. Bestürzt sah er, daß die Prinzessin ihre Decke von sich geworfen hatte. Ihr Gesicht war schweißgebadet, und das blonde Haar klebte ihr an den Schläfen.

»Nein«, stöhnte sie leise. »Bitte ... *bitte!*«

Marienne war aufgewacht und beugte sich besorgt über ihre Herrin. Nach kurzem Zögern ging Henry zu ihnen hinüber.

»Hat sie Fieber?« fragte er.

»Es ist kein Fieber«, flüsterte Marienne. »Es sei denn, das Fieber in ihrem Herzen.«

Eleonore schlug jetzt um sich. »Bitte ... Arthur ... mein Gott, Arthur ... sag ihm, was er hören will. Ich habe mich geirrt. *Ich habe mich geirrt.* Sag es ihm. Sag ihm alles. Sag ihm ...« Sie versteifte sich und hob den Rücken vom Boden, während ihr Kopf von einer Seite zur anderen rollte. Marienne schob ihr rasch eine Decke unter und packte sie bei den Handgelenken, damit sie sich nicht an den harten Steinen verletzte.

»Verzeihen Sie, Mylord«, rief Marienne leise, »könnten Sie sie vielleicht an den Knöcheln festhalten?«

Henry tat, wie ihm geheißen, fragte sich aber, warum die Zofe Eleonore nicht einfach weckte.

»Das ist der angevinische Fluch«, erklärte Marienne ihm mit Tränen in den Augen. »Es passiert nur, wenn sie sehr schwach oder sehr müde oder sehr verängstigt ist. Es sind keine richtigen Anfälle, sondern eher eine Trance. Ein Alptraum, aus dem man sie aber nicht wecken kann ... Sie ... sie fühlt sich mitschuldig am Tod ihres Bruders. Sie glaubt, er hätte sich ihretwegen geweigert, ins Exil zu gehen, als der König es ihm anbot. Sie glaubt, er hätte angesichts ihres eigenen Mutes nicht schwach sein wollen, und weil er sich weigerte, wurde der König immer zorniger und ...«

»*Arthur!* ... Süßer Jesus ... gnädiger Gott ... wo ist Arthur? Nicht tot. Nicht tot. *Nicht tot!*«

Eleonore bäumte sich so heftig auf, daß ihre Handgelenke Marienne entglitten. Mit den Armen wild um sich schlagend und leise klagend, versuchte sie, einer Qual zu entrinnen, vor der es kein Entrinnen gab.

Henry fing ihre Handgelenke ein, überrascht von der Kraft ihres Widerstands. Er kreuzte ihr die Arme über der Brust und preßte sie an seinen Körper, während sie mit irgendwelchen unsichtbaren Feinden kämpfte, bis sie beide keuchten und schweißgebadet waren.

Die Hände auf den Mund gepreßt und leise weinend, sah Marienne hilflos zu. Sie wußte, daß der Anfall vorbei war, als die Prinzessin erschauerte und in Henrys Armen erschlaffte, und sie vermutete, daß die Ängste, die Eleonore während der Flucht ausgestanden haben mußte, diesen besonders heftigen Anfall ausgelöst hatten. Sie war Lord Henry dankbar für seine tatkräftige Hilfe, dankbar dafür, daß er Eleonore immer noch in den Armen hielt und sanft hin und her wiegte.

Henrys Hand zitterte, als er ihr die silbrigen Haare aus dem Gesicht strich, denn bei der schwachen Beleuchtung sah es fast so aus, als hätte sie die Augen einfach geschlossen, und er gab sich einen Moment lang der Illusion hin, als wären die Narben in Wirklichkeit dichte

Wimpern, als würden diese Wimpern sich gleich heben und strahlendblaue Augen enthüllen.

»Weiß FitzRandwulf darüber Bescheid?« fragte er ruhig.

»Er weiß, daß sie als Kind Anfälle hatte. Das gehört zu den Dingen, die sie gemeinsam hatten.«

Henry hob abrupt den Kopf. *»FitzRandwulf hat Anfälle?«*

»O nein, Mylord, keine Anfälle«, erklärte Marienne hastig. »Wie ich gehört habe, soll er Alpträume gehabt haben. Schreckliche Alpträume, und als Mylady das zum erstenmal miterlebte — sie war damals noch ein Kind —, glaubte sie, er würde unter derselben Krankheit wie sie leiden. Bei ihm waren es aber wirklich nur Alpträume, und die meisten Anfälle der Prinzessin sind so leicht, daß man sie ebenfalls für bloße Alpträume halten kann. Jahrelang hatte sie gar keine, aber jetzt ... seit Arthurs Tod ... und allem anderen ...«

Henry blickte auf die Perle der Bretagne hinab. Sie schlief jetzt erschöpft, eine Hand um seinen Hals geschlungen. Sie war so dünn und zart, so bleich, so schön, so ...«

»Mylord?«

Henry sah Mariennes Augen die tiefe Sorge an und beruhigte sie rasch. »Sie schläft jetzt ganz ruhig, glaube ich.«

Marienne lächelte dankbar, während sie ihm half, Eleonore auf eine Decke zu betten. Weil Henry kein Vorwand einfiel, um noch länger zu bleiben, wandte er sich unbeholfen zum Gehen, doch Marienne legte ihm eine Hand auf den Arm.

»Danke, Mylord. Nicht nur für Ihre jetzige Hilfe, sondern für alles. Wissen Sie, ich bin ganz sicher, daß der König nach Corfe gekommen ist, weil er die Angelegenheit ein für allemal regeln wollte.«

»Was meinen Sie damit?«

»Er hat alles versucht, um ihren Geist und ihren Willen zu brechen, und weil ihm das nicht gelungen ist, glaube ich, daß er beschlossen hatte, Gisbourne einen Unfall arrangieren zu lassen. Deshalb ist alles, was uns jetzt zustoßen mag, auf jeden Fall dem vorzuziehen, was uns in Corfe erwartet hätte. Und falls Mylady tatsächlich in Kirklees Zuflucht finden könnte — ich weiß, daß sie dort Frieden finden würde. Dann würde sie auch von den Dämonen befreit, die sie jetzt so quälen.«

Henry hatte plötzlich das Gefühl, als stünde sein ganzer Körper in Flammen, und sein Herz klopfte so laut wie nie zuvor. Weder während einer Schlacht noch während eines Liebesabenteuers hatte er jemals eine solche Erregung verspürt wie in der Erinnerung an die Minuten, als er Eleonore in seinen Armen gehalten hatte.

Er griff nach Mariennes Hand. »Sie *wird* in Kirklees Zuflucht finden, das schwöre ich Ihnen ... bei meinem Leben.«

Er besiegelte den Schwur, indem er die Hand der jungen Zofe an seine Lippen führte. Nach einem letzten Blick auf die Prinzessin wandte er sich rasch ab, und weil er ein starkes Bedürfnis nach frischer Luft verspürte, verließ er die Höhle.

Ariel und Eduard hielten sich eng umschlungen. Eine eisige Stimme riß sie jedoch jäh aus ihrer Verzückung.

»Hier?« höhnte Henry. »Sogar ohne ein weiches Bett oder wenigstens einen Heuhaufen?«

Das Rauschen des Wasserfalls hatte seine Schritte übertönt, und Ariel und Eduard wußten nicht, wie lange er sie schon beobachtet hatte. Seine Miene verhieß jedoch nichts Gutes.

Instinktiv trat Eduard zwischen Bruder und Schwester, um Ariel notfalls zu beschützen. »Nachdem Ihre Schwester eingewilligt hat, mich zu heiraten«, sagte er mit genauso kalter Stimme wie Henry, »sollten Sie von weiteren Beleidigungen lieber Abstand nehmen.«

Henrys braune Augen schweiften von FitzRandwulf zu

dem bleichen Gesicht seiner Schwester, das hinter der Schulter ihres Geliebten hervorspähte.

»Ist das wahr?« fragte er.

Ariel griff nach Eduards großer warmer Hand, um sich Mut zu machen. »Nein. Wenn du die *ganze* Wahrheit hören willst — ich habe ihm angeboten, seine Geliebte zu sein, wenn er darauf verzichtete, mich in Gloucester an Lord Rhys zu übergeben ... aber er wollte keine Geliebte. Ich hatte nicht einmal zu hoffen gewagt, daß er mich zur Frau nehmen würde, aber ...« Sie schaute mit strahlendem Lächeln zu Eduard auf. »Aber nachdem er mich vor die Alternative gestellt hat, Ehefrau oder gar nichts, habe ich seinen Antrag angenommen.«

Henry wollte etwas sagen, verzichtete aber darauf, als er sah, daß die beiden nur Augen füreinander hatten. Er breitete resigniert die Arme aus und starrte den Wasserfall von hinten an.

»Ich weiß, daß ich das schon einmal gefragt habe«, murmelte er schließlich, »aber jetzt frage ich noch einmal — habt ihr euch wirklich überlegt, was ihr da macht? Es ist schön und gut, in der Glut der Leidenschaft Pläne zu schmieden, aber habt ihr euch überhaupt gefragt, was ihr tun wollt, sobald diese erste Leidenschaft verflogen ist? Wohin wollt ihr gehen? Wovon wollt ihr leben? Herrgott, Mann«, fluchte er in Eduards Richtung, »wissen Sie nicht, daß die eine Hälfte der Männer des Königs nach Ihnen suchen wird, die andere nach uns. Ihr Vater und unser Onkel werden uns verleugnen und öffentlich erklären müssen, daß sie nichts von unseren Plänen wußten, wenn sie den Zorn des Königs nicht auf *sich* lenken wollen. Sie werden uns für Renegaten und Verräter erklären müssen, und sie werden zumindest so tun müssen, als hülfen sie dem König, uns zu jagen. Hätten Sie Gisbourne nicht kastriert, hätten wir vielleicht nach Navarra oder Aragon ins Exil gehen können — oder nach Rom, um den Papst um Hilfe zu bitten. Aber Gisbourne wird unsere

Köpfe unbedingt auf Pfählen sehen wollen, und Johann wird ihm freie Hand lassen, uns bis ans Ende der Welt zu verfolgen.«

Ariel blickte überrascht zu Eduard auf. »Du hast Gisbourne *kastriert?*«

Er zuckte mit den Schultern. »Es war ein Unfall. Er ist in Robins Dolch gefallen.«

»Es wäre viel besser gewesen, wenn er mit dem Herzen in diesen Dolch gefallen wäre«, bemerkte Henry grimmig. »Und ich denke immer noch ernsthaft darüber nach, ob ich *Ihnen* nicht das Herz aus der Brust schneiden soll, weil Sie meiner Schwester so etwas angetan haben.«

»Glauben Sie mir — ich hatte wirklich nicht die Absicht, mit einer Ehefrau in die Touraine zurückzukehren.«

»Und ich hatte nicht die Absicht, den Mann am Leben zu lassen, der meine Schwester verdorben hat«, konterte Henry.

»Du hast inzwischen also deine Meinung geändert?« fragte Ariel atemlos.

Henry fuhr sich seufzend mit den Fingern durch die Haare. »Nachdem es nun schon zwei legale Eheverträge gibt, die dich an zwei verschiedene Männer binden — bist du wenigstens ganz sicher, daß dieser dritte Mann nun der Richtige ist? Bist du ganz sicher, daß du deine Meinung nicht wieder ändern wirst? Bist du ganz sicher, daß du sein Leben teilen willst?«

Ariel dachte an ihr Leben in Pembroke zurück — an das wohlbehütete Leben eines Edelfräuleins, das sie nie ausgefüllt hatte. Sie hatte sich immer nach etwas anderem gesehnt, ohne zu wissen, was das war. Die Heiratskandidaten, die sie aus den verschiedensten Gründen abgewiesen hatte, waren alle gleich gewesen: sie hatten eine blaublütige und reiche Frau gesucht, die gesund genug aussah, um eine gute Zuchtstute abzugeben. Von Liebe oder auch nur Zuneigung war nie die Rede gewesen. Das

Leben mit irgendeinem von ihnen wäre leer und sterbenslangweilig gewesen.

Ein Leben mit Eduard bot ihr hingegen Leidenschaft, Aufregung und Liebe. Es würde keine lästige Pflicht, sondern eine Freude sein, ihm Kinder zu schenken. Sein Leben zu teilen würde eine ständige Herausforderung, ein Genuß und ein Kopfsprung ins Unbekannte sein, und allein schon der Gedanke daran ließ ihr Herz höher schlagen.

»Ich liebe ihn«, beantwortete sie Henrys Frage mit einfachen Worten. »Und daran wird sich niemals etwas ändern.«

Henry schüttelte langsam den Kopf. »In gewisser Weise ist das alles meine Schuld. Ich hätte nie einwilligen sollen, dich von Pembroke in die Normandie zu bringen. Ich hätte dich gleich dem diebischen walisischen Prinzen übergeben sollen ... ich hätte dir einen kräftigen Schlag auf den Kopf versetzen und dich halb betäubt zum Altar schleppen sollen, anstatt mich wieder einmal von dir um den Finger wickeln zu lassen. Aber ich konnte dir leider Gottes noch nie etwas abschlagen, stimmt's?«

Ariel ging um Eduard herum und auf ihren Bruder zu. Sie schlang ihre Arme um seinen Hals und legte ihren Kopf auf seine Schulter. »Es tut mir leid wegen Cardigan Castle. Ich weiß, wieviel es dir bedeutet hätte, unseren Besitz zurückzubekommen.«

»Es hat mir nie soviel bedeutet wie dein Glück.« Auch er schlang seine Arme um sie und blickte zu Eduard hinüber. »Und wenn ein Wölfchen dich nun einmal glücklich macht ...«

»Irrsinnig glücklich«, flüsterte sie.

Beide Männer wollten Ariels Glück, und das erfüllte sie mit gegenseitigem Respekt. Einer aufrichtigen Freundschaft stand nun nichts mehr im Wege.

Während alle drei erleichtert aufatmeten, wurde vom Wasserfall her ein schwerer Seufzer vernehmbar. Sparrow konnte die herzbewegende Szene einfach nicht länger schweigend ertragen.

»Heiliger Bartholomäus und all ihr anderen Heiligen, seid uns gnädig!« stöhnte er, durch den Höhleneingang taumelnd. »Ich habe das schon einmal mitgemacht, mit dem Schwarzen Wolf, der sich einen genauso dicken Panzer um sein Herz zugelegt hatte. Damals habe ich gesagt, ein zweites Mal würde ich das nicht überleben. Ich habe geschworen, daß ich es nicht überleben würde, und seht mich an — ich bin tot.«

Mit dramatischer Geste umklammerte Sparrow den Armbrustbolzen, der aus seiner Schulter herausragte, und sank ohnmächtig zu Boden.

*Kirklees Abbey, Nottingham*

## 25

Sparrow war nicht tot, und seine vorgebliche Ohnmacht dauerte nur so lange, bis er sich in der Höhle von besorgten Gesichtern und aufmerksamen Zuhörern umringt sah. Wortreich schilderte er sein Zusammentreffen mit den Männern des Königs: fast hundert waren es gewesen, schätzte er, und mehr als die Hälfte von ihnen hatte er ins Jenseits befördert. Nur der Armbrustbolzen in seiner Schulter hatte ihn daran gehindert, auch die restlichen zur Strecke zu bringen.

»Das ist wirklich ein Jammer«, schnaubte Brevant zynisch, von Sparrows Heldentaten sichtlich kaum beeindruckt. »Denn jetzt werden sie vor Wut kochen und doppelt blutrünstig sein.«

»Pah!« entgegnete der Gnom mit wegwerfender Handbewegung. »Die können kochen, so lange sie wollen. Bis sie sich wieder trauen, auch nur eine Zehe auf die

Straße zu setzen, werden wir schon fast in Nottingham sein.«

Dafydd ap Iorwerth fuhr sich mit der Hand durch die schwarzen Haare und sah Sparrow verwirrt an. »Nottingham? Aber mein Bruder erwartet uns doch in Gloucester!«

Henry und Eduard tauschten einen besorgten Blick, und Eduard verwünschte insgeheim Sparrows loses Mundwerk, bevor er beschloß, dem Waliser endlich reinen Wein einzuschenken.

»Wir reiten nicht nach Gloucester, Dafydd.«

»Nicht?« Dafydds dunkelbraune Augen suchten Ariel. »Aber das war doch vereinbart, oder?«

Ariel fuhr sich mit der Zunge verlegen über die Lippen. Glücklicherweise kam Henry ihr zu Hilfe.

»Ja, es war vereinbart, Mylord, und wir bedauern zutiefst, Sie enttäuschen zu müssen, nachdem Sie so treu und mutig zu uns gehalten haben. Die einzige Entschuldigung, die ich vorbringen kann, ist die Tatsache, daß Frauen nun einmal keinen Verstand haben. Meine liebe Schwester hat nämlich beschlossen, mit Lord FitzRandwulf in die Normandie zurückzukehren.«

In der plötzlichen Stille hörte Ariel den Zwerg fluchen, daß er das Pech habe, im Dienste von lauter Verrückten zu stehen. Hingegen begannen Robins Augen zu strahlen, weil er seine romantischen Vorstellungen vom edlen Rittertum bestätigt sah. Sedrick schüttelte nur leicht den Kopf, und Dafydd ...

Dafydd starrte angestrengt auf den Boden und massierte seinen bandagierten Arm.

Ariel legte ihre schmalen Finger auf seine Hand.

»Es tut mir wirklich leid, Dafydd. Sie haben mit uns eine so weite und gefährliche Reise gemacht und sich als guter Freund erwiesen — und jetzt macht Ihnen der Wankelmut einer Frau einen Strich durch die Rechnung ...« Sie biß sich auf die Unterlippe. »Sie haben jedes

Recht, wütend auf mich zu sein oder mich sogar zu hassen.«

Dafydds Stirn legte sich in Falten. »Wütend wird mein *Bruder* sein. Daß sein Stolz verletzt wurde, könnte er vielleicht gerade noch verkraften, aber daß es nun nicht zu der versprochenen Allianz mit dem Hause Pembroke kommt, wird er Ihnen nie verzeihen, selbst wenn Sie sich tausendmal entschuldigen und an seine Menschlichkeit appellieren. Die Tatsache, daß er einen vom Marschall unterschriebenen Vertrag besitzt ...«

»*Meine* Unterschrift fehlt auf diesen Dokumenten«, unterbrach sie ihn ruhig. »Es ist nur eine Kleinigkeit, ich weiß, aber ...«

»Ihr Einverständnis wurde vorausgesetzt.«

»Trotzdem — ich habe keinen förmlichen Eid vor Zeugen abgelegt, Mylord, und im normannischen England, wenn auch vielleicht nicht in Wales, ist eine solche Vereinbarung ohne meine Unterschrift nicht bindend. Außerdem ...« — sie wollte ihr Verhalten unbedingt irgendwie rechtfertigen — »wenn Ihrem Bruder so ungemein viel an einer Verbindung mit dem Hause Pembroke lag — warum hat er mich nicht selbst in die Normandie begleitet? Warum hat er *Sie* auf die Reise geschickt, anstatt sein Anliegen meinem Onkel persönlich vorzutragen? Das hätte ihm außerdem ermöglicht, mich gleich in der Normandie zur Frau zu nehmen.«

Dafydd blickte auf und verblüffte alle durch ein breites Grinsen. »Er hat mich geschickt, Mylady, weil er sich seiner Frau entledigen mußte, bevor er Sie heiraten konnte.«

»Seiner *Frau?*« riefen Ariel und Henry wie aus einem Munde.

»Ja. Eine schreckliche Person, mit der Llywellyn ihn vor zehn Jahren verkuppelt hat. Zimperlich und häßlich wie die Nacht, aber dafür brachte sie einen großen Teil von Clen Forest mit in die Ehe.«

»Und warum erfahren wir erst jetzt von dieser Ehefrau?« fragte Henry.

»Warum habe *ich* erst in Sichtweite von Corfe Castle etwas von der geplanten Rettungsaktion erfahren?« konterte Dafydd geschickt.

Henry war um eine Antwort verlegen.

Eduard rieb sich mit dem Daumen seinen Stoppelbart. »Und wie gedachte Ihr Bruder diese Kleinigkeit einer bereits vorhandenen Ehefrau zu regeln?«

»Eine Annullierung wäre durchaus möglich. Er plagt sich seit zehn Jahren redlich ab, sie zu schwängern, aber sie ist unfruchtbar. Ich glaube allerdings eher, daß sie versehentlich über die Mauer von Deheubarth in die Tiefe stürzen wird, denn Rhys will Clen Forest bestimmt nicht an ihren Vater oder an ihre Brüder zurückgeben. Das gleiche Schicksal — ein bedauerlicher Sturz über die Burgmauer — dürfte übrigens auch mich ereilen, denn Rhys hat wenig Geduld mit Versagern, und in seinen Augen werde ich einer sein.«

»Aber Sie sind doch sein Bruder!« rief Eleonore.

Dafydd zuckte seufzend die Schultern. »Ich bin ein Nachzügler, und meine älteren Brüder haben sich nie etwas aus mir gemacht. Rhys hat mich nur um sich geduldet, weil ich ein so ehrliches Gesicht und gute Manieren habe. Das ist ganz nützlich, wenn man beispielsweise einen Lord davon überzeugen will, daß sein Vieh nicht gestohlen wurde, sondern sich verirrt hat.« Er warf Henry einen vielsagenden Blick zu. »Sie alle haben mir in den vergangenen Wochen mehr Kameradschaft bewiesen als meine eigenen Brüder während meines ganzen Lebens. Nicht daß ich glaube« — er senkte rasch wieder den Kopf — »der Freundschaft von Männern wie Ihnen würdig zu sein, aber ... wenn ich das sagen darf, ohne Ihren Unmut oder gar Zorn zu erregen ... ich werde die Erinnerung an diese Zeit bewahren, solange ich lebe.«

Sparrow stöhnte wieder und schlug mit der Hand gegen seinen Bogen. »Ich bin wirklich nur von Narren umgeben! Jetzt werden wir dieses Lämmchen wohl auch noch mit nach Hause schleppen müssen. Wir können unseren guten Littlejohn doch nicht bitten, das Problem eines verrückten Walisers durch einen schnellen Schwertstreich zu lösen, oder?«

»Wohl kaum«, erwiderte Eduard trocken. »Aber wie kommst du auf die Idee, daß unser junger Waliser so verrückt sein könnte, mit uns zu kommen, nachdem wir ihm so vieles verschwiegen haben?«

Dafydds Miene spiegelte eine Mischung aus Ungläubigkeit und Erleichterung wider. »Sie würden es erlauben? Sie würden mir erlauben, mit Ihnen in die Normandie zurückzukehren?«

»Wenn meine Zukünftige nichts dagegen hat.« Eduard warf Ariel einen fragenden Blick zu.

»Natürlich habe ich nichts dagegen«, sagte sie. »Aber was ist mit Lord Rhys? Wie lange wird er in Gloucester auf uns warten, bis er begreift, daß wir nicht kommen?«

»Jedenfalls so lange, daß Llywellyn ihm bestimmt einen sehr herzlichen Empfang bereiten wird, wenn er nach Deheubarth zurückkehrt«, grinste Dafydd.

»Bestimmt nicht herzlicher als der Empfang, den der König *uns* bereiten wird, wenn wir uns noch lange hier aufhalten«, bemerkte Sparrow. »Oder bin ich der einzige, der sich daran erinnert, daß wir nur einen halben Tagesritt von Corfe entfernt sind?«

»Das vergißt bestimmt keiner von uns«, erwiderte Eduard. »Bevor wir uns aber auf den Weg nach Kirklees machen können, müssen wir einen Wundarzt finden, der den Pfeil aus deiner Schulter holt. Die Spitze scheint so tief im Knochen zu stecken, daß wir sie nicht einfach herausziehen können. Littlejohn, Sie kennen sich in den Dörfern der Umgebung wesentlich besser aus als wir. Gibt es hier irgendwo einen guten Wundarzt?«

»Pah!« Brevant zückte sein Speisemesser und spuckte

auf die Klinge. »Auf solche Extravaganzen brauchen wir keine Zeit zu verschwenden. Ich habe einige Erfahrung darin, Eisen von Knochen zu trennen.«

»Um nichts in der Welt!« schrie Sparrow empört. »Bevor ich Ihre großen haarigen Pranken an mich ranlasse, reiße ich den Bolzen lieber eigenhändig heraus.«

»Nur zu, mein Freund — aber bitte schnell!« knurrte Brevant. »Sonst könnten diese haarigen Pranken nämlich auf die Idee kommen, die Pfeilspitze noch etwas tiefer zu treiben, anstatt sie rauszuholen.«

Sparrow quiekte indigniert und zerrte am Schaft des Bolzens. Keiner war so überrascht wie er selbst, als er ihn gleich darauf tatsächlich in der Hand hielt. Er starrte auf die rote Flüssigkeit, die von der Spitze tropfte, dann auf das tiefe Loch in seiner Schulter — und dann verdrehte er die Augen.

Eduard fing ihn auf und vergewisserte sich, daß die Ohnmacht diesmal echt war. Für Sparrow war das zweifellos am besten, denn die Blutung mußte mit einem glühenden Holzscheit gestillt werden.

Eine Stunde später waren sie im Schutz der Dunkelheit unterwegs. Sparrow wurde an Robins Satteltasche festgebunden und kam erst hinter Salisbury wieder zu sich. Sie schliefen tagsüber und ritten nachts, und sie mieden alle Ortschaften.

Am Morgen des dritten Tages erklärte Sedrick, er hätte beschlossen, sich von ihnen zu trennen und auf schnellstem Wege nach Pembroke zu reiten. Jemand müsse unbedingt Lady Isabella warnen, bevor der König auf die Idee kommen würde, sie und ihre Kinder als Geiseln zu nehmen, um sich am Marschall zu rächen.

Pembrokes Spione hatten ihn mit Sicherheit bereits über Eleonores Flucht informiert, und nun würde er widerwillig Vorkehrungen treffen müssen, um selbst über jeden Verdacht erhaben zu sein. Sie hatten in Amboise über die Möglichkeit gesprochen, daß der Marschall gezwungen sein könnte, die ganze Schuld auf den Namen De Clare zu schieben. Pembroke hatte Henry auch darauf hingewiesen, daß er in England dann nicht mehr willkommen wäre, und Henry hatte das mit seinem üblichen Gleichmut akzeptiert. Damals hatte er ja noch geglaubt, daß Ariel in Deheubarth sicher aufgehoben sein würde, ebenso wie er selbst in Cardigan.

Das war natürlich lange vor Ariels Ankündigung gewesen, daß sie nicht die Absicht hatte, Rhys ap Iorwerth zu heiraten.

Und es war lange vor Henrys schmerzlicher Erkenntnis gewesen, daß er sich in Eleonore von der Bretagne verliebt hatte.

Der Mond stand hell und kalt am samtigen Himmel. Sein Licht war fast so strahlend wie das der Sonne, und es tauchte die Mauern der Abtei in gespenstisches Grau. Ein aufkommender Wind wirbelte silbrigen Sternenstaub auf, denn tagsüber hatte es geschneit, und nun waren Gras und Äste mit einer dünnen Kristallschicht überzogen.

Kirklees stand auf einem sanften Hügel. Im Sommer weideten Schafe auf den Abhängen, und Vögel bauten ihre Nester in den Apfelbäumen des alten Obstgartens. Jenseits eines schmalen Tals und eines weiteren anmutigen Hügels erstreckte sich der riesige undurchdringliche Wald namens Sherwood. Sogar im Winter, wenn die mächtigen Eichen und Eschen ihres prächtigen Laubwerks beraubt waren, sah dieser Wald dunkel und bedrohlich aus. Geister gingen dort um, sagte man. Dämonen, Zauberer und Hexen hausten in den vielen tiefen Schluchten, und niemand, der seine Seele behalten wollte, begab sich allein in diesen Wald.

Ariel fröstelte, obwohl sie in einen dicken Pelz gehüllt war. Es bereitete ihr Unbehagen, daß die Abtei so dicht bei dem verhexten Wald lag, und sie konnte den Mut der

Nonnen nur bewundern, die ihr ganzes Leben hier verbrachten. Sie selbst wäre dazu viel zu abergläubisch.

Henry stand neben ihr im hellen Mondschein. Er hatte gesagt, daß er unter vier Augen mit ihr sprechen wolle, und sie hatten sich ein wenig von den anderen entfernt, doch in den letzten zehn Minuten hatten sie kein Wort gesprochen, sondern stumm die mächtigen Steinmauern von Kirklees angestarrt.

»Ich glaube nicht, daß ich mit euch in die Normandie zurückkehren werde«, sagte Henry endlich. »Jedenfalls vorläufig nicht.«

»Du willst nicht mitkommen?« Ariel starrte ihren Bruder entgeistert an. »Aber warum denn nicht? Was willst du machen? Nach Pembroke kannst du nicht mehr — du hast doch selbst gesagt, daß der König uns als Verräter ächten wird. In der Normandie ist die Wahrscheinlichkeit, daß jemand dich erkennt und die königlichen Spürhunde auf dich hetzt, viel geringer.«

Henry blickte zum dichten Wald hinüber. »Ich bleibe hier in der Nähe, bis ich ganz sicher sein kann, daß keiner dieser königlichen Spürhunde Eleonore hier aufgestöbert hat.«

»Und wenn dich jemand erkennt? Lockst du die Hunde dann nicht sogar hierher?« fragte Ariel sanft.

»Als Henry de Clare, ja, durchaus möglich«, bestätigte er. »Und sogar über einen namenlosen Ritter, der die Einsamkeit liebt, könnte es Gerüchte geben. Aber ich habe bei einigen von Robins Geschichten gut zugehört« — Robin hatte sie in den vergangenen Tagen mit allen möglichen Geschichten unterhalten, in der Hoffnung, Eleonore ein wenig abzulenken — »und eine ist mir seitdem nicht mehr aus dem Kopf gegangen. Erinnerst du dich an die Geschichte von der ersten Begegnung seiner Mutter mit dem Wolf und FitzAthelstan?«

Ariel schüttelte den Kopf, viel zu verwirrt, um sich an irgendwelche Geschichten am Lagerfeuer zu erinnern.

»Sie war von Lord Randwulf entführt worden, und es gelang ihr, in den Wald zu flüchten. Von einer Klosterglocke angelockt, suchte sie dort Zuflucht, ohne zu bemerken, daß die Abtei nur noch eine Ruine war. Lord Alaric, der sich als Mönch verkleidet hatte, gewährte ihr Einlaß — und dann mußte sie feststellen, daß er der beste Freund des Wolfs war.«

»Na und? Willst du nach einer verlassenen Abtei suchen und dich als Mönch verkleiden?« spottete Ariel.

Henry ignorierte ihren Sarkasmus. »Die einzigen Männer, die in Kirklees Einlaß fanden, sind Mönche. Wenn ich mir eine Tonsur scheren und eine Kutte tragen muß, um Eleonore sehen zu können, so werde ich das gern tun.«

Ariels Lächeln verschwand sofort. »Ist das wirklich dein Ernst?«

Henry blickte ihr tief in die Augen. »Ich kann nicht einfach davonreiten und sie schutzlos hier zurücklassen.«

»Aber was willst du machen? Ein Schwert unter deiner Kutte verstecken, während du auf dem Hügel Schafe weidest?«

»Ein Schwert und ein Messer und notfalls noch ein ganzes Sortiment anderer Waffen. Begreifst du nicht — ich kann Eleonore nicht allein und schutzlos zurücklassen, solange dieser König am Leben ist.«

Seine Augen glühten vor Leidenschaft. Das gleiche Feuer hatte sie einmal in Eduards Augen gesehen — in der stürmischen Nacht auf dem Turm von Corfe Castle. Damals hatte sie zunächst geglaubt, ein Blitz hätte sich in seinen Augen gespiegelt. Erst später hatte sie begriffen, daß die Liebe zu ihr dieses Feuer bewirkt hatte. Aber dann . . .

»Henry . . .?«

Die Frage blieb unausgesprochen, aber seine Antwort war unmißverständlich.

»Ja, ich liebe Eleonore. Lach mich ruhig aus, wenn du

willst«, sagte er trotzig. »Du hättest jedes Recht dazu, nachdem ich mich wegen deiner Liebe zu Eduard so aufgeführt habe.«

»Aber ... die Prinzessin ...«

»Ich weiß, daß Eleonores Liebe nur der Kirche gehört. Und ich würde niemals versuchen, sie davon abzubringen. Nein, ich wäre völlig damit zufrieden, in ihrer Nähe zu sein, sie hin und wieder zu sehen, mit ihr über harmlose Dinge zu sprechen.« Er starrte die grauen Mauern von Kirklees an, hinter denen bald sein Herz gefangen sein würde.

»Hast du es Eduard erzählt?«

»Ja, und ich habe ihm gesagt, daß ich mich von niemandem von dieser Entscheidung abbringen lasse. Er selbst muß ja ohnehin so schnell wie möglich in die Normandie zurückkehren. Sobald bekannt wird, daß er England verlassen hat, kommt diese Kunde auch dem König zu Ohren, ebenso wie der Name der Braut. Ferner wird er hören, daß auch Henry de Clare sich in der Normandie aufhält — ein etwas dunkler gewordener Henry de Clare mit breitem Akzent, aber ...«

»Dafydd?«

»Er war bereit, sich eine Zeitlang als Henry de Clare auszugeben, allein schon, um die Bluthunde seines Bruders von *seiner* Spur abzubringen.«

Der Gedanke, daß sie ihren Bruder sehr lange nicht wiedersehen würde, machte Ariel das Herz schwer.

»Bist du wirklich ganz sicher, daß du das willst?« flüsterte sie.

»Ich war mir noch nie im Leben über irgend etwas so sicher ... außer vielleicht darüber, daß ich dich vermissen werde.«

Ariel warf sich in seine Arme. »Ich werde dich auch schrecklich vermissen. Du wirst doch vorsichtig sein und nichts Törichtes tun?«

»Ich werde noch vorsichtiger als vorsichtig sein«, versprach er. »Und du ... du wirst lernen müssen, deinem Mann zu gehorchen, denn er sieht mir nicht so aus, als würde er sich von dir so um den Finger wickeln und zähmen lassen wie andere Männer.«

»Ich will ihn doch gar nicht zähmen«, gab sie ehrlich zu. »Die Aussicht, gezähmt zu *werden*, ist viel reizvoller.«

Henry hielt sie auf Armeslänge von sich ab. »Bei Gott, ich glaube, du liebst den Kerl wirklich.«

Knirschende Schritte im Schnee veranlaßten sie, sich umzudrehen. Eduard kam den Hügel von der Abtei herab, und die Geschwister gesellten sich rasch wieder zu den anderen.

»Alles ist geregelt«, berichtete Eduard. »Die Äbtissin war sofort bereit, Eleonore aufzunehmen und ihre Anonymität zu wahren, sogar gegenüber den anderen Nonnen, denen sie nur erzählen wird, die neue Novizin sei eine Waise, die Tochter eines beim König in Ungnade gefallenen Edelmanns. Das ist heutzutage ja eine ganz alltägliche Geschichte.«

»Und was hast du der *Äbtissin* erzählt?« wollte Henry wissen.

Eduard lächelte. »Daß sie tatsächlich eine vom König verfolgte Waise sei, die um ihr Leben fürchten müsse. Daß die Klostermauern Johann Ohneland nicht mehr heilig wären, wenn er jemals erführe, daß sie hier ist. Das brachte sie in Harnisch — genau, wie ich gehofft hatte. Sie war schon immer eine furchtlose, kämpferische Person, die sich sogar mit dem Drachen von Bloodmoor Keep anzulegen wagte.«

»Hat sie sich an dich erinnert?« fragte Eleonore.

»Wenn, dann hat sie es nicht gezeigt. Und wenn sie Eleonores Identität erraten hat, wird sie dieses Geheimnis mit ins Grab nehmen, daran hege ich nicht den geringsten Zweifel.«

»Eduard . . .« Die Prinzessin streckte ihre Hand nach

ihm aus. »Wie kann ich dir jemals danken? Wie kann ich euch allen jemals danken?«

»Dein Glück ist für mich der schönste Lohn.« Eduard preßte ihre Finger an seine Lippen. »Vergiß nicht — du hast immer noch den Ring. Solltest du mich jemals brauchen ...«

Eleonore lächelte. »Dann werde ich ihn ganz schnell nach Amboise schicken, das verspreche ich dir. Aber nachdem Lord Henry und Marienne auf mich aufpassen werden, traut sich bestimmt nicht einmal ein Floh, mir zu Leibe zu rücken.«

Robin blickte zu Marienne hinüber, aber die Zofe senkte rasch die Lider. Eduard sah die düstere Miene seines Bruders, und Eleonore hörte Marienne schneller atmen.

»Marienne ist noch jung«, erklärte sie, ohne sich an eine bestimmte Person zu richten. »Aber sie ist alt genug, um schon jetzt zu wissen, daß die Kirche nicht ihr Leben ist — jedenfalls nicht in dem Maße, wie sie es für mich immer war. In ein-zwei Jahren, wenn sie davon überzeugt ist, daß ich zufrieden bin und den inneren Frieden gefunden habe, wird sie ihren eigenen Weg in der Welt wählen.«

Robins Miene hellte sich auf. »Sie wird frei sein?«

Eleonore lachte leise. »Sie ist auch jetzt frei, Robin. Ein Kloster ist doch kein Gefängnis, sondern ein Ort der Ruhe und des Friedens. Marienne wird es verlassen können, sobald sie das will.«

Robin murmelte eine Entschuldigung, packte Marienne bei der Hand und zog sie beiseite. Sie steckten die Köpfe zusammen und tauschten im Flüsterton Versprechen aus.

Eleonore lächelte immer noch. »Lady Ariel?«

»Hoheit?«

»Ich möchte auch Ihnen von ganzem Herzen danken. Mit Ausnahme von Marienne hatte ich noch nie eine Freundin. Und ich möchte an Sie so gern als an meine

Freundin denken dürfen und mir vorstellen, daß auch Sie von Zeit zu Zeit lächelnd an mich denken.«

»Ich ... wir ... werden *immer* an Sie denken, Mylady«, sagte Ariel, und dann pfiff sie auf jedes Protokoll und schloß die letzte angevinische Prinzessin in die Arme.

Überwältigt von dieser impulsiven Freundschaftsgeste, erwiderte Eleonore die Umarmung und flüsterte mit erstickter Stimme: »Ich hatte fast schon die Hoffnung aufgegeben, daß Eduard jemals eine Frau finden würde, die ihn davon überzeugen könnte, daß er es wert ist, geliebt zu werden. Jeder Feigling hätte ihn mit dem Wort *Bastard* völlig niederschmettern können. Lieben Sie ihn, Ariel. Lieben Sie ihn von ganzem Herzen, und Sie werden es nicht bereuen, keinen Moment lang.«

»Ich werde es ganz bestimmt nie bereuen«, versicherte Ariel.

Eduard räusperte sich und blickte zur Abtei empor. »Die Äbtissin wartet auf dich.«

Die Prinzessin verabschiedete sich mit letzten Dankesworten von Dafydd ap Iorwerth, Jean de Brevant und Sparrow. Der Gnom war sehr gerührt, als Eleonore sich bückte und ihn auf die Wange küßte.

»Versprich mir, daß du sie alle heil nach Hause bringen wirst. Ich betraue dich ausdrücklich mit dieser Mission.«

Sparrow warf sich stolz in die Brust, die durch Verbände ohnehin schon dick genug war. »Sie können sich auf mich verlassen, Hoheit. Wie immer!«

Eingerahmt von Marienne und Eduard, ging Eleonore den Hügel empor, ihrem künftigen Schicksal entgegen.

Am Portal tauschte sie ein letztes Wort mit Eduard und drückte ihm heimlich etwas in die Hand, bevor sie dann mit Marienne in der dunklen Stille von Kirklees verschwand.

Eduard blieb eine Weile regungslos stehen, mit gesenktem Kopf und geschlossenen Augen. Schließlich drehte er sich ins Mondlicht und betrachtete Eleonores Abschiedsgeschenk.

Es war eine Perle. Eine große weiße Perle, die genauso leuchtete wie Eleonores Gesicht, als sie ins Kloster geschritten war.

# Epilog

Anläßlich der Rückkehr der beiden Söhne des Wolfs wurde in Amboise ein Freudenfest veranstaltet, wie es Burg und Dorf seit Jahren nicht mehr erlebt hatten. Daß Eduard FitzRandwulf sich eine Braut mitgebracht hatte, machte überall die Runde und wurde eifrig kommentiert. Natürlich wurde die Nachricht auch dem Marschall zugetragen, der in der Burg von Falaise vor einem prasselnden Kaminfeuer saß, ein Glas Glühwein in den Händen, ein zufriedenes Lächeln auf den Lippen.

Für ihn war die Kunde von Eduards Braut freilich keine Neuigkeit gewesen, denn hinter ihm saß Lady Isabella, seine Frau, gegen die Winterkälte in dicke Pelze gehüllt. Die Gräfin und ihre zehn Kinder waren vor wenigen Tagen in Falaise angekommen, angeführt von einem erschöpften Sedrick, der wenige Stunden nach seiner Ankunft in Pembroke die ganze Familie an Bord eines schnellen Schiffes verfrachtet hatte.

Jean de Brevant hatte FitzRandwulf nach Amboise begleitet. Natürlich hatte er schon viel über Eduards berühmten Vater gehört — wer hatte das nicht? Er schwor Randwulf de la Seyne Sur Mer den Treueid und wurde nach einiger Zeit zum Hauptmann der persönlichen Garde des Wolfs ernannt.

Dafydd ap Iorwerth spielte die Rolle von Henry de Clare so überzeugend, daß er einen Monat nach der Ankunft in Amboise nur knapp einem Mordanschlag entging, als er unten im Dorf am Ufer der Loire spazierenging, ohne den Mut aufzubringen, der schönen verwitweten Müllerstochter ein Lächeln zu schenken. Ein Pfeil traf ihn, bohrte sich zum Glück aber nur ins Fleisch eines Schenkelmuskels, und der Waliser tötete nicht nur seinen heimtückischen Angreifer mit einem weitaus besser gezielten Schuß, sondern erregte auch endlich die Aufmerksamkeit und das Interesse der jungen Witwe. Gabrielle nahm ihn in ihre winzige Hütte mit, um seine Wunde zu versorgen, und nebenbei führte sie den völlig unerfahrenen und ständig errötenden jungen Mann in die Liebeskunst ein.

Das breite Grinsen auf Eduards Gesicht, als er davon berichtete, weckte in Ariel den Verdacht, daß diese Gabrielle für ihn keine Fremde war, aber sie hatte keinen Grund, auf Eduards frühere Freundinnen eifersüchtig zu sein — nicht, wenn sie selbst sich jede Nacht an der Hitze seines Körpers wärmen konnte, wenn seine unerschöpfliche Leidenschaft sie jeden Tag in Atem hielt.

Freilich war ihr Eheleben durchaus nicht immer eitle Harmonie. Es kam oft zu stürmischen Auseinandersetzungen, die meistens damit endeten, daß Eduard seine Frau an der Hand packte oder über seine Schulter warf, um mit ihr im Schlafzimmer zu verschwinden. Bei der Versöhnung ging es dann genauso stürmisch zu wie beim Streit.

Sie blieben in Amboise, bis ihr erstes Kind geboren wurde — eine Tochter mit feuerrotem Haarschopf und grünen Augen, die auf den Namen Eleonore getauft wurde. Als Eduard seine neugeborene Tochter betrachtete, sah Ariel zum zweitenmal Tränen in seinen Augen. Sie selbst vergoß eine wahre Tränenflut, als er ihr die Perle der Prinzessin überreichte, eingearbeitet in eine kostbare goldene Halskette mit Smaragden.

Die kleine Eleonore wurde im Spätsommer geboren, und zur selben Zeit überrannten Philipps Armeen die Normandie, Anjou, Maine, Touraine und den größten Teil von Poitou. Weil die Königinwitwe im März desselben Jahres in Fontevraud gestorben war, stieß Philipp zu seiner großen Erleichterung nirgends auf die schwarzgoldenen Banner von La Seyne Sur Mer. Trotzdem machte er vorsichtshalber einen weiten Bogen um Amboise, weil man schlafende Wölfe ja bekanntlich nicht wecken sollte.

Sobald die Normandie unter französische Herrschaft kam, mußte Johann Ohneland die Suche nach Eleonore mehr oder weniger einstellen. Ihre Entführung ärgerte ihn maßlos, aber immerhin stellte sie für ihn ja keine Bedrohung mehr dar. Er war nach wie vor überzeugt, daß der Marschall hinter der Rettungsaktion steckte, doch ohne direkte Beweise mußte er sich damit begnügen, den Besitz der verräterischen De Clare zu konfiszieren.

Gisbournes Beschreibung des Ritters mit der Narbe im Gesicht, der ihn verkrüppelt hatte, ließ beim König kaum Zweifel daran, daß es sich um Eduard FitzRandwulf gehandelt hatte, noch bevor er erfuhr, daß der Sohn des Wolfs Ariel de Clare geheiratet hatte. Als er begriff, daß er auf der Straße nach Corfe dicht an den Entführern vorbeigeritten sein mußte, bekam der Monarch einen solchen Anfall, daß er einen Monat das Bett hüten mußte.

Weil Eleonore von der Bretagne sich einfach in Luft aufgelöst zu haben schien, wurde sie seitdem auch als ›Die Verlorene Prinzessin‹ bezeichnet. Geschichten, Lieder und Legenden erzählten, was ihr angeblich *wirklich* passiert war, und der rotblonde Mönch, der Kirklees in den nächsten siebzehn Jahren getreulich jede Woche besuchte, unterhielt Eleonore mit diesen Geschichten. Den Bauern, die auf den Feldern in der Umgebung arbeiteten, wurde der Mönch bald so vertraut, daß sie ihn kaum noch beachteten. Ein Fremder, der durch den Wald ritt, hätte sich möglicherweise darüber gewundert, daß ein Mönch mit Schwert oder mit Pfeil und Bogen trainierte und im Laufe der Zeit immer mehr Geächtete um sich sammelte. Doch es gab nur wenige Fremde, die sich in den Wald trauten, und niemand verließ ihn, wenn sein Gesicht den Waldgängern nicht gefallen hatte.

Von Zeit zu Zeit trafen Briefe aus der Normandie ein und wurden im sonnigen Garten von Kirklees vorgelesen. Ariel und Eduard waren in eine eigene schöne Burg unweit von Blois gezogen, wo in drei aufeinanderfolgenden Jahren zwei stramme Söhne und eine zweite Tochter geboren wurden. Solche Nachrichten waren für Henry und Eleonore Grund zu großer Freude, und Marienne errötete jedesmal, wenn es Neuigkeiten über Robin gab, der zum Ritter geschlagen worden war.

Marienne war zu einer schönen jungen Frau herangewachsen, und weil sie ja keine Nonne war, wurde sie oft auf den Markt von Nottingham geschickt, um das von den Nonnen gewebte Leinen zu verkaufen. Als sie dort eines Tages im Sonnenlicht stand, fielen die lüsternen Augen eines Mannes auf ihre kastanienbraunen Locken. Sein Name war Reginald de Braose, und er stand im Dienste des neuen Sheriffs von Nottingham ...

Doch das, liebe Leser, ist eine andere Geschichte.